한국근대소설 미학과 '記者-作家'

한국근대소설 미학과 '記者-作家'

박정희 지음

역락

머리말

  99년 늦봄 어느 날로 기억된다. 2월에 학부를 졸업하고 다른 대학교 대학원 입시에 낙방한 뒤, 후배들과 함께하는 스터디 모임을 하면서 봄을 견디고 있을 무렵이었다. 학과 선생님 한 분이 연구실로 부르셨다. 스터디 모임을 학과 게시판에 홍보하고 있던 터라, 선생님은 그것을 보시고 나를 부르신 것이었다. 그때 스터디 모임에서는 김진송의 『서울에 딴스홀을 허하라』(1999)라는 책을 읽고 있었다. 그 책은 학부 내내 '문단'과 '문학' 그리고 작가 중심의 강의만 들었던 나를 포함한 학생들에게 매력적인 책이 아닐 수 없었다. 그때는, 학계의 시대사적 과제 혹은 연구주제가 '근대성의 형성'에 대한 것이라는 사실도 모른 채, 오로지 그 책 제목과 책 속의 사진자료들 그리고 주제별로 소개되어 있는 읽어볼 문헌자료들에 매료되어 읽었던 것 같다. '문학'을 배우면서 실감하지 못했던 식민지 시대의 '실체'를 확인하면서, 우리는 얼마간 흥분하기까지 했었던 것 같다. 그런데 나를 연구실로 호출하신 선생님은 낮은 목소리로 나무라셨다. "너 이 녀석, 서준섭 선생이 모더니즘문학을 연구하면서 그 따위도 모르고 '문학'을 연구했다고 생각하느냐! '문학'연구는 그렇게 호락호락하지 않아." 이런 꾸중을 듣고 연구실을 나오면서 그때 나는 무슨 생각을 했는지 기억하지 못한다. 그저 우리는 그 책을 함께 재미있게 읽었다.

대학원에 입학해서도 나는 이른바 정전(canon)이라는 '엄숙한 문학' 앞에 쩔쩔매면서 보냈다. 학부 졸업논문이 '1920년대 후반 대중소설의 존재방식과 그 의미'였을 만큼 나의 관심사는 엄숙하지 못했다. 대학원 수업 첫 발표를 잊을 수 없다. 밑천이 없기도 했고 대중문학 연구를 본격적으로 해보고 싶었던 나는, 김윤식 선생님 수업 첫 발표주제를 대중소설 연구라고 정하고 초고를 썼다. 그런데 초고를 보여드린 연구실 선배들 가운데 몇 분이 나를 '베란다'로 불렀다. 대중소설, 영화소설, 게다가 최독견이라? 김윤식 선생님 수업에 그런 것을 발표하면 '큰일'난다고 선배들은 나에게 충고했다. 이 충고를 들은 후 발표를 앞두고 보낸 그 며칠의 밤낮을 지금도 잊을 수가 없다. 그러나 발표는 아무 일도 없이 끝났다. 내 발표문에 대한 선생님의 코멘트는 임화가 얼마나 대단한지에 대한 강의로 채워졌을 뿐이었다.

머리말을 쓰려는데, 다따가 이 두 가지 장면이 먼저 떠올라 난감하지 않을 수 없었다. 다르게 쓰려고 오래 망설였다. 그런데 이를 건너뛰고 쓰는 문장은 거짓임을 알았다. 이를 '고백'하지 않고서는 지금 여기서 한 걸음도 더 나아갈 수 없음을 알았기 때문이다. 세대라는 거창한 말을 하지 않더라도 2000년 이후 문학연구는 '문학'보다 문학 외적인 것으로 더 확대되었다. 이른바 미시사와 풍속론 혹은 문화론적 관점은 견고했던 '문학' 텍스트를 '문학' 아닌 텍스트들과 나란히 놓고 읽게 만들었으며, 매체와 제도론적 관점은 확고하다고 믿었던 '문단'을 해체 혹은 해부하여 그것이 권력 배치의 구성물임을 확인하게 했다. 여기에 '문학' 작품을 영화, 미술, 음악과 같은 다른 예술들과의 영향 혹은 상호교섭의 관점에서 읽으려는 연구도 지속적으로 있었다. 이러한 근대문학 연구 성과들 속에 공부하던 나의 관심사는 대중문화론을 견지한 문학연구였다. 나는 2010년에 간행한 어느 책자의 표지에 "한국근대소설의 형성과정에서 영화를 포함한 극 장르와의 교섭이라는 주제로 공부하고 있으며, 식민지 시기 대중문화의 형성과 소설의 역학관계에 관심을 두고 연구 중"이라고 쓰기까지 했다.

그런데 풍속-문화론적 연구 혹은 매체-제도적 연구에 익숙해질수록 그 방향과 빠른 속도 속에서 뭔가를 놓치고 있다는 생각을 했다. 마음 한 켠에 소설이나 시 작품의 한 구절을 똑 떼와 문학 아닌 글들과 함께 인용하면서 논의하는 연구가 '문학'연구인가 하는 회의감도 들었고, 이러한 연구는 앞선 연구자들이 제기해놓은 문학사적 과제들과 미학적 성과들에 대해 어떤 새로운 답을 제시하고 있는가 하는 질문도 있었다. 이러한 복잡한 마음을 정리하지 않고서는 박사논문을 준비할 수 없었다. 급한 마음에 이렇게 자답(自答)했다. 2000년 이후 풍속-문화론적, 매체-제도적 관점에서 산출한 연구 성과들이 의미를 가지려면 이전의 연구자들이 이루어놓은 연구 성과들과 '대화'할 수 있어야 한다는 것. 소설작품보다 신문잡지의 영화, 언론 등 다른 자료들 읽기에 빠져있던 내가, 그 '대화'의 한 방법으로 시도한 것이 '1920~30년대 한국소설과 저널리즘의 상관성 연구'(2014)라는 박사논문이었다. 그러니까 이것은 10여 년 동안 '문학' 바깥을 경유한 시선이 다시 '문학'으로 향한다면 이전 연구자들과 어떤 다른 '문학 텍스트의 미학'을 제시할 수 있을까 하는 문제의식의 결과물이다. 문제의식에 걸맞은 '대화'의 방법과 성과를 제시하였는가는 스스로도 만족스럽지 않다. 물론 문학을 공부한다면서 『서울에 딴쓰홀을 허하라』에 빠져있던 나(우리)를 꾸중하셨던 선생님의 반응도 다르지 않으실 것이다.

그럼에도 불구하고 과감하게 큰 수정 없이 이 책의 1부에 수록했다. 문제의식은 여전히 유효하다는 생각 때문이다. 주제에 국한하더라도 근대소설의 형성과정에 신문잡지 저널리즘이 끼친 영향에 대한 논의는 다양한 관점에서 진행 중이다. 연구자들의 다양한 논의와 성과들 속에 '문학'이 성취한 미학적 성격을 규명하고자 하는 것이 내 연구의 입각점이다. 그러나 저널리즘과 소설의 글쓰기 문제를 설정하고 소설의 미학적 성격을 규명하는 데 필요한 방법론 모색의 어려움 앞에 내내 허우적거리고 있다. 그 허우적거림 속에 신문과 잡지라는 미디어에 대한 근대소설의 인식이라든지 기자에 대한 근대소설의 인식 등에 대한 소재론적 연구를 시도하기도 했다. 저널리즘에 주목하면서 그간 근대소설사에서 언급되지 않았던 릴레이소설 같은 이른바 '저널리즘 기획 문예물'을 발견하여 논의하기도 했다. 이 과정에 '벽신문과 벽소설'의 존재를 처음으로 발굴 소개한 것은 뜻밖의 성과이기도 했다. 이 허우적거림의 과정 속에 쓴 논문들을 묶어 이 책의 2부에 수록했다. 대상도 주제도 다른 논문들이지만, 각각의 논문들에서 저널리즘과 소설의 상관성을 바탕으로 근대소설이 획득한 미학적 성격을 규명하겠다는 태도는 견지하고자 했다. 하지만 저널리즘이라는 거대한 장과 근대소설이 성취한 미학적 성격의 관계를 논리적으로 설명할 방법론에 대한 실마리는, 나에게 여전히 난제(難題)다. 어쩌면 이러한 갈팡질팡 허우적거림의 끝은 없을지도 모르겠다. 노력하는 한 방황한다고 했던가. 현재로서는 파우스트의 이 한 마디를 위안 삼아본다.

　내게는 한 분으로 족한 지도교수님이 세 분이나 계신다. 지금까지도 이렇게 방황하고 있는 제자를 늘 같은 자리에서 지켜봐주시고 반갑게

맞아주시는 양승국 선생님, 권영민 선생님, 김종욱 선생님. 언젠가 세 분이 계신 자리에 혼자 앉았을 때가 있었다. 그 자리에서 말씀드리지 못한, 감사하다는 말씀을 이 자리를 빌려 꼭 하고 싶다. 아울러 학부와 대학원에서 가르침을 주신 은사님들, '베란다'의 선후배들, 그리고 지금까지 그랬듯이 앞으로도 나의 끝없는 방황의 수다를 들어주리라 믿는 '蘇(朴)漢'에 감사의 마음을 전한다. 이 순간에도 책상 앞을 지키고 있을 동학(同學)들로 내가 존재할 수 있듯이, 나 또한 그들에게 그러한 존재가 될 수 있도록 살 것이다. 어쭙잖은 글을 읽을 수 있는 '책'으로 만들어주신 도서출판 역락의 이태곤, 문선희 선생님께 감사드린다. 무엇보다 방황하는 모습을 묵묵히 응원해주신 양가 부모님, 그리고 더 묵묵히 견뎌준 아내와 딸에게 이 자리를 빌려 고마움을 전한다.

2022년 봄
박정희

차례

제2부 한국근대소설과 저널리즘

제1부

1920~30년대
한국근대소설과 '記者-作家'

1. 서론

1.1. 문제제기 및 연구의 목적

본고는 한국 근대소설이 저널리즘 환경과 상호 작용하면서 획득한 미학적 특성을 규명하고자 한다. 그간 저널리즘과 문학의 상관성에 대한 연구는 매체-제도적 관점, (대중)문화론적 관점 등에 입각해 이루어져왔다. 이러한 연구는 '문학텍스트주의적 관점'에 대한 회의와 그 극복의 방법으로 시도되어, 근대문학의 제도적 기원이나 근대성의 특징을 규명하는 성과를 낳았다. 그러나 이러한 성과에도 불구하고 문학이 지닌 독특한 미적 구조나 자율성을 도외시하는 결과를 낳기도 했다. 문학연구가 문학과 사회구조 혹은 제도와의 길항 관계를 통해 문학의 가치를 새롭게 궁리하는 데 있는 것이라고 할 때, 그간의 매체-제도적 관점이나 문화론적 관점의 연구는 다시 문학 텍스트의 미학적 차원에 대한 논의로 향할 필요가 있다. 물론 이러한 방향이 다시 문학 텍스트의 내부와 외부를 구획짓는 것이어서는 안 될 것이다.

문학 텍스트의 미학적 특질에 대한 규명은 그것이 놓여있는 그 매체·제도적 환경과의 역학 관계를 세밀하게 톺아내는 작업과 동시에 이루어져야함은 물론이다. 그래서 이 논문에서는 매체·제도적 측면과 근대소설의 미학적 특질의 상관성을 규명하기 위해, 근대 작가들의 저널리즘의 상황에 대한 인식과 창작활동의 관련 양상에 주목하려고 한다. 근대소설을 저널리즘과의 상관성 속에서 고찰한다는 것은 저널리즘이 다루는 경험의 세계와 길항함으로써 근대소설이 획득한 미적 특성과 그 의미를 밝히는 작업에 해당된다.

　문학과 일간신문의 결합은 증기기관의 발명이 갖는 혁명적 효과와 같이 문학적 생산의 모든 성격을 바꾸어 놓았다[1]는 언급처럼 신문저널리즘은 문학의 생산과 소비의 행태는 물론 문학 장르의 성격에도 영향을 미쳤다. 개화계몽기 근대 신문저널리즘의 국문운동과 민족주의 담론의 생산은 근대소설의 형성에 결정적인 기여를 했으며,[2] 신문저널리즘이라는 공론장의 성립으로 공적 담론의 소설화의 가능성이 형성될 수 있었다.[3] 특히 신문저널리즘과 근대소설은 각각 '사실'과 '허구'로 제도적으로 분화되는 과정을 통해서 '내면'이 형성되어 근대소설을 성립하는 중요한 역할을 담당하기도 했다.[4] 이렇듯 근대 신문저널리즘에서 형성되기 시작한 다양한 담론적 실천이 근대 소설양식이 제도적으로 형성되는 기반이 되었다고 하겠다.

　지금까지 저널리즘과 근대소설의 영향 관계에 대한 연구는 매체-제도적 관점, 문화론적 관점으로 진행되어 왔다고 할 수 있다. 그간의 연구는 근대소설의 제도적 기원과 근대성의 특징을 해명하는 성과를 낳았다. 그러나 매체론적 연구는 근대소설이 지닌 독특한 미적 특징과 소설 고유의 미적 자율성을 해명하는 데 적극적이지 못했던 것도 사실이다. 이에 이러한 질문을 해볼 수 있겠다. 신문저널리즘과 근대소설의 영향 관계에

1　A. 하우저, 백낙청 외 역, 『문학과 예술의 사회사』(현대편), 창작과비평사, 1985, 14면.
2　권영민, 『서사양식과 담론의 근대성』, 서울대학교출판부, 1999.
3　양진오, 『한국소설의 형성』, 국학자료원, 1998. ; 김동식, 「한국의 근대적 문학 개념 형성과정 연구」, 서울대학교 박사학위논문, 1999.
4　권보드래, 「한국 근대의 '소설' 범주 형성에 관한 연구」, 서울대학교 박사학위논문, 2000.

대한 연구는 한 작가의 고유한 미적 세계를 어떻게 설명해줄 수 있는가?

본고에서는 그간의 매체-제도적 관점에서 이룩한 연구 성과들을 발전적으로 이어받으면서 신문저널리즘의 상황에 대응하여 자신의 문학세계를 구축해나간 근대소설의 미적 특성을 규명해보고자 한다. 이를 위해 근대 작가들이 신문사 기자활동의 이력을 가지고 있다는 점에 주목하고자 한다. 많은 근대 작가들이 '기자-작가'로서 창작활동을 했다는 점과 그러한 위치에서 당대의 현실(삶)을 파악하는 경로로서의 신문이나 잡지에 글을 '읽고 썼다'는 점에 주목한다면, 저널리즘과 문학의 상관성에 대한 논의를 구체화할 수 있는 한 관점을 상정할 수 있을 것이다. '기자-작가'로서 근대작가를 바라볼 때, 그들이 창작한 소설과 그 미학적 특성을 재인식할 수 있는 길이 열릴 수 있기 때문이다. '기자-작가'의 존재는, 근대작가들의 존재론적 토대로 작용하는 저널리즘 환경 일반에 대한 논의를 보다 '문학'의 차원으로 심화시켜 논의할 수 있게 한다. 따라서 근대 작가들의 '기자-작가'로서의 저널리즘 체험은 매체·제도적 환경과 소설 텍스트의 미학적 특질을 규명할 수 있는 매개적 실마리에 해당하는 것이라고 할 수 있다.

주지하다시피 근대 '작가'의 소설쓰기는 '언론인'의 신분과 더불어 시작되었다. 근대 계몽기 신문에 글을 쓰는 '기자'의 자격으로 소설쓰기를 수행한 이인직과 이해조는 물론이고 '지사-문사'인 박은식, 신채호 등의 소설쓰기 역시 '기자'의 신분에서 이루어진 것이었다.5 그러나 이광수를

---

5   이인직은 『국민신보』와 『만세보』의 주필이었으며, 『대한신문』을 창간하고 사장으로 취임하기도 했다. 이해조는 1903년 『제국신문』의 기자로 근무하기 시작하여 『황성신문』의 편집에 참여하기도 했다. 최찬식의 경우 1903년 『대한일보』의 기자로 근무했으며, 1906년 『국민신보』 주필로 참여하기도 했다. 박은식과 신채호는 『대한매일

포함해서 이들은 근대의 분화된 직인(職人)으로서 '기자'의 범주로 포괄되지 않는, 전통적 의미의 저술자이거나 넓은 의미의 '언론인'이었다고 할 수 있다. 이들에게 문학은 여러 글쓰기 활동 가운데 한 분야일 뿐이었다. 이렇게 미분화 되어 있던 글쓰기 활동은 근대적 제도 혹은 글쓰기 환경의 변화에 따라 보다 분화되고 전문화되어 가는 과정을 겪으며, 문학 글쓰기 또한 그 자율적 지위를 획득하는 과정을 밟았다.

저널리즘의 역사와 근대작가의 상관성이라는 맥락에서 1920년 민간지의 발간은 '신문기자의 교체가 곧 작가의 교체'에 해당한다고 할 만큼 중요한 의미를 가진다. 일찍이 한국 근대 문학과 저널리즘의 관계에 주목한 조연현은 '문학 저널리즘'이라는 관점에서 1920년대의 상황을 다음과 같이 설명한 바 있다.

> 저널리즘이 소설 작자에게 원고료를 지불하고 작품을 청탁하는 새로운 습관이 정상적인 행위로 실시된 것은 실로 이광수의 〈무정〉이후부터라고 생각해도 좋은 것이다. 이 때문에 1920년대에 들어서면 저널리즘과 문학과의 관계는 그 이전의 결정적인 지배와 예속의 관계에서 벗어나 문학의 자주적인 독립성 위에서 이루어지게 된다.
>
> 1920년대에 들어서면 동아일보와 조선일보를 필두로 시대일보, 「개벽」, 「조선지광」 기타 각종 각양의 신문과 잡지들이 속출하여 근대적인 저널리즘의 기초가 마련되기 시작한다. 이 시기의 우리의 문학은 서구의 근대적인 문예사조의 영향을 받아 다각적인 풍조를 이루기 시작하던 때로서 1910년대 전반기의 무서명(無署名)의 시기처럼 문학이 저널리즘에 완전히 예속되어 질 수도 없고, 1910년대의 후반기처럼 저

신보』에서 중요한 역할을 했다.

한국근대소설 미학과 '記者-作家'

널리즘의 압두적(壓頭的) 지배에 그대로 머물러 있지도 않았다. 문학적 작가는 저널리즘과 독립된 직능자로서의 권한과 활동을 지니고 있었다. 그러나 1920년대의 우리 문학도 전년대(前年代)와 같은 저널리즘의 우위적 지배에서 완전히 벗어나 있는 것은 아니었다. 그것은 첫째로 저널리즘을 떠난 문학활동은 거의 불가능했던 사정을 들 수 있고, 둘째는 저널리즘과 별도로 독립되어 있는 문단의 형성이 미약했던 사정을 들 수 있다.6

이처럼 1920년대의 문학과 저널리즘의 관계는 이전과 다른 새로운 국면을 맞이했다. 1910년대 『매일신보』의 이른바 번역-번안 소설을 쓰던 조중환, 민태원, 심천풍, 이상협 등의 기자들과 그들의 글쓰기는 철저하게 저널리즘에 예속되어 있었다. 『매일신보』라는 총독부의 기관지 역할에 충실해야 하는 동시에 저널리즘의 상업성에 예속된 글쓰기였다. 그러나 1920년대의 저널리즘에 진출한 염상섭(1897년생, 동아일보-시대일보), 현진건(1900년생, 조선일보-시대일보-동아일보), 나도향(1902년생, 시대일보), 김기진(1903년생, 매일신보), 심훈(1901년생, 동아일보-조선일보), 채만식(1902년생, 동아일보 정치부), 이익상(1895년생, 동아일보) 등의 면면만 보더라도 저널리즘에서의 기자 교체가 곧 작가의 교체에 해당할 만큼, 1920년대 문단은 '기자-작가'들의 존재에 의해 형성되기 시작했다고 할 수 있다.

이처럼 한국근대 '작가 본질론'의 중요한 사안에 해당하는 '기자-작가'7의 존재에 대한 논의는 저널리즘과 문학의 상관성을 검토하는 데 반

---

6   조연현, 「문학(文學) 저널리즘고(考)-한국에 있어서의 문학과 저널리즘의 관계」, 『한국신문학고』, 을유문화사, 1977, 173~174면.

7   조남현은 한국현대작가 '본질론'에서 다음과 같이 언급한 바 있다. "이인직, 이해조,

드시 필요한 것이다. 대부분의 근대 작가는 '문인(작가)으로서의 자의식'
과 '기자로서의 자의식'이 한 주체의 내면을 구성하고 있었다. 따라서
'문인/기자' 사이의 '빗금'에 주목할 필요가 있다. 물론 근대문인들은 대
부분 '기자'를 빗금 아래 무의식적으로 숨겨야할 것으로 보았다.[8] 기자활
동을 한 문인들이 남긴 글에는, 문학만 하는 문인으로 살고 싶지만 '생활'
을 위해 어쩔 수 없이 '기자'를 직업으로 취할 수밖에 없었다는 고백이
많으며, 기자 생활을 하면서도 언제나 제대로 된 작품을 위해 기회가 된
다면 '기자직'을 버리겠다는 고백이 다수를 이룬다. 그럼에도 불구하고
'문인'으로서의 삶과 '기자직'이 '작가'로서의 삶을 실천하는 데 있어 그
공유점에 대한 자의식이 없었던 것은 아니다.[9]

동서양을 막론하고 저널리즘에 대한 문인들의 태도에는 일반적으로 '호
의-혐오의 감정들(love-hate feelings)'이 공존한다.[10] 그리고 시대의 변화
에 따라 그 태도의 변화를 보인다는 점 또한 확인할 수 있다. 따라서 생계
의 방편으로 '기자'라는 직업을 가지고 작품 활동을 한 작가들의 생존방식
은 자기 정체성의 근원으로 작용하고 있는 부분이라고 할 수 있다. 이 논문

박은식, 신채호, 이광수 등과 같은 한국현대작가의 원형적 존재들은 언론인이라는
공통점을 지니고 있다. 이들 작가들에 이어 1920, 1930년대에는 염상섭, 최서해,
김동인, 현진건, 김남천, 심훈, 이태준, 채만식, 한설야 등이 기자소설가로 활동하였
다. 이들 1920, 1930년대 기자소설가들은 문제작가, 일급의 작가, 문학사적인 작가
라는 공통점을 지닌다." 조남현, 『소설신론』, 서울대학교출판부, 2004, 340면.

8   조영복, 『문인기자 김기림과 1930년대 '활자-도서관'의 꿈』, 살림, 2007, 91면.

9   염상섭은 '사회의 목탁'이니 '무관제왕'이라 여겨지는 '기자생활'과 예술가(문인)로
서의 예술적 양심은 상충하는 것이 아니라 "자기 반성이나 내적 고투가 예민하니마
치 조신(操身)과 열심(熱心)에 청고(淸高)를 자기(自期)하는 노력"을 공유하는 것이
라고 말하고 있다. 염상섭, 「기자생활과 문예가」, 『철필』, 1931.02. 16면.

10   Shelley, Fisher Fishkin, *From fact to fiction : journalism & imaginative writ-*
ing in America, Johns Hopkins University Press, 1985. p. 9.

한국근대소설 미학과 '記者-作家'

에서는 작가들의 생존의 방식이면서 문인으로서의 정체성의 근원으로까지 작용하고 있는 '빗금 아래의 기자'에 주목하려고 한다. 근대소설의 미적 자율성의 획득이 '현실'과의 상호작용의 결과라는 점을 고려할 때, '작가'라는 한 주체의 또 다른 내면에 해당하는 '빗금 아래의 기자'는 소설쓰기와 '현실인식'의 문제에 대한 작가의 태도를 살피는 데 있어 핵심적인 자리를 차지한다.

근대 문인들의 존재방식이었던 '기자-작가'들의 경우, 한 작가의 글쓰기 상황은 저널리즘 글쓰기와 문학 글쓰기를 동시에 수행한 것이었다. 그런데 '기자-작가'의 두 가지 글쓰기의 경계를 투명하게 구분하는 것은 쉽지 않은 일이다. 이 불투명한 경계에 대해 그 동안의 문학연구는 분명한 어떤 것으로 간주하려고 했던 것은 아닐까? 논의를 더 진전시키기 위해 한 작가의 두 가지 글쓰기 상황, 즉 '기자-문인'으로서의 두 글쓰기는 '상호지시(inter-referential)의 관계'에 놓여 있는 것이라고 지적한 퓌스킨(Fishkin, S. F.)의 논의에 주목할 필요가 있다. 퓌스킨은 미국작가의 저널리즘 경험 혹은 경력이 소설의 미학적 동력으로 작용했다는 논의를 이끌어낸 바 있다.[11] 그는 작가들의 저널리즘 경력과 상상적 글쓰기(Imaginative Writing)로서 문학창작 활동을 '상호지시'의 관계로 보았다. 한 '기자-문인'이 수행하는 두 영역의 글쓰기는 상호 접목되기도 하고 분화되기도 한다. '상

---

11 퓌스킨은 미국 작가들의 초기 저널리스트로서의 경력이 걸작(the greatest imaginative works)의 핵심을 이룰 수 있었다고 하면서, 그들의 광범위한 경험(experience)으로 관찰자(observer), 사실(fact)을 중시하는 자세, 문체에 대한 학습 등을 꼽는다. 퓌스킨은 미국의 대표작가 휘트먼(Walt Whitman), 마크 트웨인(Mark Twain), 드레이저(Theodore Dreiser), 헤밍웨이(Ernest Hemingway), 패서스(John Dos Passos)의 문학세계를 저널리스트 경력과의 연관성을 바탕으로 다음 저서를 통해 밝힌 바 있다. Fishkin, S. F., Op. cit.

호지시'의 관점은 단순히 소재적 차원의 관련성을 넘어 소설 미학적 성과를 보다 적극적으로 사유할 수 있게 하는 것이다. 따라서 작가의 저널리즘 경력은 작가 개인의 소설 창작에도 일정한 영향을 주며, 그 결과 문학사를 풍요롭게 하는 원동력이 되었다고 할 수 있다.[12]

'기자-작가'의 존재는 문학이 저널리즘이라는 장과 겹치는 영역에 위치한다. '기자-작가'에게 저널리즘은 글쓰기로서 경제적 활동을 가능하게 하는 공간이면서, 자신의 글이 발표될 수 있는 지면을 허락하는 공간이다. 저널리즘 또한 문인을 필요로 할 수밖에 없는 구조였다. 그러나 문인은 자신의 문학적 비전을 실현하기 위해 저널리즘의 논리와 자장에서 벗어나기 위해 분투한다. 따라서 근대 작가를 '기자-작가'로 바라볼 때, 그들이 창작한 작품의 미적 특질은 물론 그간 통속적이고 대중적이라는 이유로 도외시 되어 왔던 신문연재장편소설에 대한 재평가도 이루어질 수 있을 것이다.[13]

이러한 사항을 염두에 두고 본고에서는 근대소설의 미적 특징을 규명하기 위한 대상으로 '기자-작가'의 저널리즘 체험과 저널리즘에 대한 인

---

12 한국 근대소설의 양식적 특징을, 1920년대 후반기 저널리즘 매체가 생산한 다양한 글쓰기 양식들의 경합과정에서 '기록서사'들과의 양식적 재편과정으로 살핀 대표적인 업적으로 이경돈의 박사논문이 있다. 이경돈, 「1920년대 단형서사의 존재양상과 근대소설의 형성과정 연구」, 성균관대학교 박사학위논문, 2004.02.

13 그간 신문저널리즘과 소설에 대한 연구는 소설의 '대중성'에 대한 연구, 작가의 소설 쓰기와 '독자'의 상호작용 양상에 대한 연구 등의 성과를 낳았다. 신문저널리즘과 근대소설의 영향관계에 대한 연구의 많은 부분은 신문의 상업주의와 결탁한 신문연재소설의 대중성과 통속성에 대한 논의가 차지한 것이 사실이다. 하지만 근대 '장편'소설의 존재 방식에 대한 재인식이 필요하다. '신문연재소설은 곧 대중소설이다'라는 '오해'의 원인을 제공한 것은 그것이 '신문'연재소설이기 때문이다. 식민지시기 신문저널리즘이 갖는 특수성과 위상에 대한 재고를 바탕으로 근대 '장편'소설에 대한 '오해'를 바로잡을 필요가 있다.

식에 집중하고자 한다. 식민지 조선의 민간지는 제국에 의해 허가되고 관리되는 저널리즘이었다는 '특수성'을 염두에 두고, 저널리즘의 상황을 누구보다 민감하게 체험했으며 그러한 상황에 대한 인식이 뚜렷했을 '기자-작가'의 소설을 중심으로 근대소설이 획득한 미적 특징을 새롭게 규명하고자 한다.

1.2. 연구의 시각과 연구 대상

저널리즘과 소설의 상관성을 검토하기 위해서 '기자-작가'의 존재에 주목할 때, 한 작가의 글쓰기를 일별하고 기자로서 작성한 글과 문인으로서 작성한 글을 구분하여 논의하는 것이 한 방법일 수 있을 것이다. 하지만 기자체험을 기사작성과 같은 글쓰기 영역으로만 한정하는 것은 작가로서의 글쓰기에 미친 광범위한 저널리즘의 영향을 축소시킬 수도 있다. 따라서 본고에서는 근대소설의 미학적 특성과 저널리즘의 상관성을 살피기 위해, 먼저 두 영역에서 공통적으로 추구한 가치를 추출하여 이에 입각해 두 영역이 공유하고 분유되는 글쓰기의 특징에 주목하고자 한다. 그런데 두 영역이 공유한 가치에 주목하게 되면 근대소설은 저널리즘의 논리에 포섭되는 논의가 되기 쉽다. 본고는 근대소설의 미적 특성이 저널리즘의 논리에 포섭되거나 그에 저항하는 과정에서 형성된 것이라는 입장에서, 후자에 더 주목하고자 한다.

작가들의 신문 기자활동은 신문의 지면을 채운 기사의 종류만큼이나 다양한 것이었다. '기자-작가'들의 경우 일반적 의미의 보도(외근)기자로서 활동한 경우는 드물고 활동한 경우에도 그 기간이 극히 짧은 편이다. 대부분의 '기자-작가'의 신문사에서의 활동은 '뉴스 룸'에서 이루어졌다. 신문의 지면을 채우기 위해 전보통신문이나 외국신문을 번역하는 작업, 취재한 사건보도성 기사문을 지면에 싣기 위해 교정하고 편집하는 작업이 주를 이루었다. 그리고 편집의 대상은 무엇이든 될 수 있었다. 근대지식과 학문은 물론이고 국외의 정치사항을 다루는 글을 읽고 쓸 수 있는 능력을 가진 사람이 기자가 될 수 있었기 때문에, '기자-작가'는 그 역할을 가장 잘 발휘할 수 있었다. 그리고 '기자-작가'는 소설란을 채워야 했다. 그들이 '부인란' 맨 첫 단에 마치 기사문을 작성하듯이 외국소설을 번안하여 싣기도 하고 창작 소설을 게재하기도 했다.

이른바 '뉴스 룸'에서 '내근 기자'의 글쓰기를 수행한 근대 '기자-작가'들은 현실에서 발생하는 '뉴스'를 누구보다 먼저 접하고 그 '현실'을 '기사문'으로 구성해낼 수 있는 위치에 있었다. 기자로서의 글쓰기와 문인으로서의 창작이라는 두 활동이 모두 '현실'을 재맥락화하는 과정에 대한 인식이 요청되는 것이라고 할 때, '기자-작가'는 근대소설의 현실재현이라는 미학화의 욕망을 수행하는 데 적격자라고 할 수 있다. 서양의 저널리즘과 소설의 상관성을 연구한 언드우드(D. Underwood)는 문학작품을 창작한 작가의 저널리즘 경험을 강조하고 그것이 문학에 영향을 끼친 특성을 포괄하여 논의하기 위해 '저널리스트-문학적 특성(journalist-literary figure)'이라는 용어를 제안하여 논의한 바 있다. 언드우드는 저널리스트를 규정하기 위해 그 범주를 제시하고 있는데, 대중을 상대로 글쓰기, 일반적 토픽에 대한 글쓰기, 마감시간에 맞춰 글쓰기, 압축적이고 명확한 소통의 요구를 다루면서 독자와의 관계를 구축하기, 출판업에 종사한 경험, 저널

한국근대소설 미학과 '記者-作家'

리즘 전문가로서의 자의식 등등의 카테고리를 설정하고 이에 포함되는 자가 저널리스트에 해당한다고 규정한다.[14] 언더우드가 이러한 기준을 제시한 까닭은 보다 많은 작가를 저널리스트의 범주에 포함시켜 소설과 저널리즘의 상관성을 폭넓게 검토하기 위함이다. 이는 저널리스트의 저널리즘 체험을 다양하게 검토할 수 있는 시각을 제공하지만 그 범위가 너무넓어 작가가 창작한 문학의 고유한 미적 특질에 대한 논의가 모두 저널리즘적인 것으로 다루어질 가능성이 있다는 한계를 가진다. 따라서 본고에서는 저널리즘과 문학의 상관성을 검토하기 위해 '기자-작가'의 존재에초점을 맞추고자 한다. '기자-작가'는 언론장과 문학장 각각을 경험하면서 저널리즘의 논리를 체험하고 자신의 문학적 비전을 동시에 수행하는자리에 존재하기 때문이다.

1920년 민간지 언론계 상황과 저널리스트의 글쓰기 특징에 대응하는 문학장과 작가들의 창작 태도를 살피기 위해 다음과 같은 3가지 범주를 설정하고자 한다. 사실성, 대중성, 정치성의 범주가 그것이다. 이 세 가지 범주는 1920년 이후 저널리즘과 문학을 가로지르는 가치에 해당한다. '기자-작가'는 저널리즘 활동과 소설 창작활동을 동시에 수행하는 가운데 이 세 가지 가치의 형성과 재구조화의 상황에 놓여 있었다. 따라서 이러한 범주의 설정은 그간의 문학 연구가 문화제도의 차원에서 저널리즘을 다룰 때 소홀했던 문학의 미적 특성에 대한 새로운 논의를 가능하게 할 수 있다. 저널리즘의 논리와 작가의 문학적 비전이 길항하는 관계를 '기자-작가'라는 존재를 바탕으로 검토할 수 있는 것이다.

---

14 Doug Underwood, *Journalism and the novel: truth and fiction 1700-2000*, Cambridge University Press, 2008. p. 22.

먼저, 사실지향성은 근대 언론장과 문학장에서 동시에 추구한 가치이다. 일제하 언론은 사실 보도와 여론 지도라는 두 가지 역할론을 피력한다. 개화기 이래 언론의 교사적 지위와 지도적 태도는 여전히 강조되는 가운데 저널리즘 기법에서 사실의 객관적 보도라는 가치와 기법에 대한 인식이 강화된다.

(1) 七十四, 文勢, 記事初頭에 文勢를 入하나니 何故오하면 讀者의 眼에 記事初頭가 먼져 現出될 뿐 아니라 奔忙한 讀者가 記事의 始初만 보도 그 記事에 對한 興味가 有하면 記事全體를 보겟지마는 不然하면 그 記事는 停止하고 他記事를 讀한다. 그래서 最히 重要한 部分을 始初에 記入하고 其下로는 漸次 微弱한 說明에 不過하야 編輯者가 整版할 時에 他의 緊急한 記事가 有하면 그 記事의 下端은 쓰너바려도 無關한 것이다.

七十五, 記事의 緒頭, 始作이 半이라는 말은 新聞記事에 最히 適切하야 事件 全部의 要領을 緒頭에 記入하야 讀者로 하야금 그 事實에 關連한 人物과 時間, 場所, 原因 及 結果를 詳知케 하나니 卽 무엇, 누구, 언제, 어듸, 언제, 엇더케를 單純明瞭하게 記述할 것이다.

七十六, 緒頭要点, 緒頭에 着手키 前에 記者는 그 要点을 決定하야 緒頭에 編入할 것이니 普通記事에 時間을 먼져 쓸 必要가 없고 特別한 事件에 限하야만 쓸 것이오 姓名은 一半讀者가 아는 人物이 아니면 먼져 쓸 수가 업나니 그 姓名보다 그 事件이 더욱 重要한 까닭이며 場所에는 記事의 重要点이 잇지 아니하야 特別한 事件이 아니면 場所를 先記치 아니하고 異常한 原因과 結果와 事情이 興味를 惹起함으로 緒頭에 始作하는 것이니...15(밑줄 강조-인용자)

(2) 新聞刊行의 本領은 謀利가 目的이 아니고 그 社會의 公論을 眞正히

---

15   김동성, 『新聞學』, 조선도서주식회사, 1924, 45~46면.

한국근대소설 미학과 '記者-作家'

代表하며 時時刻刻으로 出來한 事件을 오즉 公平한 態度로 報道하는 것이 그것의 使命이다. 그럼으로 此 本領을 忘却한 新聞은 至極히 危險하야 우리가 想到치 못할 罪惡을 社會에 加及케 한다.[16](밑줄 강조-인용자)

인용문 (1)은 1924년 6월 출간된 김동성의 『新聞學』의 일부분이다. 이 책은 신문사 조직과 기사 작성방법과 편집 등에 대해 120개의 항목으로 나누어 설명하고 구체적인 기사문의 예를 소개하고 있는데, 당시 '기자실무 지침서'라고 할 만한 책자이다. '신문기사문의 형식과 체제'에 대해 설명하고 있는 위의 대목을 통해 이른바 '역(逆)피라미드 기사'[17] 작성법에 대한 인식을 확인할 수 있다. '文勢'를 설명하고 있는 데서 정보의 중요도가 높은 순서에서 낮은 순서로 작성하고, '事件全部의 要領'을 위해 6하 원칙에 의거하여 작성해야 한다고 설명하고 있다. 인용문 (2)에서도 역시 '신문의 본령'을 "공평한 태도로 보도하는 것"이라고 주장하고 있다. 이러한 객관적 보도의 기사문은 언론의 기업 관료화와 상업화에 따른 이윤 추구를 합리화하려는 방향으로부터 생겨난 언론의 내적 논리에 해당하는 것이다. 그리고 이것은 신문조직에서의 노동의 분업화와 전문화가 강화된 결과이다. 하지만 1920년대 언론계에서 사실의 객관적 보도라는 가치와 그 작성법은 '신문학(新聞學)'의 지침으로만 강조되는 것일

---

16 闢啞子, 「東亞日報에 對한 不平: 各種 新聞雜誌에 對한 批判」, 『개벽』제37호, 1923.07. 40~41면.

17 미국 언론이 남북전쟁 후 불안정한 전신(電信) 때문에 뉴스 가치가 가장 높은 기사를 신속하게 송신하기 위해 개발한 역피라미드형 기사 작성법은 기사의 첫 문단에 뉴스 가치가 가장 높은 사실을 제시한 후 뉴스 가치가 낮아지는 순서대로 보충적인 내용의 기사를 싣는 방법이다. 미첼 스티븐슨, 이광재·이인희 역, 『뉴스의 역사(3판)』, 커뮤니케이션북스, 2010, 365면 참고.

뿐 실제 조선 언론의 기사문은 사정이 달랐다.

七十八, 自由記事, 緒頭句節에 摘要한 記事보다 우리 朝鮮의 新聞에는 自由記事가 多하니 此는 讀者로 하야금 記事의 內容과 結果를 大部分 읽은 後에야 解得케 하는 것이니 眞定한 新聞記事式보다는 短篇小說式 이라함이 可하다.18(밑줄 강조-인용자)

九十三, 特殊記事의 體裁, 特殊記事는 普通 雜報 報道記事와 가티 容易 히 敍述하기 不能하니 곳 小型의 短篇小說이다. 一定한 規例는 無하나 雜 報記事와 如히 記事總論을 先頭에 揭載치 아니한다. 敍情論文이라 稱할 만하야 訪問記, 感想文, 旅行文 等이 此에 屬한다.19(밑줄 강조-인용자)

위 글에 따르면 이 시기 조선 신문의 기사는 사실에 대한 객관적 보도에 맞는 기사문의 체제보다 '자유기사'의 형태를 많이 띠고 있음을 알수 있다. 김동성은 '자유기사'와 '특수기사'의 유형에 드는 기사문의 성격을 들어 '단편소설식'이라고 설명하고 있다. '자유기사'는 객관적 사실 기술보다는 마치 소설처럼 기자의 주관적 느낌과 감정이 이입되어 있는 드라마적 화법으로 묘사하여 작성된 것을 말한다. 이러한 기사문은 '단편소설'에 육박하는 서술형식을 취하고 있는데, 조선의 신문기사문에서 많은 수를 차지하고 있다는 것이다. 이 시기 스트레이트 기사보다 '단편소설식' 자유기사와 '로맨스체' 기사가 많은 것은 신문 보도기사문의 체제가 보편화되지 않은 탓도 있겠지만 이러한 기사가 '기자-작가'에 의해 작성된 이유도 있다. 소설을 창작하는 문인이 자유기사를 작성한 경우

---

18 김동성, 앞의 책, 52~53면.
19 위의 책, 76~77면.

'단편소설'에 육박하는 형식의 기사문이 될 수 있었을 것이다. 현진건이
『시대일보』 시절 "'로만쓰 記者'라는 別號를 가지고 事實有無를 莫論하고
이야기 삼어 써서 줄 수를 채운 일이 있었다"[20]는 후문(後聞)의 언급을
고려하더라도, 1920년대 조선 신문의 '자유기사'가 '기자-작가'들에 의해
작성되었음을 알 수 있다. 이 시기 저널리스트들은 사실에 대한 '공정하
고 객관적인 보도'의 기사문 체제를 강조하면서 '단편소설식' 기사를 본
령이 아니라고 말하고 있고, 작가들은 반대로 당시의 소설을 평가할 때
부정적인 의미에서 '3면기사 같다'는 표현을 사용했다. 이 사실은 저널리
즘의 글쓰기와 문학 글쓰기에 대한 각각의 논리와 자율성을 인식하고
있었다는 점을 말해주는 동시에 두 분야의 글쓰기는 미분화된 상태에서
이루어지고 있음을 말해주는 것이다.

　1920년대 소설사적 과제 가운데 중요한 한 가지는 근대소설의 '사실주
의' 획득의 과정에 대한 해명이다. 1910년대 이광수에 의해 '情'으로서의
문학의 위상이 규정된 이후, 1920년대는 이른바 동인지 시대로 규정되는
'제도로서 문학'을 수행한 시기이다. 다시 말해 3·1운동 전후 '동인지
문단'의 미적 자율성의 실천으로서 신문학의 출발은 이후 현실(과 이념)의
맥락과 상호작용하는 가운데 문학의 사실주의 획득이라는 과제를 수행
했다. 이러한 관점이 지금까지 1920년대 이후 근대소설사를 바라보는 지
배적인 관점이자 평가이다. 여기서 근대 작가들에게 '현실인식'의 문제는
〈내면고백에서 사실주의에로의 발전〉이라는 소설사적 과제와 그 변화의
계기를 규명하는 사항에 해당한다. 다시 말해 문학의 내적 자율성과 '현

20　「朝鮮新聞記者論과 評」, 『혜성』1권6호, 1931.09, 62면.

실인식'이라는 문제는 20년대 이후 근대소설의 미적 특성을 이해하는 중요한 과제에 해당하는 것이다.21 그런데 사실주의의 획득에 대한 다양한 접근이 있을 수 있겠지만, 1920년대 '기자-작가'의 존재양태와 저널리즘적 글쓰기 상황을 고려할 때 '사실성'의 범주는 보다 입체적으로 규명될 수 있을 것으로 기대한다. 서양의 저널리즘 역사에서 '사실에 대한 숭배'와 보도의 객관성 확보를 위한 신문기자의 보도 태도는 현실의 이면을 폭로하고 비판하는 리얼리즘과 자연주의 문예정신과 역사적 맥락을 같이 한다는 사항을 참고할 때22 더욱 그러하다.

1920년대 중반 이후 근대소설은 조선의 현실(생활)을 적극적으로 다루게 되는데, 이 과정에서 작가는 저널리즘의 사실성 추구의 글쓰기 방법에 대응해 소설의 현실 수용 문제에 대해 고민하지 않을 수 없었다. 이 시기 소설의 사실주의 지향과 저널리즘의 관계에 대한 다음과 같은 인식을 확인할 수 있다.

(가) 모든 新聞은 或은 政府攻擊의 機關으로 或은 異黨攻擊의 機關으로 存在하엿스나 다음에 新事實 新消息의 報道를 爲主라게 되야 各紙는 新鮮한 事實 正確한 事實을 爲主로 하게 되엿스며 다시 一轉하야 新事實 正確한 事實을 報道하는 以外에 興味中心 卽 다시 말하면 사람의 情

---

21 이러한 1920년대 소설의 문학사적 과제에 대한 주목할 만한 논의로 손정수와 차혜영의 논문이 있다. 손정수는 '텍스트의 자율성'의 확립과정으로, 차혜영은 매체와 문학제도의 역학관계라는 측면에서 이 문제를 접근했다. 손정수, 「한국 근대 초기 소설 텍스트의 자율화 과정 연구」, 서울대학교 박사학위논문, 2001. ; 차혜영, 「1920년대 한국소설의 형성과정 연구 : 근대형성의 내적논리와 단편소설의 양식화과정을 중심으로」, 한양대 박사학위논문, 2001.

22 이충환, 「리얼리즘의 '사실성' 개념 형성과 의미-리얼리즘과 자연주의 문예사조의 영향」, 한양대 박사학위논문, 2007.

義에 하소연하는 種類의 報道와 作品이 記載되기 始作하며 압흐로 더욱 더욱 그 方面을 向하야 發達되는 傾向 中에 잇습니다.

우리는 寫實主義로 發達되는 文藝와 眞正한 事實을 骨子로 하고 情義에 하소연하는 筆致를 崇尙하는 新聞記事가 將來 엇더한 過程에서 서로 接近되리라고 생각하는 것이 아조 틀녓다고 할 수 잇슬가요. 現在에 잇서서 文學作品 中의 蕪雜한 것을 評하랴면 흔이 「三面記事의 擴大한 것」 갓다는 말을 씁니다. 이는 勿論 그 作品을 惡評하는 形容詞지만은 그 反面으로는 新聞記事와 文學作品이 어느 程度에서 類似한 것을 說明하는 것이라고 볼 수 잇습니다.

現在에 잇서서는 文學作品이 個性의 表現됨을 要하는데 卽 다시 말하면 엇던 事像이 作者의 主觀 中에 吸收되여 가지고 그 表現을 通하여서 나오는 것을 要求함에 反하야 新聞記事는 爲主하야 客觀的 報道에 그치는 것인 즉 그 사이에 到底히 混同치 못할 區別이 잇다할지나 興味 中心으로 發展되는 新聞記事는 이윽고 多分의 主觀分子를 要求하게 될 것은 分明한 順序이며 딸어서 新聞記事와 文學作品 사이에는 彼此 接近되여갈 運命이 잇다고 생각합니다.[23](밑줄 강조-인용자)

(나) 第一로 文學은 個性의 表現이나 「쩌-날리슴」은 記者의 個性을 絶對로 쓰내서는 아니 된다. 그래서 어느 記者가 單純히 事實을 長慌히 記錄하거나 引證을 例擧함에 거리낌 업이 하다가는 意識치 아니한 中에 그 範圍를 넓혀가서 事實의 속속드리에다 觀照를 담그게 되는 것이다. 여기에 「文學」者가 생긴다. 그에게는 記事는 單純한 材料이다. 그 材料를 眞理에 씨여 가지고 美를 發見함이 本意가 되는 것이다. 다른 말로 밧구어 말하면 그는 單純한 代筆者이고 機械임에 그치지 아니하고 「創造記者-卽 文學者」가 되는 것이다.[24]

---

23 閔牛步, 「쩌내리씀과 文學」, 『生長』1(3), 1925.03. 42면.
24 신경순, 「쩌-날리슴(新聞調)과 文學」, 『철필』창간호, 1930.07. 39면.

(가)는 여러 민간지에서 기자로 활동한 민태원이 1925년 강연한 원고의 일부분이다. 번안소설과 창작소설을 쓴 '기자-작가' 민태원의 안목에서 '저널리즘과 문학'의 미래는 저널리즘의 흥미중심의 객관적 보도를 추구하게 됨에 따라 사실주의로 발달하는 문학과 어느 시점에서 서로 근접할 것이라는 전망을 하고 있다. (나)는 언론인 신경순이 1930년에 쓴 글의 일부분이다. 신경순은 기자와 문학자는 차이가 분명히 있으며, 기자가 문학자가 될 수 있는 가능성을 '관조'에서 찾고 '쩌널리스틱한 문학'은 '관조없는 문학'이라고 폄하하고 있다. 문학과 저널리즘의 관계에 대해 (가)는 글쓰기의 차원에서 서로 닮아갈 것이라고 내다보는 반면 (나)는 '신문기사적 문예'를 "대중적인 동시에 신문잡지의 기사적"이라는 부정적 의미를 담고 있다고 서로 구별한다. (가)에서 말하고 있는 '저널리즘과 문학이 서로 근접할 것'이라는 관점의 근거를 살펴보면 문학은 신문의 객관성을, 신문은 문학의 '주관분자'를 각각 취할 것이기 때문이라는 것이다. 1925년경 소설계가 객관성 지향으로 나아갈 것이라고 보는데, 이것은 (나)에서 말하고 있는 '관조의 문학', 즉 '사실주의로 발달해 가는 문학'의 조건에 해당하는 것이다.

하지만 기자들에게 저널리즘의 '객관성'이라는 가치는 재인식되기도 한다. "선배들은 우리에게" "주관을 버려라. 엄정한 객관을 지켜라."고 하지만 "편집자도 기계가 아니고 사람인 다음에야 받을 수 없는 주문"[25]이며 신문기사 역시 "보도되는 것은 결코 사건 그대로를 알 수 없는 것"이며 "다만 사건 재현"[26]이므로 객관적일 수는 없다는 인식들이 존재한

---

25 현진건, 「사회면과 편집」, 『철필』, 1930.08.
26 正革兒, 「쩌널리즘 노트-촌감수제」, 『사해공론』, 1936.11. 211면.

한국근대소설 미학과 '記者-作家'

다. 그리고 취재기자들 가운데 취재원의 사정이나 이야기 앞에서 동정을 느끼지 않기는 힘들다고 고심담을 이야기하는 기자들도 있다.[27] 특히 '사회부 기자의 직업적 냉정'을 갖기가 얼마나 어려운가를, 아니 대상(사건)에 맞선 자의 태도가 '냉정'한 것이 적절한 것인가를 반문하는 '기자-작가'도 있다. '고통과 동정'은 '현실'에 대한 근대작가의 감정이자[28] 신문기자의 감정이기도 했던 것이다.

1920년대 소설은 식민지 조선의 현실을 작품의 현실로 끌어들여 허구적 세계를 구축한다. 저널리즘이 조선의 현실을 사실적으로 보도하기 위해 미행기, 암행기, 실화 등의 독물(讀物)로서의 글쓰기를 시도하는 상황에서 작가의 소설 쓰기는 저널리즘의 '독물(讀物)'과 경쟁하지 않을 수 없었다. 이런 상황에 대응한 작가의 글쓰기가 근대소설이라고 할 때, 근대소설이 성취한 미적 성격을 새롭게 논의해볼 수 있을 것이다. 예컨대 신문기사문이 현실 혹은 사실(fact)을 다루는 방식과 근대소설이 그것을 다루는 방법의 차이에서 근대소설의 미학적 성과를 진단해볼 수 있는 것이다. 이 경우 스캔들 등 신문기사의 사건을 소재로 하여 창작한 작품, 인물을 '모델'로 하여 쓴 '모델'소설 등이 분석 대상이 될 수 있다.

둘째, 저널리즘과 문학의 상관성을 검토하기 위해 설정한 범주는 '대중성'이다. 일제하 언론은 저널리즘의 관행과 신문의 산업화라는 측면에서 1920년대와 1930년대로 구분하여 논의된다. 1931년(만주침공)을 기점으로 하여 신문의 기업화, 상업화 그리고 논조의 변화 등이 두드러진

---

27 柳志永, 「記者사리 다섯 苦痛」, 『별건곤』3, 1927. 01. 이 글은 〈各新聞·社會部記者의 苦心談: 날마다 새로나는 소식은 엇더케 모흐나〉라는 기획에 수록되어 있다. 이외 柳光烈, 朴八陽, 馬濠 등의 글이 수록되어 있다.

28 손유경, 『고통과 동정』, 역사비평사, 2008.

다.[29] 이러한 변화와 구분은 신문 '기자'의 전문화 과정으로도 확인할 수 있다. 즉 '기자에서 기자직(職)'으로의 변화는 1)지사적 논객에서 직업 언론인으로, 2)신문 제작인에서 신문산업의 노동자로, 3)정치적인 것에서 사회적인 것으로의 특징을 보인다.[30] 그리고 언론사들의 경쟁과 판매부수를 확장하기 위한 노력은 신문지면의 증면(增面)으로 이어진다. 이러한 점이 1930년대의 언론의 두드러지는 특징임을 감안하더라도 신문사의 독자확보를 위한 노력은 1920년대부터 지속적인 것이었다. 저널리즘은 독자에게 쉽고 흥미로운 내용을 전달하기 위해 모든 방법의 글쓰기를 도모한다. 이때 저널리즘의 독자확보를 위한 기획물들이 탄생한다. 그래서 신문사의 청탁과 작가의 재능이 결합하여 새로운 형태의 '근대문예물'들이 만들어졌다. '영화소설', 릴레이 형식의 '연작소설' 등이 대표적인 것들이다. 그리고 저널리즘의 영향력이 비대해짐에 따라 문인들은 문단의 확장을 위한 '독자획득'을 기하지 않을 수 없다. 저널리즘이 다종다기한 독물(讀物)을 요구함에 따라 문학은 '타자로서 대중'을 발견하고 그들의 욕망을 분석하지 않을 수 없었다. 1920년대 문학운동론의 차원에서 이루어진 '대중화 논쟁'도 넓은 의미에서는 이러한 맥락 속에 있는 것이다. 예술의 대중성에 대한 논의와 대중지향적 예술관을 표방한 '기자-작가'들은 서사의 전략을 대중성 확보에 두지 않을 수 없었다.

한편, 신문의 각 페이지와 기사들은 상호텍스트적 상황에 놓여 있으면서도 기사의 구획선에 의해 파편적인 상태에 놓여있다. 신문이 세계를

29　한만수, 「만주침공 이후의 검열과 민간신문 문예문의 증면, 1929~1936」, 『대동문화연구』37, 2009.

30　이종숙, 「한국신문의 전문화-한국 저널리즘의 근대성에 대한 비판적 고찰」, 고려대학교 박사학위논문, 2004, 130면 참고.

구성하고 보여주는 방식은 '편집'을 따른다. 신문연재소설의 경우 소설이 면서도 신문의 구획된 판 속에 존재하는 '기사'의 한 형태라고 할 수 있다. 신문연재소설의 통속적 요소들은 이러한 신문기사의 스트레오타입화한 서술에 조응한 결과이기도 하다.[31] 그리고 신문에 기사를 작성한다는 행위는 독자를 상정하고 그들의 욕망을 자신의 욕망으로 오인하는 과정을 포함한다. 따라서 무의식적으로 독자가 욕망하는 바를 자신의 욕망으로 받아들인 기자들은 끊임없이 기삿거리를 찾아 헤맨다. 기자의 이러한 욕망은 범죄사건을 추적하고 베일에 싸인 사건의 비밀을 독자들에게 알려주는 탐정의 욕망과 닮았다.[32] 신문연재소설을 쓰는 작가의 욕망도 이러한 저널리즘의 기사작성자의 욕망을 거부하기 힘들다. '탐정'처럼 행동하려는 기자의 욕망과 신문연재소설의 서사를 추동하는 주요 동력의 하나인 작가의 '현실폭로'의 욕망은 공유되는 면이 있다. 예를 들면, '폭로기사'와 신문연재소설의 '비밀-폭로 서사'는 신문저널리즘의 대중성이라는 맥락에서 논의해볼 가능성을 가지고 있다. 신문기사와 신문연재소설이 세계를 바라보고 재현하는 '관점'의 닮은 점을 바탕으로 그 재현전략을 분석함으로써 소설의 미적 특성을 규명해낼 수 있을 것이다.

셋째, 식민지 조선의 민간신문과 문학의 관련성을 논의하기 위하여 '정치성'의 범주를 설정한다. 식민지 조선에서 현실정치는 존재할 수 없었다. 식민지에서 언론(민간지 신문)의 위상이 갖는 특수성을 고려할 때, 신문기자의 존재는 단순한 직인(職人)이 아니라 '지사(志士)-투사(鬪士)'로

---

31   천정환, 『근대의 책읽기』, 푸른역사, 2003, 326면.
32   이봉희, 「1920~30년대 단편 탐정소설과 탐보적 주체 형성 과정 연구」, 성균관대학교 석사학위논문, 2009.

인식되었다. 정치적 방면으로의 진출이 차단된 상황에서 민간지는 지식인의 존립 조건으로 작용하였던 것이다.

(1) 디포우와 리차드슨 자신들이 대중들의 새로운 중심을 전적으로 대변하는 자들이었다는 점이 보다 중요하다. 런던의 중산층 상인들로서 그들은 자신들이 쓰는 것이 많은 독자들의 마음에 호소할 수 있을지 확인하려면 그저 내용과 형식에 대한 그들 자신의 기준을 고려하기만 하면 되었다. 이것은 아마도 독서계의 구성이 변화하고 서적상들이 소설의 발생에 대한 새로운 지배권을 갖게 됨으로써 생긴 대단히 중요한 결과일 것이다. 디포우와 리차드슨은 그들 독자의 새로운 요구에 커다란 반응을 보였다기보다는, 과거 그 어느 때보다도 훨씬 더 자유롭게 이러한 요구들을 내부로부터 표현할 수 있었던 것이다.[33](밑줄 강조-인용자)

(2) 메이지 시대나 다이쇼 대개의 문학인들이 그 시대에 강력한 조직을 이루었던 일본의 관계나 실업계에 들어가지 않은 청년들로부터 나왔다는 것은 상당히 주목된다. 그들 중 상당수는 대학 중퇴자들이다. 이미 그들은 학생 시절에 학교의 조직 속에-유럽 문학을 통해 이해했던-인간성을 허용하지 않는 죽은 형식주의가 있음을 간파했다. 그러나 한편으로는 그들을 받아들이는 보다 자유로운 사회가 없으면 안 된다. 그것을 그들은 승려 생활이나 거리의 연예인 생활에서 찾지 않고, 아직 조직이라고 할 정도의 수준을 갖추지 못했던 미성숙한 실업이었던 출판이나 신문 사회에서 찾았다. 문필 능력을 갖고 자유로운 사고방식으로 사는 인간이 살아갈 수 있는 사회는 메이지에서 다이쇼를 거쳐 출판, 신문사 안에 있었다. 메이지 시대에 저널리스트와 문

---

33 이언 와트, 전철민 역, 『소설의 발생』, 열린책들, 1988, 78면.

한국근대소설 미학과 '記者-作家'

사는 구별되지 않는 존재였으며, 대부분은 양쪽을 겸업했다. (중략) 많은 사람들은 <u>저널리즘에서만 허용되었던 단정치 못하고 방자한 생활을 하면서 어느 정도의 자유를</u> 근근히 맛보면서 살아갈 수 있었다.34(밑줄 강조-인용자)

(1)은 이언 와트가 근대소설의 발생과 18세기 독서계의 중산층 확장의 의미를 정리하면서 디포우와 리차드슨의 글쓰기 상황에 대해서 한 말이다. 그에 따르면 중산층이 인쇄, 서적 판매, 저널리즘 등과 다양하게 관계를 맺는 가운데 디포우와 리차드슨과 같은 근대소설이 탄생할 수 있었다. 그런데 디포우와 리차드슨의 글쓰기는 일반적인 의미에서 저널리즘이 독자의 요구에 영합하는 것이 아니라 자신의 내부에서 준비되어 있던 것이 주어진 상황 속에서 자유롭게 표출된 것이라고 한다. 이 지적에서 중요한 것은 자신의 내부에 준비되어 있었다는 점과 그것이 표출될 수 있는 자유로운 상황이 주어졌다는 점이다. 자유로운 상황은 저널리즘 활동과 함께 주어진 것이다. 두 작가는 저널리스트였다. 저널리스트의 감각이 작용한 까닭에 그들의 언어는 '실감나는 소설'을 쓸 수 있었던 것이다. (2)는 일본의 소설가이자 평론가인 이토 세이가 일본 근대문학의 발생과 전문 문사의 탄생 과정에 대해 설명하면서 한 말이다. 그에 따르면 일본의 근대화 속에서 문인(文人)은 관료세계나 실업세계로의 진출을 거부한 사람들 가운데 생겨났는데, 그들은 유럽의 문학을 통해 획득한 '자유로움'을 갈망하고 있었기 때문에 형식주의가 팽배해지는 사회에서 그나마 '자유로운 곳'인 신문사나 잡지사 같은 저널리즘세계로 진출한 것

---

34   이토 세이(伊藤 整), 고재석 역, 『근대 일본인의 발상형식』, 소화, 1996, 31면.

이다. 따라서 문인이 저널리즘의 세계로 모여들었고 문인과 저널리스트의 겸업은 자연스러운 것이 되었다는 것이다. 이언 와트나 이토 세이의 논의를 통해 근대 문인의 글쓰기가 저널리즘 세계와 어떻게 결합할 수 있었는지를 알 수 있다. 신문저널리즘은 문인과 독자를 만나게 하는 새로운 장인 동시에 다른 사회 분야에 비해 '자유로운 공간'이었다. 그러나 언론사의 '자유 공간'으로서의 위상은 식민지 조선의 경우 좀 더 복잡한 의미를 가지는 것이었다. 식민지 지식인들에게 언론사는 '허가된' 정치활동의 장으로 인식되었다.

과도기 사회의 저널리즘은 외부세계에 대한 새로운 인식과 새로운 민족주의적 자각과 거의 동시적으로 발생한다. 이 과정에 문필가와 저널리스트의 역할은 미분화의 상태에 있다. 동양의 근대 저널리즘 상황을 바탕으로 문필가(writer)와 저널리스트(journalist)의 존재를 연구한 허버트 패신(H. Passin)에 따르면,[35] 과도사회에서 문필가는 저널리즘을 자신의 직업과 이미지에 완전히 부합하는 것으로 느끼기 때문에 저널리즘에 투신할 수 있었다. 엘리트 문필가와 저널리스트가 맺어질 수 있었던 것은 이들 모두가 언어의 사용자로서 근대적인 사상, 감정, 감각을 표현할 수 있을 만큼의 분화된 언어를 발전시키는 데 상호작용할 수밖에 없었기 때문이다. 미분화된 상태에서 저널리즘의 전문직화가 이루어짐에 따라 문필가는 대중독자, 정치, 과거의 지식으로부터 단절된다는 것이다. 문필가와 저널리스트는 정치적 역사적 상황을 어떻게 볼 것인가에 대해 취하는 입장에 따라 구별되는

---

35   Herbert Passin, "Writer and Journalist in the transition society", ed. by Lucian W. Pye, *Communication and Political Development*, Princeton Uni. Press, 1963.

데, '초연한 관찰자로서의 문필가'와 '사실의 객관적 보도자로서의 저널리스트'라는 이상이 존재하게 되는 것이다. 패신이 중국의 5·4운동의 문예운동을 예들어 설명했듯이 그것은 초연한 입장과 참여라는 입장을 동시에 추구하기 위한 투쟁이었다. 그것은 '예술을 위한 예술'을 확립하기 위해 투쟁하는 집단과 진보적으로 현안을 해결하려는 집단으로 분열되어 나타났다. 이러한 상황은 3·1운동 이후 1920년대 조선의 상황과 다르지 않았다. 미적 자율성을 주장하는 문인과 저항의 집단으로 분열되어 나타났다. 그러나 이 투쟁은 상대적인 것이다. 정치열이 높은 식민지 하에서 저널리스트는 객관성과 정치참여를 동일한 것으로 인식하는 경향이 강한데, 이 두 가지 모두 '진실'과 동일시되기 때문이다.[36]

1920년대 식민지 조선의 신문은 총독부에 의해 '허가'된 공간이었다. 3·1운동 후 일제는 "조선인의 기분을 알고 조선인 사이의 어떤 공기가 흐르고 있는가를 알기 위해서"[37] 그리고 민족 감정의 폭발을 미리 막고 반일(反日) 감정의 진원지를 알아차려 사전 조치를 하는 데 유용하기 때문에 민간 언론을 '허가'했다. 물론 그 이면에는 3·1운동 발발 당시와 직후 『조선독립신문』, 『국민회보』 등 13개의 '지하신문'이 발행되고 있었고 일제는 이들 지하신문에 대응할 필요성과 문화통치로 전환했다는 가시적 전시효과를 위해 민간신문을 '허가'한 이유도 있었다.[38] 1920년대 '허가'의 형태로 관리된 언론계이지만, 피식민지 지식인들에게 신문은 '신문정부(政府)'[39]라는 정치적 명명을 얻을 만큼 그 위상이 특수한 공간

---

36 위의 논문, 참고.
37 한국언론인연합회 편, 『한국언론사 100년』, 한국언론인연합회, 2006, 442면.
38 위의 책, 441면.
39 1920년 민간지의 창간과 그 위상은 "모든 방면으로 정치의 거세를 당한 이 조선

이었다. 신문의 이러한 위상은 식민지의 민족적 '공기(公器)'로 인식되며 '기자'에게 요구되는 역할 또한 이에 부합하는 것이어야 했다. 따라서 기자는 '志士的 文士'로 인식되었다.[40] 이러한 식민지 '조선 신문의 특수성'이라는 조건은 '기자-작가'의 소설 창작활동의 조건이기도 하다는 점을 고려해야 한다.

중요한 것은 식민지 신문저널리즘의 특수성이 '정치면 부재'라는 상황으로 인식되었다는 점이다.[41] 신문의 1면에 해당하는 정치면은 "'電通社'나 '聯合通信社'에서 전해 주는 각국의 통신을 材料로 하야 편집"[42]하는 수준이었다. 이러한 조선의 '좁은 현실' 때문에 기자들은 다룰 만한 사건이 없다고 푸념하기도 했다. 그리고 "조선서는 정치적 무대가 없어 기자 생활을 토대로 하여 다른 방면으로 진출할 기회가 없다."[43]고 기자들은 얘기하기도 한다. 앞서 말한 식민지 조선의 민간지가 갖는 '신문정부'라는 위상을 신문지면에 빗대어 자리매김해보면 '1면(정치면)'은 조선의 외부를,

---

사람들은 그 지배적 권력을 신문정부의 문전에 몰려와서" 찾는다는 표현을 통해 충분히 유추할 수 있다. XY생, 「현하 신문잡지에 대한 비판」, 『개벽』63, 1925.11.

40 물론 1930년대 신문이 기업화와 상업화의 단계를 지나면서 '기자-작가'는 '직인'(전문화)의 모습으로 변화한다. 박용규, 「일제하 민간지 기자 집단의 사회적 특성의 변화과정에 관한 연구」, 서울대학교 박사학위논문, 1994. ; 이종숙, 「한국신문의 전문화-한국 저널리즘의 근대성에 대한 비판적 고찰」, 고려대학교 박사학위논문, 2004.

41 이는 현실정치 부재의 다른 표현일 뿐이다. 1920년 민간지가 창간되고 지식인들은 정치적 진로가 차단된 상황에서 '문학'을 선택한 했다고 말한 사람은 염상섭이다. "정치적 운동의 진출의 길이 두색(杜塞)되어서 문학으로 들어섰을 뿐." 염상섭, 「문예 연두어」, 『매일신보』, 1934.01.03~01.12.(『문장전집』2, 소명출판사, 2013, 364~365면.)

42 牧丹峯人, 「新聞編輯裏面祕話」, 『개벽』(신간 제4호), 1935.03. 91면.

43 「기자실」, 『신동아』, 1931.11. 49면. 1931년 09월 15일 16시 동아일보사 2층 응접실에 7명의 기자가 모여 나눈 대화의 내용에서 "우리 사회는 보도 시대라 하지만 단순한 보도로만으론 부족하지 않우. 그러니까 보도를 할 때에 암시성을 최고도로 발휘하여야" 된다고 말하고 있다.

'3면(사회면) 기사'가 조선의 내부를 다루는 것이다. 따라서 조선은 '3면'에 존재한다. '3면'은 '1면'이 부재하는 즉 식민지 현실 정치부재 상황을 담아 내는 지면의 기능을 수행했던 것이다.44 서양 근대소설이 3면(사회면) 기사와 쌍생아였다면45, 식민지 조선의 근대소설은 정치면의 성격을 포함하고 있는 '3면'과 관련된 것이다. 조선 언론의 이러한 특수한 상황과 신문지면이 갖는 의미를 생각할 때 신문에 게재된 소설 또한 이러한 상황에 조응하는 특징을 가진다고 할 것이다. 정리하면, 정치부재의 상황에서 사회면기사가 정치문제를 비(非)정치의 문제로 다루려는 전략을 포함하고 있다고 할 때, 식민지 신문연재소설 또한 이러한 저널리즘의 상황에서 창작된 작품이라는 점에 주목할 필요가 있다. 식민지 시기 사회면 스캔들 기사의 경우 그 대상이나 사건의 성격이 정치문제와 결부되는 경우가 많다는 점을 고려할 때, 특히 1920년대 후반의 신문연재소설이 섹스 스캔들(치정 사건)의 이야기 속에 정치 스캔들(시국 사건)을 결합하여 서사구성 전략을 취하고 있다는 특징은 피식민지인의 정치적 비전과 윤리적 감각을 담아 낸 텍스트로 읽을 수 있는 가능성에 해당하는 것이다.

이상에서 언급한 내용을 바탕으로, 본고에서는 식민지시기 민간지 발간 이후 보다 역동적으로 상호작용한 저널리즘과 근대작가의 상황을 '기자-작가'를 중심으로 고찰하여 근대소설이 획득한 미적 특성을 밝히고자 한다. 저널리즘의 상황에 대한 소설의 미적 특성 규명하기 위해(1)작가의 저널리즘 체험과 인식을 재구하여, (2)저널리즘의 상황에 대응하여

---

44   유선영, 「식민지 신문 '사회면'의 감정정치」, 『한국언론정보학보』67, 한국언론정보
     학회, 2014. 참고.
45   가라타니 고진, 김경원 역, 「계급에 대하여-나쓰메 소세케론 I」, 『마르크스 그 가능
     성의 중심』, 이산, 2003, 153면.

창작한 소설의 구성적·서술적 차원의 전략을 살펴보고, (3)그렇게 획득한 소설의 미적 특성에 의미를 부여해보고자 한다. 이를 위해 본고는 저널리즘과 소설의 상관성을 앞서 언급한 1)사실성, 2)대중성, 3)정치성의 범주로 대별하여 논의할 것이다.

이러한 세 범주는 저널리즘과 소설 창작의 상관관계를 규명하는 데 상호 중첩되어 논의될 수 있는 것이다. 이러한 관점은 저널리즘과 문학을 사실(fact)과 허구(fiction)로 구획하여 논의하던 관점을 극복할 수 있다. 식민지 '기자-작가'의 글쓰기는 사실성, 정치성, 대중성의 차원에서 이루어진다. 이 세 가지 범주는 상호 배타적이거나 독립적인 것이 아니라 상호 중첩되는 가치이므로, 소설의 미적 특징을 형성하는 데 있어서도 복합적인 양상으로 작용한다. 저널리즘과 공유하고 있는 사실성, 대중성, 정치성의 세 범주가 근대소설의 미적 특징을 형성하는 데 작용한 내용은 다음과 같은 사항으로 설명해볼 수 있다. 즉 신문기사인 뉴스(news)와 소설(novel)은 모두 사실적이면서도 허구적인 속성을 가지고 있다. 식민지 '기자-작가'는 현실의 사실(fact)을 소설쓰기로 재맥락화하면서 그것에 '정치적 비전'을 투사한다.

한 예로, 저널리즘의 '스캔들'을 주목해보자. '스캔들'은 그것을 만들어내는 시대상황과 수사학적·서사적 컨텍스트의 과정을 거치면서 하나의 텍스트로 탄생한 것이다. 사회적 맥락과 이데올로기적 환경에 의해 매개된 텍스트로서 피식민지의 '스캔들'은 대중성과 정치성을 포함한다. 마찬가지로 근대소설은 저널리즘의 '스캔들' 기사를 재서사화하는 과정에서 사실성, 대중성, 정치성의 가치에 의해 매개된 예술세계를 창조한다. 논의를 위한 도식화가 허용된다면, 스캔들과 소설의 상호 관계를 작가의 창작방법 차원에서 다음과 같이 유형화해 볼 수 있다. 즉, 팩트와 픽션을 철저하게 구획짓고 픽션 자체의 미적 특성을 구축하려고 한 작가는 정치적 사건을 스캔들의 차원에서 다루기도 하고, 팩트의 세계를 픽션의 세계에 적극적으로 활용한 작가의 경우 '스캔들의 로망스화'를 시도하기도 하며, 팩트와 픽션의 경계의 모호함을 활용한 작가의 경우 스캔들을 정치의 차원에서 다루기도 한다.

이처럼 저널리즘과 소설의 두 영역은 사실성, 대중성, 정치성이라는 세 가지 가치를 지향하면서도 소설은 그것에 저항하는 실천을 통해 미적 세계를 구축할 수 있었다. 그리고 이 세 범주는 한 작가의 글쓰기에 있어서도 동시에 작용하는 사항이다. 특히 신문소설 연재에 임하는 작가는 저널리즘의 대중성 요구와 줄다리기 하며 예술성을 확보하기 위한 자신의 서사전략을 창조한 대표적인 경우이다.

본고에서는 한국 근대소설이 저널리즘에 대응하여 마련한 서사 전략의 특징을 분석하기 위해, 앞서 제시한 세 가지 범주에 각각 대응하는 대표적인 '기자-작가'와 그의 작품을 선정하여 논의하고자 한다. 이는 개별 작가에 대한 논의이긴 하지만, 저널리즘 환경에 대응한 한국소설의 서사전략과 미적 특성을 유형화할 수 있는 가능성을 열어두기 위함이다.

먼저 2장에서는 저널리즘의 사실지향성 보도에 대응하면서 작가로서 자신의 미적 세계를 구축해나간 현진건의 작품에 주목하고자 한다. 현진건의 단편소설은 서사 전개의 방법적 측면과 서사 장치의 배치를 활용하여 미적 구조를 만들어낸다. 그의 소설의 미적 구조는 '목격-논평자'라는 서술자를 설정함으로써 더욱 강화되는 특징을 보인다. 현실의 '극적 광경'을 포착하여 소설의 예술성을 구축하고 있는 현진건의 소설의 특징이, 작가의 '사회면-편집기자'의 활동과 어떠한 영향관계를 가지고 있는지 살펴보고자 한다. '편집'의 방법으로 쓰여진『적도』를 분석하여 식민지 '기자-작가'의 정치적 비전이 갖는 의미를 살펴볼 것이다. 이 과정에서 현진건의 '기교주의'의 의미를 새롭게 평가해볼 수 있기를 기대한다.

3장에서는 저널리즘의 독자확보를 위한 기획과 작가의 이에 대한 대응의 전략을 대중성의 차원에서 살펴보기 위해 심훈의 작품을 고찰하고자 한다. 식민지 조선의 독자들에게 예술은 무엇을 할 수 있는가를 고민한 심훈은, 저널리즘 활동을 통해 식민지 '대중'을 발견했다. 그리고 심훈은 학예부 영화 기자로서의 글쓰기를 통해 영화예술에 대한 전문적 이해와 대중에 대한 이해를 심화시키는 동시에 영화제작 등의 영화체험을 통해 식민지 조선의 민족자본의 한계를 인식했다. 그 결과 심훈의 대중지향적 예술관은 신문사의 독자확보를 위한 기획을 적극적으로 전유하여 계몽성(정치성)과 대중성을 효과적으로 결합시킨 작품을 창조할 수 있었다. 그리고 심훈은 영화과 문학의 두 영역을 넘나들면서 예술 활동을 했으며 누구보다 식민지 시기 저널리즘의 대중적 영향력을 적극적으로 사유했다. 심훈 소설의 미적 특성에 대한 논의를 통해 한국근대소설의 대중미학적 성과를 재고해보고자 한다.

4장에서는 식민지 조선 언론의 특수성을 바탕으로 정치부재 상황에 적극적으로 대응한 작가의 정치적 욕망을 살펴보기 위해, 염상섭의 작품에 주목하고자 한다. 피식민지인에게 정치성은 해방의 비전과 관련된 것이다. 식민지 '기자-작가'들은 정치부재의 상황에서 정치적 비전을 문학의 영역에서 다룰 수밖에 없었다. 염상섭의 소설세계는 불투명하며 결말 또한 명확하지 않은데, 그에게는 저널리즘이 다루는 '모델'조차 그 진실은 알 수 없는 의심의 대상이다. 이러한 '불가해한 현실'에 대한 탐구로 쓴 그의 소설 세계는 서술적 차원에서 근대적 의미의 '토론'을 도입하는 방법과 식민지 해방의 조건들에 대한 성찰과 모색을 위해 지배계층의 삶을 폭로하는 '스캔들'의 서사화 방법으로 구성된다. 그리고 식민지 저널리즘의 특수성과 대중적 위력을 소설세계에 반영하기 위해 신문 '사회면(3면)'의 스캔들을 정치적 비전으로 굴절시키고 있다. 이러한 특징을 염두에 두고 염상섭이 스캔들을 서사화하는 전략과 그 효과가 피식민지인의 '정치성'을 환기시키는 데 있다는 점을 밝혀보고자 한다.

이상의 세 '기자-작가'의 소설과 저널리즘의 상관성에 대한 논의를 통해 본 연구는 궁극적으로 한국근대소설의 미적 특성을 새롭게 규명할 수 있는 한 방법론을 제기하고자 한다.

2. '사실'의 미학화 의지와 미적 구조의 구축: 현진건

저널리즘의 글쓰기 상황에 대응하는 작가의 소설쓰기의 특징을 고찰하고자 할 때, 우선적으로 논의할 사항은 사실과 허구의 글쓰기에 걸쳐 진행된 현실에 바탕을 둔 '사실지향성'의 국면이다. '기자-작가'의 글쓰기는 저널리즘의 사실(fact)에 대한 객관적 보도의 태도와 현실의 사실을 바탕으로 한 허구적 세계의 창조 사이에서 이루어진다. 이때 현실을 바탕으로 구축되는 허구적 세계는 근대 작가의 미학화의 의도가 반영된 결과이다. 1920년대 중반의 소설사적 과제는 조선의 현실을 허구적 세계에 어떻게 수용하여 미학적 성과(예술성)를 획득할 것인가에 놓여있었다.

조선의 현실은 신문 '사회면'의 세계이다. 신문은 서적과 달리 "실생활의 재료를 무시로 공급"하며, "크게는 세계정국의 대세를 날마다 보도하고 적게는 일상생활의 사소한 감정까지 세세하게 표현한다." 따라서 "작가는 다른 누구보다도 널리 보고 널리 알아야 하고 또한 그것을 정확히 파악함으로써 그의 작품을 정확히 예술화할 수 있"[46]다. '기자-작가'들의 신문 만들기와 신문 읽기는 식민지 '조선의 현실'을 파악하고 그것을 예술화하는 과제와 깊이 관계된 것이었다.

사실을 다루는 데 있어 신문기자와 작가의 글쓰기의 공통점과 차이점을 다른 어느 작가보다 깊이 사유하고 자신의 작품세계의 미적 세계를 구축하는 데 민첩했던 대표적인 작가가 현진건이다.[47] 현진건의 단편소설의 예술성은 사실에 대한 미적 구조의 창조로 획득된 것이라고 할 수 있다. 1920년 11월 『개벽』에 발표한 「희생화」가 현진건의 작가로서의 출발이라면 동시에 같은 시기(11월) 『조선일보』 입사는 기자생활의 시작에 해당한다. '기자-작가'로서의 현진건의 삶은 이렇게 시작하여 이후 1922년 9월 『동명』 창간에, 1924년 3월 『시대일보』 창간에 맞춰 입사하여 '기자'로서 활동한다. 그리고 1925년 『동아일보』, 1926년 『조선일보』 사회부장, 1927년 10월 다시 『동아일보』 사회부장으로 자리를 옮긴다.

---

46 이기영, 「신문과 작가」, 『사해공론』2-1, 1936.11. 74~80면. "예술은 결국 생활의 저수지에서 현실적 재료를 취급하여 그것을 정제하는 표현 수단에 불과한 것이다. 문학적 현실-그것은 현실재료에서 취사선택할 것이니 실생활의 움직이는 사회현상을 날마다 재료로서, 다시 무엇이 이(신문-인용자)에 더 지날 것이 있으랴?"(80면)

47 이하 현진건의 작품세계와 '사회면-편집기자'의 관계에 대한 문제제기와 이 장 3절의 『적도』의 분석에 대한 내용은 졸고의 다음 글을 이 본문의 체제에 맞게 수정한 것임을 밝혀둔다. 졸고, 「한국근대소설과 "기자-작가" : 현진건을 중심으로」, 『민족문학사연구』49, 2012.08.

『동아일보』 사회부장으로서의 삶은 1936년 이른바 '일장기 말소사건'으로 사퇴하는 순간까지 이어진다. 이후 창작한 일련의 역사소설은 기자라는 직업을 잃은 뒤에 창작한 것이지만 작가 현진건의 삶은 신문기자라는 존재 조건을 떠나 생각할 수 없다.

이러한 기자생활 속에 창작된 그의 소설은 초기의 단편소설에서 시작하여 『지새는 안개』(1923~1925), 『적도』(동아일보, 1933.12.20~1934.06.17) 등의 장편소설로의 진행을 보인다. 그런데 그간 기교적 우수성의 측면과 현실지향적 성격의 측면에서 우수하다고 평가받는 단편소설의 창작은 1920년대 후반부터 서서히 줄어들고 있음을 확인할 수 있다. 이 시기에 현진건은 『조선일보』를 거쳐 『동아일보』의 사회부장(편집인)으로 활동하고 있었다. 작가의 입장에서 '속무(俗務) 탓'으로 작품 활동에 충실할 수 없었다고 말할 수 있겠지만, 그의 편집인으로서의 활동은 다른 기자들로부터 인정을 받을 만큼 성과를 보였다. 특히 사회부장-편집인으로서 현진건은 기사 제목을 잘 뽑는 명편집자로 통했다.[48] 그리고 1929년 『동아일보』의 '고도 순례' 기획으로 경주에 파견되어 돌아와서 「고도 순례-경주」를 쓰고, 1932년에도 신문사 사회부장으로서 기행문 형식의 「단군성적순례」를 쓰기도 했다.

신문사 편집인으로 활동하면서 작품을 내놓지 못하는 상황에서, 당시 문단과 독자들이 현진건의 문단 복귀를 요구하는 목소리들이 많이 있었다. 이것은 초기 신문학 개척자로서 현진건의 명성[49]에 대한 기대로 표출

---

48 이 시기 조선일보 사회부 기자였던 이서구, 김을한 등의 회고 참고. 특히 조선일보 사장 이상재의 장례식에 대한 김을한의 취재 기사에 '無窮恨, 不盡漏, 靈柩는 萬年幽宅에'(『조선일보』, 1927.04.10)라고 붙인 제목은 명제목으로 회자되었다.

49 당시 현진건의 문인으로서의 일반적인 평가라고 할 수 있는 한 대목을 보이면 다음

된 것들이라고 할 수 있다. 그렇다고 현진건이 작가로서 작품 활동을 전혀 하지 않은 것은 아니다. 이 시기 특징적인 창작 활동은 『해뜨는 지평선』(조선문단, 1927) 같은 장편소설을 시도했다는 것, 합동연작 소설이라고 할 수 있는 「여류음악가」(1929.05), 『황원행』(1929.08), 「연애의 청산」(1931) 등을 썼다는 점 그리고 첫 신문연재 장편소설 『적도』(1933~34)를 완성했다는 점 등이다.

그간의 현진건의 소설에 대한 연구는 초기 단편소설에 집중되어 있으며 그 관심의 초점도 '기교'의 의미를 규명하려는 시도가 주를 이루었다. 그리고 이러한 초기 단편소설 중심의 연구는 1920년대 초반 근대소설의 성립과정에서의 현진건 소설의 위상을 더 높이는 평가로 이어졌다.[50] 한편 그의 장편소설에 대한 연구 또한 작품론의 차원에서 지속적으로 이루어졌다. 그런데 신문학 초기 단편소설작가로서의 위상과 장편소설의 성과는 그 내적 관련 속에서 설명되지 못하고 있다. 특히 신문연재소설 『적도』의 경우, 그 통속적 내용과 서사 전개의 비약 등을 이유로 부정적인 평가를 내리고 있는 경우가 많다.

현진건 단편소설의 전개는 초기의 신변(가정) 중심의 내용에서 1920년대 중반 이후 현실지향적 성격을 지니는 쪽으로 진행된다는 것이 그간의 일반적인 진단이다. 현진건의 이러한 변화는 그의 기자체험과 그 결과로

과 같다. "재료를 취하는 데는 자연주의의 철여하고 문장으로는 육감덕이라고 할 만큼 치밀하고도 생긔잇는 붓대를 가진 씨(현진건)" 「연작장편 『황원행』 소설예고」 (동아일보, 1929.05.31)의 작가소개에서.

50 손정수, 「한국 근대 초기 소설 텍스트의 자율화 과정 연구」, 서울대학교 박사학위논문, 2001. ; 차혜영, 「1920년대 한국소설의 형성과정 연구」, 한양대학교 박사학위논문, 2001.

서 '현실비판의식'의 획득이 가능했을 것이라고 유추해볼 수 있다.[51] 그러나 '기자'의 현실에 대한 (정치적) 감각과 그것이 현실비판의식으로 작용한다는 점을 인정하더라도, 현진건의 다른 단편소설의 '기교적 완성'의 측면이나 1920년대 후반의 작품(장편소설의 시도, 합동연작 소설)들이 보이는 특징을 설명하는 데는 한계가 있다.

그렇다면 현진건의 현실비판의식이 강화될수록 소설의 완성도가 떨어지는 결과를 어떻게 설명할 수 있을까? 「빈처」(1921.01), 「술 권하는 사회」(1921.11), 「운수좋은 날」(1924), 「B사감과 러브레터」(1925.02), 「그의 얼굴」(〈고향〉, 1926.01) 등이 현진건 단편의 주축을 이루고 있으며, 다른 한편으로 「피아노」(1923.09), 「발(簾)」(1924.04), 「신문지와 철창」(1929.07) 등과 같이 액자식 구도를 도입하거나 기교적 실험을 통해 상황의 반전이나 '인생의 반어적' 상황을 형상화한 작품들이 존재한다. 후자의 작품들을 전자의 완성에 이르기 위한 과정들로 보기에는 시기적으로나 작품의 성격으로 볼 때 무리가 따른다는 것을 알 수 있다. 이러한 현진건 소설의 현실비판의식의 획득 과정과 관련해서 또 다른 설명이 있을 수 있는바, 이 시기 자연주의 사조와의 관련성을 생각해볼 수 있다. 정주아는 20년대 자연주의 사조의 수용이 식민치하 현실반영에의 당위성에서 이루어졌으며, 단편소설 양식이 장편소설의 통속성에 맞서는 순수문학의 공론장으로 인

---

51 안서현은 현진건의 장편소설 『지새는 안개』의 개작과정, 즉 「효무」(『조선일보』, 1921.05.01~05.30)→『지새는 안개』'前篇'(『개벽』, 1923.02.~10)→『지새는 안개』(박문서관, 1925)를 고찰한 결과 "현진건의 세계인식이 서구적 근대에 대한 순응 내지는 매혹의 단계에서 벗어나 점차 조선의 식민지적 근대화의 부정성에 대한 객관적 인식의 단계로 나아"(172면)간다고 진단하면서 그 원인의 하나로 작가(작품)의 '신문사 체험'을 꼽았다. 안서현, 「현진건 『지새는 안개』의 개작 과정 고찰」, 한국현대문학회, 『한국현대문학연구』33, 2011.04.

식되었다는 점을 지적하면서 '단편소설과 자연주의 문학의 어색한 결합'에 대해 문제제기한 바 있다. 분량 제한이나 형식적 완결성, 상징성에의 요구라는 단편소설 양식은 자연주의 문학이 지닌 묘사적인 충동과 서로 대립하는 성격이라 볼 수 있는바, 현진건 소설의 경우 "1920년대 사회가 요구하던 사실주의, 민족주의적인 경향성을 파악해내는 것이 중요한 것처럼, 소설의 기법적 중요성"52에 대해서도 지속적으로 고민한 작가라고 할 수 있다는 것이다.

이상의 논의를 정리하면, 현진건의 소설에 대한 논의는 '기교와 현실 인식의 문제'라는 쟁점으로 압축할 수 있겠다. 물론 이 두 가지가 서로 양립할 수 없는 것은 아니지만, 현진건의 작품은 분명 이 둘의 결합을 고민한 것의 실천과 그 내용으로 파악할 필요가 있다. 본고에서는 현진건의 소설세계가 획득한 미적 성과를 저널리스트로서의 활동을 바탕으로 논의하고자 한다. 이를 위해 우선 신문사 '사회면-편집기자'로서의 활동과 소설 창작의 상관성에 대해 살펴볼 필요가 있다.

2.1. '편집'의 예술론과 단편소설의 창작

'기자-작가'라는 측면에서 현진건의 작품을 바라보고자 할 때, 현진건이 다른 '기자-작가'들과 다른 점은 그가 '사회부-편집자'라는 사실이다.

---

52 정주아, 「현진건 문학에 나타난 '기교'의 문제-1920년대 자연주의 사조와 가계(家系)의 영향을 중심으로」, 『현대소설연구』38, 2008. 한편 정주아는 이 글에서 현진건의 기자로서의 번역활동이 문학에 대한 전문성(직업적 작가라는 자의식) 확보에 영향을 끼쳤다고 보고 있다.

염상섭의 기자활동이 정치부에서 이루어진 바 있다는 점과 대부분의 작가들이 학예면에 관계하는 내근 기자이거나 극히 일부 경우가 외근 보도 기자였다는 점을 고려할 때, 현진건이 '사회면-편집자'였다는 점은 주목할 만한 사항이 아닐 수 없다. 앞서 말했듯이 현진건은 신문사 사회부장이 되면서부터 창작활동이 급격히 줄어든다. 그 직전까지 발표한 작품을 엮어 출판한 단편집 『조선의 얼골』(글벗집, 1926)을 기점으로 그러하다. 그리고 신문사 편집인으로서 '감각적인 편집활동'에 매진하게 된다. 비슷한 시기에 거의 유사한 경로의 기자활동을 한 염상섭의 경우 끊임없이 작품 활동을 이어가고 있었다. 신문사 기자로서의 '속무 탓'에 작가로서의 글쓰기가 힘들다는 이야기는 염상섭의 글에서도 확인된다.[53] 그렇다면 작품활동 대신에 편집활동에 매진한 현진건의 경우 그 내부 사정이 더 있을 수 있다고 생각해볼 수 있다.

이러한 점에서 현진건이 1930년에 쓴 「사회면과 편집」이라는 글은 주목을 요한다. 이 글은 1930년 8월 신문평론 잡지 『철필』(제2호)에, '各社編輯人의 秘法 大公開'라는 기획에 답하는 형식으로 제출된 것이다. 김윤종(중외일보-정치면), 유광렬(조선일보-사회면), 이하윤(중외일보-학예면), 서춘(동아일보-경제면) 등의 글[54]과 함께 '동아일보 사회면 편집인'으로서 쓴 현진건의 이 글은, 다른 기자들과 구별되는 신문의 사회면과 편집에 대한 그의 인식의 수준을 엿볼 수 있는 자료이다. 이 글에서 현진건은 '정치가 없는 우리에게 가장 많은 감흥과 자극을 주는 곳'으로서 신문의 '사회면

53   염상섭, 「기자생활과 문예가」, 『철필』, 1931.02.
54   그 구체적인 기사제목은 다음과 같다. 중외일보 김윤종의 「경파기사의 종합편집으로」, 조선일보사 유광렬의 「사회면 편집에 대한 의견 고심담」, 중외일보 이하윤의 「편집 사담」, 동아일보 서춘의 「경제면 편집 방침」.

의 중요성'에 대해 말한다. 그리고 이어 '사회면의 자료'에 다음과 같이 쓰고 있다.

> 그러면 한거름 더 들어가 社會面의 資料는 대개 어쩌한 것인가 밧구 어말하면 어쩐 事實이 社會面 記事써리가 될 것인가. (중략-인용자) 以心傳心 所謂 記者의 第六感에 맛길 수 밧게 업는 노릇이외다. 구태여 漠然하게 몃 가지를 헤여본다면 첫재는 表面에 나타난 集團的 社會的 事實 쏘는 生命, 愛慾, 財産, 人情에 關한 모든 人事를 包含한 것으로 劇的 事實과 光景을 演出한 것이라 할가- 이것 쏘한 무슨 소리인지 잘 알 수 업슬 듯합니다마는 오늘날까지 나의 淺薄한 經驗에 비춰보면 이 劇的이라는 것이 漠然하나마 가장 記事의 本質을 가르칠 듯합니다. 試驗삼아 여러분이 新聞을 자세히 보시고 이 記事가 劇的인가 아닌가 생각해보십시요. 十分之八九는 대개 劇的 要素가 만흐면 만흘스록 그 記事는 더 生動하고 潑刺하고 感興의 光彩를 發할 것입니다. 이 劇的 事實과 光景을 잘 捕捉하는 것이 조흔 記事 쓰는 秘訣이라 할가요.[55](밑줄 강조-인용자)

위 글에서 사회면 기사가 될 수 있는 것은 '집단적 사회적 사실과 모든 인사(人事)를 포함한 것으로 극적 사실과 광경을 연출한 것'이라고 설명하고 있다. 여기서 말하는 '극적 요소'의 구체적인 내용을 다 파악할 수는 없지만, 극적 요소를 포함한 기사여야 '생동하고 발자하고 감흥의 광채'를 띠게 될 것이라는 것이다. 극적 요소를 포함한 기사에 대한 강조는 신문 편집인으로서 현진건이 가진 현실에 대한 태도의 한 국면을 엿볼

---

55   현진건, 「사회면과 편집」, 『철필』 1권 2호, 1930.8. 18~19면.

수 있게 한다. 현실을 '극적 요소'의 포함 여부로 바라본다는 것은 현실을 총체적으로 바라보려는 태도라기보다는 그것을 인식하는 주체의 선규정된 주관적 태도로 바라보는 것이다. 주체의 내부에 설정되어 있는 기준을 바탕으로 선택적으로 현실을 바라보는 태도는 세계를 미적 원리에 의해 재구성할 수 있다는 현진건의 창작 태도[56]와 같은 맥락에서 살펴볼 수 있는 내용이기도 하다. 그리고 여기에 이어지는 '사회면 편집인'으로서 현진건의 사회면 '편집'에 대한 인식은 작가의 창작 태도와 다른 것이 아님을 확인할 수 있다.

> 編輯이란 내 생각 가태서는 編輯者의 머리의 坩爐를 거처나온 한 美術品에나 견줄가 합니다. 그것은 一種 藝術製作의 興味와 苦痛을 아울러 자아내는 것이나 아닌가 합니다. 큰 놈을 크게 작은 놈을 작게 굴고 가늘고 길고 넓고 各種各樣의 記事가 제자리를 차자 빈틈업시 노히는 것이 어찌 한갓 巧妙한 羅列이라 하겟습니까. 適當한 案配로만 돌리겟습니까. 거긔는 흐틀어진 材木을 알맞게 맛추어 지어올린 아름다운 建築的 均齊를 볼 수 잇고 뒤숭숭한 社會와 人生의 燥音을 걸러내인 交響樂的 偕音을 들을 수 잇는 것입니다. 이에는 編輯子의 最高精神과 意思가 흘으는 것입니다.
> 이로 말미암아 다가튼 資料와 다가튼 記事를 가지고도 어떤 編輯은 살아서 움직이고 어떤 編輯은 무덤과 가티 죽어버리는 것입니다.
> 그러면 社會面 編輯을 어쩌게 할가. 이 쏘한 編輯子의 記事센스에 맛기는 수밧게 업슬 듯합니다.[57](밑줄 강조-인용자)

---

56 정주아, 앞의 논문, 428면 참고.
57 현진건, 앞의 글, 19~20면.

편집기자 현진건에게 신문의 '편집'은 '各種各樣의 記事가 제자리를 찾아 빈틈없이 놓이는 것'으로 그것은 '아름다운 건축예술' 혹은 '하나의 교향악'에 견줄 수 있는 것이다. 그리고 그것은 '예술'과 다르지 않다. 비유적인 차원의 서술이긴 하지만 현진건에게 '편집'은 예술적 태도와 다르지 않다. 그것은 같은 지면에 실린 다른 편집자들과의 비교를 통해서도 쉽게 알 수 있다. 다른 편집인들이 뉴스의 레벨과 신문의 체제의 균형을 고려한 편집을 강조[58]하거나 '濫作漫評', '賣名釣名'의 난무를 바로잡기 위한 편집자의 책임 있는 편집을 요구[59]하고 있는 반면, 현진건은 '편집의 예술화'를 펴고 있는 것이다. 현진건의 이러한 편집관은 '편집자의 기사에 대한 센스'에 대한 강조로 이어지면서 '편집인=예술가'라는 인식으로 나아간다. 이렇게 신문 편집인의 활동과 예술가의 창작을 등가로 놓을 수 있는 감각을 소유한 현진건을 염두에 둔다면, 그가 신문 편집자로서의 생활에 몰두하기 시작하면서 작품 활동이 줄어 든 이유도 이해할 수 있다. 그에게 신문의 '편집'은 작품창작과 다르지 않은 예술 활동이었기 때문이다.

여기에서 함께 살펴야 할 것은 그의 창작태도를 피력하고 있는 글들이다. 위에서 살핀 사회면 기사의 조건에 해당하는 '극적 요소(극적 사실과 극적 광경)'에 대한 것은 현진건이 다른 작가의 소설을 평가하면서도 언급하고 있는 사항이기도 하다. 현진건은 서해의 소설 「기아」(여명, 1925.09)를 평하면서, 소설 「기아」는

---

58   유광렬(조선일보사), 「사회면 편집에 대한 의견 고심담」, 『철필』(제2호), 1930.08. 21~22면.

59   염상섭(조선일보사), 「최근 학예면 경향」, 『철필』(제2호), 1930.08. 30~31면.

"항다반 있는 사실이다. 극히 평범한 사실이다. 생활난에 부대끼는 아비가 어린 자식의 밥 달란 소리를 듣다 못하여 '커다란 대문이 호그 럽게 선' 집 문간에 갖다 버리는 경로를 그렸을 뿐이다. 이 작고도 큰 비극은 우리가 이(爾)에 신물이 나리만큼 듣기도 하였고 또 거의 날마 다 신문지상 사회면 한 구석에 두어 줄씩 끼인 것을 보기도 하였다. 그러므로 우리 코앞에서 사랑하는 제 자식을 버리고 간다 할지라도 마 비된 우리 신경은 그리 자극 받지 않을 것이오 감동도 되지 않을 것이 다. 곁에서 생활난으로 '기아'가 얼마나 침통하고 비창한 것임을 장황 히 설명한다 하더래도 우리는 '흥 그래'하고 코대답을 하게 되었다. - (중략-인용자)-그런데 이 작품을 보라! 얼마나 우리의 가슴을 치게 하 며 머리를 뒤흔들어 놓는가! 그 간소하고도 강렬한 표현은 이 평범하 고도 단순한 사실에 대하여 감았던 우리의 눈을 동그랗게 떠우지 않고 는 말지 않는다."[60](밑줄 강조-인용자)

라고 평하고 있다. 여기서 알 수 있듯이 현진건에게 기아와 같은 '크고 도 작은 비극'은 현실에서 귀에 못이 박히도록 듣는 '신문 사회면'의 기사 일 뿐이다. 그것은 '극적 요소'를 갖춘 '신문기사'는 될 수 있을지언정 '소 설작품'이 되는 것은 아니라는 것이다. 그리고 소설은 사실을 '장황히 설 명'하는 것만도 아니다. 현진건은 최서해 소설이 '신문기사' 차원에 머물 지 않고 소설작품이 될 수 있는 것은 '간소하고도 강렬한 표현'과 '대조의 묘와 정경의 약동'[61]이 있기 때문이라고 본다. 한편 박영희의 「사건」(개벽,

---

60 현진건, 「신추 문단 소설평」, 『조선문단』12, 1925.10.
61 현진건의 서해의 「설날 밤」(신민, 1926.01)에 대한 평가에서도 이러한 언급은 확인 된다. 정탐소설의 냄새가 나고 그 결구로 보아 흥미 중심의 통속미도 없지 않지만 "대조의 묘와 정경의 약동이 얼마큼 이런 결점에서 이 작품을 구해"준다. "이 세상 에 배가 고파서 강도질을 하는 사람이 한 둘이 아니다. 우리의 귀에 못이 되도록

1926.01)은 "구상과 극적 광경을 잡는 데에는 매우 묘(妙)를 얻었"지만 "이 극적 광경으로 하여금 생동하고 활약하도록 표현", 즉 "작품으로써의 자연성과 진실성을 잃은 까닭"이요, "실감을 잡지 못한 까닭"에 "이 극적 광경이 도무지 보는 나의 가슴을 찌르지 않는다."[62]고 평가하고 있다.

현진건이 신문기사의 조건으로 제시하고 있는 '극적 요소'는 이른바 뉴스의 조건에 해당하는 것이다. 뉴스 즉 신문기사는 특이한 것, 예상치 못한 것을 충족시켜야 한다는 '논리'를 가지고 있다. 다시 말해 '개가 사람을 문 것'은 뉴스가 안 되고 '사람이 개를 물어야 뉴스가 되는 것이다.[63] 이러한 신문기사의 조건으로 강조되는 '극적 요소'는 신문사들의 특종 경쟁의 원인이 되기도 하는 것이다. 따라서 신문기사의 극적 요소는 센세이셔널한 것, 즉 감각적 자극의 정도와 관련되기도 하는 것이다. 현진건이 신문기사의 조건과 소설을 평하면서 말하고 있는 '극적 요소'는 생활과 현실의 단면을 극화(劇化)시키는 요소로 작용한다는 점에서 같은 의미로 사용하고 있다. 현실에서 '극적 광경'을 선택한다는 점에서 신문기자와 작가의 관점은 다르지 않다는 것이다. 물론 신문기사의 극적 요소와 예술적 차원의 극적 요소는 다르게 설명되어야 하는 성격의 것이다. 하지만 여기서 중요한 것은 사회면 편집인과 작가로서 현진건이 현실을 바라보는 태도의 닮은 점을 확인

이런 사실을 듣지 않았는가. 강도질을 하였다는 그 사실만으로도 우리에게 쇼크를 줄 수가 없을 것이다." 현진건, 「신춘소설 만평」, 『개벽』66, 1926.12.

62 현진건, 「신춘소설 만평」, 『개벽』66, 1926.12.

63 미첼 스티븐슨, 이광재·이인희 역, 『뉴스의 역사』, 커뮤니케이션북스, 2010. 178~190면 참고. 한편 프랑크 에브라르는 뉴스기사의 유형으로 (1)안정의 복원, (2)도덕적이고 사회적인 질서의 위반, (3) 자연의 질서에 대한 일탈, (4)절대 위반으로서의 죽음 등을 들고 있다. 프랑크 에브라르, 최정아 역, 『잡사와 문학』, 동문선, 1997. 20~21면 참고.

하는 것이다. 현실을 선택적으로 바라보고 그렇게 선택된 '광경'에 '자연성' 과 '실감'을 부여해 '감동'을 전하는 것이 소설이라는 것이다.

여기에 현진건의 신문 '사회면 편집인'으로서의 감각은 '편집'의 예술적 측면을 고려하게 한다. 사회면을 채우고 있는 사건기사 하나하나는 그 자체로 독립적으로 파편화되어 있지만 그것은 모두 상호텍스트적 관계 속에 놓여 있는 것이다. 각각의 신문기사는 그 자체로 완결된 보도여야 하는 바, 사실과 현실의 '극적인 광경'을 담고 있어야 한다. 이러한 기사들 의 파편성이 모여 하나의 모자이크를 형성하게 하는 것이 '편집'이다. 물 론 편집의 스테레오타입적인 면도 있는 것은 사실이지만, 현진건의 신문 편집인으로서의 감각은 '편집'은 창조적인 '예술 활동'과 다르지 않다는 인식이다. 이때 모자이크식으로 창조되는 현실은 개별적 사건의 파편성 을 담지하고 있다. 이러한 점에서 신문의 사회면은 현실을 반영하는 것이 라기보다는 현실을 재구성하는 것이고 말할 수 있다. 현진건의 이러한 현실 인식으로 창작되는 '장편소설'이라면 그것의 서사 구성적 특징은 개 별 사건들의 '극적 광경'에 '실감'과 '자연성'을 부여하는 방식을 취하게 될 것이다. 이러한 현진건의 소설 창작 태도의 다른 한편에 존재하는 것이 예술의 '내용적 가치'에 대한 언급들이다. 「이러쿵저러쿵」(1924.02) 과 「조선혼과 현대 정신의 파악」(1926.01) 등이 그것이다. 작가 현진건의 소설 창작 태도에 대한 논의에서 연구자들에게 대표적인 글들로 꼽히는 것들이다. 이 글들에서 현진건은 "예술이 예술이 되는 所以然은 거기 예 술적 표현의 유무에 따라 결정될 것이로되, 그 결정된 예술이 인생에 대 하여 중대한 가치가 있느냐 없느냐는, 오로지 그 작품의 내용적 가치, 생활적 가치를 따라서 결정될 것"[64]이며, 어떤 문예사조를 불문하고 무엇보다 중요한 것은 "오직 조선혼과 현대정신의 파악! 이것이야말로 다른 아무의 것도 아닌 우리 문학의 생명이요 특색일 것이다."[65]라고 주장한다. 이것은 현진건의 예술의 현실 인식적 가치에 대한 피력에 해당한다고 할 수 있다.

한편, 같은 시기에 현진건은 예술과 사상의 관계에 대해서도 언급하고 있다. 그는 "현대 예술은 사상의 철쇄(鐵鎖)에 얽매여서 질식하려 한다." 면서, "예술이란 감정의 '이즘'이다. 심장의 선율이다. 사상이란 감정의 수증기가 머리에 서린 구정물일 따름이다." "문학의 도덕성은 지상지고한 시대양심을 파악해야 한다. 그런데 현대문학은 이 시대양심을 사회주의 사상한테 빼앗기고 말았다."[66]고 당시의 문단 상황을 진단한 바 있다.

현진건의 이러한 예술의 현실인식에 대한 일련의 주장에서 주목해야 하는 것은 문학의 도덕성에 대한 강조이다. 예술의 '내용적 가치'가 현실 인식적 차원을 통해 확보되는 것이긴 하지만 현진건은 예술이 이념이나 사상이 담당할 수 없는 '감정'을 다루기 때문에 예술의 가치를 획득하는 것이라고 본다. 현진건은 이 '감정'을 다루는 기저에 '문학의 도덕성'이라는 절대 항목을 설정하고 있다. 이러한 문학의 도덕성은 시대의 변화에 따라 변화하는 것이 아니라 어떤 절대적인 것이며 보편적인 것이다. 따라서 현진건이 예술의 '내용적 가치', '생활적 가치', '현대정신', '시대양심' 등으로 피력하고 있는 사항들은 사상이나 이념의 차원에 해당하는 것이 아니라 문학의 도덕성에 대한 믿음에서 기인하는 것이다. 이렇게

---

64 현진건, 「이러쿵저러쿵」, 『개벽』44, 1924.02.
65 현진건, 「조선혼과 현대 정신의 파악」, 『개벽』65, 1926.01.
66 현진건, 「물꽃 돋는대로」, 『동아일보』, 1926.01.01. 현진건의 이 글은 1926년 벽두 『동아일보』에 이광수의 「중용과 철저」, 김억의 「예술의 독점적 가치」와 함께 실렸다.

사상과 이념보다 보편적 도덕성을 강조하는 데에서 알 수 있는 것은 현실적 차원에 대한 문학의 태도이다. 현진건에게 문학의 현실적 차원에서의 개입은 사회주의와 같은 사상이나 이념의 차원에서가 아니라 '지상지고'한 도덕과 윤리의 차원에서 이루어지는 것이다. 그렇다고 이러한 문학의 도덕성에 대한 강조가 예술의 절대성에 대한 강조, 즉 '예술을 위한 예술'에 대한 주장으로 이어지지 않는다. 문학이 현실과 생활을 다루되 미적 영역만으로 국한시키지도 않고 이념이나 사상의 차원으로 재단하지도 않는 태도에서 강조되는 것이 바로 문학의 도덕성에 대한 강조인 것이다. 이렇게 볼 때 현진건에게 문학의 도덕성은 현실 영역과 미적 영역을 서로 이어주는 매개적 개념이라고 할 수 있다.

이상에서 살펴본 사회면 편집인으로서의 감각과 소설가로서의 예술관을 통해, 그간 현진건 소설 세계에서 확인되는 '기교와 현실인식의 길항'이라는 특징이 결국 문학과 현실의 관계에 대한 태도에서 기인하는 것을 알 수 있다. '항다반의 평범한 현실' 속에서 '극적 요소'를 포착하여 기교와 묘사를 통해 감동을 전할 수 있는 소설 쓰기의 태도[67]는, 현실을 사상과 이념의 차원에서 파악하려는 총체적 인식이라기보다 미적 영역과 현실 영역의 관계를 도덕성이라는 보편적인 기준에 입각해 '선택적으로' 인식하는 태도라는 점을 알 수 있다. 따라서 현실의 '극적 요소' 포착을

---

67 현진건 소설의 극적 성격과 효과에 대한 논의는 김원희에 의해 이루어진 바 있다. 김원희는 현진건 소설의 특징을 작가의 현실인식과 독자의 반응을 연계시키는 '극적 소격 효과'의 개념을 바탕으로 분석하여 극적 아이러니와 객관적 인지작용, 극적 언어놀이와 비판적 현실 인식의 관계성에 대해 논의하고 있다. 김원희, 「현진건 소설의 극적 소격과 타자성의 지향」, 『현대문학이론과 비평』42, 한국문학이론과 비평학회, 2009.03.

강조하는 태도에 적합한 양식으로 단편소설이 선택된 것은 자연스러운 결과라고 할 수 있다.

단편 양식은 '저널적 속성'을 지니고 있다. 서양의 경우 19세기에, 신문의 사건 보도기사와 단편은 같은 대중을 상대로 다른 독서 계약을 하면서 분화되었다. "저널적 장르로서, 누벨(nouvelle)은 현실 속에서 뿌리를 내리고 사회비평을 구성하면서 진지성을 목표로 한다."[68] 신문기사가 서술적 힘 전체를 단일한 주요 사건 쪽으로 집중시키지만, 단편 양식은 서술자의 관점에 중요한 위치를 부여하고 이야기의 빈약한 자료들을 이용하여 채우는 서술을 한다. 신문기사와 단편소설이 공유한 '저널적 속성'에 대해, 현진건은 신문 편집활동을 통해 (무)의식적으로 알아차릴 수 있었다. 현진건의 단편소설의 '기교주의적' 성과를 체호프나 모파상의 작품과 영향관계로 설명하는 방법이 작가의 직접적인 독서체험에 근거한 것이라면, 신문 편집인으로서의 체험이 작품 활동에 기여한 부분은 '신문기사'와 '단편소설'이 다루는 현실의 닮음과 '기교적' 차이에 대한 (무)의식적 고민의 결과라는 점을 알 수 있다.

2.2. '극적 광경'의 포착과 '보고−논평'의 서술 구조

현진건의 '사회면 편집자'로서의 소설 창작 방법을 검토하기 위해 먼저 분석해볼 수 있는 작품은 「발[簾]」[69]이다. 이 작품은 신문기사를 소설

---

68 프랑크 에브라르, 최정아 역, 앞의 책, 63~66면 참고.
69 현진건의 「발(簾)」은 1924년 4월 1일부터 5일까지 총4회에 걸쳐 『時代日報』에 연재된

화하고 있다는 점에서 그렇다. 따라서 구체적인 분석을 바탕으로 신문기사의 소설화 방법이 갖는 의미를 도출해보고자 한다.[70]

"기억이 좋은 분은 작년 여름 야시에 순사가 발 장수를 차 죽인 사단을 잊지 않았으리라."라는 문장으로 시작하는 이 작품은, 신문에 보도되어 사회적 반향을 일으킨 한 사건을 다루고 있다. 현진건은 '作家 附記'에서 "이것은 온전히 창작이지 사실담은 아니외다."(04.05)라고 덧붙여놓았지만, 「발」은 '사실'을 바탕으로 '창작'한 소설임에 틀림없다. 이 작품에서 다루고 있는 일명 '殺人巡査 事件'은 1922년 여름에 경성 야시(夜市)에서 발생한 것이다. 소설이 발표된 시점이 1924년 4월이고, 소설에서 '작년 여름'(1923)에 있었던 사건이라고 했지만,[71] 이 사건은 정확하게 1922년 여름에 있었던 실제 사건에 해당하는 것이다. 소설에 소개된 사건의 내용과 당시 실제 사건(의 신문 보도기사 내용)이 거의 일치함을 확인할 수 있기 때문이다. 소설의 서두에 세간에 일명 '살인순사 사건'으로 기억되는 사건을 소개하는 편집자적 서술자의 사건 요약과 사건에 대한 논평은 당시의 여론과 신문의 분위기를 환기시키는 방법으로 서술되어 있다.

「발」의 서두에 소개된 1922년 7월 발생한 일명 '살인순사 사건'을 당시 『동아일보』[72]와 『매일신보』의 보도기사[73]를 바탕으로 재구성해보면 다

작품이다. 이하 작품 인용은 본문에서 괄호 속에 해당 月日만 표기하는 것으로 대신한다.

70 현진건의 「발」에 대한 분석은 졸고의 다음 글의 2장을 본 논문의 맥락에 맞게 수정하여 보완한 것임을 밝혀둔다. 졸고, 「1920년대 근대소설의 형성과 '신문기사'의 소설화 방법」, 『어문연구』40(3), 2012.09.

71 물론 실제 창작은 발표된 1924년 4월 이전에 이루어진 것일 수도 있다.

72 『동아일보』(1922.07.26. 3면)는 「종로서의 순사가 양민을 타살-야시 상인이 물건값을 깎지 않는다고 발길로 차서 창자가 뚫어져 죽게 한 일」이라는 표제에 이어 「사실은 극비밀로-검사국에서 조사」, 「가련한 박의 가정-곡성에 쌓인 가정, 감장할 길도 망연」 등의 기사로 다루고 있다.

음과 같다. 지난 22일 밤에 종로 이정목 야시에서 종로경찰서에 근무하는 순사 임수창이 야시 상인과 발[簾] 값을 흥정하다가 싸움이 났다. 순사 임수창과 야시 상인 주인 박준순이 싸우는 광경을 지나가던 순사가 목격하고 둘을 경찰서로 연행하여 설유하고 돌려보냈는데, 집으로 돌아온 박준순은 이후 아랫배가 아파 근처의 의사를 불러 응급치료를 했으나 호전되지 않아 결국 세브란스 병원으로 이송되어 진단한 결과 뱃속의 창자가 끊어져서 생명이 위태하여 수술을 했다. 수술을 마쳤으나 24일 아침에 사망했다. 종로경찰서와 지방법원 검사국에서 검사가 세브란스 병원으로 출장하여 시체를 해부하고 검속하였으나 그 사실은 극비에 부쳐져 방문한 기자들에게 밝히지 않고 있다. 한편 두 신문사의 기자는 죽은 박준순의 집을 방문하여 가족들의 울부짖는 원통한 소리와 동네 사람들의 '포악한 가해자를 꾸짖는' 분위기를 보도하고 있다. 이상의 일명 '실인순사 사건'이 발생하자, 경찰부장이 나서 철저한 수사를 약속하며, 이후 '살인순사 임수창'을 압송,[74] 공판 결과 5년 징역을 구형했으며,[75] 이후 3년 징역의 판결 언도를 받았다.[76]

그리고 '살인순사 임수창 사건'이 당시 불러일으킨 사회적 반향은 "일반사회에서는 순사의 신분으로 양민을 때려 죽였다 하야 경찰에 대한 불

---

73 『매일신보』(1927.07.26. 3면)에 소개된 기사 제목만 소개하면 다음과 같다. 「순사가 양민을 타살-야시에서 서로 말타툼질을 하다가 발길로 차서 죽이여」, 「검사보고서가 오지 않았으니까 아직은 모른다고-내양정검사담(奈良井檢査談)」, 「구타에는 함구-유치한 일도 없다고 종로서의 주장」, 「피살자의 장남-눈물을 흘리며 말해」, 「구타시에 목격자-강모의 목격한 말」.

74 「任壽昌 押送-작일 檢事局에」, 『동아일보』, 1927.07.29.

75 「夜市場 朴駿淳을 발길로 차서 죽인 殺人巡査의 公判-任壽昌에게 오년 징역 구형」, 『동아일보』, 1927.08.13.

76 「任壽昌은 三年懲役-작일 오전 야촌 재판장의 언도」, 『동아일보』, 1927.08.18.

평이 적지 아니"[77]하고, 『동아일보』는 '사설'을 통해 이번 사건이 보여주는 것은 무단 정치기의 헌병 정치와 문화 정치기의 경찰제도가 공히 '살민정치'와 다르지 않다면서, 이번 사건을 경찰 개인의 소행으로만 치부해서는 안 되고 조선 사회에서의 경찰당국의 역할과 책임을 재확인하라고 목소리를 높였다.

그런데 소설 「발」의 첫대목은 이 실제 사건의 내용에 대한 것보다 이 사건이 일으킨 사회적 반향에 초점이 맞춰져 서술되어 있다. 무도한 경관의 폭행을 비난하고 공격하는 신문 '사설'과 '온 세상도 이 칼자루의 위풍을 빌려 무고한 양민을 살해한 놈을 절치부심'했으며, 목숨을 빼앗긴 이와 그의 가난뱅이 가족에 대한 '세상의 뜨거운 동정'은 "가해자에 대한 민중의 감정"(04.01)을 더욱 고양시켰던 사건이라고, 편집자적 서술자는 소개하고 있다. 하지만 소설 「발」의 내용은 '살인순사 사건'의 사회적 반향과 다른 방향으로 다루어진다. 이 점이야말로 「발」이 사실(실제사건)을 다루지만 '사실'과 다른 '소설'이 될 수 있음을 보여주는 대목이라고 할 수 있다.

「발」은 누구나 다 기억하고 있는 실제 사건이었던 '살인순사 사건'을 다루지만, 소설의 초점은 이 사건의 '속살'에 맞춰진다. 사건의 "속살을 자세히 알고 보면 이 극흉 극악한 죄인"도 "사랑의 가련한 희생자"(04.02)에 불과하므로 미움보다 "한 방울 눈물"의 동정을 아끼지 않을 것이라는 것이다. 소설의 첫대목에서 편집자적 서술자는 '살인순사 사건'을 어떻게

---

77   「사설: 鍾路署의 多年累評우 경찰부댱도 이것을 승인하고 이번 사건을 긔회로 개혁할 듯」, 『동아일보』, 1922.07.27. 이 '사설'은 '살인 순사 사건'과 경찰이 부녀자를 강간한 사건이 발생한 데 대하여 경찰 당국의 책임을 묻고 있다.

바라보며 어떻게 다룰 것인가를 제시하고 있는 것이다. 그것은 앞서 말했지만 이 사건에 대한 사회적 반향과 가해자에 대한 민중의 감정의 차원에 해당하는 이른바 '신문 사설'의 차원과 다른 지점을 문제 삼고 있는 것이다. 결론을 당겨 말하자면 「발」은 '사설'의 차원과 다른 현진건식 '소설미학'의 차이를 확인할 수 있는 작품에 해당한다.

일반적으로 사건 보도기사는 이해에 필요한 모든 정보를 포함하고 있다. 그것은 완전한 정보라고 할 수 있는바, 주동자들과 사건에 관련된 모든 의문들에 답하는 '닫힌 구조'를 하고 있다. 신문의 다른 기사들은 배경 지식에 의해서만 이해될 수 있고 특별한 상황으로부터 그것의 의미를 유추할 수 있는데 반해, 사건 보도기사는 그것 자체에서 의미를 발견한다.[78] 다시 말해 그것의 관심과 의미를 파악하기 위해 함축적인 의미를 알 필요가 없는 것이다. 이러한 점에서 '살인순사 임수창 사건'은 그 자체로 '닫힌 구조'이다. 사건의 발생과 경과 그리고 결말은 그 자체로 '완전한 정보'로 구성되어 있다. 그러나 작가 현진건은 이 완전한 정보로 구성된 닫힌 구조의 사건의 '속살'에 대해 질문한다. '그 속살을 자세히' 살펴 보이는 것이 소설 「발」의 목적이라고 할 수 있다. 신문 보도기사에서는 순사가 발 장수를 발로 차 죽인 이유가 가격 흥정 도중에 모욕감을 느낀 순사가 발 장수를 발로 차서 창자가 끊어져 죽었다고 되어 있다. 사건은 사실이며 그 자체로 닫힌 정보이다. 「발」은 이 닫힌 정보의 '속살'을 살핀다. 순사는 다른 것이 아니라 왜 발[簾]을 사러 갔을까? 이 물음이 결국 '살인순사

78　프랑크 에브라르, 최정아 역, 앞의 책, 22~23면 참고. 참고로 프랑스어의 'fait div-ers'는 '삼면 기사', '사회면 기사', '잡보', '잡사' 등으로 번역될 수 있다. 이 글에서는 범죄와 관련된 사소하고 사적이며 잡다한 사건·사고가 주를 이루는 기사를 일컫는 의미에서 '事件 報道 記事'라는 용어로 쓰겠다.

　　　　　　　　　　　한국근대소설 미학과 '記者-作家'

사건'의 '속살'에 해당한다. 그렇다고 이 사건의 '속살'에 해당하는 내용이 허구적인 상상력만으로 이루어진 것이라고 예단해서는 안 된다.

'살인순사 임수창 사건'이 발생과 그에 대한 보도가 연일 계속되었지만, 순사 임수창이 왜 발을 사러갔는지에 대한 내용은 없었다. 그런데 공판과정에 대한 보도기사를 보면[79], 사건에 대한 소개에서 볼 수 없었던 '홍유순'이라는 인물에 대한 소개가 짧게 삽입되어 있다. 이 인물에 대한 더 구체적인 정보는 소개되지 않고『매일신보』기사에서 "량인의 얼골이나마 혼번 더 보고져" 방청석에 와 있다고 한 것으로 보아, 신문 기사를 작성한 기자는 임수창과 홍유순의 관계에 대해 알고 있는 정보가 더 있음을 짐작해볼 수 있을 뿐이다. 신문기자가 가진 정보는 '살인순사 사건'의 성격을 명확하게 해야 한다. 신문 보도기사에서 사건은 그것 자체로 완결되어야 하는 것이다. 그 완결성은 함축적인 의미를 포함하지 않는다. 그런데 공판과정을 소개한 두 신문의 기사는 '기자만 아는' 홍유순이라는 인물에 대한 정보를 노출하고 있는 것이다.

일반적으로 신문 보도기사의 '닫힌 구조의 이야기'는 이야기를 만들어 내는 요소들이 두 가지 항을 초과하지 않는데, 두 항 사이의 충격적이거나 기이한 인과성의 관계 주위에서 조직 되거나 혹은 거리가 멀거나 대조적

---

79 『동아일보』 기사에는 "자긔가 류숙하든 문희텰(文熙哲)의 집에 잇는 계집 아해 홍유순(洪柔順)(十八)을 다리고" 발 가게에 갓다는 정보가 소개되어 있고(「夜市場 朴駿淳을 발길로 차서 죽인 殺人巡査의 公判-任壽昌에게 오년 징역 구형」,『동아일보』, 1927.08.13),『매일신보』의 기사에는 이날 공판장 "방텽석에는 만원의 상황을 이루엇고 그 즁에는 젼눌 임수창이가 살인하는 눌 밤 갓치 손목을 잇글고 갓던 그의 려관쥬인인 문희텰(文熙哲)의 짤 홍유순(洪柔順)(十八)이라는 녀학싱도 양쟝호 머리에 말속하게 차리고 자긔의 량인의 얼골이나마 혼번 더 보고져 방텨셕 호 모퉁이에 슬푼 퇴도로 안져 잇"다(「法庭에 立호 任壽昌-간수에 쓸리여 초창호 얼골로 살인 당시의 사실을 극력 변명-夜市商人 殺害公判」,『매일신보』, 1927.08.13)고 서술되어 있다.

인 두 항 사이의 우연성의 관계 주위에서 구성된다.[80] '살인순사 임수창 사건'은 순사가 발 장수를 죽였는데 발 값을 흥정하는 과정에서 모욕감을 느껴 싸움 끝에 그렇게 되었다는 사건의 인과성을 포함하고 있다. 이 사건이 '사건'이 될 수 있었던 것은 살인이라는 사실도 중요하지만 살인범이 '순사'라는 점 때문이었을 것이다. 그럼에도 불구하고 사건의 인과성만 놓고 보면, 그 밝혀진 이유가 기대했던 것보다 실망스러울 수 있다. 따라서 신문 보도기사의 완결된 정보와 닫힌 구조에 대한 '소설화'는 또 다른 인과성에 대한 탐구와 제시를 겨냥한다. '살인순사 사건'에 내재하는 또 다른 인과성, 즉 사건의 '자세한 속살'을 보여주려는 방법과 그 태도 자체가 단편소설 「발」의 형식과 내용에 해당하는 것이라고 할 수 있다.

'살인순사 사건'의 소설화를 가능하게 한 단초는 사건을 보도한 신문기사에 숨겨져 있었다. 이러한 신문 기사의 정보를 이용함으로써, 소설 「발」은 〈순사가 가격 흥정을 하다 발장수를 발로 차 죽였다〉는 신문 기사 정보의 인과성보다 신문기사의 또 다른 정보를 이용해 〈살인순사 임수창은 '홍유순'이라는 여자와 함께 '발'을 사러갔다〉는 사건의 인과성을 창조해 낸 작품이라고 볼 수 있다. 따라서 단편소설 「발」은 신문 보도기사의 닫힌 구조에서 새로운 인과성을 창조해내는 소설 창작방법론을 보여주고 있다. 이러한 인과성을 부여하는 방법은 현진건 단편소설의 '기교주의 미학'의 특징을 구체적으로 확인할 수 있는 항목에 해당하는 것이다.

신문의 기사 내용에 따르면 순사 임수창은 자기가 유숙하던 집의 계집 아이를 데리고 발을 사러갔다고 되어 있다. 소설 「발」은 〈계집과 함께 '발'

---

80   프랑크 에브라르, 최정아 역, 『잡사와 문학』, 동문선, 2004, 23~24면 참고.

을 사러갔다〉는 정보를 최대한 확대하고 이용한다. 이 정보는 기사를 작성한 기자들이 그다지 주목하지 않았던 것이다. 기사를 작성하면서 사건의 1차적인 인과성과 거리가 먼 정보라고 판단했거나 사건을 사회적으로 맥락화하려는 의도에 부합하지 않은 정보로 간주되었을 것이다. 즉, 앞서 살폈듯이 '살인순사 사건'의 '신문 사설 차원'의 내용에 부합하지 않았기 때문이었을 것이다. 하지만 소설 「발」의 서술자는 바로 이 정보에 주목한다. 이 정보의 인과성을 창조적으로 구성해낸 방법이 소설 「발」의 형식이자 내용이다. 소설이 창조해낸 정보의 인과성의 내용은, 순사의 계집에 대한 구애와 계집이 순사를 이용하려는 목적이 합해져 함께 야시에 발을 사러간 것이며, 계집이 보는 앞에서 발 장수에게 모욕을 당한 분노로 싸움이 벌어졌고 그 결과 발 장수를 죽게 한 사건에 대한 것이다. 〈계집과 함께 '발'을 사러갔다〉는 정보가 소설화의 초점이 되면서 소설 「발」은 '발'이라는 소설적 장치를 이용해 작품 내적 구조를 구축하게 된 것이다.

소설 「발」의 이야기 구조는 작가가 설정한 공간 구조를 바탕으로 설정된다. 이야기가 벌어지는 공간은 서울의 한 여관이다. 그러나 이 여관의 분위기와 구조는 작품 내적 이야기의 설계도라 할 만큼 작품 서두에 치밀하게 그려지고 있다.

(가) 그 집엔 어쩐지 비밀이 있는 듯하고, 어쩐지 사람의 마음을 달 뜨게 하고, 어쩐지 야릇한 희망을 품게 하는 일종의 기괴한 분위기가 떠돌았다. 이 분위기는 그 집에 한 번 방문한 분이면 대개 느낄 수 있으리라.(04.02)

(나) 전제(前提)가 좀 장황한 듯하지만 그 집의 짜임짜임도 설명 안

할 수 없다. 고앙하고 대문간이 있는 채는 따로 떨어졌는데 이 한 채를 떼어 보면 그 집은 하릴없는 고무래 정(丁)자 모양으로 생기었다. 건넌 방 다음에 사간 대청이 있고, 그 다음에 안방이 있는데, 머릿방과 합해서 삼간이 되는 안방이 앞으로 쑥 내민 곳에 부엌이 딸려서 몸체는 ㄱ자로 꺾였다. 뒤곁을 돌아보지 않는 이는 그 집이 통히 그뿐인 줄 알지마는 실상은 그렇지 않아 안방-안방이라느니보담 머릿방 뒤를 옆으로 대어서 또 이간 마루가 있고, 그 마루가 끝난 곳에 나란히 방 둘이 있다. 이 뒤채와 통래를 하자면 부엌 뒷문과 머릿방 옆을 뚫은 쌍바라지가 있을 뿐이다.

일 일어날 임물엔 건넌방에 학생들이 기숙을 하고 안방은 물론 주인 노파가 있고 딸은 머릿방에 거쳐하고 뒤채의 첫째 방에는 문제의 순사가 들었고, 둘째의 방에는 이십 칠팔 세 됨직한 청년 신사-그 집에선 김 주사라고 부르는 이가 들어 있었다. 이 김 주사는 귀공자답게 해사한 얼골의 임자인데 오정 때 가까이 일어나 면도질이나 하고 하이칼라 머리를 반지레하게 지코나 바르기에 해를 지우는 걸 보면 하는 노릇은 없는 듯하건만, 양복을 벌벌이 걸어두고 사흘돌이로 갈아입으며, 돈도 풍성풍성하게 쓰는 걸 보면 아마 시골 부자의 자제인 듯하다.(04.02)

(가)는 사건의 인물들이 기거하는 집의 전체적인 분위기에 대한 서술이고, (나)는 그 집의 구조('짜임짜임')에 대한 상세한 설명이다. (가)에서 묘사하고 있듯이 이 집(旅館)은 '비밀'을 간직하고 있는 듯하다. 객주인 듯, 셋집인 듯한 이 집의 주인 노파는 '유달리 붉은 입술과 뺨이 화냥기를 띠고 사람을 끄'는 인물이다. 스물이나 되었을까 하는 그의 딸이 함께 살고 있다. 그 딸의 물품들은 기생집에서나 볼 법한 것들이다. 이렇게 비밀스런 집안의 전체적인 분위기에 대한 서술에 이어서 집의 구조에

한국근대소설 미학과 '記者-作家'

대한 서술이 (나)와 같이 아주 치밀하게 소개된다. 작품의 서두에 집의 구조에 대한 서술이 '좀 장황한 듯' 서술되고 있지만, 이것은 서술자가 밝히고 있듯이 이야기를 구축하고 전달하기 위한 '전제'에 해당하는 것일 만큼 중요한 것이다. 집의 구조에서 서술자가 강조하는 것은 딸의 방의 위치와 그 방의 출입문인 '쌍바라지'이다.

이 여관에 기거하는 주요인물은 딸, 김주사, 순사이다. 각각의 방은 당연히 나뉘어 있다. 머릿방에 있는 딸은 여름 밤 분홍 모기장 속에서 '보얀 젖가슴을 아른아른히 드러내'고 잠을 잔다. 같은 집 다른 방에 남자 둘이 기거하고 있다. 그런데 딸의 방을 '쌍바라지'가 가로막고 있다. 이후 이야기가 진행되면서 딸의 방 쌍바라지를 열고 드나드는 사람이 김주사임이 밝혀진다. 둘은 내연의 관계에 있다. 이 사실을 모르는 순사는 딸을 아내로 삼기 위해 사랑고백을 한다. 딸과 김주사는 자기들의 관계를 눈치 채지 못하는 순사를 조롱한다. "쌍바라지"는 딸과 김주사의 비밀을 막아주는 중요한 기능을 하지만, 더운 여름에 열어 둘 수가 없다. 해서, 딸에게는 "쌍바라지"를 대체할 '발'이 필요했다. 자신에게 구애하는 순사에게 그것을 사달라고 한다. 장래의 아내가 될 '딸'에게 순사는 그것을 선사하기 위해 함께 야시장으로 데이트를 갔다가 발전[簾廛]에서 결국 사건이 발생한 것이다. '귀부인을 모신' 순사는 상인과 가격 흥정을 하다 보기 좋게 모욕을 당하고 분노로 한판 싸움을 했고 결국 발 장수는 구류간에 죽고 말았다. '불쌍한 우리의 주인공' 순사가 수감되던 날 밤, 김주사와 주인 딸은 머릿방의 "쌍바라지는 발 없어도 무방하다는 드키 열려제"킬 수 있었다. 이로써 주인 딸의 방안에서 벌어지는 '비밀'은 순사의 수감으로 유지될 수 있게 된 것이다.

소설 「발」은 한 순사의 권위와 폭력성에 대한 비판의 내용을 담고 있긴 하지만, 그 비판의 초점은 '사랑에 취한' 순사와 그것을 이용하는 한 여성의 화냥기에 모아져 있다. 권력과 권위에 물들어 있는 순사의 '가련한 사랑의 희생담'에 대해 딸과 김주사는 "쌍바라지" 하나를 사이에 두고 비웃고 있다. '사랑에 취한 순사'에 대한 서술자의 서술 태도는 비판적으로 풍자하거나 희화화하는 시선이다. 서술자가 순사를 "불쌍한 우리의 주인공"으로 호명하거나, 발 가격을 흥정하는 장면에서 순사를 억지스러운 모습으로 묘사하고 있다. 한편 서술자의 순사에 대한 이러한 시선은 주인 딸과 김주사의 순사에 대한 시선과도 공통되는 점이 있다. 딸에게 구애하는 순사에 대해 서술자와 작중 인물의 시선에는 이야기의 시종일관 "원수엣 놈", "놈팽이 순사 나으리", "쓸개 빠진 놈" 등으로 표현된다. 순사에 대한 서술자의 표현과 주인 딸과 김주사의 시선에서 묘사되는 순사는 같은 관점을 취하지만, 그렇다고 서술자가 주인 딸을 바라보는 시선까지 긍정적이지는 않다. 서술자는 '발전[簾廛]'에 들어서는 장면에서 주인 딸과 순사를 각각 '년'과 '놈'으로 표현하여 인물들의 행태에 거리를 두는 서술 태도를 보이고 있기 때문이다.

이렇듯 「발」은 무고한 양민을 발로 차 죽인 '살인순사 사건'을 '사랑 혹은 연애'의 이야기 차원으로 다루고 있다. 이러한 점이 작품의 주제를 가볍게 하는 이유로 간주되어 그간 현진건 작품 세계에서 「발」을 소품 정도로 평가했다. 그럼에도 불구하고 이 작품은 집의 구조 속에 '쌍바라지'와 '발'의 대립적 장치를 구축함으로써 소설 내적 구조와 내용을 창조해내고 있다는 점에서 의미가 있다. 따라서 「발」은 신문 기사의 정보에 새로운 인과성을 부여하는 창작방법을 통해 '신문 사설'의 차원과 구별되는 현진건 단편소설의 형식과 주제를 담아낸 작품이라고 할 수 있다. 이렇듯 현진건의 소설은 현실의 단면에 존재하는 극적 광경을 포착하고 그것을 미학화하려는 의지의 산물이다.

현진건의 단편소설에 대한 논의는 근대소설의 형성과정에 대한 서사론적 논의 속에서 「빈처」-「술 권하는 사회」-「타락자」-「운수좋은 날」 등 초기작에 집중되어 다루어졌으며, 이들 작품은 근대소설에 값하는 것으로 평가받았다.[81] 그런데 현진건의 소설 세계는 초기의 신변 (혹은 자전) 중심의 내용에서 현실(하층민의 삶) 지향적 내용으로 진행된다는 일반적인 평가의 관점에서 보더라도, 1920년대 후반에 창작된 단편소설들에 대한 논의는 초기작에 비해 상대적으로 적극적인 평가를 받지 못하고 있다. 현진건의 1920년대 후반의 단편소설은 '가난한 사람들의 사랑'이라는 주제에 집중된다. '가난'이라는 주제를 형상화하고 있는 「사립정신병원장」(1926), 「신문지와 철창」(1929), 「서투른 도적」(1931) 등과 '사랑' 혹은 '성욕'의 주제를 다루고 있는 「발」(1924), 「불」(1925), 「새빨간 웃음」(1925), 「정조와 약가」(1929) 등은 다른 현진건의 대표작품들에 비해 상대적으로 적극적인 논의가 이루어지지 않았다. 하층민의 삶을 다루고 있다는 점에서 작가의 '현실' 지향의 태도라는 측면에서 논의되는 정도이다. 이 시기 작품들은 「술 권하는 사회」(1921), 「운수좋은 날」(1924) 등에 비해 내용적인 면이나 기교적인 면에서 완성도가 낮거나 소품(小品) 수준에 그친다는 평가도 존재한다. 여기서 이러한 질문이 가능해진다. 현진건의 단편소설은 현실 지향적 태도를 보일수록 혹은 현실비판의식이 강화될수록 소설의 완성도가 떨어지

81　장수익, 「1920년대 초기 소설의 시점 연구」, 서울대학교 박사학위 논문, 1998. ; 손정수, 「한국 근대 초기 소설 텍스트의 자율화 과정 연구」, 서울대학교 박사학위 논문, 2001.

는 것인가?

「사립정신병원장」은 하층민의 '가난'이라는 주제를 다루고 있다. W라는 가난한 인물에 대한 보고담이다. 이 소설의 서술대상인 친구 W의 이야기는 이렇다. W는 가난한 집안에서 태어나 이런저런 고난을 겪었으나 은행고원으로 채용되어 그럭저럭 살다가 그마저 실직하여 살길이 막막하던 차에, 한 달에 쌀 한 가마니와 10원의 보수를 받으며 정신병자인 그의 친구 P를 간호해주는 '사립정신병원장'을 하게 되었다. W는 본래 성격이 낙천적이어서 친구들의 놀림에도 불구하고 절박한 살림살이 때문에 그 '직업'을 수행하고 있다. 그러던 어느 날, 친구들끼리 요릿집에서 술을 마신 뒤에 W군이 남은 음식을 싸는 것을 보고 기생이 비아냥거리고 그것이 원인이 되어, '순한 양 같은' W군이 '사나운 짐승'같은 모습을 보이는 사건이 있었다. 그 뒤 W는 '발광'하여 부인과 자식들에게 해를 가하고 결국 생존수단인 정신병자 친구 P군을 칼로 찔러 죽인다.

이 작품에서 서술되는 친구 W에 대한 정보는 다른 친구들로부터 전해들은 것, 직접 목격한 것, 친구들의 편지를 통해 안 것 등으로 구성되어 있다.

(1) S군의 설명을 들으면 W군에게 P란 친구가 있었다. 워낙 체질이 나약한 그는 어릴 적부터 병으로 자랐다. 성한 날이라고는 단지 하루가 없었다. 가난한 집 자식 같으면 땅김을 벌써 맡았으련마는 다행히 수천석군의 외동아들로 태어난 덕택에 삼과 녹용의 힘이 그의 끊어지려는 목숨을 간신히 부재해 왔었다. 자식이 그렇게 허약하거든 장가나 들이지 않았으면 좋을 걸 재작년에 혼인을 한 뒤부터 그의 병세는 더욱더 처진 모양이었다. 금년 봄에 첫딸을 낳은 뒤론 그는 실성실성

정신에 이상이 생기고 말았다.

미치고 보니 자연히 찾아오는 친구도 없고 부모 친척까지 그와 오래 앉아 있기를 꺼리게 되었다. 그렇다고 병자를 내어보낼 수도 없고 혼자 한방에 감금해 두는 것도 또한 염려스러운 일이다. 그래 W군이 '사립정신병원장'이 된 것이다. 날이 맞도록 미친 이의 말벗이 되고 보호병 노릇을 하는 보수로 W군은 한 달에 쌀 한 가마니, 돈 십 원씩을 받게 된 것이다.

<u>(사립정신병원장!) 나는 속으로 한 번 외워 보았다. 나의 가슴은 한 그믐 밤같이 캄캄해졌다.</u>[82](밑줄 강조-인용자)

(2) 「여보게, 누구를 죽인단 말인가?」

마침내 나는 물어보았다.

「우리 복돌이를 말일세. 하나씩 하나씩 죽이는 것보다 모두 비끄러매 놓고 불을 질러버릴까.」

<u>나는 그 말을 듣고 전신에 소름이 끼치었다.</u>

「흥, 내 자식 죽이면 저희들은 성할 줄 알고. 흥, 그놈들도 내 손에 좀 죽어야 될걸.」

하고 별안간 그는 소리쳐 웃었다.

S군이 W군과 바로 한 이웃에 살기 때문에 우리는 그에게 취한 이를 맡기고 돌아왔었다.[83](밑줄 강조-인용자)

(3) 그런 일이 있은 후 다섯 달 가량 지냈으리라. <u>나는 L군으로부터 편지를 받았다.</u>

……군이 마침내 미치고 말았다. 그는 오늘 아침에 P군을 단도로 찔

---

82 현진건, 「사립정신병원장」, 『개벽』, 1926.01.(『현진건 전집』4, 문학비평사, 1988, 205면)
83 위의 작품, 211면.

러 그 자리에 죽이고 말았네. P군의 미친 칼에 죽을 뻔하던 그는 도리
어 P군을 죽이고 만 것일세……

　　나는 이 편지를 보고 물론 놀랐으되 어쩐지 으레 생길 참극이 마침
내 실연되고 만 것 같았다.[84](밑줄 강조-인용자)

　　(1)은 W가 은행의 고원 노릇을 하다가 쫓겨난 뒤 P라는 정신병자의
간병인이 된 사연을 전달하고 있는 부분이다. 이 정보는 "S군의 설명을
들으면"이라는 표현에서 알 수 있듯이, 서술자 '나'의 말이 아니라 'S'로
부터 들은 바를 옮기는 서술방법을 취하고 있다. 하지만 여기서 서술자
는 전해들은 정보를 객관적으로 전달하는 데에 머무르지 않고 그 정보에
대한 반응으로 "나의 가슴"의 상태를 서술하고 있다. 객관적인 사건이나
정보의 보고 역할에 멈추지 않고 서술자의 반응을 곁들여 서술하고 있는
특징을 보인다. (2)는 '나'가 고향에서 친구들과 요릿집에서 목격한 W군
의 모습을 서술하고 있는 부분이다. '나'가 사건에 직접 참여하고 있는
상황에서 'W'에 대한 서술태도 역시 "전신에 소름이 끼"친다는 반응을
서술하고 있다. (3)은 작품의 마지막 대목으로, 그간의 W에 대한 정보를
L로부터 받은 편지의 한 대목을 인용하는 방법으로 서술하고 있다. 여기
서도 서술자 '나'는 W에 대한 정보를 전달하는 데 그치지 않고 '놀람'과
'참극'이라는 판단의 표현을 곁들이고 있다. 이처럼 「사립정신병원장」은
작중의 인물이면서 서술자 역할을 하고 있는 '나'가 인물이나 사건을 목
격한 내용을 전달하거나 들은 바를 보고하는 가운데 그 정보에 대한 '나'

84　위의 작품, 212면.

의 반응을 부가하고 있음을 알 수 있다.

이러한 「사립정신병원장」의 서술 구조는 「그의 얼굴」[85]에서도 이어진다. "대구에서 서울로 올라오는 차중에서 생긴 일이다."라고 시작하는 이 작품에서 '그'에 대한 정보는 서술자이자 작중인물인 '나'에 의해 관찰되고 목격된 사항을 보고-전달되는 형식으로 구성된다. 기차 안이라는 제한된 공간 속에서 처음에 '나'가 '그'를 관찰한 내용이 보고되며, 이후 '그'와의 대화가 진행되면서 '그'에 대한 정보가 전달된다. '그'는 넉넉지는 못했지만 부족한 것 없이 살던 농촌 출신이었는데, 식민지화 과정에서 땅을 잃고 유랑의 길에 올랐다. 유랑의 기간 중에 부모를 잃고 가족마저 잃은 그는 '고향'엘 방문했다. '고향' 방문길에서 예전에 서로 혼인말이 있었던 아내 될 뻔한 처녀를 만났는데, 그 처녀 역시 부모가 유곽에 팔아넘겨 기구한 삶을 살다가 고향 읍내로 돌아와 일본집 '오마니'로 살고 있었다.

> 「암만 사람이 변하기로 어때 그렇게도 변하는기오? 그 숱 많던 머리가 훌렁 다 벗어졌더마. 눈은 푹 들어가고, 그 이들이들하던 얼굴빛도 마치 유산을 끼얹은 듯하더마.」
> 「서로 붙잡고 많이 우셨겠지요.」
> 「눈물도 안 나오더마. 일본 우동집에 들어가서 둘이서 정종만 열 병따라 뉘고 헤어졌구마.」하고 짜는 듯한 괴로운 한숨을 쉬더니만 <u>그는 지낸 슬픔을 새록새록이 자아내어 마음을 새기기에 지쳤음이리더라.</u>
> 「이야기를 다하면 무얼 하는기오.」

85 『조선일보』에 1926년 1월 1일부터 4일 걸쳐 발표된 「그의 얼굴」은 같은 해 단편집 『조선의 얼굴』(글벗집, 1926)에 수록되면서 「고향」으로 개제(改題)된 작품이다.

하고 쓸쓸하게 입을 다문다. 내 또한 너무나 참혹한 살림살이를 듣기에 쓴물이 났다.

「자, 우리 술이나 마자 먹읍시다.」하고 우리는 주거니 받거니 한 되 병을 다 말리고 말았다. 그는 취흥에 겨워서 우리가 어릴 때 멋모르고 부르던 노래를 읊조렸다.

볏섬이나 나는 전토는/신작고가 되고요-
말 마디나 하는 친구는/감옥소로 가고요-
담뱃대나 떠는 노인은/공동 묘지 가고요-
인물이나 좋은 계집은/유곽으로 가고요-86(밑줄 강조-인용자)

위 인용문은 「고향」의 마지막 대목이다. 작품의 초반부에서 '나'는 '그'를 관찰하던 태도를 유지하지만 '그'와의 대화를 통해 동정자의 태도로 변화하고 작품의 결말부에서는 '그'와 '나'는 '우리'가 되는 과정을 보이고 있다. 대화를 통해 알려지는 '그'에 대한 정보에 대해, 서술자는 정보의 전달에만 그치지 않고 거기에 '나는 음산하고 비참한 조선의 얼굴을 똑똑히 본 듯 싶었다'는 반응을 부가하고 있다. 그런데 '그의 얼굴'에서 '조선의 얼굴'을 읽은 '나'의 반응은 위 인용문의 마지막 장면에서 한 번 더 강화되고 있다. '나'의 관찰과 보고에만 머물지 않고 '그'가 전달하는 '처녀'의 정보가 더해지고 있는 것이다. 결국 '나'에 의해 서술된 '그의 얼굴'과 '그'에 의해 전달되는 '그녀의 얼굴'이 결합하여 보다 뚜렷한 '조선의 얼굴'이 되고 있는 것이다. 이로써 마지막에 '그'가 부르는 노래는 '그'의 노래를 넘어서 경제적 착취와 정치적 탄압, 전통의 파괴, 성적 착

---

86   현진건, 「고향」, 『조선일보』, 1926.04.(『현진건 전집』4, 문학비평사, 1988, 235~236면)

취 등의 식민지 근대화의 포괄적 문제를 담은 노래로 확대되면서 "우리 조선의 노래"가 될 수 있는 것이다. 결국 '나'라는 서술자는 서술 대상 인물에 대해 목격자이자 관찰자의 서술적 거리를 유지하기보다 동정과 동조의 모습을 보이면서 '조선의 얼굴'에 '슬픔'을 강화하고 있다.

「신문지와 철창」[87] 역시 목격담이다. 이 소설은 유치장에 수감된 '나'가 목격한 한 노인에 대한 이야기를 들려주는 구조이다. 목격자이자 보고자인 '나'에 의해 전달되는 노인에 대한 이야기는, "긴 말은 그만 두고 내가 거기(유치장-인용자)서 만난 불쌍하고 거룩한 얘기나 적어보자."라는 서두로 시작한다. 이 언급에서도 알 수 있듯이, 서술자 '나'는 단순히 목격하고 관찰한 내용을 기록하는 데 머물지 않는다. '나'는 서술 대상인 노인에 대해 "불쌍하고 거룩한" 것이라고 이미 평가를 내리고 시작하고 있기 때문이다.

노인의 범죄 내용은 '나'가 목격하고 보고하는 정보에 의해 주어지는데, 흥미로운 것은 처음에 아직 모습을 나타내지 않은 노인에 대한 정보는 순사의 노인에 대한 발언을 통해 주어진다. 일본 순사의 서투른 조선말과 노인의 억양 강한 경상도 사투리의 언쟁을 통해, 노인의 범죄 정보가 주어지고 있다.

「이리로 와 이리로!」 일본 순사의 서투른 조선말이 들린다. 「이 늙은 놈의 자식 말이 잘이 안 듣고!」 잡아끄는 모양이다.
「와 이카노, 와 이캐, 와 나칸 씨름할나카나, 잡고 설치노!」
꺽세고 무딘 노인인 듯한 목쉰 소리가 경상도 사투리를 통으로 내놓는다.

---

87   현진건, 「신문지와 철창」, 『문예공론』, 1929.07.(『현진건 전집』4, 문학비평사, 1988)

「백지 죄 없는 사람을 잡아다가 송아지매로 와 이리 끄시노.」

「모오 죄가 없오? 저······곤봉이란······무리르 드르고 또 저······복면 르하고 백주대도에 남의 집에 뛰어들어가 사람으 상해숫지? 죄가 없 오? 강도모라? 사람으 중상냈으니 상인 강도(傷人强盜)다. 이십 년 징 역살이다.」

이 소리에 우리는 서로 쳐다보았다. <u>백주대도에 곤봉을 휘두르며 사 람을 상한 강도!</u> 그것은 여간 대담하고 무서운 인물이 아니리라. <u>솜을 씹는 듯한 단조로운 생활에 지친 우리는 놀램과 아울러 호기심이 번쩍 움직였다.</u>[88] (밑줄 강조-인용자)

그런데 여기서 중요한 것은, 일본인 순사의 노인의 범죄에 대한 정보 를 처리하는 방법이다. "백주대로에 곤봉을 휘두르며 사람을 상한 강도!" 라고 삽입된 문장은 주목을 요한다. 이 표현은 유치장의 '나'를 포함한 수감자들('우리')의 반응처럼 처리되어 있지만, 일반적인 신문의 사회면 사건기사의 제목과 닮은 것임을 알 수 있다. 순사의 발언은 객관적인 정 보로 인식될 만한 것이고, 이러한 사건의 정보를 취한 신문기자가 이 사 건을 기사화했다면 취했을 법한 기사의 제목으로 어울리는 표현이다. 이 작품에서 사건(인물)의 목격자이자 그에 대한 보고자인 '나'가 신문기자 의 태도와 유사하다는 점에서[89] 이러한 서술 표현이 가능할 수 있었던

---

88 위의 작품, 239면.

89 이 소설에서 보고자이자 서술자 역할을 하고 있는 '나'가 유치장에 들어온 이유에 대해서는 밝혀져 있지 않다. 다른 수감자들의 수감 이유가 소개되는 가운데 '나'의 수감 이유는 끝까지 밝혀지지 않은 채 '취조를 받았다'는 정도의 정보만 주어져 있을 뿐이다. 따라서 이 소설에서 '나'의 수감이유는 작품의 중요한 내용을 형성하지 않는 다고 할 수 있는데, 이 점은 '나'가 정보를 '목격'하고 '보고'하는 역할에만 머물고 있음을 보여주는 것이다. 따라서 이 작품의 '나'는 사건을 목격하고 정보를 취재한

것이라고 유추해볼 수 있다.

하지만 이러한 정보가 '극적 요소'를 담은 신문사회면 기사 차원의 내용이라면, 이후 이어지는 이야기는 '강도사건'의 이면을 탐색한 것이다. "백주대로에 곤봉을 휘두르며 사람을 상한 강도!"라는 신문기사 제목 같은 표현은 편집의 차원에 해당한다고 할 수 있다. 제목이나 헤드라인은 편집의 영역이다. 편집은 '사람들이 관심을 갖게 될 정보 다발을 어떻게 표현해서 안쪽을 향해 특징지어 가느냐 하는 프로그래밍'[90]의 영역에 해당한다. 따라서 편집은 해당되는 대상의 정보 구조를 해독하고 그것을 새롭게 재생시키는 것이다. 그러나 일반적인 저널리즘에서의 편집은 소설 「신문지와 철창」에서는 하나의 서사적 장치로 기능하고 있다. 신문기사의 제목처럼 한 인물을 요약하고 있는 이 표현은 독자에게 '정보의 상자에 접근하게 만드는 매혹적인 깃발'[91]로 기능하지만 소설이 전개됨에 따라 재생되는 대상의 정보는 진실과는 거리가 멀어지고 있다. 소설이 전개됨에 따라 강도 노인의 진실은 순차적으로 제시되는 정보를 통해 처음의 '강도 노인'은 '참활극의 주인→희소극의 배우→비극의 주인공'이 되어간다. 노인의 '영웅적 모습'은 점점 추락하고 이를 목격하는 수감자들의 반응도 변화한다. 수감자들의 반응이 호감과 동정에서 비난과 비웃음으로 변해갔다면, '나'는 "뜨거운 눈물"을 흘리며 동정하는 태도와 사회적 문제로까지 읽어내는 인식 수준을 보여준다. 노인이 손자를 위해 유치장의 관식(官食)인 콩밥을 도둑질한 사건은 노인을 "유치장 신세를 지는" 계급

신문기자의 모습과 다르지 않다고 볼 수 있다.

90 마쓰오카 세이코, 박광순 역, 『知의 편집공학』, 넥서스, 2000, 16면.
91 위의 책, 12면.

에도 못 드는 가난한 '거지'로 만들고 "유치장에서 쫓겨나고" 마는 상황을 연출한다는 서술자 '나'의 풍자적 서술을 통해, '배부른 자'는 상상도 못할 '가난한 이의 사랑'의 숭고함을 환기시킨다. 이와 같이 「신문지와 철창」은 '유치장'이라는 공간과 서술 대상의 정보를 조절하는 방법을 결합해서 '가난한 사람들의 사랑'이라는 주제를 미적 구조로 담아내고 있다.

이상에서 살핀 「사립정신병원장」, 「고향」, 「신문지와 철창」 등에서 보이는 서술 태도의 특징은 서술자이자 작중인물인 '나'의 서술대상에 대한 관찰과 목격의 내용이 전달되는[92] 동시에 서술자의 정보에 대한 감상적 반응이 부가되어 있다는 점을 확인할 수 있다. 서술대상과의 거리를 확보하지 못하고 감상적 반응을 부가하는 서술적 특징은 그간의 현진건의 소설세계의 변화에 대한 논의의 재고를 요구하는 사항이라 할 만하다. "현진건의 소설은 자신의 체험을 중심으로 한 1인칭 소설에서 객관적 현실에 접근한 3인칭 소설로 변모했"으며 "그 과정은 자전적인 공간을 벗어나 현실을 정직하게 대면하고 진실하게 형상화했다는 발전으로 파악된다."[93] 그리고 이 과정은 1인칭 자전적 경험에 기초한 초기소설에서

---

92 현진건의 단편소설 세계를 '목격자적 서술자의 변모 양상'에 초점을 맞추어 논한 연구로 김용재의 논의가 있다. 김용재는 이 연구에서 현진건의 단편소설이 초기의 〈회고형과 목격적 서술이 융합된 서술〉에서 중기의 〈'나'의 관찰(목격의 변형)과 '나'의 이야기 속의 참여(고백이 변형)가 어우러진 소설〉, 후기의 〈'나'의 액자적 기능과 '나'의 이야기 속의 참여에서의 목격을 통한 보고적 서술기능이 융합된 서술〉로 변화해갔다고 논의했다. 본고에서는 김용재의 논의에서 공감하면서, 특히 서술자의 '참여' 부분에 대한 논의가 본고에서 주목하는 서술자의 정보에 대한 '논평' 혹은 '반응'의 서술태도와 관련된 것이라고 보았다. 김용재, 「현진건 단편소설의 전개-목격적적 서술자의 변모 양상을 중심으로」, 『한국언어문학』29, 1991.

93 박현수, 「두 개의 '나'와 소설적 관습의 주조-현진건의 초기 소설연구」, 『상허학보』9, 2002, 248면. 박현수는 이 글에서 현진건의 초기 1인칭 소설과 이후의 소설은 근본적으로 달라진 것이 아니라 현진건이 정초한 소설적 관습의 구현이라고 보고

사회현실의 객관적 제시에 주력하는 진정한 사실주의적 작품의 단계로 나아간 것으로 평가된다. 서술의 객관화라는 관점에서 이루어지는 이러한 평가는 관찰자이자 목격자인 3인칭 서술자와 과거시제의 안정적 정립과정이라는 근대소설의 형성과정이라는 관점에서 이루어지는 것이기도 하다.[94] 그런데 현진건의 이른바 사실주의 작품들이라고 평가받는 작품들의 서술자는 앞서 살펴본 대로 서술대상과의 거리를 통한 '대상화'에 충실하기보다 서술자의 논평 혹은 감상적 평가가 결합된 서술 형태를 보인다. 이러한 서술 특징이 나타난 원인은 무엇일까?

先輩들은 우리에게 가르칩니다. 主觀을 버려라 嚴正한 客觀을 직혀라. 明鏡止水의 冷靜한 態度를 가저라 합니다. 그러나 우리는 과연 차듸찬 한 쪼각의 琉璃와 가티 情이 업고 感이 업슬 수 잇슬가. 쮜는 脉搏을 죽이고 흘으는 血脉을 숨길 수 잇슬가. 안될 말입니다. 도저히 實行하기 어려운 敎訓입니다. 編輯者도 機械가 아니고 사람인 다음에야 바들 수 업는 注文입니다. 어지러운 萬象 가운대 記事쎠리가 생기고 어수선한 記事쎔이 속에 編輯감이 잇는 것이니 取捨選擇이 저절로 쌀흐고 取捨選擇을 하자니 主觀의 坩爐를 아니 거치는 장사가 업는 것입니다.[95] (밑줄 강조-인용자)

위 인용문은 현진건이 신문 사회면 편집자로서 밝힌 글의 한 대목이다.

있다. 이러한 관점에 동의하면서 본고에서는 그 변화의 과정에서 사라지지 않거나 오히려 강화되는 서술적 태도의 양상인 서술자의 감정적 반응의 원인을 고찰하고자 하는 것이다.

94 박현수, 「과거시제와 3인칭대명사의 등장과 그 의미」, 『민족문학사연구』20, 2002.
95 현진건, 「사회면과 편집」, 『철필』 1권 2호, 1930.8. 19~20면.

이 대목에서 흥미로운 것은 신문의 객관적 보도라는 태도의 불가능함을 표출하고 있다는 점이다. 언론의 보도 기능이 요구하는 정보의 객관적 전달이라는 측면이 '기자'의 태도에 해당하는 것이라면, 사회에 대한 언론의 비판적 기능이라는 측면은 '편집자'의 태도에 해당하는 것이라고 할 수 있다. 위 글에서 현진건은 신문의 객관적 보도라는 태도의 불가능함을 '편집자'의 관점에서 토로하고 있는 것이다. 신문기자가 취재한 정보는 편집자의 '선택'에 의해 신문기사의 형식으로 신문지면에 '뉴스'로 자리 잡을 수 있다. 이때 편집자의 '취사선택'의 과정에서 작용하는 '주관'이라는 것이다. 물론 신문기자의 그것과 편집자의 그것은 근본적으로 다르지 않지만 그 결정권이 편집자에 있다는 점에서 더 본질적이라고 할 수 있다.

현진건의 1920년대 후반 단편소설들에서 확인할 수 있는 서술적 특징은 이러한 '편집자'의 태도에서 기인하는 것이라고 유추해볼 수 있다. 이 시기 현진건의 사회부 편집자로서의 명성은 앞 절에서 서술한 것처럼 언론계에서 인정하는 사항이었으며, 특히 이 시기 단편소설들의 서술자가 '목격-보고'의 서술 형태를 취하는 동시에 논평과 감정적 반응의 서술을 결합하고 있다는 점과도 관련이 있는 것이라 할 수 있다.

포우(E. A. Poe)는 단편소설이 예술가의 의식적 예술 활동의 소산이라는 점을 강조하기 위해 "문학적 구성(composition)에 있어서 효과와 인상의 통일성"에 대해 설명한 바 있다. "바위 위에 물방울이 떨어지는 것 같은 과정"과 같이 작품의 '강렬하고도 지속적인 인상의 통일성'을 만들어내기 위해서, 단편소설의 작가는 "용의주도하게 만들어내야 할 어떤 단일한 효과를 먼저 생각해 놓고 난 후에 사건들을 고안"해내거나, "미리 생각해 놓은 효과를 만들어 내기에 가장 유리하도록 이 사건들을 결합"[96]

한다는 것이다. 단편소설의 이러한 특징에서 주목할 점은 서술자가 스토리의 모든 정보를 장악하고 있다는 점이다.

현진건의 단편소설의 서술 특징 가운데 하나는 스토리에 대해 모든 것을 알고 있고 서술에서 자신의 존재를 분명히 드러내는 화자가 등장한다는 점이다. 「발」, 「사립정신병원장」, 「신문지와 철창」 등의 작품에서 서술자는 작품 서두에서 스토리의 차원이자 서술대상인 인물에 대해 전달하고자 하는 내용을 소개하면서 시작한다. 「발」에서는 살인 순사라는 인물의 스토리를 "사랑의 가련한 희생자"라고 소개하며, 「사립정신병원장」에서는 "음산하고 참담한 내 동무 하나의 이야기"라고 소개하며, 「신문지와 철창」에서도 역시 "불쌍하고 거룩한 노인 얘기나 적어보자."라고 시작하고 있다. 이렇게 스토리에 대한 정보를 모두 장악하고 있는 서술자에 의해 중개되는 이야기는 작가의 '작도법(作圖法)'에 따라 '단일한 효과'를 위해 배치된다. 「발」에서처럼 편집자적 위치에서 이야기를 전달하는 서술자도 있고, 대부분 작중 인물인 '나'를 작중 사건과 상황에 관찰자와 목격자의 자격으로 참여시켜 그 내용을 보고하는 서술방법을 취하기도 한다. 그러나 관찰하고 목격한 정보를 객관적으로 보고─전달하는 서술에 그치지 않고 그에 대한 '반응'을 부가하고 있다는 점이 특징적이다. 이러한 텍스트 내의 '보도'와 그에 대한 '반응'의 결합이라는 서술 구조는, 현진건의 신문기사가 요구하는 객관적 보도태도와 그것에 대한 '편집자'의 숨겨진 논평자로서의 주관이 작용한 결과라 할 수 있겠다.

현진건은 '기자'와 '문사'의 세계는 뚜렷하게 구분되는 영역[97]이라고

---

96 에드가 알렌 포우, 「『두 번 듣는 이야기들』 재론」, 찰스 E. 메이, 최상규 역, 『단편소설의 이론』, 예림기획, 1997, 74~76면.

인식하고 각각 전문분야에서 그것을 실천하려고 했다. 하지만 그의 단편소설과 '뉴스' 사이에 '편집자'로서의 자의식이 작용하고 있었다. 그 결과 그의 단편소설의 서술자는 '목격-보고자'에 머무를 수 없는 논평적 목소리를 담을 수밖에 없었다. 신문사 사회면 편집자로서 왕성한 활동을 펼치던 1920년대 후반에 창작한 단편소설들, 즉 「사립정신병원장」, 「고향」, 「신문지와 철창」, 「서투른 도적」, 「정조와 약가」 등은 사회면 '뉴스'의 조건(극적 요소)을 충족시키는 사건정보(혹은 '비일상적 시공간의 설정'[98])에서

---

97   현진건의 자전적 내용을 소설화한 것으로 알려져 있는 『지새는 안개』(『개벽』, 1923.02~10:前篇)에서, 주인공 창섭은 신문사 기자로 입사하는 장면에서 다음과 같이 서술하고 있다. "新聞記者! 昌變이가 속은근히 希望하든 職業이엇다. 붓 한 자루를 휘둘러 能히 社會를 審判하야 죄 잇는 놈을 버히고 애매한 이를 두호하며 世界의 大勢를 推測하야 能히 宣戰도 하고 能히 講和도 하는 無冠帝王이란 尊號를 가진 新聞記者! 젊은이의 가슴을 뛰게하는 職業이엇다. 더구나 昌變으로 말하면 東京 留學을 반둥건둥하고 서울에 잇는 동안 文學書類를 耽讀하야섯다. 볼수록 그의 文學에 對한 趣味는 깁허 갓섯다. 말하서 그는 詩人으로나 文士로 몸을 세워보랴고 하얏다. 文士와 記者가 그 性質에 잇서 아주 다른 것이건만 昌變의 생각에는 大同小異한 듯 십혓다. 文士는 고만두드래도 훌륭한 記者나 되엇스면 그 뿐이란 생각도 그에게 업지 안핫다. 漫漫長夜에 단코를 구는 우리 겨레를 깨움에도 新聞의 힘이라야 되리라. 荒蕪한 廢墟에 새로운 집을 세움에도 新聞의 힘이라야 되리라 하얏다. 그럼으로 거긔 붓 드는 이들은 모두 人格이 高潔도 하려니와 義憤에 피가 끌는 志士들 이어니 한다. 自己가 그들과 가티 잇게 되면 그들의 하나이 되면 이에 더한 榮華- 어대 잇스랴!"(『개벽』, 1923.08, 139면) 인용한 부분의 밑줄 친 부분에서 알 수 있듯이, 작가에 가까운 서술자의 목소리는 '문사와 기자'는 뚜렷하게 구분되는 것이라고 서술하고 있다.

98   장수익은 현진건 초기소설의 시점 변화에 대해 논의하면서, 「타락자」 이후의 소설들이 대상과의 거리를 확보하기 위해 '예외적 시간의 설정'을 보이는 점에 주목한 바 있다. '죽음'(「할머니의 죽음」), '예외적 오늘'(「운수 좋은 날」), '음악회'(「까막잡기」), '잠을 자는 시간'(「불」) 등과 같은 '예외적 시간', 즉 비일상적 시공간을 설정함으로서 현실의 객관화라는 과제를 수행하고 있다는 논의이다. 장수익이 주목한 현진건 소설의 '비일상적 시공간의 설정'이라는 특징은 본고의 논의와 관련하여 말하면, 현진건이 강조한 바 있는 '뉴스'의 성격에 해당하는 것으로 볼 수 있다. 즉 현진건이 말하는 현실의 '극적 요소'를 담고 있는 신문기사의 세계는 '현실'이면서 '현실'이 아닌 성격을 가지고 있는 것이라는 점에서 그렇다. 이렇게 볼 때, 현진건의 20년

'가난한 사람들의 사랑'이라는 주제를 하나의 구조로 담아내는 극화(劇化) 전략을 통해 독자에게 '뉴스'와 다르게 읽게 하는 효과를 획득할 수 있었다. 서술자의 보고자 역할이 정보의 중개자에만 머무르지 않고 서술 대상으로부터 정보가 주어질 때마다 대상에 밀착되거나 동정의 태도를 취하는 이러한 '보고-논평'의 서술 구조는 서사가 진행되면서 독자와 작중 보고자의 거리를 좁히는 효과가 있으며, 서술자의 기능과 역할을 조종함으로써 미적 구조를 강화할 수 있었다. 이상의 논의를 종합하여 내릴 수 있는 현진건 소설세계의 이러한 특징은 단편소설에 해당하는 것이다. 이러한 세계관과 창작방법을 가진 작가가 쓰는 장편소설은 다른 모습일 수밖에 없다. 문예지에 쓴 장편소설이 아니라 신문연재소설의 형식으로 쓰여진 작품일 때, 이러한 '단편소설적 세계관'을 가진 현진건의 장편소설은 '편집론'의 관점에서 논의해볼 수 있다. 다음 장에서 다룰 『적도』가 바로 이에 해당한다.

2.3. '편집'의 전략과 스크랩북의 서사화

1933년 12월말 『동아일보』에 연재가 시작된 장편소설 『적도』[99]는 몇 가지 특징적인 면이 있는 작품이다. 먼저 표면적으로는 신문사 편집생활

대 후반 단편소설이 보이는 '비일상적 시공간'의 설정은 신문사 사회면 편집인의 '뉴스'에 조건에 닿아 있는 감각에서 기인하는 것이라고 할 수 있겠다. 장수익, 「1920년대 초기 소설의 시점 연구」, 서울대 박사학위논문, 1998. 제5장 〈반어적 현실과 동정적 관찰자의 시점-현진건의 초기 소설〉 참고.

99   현진건, 『적도』, 『동아일보』, 1933.12.20~1934.06.17.

이 바쁜 탓이었겠지만 작가 자신의 말로 "소설의 북에서 붓을 던진 지 10년"만에 쓰는 작품이라는 점, 작가로서 처음 쓰는 '신문소설'이라는 점을 들 수 있다. 『적도』는 장편소설 『지새는 안개』(1925)를 발표한 바 있으므로 첫 장편은 아니지만 '신문연재소설'로서 첫 장편소설에 해당하는 것이다. '작가의 말'에서 밝히고 있듯이 『적도』는 첫 시험의 '신문소설'인 까닭에 "예술의 수평선을 나리느냐, 대중의 취미를 끌어 올리느냐"[100]를 고심한 작품이다. 이러한 작가의 고백으로부터 '문예지'에 발표한 바 있는 『해뜨는 지평선』[101]을 '신문소설' 『적도』로 다시쓰기 하는 가운데 작가의 창작태도가 어떠한 차이를 보이는지에 대한 물음도 가져볼 수 있다.

여기에 『적도』의 작품내적 특징으로, 이미 발표한 바 있는 소설을 '다시쓰기'하고 있다는 점도 지적할 수 있다. 그의 단편소설 「새빨간 웃음」 (1925.11)이 『적도』에 〈명화〉라는 소제목으로 작품의 중간에 주인공의 이름만 바뀐 채 그대로 삽입되어 있으며, 미완에 그친 문예잡지 연재장편인 『해뜨는 지평선』(1927)의 내용이 역시 거의 그대로 『적도』의 서사전개에 삽입되어 있다. 이러한 삽입과 '다시쓰기'로 쓰여진 『적도』를 작가 신변의 사정 때문에[102] 이른바 '돌려 막기'식으로 이루어진 것이라고 하기는 어렵다. 「새빨간 웃음」과 『해뜨는 지평선』이 『적도』에 약간의 수정된 형태로 삽입되고 있지만 작품의 전체 서사전개를 어색하게 하지는 않기 때문이다. "해당되는 대상의 정보 구조를 해독하고 그것을 새 디자

---

100 현진건, 「『적도』 연재 예고-作者의 말」, 『동아일보』, 1933.12.09.
101 『해뜨는 지평선』은 『조선문단』(1927.01~03)에 연재하다가 미완에 그친 장편소설이다.
102 현진건은 '작가의 말'에서 '폐혈성단독에 걸리어 죽고 사는 고비'를 겪은 직후라고 쓰고 있으며, '작가 부기'에서 연재 도중 어머니를 잃는 사건을 겪었다고 쓰고 있다. 현진건, 「『적도』 연재 예고-作者의 말」, 『동아일보』, 1933.12.09.

인으로 재생시키는 것"[103]을 편집이라고 정의한다면, 『적도』는 『해뜨는 지평선』을 '편집'의 방법으로 새롭게 디자인하여 탄생시킨 작품이다.

『적도』는 김여해라는 한 청년의 연애실패담과 각성에 대한 이야기가 중심을 이룬다. 표면적으로 서사의 사건이 인물들 간의 연애관계에서 비롯되고 전개된다. 그러나 『적도』는 사건과 구성의 상투성, 비약적인 사건 전개, 서술상의 감상적인 측면 등 때문에 멜로드라마나 통속적인 작품에 지나지 않는 작품이라는 부정적인 평가를 받거나, 그럼에도 불구하고 이러한 멜로드라적 장치를 이용하여 우회적으로 식민지적 조건을 극복하려는 의지를 암시적으로 제시하고 있다는 긍정적인 평가를 받기도 한다. 이렇게 상반된 평가에는 여러 가지 이유가 있겠지만 그 가운데 특히 주인공 김여해의 성격 변화 과정을 어떻게 볼 것인가 하는 점이 놓여 있다. 그것은 사건의 계기성을 어떻게 확보하고 있는가 하는 서사 구조적 차원의 문제에 닿아있는 사항이기도 하다.

『적도』는 김여해의 이야기와 기생 명화의 이야기가 결합된 구조이다. 전반부의 김여해 이야기와 후반부의 김여해-명화의 이야기가 중심을 이루고 있다. 이는 『해뜨는 지평선』과 단편 「새빨간 웃음」의 주제들을 『적도』에서 종합하려는 작가의 (무)의식을 알 수 있게 하는 것이다. 먼저 『해뜨는 지평선』을 중심으로 한 청년의 연애실패담이 『적도』에서 어떻게 삽입되고 있는지 살펴보자. 연재 3회에서 멈추고 말았지만 『해뜨는 지평선』의 내용은 『적도』의 전반부에 그대로 삽입된다. 삽입되면서 수정되는 부분이 흥미롭다.

---

103 마쓰오카 세이코, 박광순 역, 『知의 편집공학』, 넥서스, 2000, 17면.

『해뜨는 지평선』과 『적도』에 거의 수정 없이 삽입되는 '신문기사'가 있다. '신문기사'의 내용은 이렇다. "어떤 청년 하나가 박병래와 윤애경이가 혼인하던 첫날밤에 신랑 박병해를 칼로 찌른 것과 얼마 후에 김활해란 청년이 그 진범인으로 서대문서에 자현한 것과 경찰 사법에서는 그를 진범인으로 인정하였건만 윤애경 홀로 부인한 것과 김활해를 검사가 5년 구형하는 소리를 듣고 윤애경이 기절한 것과 김활해란 청년이 4년 언도를 받아 복역하게 된 것."[104] 이러한 내용을 날짜 순서대로 스크랩된 '신문기사'의 형식으로 제시하고 있다. 그런데 『해뜨는 지평선』에서는 이 기사를 제시하는 인물은 '나'이지만, 『적도』에서는 작중인물 가운데 그 기사를 이용해 자신의 목적을 취하려는 '석호'에 의해 제시되고 있다는 점에서 중요한 차이를 보인다.

『해뜨는 지평선』에서 수집한 '신문기사'를 제시하는 작중 화자는 일인칭 '나'이다. 일련의 제시되던 신문기사가 끝난 뒤, "내가 모아둔 신문쪽지는 여기서 끝나고 말았다. 이것만 보시면 현명하신 독자는 사건의 윤곽만은 짐작하실 것이다. 나는 어서 바삐 이 긴 이야기의 원 대문으로 들어가야겠다."[105]로 시작하는 문장이 이어진다. 여기서 '나'는 작가의 위상을 가진 '편집자'의 모습을 하고 있다. 이러한 편집자적 화자인 '나'의 설정은 작품에 자료적 지위를 부여하는 동시에 내용적인 측면에서도 개연성의 획득을 위한 장치로서 기능하는 것[106]이라고 할 수 있다. 『해뜨는 지평선』

---

104 이 대목은 작품에서 화자가 직접 '신문기사'의 내용에 대하여 요약하여 서술한 것이다. 현진건, 『해뜨는 지평선』, 『조선문단』, 1927.02.
105 현진건, 『해뜨는 지평선』, 『조선문단』, 1927.02.
106 18세기 프랑스의 소설 미학을 '편집자 소설'이라는 개념으로 설명한 이봉지에 의하면, 18세기 초 프랑스 소설에서 편집자 소설은 소설의 근원적 특징인 허구적 특성과

이 액자 소설적 구조를 취하고 있는 것은 그 자체가 독립된 하나의 이야기로 독자의 흥미를 끌 수 있는 장치인 동시에, 독자가 작품을 읽는 데 어떤 영향을 미치게 된다. 편집자적 화자의 기능은 작품이 하나의 허구적인 이야기가 아니라는 점을 밝히는 동시에 독자들에게 작품을 '소설' 읽는 것처럼 읽지 말고 사실 그 자체로 받아들이도록 유도하는 것이다.[107]

그런데 이렇게 설정된 편집자적 화자 '나'는 '모아둔 신문쪽지', 즉 객관적이고 사실적인 '신문기사'의 자료적 지위에 대해 다음과 같은 논평을 가하고 있다.

> 한 마디 말해 둘 것은 <u>신문기사란 결코 사건의 이면을 들추는 것이 아니오, 오직 사실을 사실대로 보도함에 그칠 따름이다.</u> 다시 말하면 사건의 드러난 외면을 수박 겉핥기로 보는 대로 듣는 대로 기록할 따름이다. <u>기자도 귀신이 아닌 다음에야 드러난 사실 밑에 숨은 사실의 거풀을 열 번 벗기고 백 번을 벗겨도 그 속에 숨은 사실이 있는 것이야 어찌 낱낱이 알아낼 수 있으랴.</u> 그럼에도 사실의 껍데기만 가지고 '오직 이것이 사실이어니' 하고 튼튼히 믿었다가는 도리어 <u>참 사실을</u> 오해하기 쉬운 일이다.[108](밑줄 강조-인용자)

독자들의 역사적 진실에 대한 믿음을 어떻게 조화시킬 것인가의 문제를 해결하는 방안으로 창안된 것이다. 부재한 개연성을 어떻게 획득할 것인가의 상황에서, 소설은 형식적인 차원에서 비소설적 장르(역사책, 서간집, 회고록 등)의 형태를 빌어 표현하거나 내용적인 차원에서 현실적 인물 설정, 구체적 배경 설정, 논리적 사건의 전개 등의 방향으로 전개되었다. 이봉지, 「18세기 프랑스 편집자 소설의 구조와 소설미학」, 한국프랑스어문교육회, 『프랑스어문교육』20, 2005.11. 참고.

107 이봉지, 앞의 논문, 447면 참고.
108 현진건, 『해뜨는 지평선』, 『조선문단』, 1927.02.

『해뜨는 지평선』은 '신문기사'의 제시로부터 시작된다. 그러나 편집자의 논평이 말하고 있는 것은 신문기사가 보도하는 정보는 '사실'이기는 하지만 '참 사실'을 말하는 것이 아니라는 것이다. '한 사건의 드러난 외면에 대한 기록'일 뿐, 그 사건의 이면에 숨겨진 '참 사실'에 대해서 신문기사는 말해주지 않는다는 것이다. 그래서 신문기사에 기록된 '사실'은 '사건의 윤곽'을 알리기 위한 장치일 뿐, '참 사실'은 이제부터 하게 될 '긴 이야기'에서 찾아야한다는 것이다. 이러한 편집자적 화자의 논평을 확대해 보면, 신문기사와 소설의 차이에 대한 내용이라고 볼 수 있다. 앞서 살폈지만 현진건에게 '사회면 기사'가 '극적 요소'를 포함하는 것이라면 소설은 그것에 '실감'을 부여하는 것이다. 이러한 구도에서『해뜨는 지평선』의 편집자적 화자의 설정과 신문기사의 활용 목적을 생각해보면, 이 작품은 신문기사와 다른 '참 사실'을 다루는 소설쓰기의 행위를 노출하고 있다고 볼 수 있다. 그 '참 사실'을 다루는 소설의 내용은 한 청년의 연애 실패담과 그 극복의 과정에 대한 것이다. 여기까지가『해뜨는 지평선』의 기획 목적이라고 한다면,『적도』에서 그것은 사뭇 다른 양상이다.

『적도』에 삽입된 '신문기사'의 내용(사실)은 인물의 개명(改名) 이외에는 수정이 거의 가해지지 않았다. 그러나 '신문기사'를 스크랩하고 제시하는 작중 인물이 변했다.『해뜨는 지평선』에서의 편집자적 화자 '나'는『적도』에서 사라지고, '신문기사'는 '석호'의 손에 의해서 제시된다. 친구이자 재력가인 병일을 이용하여 자신의 이익(박병일 동생 은주와 결혼)을 위해 작중인물로 설정된 인물이 석호이다. 〈해결책〉장에서 보이듯이 자본가의 약점을 가장 잘 알고 있으며 그것을 자신의 이익을 위해 계산적으로 이용할 줄 아는 석호라는 인물은『적도』의 한 성과라고 할 것이다. 하지만

한국근대소설 미학과 '記者-作家'

작품에서 재산가 병일과의 차이를 유지하지 못하고 사건 전개에도 그 역할이 미비하여 한계를 보이고 있다. 이러한 인물의 손에 스크랩된 '신문기사'의 정보는 『해뜨는 지평선』의 그것과 다르지 않은 것이다.

한때의 호기심과 의협심으로 자현한 것이나 아닌가 하고 의심조차 또 다시 되풀이한다는 데 작일 오전 9시 경에는 형사 수명이 다시 박병래 씨의 집에 출장하여…. -『해뜨는 지평선』	한때의 호기심과 의협심으로 진범인도 아니면서 자현한 것이나 아닌가 하는 의심조차 난다는 데 이랬거나 저렸거나, <u>사건은 이 수상한 청년의 출현으로 말미암아 그야말로 흥미 백 퍼센트라 하겠으며</u>, 작일 오전 아홉 시경에는 형사대가 두 대로 나누어 한 대는 아직도 입원 중인 박병일 씨를 임상 심문하였고…. -『적도』

위 인용문은 〈신문기사〉장에서 수정 첨가된 부분이다. 『해뜨는 지평선』의 신문기사문이 『적도』의 신문기사문으로 바뀌면서 "이랬거나 저렸거나, 사건은 이 수상한 청년의 출현으로 말미암아 그야말로 흥미 백 퍼센트라 하겠으며"라는 서술을 삽입하고 있음을 확인할 수 있다. 신문기사문이 담지하고 있는 정보의 내용은 다르지 않지만, 『적도』의 서사에 삽입되면서 '신문기사'는 '사건의 사실'을 제시하는 기능보다 '흥미 거리'의 차원으로 변화함을 확인할 수 있는 대목이다. 『적도』 연재에 임하면서 쓴 '작가의 말'에서도 알 수 있지만, 현진건은 '신문연재소설'이 요구하는 대중성의 확보라는 외적 조건을 무시할 수 없었다. 주지하다시피 1930년대에

접어들면서 문학의 상업화, 통속화에 대한 인식 대상의 한 가운데 신문연재소설이 놓이게 된다. 다른 작가들과 달리 신문 편집인의 감각을 소유한 작가 현진건에게, 신문연재소설의 '저널적 속성'에 대한 반응이 『적도』의 '신문기사'를 '흥미 차원'의 수용으로 나타났다고 볼 수 있을 것이다.

『해뜨는 지평선』에서의 '신문기사'의 기능과 관련해서 『적도』를 읽으면 그 '참 사실'에 해당하는 것은 김여해-영애-병일의 '치정 관계'에 대한 것이다. 『적도』의 전반부의 내용을 이루고 있는 이야기는 작중인물 석호에 의해 제시되는 '신문기사'의 내용에 대한 것이다. 다시 말해 석호가 가지고 있는 신문기사 스크랩북의 이야기이다. 그런데 신문기사 스크랩북은 정보의 객관적 보도라는 기능을 하지 못한다. 이 신문기사 스크랩북은 김여해-영해-병일의 사건을 '시국 관련 내용'으로 다루고 있다. 김여해를 중심으로 일어난 '치정 관련 사건'이 신문기사화 되면서 '시국 관련 기사'로 돌변한 것이다. 소설의 중·후반부는 신문기사의 내용을 바로 잡는 데 할당된다. 정리하면 『적도』는, 스크랩북(저널리즘)이 제시하는 '시국 관련 사건' 신문기사(사실)의 세계가 진실이 아님을 서사화하고 있는 작품이라고 할 수 있다.[109]

---

[109] 연재가 되는 도중 1934월 2월 17일자(50회, 「지난 일(2)」)에 '一讀者에게'라는 작가의 말이 덧붙어있다. 독자 가운데 작가에게 어떤 내용의 편지를 보냈는지는 확인하기 어렵지만, 작가는 "당연한 의문이십니다. 그러나 의문은 그것만이 아닌 줄 압니다. 이 소설은 아직 들어난 사실의 외모에 방황하고 잇습니다. 겹겹이 싸인 들어난 사실 속에 참사실이 잇고 이 참사실의 등뒤에야 말로 사실의 혼이 숨은 것이외다." 라는 답을 하고 있다. 독자의 의문은 「신문기사」, 「수상한 방문객」, 「검은 그림자」가 연재되는 도중에 일어난 것이라고 추측할 수 있다. 독자가 소설의 '사실'에 대해 의문을 제기한 것이라고 할 때, 현진건은 '사실' 속에 있는 '참 사실'에 대해 쓰겠다고 답하고 있는 것이다. '참 사실'과 '사실의 혼'에 육박해가는 방법이 소설이라고 답한 것이라고 볼 수 있을 것이다.

한국근대소설 미학과 '記者-作家'

그런데 『적도』는 신문기사 스크랩북 정보의 거짓을 서사화하면서 '치정 관련 사건'의 실체가, 사건의 당사자인 김여해가 기생 명화를 만나고 사랑하게 되는 과정에서 '고백'의 방법으로 서술되고 있다는 점을 주목할 필요가 있다. 〈지난 일〉 장에서 김여해는 병원을 방문한 기생 명화에게 5년 전 사건의 전말을 '고백'한다. 이야기하기의 방법으로 고백하는 사건의 진실은 '치정 사건'이다. '치정 사건'이 '시국 관련 사건'으로 기사화된 것은 재력가 병일이 자신의 사회적 체면을 유지하기 위해 그렇게 한 것이라는 사실이 밝혀진다. 이 사항을 언론이 외부 권력에 의해 왜곡되는 상황에 대한 작가의 비판적 인식이 반영된 것이라고만 읽는 것은, 『적도』의 주제를 단순화시킬 위험이 있다. 소설 『적도』에서 말하려고 하는 것은 '신문기사'의 이면에 대한 것, 즉 '참 사실'의 탐색에 대한 것이기 때문이다.[110]

김여해의 고백을 들어줄 대상으로 기생 명화가 채택된다. 기생 명화에게는 '일'을 위해 해외로 나가 있는 애인이 있다. 명화는 그 애인과의 '행복한 가정'을 위한 금전이 필요해서 재력가 박병일을 이용하고 있다. 재력가를 자신의 이익을 위해 이용하려 한다는 점에서 '석호'와 다르지 않다. 명화는 김여해-박병일-영애의 사건을 이용하여 박병일에게서 금전을 취하려한다. 그 과정에서 의도적으로 김여해를 만나 친밀해지고

---

110 여기서 '치정 사건'을 '시국관련 사건'으로 둔갑시킨 식민지 조선의 언론 상황이 언급되어야함은 물론이다. 식민지 조선에서 '치정 사건'은 '시국 사건'으로, '시국 사건'은 '치정 사건'으로 언제나 돌변할 수 있었다. '시국 사건'을 재현해 내기 위해서는 '치정 사건'이라는 탈정치의 방법을 경유하거나 우회할 수밖에 없었던 식민지적 특수성이 있었기 때문이다. 여기에 신문사들의 특종경쟁(상업성)도 작용했을 것이다. 그러나 본고는 『적도』에서 '치정 사건'과 '시국 사건'의 역전 관계를 작품 내적 구조 차원에 한정해서 살폈다. 주인공 김여해의 행동과 서사구조의 분석에 초점을 맞추었다. 그 결과 현진건 소설의 주요 주제인 '가난'과 욕망(연애)의 문제를 확인할 수 있었다.

'신문기사'의 '참 사실'을 김여해로부터 고백의 방식으로 듣는 것이다. 여기에도 흥미로운 점이 있다. 신문기사에서 제시된 바 있는 '재판장과 피고의 심문 장면'은, '고백의 장면'에서 명화의 질문에 김여해가 답하는 식으로 이루어지고 있다. 이때 김여해의 이야기를 이끌어내고 듣는 명화는 소설을 읽는 독자의 위치에 서게 된다. 이러한 서술형식으로써 김여해의 〈어떤 연애〉 이야기는 '소설화'되는 것이다.

한편 『적도』에서 '신문기사'라는 형식으로 소개되는 '사건'은 당시 현실의 사건보도 기사와 상동성을 가지는 것이다. 예컨대 김여해가 군자금 모집을 이유로 부호를 협박했다든가, 상해에서 모종을 사명을 띠고 들어온 청년이 검거되어 경찰서에서 자살했다든가[111] 하는 소설 내적 사건들은 당시 신문 '사회면'에서 쉽게 확인할 수 있다. 이런 관점에서 본다면 소설 내적 사건의 효과는 현실의 사건이 담보하고 있다고도 할 수 있을 것이다. 다시 말해 소설 텍스트는 현실 텍스트와 상호작용하고 있으므로 소설 텍스트 내적 계기의 비약 등은 오히려 독자의 입장에서 자연스러운 것일 수 있다고 볼 수도 있는 것이다. 이러한 점은 현진건의 신문 '사회면 편집인'으로서의 작가적 감각이 작용한 것인 동시에 근대 '신문연재소설'의 한 특징일 수도 있다.

그럼에도 불구하고 『적도』에서 김여해의 자기 '이야기'는 신문기사의 '정보'와 다른 것이다. '신문'이라는 새로운 의사소통 형식의 특징은 정보(information)의 측면에서 설명할 수 있다. 근대 신문의 시대에서 '정보'

---

111 당시 신문의 사회면에 군자금 모금을 위한 부호 협박 사건은 비일비재하다. 그리고 폭탄 테러, 폭탄 자살 등의 사건도 많이 발견된다. 예컨대 이런 기사가 있다. 「東京震災를 뒤니어서 犯行한 兩人 同期自殺: 二重橋에 爆彈던진 金祉燮 獄裡自殺-義烈團圓으로 爆彈投擲하기까지-그의 略歷」, 『조선일보』, 1928.02.23.

한국근대소설 미학과 '記者-作家'

는 '그 자체로 이해될 수 없기understandable in itself' 때문에 '설명'이 붙여져서 전달된다. 따라서 경험의 복잡성과 불투명함에 초점을 맞추기 때문에 '대답보다 더 많은 질문'을 야기하는 '픽션(의 정신)'은 '정보'와 양립할 수 없게 되었다.112 『적도』에서 김여해가 겪은 사건이 기록된 '신문기사'는 '정보' 차원에 해당하는 것이다. '신문기사'는 이런저런 설명을 덧붙여 그 정보를 전달하고 있지만, 김여해가 명화(독자)에게 '고백'의 방법으로 들려주는 이야기의 장면은, 따라서 신문의 '정보'와는 구별되는 소설의 영역(방법)에 해당하는 것이라고 할 수 있다. 이러한 김여해의 '이야기'는 신문기사 '정보'의 이면을 탐색하는 힘을 가지고 있는 것이다.

또한 『적도』에서 흥미로운 것은, 한갓 '치정 관계'에 지나지 않는 사건을 '시국 관련 사건'으로 다루는 것이 아니라 오히려 그 반대의 경우를 취하고 있다는 점이다. 다시 말해 '시국 사건'이 아니라 '치정 사건'이 '참 사실'에 해당한다는 것이다. 이 사실은 『적도』의 주제에 해당하는 것이다. 즉, 『적도』는 '치정'을 중심으로 읽어야한다. 전반부의 김여해-박병일-영애의 이야기는 물론 작품의 후반부에 전개되는 김여해-명화-김상렬의 이야기 또한 '치정'에 대한 것이다. 말 그대로 '치정(癡情)'은 남녀 간의 사랑으로 생기는 온갖 어지러운 정을 일컫는다. 표면적인 서사 내용이 '치정 관계'에 대한 것이라는 것과 그것이 작품의 주제에 해당한다는 것은 의미가 다르다.

『적도』에서 '치정'은 작품의 진행과정을 거쳐 안정화되고 있다. 작중인물 김여해는 열정의 덩어리로 입체화되어 있다. 감옥살이 때문이기도

---

112 Shelley, Fisher Fishkin, *From fact to fiction : journalism & imaginative writing in America*, Johns Hopkins University Press, 1985. p.9.

하겠지만 출옥 후 자신을 배신한 옛 애인의 집으로 향하는 것은 사랑하는 '영애'이기 때문이 아니라 '여자의 몸' 때문이며, 참을 수 없는 성욕 때문에 박병일 동생 은주를 강간하고, 기생 명화의 연애에 대한 질투의 감정을 견디지 못하는 모습으로 묘사되고 있다. 이처럼 김여해는 성격을 규정하기 힘든 열정의 소유자로 그려지고 있다. "열정에 지글지글 타는 인물, 한시도 열정의 대상이 없고는 견디지 못하는 인물"인 김여해이다. 그 '열정'의 행방에 방향성을 부여하기 위해 이 작품은 진행이 된다. 그 열정의 행방은 연애-겁탈-질투-반성-자살 등으로 변화해가는 모습이다. 이러한 변화의 과정에서 열정은 '치정 관계'를 통해 방향성을 잡게 되는 것이다. 그 열정의 대상을 '대의를 위한 폭탄자살'로 암시하고 있다.

기생 명화의 경우도 마찬가지이다. 기생 명화의 '치정'은 박병일을 이용하는 모습이라든지 김여해와의 애정행각, 김상렬과의 대화에서 확인되는 연애의 목적(행복한 가정) 등에서 드러난다. 하지만 명화의 이러한 모습은 진정한 사랑이나 신성한 연애의 그것과 거리가 멀다. 기생 명화가 남자를 만나는 방식은 김여해의 '성욕'의 행방과 닮았다. 백년 낭군 맹세를 문신으로 새긴 애인이 있지만 현실에서 만나는 남자들과 거침없이 연애하는 모습은, 오히려 작품에서 부정적 여성상을 염두에 두고 그려지고 있는 영애와 대비되는 형국이기까지 하다. 명화의 김상렬에 대한 사랑은 '의리'의 차원에서 확인될 뿐, 김상렬이 하는 대의적인 차원의 일을 이해하지 못하며 개인적 차원의 '행복한 가정'을 위한 사랑일 뿐이다.

결국 『적도』는 '치정'의 방향성을 제시하는 결말로 마무리 되고 있다. 김여해의 폭탄 자살 소식을 남경행 기차 속에서 김상렬과 명화, 은주가 '신문기사'를 통해 확인하는 장면으로 소설은 정리되고 있다. 앞서 본

한국근대소설 미학과 '記者-作家'

바와 같이 『적도』가 다루고 있는 '치정'의 문제는 김여해의 타오르는 열정의 성격과 관련이 있는 것이다. 김여해는 애초에 독립이나 혁명과는 거리가 멀었으며 연애의 실현불가능성으로 인해 열정과 욕망의 투사 대상이 상실된 상황에서의 행동만 있을 뿐이다. 그 열정과 욕망의 표출은 성욕을 주체하지 못한 강간과 여자의 몸을 찾는 것으로 드러나 있다. 물론 죄책감을 자기의 목숨을 버림으로써 벗어나려하는 모습을 보이기도 하지만 그것이 사회현실에 대한 구체적인 인식으로 이어지지는 않는다. 연애의 실패 이후 보이는 이러한 행위는 연애를 하지 못하는 한 개인의 원망이거나 연애의 망상에 빠져 갈팡질팡하는 모습일 뿐이다. 그런데 이러한 개인적 원망과 방황의 모습은 성욕을 주체하지 못하는 모습으로 극대화되어 있다. 성욕과 식욕의 차원으로밖에 사랑의 대상을 갈망할 수 없는 김여해이다. 이러한 강렬하고 극단적인 모습은 비현실적인 것으로 읽힌다. 이것은 작가에게 있어 소설의 서사전개와 한 인물의 변화과정을 엮어내는 것이 중요한 것이 아니라 그 '방향성 없는 열정'에 대한 강조를 묘사하는 것이 중요함을 말해주는 것이다. 그 결과 소설의 서사구성의 계기성보다 극적인 장면의 설정과 그 묘사가 중요했던 것이다.

김여해의 방황의 원인은 결국 연애불가능한 상황에서 기인한 것이다. 그리고 그 연애불가능함은 '가난' 때문이다. 현진건 소설 세계에서 가난은 인간성의 극한으로서 광기, 윤리적 혼돈과 도덕적 분열 그리고 생존에의 의지라는 주제로 확대되어 다루어진 바 있다.[113] 특히 단편 「불」, 「사립정신병원」에서와 같이 인간이 인간적인 삶의 최소 조건마저 박탈당했을 때, 광기

---

113 김동식, 「'조선의 얼굴'에 이르는 길-현진건 중단편 소설을 중심으로」, 김동식 편, 『운수좋은 날』, 문학과 지성사, 2008. 372~376면 참고.

는 자기 파괴의 욕망으로 그 모습을 드러내 보인다는 점을 간파했다. 『적도』의 김여해를 통해 보여주고자 한 것은 바로 그러한 가난으로 인해 연애조차 불가능해진 상황에서 윤리적 혼돈의 모습과 자기 파괴적인 광기의 모습으로 방황하고 있는 청년의 모습이라고 할 수 있다.

이러한 『적도』의 서사 구조적 특징과 주제는 앞서 살핀 현진건이 현실을 바라보는 태도에서 기인하는 것이라고 볼 수 있다. 다시 말해 현실과 생활의 차원에서 극적인 요소를 발견하여 그것을 극화(劇化)하려는 태도는 현실에 대한 총체적 인식과 거리가 먼 것이다.[114] 따라서 『적도』에서 인물의 행동과 서사 전개의 개연성을 확보하는 것보다 인물의 방황을 보여주기 위해 극적인 장면을 연출하고 묘사하는 일이 중요해진 것은 당연한 것이었다.[115] 그리고 다른 전작(前作)을 '편집'의 기술로 '다시쓰기'

---

114 단편소설은 인생 그 자체에서 발견되는 모든 모순을 포함하고 있는 이데올로기의 골격 구조를 드러내는 장편소설과 달리 작가의 영감과 개성에 의해서 취해진 형식으로서 '기법'이 중요하다. 모라비아는 단편소설 작가 체홉과 모파상이 쓴 장편소설에 대해 다음과 같이 말한 바 있다. "체홉과 모파상의 장편소설이나 긴 단편소설에 우리가 느끼는 것은, 장편소설을(형편없는 장편소설이라 할지라도) 장편소설이게 하는 무엇인가가 여기에는 없다는 것이다. 체홉은 본질적으로 필연성이 없는 잉여의 플롯을 가지고 집중된 서정을 희석해 놓고 있다. 그리고 모파상은 망원경을 통해 보아져서 주인공의 존재에 의해서만 들어 맞춰지는, 일련의 토막 난 그림들 같은 모양이다." 알베르토 모라비아, 「단편소설과 장편소설」, 찰스E. 메이, 최상규 역, 『단편소설의 이론』, 예림기획, 1997, 222~223면.

115 『적도』의 이러한 서사 구조적 특징은 또 다른 해석과 평가의 가능성이 있을 수 있겠다. '극적 요소'의 강조로 인한 서사구성의 비개연성과 극화된 장면묘사의 집중 등은 이른바 루카치식의 총체성 확보에는 실패했다는 평가를 낳는 요인이기도 하지만, 『적도』의 이러한 서사 구조적 특징은 오히려 '개연성의 결여 자체가 총체성이 되어 버린 시대'에 걸맞은 서사의 형식이라고 해석할 수 있는 여지가 있다고 하겠다. 이러한 『적도』의 특징은 1930년대 전반기에 창작된 대부분의 신문연재소설의 특징이기도 하다는 점에서 소설사적 의미 부여할 수 있는 이유가 될 가능성도 있다. 다시 말해 심훈, 박종화, 채만식 등의 장편소설에서 갑작스런 결말이나 서사구조의 비약적 성격 등이 공통적으로 확인되는 바, 이러한 특징으로부터 이 시기 작가들이 이른

하고 있다는 점에서도 『적도』는, 파편적으로 존재하는 대상의 정보 구조를 해독하여 그것을 새로운 디자인으로 재맥락화하고 있다는 점에서도 '편집의 예술화'에 해당하는 작품이다.

『적도』를 거꾸로 읽으면, 그것은 한 조선인 청년이 폭탄을 깨물고 경찰서에서 자폭한 사건(신문기사)의 이면에 대한 이야기다. 그 '참 사실' 내용은 이상적인 연애가 불가능한 조선의 상황에서 펼쳐지는 젊은 남녀들의 번민과 그 고민의 결과에 대한 것이다.[116] 김여해는 '신문기사'의 내용처럼 자수를 했다. 자수를 하기 전까지 김여해는 자신의 사랑을 '신성한 연애'라고 믿었다. 그러나 그가 믿었던 '신성한 연애'는 "『벨텔의 번민』을 읽고, 『춘희』를 읽고, 『장한몽』을 읽"어 만들어낸 것이었다. 그만큼 '신성한 연애'가 관념적이었던 까닭도 있겠지만 언론에 의해 그 진성성이 '치정 사건'과 '시국 관련 사건'으로 폄훼되는 현실 앞에 자수를 할 수밖에 없었다. 하지만 자수를 통해 증명하려고 했던 '신성한 연애'는 재판과 언론의 맞물린 권력이 가한 옥살이로 인해 환멸로만 남는다. 그리고 연애 불가능함에 대한 환멸은 '욕정'의 형태로만 드러난다. 방향성을 갖지 않은 '욕정'이 주인공인 이 소설이 강간-자살-구출-자폭 등의 계기성이 부족한 사건을 펼쳐 보이면서 각 사건을

바 어떤 '조급증'을 노출하고 있음을 알 수 있다. 창작활동의 변화 속에 이 시기의 현실적 압박과 전망부재의 상황이 작용한 결과라고 추론해볼 수 있다.

116 현진건은 『적도』를 쓰기 전인 1931년 11월 소오 설정식이 『신동아』지에서 기획한 '독자공동제작 소설'의 첫 회를 쓰면서 소설의 제목(「연애의 청산」)도 자신이 정했으며, '작가의 말'에서 "테마는 題意가 明示하는 바와 같이 過渡期의 戀愛를 어더케 淸算할가. 理想과 主義에 타는 靑春男女 사이에 움트는 사랑의 煩惱相을 어쩌케 解脫할가 하는 것"이라고 적고 있다. 그리고 소설의 인물들의 연애가 '경박하지 않은 분방미와 절망의 심연으로 흐르지 않는 비장미'를 갖추기를 희망한다. 이처럼 이 시기 현진건은 잡지와 신문 등 대중을 의식하는 소설에 임하면서 '과도기의 연애를 어떻게 청산할까'를 고민하고 있었다.

극화(劇化)하는 데 서술의 초점이 모아지는 것은 당연한 것이다.[117]

『적도』의 마지막 대목은 김여해의 죽음을 보도한 짧은 '신문기사'가 소개되며 끝난다. "경성 XX시에서 지난 11일 밤 조선인 청년 한 명이 검거되어 취조 중 폭탄 깨물고 즉사"했다는 사실이 이런 저런 추측과 수식어로 작성된 신문 보도기사이다. 이 짤막한 '신문기사'는 '정보'의 차원에 해당한다. 그 자체로 완결된 사건에 대한 설명일 뿐, '신문기사'는 사건의 '참 사실'에 대해서는 아무 것도 말해주지 못한다. 한 토막의 '신문기사'로 갈무리하고 있는 마지막 장면은 현진건의 '편집인-작가'로서의 감각을 (무)의식적으로 보여준 것이라고 볼 수 있다. 이 마지막 '신문기사'의 이면에 담겨진 '참 사실'에의 탐구 행위로서 『적도』가 쓰여진 것이라면, 작가는 독자에게 소설읽기의 독법으로 '신문기사'를 읽어주기를 바라고 있는 것이라고 할 수 있다.

이상에서 신문사 편집인으로서의 감각을 중심으로 현진건의 소설세계를 살펴보았다. 현진건의 1920년대 후반의 소설은 '가난'과 '성'이라는 주제가 중심을 이루고 있다. 초기의 '가정'에 국한된 주제가 하층민의 삶에 주목함으로써 사회적 주제로 확장되는 모습을 보이는 것이다. 신문저널리즘의 '사회면-편집인'으로 활동한 현진건에게 이러한 소설적 주제는 현실 '뉴스'의 조건과 큰 차이가 없는 것이다. 그러나 현실을 보도하는 신문

---

117 『적도』의 결말 부분에서 김여해의 '대의를 위한 폭탄 자살'을 작가 현진건의 민족주의자로서의 면모로 읽어내는 논의가 있다. 물론 이 작품을 연재할 시기의 현진건의 개인사적 상황, 즉 독립운동가였던 형 현정건의 죽음(1932.12.30.)과 그로 인한 형수의 자살 등이 작용하여 작가의 현실인식의 측면이 작품에 반영된 결과일 수도 있다. 그러나 작품 내적 계기를 설명할 수 있을 때, 작가의 '민족주의자로서의 면모'도 밝혀질 수 있다. 『적도』의 모델들에 대한 논의는 남상권, 「현진건 장편소설 『적도』의 등장인물과 모델들」, 『어문학』108, 한국어문학회, 2010.6. 참고.

기사가 사건을 의미화하는 방식과 현진건의 소설이 그것을 의미화하는 방식은 뚜렷하게 구분된다. 현진건은 뉴스 혹은 '극적 정경'을 포착하여 소설화하는 과정에서 미적 구조의 구축을 통해 예술성을 획득한다. 다시 말해 현진건의 단편소설은 서사 전개의 방법적 측면과 서사적 장치의 배치를 활용하여 미적 구조를 만들어낸다. 이러한 미적 구조는 '목격-논평자'라는 서술자를 설정함으로써 더욱 강화된다. 특히 사건을 목격하고 전달하는 서술자와 서술대상과의 거리를 유지하지 못하고 '동정-동조'의 태도를 보이는 서술자가 등장하는데, 이것은 정보의 객관적 보도와 논평이 결합된 저널리즘의 글쓰기 영역에서 활동한 기자 체험에서 기인하는 것이라고 할 수 있다. 그리고 존재하는 정보를 잘라내고 붙이고 다듬어 새롭게 재구성하는 작업인 '편집'의 작업은 『적도』의 탄생 과정과 서사 구성에서 발휘된다. 『적도』는 『해뜨는 지평선』과 「새빨간 웃음」을 편집하여 '다시쓰기'한 작품이면서 동시에 서사 구성적 차원에서 '신문 스크랩북'과 신문기사의 배치와 활용을 통해 '사회면-편집자'로서의 감각을 발휘한 작품이다. 따라서 현진건의 '편집 예술론'은 첫 신문연재장편소설인 『적도』의 서사 구성에 집약되어 있다고 평가할 수 있다.

한 작가의 저널리즘 체험과 소설 창작의 관련성 속에서 볼 때, 현진건은 스스로 저널리즘과 문학을 철저하게 다른 영역으로 구분하고자 한 작가에 속한다. 저널리즘의 영역에서 유통되는 정보 전달방식과 구별되는 예술성 획득의 방법에 대한 모색을 통해 현진건은 미적 구조를 창출할 수 있었다. 현진건은 저널리즘의 영역에 가장 깊숙이 간여한 문인이지만 문학의 예술성에 대한 추구를 끝까지 견지한 작가의 유형에 속한다. 다음 장에서는 저널리즘의 영역을 통해 예술의 대중성을 재인식하게 되는 심훈의 경우를 살펴볼 것이다. 저널리즘의 독자 확보를 위한 기획력과 이에 대응하는 소설 창작의 전략이 만나 심훈 소설의 대중미학적 성과를 낳을 수 있었다는 점에 대해 논의할 것이다.

3. 계몽의 서사 구조와 대중성 획득의 서사 전략: 심훈

저널리즘의 상업성과 대중성 추구는 지면을 할애 받아 '청탁'의 글쓰기를 하는 작가들에게 어떤 형식으로든 작용할 수밖에 없다. 저널리즘은 독자에게 쉽고 흥미로운 내용을 전달하기 위해 모든 방법의 글쓰기를 도모한다. 저널리즘이 다종다기한 독물(讀物)을 요구함에 따라 문학은 '대중'을 발견하고 그들의 욕망을 분석하지 않을 수 없었다. 그래서 신문사의 청탁과 작가의 재능이 결합하여 새로운 형태의 '근대문예물'들이 만들어지기도 하고 작가들은 나름대로 창작의 과정에 대중성을 의식하지 않을 수 없는 상황이었다. 예술의 대중성에 대한 논의와 대중지향적 예술관을 표방한 작가는 서사의 전략을 대중성 확보에 두지 않을 수 없었다. 대표적인 '기자-작가'로 심훈을 들 수 있다. 이 장에서는 심훈의 저널리즘 글쓰기 환경에 대한 인식과 소설 세계의 특징을 대중미학적 관점에서 논의해보고자 한다.

심훈(1901~1936)은 짧은 생애 동안 문학, 언론, 영화 등 문화계 전반에서 다양한 활동을 펼친 인물이다. 심훈의 문학적 출발은 1920년대 초반의 사회주의 문화운동 조직이었던 '염군사'에서 비롯된다. 그러나 심훈은 그 후 '염군사'-'카프'로 이어지는 계급문학운동의 조직에서 이탈을 보이는 가운데

　　　　　　　　　　한국근대소설 미학과 '記者-作家'

문학운동보다는 영화 활동과 언론계(기자생활)에서 적극적인 활동을 하다가 소설 창작에로의 변화를 보였다. 그의 문학 활동은 1919년 3·1운동으로 옥고를 치르고 난 이듬해 처녀작 「찬미가에 싸인 원혼」[118]을 시작으로 꾸준한 시작(詩作)활동[119]과 더불어 영화소설 『탈춤』(1926)을 발표했으며 『동방의 애인』(1930:미완), 『불사조』(1931:미완), 『영원의 미소』(1933), 『직녀성』(1934~1935), 『상록수』(1935) 등의 장편소설을 남겼다.

심훈은 3·1운동으로 옥살이를 하고 퇴학을 당한 후 중국으로 가서 대학을 다니다 1923년 4월 30일 귀국하고 1924년 10월 『동아일보』 신문기자로 입사한다. 학예부 기자로 입사한 그는 당시 신문에 연재되고 있던 번안소설 『미인의 한』의 후반부를 이어서 번안했으며, 윤극영이 운영하는 소녀합창단 '따리아회' 후원회원으로 활동하면서 신문에 합창단을 홍보하는 활동을 했다. 정확한 시기는 확인되지 않지만 학예부에서 사회부로 이동을 했으며 사회부 기자들의 모임인 철필구락부에 가입하고 1924년 5월에 이른바 '철필구락부 사건'으로 김동환, 임원근, 유완희, 안석주 등과 함께 해임되었다. 이후 심훈의 기자생활은 1927년 말에 『조선일보』 입사로 이어지고 거기서 1931년 퇴직할 때까지 활동한다. 이 시기 심훈은 연예부 기자로 영화관련 평론과 '시사평'을 활발하게 썼다. 『조선일보』를

---

118 단편소설 「찬미가에 싸인 영혼」은 1920년 8월에 발행한 『신청년』 제3호에 게재된 작품이다. 이 작품은 작가의 사상적 모태가 되고 있다는 점에서 중요한 것으로 다루어져야 한다. 이 작품은 작가가 3·1운동 당시 서대문 형무소 구치소에 감금되었을 때의 기억을 토대로 쓴 작품인데 심훈에게 있어 3·1운동과 감옥 체험 그리고 그 정신의 계승이라는 면은 이후 그의 사상의 바탕이 되는 것이며 예술 활동의 기본 정신으로 작용한다.

119 심훈은 사후 발간된 시집 『그날이 오면』에 수록된 작품을 포함해 100여 편의 시작품을 남겼다.

퇴직한 그는 경성방송국에 취직하였으나 황실 불경을 이유로 3개월 만에 추방되고 1933년 8월 『조선중앙일보』 학예부장으로 입사하며 『중앙』 창간(1933.11)과 편집에 간여하는 등 4개월 동안 근무하다 퇴사했다.

심훈의 예술 활동과 신문기자 활동은 식민지 정치적 상황에 대한 적극적인 저항 행위로 인식된다. 「그날이 오면」을 비롯한 90편에 달하는 시작품, 『상록수』를 비롯한 여러 편의 소설작품, 그리고 무엇보다 『먼동이 틀 때』를 비롯한 영화제작 활동 등을 통해서 확인할 수 있는 것은 식민 제국에 대한 적극적인 저항 행위로서의 열정이다. 심훈의 신문기자 체험에서 주목할 만한 점은 연예부 그 가운데서도 영화계와 관련된 기사들을 작성한 점이다. 이 글에서는 심훈의 신문기자로서 자의식과 글쓰기 태도 그리고 작품 활동의 상관관계를 살펴보기 위해 다음 세 가지 점에 주목하려고 한다.

첫째, 심훈의 신문기자로서의 자의식과 글쓰기의 태도에서 확인되는 '투사'로서의 모습이다. 심훈은 신문기자의 역할을 식민지 상황에 대한 적극적인 저항에 있다고 피력하면서 '스코어'의 언어가 아닌 폭로와 비판으로서의 언어 수행을 강조한다. 신문의 정치면이나 사회면에 나열되어 있는 단순 보도의 언어를 비판하고 폭로와 비판의 언어를 회복할 것을 촉구하고 있는 것이다. 심훈이 촉구하는 '記者=鬪士'는 1930년을 넘어서면서 언론계가 보도 위주의 상업성이 강화되는 상황에 대한 비판으로서의 맥락 위에 놓인 것이다. 그러나 그보다 더 직접적인 것은 1930년이 3·1운동 10주년을 맞는 해이고 심훈이 이에 적극적인 자기반성을 행하고 있다는 점이다. 『조선일보』에 근무하면서 「그날이 오면」을 노래하고, 보다 적극적인 3·1운동 기억 방식인 소설 『동방의 애인』을 연재함으로써 '투사'로서의 글쓰기를 수행한다. 그러나 '3·1 정신'의 회복이라는 글쓰기는 그에 합당한 방법을 취하지 못해 결국 실패하고 만다. 『동방의 애인』과 『불사조』의 작품 세계는 '투사'들의 신념과 열정만 가득할 뿐 현실과 대립하거나 갈등하는 모습을 담지 못하고 있다. 신념과 열정의 언어로만 가득 찬 '시적 세계'는 검열을 통과할 수 없었다.

『조선일보』 기자 심훈에게 『동방의 애인』과 『불사조』의 실패는 '기자 =투사'의 글쓰기가 불가능한 상황을 알게 되는 계기가 되었다. 1931년 『조선일보』 사퇴와 검열로 인한 시집 『그날이 오면』의 출간 실패는 '기자=투사'로서의 글쓰기의 좌절을 의미한다. 이것은 직후 그가 귀농을 선택하는 원인으로 작용한다. 귀농의 계기에는 뒤에서 논의하겠지만 식민지 민족자본의 한계에 대한 인식과 반(反)자본주의적 세계관이 작용했기 때문이다. 이념과 신념으로 무장한 열정적인 '투사'가 현실의 한계에 봉착했을 때, 심훈은 '투사'에 대한 갈망을 조선적 현실의 맥락 속에서 수정하게 되는데 그 과정을 담고 있는 작품이 『영원의 미소』이다. 이론과 신념을 '붓끝'으로만 주장하는 '인텔리'를 거부하고 농촌운동에 참여하여 조선의 현실 속에서 '노동'의 의미를 실천하는 청년들 속에서 전망을 모색하는 데로 나아간다. 그 과정의 결실이 '붓끝'이 아닌 청년들의 열정적인 '노동'의 실천으로만 점철된 『상록수』라고 할 수 있는 것이다.

둘째, 심훈은 극계 혹은 영화계와 관련된 신문기자로서의 글쓰기를 통해 식민지 민족자본의 한계를 인식한다는 점이다. 신흥예술인 영화에 대한 전문적인 글쓰기가 확립되기 이전에, 『조선일보』 영화부 기자로서 심훈은 수많은 영화평과 시사평(試寫評)을 작성했다. 영화제작 현장에서 활동한 경험과 영화부 기자로서의 글쓰기는 영화예술에 대한 전문적인 지식의 습득을 가능하게 하는 동시에 조선에서의 영화예술의 한계를 인

식하고 그 가능성을 모색하는 계기로 작용하게 된다. 심훈은 자본집약적
인 예술인 영화의 제작에 필요한 자본의 출처가 일본인이라는 점, 따라
서 이러한 구조적 한계를 극복하지 않고서는 조선 영화의 제작은 불가능
하다는 점을 주장한다. 이러한 식민지 민족자본의 한계에 대한 인식은
"우리 돈으로 만들어진 세상부터 만들어야 할 것이다. 파국을 뒤집어야
한다."[120]와 같이 반(反)제국적 직언(直言)의 형태로 표출된다.

셋째, 심훈의 신문기자로서의 글쓰기 체험은 영화예술을 중심으로 식
민지 조선에서의 예술의 대중성을 강조하는 계기로 작용하고 있다는 점
이다. 심훈은 영화의 예술성에 대한 이해가 누구보다 앞서는 영화감독이
자 비평가였다. 할리우드 영화보다 유럽의 예술영화에 깊이 심취한 심훈
은, 그러나 '예술로서의 영화'에 대한 전문적인 미학적 인식이 깊어질수
록 그것에 비례해 조선 영화계에서 그 미학적 성취를 이루어내기가 요원
하다는 사실을 확인하게 된다. 이러한 이상과 현실의 격차를 돌파하기
위해서 그의 예술론은 대중성의 주장으로 나아간다. 그는 조선영화의 열
악한 제작 현실과 관객의 수준에 대한 이해를 바탕으로 '붓끝'으로 조선
영화의 저급함을 비판하는 논자들에 대한 논쟁적 글쓰기를 수행한다. 예
술의 대중성의 필요성에 대한 주장의 타당성에도 불구하고 그 방법론에
대한 논의로 나아가지 못하는 상황에서 그는 소설을 창작했다. 따라서
그의 소설을 논의하는 데 예술의 대중성에 대한 검토는 중요한 사항에
해당한다. 심훈의 영화예술의 대중성에 대한 주장이 그의 소설에서 어떤
방법으로 수용되고 있는지를 검토하는 것은 영화와 문학의 영향관계라

---

120 심훈, 「映畵斷片語」, 『신소설』1, 1929.01.

한국근대소설 미학과 '記者-作家'

는 미학적 주제를 포함하는 논의에 해당한다고 할 것이다.

이상에서 검토한 심훈의 저널리즘 체험을 통해 획득한 1)'투사'적 글쓰기의 좌절, 2)식민지 민족자본의 한계에 대한 인식, 그리고 3)예술의 대중성에 대한 재인식이라는 항목을 바탕으로 그의 소설 작품을 논의하고자 한다. 이 세 가지 항목은 1930년 전후의 작가적 상황과 예술계의 상황과도 밀접한 관계가 있는 것이다. 이러한 특성 가운데 당시의 다른 작가들과 뚜렷하게 구별되는 점은 대중지향적 예술관의 주장에 있다. 심훈의 대중지향적 예술관은 저널리즘 체험과 영화제작 현장체험에서 기인한다. 따라서 그의 소설 작품의 미학적 특징을 이해하기 위해서 영화체험을 중심으로 한 저널리즘 체험에서 획득한 예술의 대중성에 대한 인식을 검토할 필요가 있다. 특히 이것은 『상록수』의 '모델소설'적 기획과 대중성의 성격을 밝히는 데 있어 중요한 사항에 해당한다.

이러한 논의를 위해 먼저 심훈의 신문기자 활동을 1930년의 작가적 상황과 관련하여 살펴보고 작가의 '농촌운동'에의 관심으로 전환되는 계기에 대해 논할 것이다. 그리고 심훈의 영화예술을 바탕으로 한 저널리즘 체험을 통해 획득한 예술의 대중성에 대한 인식을 비평기사문 등을 중심으로 검토하고 영화소설 『탈춤』을 대상으로 소설의 서사전략에 도입된 영화적 기법의 의미를 살펴볼 것이다. 이러한 논의의 마지막에서 『상록수』를 논의하게 될 것이다. 『상록수』의 계몽주의적 성격과 대중미학적 성격은 '모델소설'의 형식과 영화적 기법의 결합을 통해서 획득한 것임을 밝힐 것이다. 특히 저널리즘의 기사문으로 존재하는 '모델'의 삶과 그 의미를 비판하거나 재해석하는 방식이 아니라 그 의미를 보다 더 '강화'시키는 방법으로서의 서사전략이 『상록수』의 대중미학적 성과라는 점을 강조할 것이다.

3.1. '투사-기자'로서 글쓰기와 반(反)자본주의

1930년은 심훈에게 특별한 의미를 갖는 해이다. 주지하다시피 1930년은 3·1운동 11주년이 되는 해다. 심훈은 시인으로서 이를 기념하는 시 「그날이 오면」[121]을 발표하고, 식민지 상황에서의 신문기자의 글쓰기가 가져야 하는 태도에 대해 언론잡지 『철필』에 「筆耕」이라는 시를 발표하며, 이어 작가의 3·1운동 체험, 즉 '상해시대'의 기억을 소설화한 『동방의 애인』을 『조선일보』에 발표한다. 심훈이 1930년에 시인-신문기자-소설가로서 발표한 글들은 한결같이 3·1운동의 기억과 식민지 상황의 타개를 위한 글쓰기의 역할을 강조하고 있다.

다음은 심훈이 1930년에 "신문에 대한 평론과 기자와 독자들의 친목을 위해" 창간된 언론잡지 『鐵筆』에 『조선일보』 기자 신분으로 작성한 「筆耕」이라는 시작품이다.

「筆耕」

朝鮮日報 沈熏

우리의 붓끗은 날마다 흰조희우를 갈(耕)며나간다.
한자루의붓, 그것은 우리의 장ㅅ기(犂)요 唯一한연장이다.
거츤은 山기슭에 한이랑(畝)의 火田을 일랴면

121　「그날이 오면」은 1932년 5월 『신생』에 발표한 「斷腸二首-舊稿에서」라는 작품의 제목과 마지막 행을 수정한 작품이다. 이 작품은 지면에 발표한 뒤 시집 『심훈시가집 제1집:1919-1932』(1932)을 출간하기 위해 재수록하고 있는데, 시집에 수록하면서 해당 시의 지면에 시인 육필로 '1930.3.1.'이라는 창작일을 기록해놓았다.

돌쑤리와 나무ㅅ등걸에 호미끚이 불어지듯이
아아 우리의 꼿꼿한붓대가 멋번이나 썩겻섯든고?

◎

그러나 파-랏코 쌝안 「잉크」는 硬脈과動脈의피!
最後의 一滴까지 조희우에 그피를 쑤릴쑌이다.
비바람이 험굿다고 歷史의 박휘가 逆轉할것인가
마지막 審判날을 期約하는 우리의精誠이 굽힐것인가
同志여 우리는 退去를 모르는 前衛의鬪士다

◎

「剝奪」「餓死」「飮毒」「自殺」의 · · · · · · 가 우리의 밥버리냐
「俄然活動」「檢擧」「送局」「判決言渡」五年 - 十年의
스코어를 적는 것이 허구한날의 職責이란말이냐
檢끚가티 鐵筆촉을 벼러 그××속을 파헤치자
삿삿치 파헷처 온갓××을 白晝에 暴露하자!

◎

시우치를 제첫느냐 輪轉機가 돌아가느냐
猛獸의 咆哮과가튼 轟音과함쎄
한時間에도 멋萬장이나 박혀돌리는 活字의威力은,
民衆의 脈搏을 니어주는 우리의血壓이다!
오오 붓을잡은者여 偉大한心臟의 把守兵이여![122]

총 4연으로 이루어진 이 작품은 '우리의 유일한 연장'인 '붓'이 처한
상황을 비판적으로 인식하고 '붓'의 역할에 적극적인 실천의 의미를 부
여하고 있다. 1연에서는 붓대가 꺾인 현실을 제시하고, 2연에서는 그러

122 심훈, 「筆耕」, 『철필』 창간호, 1930.07. 82면.

한 '비바람'의 현실에도 불구하고 '퇴거를 모르는 전위의 투사'임을 인식하고, 3년에서는 신문의 사회면과 정치면 기사가 '스코어'의 언어로 점철된 현실을 비판하면서 '폭로'의 언어가 되어야 함을 역설한다. 그리고 4연에서는 '활자의 위력', 즉 언론이 갖는 의미를 강조하는 가운데 '붓을 잡은 자'의 역할론을 피력하고 있다. 이 시는 언론의 현실 역할론과 기자의 글쓰기가 지향해야 하는 방향을 '필경'에 빗대어 형상화하는 데 성공한 작품이다. 특히 "마지막 審判날을 期約하는 우리의精誠"이라는 기자의 역할론은 「그날이 오면」에서 적극적으로 표현한 '그날'을 위해 복무해야 하는 '전위의 투사'의 이미지로 구체화되고 있다.

심훈의 기자의식은 '투사'로서의 기자 형상에 잘 나타나 있다. '마지막 심판날'을 위해 '전위의 투사'로 활약해야 한다는 것이다. 이러한 '투사로서의 기자'의 형상에 동원된 강렬한 어휘들은 역설적으로 현실에 그것이 부재하는 상황을 환기시키는 효과를 낸다. 『조선일보』 기자로 근무하는 시기에 심훈의 내면은 현실을 타개하기 위해 보다 적극적으로 행동하는 영웅을 갈망하고 있었다. 심훈의 '영웅투사'에 대한 갈망은 '조선의 영웅'에 대한 탐색으로 이어진다. 「필경」에서 현실의 타계를 위해 요청한 '영웅'은, 같은 시기 『조선일보』 기자의 신분으로 창작한 소설 『동방의 애인』의 인물들을 호출한다. 이른바 심훈의 '상해시대'의 기억 속에서 '영웅'들을 불러내고 있다. '영웅'에 값하는 모델로서 박헌영, 여운형 등이 선택한 것이다. 이들은 심훈 개인의 3·1운동 체험과 그 역사적 집단 기억으로서 11주년이라는 사건이 결합하여 만들어낸 '영웅'들에 해당한다.

『동방의 애인』[123]은 1930년 3·1운동 10주년을 기념해 쓴 시 「그날이 오면」과 함께 읽어야 하는 작품이다. 심훈은 미래의 '그날'을 견인하기 위해 3·1운동의 영웅적 투사들을 기리는 시를 창작하는 한편으로, 그들의 투사로서의 삶을 『동방의 애인』을 통해 소설화하고 있다. 「박군의 얼굴」[124], 「R씨의 초상」[125] 등의 시작품에 형상화되어 있는 박헌영, 여운

---

123 『동방의 애인』은 『조선일보』에 1930년 10월 21일부터 12월 20일까지 연재되다 중단된 작품이다. 본고에서는 『심훈 전집2』(탐구당, 1966)에 수록된 『동방의 애인』을 분석 텍스트로 삼았다.

124 시 「박 군의 얼굴」 전문: "이게 자네의 얼굴인가?/여보게 박 군 이게 정말 자네의 얼굴인가?//알콜 병에 담가 논 죽은 사람의 얼굴처럼/마르다 못해 해면 같이 부풀어 오른 두 뺨/두개골이 드러나도록 바싹 말라버린 머리털/아아 이것이 과연 자네의 얼굴이던가?//쇠사슬에 네 몸이 얽히기 전까지도/사나이다운 검붉은 죽색(肉色)에/양 미간에는 가까이 못할 위엄이 떠 돌았고/침묵에 잠긴 입은 한 번 벌리면/사람을 끌어들이는 매력이 있었더니라.//4년 동안이나 같은 책상에서/벤또 반찬을 다투던 한 사람의 박은/교수대 곁에서 목숨을 생으로 말리고 있고/C사(社)에 마주 앉아 붓을 잡을 때/황소처럼 튼튼하던 한 사람의 박은/모진 매에 창자가 꿰어져 까마귀밥이 되었거니.//이제 또 한 사람의 박은/음습한 비바람이 스며드는 상해의 깊은 밤/어느 지하실에서 함께 주먹을 부르쥐던 이 박 군은/눈을 뜬 채 등골을 뽑히고 나서/산송장이 되어 옥문을 나섰구나.//박아 박 군아 XX아!/사랑하는 네 아내가 너의 잔해(殘骸)를 안았다/아직도 목숨이 붙어 있는 동지들이 네 손을 잡는다/이빨을 앙 물고 하늘을 저주하듯/모로 홀긴 저 눈동자/오! 나는 너의 표정을 읽을 수 있다.//오냐 박 군아/눈은 눈을 빼어서 갚고/이는 이를 뽑아서 갚아 주마!/너와 같이 모든 X를 잊을 때까지/우리들의 심장의 고동이 끊질 때까지"(1927.12.02.)

125 시 「R씨의 초상」 전문: "내가 화가여서 당신의 초성을 그린다면/지금 10년만에 대한 당신의 얼굴을 그린다면/채색이 없어 파레트를 들지 못하겠소이다./화필이 떨려서 획 하나도 긋지 못하겠소이다.//당신의 얼굴에 저다지 찌들고 바래인 빛깔을 칠할/물감은 쓰리라고 생각도 아니 하였기 때문입니다./당신의 이마에 수 없이 잡힌 주름살을 그릴/가느다란 붓은 준비도 하지 않았기 때문입니다.//물결 거칠은 황포탄(黃浦灘)에서 생선 같이 날뛰던 당신이/고랑을 차고 3년 동안이나 그물을 뜨다니 될 뻔이나 한 일입니까/물푸레나무처럼 꿋꿋하고 물오른 버들마치나 싱싱하던 당신이/때 아닌 서리를 맞아 가랑잎이 다 될 줄 누가 알았으리까//'이것만 뜯어먹고도 살겠다'던 여덟 팔자 수염은/흔적도 없이 깎이고 그 터럭에 백발까지 섞였습니다그려/오오 그러나 눈만은 샛별인 듯 전과 같이 빛나고 있습니다./불똥이 떨어져도 꿈쩍도 아니하던 저 눈만은 살았소이다!//내가 화가여서 지금 당신의 초상화를 그린다면/백 호나 되는 큰 캔버스에서 저 눈만을 그리겠소이다./절망을 모르고 끝까지 조금도 비관하지 않는/저 형형(炯炯)한 눈동자만을 전신의 힘을 다하여 한 획으로 그리겠소이다."(1932.09.05)

형 등의 '그날'의 영웅들은 옥살이로 인해 병든 몸만 '잔해'로 남은 상황이다. 그들의 형용할 수 없는 병든 몸과 얼굴을 시적 화자의 울분에 찬 목소리로 담아내는 동시에 '3·1운동'의 과정에서 공유한 공동체를 위한 희생정신과 "불똥이 떨어져도 꿈쩍도 아니하던 저 눈"빛을 기억하리라는 다짐한다. 시를 통해 기억하고 다짐하는 미래의 '그날'을 위해 '투사'들의 정신을 '상해 시대'로 기억하는 작품이 『동방의 애인』이다.

『동방의 애인』은 3·1운동에 참여해 옥고를 치른 젊은이들이 상해에서 민족해방 투쟁을 위해 국제 공산당에 가입하는 과정과 모스코바에서 열리는 '국제당 청년 대회'에 참석하는 데까지의 내용을 다루다 중단되었다. 작가에게 3·1운동의 기억은 〈상해 시대〉로 서술되어, 상해라는 공간을 '투사'들의 열정으로 가득 채우고 있다. 성스럽기까지 한 상해라는 공간에서 펼쳐지는 이야기에는 밀정이나 악한이 등장하지만 의미 있는 역할을 하지 못한다. 영웅적인 인물들의 열정 속에 그들은 틈입할 여지가 없다. '희생과 연애'라는 이중과제를 설정하고 김동렬과 강세정의 연애담을 비중 있게 다루고 있지만, 영웅들의 '연애'는 별다른 갈등과 장애 없이 동지적 결합으로 '희생'의 서사에 수렴되고 있다. '희생'의 서사는 이야기를 구성하는 인물간의 대결이나 내면적 갈등보다는 민족해방을 위해 얼마나 헌신적으로 희생할 수 있을 것인가에 대한 언어로만 채워져 있다. 극동민족대회에 참가하는 여정에 대한 서술 부분이 서사적 공간의 구체성을 획득하지 못한 채 영화관의 스크린에 비춰지는 언어처럼 느껴지는 한계도 이 때문이다.

1930년 심훈의 시와 소설은 '붓끝'이 아니라 '투사'의 '창끝'의 언어로 작성한 작품들이다. 하지만 '창끝'의 언어로 쓰는 글쓰기는 식민제국의

검열에 의해 실패할 수밖에 없었다.『동방의 애인』과『불사조』의 '시적
언어'는 좌절(연재 중단)을 경험하게 된다. 이념과 신념으로 무장한 열정적
인 '투사'가 현실의 한계에 봉착했을 때, 심훈은 조선적 현실의 맥락 속에
서 새로운 '영웅'을 모색하게 된다. 이론과 신념을 '붓끝'으로만 주장하는
'인텔리'를 거부하고 농촌운동에 참여하여 조선의 현실 속에서 '노동'의
의미를 실천하는 청년들 속에서 새로운 영웅을 발견한다. 그러한 과정에
있는 작가의 내적 고투를 그린 작품이『영원의 미소』이다.

　『영원의 미소』[126]는 도시 무산자 계급 인텔리의 귀농의 계기와 그 과
정을 그린 작품이다. 이 작품은 무산자 계급의 인텔리이면서 도시 생활
에 대한 환멸을 느끼던 주인공 김수영이 어떤 계기를 통해 낙향하여 농
촌계몽운동을 실천하게 되는 과정을 다루고 있다. 그 과정에서 한때 학
생운동의 주모자로 함께 감옥에서 만나 동지애를 나누던 최계숙과의 연
애와 도시 인텔리로서 시를 쓰고 가정과 사랑에 갈등하다가 결국 자살하
고 마는 서병식과의 우정을 그리고 있다.

　『영원의 미소』는 이전의 작품에서 구축한 '희생과 연애'의 서사 구도
를 반복한다. 이 작품에서도 '희생'의 소설적 과제를 수행하는 인물은
열정적인 '투사-영웅'의 모습을 하고 있다. 하지만 인물의 '투사'로서의
자격을 획득하는 과정이 반성과 성찰적 계기를 확보하고 있다는 점에서
구별된다. 이 작품에서 김수영과 서병식은 짝패에 해당한다. 소설의 인
물 구도 속에서 이 둘은 유비(類比)의 관계로 형상화되어 있다. 작중 인물

126　『영원의 미소』는 1933년 5월 27일 탈고한 것으로 1933년 7월 10일부터 1934년
　　 1월 10일까지『조선중앙일보』에 연재된 작품이다. 본고에서는 분석 텍스트로『심
　　 훈 전집3』(탐구당, 1966)을 삼았으며 작품의 인용 면수로 주석을 대신한다.

들이 유비(analogy between character)의 방법으로 제시됨으로써 그들의 행동 사이의 유사성이나 대조는 양편 모두의 특징으로 두드러진다.[127] 병식과 수영은 패배자/의지의 인간, 사랑과 의리의 조화 실패/사랑과 의리의 조화 성공, 도시형 지식인/농촌형 지식인과 같은 대조를 보인다.[128] 하지만 이와 같이 대조적인 성격을 이루는 두 인물은 결국 작가의 분열된 두 자아에 해당하는 것이다. 김수영의 귀농의 '실천'을 위해 김수영의 또 하나의 내면이라고 볼 수 있는 서병식의 성격을 자살이라는 방법으로 제거하고 있는 것이다. 이런 점에서 이 소설에서 서병식에 대한 내용은 작가의 자기 반성적 산물에 해당한다. 시를 창작하고 '붓끝'의 글쓰기에 머물고 있는 도시 인텔리에 대한 비판의 대상이 되고 있는 것이다.

심훈의 도시 인텔리에 대한 비판은 조선적 현실 속에서 '실천' 가능성에 대한 모색 과정에서 이루어진다. 이론과 사상을 피력하는 '붓끝'의 인텔리와 예술가에 대한 비판은 식민제국 하에서의 '투사'로서의 글쓰기가 좌절된 시기에 이루어지고 있는 것이다.

> (1) '내가 무얼 얻어먹자구 서울 바닥에서 이 고생을 하나. 고생 끝에는 무엇이 있을까? 사회운동! 감옥! 자기 희생 - 명예? 공명심? 그러고는 연애? 또 그러고는 과연 무엇이냐? 청춘이 시들어지는 것과 배고파 졸아붙은 창자뿐이 아니냐?'(70면)

> (2) 모여드는 마작군들은 조선 사회에서 한다한 신사들뿐이다. 낮에

---

127 S. 리몬-케넌, 최상규 역, 『소설의 시학』, 문학과지성사, 1996, 107면.
128 조남현, 「한국현대소설사-1930년대 전기 중·장편 소설의 두 흐름」, 『소설과 사상』, 1998, 가을. 291면.

는 제각기 내노라고 가슴을 내밀고 허리를 재고 다니는 점잖은
축들이다. 경호와 같이 서양 유학을 하고 학사니 박사니 하는 학
위까지 받아 가지고 돌아와서 전문 학교의 교수 노릇을 하는 사
람이 두엇이나 저녁마다 출근을 하고, 법정에 나서서는 애매한
형사 피고인과 사상 범인의 무죄나 감형을 열렬히 주장해서 그
의 이름과 사진이 신문지상에 오르내리고, 사회에서는 지사와
같이 여기는 현직 변호사도 서너 사람이나 저녁만 먹고 나면 서
로 전화질을 해서 자가용 인력거를 타고 모여든다. 그 밖의 신문
사 퇴물도 가끔 한몫을 보아 판돈을 뗀다. 그나마 심심 소일로
오락을 하기 위한 장난이 아니라, 근래에 와서는 순전한 도박으
로 변하였다.(119면)

(1)은 김수영이 믿었던 친구와 사랑하는 여자의 관계에 대해 번민하며
심한 몸살을 앓고 난 뒤 자신의 삶에 대한 '의문'의 언어들이다. 그리고
(2)는 지주이며 교수인 조경호의 사랑채에서 벌어지는 마작판에 대한 서
술이다. 김수영은 감옥 생활을 감내하면서 행한 사회운동이 자신에게 남
긴 것은 '졸아붙은 창자'뿐이고, 조선의 신사와 지식층은 모두 도박판에
빠져 있는 상황을 확인한다. 이러한 암울한 식민지 도시 경성의 현실은
김수영을 서울 바닥의 하숙방 한 구석으로 밀어 넣어 '일종의 공포감'과
고독의 허무를 느끼게 만들고 있는 것이다.

수영은 벌써부터 공허한 도회의 생활에 넌덜이가 나서 제 고향으로
돌아가 농민들과 똑같은 생활을 하며 농촌 운동에 몸을 바칠 결심을
단단히 하고 있었던 것이다. 멀지 않은 장래에 어느 기회에든지 이제
까지의 생활을 청산해 버릴 마음의 준비를 하고 있었다. 그것은 병식

에게도 말하지 않았던 것이다. 적당한 시기가 돌아만 오면 물론 계숙
에게도 저의 주장과 실행할 방침까지라도 토론을 하리라고 굳이 침묵
을 지켰다.(132면, 밑줄 강조-인용자)

　도회의 문명과 자본주의에 대한 비판 속에서 '농촌운동'의 가능성을
모색하는 과정에서 작가의 낭만주의의 '反자본주의적 세계관'을 확인할
수 있다. 일반적으로 낭만주의는 현실과의 갈등 속에서 현실을 외면하고
자신의 내면적 충실성 속으로 도피, 신비적인 분위기와 병적(病的)인 모
습 등의 특징을 보인다는 평가를 받는다.[129] 그러나 뢰뷔(M. Löwy) 등은
유럽의 낭만주의가 '프랑스 혁명과 산업혁명을 경험한 문학 세대의 반응
으로서 그들의 세계관과 직접적으로 연관된 역사적 현상'[130]이라는 점에
주목하여 낭만주의의 '反자본주의적 세계관'을 재고해야 한다고 주장한
바 있다. 뢰뷔 등에 따르면 낭만주의자들의 시민사회와 신흥 산업 경제
에 대한 비판, 자본주의의 억압과 착취에 대한 반항, 그리고 물질주의에
대한 불만 등은 그들이 유기적 공동체를 꿈꾸게 했으며 역사적 이전의
사회 혹은 잃어버린 것에 대한 동경을 가능하게 했다는 것이다. 그리고
그들은 낭만주의자들의 반자본주의의 비전은 과거지향으로만 추구된 것
은 아니며, 미래지향적인 유토피아적 비전으로 현재와의 화해를 거부하
고 미래 속에서 이상적인 세계를 재구축하고자 하는 방향으로 나아가는
경향을 띠며 그것은 혁명적 유토피아의 성격을 가진다고 보았다.[131]

129　아놀드 하우저, 백낙청·염무웅 역, 『문학과 예술의 사회사-현대편』, 창작과비평사,
　　 1974, 208면.
130　임철규, 「낭만주의와 유토피아」, 『왜 유토피아인가?』, 민음사, 1994, 318~319면.
131　임철규, 위의 책, 357~369면 참고.

　　　　　　　　　　　　　　한국근대소설 미학과 '記者-作家'

이들의 논의를 참고하면 심훈 문학의 특징을 이해할 수 있는 한 방법을 이끌어낼 수 있다. 『영원의 미소』에서 '낭만주의의 反자본주의적 세계관'은 주인공 김수영의 도회 서울의 현실에 대한 인식에서 확인할 수 있다. 앞서 살폈듯이 김수영에게 도회 경성은 공허한 곳이다. 자본주의의 표상인 "백화점은 인생의 쓰레기통"(39면)이며 거기서 일하는 최계숙의 삶은 "자본주의 종노릇"(64면)일 뿐이다. 작중 인물들이 모두 식민지 도시 서울을 벗어나기 위한 시도를 하게 된다. '공허'의 서울 공간을 벗어나는 방법은 김수영의 '귀농(고향)', 서병식의 자살과 최계숙의 동경유학의 갈망으로 나타난다. 여기서 서병식의 자살은 현실에 대한 환멸과 좌절의 비극성을 보여주며, 최계숙의 동경유학에 대한 갈망은 김수영에게 '허영'이라고 비판받는다. 따라서 김수영의 도회 경성에 대한 비판과 이상적 세계의 구축을 위한 '귀향'의 기획을 추동하는 힘은 작가의 '낭만주의의 反자본주의적인 세계관'이라고 할 수 있다.

　이러한 심훈의 낭만주의의 反자본주의적 정신을 가능하게 한 계기로 다음 두 가지를 생각해볼 수 있다. 첫째, 식민지 하에서의 '기자=투사'의 글쓰기의 좌절 경험이 그것이다. 심훈의 시 「그날이 오면」과 「필경」에 대한 논의를 통해 확인했듯이, 1930년 신문기자 심훈이 신념과 열정으로 무장한 '기자-투사'의 언어로 창조한 소설세계는 검열 앞에 실패를 경험한다. 『동방의 애인』은 '상해시대'라는 공간에 바쳐진 낭만적 헌사에 해당하는 것이다. '3·1운동' 영웅들은 구체적인 현실 세계와 작용하는 소설 세계를 형성하지 못한 채 10년 전 그때의 영웅들로 기억되어 열정적인 언어로 호출되었다. 이때의 직설적 언어로 제시된 혁명적 비전은 검열을 통과할 수 없었다. 『조선일보』 기자직 사퇴와 시집 『심훈시가집

제1집』의 간행 실패가 이 시기 작가적 상황을 말해주고 있는 것이다.

둘째, 심훈이 영화제작자로서 체험한 민족자본의 한계에 대한 인식이 反자본주의적 세계관으로 나아가게 했다는 점이다. 심훈은 자본주의의 산물인 영화예술의 가능성에 대해 주목하고 영화제작자로서 혹은 영화부 기자로서 조선영화를 대면했다. 이 과정에서 민족 문화자본의 구조적 한계를 인식한 뒤 영화제작자 혹은 영화부 기자직을 버리고 '조선 영화를 제작하기 위해서는 먼저 우리 돈으로 만들어진 세상부터 만들어야 한다'[132]라고 주장하며 영화계를 떠났다. '우리 돈으로 만들어진 세상'이라는 표현에서 작가의 미래지향적인 유토피아적 비전으로 현재와의 화해를 거부하고 미래 속에서 이상적인 세계를 재구축하고자 하는 '낭만주의의 反자본주의적 세계관'을 읽을 수 있다.

『조선일보』와 『조선중앙일보』 기자로 근무하는 시기에 심훈은 현실을 타개하기 위해 보다 적극적으로 행동하는 영웅에 대한 갈망을 소설로 표현했다. 이상에서 살핀 '투사=기자'의 글쓰기 태도가 심훈의 계몽주의적 예술관을 이루는 한 축으로 작용한 것이라면, 저널리즘의 계몽성과 대중파급력에 대한 인식은 심훈의 대중지향적 예술관의 형성에 중요한 역할을 했다. 다음 장에서는 심훈 소설의 대중미학적 성과를 언론사의 기획적 측면에서 살펴보고자 한다.

---

132   심훈, 「映畵斷片語」, 『신소설』, 1929.01.

3.2. 저널리즘 문예장르와 '영화소설'의 창작

심훈의 기자활동에서 주목할 만한 점은 '극계(劇界)' 활동과 관련해서이다. 심훈의 예술 활동은 1925년 9월 최승일 등과 조직한 '극문회' 활동에서 시작되는데, 이후 영화계에서 명성을 얻었다. 그의 소설 창작은 영화인 심훈의 '외도'에 해당하는 작업이라고 여겨질 정도로 그 활동시기가 짧다. 그 짧은 창작활동 시기에도 불구하고 문학사적으로 의미 있는 장편소설을 쓰고 다른 작가의 작품과는 구별되는 미학적 성과를 획득하였다.『동방의 애인』(1930),『불사조』(1931)를 비롯하여『영원의 미소』(1933)-『직녀성』(1934)-『상록수』(1935)로 이어지는 장편소설은, 영화소설『탈춤』(1926)과 영화『먼동이 틀 때』(1927)로 영화계에서 영화감독으로서 명성을 얻고 있던 시기와 영화부 기자로서의 활동이 활발했던 이력을 바탕으로 이루어진 것이다. 영화감독과 영화부 기자의 입장에서 문학(작가)과 구별되는 영화매체에 대한 인식을 바탕으로 창작되었다는 점에서, 심훈의 장편소설은 문학과 영화의 매체 차이의 관점으로 논의해볼 대상에 해당한다.[133]

한편 심훈의 소설 창작은 자본집약적인 예술인 영화가 제작되기 어려운 조선의 현실에 대한 절망과 개인의 경제적 어려움에 기인한 것이다. 심훈은 영화감독과 신문사 영화부 기자로 활동하며 조선의 영화판에 깊숙이 간여하던 가운데, 영화제작이 불가능하게 되자 소설을 창작하게 된다. 심훈의 영화제작과 영화부 기자 체험은 영화예술에 대한 전문적인

---

[133] 심훈의 영화예술에 대한 인식에 대한 이하 내용은 졸고의 다음 글 2장의 내용을 본고의 내용에 맞게 수정 보완한 것임을 밝혀 둔다. 졸고,「영화감독 심훈의 소설『상록수』연구」,『현대문학연구』21, 2007.04.

지식의 습득을 가능하게 하는 동시에 조선에서의 영화예술 현실을 깊이 있게 인식하는 계기로 작용했다.

그간에 심훈의 사상적 측면과 예술관에 대한 논의를 위해 연구자들이 참고한 텍스트들은 제한된 범위에서만 다루어진 감이 없지 않다. 그간의 연구에서는 심훈의 문단에 대한 발언이나 영화제작자 혹은 영화부 기자로서의 현실적인 상황을 문제 삼은 글들을 분석한 결과, 심훈의 대중지향적 문학관은 김기진의 예술대중화로의 자장 안에 있다거나,[134] 카프 밖에서 '프로문학의 대중적 회로를 개척하기 위해 고투'[135]한 결과라고 평가하고 있다. 이러한 논의는 『심훈문학전집』[136]에 수록된 「우리민중은 어떠한 영화를 요구하는가?」, 「무딘 연장과 녹이 슬은 무기-언어와 문장에 대한 偶感」, 「1932년의 문단 전망-프로문학에 직언」 등을 대상으로 한 평가들이다. 심훈은 이러한 일련의 글들을 통해 예술과 대중의 소통 관계에 대해 줄기차게 강조하며 그를 위한 방법으로써 조선현실의 문제를 실감나게 형상화할 것을 주장하고 있다. 그러나 한편으로 『심훈 문학전집』에 수록되지 않은 영화부 기자활동을 하면서 작성한 글들을 통해 볼 때, 심훈 예술관의 또 다른 국면을 알아차릴 수 있다. 조선 영화 현실에 대한 인식의 수준을 보여주는 글들과 아울러 '영화시감' 혹은 '시사평'의 형식으로 작성된 글들에서 '예술로서의 영화미학'에 대한 인식 수준을 확인할 수 있다.

일련의 영화평들에서 심훈은 영화를 문학과 뚜렷하게 구별하면서 영화 자체의 미학을 피력하고 있다. 이 글들에서 확인할 수 있는 것은 영화제작

---

134 이주형, 『한국근대소설연구』, 창작과비평사, 1995.

135 최원식, 「심훈 연구 서설」, 김학성 · 최원식 외, 『한국근대문학사의 쟁점』, 창작과비평사, 1990, 246면.

136 『심훈문학전집3』, 탐구당, 1966.

한국근대소설 미학과 '記者-作家'

자로서의 입장에서 표명되는 '오락과 위안'으로서의 영화관(예술관)과는 구별되는 것이다. 심훈의 영화비평 방법론에 해당하는 「영화비평에 대하여」라는 글에서 그것을 확인할 수 있다. 이 글에서 심훈은 당대의 영화비평의 수준을 지적하면서 문학인들의 태도를 비판한다. 영화와 문학은 엄연히 다른 것으로 '문단인'이 영화를 오직 문학적 견지로 보려고 하는 것은 큰 편견이고 오류라고 지적하고 영화의 독자적인 예술성은 "표현 방식의 여하로 인해서 예술로서의 가치가 판단되는 것"[137]이라고 주장한다.

> 영화비평의 기준을 고상한 예술에만 두지 말고 먼저 공예품을 품평하는 태도와 예비지식을 가지고 보아야 할 것이다. 한가지 공예품을 완전히 감상하랴면 원료의 생산지도 알어야 겟고 공장의 내용 만드는 형편도 斟酌해야 겟고 工匠의 勞力이나 技巧도 그 부분부분을 따러서 쪼개본 뒤에 비로소 쓰고 못쓸 것 좃코 낫분 것을 종합해서 말할 수 잇슬 것이다. (중략) 어듸까지가 원작을 詛嚼한 각색의 힘이요 어느 것이 감독의 「테크니크」요 무엇이 「카메라 워크」요 어느 점까지가 배우들이 技藝인 것을 「스크린」에 나타난 것만 보고라도 분간할 줄 알어야 할 것이다. 좀더 구체적으로 평을 하랴면 「쎗팅」 配光, 「커트」에 이르기까지도 유의해야 할 것이다.[138](밑줄 강조-인용자)

위의 인용문에서 알 수 있듯이 심훈은 영화감상이나 비평을 위해 우선 그 감상 대상을 평가하기 위한 객관적 기준이 마련되어야 한다고 주장한다. 영화비평의 객관적 준거는 '카메라 워크', '배우들의 연기', 셋팅, 배

---

137 심훈, 「영화비평에 대하여」, 『별건곤』, 1928.02.
138 위의 글, 149면.

광, 컷에 이르기까지 영화매체의 문법에 기반한 것이어야 한다. 이러한 영화비평의 객관적 준거는 종합예술로서의 영화매체의 특징에 대한 인식을 바탕으로, 영화예술에 대한 전문적인 비평의 수준으로 확장된다. 일련의 시사평이나 영화평을 통해 '유동의 예술(流動藝術)', '유동미(流動美)'[139], 장면과 장면의 '템포'[140], 근대적이고 과학적인 미(美)[141], '이야기의 생략법'과 단순성[142], '기계적 미(美)'[143] 등과 같은 영화예술의 표현미학에 대한 인식 수준을 보여주고 있다.

이와 아울러 심훈이 관심을 가졌던 영화는 당대의 이른바 고전적 할리우드 영화보다 프랑스의 인상주의 영화와 독일의 표현주의 영화들이라는 점[144]을 알 수 있다. 이들 영화는 카메라의 움직임과 장면화의 사용을 통해 영화의 표현미학을 추구하는 작품들인데, 심훈의 영화에 대한 인식은 영화자체의 표현형식을 갖는 '예술로서의 영화'에 닿아 있는 것임을 알 수 있다.

그런데 심훈의 영화예술에 대한 영상미학적 인식과 전문적 비평 활동은 영화의 영상미학을 이해하지 못하는 문학인들의 '문학중심주의적' 영화감상에 대한 비판으로 이루어지고 있다.

---

139 심훈, 「백설같이 순결한 거리의 천사」, 『조선일보』, 1929.06.24.

140 심훈, 「영화화한 '약혼'을 보고」, 『중외일보』, 1929.02.22.

141 심훈, 「푸리츠 랑그의 역작 '메트로 포리쓰'」, 『조선일보』, 1929.04.30.

142 심훈, 「상해영화인의 '양자강' 인상기」, 『조선일보』, 1931.05.05.

143 심훈, 「1932년의 조선영화-시원치 않은 예상기」, 『문예월간』, 1932.01.

144 심훈, 「내가 좋아하는 1. 작품과 작가, 2. 영화와 배우」, 『문예공론』, 1929.05. 구체적인 영화와 이와 관련된 내용은 졸고 「심훈 소설 연구」, 서울대학교 석사학위논문, 2003, 22~24면 참고.

요사이 문단인이나 영화비평가(?)들이 해석하는 것과 같이 영화는 문학에 예속한 것, 문학적 내용을 이야기해주는 한 가지의 문학적 표현양식이라고 인정할 것 같으면 「최후의 인」이나 「황금광시대」같은 영화를 원고지 위에다가 펜으로 그려볼 수 있는가 없는가를 한 번 시험해보라고 하고 싶다. 다만 한 장면이라도 영화와 똑같이 묘사를 해놓지 못할 것을 나는 단언한다.[145](밑줄 강조-인용자)

인용문에서 알 수 있듯이, 심훈은 영화와 문학을 철저하게 독립된 예술로 인식하고자 한다. 신문을 비롯한 저널리즘에 영화비평가 노릇을 하는 사람들은 대부분 문학인이거나 문학예술의 입장에서 영화를 비평하는 경우가 많았던 시기에, 심훈은 문학에 예속되지 않고 문학적 산물도 아닌 영화예술 그 자체의 미학적 준거를 주장하고 있음을 확인할 수 있다. 그는 "文壇人이 영화를 오즉 문학적 견지로써 보려하고 더구나 「프로트」만을 들어서 비평하는 것이 큰 편견이요 또 오진인 것이다"[146]라고 하면서, 문단인의 비전문적 영화비평에 대해 영화비평의 전문성을 강조하고 있다. 이러한 점은 영화제작자로서의 경험과 신문 저널리즘의 기자로 활동하면서 획득한 심훈의 영화예술에 대한 전문성에 대한 인식과 그 자부심에서 표출될 수 있었던 것이다.

한편, 한설야와의 논쟁으로 잘 알려져 있는 「우리민중은 어떠한 영화를 요구하는가」라는 글과 함께 조선영화계에 대해 언급한 거의 대부분의 글들에서 심훈은 영화제작 환경의 현실적 문제를 지적하고 있다. 지독한 검열제도와 자본의 문제, 전문지식의 부족, 영화인들의 생활고 등

145　심훈, 「문학작품의 영화화 문제」, 『문예공론』, 1929.5.
146　심훈, 「영화비평에 대하야」, 『별건곤』, 1928.2, 149면.

은 '붓끝'만으로 논할 수 없는 것이라는 것이다. 그리고 그는 조선의 영화
팬은 민중이니 대중이라는 용어로 포섭할 수 없으며 실제로 상설관을
드나드는 관객은 '도회인'이며 유식계급의 쁘띠 부르주아지로 국한되어
있다고 본다. 그들은 무료한 시간을 보내기 위해서, 괴로운 현실 생활을
도피하기 위해서, 즉 '오락과 위안'을 얻고자 영화관에 온다는 것이다.[147]
물론 심훈이 영화매체의 대중적 감화력을 인정하지 않는 것은 아니다.
그러나 그러한 영화매체의 대중성을 "한 가지 주의의 선전도구로 이용할
공상"은 버려야 한다고 주장한다. 이러한 주장은 카프영화계에 대한 비
판이면서 카프문인들에 대한 비판이기도 하다. 그러나 이러한 주장을 하
게 되는 더 근본적인 이유는 다른 데 있다.

심훈에게 1920년대 후반의 민족적 상황은 영화제작으로 체득된 것이
라고 할 수 있다. 앞서 논의했듯이 심훈에게 영화제작 체험과 영화부 기
자로서의 글쓰기를 통해 획득한 가장 중요한 사항은 식민지 민족자본의
한계를 인식한 것이다. 「영화독어」[148]라는 글에서 "특수한 환경에 처한
우리들의 장래를 생각하면 XX에 나서야 할 한 분자로서 悠閑하게 영화
같은 것을 찍고 있을 때가 아니라는 의식이 몹시도 양심의 가책을 준다"
라고 하면서 '映畵保國'이라는 항목을 따로 설정해 강조하기도 한다. 심
훈에게 영화로 '保國'하는 일은 '투쟁과 위안의 도구'로 인식하는 것이다.
하지만 '투쟁'보다는 '오락과 위안'으로서의 역할을 담당해야 한다고 본
다. 이 글에서 아주 소박하게 "영화밖에는 찰라적 향락"을 구할 수 없는

---

147 심훈, 「우리 민중은 어떤 영화를 요구하는가—를 논하여 '만년설군'에게」, 『중외일보』,
     1928.07.11~25.
148 심훈, 「映畵獨語(四)」, 『조선일보』, 1928.04.21.

수십만의 '대중'에 대해 이야기하고 있다. 심훈이 안타까워하는 것은 "영화를 보지 않고는 견딜 수 없게 된" '현실 상황'에 대한 것이다.

1920년대 후반의 조선 영화계는 '홍수시대', '황금시대'라고 하지만 영화제작자로서 심훈에게는 식민지 조선의 상황을 더욱 깊이 있게 체험하는 시기였던 것이다. 근대 자본의 집합체인 영화를 조선의 식민지 현실에서 제작자로서 경험하면서 그의 영화미학에 대한 추구는 절망감을 보이지만 오히려 그의 현실에 대한 저항의 강도는 더욱 짙어지는 것이다.[149] 심훈은 영화예술의 미학 추구와 제작자로서의 현실적 상황의 거리에서 절망하고 있었음을 알 수 있다. 이러한 절망감은 자본의 집합체인 영화계에 제작자로 참여함으로 인해 획득한 것이다. 따라서 이것은 식민지 조선의 현실 상황을 구체적으로 경험하면서 획득한 작가의 '양심'의 밀도와 다르지 않은 것이다.

근대 산물인 영화가 조선의 땅에 정착되어 발달하는 과정을 살펴볼 때, 다른 예술분야와는 다르게 한국영화사에서 1920년대 후반기는 한국 영화예술의 한 기점[150]을 이룬다. 『아리랑』이 1926년 10월 개봉됨으로써 영화

---

149 이 시기 심훈의 이러한 내면은 1929년 1월에 『신소설』(1호)에 발표한 「映畫斷片語」의 다음과 같은 구절을 통해서 확인할 수 있다. "조선에 있어 이 현실에 처한 우리로서 영화사업을 영위하는 것은 절망이라고 생각한다." "첫째 돈을 만들어야겠다. 그러려면 우리 손으로 돈이 만들어진 세상부터 만들어야 할 것이다. 파국을 뒤집어야 한다. 그러면 우리는 어떠한 수단과 방법으로서 이 현실과 싸워야 할 것인가. · · · 죽어도 비관론은 토하고 싶지는 않으면서도 전도가 묘연한 것만은 사실임에야 누구를 속일 수 있을 것이랴? 적어도 신문의 사회면을 통독하는 사람으로서는 내 말이 무리가 아닌 것만은 용인할 것이다."

150 참고로 한국영화발달사의 解放前 시기를 시대 구분해보면 다음과 같다. 아래의 구분은 유현목의 『한국영화발달사』(한진출판사, 1980)를 따랐다.
제1기: 1919년 한국영화의 창생으로부터 1922까지의 連鎖活動寫眞劇시대(創生期)
제2기: 1922년부터 1926년까지의 본격적인 극영화제작을 모색하고 模作을 시도한

계의 판도는 새로운 예술의 전환시대로 바뀌게 된다. 1920년대 후반기는 1926년 막이 열린 무성영화의 중흥기(나운규의 전성시대)였다는 특수성 이외에도 문단에서 격동하던 KAPF파의 영향을 받아 1928년부터 영화계에도 민족적 리얼리즘 영화, 카프 계열의 영화, 신파영화 등으로 분화 생성되고 있었던 시기다.[151] 영화계의 이러한 부흥이 당시 다른 예술 분야 그 중에서도 문학계에 큰 영향을 끼쳤을 것이라는 추측은 쉽게 할 수 있을 것이다.

(가) -사실상 영화는 소설을 정복하엿다.

웨... 그런고 하니 그것은- 대체상으로 소설은 知識的- 思索的이고 영화는 시선 그것 만으로도 능히 머리로 생각하는 思索 이상의 작용의 능력를 가진 까닭이다. (중략)

또- 보는 이들의 형편은 엇덧코? 朝鮮의 팬들의 주머니가 넉넉하기는 꿈에도 업슬일이다. 한참적에는 그나마 常設館서 네 개가 문을 닷칠 지경이라, 하는 수 업시 1금 10전 하니까 전에 못 보든 팬들이 우아-하고 몰키여 든다. 내가 어렷슬적에 돈 10전을 내이고 구경해 본 적이 잇지마는 요즈막 와서 상설관에서 10전 밧는다는 것은 아마도 이 지구우에 朝鮮밧게는 업스리라. 그러나 엇잿든 잘한 일이다. 다른 것- 모든 예술보다도 가장 민중과 갓가운 의미를 가진 영화좃차 일반 민중의

시대(模作期)

제3기: 1926년부터 본격적인 창작극에 손을 댄 1935년까지의 무성영화성장기(무성영화 시대)

제4기: 1935년부터 發聲映畵가 실현되던 1938년까지의 전환시대(토키시대)

제5기: 1938년 日帝의 탄압정책이 점차 노골화되어 가면서 제작 상황이 부진했던 1942년까지의 窒息期

제6기: 1942년에서 1945년 終戰에 이르기까지의 한국영화 말살정책기(抹殺期).

151 유현목, 위의 책, 112면.

한국근대소설 미학과 '記者-作家'

게서 작고 멀어간다는 것이 좀 섭섭한 일이니까 <u>10전 바들제 몰키여</u>
<u>드러온 새로 팬! 그들이 정말- 영화의 팬인 것을 짐작해야만 될 것이</u>
다.152(밑줄 강조 및 중략-인용자)

(나) 이 여러 가지 부문(시·소설·연극·영화·음악·미술-인용자) 중
에서 어느 것이 더 급하고 급하지 아니한 것을 구별하기는 곤란하나
'아지' '프로'의 기구로서 가장 중요성을 금일의 대중의 교양 정도에 의
하건대 영화·연극·음악·시가·소설·미술의 순차가 되리라고 생각
한다. 대개 노동자와 농민 대중은 거의 전부가 무식하므로 매우 복잡
한 것도 이해하기 어려운 것이 사실인 동시에 매우 단순한 것-예컨대
포스터의 단조한 색채나 혹은 만화 같은 것도 또한 이해하기 어려운
까닭으로 <u>직접 눈으로 보고 귀로 듣고 자기가 스스로 해석하는 수고를</u>
<u>많이 허비하지 아니하고서 해석까지 한꺼번에 있는 것이</u> 아니면 급속
히 효과가 나타날 수 없는 까닭이다. 이 의미에 있어서 <u>가장 통속성을</u>
<u>가진 영화가 중요성을 획득하게 된다</u>.153(밑줄 강조-인용자)

(가)와 (나)는 1920년대 후반 조선의 대중문화에서 급부상한 '영화'의
위력에 대해 언급하고 있다. (가)의 필자는 "사실상 영화는 소설을 정복하
였다"고 말하고 있으며, (나)의 필자는 무식한 프롤레타리아 교화 기구로
서 어려운 시가나 소설보다 '급속한 효과'를 볼 수 있는 영화의 통속성이
중요해진다고 언급하고 있다. (가)와 (나)의 필자들이 파악한 영화매체에
대한 인식은 다르다할지라도, 두 필자의 언급을 통해 1920년대 후반의

---

152 승일, 「라듸오·스폿트·키네마」, 『별건곤』제2호, 1926.12. 106~108면.
153 김기진, 「예술의 대중화에 대하여」, 『조선일보』, 1930.01.01.~01.14.(홍정선 편, 『김
     팔봉문학전집』1, 문학과지성사, 1988, 171면.)

대중예술계에 급부상한 영화의 위상을 감지할 수 있다. 1926년 영화 『아리랑』을 시작으로 바야흐로 조선 영화계는 '황금시대'를 맞았다. 그런데 그것은 조선 영화의 제작현황만으로 설명되어서는 곤란하다. 다시 말해 이 시기 영화의 황금시대는 영화에 열광하는 관객의 폭발적인 증가현상을 두고 하는 말이다.

다시 (가)의 인용문에 주목해보면, 상설관 영화 관람료가 10전으로 인하된 까닭에 영화팬들이 영화관으로 몰려들고 있다는 사실을 알 수 있다. 사실 1926년 여름부터 조선의 지배적인 영화 관객층은 경성의 하층민들로 확대되는데, 이 시기 이른바 '새로운 관객의 출현'은 조선인 상설관들 간의 협정이 깨어지면서 경쟁적으로 입장료가 인하된 까닭에 기인하는 것이다.[154] 갑작스런 입장료 인하는 경영난에 시달리는 극장 측의 단기적인 경영 전략으로 자본의 논리를 따르고 있지만 한편으로 영화적 공공영역으로부터 배제되어 왔던 타자들을 다시 불러들이는 기폭제가 되었다. 잠재적인 관객층이었던 하층 유랑민들을 영화적 공공영역으로 불러들임으로써 이전과 상이한 영화소비 국면으로 전환시킨 의미를 가지는 것이다.[155]

1920년대 후반 '대중'이라는 타자의 발견은 대중문화를 형성하는 사회·경제적인 인프라의 구축에서 말미암은 것이기도 하다. 영화 『아리랑』(1926)와 레코드 『사의 찬미』(1926)의 흥행, 『개벽』의 폐간과 대중적 성격이 짙은 잡지 『별건곤』의 발간(1926), 라디오 방송 시작(1927) 등으로 대표되는 대중문화의 탄생을 위한 사회적 인프라의 구축이 1920년대 중반

---

154 「各館反目尤甚 흥행쟁탈격력」, 『동아일보』, 1926.11.24.

155 여선정, 「무성영화시대 식민조시 서울의 영화관람성 연구」, 중앙대학교 석사학위논문, 1999.06. 28~29면 참고.

에 이루어졌다.156 그리고 이러한 물적 토대는 그것을 향유하는 '대중'을 낳았다. 이 '대중'은 '문맹'의 한계를 가볍게 벗어나 있거나 계급의 구별을 뛰어넘는 존재들이다. 영화관에 물밀듯 모여든 관객, 거리에 울려 퍼지는 레코드를 듣거나 라디오로 전국 방방곡곡에서 같은 시간에 같은 소식을 듣는 무리들은 '문맹'이어도 그것을 누릴 수 있게 된 것이다.

대중의 여가와 오락을 지배하는 대중문화, 그 가운데 영화의 위력은 문단이 독자문제와 대중성이라는 문제에 주목하게 하는 계기가 되기에 충분한 것이었다. 이 시기에 문단은 '침체'에 빠졌다는 인식이 팽배했으며157 이를 타개하기 위한 논의가 활발해진다. 대중문학론에 대한 논의가 활발하게 펼쳐졌으며,158 문인들의 문단 침체의 원인과 타개책에 대한 의견이

---

156 이경돈, 「'취미'라는 사적 취향과 문화주체 '대중'」, 『대동문화연구』57, 2007.

157 "문단침체! 이와 같은 말은 일 년 전만 하더라도 몇 안 남은 부르문인의 입에서 거의 절망에 가까운 어조로 오르내리게 되었다." "바로 일 년 전의 일이다. 문예에 종사하는 사람들이 모두가 문단침체를 논의할 때." 윤기정, 「최근문예잡감(其二)」, 『조선지광』, 1927.11.

158 1920년대 후반 당시 문단은 독서대중의 문학에 대한 무이해와 빈곤한 독서대중 층으로 인해 문단이 침체되었다고 지적하고 있다. 『조선문단』이 1927년 벽두에 실시한 앙케이트를 보면, 20여명의 기성 작가가 지적하는 '문단침체의 원인' 가운데 처음으로 꼽은 것이 '대중의 무이해'였다(「문단침체의 원인과 그 대책」, 『조선문단』4권1호, 1927.01). 이 조사 결과에 따르면 '문단침체의 원인'은 ①대중의 무이해, ②문인 생활의 빈곤과 원고료 문제, ③출판업자의의 무성의 등의 순서이다. 이처럼 1920년대 중반 이후 문단은 어떻게 하면 독자를 확보할 수 있는가를 검토하는 것이 당면 과제였을 때, (1)최화수(「문단병 환자-민중과 예술의 필자에게」, 『동아일보』, 1926.11.2.)의 자본주의 상업체제 안에서의 근대문학의 양상으로 대중문학을 파악하는 관점, (2)이익상(「닑히기 爲한 小說-新機運이 온 新聞小說을 봄」, 『중외일보』, 1928.1.1~3)과 최독견(「大衆文學에 對한 片想」, 『중외일보』, 1928.1.7~9) 등의 '독자가 쉽게 접근할 수 있고' '쉽게 읽힐 수 있는' 대중문학의 필요성을 주장하는 관점, (3)김기진(「문예시대관단편-통속소설소고」(『조선일보』, 1928.11.20.), 「대중소설론」(『동아일보』, 1929.4.17)의 '교화' 대상으로서 대중을 위한 대중문학의 필요성을 주장하는 프로문학 진영의 주장 등이 활발하게 이루어졌다.

봇물을 이룬다.159 이러한 문단침체와 대중 획득의 문제에 대한 문단의 활발한 논의는 계몽의 대상으로서 관념적으로 인식되던 '대중'의 실체를 재고할 수 있는 가능성을 열어주었다. 이 시기 문단이 정치적 교화의 대상으로 독자를 주목했든지, 문학의 대중화를 위해 독자를 주목했든지 간에 목적은 대중을 '획득'하는 것이었다. 그것은 문학의 위상 변화와 관련된 것이기도 하다. 문학의 위상에 대한 새로운 인식을 가능하게 한 것이 바로 '대중'의 발견과 관련된 사실이라는 점을 확인하는 것이 중요하다.

이러한 시기에 신문사의 독자 확보를 위한 상업적 활동은 신문지면의 새로운 기획물을 낳는다. 1926년 『매일신보』가 기획한 '영화소설'의 탄생은 '영화:관객=신문:독자'의 상황을 반영한 것이다. 신문사는 영화의 부흥을 신문지면에 연출할 수 있는 기획물로 '영화소설'을 제작한다. 그 첫 기획 작품인 김일영의 「森林에 囁言」160이 『매일신보』에 연재되어 주목을 받자, 『동아일보』는 영화에 대한 보다 전문적인 지식과 문학창작의 능력을 겸비한 작가인 심훈에게 영화소설 『탈춤』(1926)을 맡기고, 이에 뒤질세라 『조선일보』도 영화제작자인 이경손을 내세워 영화소설 『白衣人』(1927)과 최독견의 『승방비곡』(1927)을 연속으로 연재한다.161 영화 『아리

---

159 이러한 문제에 대한 문단의 논의는 문인들의 설문조사 형태로 이루어지는데, 「현단계의 조선 사람은 엇더한 예술을 요구하는가」(『조선지광』, 1928.01)와 「文壇諸家의 견해」(『중외일보』, 1928.06.26~07.13) 등이 대표적이다. 특히 후자의 경우 "1) 조선의 문단이 전체적으로 현재 당면한 중대한 문제가 있습니까? 있으면 어떠어떠한 문제 입니까?, 2) 조선의 작가는 금일에 있어서 사회생활의 어느 부분에서 창작의 제재를 취해야 하겠습니까?, 3)작품이 독자 대중을 획득하려면 어떠한 조건이 구비되어야겠습니까?, 4)최근에 읽으신 책 중에서 다섯 권을 추천하십시오."라는 설문을 20여명의 문인들로부터 실시하고 그에 대한 답을 신문에 연속 게재했다.

160 김일영의 「森林에 囁言」, 『매일신보』, 1926.04.04.~16.

161 한국근대 '영화소설'에 대한 연구는 김려실의 「영화소설연구」(연세대 석사학위논

한국근대소설 미학과 '記者-作家'

랑』의 성공으로 촉발된 영화계의 흥행은 신문사에게 관심의 대상이 되지 않을 수 없었다. 이미 소설은 신문지면에 연재소설의 형태로 포섭되어 있었지만, 이번엔 영화가 그 포섭대상이 된 것이다. 이때 신문지면에 영화를 '상영'하고자 한 아이디어가 인기 배우의 연기 장면을 담은 스틸사진과 소설의 결합체인 '영화소설'이었다. 그리고 신문사의 기획과 문단 침체의 원인과 그 타개책으로서의 독자 획득의 문제가 결합해 '영화소설'이 탄생할 수 있었다. 영화에 대한 전문적인 지식과 문인으로서 창작능력을 겸비한 심훈이 나선 것은 쉽게 이해할 수 있다.

『동아일보』 기자로 재직했던 심훈의 저널리스트적 감각과 영화계 활동 그리고 신문사의 기획이 만나 '영화소설' 『탈춤』[162]은 탄생할 수 있었다. 이 작품은 인텔리 오일영과 리혜경의 사랑에 방해자로 등장하는 자본가 림준상을 오일영의 친구이자 무산자 영웅인 강홍렬이 골탕을 먹인다는 단순한 줄거리를 가지고 있다. 인텔리 청년 오일영의 허무주의적 모습과 무산자 강홍렬의 영웅성의 대비를 통해 인텔리 청년의 나약함에 비극성을 부여하는 동시에 부르주아지 림준상의 횡포를 폭로하는 과정에서 무산자의 영웅성이 부각되어 있는 작품이다. 이러한 서사의 내용은 기존의 신문연재소설이 다루는 통속적인 연애세계를 반복하고 있을 뿐 새롭다고 할 만한 것은 아니다. 그럼에도 불구하고 '영화'와 소설을 결합하려고 한 시도 덕분에 신문연재소설의 새로운 확장 가능성을 담아낼 수 있었다. 『탈춤』의 경우 영화적 이야기 전개를 통해 서사의 스펙타클

문, 2002)와 전우형의 「1920~1930년대 영화소설 연구-영화소설에 나타난 영상-미디어 미학의 소설적 발현 양상」(서울대 박사학위논문, 2006) 참고.

162 심훈, 『탈춤』, 『동아일보』, 1926.11.09.~1926.12.16.

화를 강화하고 있다는 점이 특징적이다.

신문연재소설의 글쓰기 방식과 읽기 방식의 특수성은 신문의 짜여진 판 속에 다른 기사들과의 배치 속에 존재한다. 신문의 각 페이지와 기사들은 독립적으로 파편적인 상태로 존재하지만 한 면에 나란히 배치되어 상호텍스트적인 관계 속에 존재한다. 따라서 서로 불가능해 보이는 세계가 파편적으로 존재하면서도 서로 간섭하고 있는 세계가 신문지면이다.[163] 근대 신문은 '소설'을 '연재'라는 형식으로 신문지면에 포섭했다. 신문연재소설은 신문 매체가 창출한 대표적인 문예장르이다. '읽을 거리'(讀物)로서의 기능을 강화하는 방법으로 '볼거리'인 삽화를 도입되었다는 점도 신문연재소설의 특징 가운데 하나이다.[164]

그런데 '영화소설'의 경우 다른 신문연재소설과 뚜렷하게 구별되는 특징이 있다. 그것은 '삽화' 대신에 '스틸 사진'을 삽입하고 있다는 점이다. 1920년대 중반 이후 신문사는 영화의 성행과 영화팬의 확대를 신문에 포섭하기 위해 '영화소설'을 기획하였다. 기존의 '연재소설'의 방식에 '영화'를 담아내는 형식적 고민이 이루어지는데, 그 방법이 '스틸 사진'의 도입이다. 『탈춤』은 연재 예고에서 "조선서 처음 되는 영화소설이 명일부터 긔재되게 되엿는데 매일 삽화 대신으로 미리 한 실연사진이 드러갑니다."[165]라고 선전하여 그 새로움을 강조하고 있다.[166] 영화소설에서 '실

---

163 천정환, 『근대의 책읽기』, 푸른역사, 2003, 326면 참고.

164 한국 근대 신문연재소설에 최초로 삽화가 도입된 것은 『매일신보』(1912.1.2.~1912. 3.14.:58회)에 연재된 『춘외춘(春外春)』에서부터이다. 강민성, 「한국 근대 신문소설 삽화 연구」, 이화여대 석사학위논문, 2002, 11면 참고.

165 「『탈춤』 연재 예고」, 『동아일보』, 1926.11.08.

166 영화소설에 '실연사진'을 삽입한 것은 『탈춤』이 최초이다. 이미 『매일신보』에서 최초의 영화소설 「森林에 囁言」(김일영, 『매일신보』, 1926.04.04.~04.16)을 연재한

연 사진'의 삽입은 단순히 기존의 신문연재소설의 '삽화'를 대체한 효과
에 머무르지 않는다.

〈그림1〉 영화소설 『탈춤』 1회(『동아일보』, 1926.11.09.)

　〈그림1〉은 영화소설 『탈춤』의 첫 회분이다. 〈연재 예고〉에서 밝혔듯이
삽화의 자리에 '실연사진'이 삽입되어 있다. 결혼식장에 갑자기 괴한이
나타나 신부를 납치하는 사건을 보여준 뒤, 마지막 부분에 '실연사진'의
인물이 당대 유명 배우라는 정보가 밝혀져 있다. '괴상한 사람' 역에 나운
규, '신부' 역에 김정숙의 이름이 부기되어 있다.[167] '실연사진'의 배우의
연기는 독자의 소설읽기에 영향을 끼친다. 다시 말해 배우의 이미지가
소설의 등장인물의 성격을 만들어내는 기능을 하게 된다. 『탈춤』에서 강
홍렬이라는 작중 인물의 성격은 현실 배우 나운규의 이미지와, '신부' 리
혜경은 女優 김정숙의 이미지와 겹쳐지게 되어 소설의 독자는 영화 스크
린에 투사된 나운규와 김정숙의 연기를 떠올리며 작중 인물들을 읽게 되
는 것이다. 특히 영화 『아리랑』으로 나운규의 배우 이미지는 그 외모와
극중 역할이 이미 관객에게 각인되어 있었다. 다시 말해 영화소설의 삽입

　　바 있지만 '삽화'를 넣었다.
[167]　이후 남궁운, 주인규 등이 각각 작중인물인 오일영과 임준상의 배역을 맡아 연기했다.

된 실연사진에 밝혀진 배우와 배역의 이름은 영화가 배우의 외모를 중요시하는 이유와 상통하는 부분이 있다. 영화는 사람을 인적재료로 사용할 뿐이라고 주장한 감독 푸도푸킨의 견해에 따르면 '인적 재료'를 정확히 풍경이나 직접적 대상과 똑같은 발판으로 취급하면서, 동시에 영화배우에게는 정신적 개성보다 신체적 형태가 중요시된다.[168] 영화에서 배우의 제스처와 물리적 행위 같은 비언어적 기호가 말보다 더 표현적으로 느껴지며, 의미로 충만해진 육체는 상형적 재현을 요구하게 된다. 이러한 상형적 재현은 현실의 원리보다 쾌락의 원리를 조장하게 되는 것으로 의식적 사유보다는 환상 쪽으로 선규정(predetermined)된다.[169] 따라서 영화소설에서는 당시 유명한 배우의 이름을 내세워 소설 속의 주인공을 배우의 이름으로 대치시킴으로써 독자에게 현실의 원리보다는 환상과 쾌락의 원리를 조장하는 효과를 획득할 수 있다. 그리고 『탈춤』에서 배우의 실연사진은 소설읽기를 영화감상에 가깝게 하려는 시도에서 도입된 만큼 실연사진은 영화의 '스틸사진'에 가깝게 연출된다.

한편 '영화소설'『탈춤』에서 처음 시도된 실연사진의 삽입은 다른 신문연재소설의 형식에도 영향을 미칠 만큼 새로운 것이었다.

---

168 A. 아놀드 하우저, 황지우 역, 『예술사의 철학』, 돌베게, 1983, 362면 참고.
169 안토니 이스트호프, 임상훈 역, 『문학에서 문화연구로』, 현대미학사, 1996, 121면.

〈그림2〉 공동제작 연작소설 『紅恨綠愁』(4회)(『매일신보』, 1926.12.05)

〈그림2〉는 1926년 『매일신보』가 신문 독자를 포섭하기 위한 일환으로 '기획'한 공동제작 연작소설 『紅恨綠愁』에서 이익상이 창작한 4회분 「운명의 작란」의 일부이다. 최서해, 최승일, 김명순, 이경손, 이익상, 고한승 등의 조선의 기성 작가들을 대거 투입하여 이른바 '릴레이' 형식으로 창작한 이 작품은 '영화소설' 『탈춤』에서 처음 기획했던 배우의 실연사진을 삽화 대신 사용하고 있다. 〈예고〉에서 "삽화는 더욱 흥미 있게 하기 위하여 조선에 이름 높은 남녀배우들의 실연(實演)한 사진을 넣기로"[170] 하였다고 밝히고 있으며, 〈그림2〉의 경우 소설의 제일 끝부분에 "운경-李月華"라고 실연사진의 배역과 배우의 이름을 밝히고 있다. 영화소설 『탈춤』에서 '실연사진'의 삽입이 영화적 이야기 전개와 배우의 이미지를 활용하여 관객을 소설 독자로 유입하기 위한 목적이었다면, 〈그림2〉는 '흥미잇는 연작소설'을 더욱 '흥미잇게 하기 위하여' 연재소설의 '삽화'를 배우들의 '실연사진'으로 대체한 경우이다. '영화소설'이 아님에도 불구하고 연재소설에서 〈그림2〉의 장면처럼 실연사진을 삽입할 경우 그 사진

---

170 「예고: 흥미잇는 연작 소설-일요부록에」, 『매일신보』, 1926.11.12.

은 영화적 이야기 전개의 역할보다는 해당하는 소설의 내용을 보다 상징적으로 담아내는 기능을 하고 있다. 여러 작가들이 '릴레이 형식'으로 제작한 『홍한녹수』는 책을 팔아 공부를 위해 상경한 운경이라는 처녀가 '도회의 마수'에 걸리어 아이를 배고 새롭게 사귄 청년 앞에서 갈등하는 내용을 다루고 있는데, 이익상에 의해 창작된 제4회 「운명의 작란」은 '운경'이 아비가 누구인지도 모르는 아이를 임신한 사실을 확인하는 동시에 비로소 사랑하는 남자 '한손'을 만난 상황을 병치시키면서 '운경'의 상황이 '기구한 운명'임을 묘사하고 있다. 한 여성의 '운명의 작란'을 실연사진 〈그림2〉는 영화배우 이월화를 거미줄에 걸려든 여성으로 연출하고 있다. 그리고 고한승에 의해 창작된 제6회분 「人肉의 市로」에서는 새장 속에 갇힌 여배우의 모습을 연출한 사진을 삽입하고 있다. 거미줄과 새장 등의 장치와 배우를 활용하여 찍은 실연사진은 영화소설의 실연사진보다 더 연재소설의 '삽화'의 기능에 충실해지고 있다고 할 수 있다. 영화소설 『탈춤』의 경우 실연사진은 영화의 이야기 전개에 부합하려는 소설 창작의 의도 하에서 기획된 것이었으므로 실제 스크린에 영사되는 '스틸사진'의 의미에 해당하는 것이라면, 공동제작 소설 『홍안녹수』의 실연사진은 연재소설에서 삽화의 주요 역할인 장면의 압축적이고 상징적인 제시라는 기능에 충실한 것이라고 할 수 있다. 이러한 차이를 통해서 영화소설 『탈춤』의 실연사진은 신문사의 독자확보라는 차원에서 이루어진 것이지만 작가의 저널리즘적 감각과 영화제작에 대한 욕망이 작용하여 삽입된 것이라는 점을 알 수 있다.

이처럼 영화소설 『탈춤』은 1920년대 중반의 '영화'의 이야기 전개 방식을 소설 속에 끌어들이고 있다. 이 시기 영화는 외화의 격투나 추격과 같은 활극적 요소로 대중적 인기를 끌고 있었다. 영화의 활극적 요소를 소설의 언어로 재현하여 스펙타클의 효과를 획득하려는 목적이 '영화소설'을 낳았다.[171] 그런데 『탈춤』의 경우 스펙타클의 효과가 '탈춤'이라는 상징적 이미지와 작중에서 사건 해결의 역할을 하고 있는 강흥렬의 영웅성에 부가된 '광인'의 이미지에서 비롯되고 있다는 점이 흥미롭다.

(1)「여러분! 이 두 사람의 결혼식에 대하여 이의가 없으십니까? 지금 이 당장에 말씀하시지 않으면 따로이 말하지 못합니다.」

장내는 쥐죽은 듯이 고요해졌다. 이의를 말하는 사람이 없다. 목사는 안심하고 기도로 무사히 예식을 마치려 한다. 여러 사람은 머리를 숙인다.

이때이다! 별안간에 맞은 편 우리창이 활짝 열리자 어린 아이 하나를 안은 괴상한 그림자의 정체가 나타나며 예배당이 떠나갈 듯이 무어라도 고함을 지른다. 하늘로 뻗친 흐트러진 머리와 불을 뿜는 듯한 두 눈은 맹수와 같이 신랑을 쏘아본다. 여러 사람은 과도로 놀란 끝에 정신 잃은 사람들 모양으로 눈들을 크게 뜨고 어찌된 영문을 몰라 어리둥절한다. 괴상한 사람은 말없이 성큼성큼 신랑 앞으로 다가들어 안고 있던 어린 아이를 신랑에게 안겨 주려 한다.

「어-」

소리를 지르며 신랑은 얼굴을 가리고 쩔쩔 매다가 뒷걸음질을 치고

171　전우형은 근대 '영화소설'의 영상-미디어적 특성을 논하는 가운데 『탈춤』의 스펙타클적인 요소에 대해 분석한 바 있다. (전우형, 앞의 논문, 2006, 참고) 하지만 『탈춤』의 경우 다른 영화소설과 다르게 '괴상스러운 사람', '검은 그림자' 등으로 등장하는 강흥렬의 '광인'의 이미지가 스펙타클을 창조하는 데 기여하고 있다는 점이 중요하다. 『탈춤』의 '광인'의 이미지는 심훈의 영화관(映畵觀)과 영화 『아리랑』(1926)과의 관계 속에서 살펴볼 사항이다.

목사는 쥐구멍을 찾는다. 동시에 신부는 그 자리에 혼도하여 쓰러진다. 그럴 즈음에 괴상한 사람은 어린애를 내려놓고 신부를 들쳐안고서 몸을 날려 어디론지 사라져버렸다.

결혼식장은 그만 수라장이 되고 말았다. <u>무슨 까닭으로 결혼식장에서 이런 풍파가 일어났으며, 신부를 빼앗아 가지고 종적을 감춘 괴상한 사람은 대체 누구일까? 이 영화소설이 횟수를 거듭함에 따라 수수께끼 같은 이 놀라운 사건의 진상이 차차 드러날 것이다.</u>172(밑줄 강조 -인용자)

(2) 그의 이름은 강홍렬이니 본시 일영과 고향 친구로 어려서부터 한 동리에 자라나서 학교도 형제같이 다니다가 칠 년 전 그가 중학교 삼학년급에 나닐 때에 그해 일흔 봄의 온 조선의 젊은 사람의 피를 끓게 하는 사건이 니러나자 한번 분한 일을 당하면 목숨을 사리지 안코 날뛰는 과격한 성격을 가진 홍렬이는 울분한 마음을 억제치 못하고 자긔 고향에서 일을 꾸며 가지고 성난 맹수와 가치 날뛰다가 사람으로서는 참아 당하지 못할 고초를 격글 때에 그는 가치 일하든 동지를 위하여 혀를 깨물어서 일조에 반벙어리가 된 후에도 삼년이란 긴 세월을 자유롭지 못한 곳에서 병신이 되다십히한 몸이 꺽여 나왓다. 그동안의 자긔의 집은 파산을 당하야 류리걸식을 하고 다니는 가족을 길거리에서 만나게 되엿던 것이다.173

(1)은 『탈춤』의 서사적 과제가 제시되어 있는 연재 1회분의 내용이다. 〈그림1〉에서 실연사진의 '말풍선'이 압축하고 있듯이, "신부를 들쳐 안고

---

172 심훈, 『탈춤』(1회), 『동아일보』, 1926.11.09.
173 심훈, 『탈춤』(4회), 『동아일보』, 1926.11.12.

종적을 감"춘 "괴상스러운 사람"의 정체를 밝히는 것이 소설의 과제라고 되어 있다. 남의 결혼식에 나타나 신부를 들쳐안고 사라진 사람의 정체가 수수께끼로 제시된 것인데, 이 사람은 "하늘로 뻗친 흐트러진 머리와 불을 뿜는 듯한 두 눈"을 가진 '괴상스러운 사람'이다. 이후 이야기가 전개됨에 따라 밝혀지는 '괴상한 그림자'의 주인공은 강흥렬이라는 인물이다. (2)에서 서술자에 의해 밝혀진 인물에 대한 정보를 통해서 '괴상함'의 이유를 알 수 있다. 그는 3·1운동에 참여한 뒤 투옥되었고 '동지를 위해 혀를 깨물어 반벙어리가 될 만큼' 투철한 의지를 가진 투사였지만 3년이란 감옥생활로 병신이 되어 출옥했다. 출옥 후 "정치적으로나 더구나 경제적으로나 나날이 멸망에 빠져 가는 비참한 조선의 현실"[174]에서 그는 정상성을 회복할 수 없었다. 이러한 상황에서 그는 선인들의 사랑에 악인의 방해라는 이야기 속에서 등장해 악인을 응징하고 선인을 구출하는 영웅적 역할을 수행한다. 여주인공이 악인에게 겁탈을 당할 위기의 순간에 '검은 그림자'로 등장하여 구출하는 역할은 결국 부르주아의 돈, 권세, 명예, 지위 등의 '탈'을 벗기는 소설의 주제를 실천하는 데까지 확대된다. 이 과정에서 '과거의 영웅'은 광인의 이미지로 형상화되어 소설적 긴장감과 스펙타클의 효과를 획득하고 있다.

『탈춤』에서 이러한 광인 이미지의 강렬함은 작가의 '영화적 상상력'이 만들어낸 결과라고 할 수 있다. 심훈의 영화예술에 대한 인식을 통해 이 사안을 확인할 수 있다.[175] 심훈은 1929년 「내가 조화하는 영화와 배우」[176]

---

174 심훈, 『탈춤』(4회), 『동아일보』, 1926.11.12.
175 심훈의 영화소설 『탈춤』에 대한 이하 내용은 다음 글의 내용을 본고의 논의에 맞게 수정 보완한 것임을 밝혀둔다. 졸고, 「심훈 소설 연구」, 서울대학교 석사학위논문, 2003.08.

라는 설문조사에 답한 바 있다. 이 설문조사에서 좋아하는 영화로 꼽은 것을 보면, 세계영화사에서 1920년대 전반기에 비중 있게 다루어지는 작품들이 다수 언급되어 있다. 독일의 표현주의 영화와 프랑스의 인상주의(詩的 사실주의) 영화가 대부분을 차지하고 있다. 『메닐몬탄』(『Menilmontant』, 1926), 『파라오의 연애』(『The Loves of Pharaoh』, 1921), 『싹터·마브세』(『Dr. Mabuse, des Spieler』, 1922) 등은 독일 표현주의의 대표적인 영화들이고, 『에리에테』(『Varieté』, 1925), 『엘드라드』(『El Dorado』, 1921), 『키-ㄴ』(『Kean』, 1924) 등은 프랑스 인상주의 영화의 대표적인 작품들이다. 주지하다시피 프랑스 인상주의 영화는 영화적 기법들을 통해 인물의 주관성을 전달하는 것을 형식적 특징으로 하며, 이 주관성은 환상, 꿈 또는 기억들과 같은 정신적인 영상들, 광학적인 시점 화면 그리고 시점화면 없이 묘사되는 사건들을 인물이 지각하는 것을 의미한다. 인상주의 영화에서 플롯은 인물들을 극히 정서적으로 괴로운 상황에 위치시키며, 인물들을 실신하거나 맹목적이 되거나 절망에 빠지며 이러한 상태는 카메라 기법을 통해 생생하게 묘사된다.[177] 그리고 독일의 표현주의 영화는 사실주의에 대한 반작용으로서 세기의 전환기에 나타난 몇 가지 경향 중 하나였는데 외양을 보여주기보다는 오히려 감정적인 내적 현실을 표현하기 위해 극단적인 왜곡을 사용한다. 프랑스 인상주의 영화의 특징이 카메라의 움직임이

---

176 「내가 조화하는 1. 작품과 작가, 2. 영화와 배우」, 『문예공론』, 1929.05. 이 설문조사는 심훈 자신이 직접 기획한 것으로 보이는데, 여기서 심훈은 설문에 응한 당대 다른 문인들에 비해 아주 상세하게 답하고 있다. 영화와 감독 그리고 배우에 대한 언급 수준을 통해 심훈의 영화인으로서의 자부심을 알 수 있다.

177 크리스틴 톰슨, 데이비드 보드웰, 주진숙·이용관·변재란 외 역, 『세계영화사-영화의 발명에서 무성영화 시대까지』, 시각과 언어, 2000, 153~175면 참고.

한국근대소설 미학과 '記者-作家'

라면, 독일 표현주의 영화의 특징은 장면화의 사용이다. 따라서 양식화된 표면, 대칭, 왜곡, 과장 그리고 비슷한 형상의 병치를 사용한다.[178]

심훈은 '내가 좋아하는 영화'에서 밝히고 있듯이 당대의 고전적 헐리우드 영화('스토리를 설명하는' 영화)에 대한 관심보다 '심경(心境)'을 '카메라의 기법'으로 표현하는 프랑스의 인상주의 영화와 독일 표현주의 영화에 심취하고 있었다. 따라서『탈춤』에서 '광인'의 이미지를 띠고 등장한 영웅의 형상과 활약상은 작가의 영화 미학적 인식의 산물에 상응하는 것이다.

아울러 '광인-영웅'의 캐릭터가 탄생할 수 있었던 배경에는 작가의 정치적 의도가 놓여 있다는 점도 확인할 수 있다. 앞서 살펴보았듯이 심훈에게 3·1운동의 체험과 기억은 언제나 회복해야할 가치로 존재했다.『탈춤』에서도 강흥렬의 이력을 통해 알 수 있듯이, 그는 3·1운동에 참가해 옥고를 치르고 병신이 되어 출옥했다. 정치적으로나 경제적으로 더욱 암울해져 가는 식민지 조선의 상황을 타개할 역할은 오일영과 같은 나약한 도시 인텔리가 담당할 수 없다는 인식에서, 작가는 '과거의 영웅'을 호출한다. 이때 3·1운동의 '영웅'은 '괴상한 사람'으로 형상화되었다. 3·1운동 정신을 통속적인 연애 이야기 속에서 보여주려는 작가의 의도와, 그것을 인물의 행위를 통해 스크린 위에 보여주어야 하는 '영화소설'의 글쓰기 상황이 동시에 작용한 결과, 영웅은 '검은 그림자', '괴상한 사람'으로 묘사될 수밖에 없었다.

한편『탈춤』은 1926년의『아리랑』의 영향을 떨칠 수 없다. 특히『아리랑』에서 영진이라는 캐릭터와 그 배역을 맡은 나운규의 이미지는『탈춤』의

---

178 위의 책, 182~184면 참고.

강홍렬 이미지에 그대로 이어진 것이다. 심훈에게 있어 영화소설 『탈춤』은 이후 자신이 만들어낼 영화의 청사진이었고 『아리랑』의 광인으로 출연해 강렬한 이미지를 주었던 나운규가 바로 그 청사진의 주인공이었다. 『아리랑』에서의 영진의 배역을 연기한 나운규는 '악인을 응징하는 광인'의 이미지로 존재하고 있었다. 나운규에 따르면, 광인은 "세상에 모든 권위도 무서운 것도 머리 숙일 것도 없"는 "아무 구속도 받지 않는 인간"[179]이다. 광인의 '자유로움'은 현실 비판적 역할을 수행하는 데에 부합하는 동시에 영상화를 위해서도 매력적인 캐릭터에 해당한다. 광인이라는 캐릭터와 그 역할에 대한 적절한 캐스팅은 영화 『아리랑』의 성공요인이었다. 심훈은 『아리랑』의 영진(나운규)과 흡사한 캐릭터인 『탈춤』에서 강홍렬의 캐릭터로 재창조함으로써 그 시대 영화관객의 취향을 반영했다.

『탈춤』은 도입부에 '결혼식 장면'을 배치하고 연재 26회~29회에서 같은 '결혼식 장면'을 영화각본처럼 재서술하고 있다. 도입부에서 '결혼식 장면'이 소설의 언어로 쓰여진 것이라면, 뒤에 재서술된 부분은 시나리오의 언어로 되어 있다. 이러한 이질적인 서술형식에도 불구하고 『탈춤』의 '결혼식 장면'은 과거의 이야기가 수렴되고 현재의 이야기와 공존하는 서술적 효과를 획득하고 있다. 그리고 시나리오 언어로 재서술된 '결혼식 장면'은 사건을 시각적인 강렬한 이미지로 담아내는 동시에 주제를 효과적으로 형상화하는 데에 기여한다.

　　△ 신랑, 그리 도로 나가지 못하고 물러선다.
　　△ 앞에는 홍열.

179　나운규, 「『아리랑』 등 自作 전부를 말함」, 『삼천리』, 1937.01.

△ 왼편에는 처남.

△ 오른편에는 난심.

△ 홍열, 난심, 처남, 신랑을 중심으로 에워싸고 똑바로 쏘아보며 동시에 바싹바싹 좁혀든다.

△ 신랑, 독안에 든 쥐가 되어 나갈 구멍을 찾느라고 쩔쩔 맨다.

△ 그 꼴을 보고 홍렬은 하늘을 우러러

「핫하하하하……」

하고 크게 웃어젖힌다.

예배당 안이 떠나갈 듯 그 웃음소리는 반향한다.[180](밑줄 강조-인용자)

위의 장면은 시나리오의 형식으로 서술된 '결혼식 장면' 중에서 '괴상한 사람'(강홍렬)이 등장하여 림준상의 죄악을 폭로하고 벌하는 대목이다. 무엇보다 강홍렬이라는 인물의 영웅성에만 기대고 있던 사건 해결의 양상이 이 대목에 이르러 처남, 난심 등과 함께 연대하고 있다. 이들은 모두 악덕 지주 림준상에게 피해를 당한 공통점을 공유하고 있기 때문에 연대할 수 있는 것이다. 이들의 연대와 응징은 시나리오의 언어로 시각화하여 보다 극적인 장면을 연출한다. 그 결과 임준상을 애워싸고 "동시에 바싹바싹 좁혀"드는 묘사에서 극적 긴장감을 유발하는 동시에 '독안에 든 쥐'가 쩔쩔매는 비유와 웃음소리를 결합시켜 복수의 통쾌함을 담아낼 수 있게 된 것이다.

이상에서 살핀 '영화소설' 『탈춤』은 초기 문예시장에서 영화와 문학이 교섭하는 가운데 신문사의 기획과 영화에 대한 전문적인 지식을 겸비한 문인 심훈이 함께 만들어낸 문예장르라고 할 수 있다. 영화의 대중성과

---

180   심훈, 『탈춤』(29회), 『동아일보』, 1926.12.09.

예술성에 대한 인식이 영화소설 『탈춤』의 영화적 이야기의 전개와 '광인' 캐릭터를 탄생시킬 수 있었다. 그러나 『탈춤』은 심훈 개인의 차원에서나 소설사적 차원에서 과도기적 산물에 해당하는 것이었다. 심훈은 영화제작의 한계를 실감한 후, 그 경험을 바탕으로 신문기자로서 식민지 조선에서 영화예술 제작의 의미를 제작자로서 혹은 관객대중의 관점에서 피력하는 글쓰기를 수행한다. 영화의 대중성에 대한 인식과 영화예술의 전문적인 이야기 전개 방식에 대한 이해는 이후 본격적인 장편소설 창작에 작용하게 된다. 다음 장에서는 심훈의 대표적인 소설인 『상록수』를 '모델소설'적 측면과 농촌운동의 '현장-보고'적 측면에서 분석하여 계몽소설의 대중미학적 성과에 대해 살펴볼 것이다. 이 과정에서 심훈의 신문저널리즘에 대한 인식이 영화예술의 인식과 어떠한 측면에서 함께 논의할 수 있는지를 설명해보고자 한다.

3.3. '모델'의 의미강화 전략과 '현장-보고'의 효과

『상록수』[181]에 대한 그간의 평가는 당대의 브나로드 운동과의 연계와 농민문학 범주 속에서 이루어져 왔다. 이에 따라 『상록수』에 대한 가장 큰 찬사는 농민문학의 범주 속에서 이루어진 것들이다. 『상록수』는 1930년대 중반 이광수의 『흙』(1933)과 이기영의 『고향』(1934) 등에서 제기한

---

181 『상록수』는 1935년 6월 26일에 탈고한 것으로 『동아일보』에 1935년 9월 10일부터 1936년 2월 15일까지 연재된 작품이다. 본고에서는 조남현이 주해한 『상록수』(서울대학교출판부, 1996)를 텍스트로 삼았으며 이하 인용면수는 이것을 따랐다.

한국근대소설 미학과 '記者-作家'

민족주의와 계급주의라는 이념을 극복해야하는 과제를 부여받고 시작된 것인데 박동혁의 계몽의 차원이 이 두 사상에 대한 거리 취하기와 결합의 방법으로 구현되어 있다는 평가[182]가 그것이다. 이러한 점이 『상록수』가 농민문학의 선구적인 작품[183]이라는 긍정적인 평가를 받게 하는 점이라면, 주인공의 시혜적인 자세와 농민계몽의 의지가 낭만적인 형태로 띠고 있다는 점으로 인해 부정적인 평가를 받고 있기도 하다.[184] 이러한 『상록수』에 대한 부정적인 평가의 기원은 임화의 논의에서 기인하는 것이다. 임화는 「통속소설고」에서 1930년대 후반 발생한 통속소설을 '성격과 환경의 통속적 방법에 의한 모순의 해결'이라고 규정하면서 심훈의 소설을 김말봉으로 대표되는 통속소설로 향하는 중간계기로 언급한 바 있다.[185] 임화의 이러한 지적은 이후 논자들에 의해 이어져 『상록수』의 소설적 갈등이 추상적이고 관념적으로 해결되고 있다는 평가로 이어진 사항이다. 이러한 평가의 이유는 이른바 리얼리즘의 전형성 개념과 총체성의 기준에 미달하기 때문이라는 것이다.[186]

이와 같은 대비적인 평가는 "『상록수』는 계몽소설이자 대중소설이다. 계몽성과 대중성의 행복한 결합이 이 작품만큼 뚜렷한 경우란 흔치 않다"[187]라는 단언을 낳고 있기도 하다. 한편 『상록수』에 대한 논의들은

---

182 류양선, 「좌우익 한계 넘은 독자의 농민문학-심훈의 삶과 『상록수』의 의미망」, 『상록수 · 휘화산』, 동아출판사, 1995.

183 전광용, 「『상록수』考」, 『한국근대문학사론』, 한길사, 1982.

184 송백헌, 「심훈의 『상록수』-희생양 이미지」, 『심상』, 1981.07.

185 임화, 「통속소설론」, 『문학의 논리』, 학예사, 1940, 399면 참고.

186 김현주, 「『상록수』의 리얼리즘적 성격연구」, 연세대학교 석사학위논문, 1992. ; 오현주, 「심훈의 리얼리즘 문학 연구-『직녀성』과 『상록수』를 중심으로」, 한국문학연구회 편, 『1930년대 문학연구』, 평민사, 1993.

187 김윤식, 「문화계몽주의의 유형과 그 성격-『상록수』의 문제점」(1993), 경원대학교

논자에 따라 조금씩 다르긴 하지만 대체로 낭만성, 통속성, 대중성이라는 다른 용어로 작품의 성격을 설명하고 있다. 뚜렷한 목적을 가지고 쓴 계몽소설이면서 대중적 호응을 이끌어낸 작품이라는 것이다. 그런데 『상록수』를 대중소설의 범주에서 논의하는 경우에도 여전히 대중성 획득의 원인과 그 의미에 대해서는 구체적으로 해명하지 못한 한계가 있다.[188] 따라서 본고에서는 『상록수』의 '계몽성과 대중성의 행복한 결합'은 어떻게 가능할 수 있었는지를 당대 저널리즘의 차원과의 상관성 측면에서 분석하여 그 결과를 바탕으로 문학사적 성과를 평가해보고자 한다.

『상록수』는 『동아일보』사의 '브나로드 운동'(1931-1934)이 끝난 1935년, 『동아일보』 창간 15주년 신문연재소설 모집에 당선된 작품이다. 이 점 때문에 『상록수』는 신문사의 '브나로드 운동'과의 연관성을 중심으로 논의되었다. 하지만 『상록수』는 1935년까지 조선사회에서 자발적으로 이루어지고 있던 농촌운동을 진단하고 총독부의 농촌진흥운동을 비판하며 새로운 전망을 제시하는 데까지 나아간 작품이다. 『상록수』는 이러한 농촌소설의 주제를 서사로 구축하는 과정에서 저널리즘을 통해 알려진 '모델'을 소설적으로 수용하는 동시에 총독부의 농촌진흥운동이 조선의 농촌운동을 해체시키는 과정을 농촌의 현장을 답사하듯 형상화해내고 있다.

편, 『언어와 문학』, 역락, 2001.

188 이정옥은 『1930년대 한국 대중소설의 이해』(국학자료원, 2000)에서 1930년대 대중소설의 하위범주(장르)로 '계몽문학'을 설정하고 이광수의 『흙』, 이기영의 『고향』과 함께 심훈의 『영원의 미소』, 『상록수』를 대표적인 작품으로 들어 분석한 바 있다. 논의에서 당대의 독자의 기대지평을 수용하고 있다는 점을 분석하고 있으나 작품 외적인 근거와 소재주의적 분석에 그치고 말았다. 중요한 것은 '계몽소설'에서의 '대중성'이 '추리소설', '연애소설'의 '대중성'과 변별되는 지점을 확인할 수 있어야 『상록수』의 '대중성'을 설명할 수 있는 여지가 생길 것으로 보인다.

한국근대소설 미학과 '記者-作家'

널리 알려져 있듯이 『상록수』는 최용신이라는 여성 농촌운동가의 삶을 '모델'로 하여 창작된 '모델소설'이다. 현실 속에 존재하는 한 여성의 삶이 있고 심훈은 그의 삶을 소설로 재창조한 것이다. 그런데 소설 『상록수』의 '모델소설'로서의 특징을 논의하기 위해 주목해야 할 점은 해당 '모델'이 작가에게만 의미 있는 인물이 아니었다는 사실이다. 최용신의 삶은 이미 당시 언론에 보도되어 그의 헌신적인 농촌운동과 죽음은 '지상의 천사'로 칭송받고 있었다. 다시 말해 최용신이라는 인물의 삶이 식민지 신문 독자들에게 던지는 의미는 완결되어 있었다. 현실 속의 '모델'을 소설화하고자 하는 작가의 의도를 고려할 때, 『상록수』는 '모델'에 부여된 일반적 평가와 의미를 비판하거나 재해석하려는 측면은 발견되지 않는다. 이것은 염상섭의 모델소설 창작방법과 뚜렷하게 구별되는 특징이다. 염상섭의 '모델소설'의 창작방법에서 '모델'은 의심하고 비판하고 재해석되는 대상이라면, 심훈의 『상록수』는 이미 현실적인 평가와 의미부여가 완결된 '모델'을 선택하고 그 의미를 더욱 강조하기 위해 작성된 '보고적 성격'을 담고 있다고 할 수 있다. 『상록수』는 이미 존재하는 '모델'이 가지고 있는 의미를 보다 더 강렬하게 하는 것이 목적인 소설이다. 이런 이유 때문에 『상록수』는 인물의 활동을 효과적으로 '보고'하기 위한 서사적 전략에 충실하게 된다. 그리고 심훈에게 보고의 극대화 방법은 '영화적 장면'의 도입을 통해서이다. 장면화의 기법은 이야기의 전개에서 의미 있는 상황을 연출하고 묘사하는 장면에 도입되는데, 이러한 과정에서 농촌운동의 현장이 충실하게 '보고'되는 효과를 획득하게 된다.

의미규정이 완결된 모델의 삶을 선택하고 그 의미를 강조하기 위해 창작된 소설인 까닭에, 『상록수』는 '모델'의 의미를 강조하는 방법으로서 서사적 도구들을 강구하지 않을 수 없었다. 그리고 여기에 소설화의 방법에 작가의 대중지향적 예술관이 작용하고 있다. 심훈에게 '모델'은 보다 많은 대중에게 '보고'되어야 하는 것이다. 저널리즘의 기사가 보도의 정신에 충실하듯이『상록수』도 '모델'의 삶을 '보고'하는 데 일차적인 목적이 있다. 의미 있는 한 인물의 삶을 충실하게 '보도'하기 위해『상록수』는 창작된 것이다. 여기서 심훈이 직접 르포 기자처럼 '모델'을 취재했느냐는 것은 중요하지 않다. 그의 관심은 보도를 어떻게 더 강화할 것인가에 있다. 이러한 현실 '모델'에 대한 작가적 태도가『상록수』에서 인물과 사건의 극화된 장면화의 도입을 가능하게 한 것이라고 할 수 있다.『상록수』의 이러한 특징을 살펴보기 위해, 먼저 현실 '모델'인 최용신의 삶에 대한 당대 저널리즘의 기사문의 보고와『상록수』의 채영신의 삶의 닮음을 살펴보고, 심훈이『상록수』에서 '영화적 장면화'의 방법을 도입한 결과 식민지 조선의 현실을 농촌계몽운동의 현장을 통해 보다 충실하게 '보고'할 수 있었다는 점을 논의해보고자 한다.

먼저, 소설『상록수』는 신문과 잡지의 기사문에 보도된 실존인물 최용신의 삶을 '모델'로 삼은 작품이라는 점에 주목해보자. 샘골에서 헌신적으로 농촌사업을 하던 최용신이 장중첩으로 숨진 것은 1935년 1월 23일이다. 그의 사망 소식은 1월 27일자『조선중앙일보』의 보도를 통해 세상에 알려졌다.[189] 이후 같은 신문에 3월 2일부터 4일까지 3회에 걸쳐 '일기자'에 의해 「썩은 한 개의 밀알 브나로드의 선구자 최용신 양의 일생」이라는 제목으로 연재되었다. 이 신문기사는 잡지『중앙』에 '노천명'의 「샘

---

189 「水原郡下의 先覺者, 無産兒童의 賢母 二十三歲의 一期로 崔容信孃 別世, 事業에 살든 女性」,『조선중앙일보』, 1935.01.27.

ㅅ골의 天使 崔容信孃의 半生」190이라는 제목으로 재수록 되었다. 『중앙』의 기사와 『조선중앙일보』의 기사의 내용이 같다는 점에서 먼저 작성한 『조선중앙일보』의 '일기자'가 노천명임을 알 수 있다. 신문기사로 보도되고 다시 그 자매지에 재수록되며, 다른 여성 잡지에도 방문 취재형식의 보도기사191가 수록되어 있는 점으로 보아, 채용신의 삶과 죽음이 언론사의 관심의 대상이었음을 알 수 있다.

심훈이 노천명이 작성한 최용신에 대한 기사를 읽고 『상록수』의 '모델'을 거기서 구했다는 사실은 쉽게 확인할 수 있는 사항이다. 노천명이 쓴 기사는 1935년 1월 23일에 23세의 나이로 세상을 떠난 최용신의 이력이 먼저 소개한 다음 그의 활약상이 기술되어 있다. 최용신은 본래 원산 태생으로 고향에서 누씨(樓氏)여자보통학교를 1등으로 졸업하고 서울에 있는 신학교(神學校)로 진학하였다. 신학교 재학 중에 하기 방학 때면 농촌에 가서 봉사활동을 했다. 신학교를 졸업하면서 '경성여자 기독교 청년연합회의 파견을 받아 가지고 1931년 봄에 경기도 수원군 샘골이라는 곳으로' 들어왔다. 이러한 정보에 이어 기자에 의해 채용신의 삶에서 취재된 내용을 직접 인용해보면 아래와 같다.

처음에 그가 여기를 드러섯슬 때에는 우선 泉谷里 敎會堂을 빌려 가지고 밤에는 번갈아 가며 農村婦人들과 靑年들을 모아 놓고 가리키고 낮이면은 어린이들을 가리킬 때 배움에 목말라 여기에 모이는 여러 (1)

---

190 『중앙』, 1935.05.
191 일기자, 「영원 불멸의 明珠, 故최용신 양의 밟아온 업적의 길: 천곡학원을 찾아서」, 『신가정』27, 1935.05. 이 기사문은 방문기자가 배날부, 아이들, 전도부인 덕신생 등과의 인터뷰 내용을 기록하는 형식을 취하고 있다는 점이 특징적이다.

아동의 수효가 백여명에 달하고 보니 경찰 당국에서는 80명 더 수용해서는 안된다는 制裁가 잇게 되자 부득불 그 중에서 80명 만을 남기고는 밖으로 내보내야만 할 피치 못할 사정인데 이 말을 듯는 아이들은 제각금 안 나가겠다고 선생님 선생님 하며 최양의 앞으로 닥어 앉이니 이 중에서 누구를 내보내고 누구를 둘 것이냐? 그는 여기서 뜨거운 눈물을 몰래 몰래 씨써가며 억일 수 업슨 명령이매 할 수 없이 80명만 남기고는 밖으로 내보내게 되니 아이들 역시 울며울며 문밖으로 나갓스나 이 집을 떠나지 못하고 담장으로들 넹겨다 보며 이제부터는 매일같이 담장에 매달려 넹겨다 보며 공부를 하게 되엿다. 이 정경을 보는 崔孃은 어떠케든지 해서 저 아이들을 다 수용할 건물을 지어야겟다는 불같은 충동을 받게 되자 (2)그는 농한기를 이용하여 양잠을 하고 양계 기타 농가에서 할 수 잇는 부업을 해가지고 돈을 맨드러서 집을 짓게 되엿스니 여름달 밝은 때를 이용하야 그는 아이들과 껏을 들고 강까로 나가서 모래와 자켓돌들을 날러다가 자기 손으로 순수 흙을 캐며 반죽을 해서 농민들과 갓치 泉谷學術 강습소를 짓게 되엿든 것이다. 이것을 짓고 계산을 해보니 약 800원이 드럿서야 할 것인데, 들은 것은 수백원밖에 되지 않엇다 한다. 그리하야 이 泉谷 講習所의 落成式을 하면서 그 집을 치며 고생하던 이야기를 최양이 하자마자 현장에 몰렷던 사람들 중에서 수백원의 기부금을 얻게 되어 그 동안의 비용든 것을 갚을 수 잇게 되엿다.

이리하야 여기서 사업의 자미를 보는 최양은 밤이나 낮이나 나를 헤아리지 않고 오로지 농민들을 위해 일하다가 천곡리에 흙이 되겟다는 구든 결심 아래서 연약한 자기 몸도 돌보지 않고 그들과 가치 나가 김을 매고 모를 내면 발을 벗고 논에 드러가 모를 내는 일까지 다햇다고 한다. 그뿐 아니라 (3)그는 이 샘골의 의사도 되고 때로는 목사 재판장 서기 노릇을 다 겸햇섯다고 한다. 그래서 동리에서 싸홈을 하다가 머

한국근대소설 미학과 '記者-作家'

리가 깨져도 최선생을 찾으리만큼 최양은 그들에게서 절대 신임을 얻게 되며 과연 샘골 농민들에게 잇서 그의 존재는 地上의 天使와 같이 그들에게 빛낫든 것이다.

최양은 여기서 좀더 배워가지고 와서 그들에게 더 풍부한 것을 주겟다는 마음에서 그는 바로 (4)작년 봄에 神戸 神學校로 공부를 더 하러 떠나게 되엿섯다. 그러나 의외에도 脚氣病에 걸려 가지고 더 풍부한 양식을 준비하러 갓든 그는 건강만을 害처 가지고 작년 가을에 다시 조선을 나오게 되엿슬 때 병든 다리를 끌고 제일 먼저 찾어간 곳은 정든 이 샘골이엇다.(중략)

그러나 이 농민들의 앞날을 다시 한 번 생각할 때 그는 발을 참아 돌리질 못하고 이리저리 주선한 결과 중지상태에 잇든 천곡리의 농촌사업을 다시 계속하는 동시에 수원농고 학생 유지들에게서 野牧里를 위해 한 달에 10원씩 얻기로 되어 그는 두 군데 일을 맛게 되엿다. 여기서 그의 약한 몸은 기름없는 기계와 같이 군소리를 내기 시작햇스니 맹장염을 어더 가지고 남몰래 신음하다가 원체 병이 중태에 빠지매 수원도립명원에 입원을 하곤 복부수술을 하고 보니 소장이 대장 속으로 드러간 이상한 병이엿다 한다. (중략)

(5)최양이 원산누씨여고를 마칠 때 그에게는 원산의 명사십리를 배경으로 하고 싹트는 로맨스가 잇섯스니 명사십리에 힌 모래를 밟으며 푸른 원산의 바다를 두고 그들의 미래는 굿게 굿게 약속되엿든 것이다.[192] 그러면 최양의 연인은 과연 어떤 사람이엿든가? 그 남자 ** 원

---

192 『조선중앙일보』 기사에서는 다음과 같은 문장으로 되어 있다. 여기서 "해당화 핀"이 발견되는 바, 『상록수』에서 〈해당화필 때〉라는 소제목을 쓰고 있음과 관련이 있는 것이다. "이렇듯 못이저 하는 샘골 농민을 어더케 노코 떠나갓스며 더구나 十년이란 긴 세월 남달은 미래를 약속하고 사랑하든 K군을 마지막 떠나는 자리에서 못보고 가는 그 마음 오즉이나 써러웟슬가! 과거 K군과 최양의 로맨스는 원산 명사십리를 배경으로 하고 그들은 해당화 피인 힌 모래 우를 거닐며 남달은 동긔에서 사업

산 사람으로 초양과 한 동네에서 자라난 장래유망한 씩씩한 청년이엇다. 그들이 친구의 계단을 발버서 미래의 일생의 반려자가 될 것을 맹서한 때는 오날 보통청년남녀들에게서는 보기 드문 ***과 빛나는 것이 잇섯스니 그들은 오직 이 땅의 일꾼! 우리는 농촌을 개척하자는 거룩한 사업의 동지로서 굿게 그 마음과 마음의 **가 잇섯든 것이다. 그리하야 십년 동안 **를 해오면서도 그 사랑은 식을 줄을 몰르고 한 번도 감각적 향락에 취해 본 적이 없엇다는 것이다. 언제나 대중을 위하야 몸과 마음을 밧치자는 것이엿다.

그들 역시 젊은 청년이어늘 웨 남만큼 젊은 가슴에 타는 정열이 없엇슬 것이냐마는 이 향락을 위해서 이것을 이긴 것이 얼마나 훌륭하고 장한 일이냐! 특히 작년 봄에 최양이 신호로 공부를 다시 갓슬 때 現今 그곳에서 某 대학에 다니고 잇는 그 약혼자는 최양에게 올해는 우리도 결혼을 하자고 청햇다고 한다. 그러나 어듸까지 이지적이며 대중만을 생각하는 최양의 말은 「공부를 더한다고 드러 와사지고 결혼을 하고 나간다면 이것은 너무나 나 자신만을 생각하는 것이 아니요」하며 거절을 하엿스나 약혼자에게 반항하는 미안한 마음에 그러타고 결혼을 하자니 사업에 방해가 될 것 같은 띨레마에서 그는 무한히 번민햇다고 한다.

이번에 최양이 위독하게 되엿슬 때 물론 그 약혼자에게도 전보를 첫다. 이 급보를 받은 K군인들 오작이나 쮜어나오고 싶엇스랴! 그러나 원수의 돈으로 사라 생전에 나오지를 못하고 천신만고로 路費를 변통해 가지고 이 땅에 다엇슬 때는 임이 연인 최양은 관속에 든 몸이 되엿섯다고 한다. 이를 본 K군은 斷指를 하고 관을 뜨더 달라고 미칠듯키 애통하엿스나 때가 임의 늦엇슴으로 하는 수 없이 죽은 그 얼굴이나마 조지를 못하고 묘지로 향하게 되엿슬 때 그의 애통하는 양은 사람의

의 동지로 결합되엿스니 즉 자기네는 이 땅의 농촌을 위해 이 몸을 바치자는 구든 약속이 잇섯다고 합니다."

눈으로 볼 수 없엇다. 자기의 외투나마 최양의 관 우에 덥허 달라고
해서 이 외투는 최양과 함께 땅에 무덧다고 한다. 그 남자가 최양의
무덤을 치며 목매여 하는 말 (6)「용신아! 웨 네게는 여자들이 다 갓는
그 허영심이 웨 좀 더 없엇드란 말이냐!」하며 정신을 일엇다고 한다.
(중략)

　(7)제가 죽으면 천곡 강습소가 바루 마주보이는 속에다 무더 달라고
유언한 대로 강습소 바루 마진 편에 무치엿스니 만일 그의 망령이 잇
다면 언제나 이 천곡강습소를 위해 기도의 손길을 거두지 못할 것이
다.193(밑줄 강조 및 중략-인용자)

　다소 길게 인용하였지만, 노천명이 작성한 최용신의 삶과 죽음을 기록
한 기사문에서 (1)~(7)의 내용은 『상록수』에서 '채영신'의 삶과 죽음의 일
생에 대한 형상화에서 거의 그대로 다루어지는 것들이다. 기사문에서 (1)
은 채용신의 샘골에서의 농촌활동을 서술하고 있다. 열악한 환경인 교회
당에서 이루어지던 강습에 대한 주재소의 제재와 그로 인해 강습소 건축
의 필요성을 절감한다는 내용이다. (2)는 강습소 건축을 위한 자금을 마련
하기 위해 부업을 하고, 몸소 돌을 나르는 등 일을 하며 기부금을 모금하
는 활동을 했다는 내용이다. (3)은 최용신의 강습 이외의 활동과 마을에서
그녀의 위상을 소개하고 있다. (4)는 일본유학에 대한 것, (5)는 최용신과
K군의 로맨스에 대한 것, (6)과 (7)은 장례식과 관련된 내용이다.
　(1)~(7)의 내용을 『상록수』에서 확인하는 것은 어렵지 않다. 즉 『상록수』
는 기사문의 목적과 다르지 않은 것이다. 기사문에서도 알 수 있듯이 최
용신은 '샘골의 천사', '브나로드 운동의 선구자'라는 식으로 의미가 부여

193　盧天命, 「샘ㅅ골의 天使 崔容信孃의 半生」, 『中央』, 1935.05. 57~58면.

되어 있다. 『상록수』는 '모델'이 가지고 있는 의미를 비판하거나 재해석하지 않는다. 오직 이 '의미'를 더욱 강화하기 위한 방법으로 이야기는 구축되는 것이다. (1)~(7)의 정보를 『상록수』에서는 이야기의 전개에서 보다 극화된 장면화의 방법으로 형상화를 시도한다.

다음은 기사문의 (3)과 (1)의 내용이 수용된 『상록수』의 대목이다.

더구나 아일들이 작난을 하다가 다치거나 뱃탈이 나든지 하면 으레히 「선생님」을 부르며 달려오고, (가)나중에는 동리사람들까지 영신을 무슨 고명한 의사로 아는지

「채선생님 제 둘재 새끼가 복학을 알는뎁쇼. 신효헌 약이 없습니까?」

(중략)

그뿐 아니라, (나)영신은 이따금 재판장 노릇까지도 하게 된다. 아이들끼리 재그락거리는 싸움은 달래고 타일르고 하면 평정이 되지만, 어른들의 싸움 그 중에도 내외싸움까지 판결을 나려달라는 데는 기가 탁 막힐 노릇이엇다.

(중략)

영신과 주재소 주임 사이에 주고 받은 만흔 대화나 그밖의 이야기는 기록지 안는다. 그러나 호출한 요령만 따서 말하면

「첫째는 예배당이 좁고 후락해서 위험하니 아동을 八十명 이외에는 한 사람도 더 받지 말라는 것과, 둘째는 기부금을 내라고 돌아다니며 너무 강제 비슷이 청하면 법률에 저촉된다」는 것을 단단히 주의하는 것이었다.

(중략)

(다)그는 분필을 집어가지고 교단 앞에서 3분의 1가량 되는 데까지 와서는 동편 짝 끝에서부터 서편 짝 창밑까지 한 一자로 금을 주욱 그

<u>엇다.</u> 그리고 아이들이 오는 것을 기다렷다가 예배당문을 반쪽만 열엇다. 아이들은 여늬 때와 조금도 다름이 없이 재껄거리며 앞을 다투어 우루루 몰려들어 온다.

(중략)

영신은 五십여명이나 되는 아이들에게 애워싸엿다.

「선생님!」

「선생님!」

「뒤깐에 갓다가 죄꼼 늦게 왔는데요.」

「선생님, 난 막동이 버덤두 먼첨 온 걸, 저 차순이도 밧세요.」

「선생님, 내 낼부텀 일즉 오께요. 선생님 버덤두 일즉 오께요.」

「선생님, 저 좀 보세요. 절 좀 보세요 인전 아침도 안먹고 오께, 가라구 그러지 마세요, 네네.」

아이들은 엎으러지며 고프러지며 앞을 다투어 교단위로 올라와서, 등을 밀려 넘어지는 아이에, 발들을 밟히고 우는 아이에, 가뜩이나 머리가 히-ㅇ한 영신은 정신이 아찔 아찔해서, 강도상 모소리를 잡고 간신히 서잇다. 제몸둥이로 서잇는 것이 아니라, 아이들에게 포위를 당해서, 쓸어지려는 몸이 억지로 떠받들여 잇는 것이다.

(중략)

창밖을 내다보던 영신은 다시금 코ㅅ마루가 시큰 해졋다. 예배당을 에둘른 앝으막한 담에는, 쫓겨나간 아이들이 머리만 내밀고 조-ㄱ 매달려서 담안을 넘겨다 보고 잇지 안은가. 고목이 된 뽕나무 가지에 닥지 닥지 열린 것은 틀림없는 사람의 열매다. 그 중에도 키가 작은 게집애들은 나무에도 기어올르지를 못하고, 땅바닥에가 주저앉어서 홀짝거리고 울기만 한다.

(중략)

그러한 상태로 얼마동안을 지냇다. 그래도 쫓겨나간 아이들은 날마다 제시간에 와서 담을 넘겨다보며 땅바닥에 업드려 손가락이나 막대기로 글씨를 익히며 흩어질 줄 모른다. 주학과 야학으로 갈르고는 싶으나 저녁에는 부인야학이 잇어서 번차례로 가르칠 수도 없엇다.

「집을 지어야겟다. 무슨 짓을 해서든지 하루 바삐 학원을 짓고 나가야겟다!」

영신의 결심은 나날이 굳어갓다. 그러나 그 결심으로는 일이 되지 못하엿다. 그는 원재와 교회일을 보는 청년들에게 임시로, 강습하는 일을 맡기고는 청석학원기성회 회원 방명부(靑石學院期成會 會員 芳名簿)를 꾸며 가지고 다시 돈을 청하러 낫섯다.194(밑줄 강조 및 중략-인용자)

기사문 (3)에서 최용신의 샘골 주민을 위한 헌신적인 활동과 주민들의 절대 신임을 얻게 되는 내용이 2문장으로 서술되어 있다. 마을에서 '의사, 목사, 서기, 재판장'의 역할을 했다는 정보에서, 『상록수』에서는 (가)와 (나)에서처럼 의사와 재판장 역할의 상황을 제시한다. 인용에서 '중략'을 했지만 의사 역할, 재판장 역할에 대한 에피소드를 각각 소개하는 내용이 뒤에 이어져 있다. 이렇게 '모델'의 의미를 강화시키기 위해 기사문에 주어진 정보를 바탕으로 소설적 상황을 만들고 그 상황을 극화시키는 서술 방법을 취하고 있는 것이다. 그 대표적인 것이 (다)이다. 기사문 (1)의 내용을 『상록수』의 (다)에서처럼 극화하는 방법을 취한다. 기사문에서는 기록되지 않았던 '한 一자'를 긋는 (다)의 장면은 의미를 강화하기 위한 예술적 전략 혹은 장치에 해당하는 것이다. 뒤에서 『상록수』의 서사 전략으로 도입된 영화적 상상력에 대해 논의하게 되겠지만, (다)의 '한 一자'의 상상력은 스크린에 클로즈-업으로 투사된 장면을 염두에 두었기 때문에 가능

---

194 조남현 주해, 『심훈 상록수』, 서울대학교출판부, 1996. 131~138면.

한 것이다. 따라서 '한 一字'의 상상력은 주재소의 강압을 시각적 상징으로 보여주는 동시에 아이들이 그 선의 의미를 받아들이는 방식을 묘사함으로써 '눈물'겨운 장면을 연출할 수 있는 것이다. 이러한 극적인 상황의 연출로 설정되는 '장면화'에는 작가의 영화적 상상력이 강력하게 작용하고 있다.

1935년 조선의 농촌운동 차원에서 볼 때, 『상록수』의 '채영신'의 서사는 식민지 기독교의 농촌계몽운동의 차원과 "아는 것이 힘이다 배워야 산다"를 표제로 내걸고 진행된 1929년부터 진행된 『조선일보』의 '귀향학생문자보급운동' 그리고 1931년부터 『동아일보』가 '한글과 숫자 강습'을 목적으로 실시한 '학생 하기 브나로드 운동'의 차원을 담당하고 있다. 채영신의 농촌운동은 그 자체로 『상록수』의 서사 속에 완결된 형태로 존재한다. '최용신傳'을 모델로 수용하면서 그의 삶의 국면을 분할하여 서사 구조를 마련한 뒤 에피소드를 그의 활약상을 강화하는 장면에 활용하고 있기 때문이다. 『상록수』에서 채영신의 농촌운동은 '최용신'의 그것을 충실히 담아내는 데 그친다. 기독교 농촌계몽운동의 한계에 대한 비판이 가해지지 않는 것은 아니지만 그렇다고 채영신의 활약상을 비판하지는 않는다. 여성 농촌계몽운동가이면서 브나로드 운동가인 최용신[195]의 열정과 희생을 극대화하기 위하여 채영신의 서사는 존재할 뿐이다. 심훈이 『조선일보』에 근무할 당시에 '문자보급운동'이 실시되었고 『동아일보』의 '브나로드 운동'에 참가한 학생들을 '조선의 영웅'이라고 칭송하고 있었다. 심훈은 이 운동에 참여하여 계몽을 실천하는 학생들의 열정에 찬사를 보내며

---

195 김인식, 「최용신의 농촌운동론-농촌계몽론자에서 브나로드운동가로」, 『숭실사학』 31, 2013.

실천하지 않는 자신의 삶을 반성하는 계기로 삼는다. 이러한 작가적 계기가 『상록수』의 채영신의 서사를 구축할 수 있었던 것이다.

한편 뒤에서 논의하겠지만 『상록수』에서 박동혁의 서사는 식민지 조선 농촌운동의 방향성 모색을 담당하고 있다. 이러한 측면에서 보면 박동혁의 서사는 작가의 상상력의 산물일 수밖에 없다. '최용신전'에서 그녀의 로맨스 대상으로 소개된 'K'의 삶을 재료로 삼았을 수도 있겠지만, 박동혁의 서사는 1935년 당시의 조선 농촌운동의 상황을 '보고'하고 나아갈 방향을 전망하는 차원을 담당하기 위해 고안된 것이다. 『상록수』에서 박동혁의 서사는 1934년 총독부에 의해 '조선농지령'이 시행된 직후 관제 농촌진흥운동에 의해 식민지 조선의 자발적 농촌운동 조직들이 포섭되거나 해체되는 상황을 '보고'하는 역할을 담당하고 있기 때문이다. 박동혁은 한곡리에 동지들과 함께 농우회를 설립한다. 한곡리를 관제나 지주의 간섭으로부터 자유로운 자치촌으로 만들기 위해 농우회를 설립했지만, 관제 농촌진흥회에 의해 포섭 당하게 된다. 박동혁이 한곡리를 비운 사이 강기천이 농우회를 장악하고 이름을 농촌진흥회로 바꾸는 사건은 총독부의 농촌진흥운동이 농촌현실에 어떻게 작동하고 있는지를 여실히 보여주는 대목이다.

이상에서 『상록수』는 채영신의 서사와 박동혁의 서사는 농촌운동의 각기 다른 차원을 보여주기 위해 구축되었음을 살펴보았다. 채영신의 서사가 계몽활동가의 열정과 희생적인 면모를 강화하는 차원을 담당하게 된 것은 현실이 '모델'을 취했기 때문이라고 할 수 있으며, 박동혁의 서사는 조선의 자발적인 농촌운동들이 직면한 위기를 보여주기 위해 창조된 것이다.

이렇듯 『상록수』는 계몽적 과제를 부여받은 남녀 영웅적 인물의 희생적 삶을 극대화하여 보여주기 위한 목적에서 창작되었다. 『상록수』의 이야기 전개와 서사 전략적 측면에서 대중성 획득의 방법은 심훈의 영화 체험으로부터 가능했다. 『상록수』의 미적 성과는 '영화적 장면화'를 통한 '현장-보고적' 성격의 획득에 있다고 하겠다. 따라서 심훈의 영화예술에 대한 대중미학적 관심이 『상록수』의 서사 전략과 장면 구성에 어떻게 영향을 끼치고 있는지 분석해 볼 필요가 있다.[196]

영화제작자로서 심훈이 강조하는 영화의 내용과 형식은 언제나 문학적 관점과의 구별을 통해서 설명되고 있다. 영화는 '문학적 내용을 이야기해 주는 것'이 아니라는 점을 강조하면서 영화는 영화자체의 미학으로 표현된다는 것이다. 그 가운데 '영화적인 스토리의 단순성'을 유독 강조하고 있다. 영화자체의 미학은 '영화적 스토리의 단순성'을 바탕으로 영화제작자의 능력이 발휘되어 획득할 수 있다는 것이다.[197] 여기서 심훈이 주장하는 '영화적 스토리의 단순성'은 영화가 극 장르이기 때문에 소설과 달리 "이야기의 생략법이 각색 상 가장 중요한 것"[198]이라는 주장으로 이어지는 것이기도 하다. '생략법'으로 이루어진 최소한의 스토리를 바탕으로 영화는 "말의 힘을 빌리지 않고 사건을 발전시키는"[199] 것이라는 것이다. 비록 심훈이 '스토리의 단순성'을 문학과 영화의 구별을 위해 주장하고 있는 것이긴 하지만, 이야기를 어떻게 표현할 것인가의 문제에 있어 "충

196 심훈의 영화체험과 『상록수』의 관련 사항에 대한 이하 내용은 다음 논문에서 다룬 것을 본 논문의 내용에 맞게 수정 보완한 것임을 밝혀둔다. 졸고, 「영화감독 심훈의 소설 『상록수』 연구」, 『현대문학연구』21, 2007.04.
197 심훈, 「문예작품의 영화화 문제」, 『문예공론』, 1929.01.
198 심훈, 「상해영화인의 '양자강' 인상기」, 『조선일보』, 1931.05.05.
199 심훈, 「'최후의 인' 내용가치─단성사 상영중」, 『조선일보』, 1929.01.14.

분히 무식한 사람도 이해할 수 있도록 설명"[200]해야 한다는 조건에 유의할 필요가 있다. 이 조건은 심훈의 대중소통지향 예술관이기도 한데, 일반 서사물에 대한 인식에 해당하는 것이기도 하다. 심훈이 영화에 대한 인식을 통해 피력하고 있는 '이야기의 단순성'은 그의 소설의 구성방법에도 투영되어 있음을 확인할 수 있다. 『상록수』는 기사문의 형식으로 존재하는 '모델'의 이야기를 바탕으로 창작되었다. 영웅적인 '모델'인물의 이야기는 단순한 이야기 구조를 가지고 있으며, 스토리의 단순성을 극화시키는 방법은 다양한 에피소드의 삽입과 이야기 상황의 장면화이다.

그간에 여러 논자들이 『상록수』의 몇몇 '인상적인 장면'에 대해 언급한 바 있다.[201] 그들이 꼽고 있는 장면은 두레 '장면'이나 한낭청집 회갑연 '장면' 그리고 채영신이 예배당에서 쫓겨난 아이들과 함께 글을 가르치고 배우는 '장면' 등이다. 그러나 『상록수』의 이른바 '명장면'은 그 자체로 인상적이고 감동적인 데 머무는 것이 아니라 작품의 중요한 서사구성 원리에 해당하는 것[202]이기도 하다. 여기서 논자들이 사용하는 '장면'이라는 말은 우리가 일반적으로 사용하는 의미의 '씬scene'에 해당하는 것이다. 영화언어의 개념에서 '샷'과 '샷'의 결합으로 이루어진 것이 '씬scene'이다. 그리고 '씬'과 '씬'의 결합으로 이루어진 것이 '시퀀스(sequence)'이다. 이러한 영화언어의 개념을 소설에 그대로 대입시키는 것은 무리라고 할 수

---

200 심훈, 「문예작품의 영화화 문제」, 『문예공론』, 1929.01.
201 송백헌, 「심훈의 『상록수』-희생양의 이미지」, 『심상』, 1981.07. 97면. ; 조남현, 「『상록수』연구」, 조남현 주해, 『상록수』, 서울대학교출판부, 1996. 376면. ; 김윤식, 「문화계몽주의의 유형과 그 성격-『상록수』의 문제점」, 경원대학교 편, 『언어와 문학』, 역락, 2001. 45면.
202 김종욱, 「『상록수』의 '통속성'과 영화적 구성 원리」, 『외국문학』, 1993.봄.

있다. 영상과 문자의 단위들을 비교의 차원에서 설명할 때 유용할 뿐이다. 그런데 소설 『상록수』의 '장면scene' 단위들을 분석하는 데 있어 참고할 수 있는 텍스트가 존재한다. 그것은 그간에 소설 『상록수』를 논의함에 있어 참고한 적이 없는 시나리오 『상록수』가 그것이다. 작가가 직접 각색한 시나리오 『상록수』[203]를 참고한다면 소설 『상록수』가 얼마나 '장면'을 중심으로 이루어졌는가를 확인해볼 수 있다.

영화제작을 위해 각색된 시나리오 『상록수』와 소설 『상록수』의 비교는 여러 가지 차원에서 이루어질 수 있을 것이다. 본고는 소설 『상록수』의 서사구성 원리를 밝히기 위해 시나리오 『상록수』의 '장면' 단위에 주목하려고 한다. 시나리오에서 명확하게 구획되어 있는 '씬scene'의 도움을 받으면 결과적으로 그것이 소설 『상록수』의 서사구성 방법과 크게 다르지 않음을 확인할 수 있고, 그간에 소설 『상록수』가 갈등이 부재한다거나 서사전개의 내적 계기가 부족하다는 평가를 받은 근본적인 이유가 '장면' 중심의 서사구성 방법을 체득한 영화감독으로서의 심훈의 욕망이 투사된 것이기 때문이라는 점을 알 수 있다.

소설이 시나리오로 각색되는 과정에서 보인 변화를 영화매체의 특수성이라는 매체차이에 기인하는 것이라는 점은 명백하다. 그러나 시나리오 『상록수』의 '씬scene'과 소설 『상록수』의 '장면'들은 별 차이를 보이지 않는다. 그렇다고 소설 『상록수』가 '장면'들의 결합으로 이루어진 작품이라고 단정해서는 곤란하다. 같은 작가의 원작에 충실한 각색이기 때문에 그럴 수 있기 때문이다. 그런데 소설 『상록수』의 경우 시나리오로

---

203 시나리오 『상록수』는 『심훈문학전집3』(탐구당, 1966)에 수록되어 있다. 445~511면.

각색되면서 삭제되거나 변형된 부분이 함의하는 바가 바로 소설『상록수』의 특징과 닿아있다는 점에서 시나리오와의 비교가 의미가 있다.

소설의 각색인 시나리오에서 뚜렷하게 보이는 차이를 요약하면 다음과 같다.

소설『상록수』	시나리오『상록수』
'백현경의 집' 장면	'다방장면'으로 바뀜
'동화'의 방화(放火)미수	'동화'의 부상과 방화 성공
'건배'의 배신-동화 직접 전달	'동화'의 편지로 전달
'기만'에 대한 내용	등장하지 않음
한낭청집주인 회갑연	삭제('청석학원신축장' 장면에 수렴)
'채영신'과 '김정근'의 관계	삭제('김정근' 등장하지 않음)
추석날의 학예회와 모금	삭제
'채영신'의 유학생활	삭제
'동혁'의 모범촌 방문	삭제
'강기천'의 죽음, '건배'와의 화해	삭제

이상의 소설『상록수』와 그 각색본인 시나리오『상록수』의 차이에서 확인할 수 사항들 가운데 시나리오에서 변형되거나 삭제된 사항들은 대부분 영화제작의 현실을 고려한 까닭에 이루어진 것일 것이다. 특히 소설에서 인상적인 장면인 한낭청집 회갑연과 추석날 예배당에서의 학예회의 경우 시나리오에서 '청석학원신축기성회 會場'이라는 한 장면으로 수렴되어 있다. 소설에서 이 장면들은 채영신의 기부금 모금활동이라는

측면에서 제시되어 있다. 그러나 시나리오에서는 영화제작 현실을 고려해 한 장면으로 처리될 수밖에 없었을 것이다. 한편 소설에서 '동화'에 대한 서술에서 확보하지 못한 인과적인 계기를 시나리오에서는 확보하고 있음을 확인할 수 있다. 즉 소설에서 '동화'는 형 '동혁'처럼 학교교육을 받게 해주지 않는 부모님께 반항심을 가지고 있으며 그러한 반항심과 불만은 얼마간 사회에 대한 저항으로 표출되고 있다. 농우회회관이 '강기천'의 진흥회회관으로 매수되자 그에 불만을 품은 '동화'는 '방화'를 시도하지만 미수에 그치고 '동혁'이 그 책임을 지고 구속되며 자신은 중국으로 도망을 친다. '동화'에 대한 서술에서 반항심과 저항의 내적 계기들은 거의 서술되어 있지 않다. 그러나 시나리오에서는 '동화'가 농우회회관을 짓는 과정에서 대들보를 올리는 일을 하다가 '면서기'가 나타나고 그를 응시하다가 떨어진다. 그리고 다리를 다쳤고 이후 절름발이로 등장한다. 이렇게 '면서기'로 인해 훼손당한 신체를 끌고 다니며 결국 방화를 저지르는 것이다. '동혁'의 신체적 훼손과 사회 계급적 저항은 시나리오에서 긴박한 '숏'들로 결합되어 불길이 치솟는 회관 '씬'을 통해 상징적인 장면을 연출할 수 있었다.

이러한 영화화를 위한 각색의 과정에 드러난 차이는 이밖에도 더 많이 확인할 수 있다. 여기서는 그 차이의 분석이 목적이 아니라 소설 『상록수』의 서사적 특징을 밝혀주는 사항을 확인하는 것이다. 그것은 각색된 시나리오에서 삭제된 대부분 사항의 경우를 어떻게 이해하는 것인가의 문제와 연관된 것이다. 위에서 제시한 두 텍스트의 차이에서 각색의 과정에 삭제된 소설의 항목들을 보면, '김기만', '김정근', '백현경의 집', '채영신'의 유학생활 등이라는 것을 알 수 있다. 소설 『상록수』에서 위의 인물과 사항 등에 대한 서술은 다소 상세하게 이루어져 있다. 그러나 삭제된 내용들은 공통적으로 소설의 서사 전개과정에서 중심 서사에 해당하지 않는 것들이다. 다시 말해 소설의 서사를 확장시키거나 새로운 갈등의 양상으로 더 이상 전개되지 않거나 미약하게 서술되는 사항들이다.

'김기만'은 소설의 전반부에서 한곡리 지주의 둘째 아들로 등장해 농우회에 다소 우호적인 입장을 표명하고 아버지와 형('강기천')에 대한 반항의 모습을 얼마간 보이는 인물로 형상화되어 있다. '채영신'의 시각에서 '박동혁'과 대비되어 그의 부정적인 부면만 언급되고 이후 서사의 전개과정에서 사라져버린다. 그리고 '채영신'을 둘러싼 '박동혁'과 '김정근'의 관계 역시 소설 속에서 통상적인 삼각관계조차 형성하지 못한다. '채영신'은 너무도 쉽게 '김정근'을 거절하며, 모친의 위급한 상황을 만들면서까지 자신의 사랑을 표하는 '김기만'이지만 '채영신'의 '설교'에 너무도 쉽게 포기한다. 따라서 이 세 인물들의 갈등은 소설의 서사에서 성립되자마자 사라져버린다. 그리고 '채영신의 유학생활'의 경우도 영화화의 어려움으로 삭제되었다고 할 수 있지만 소설에서도 주인공의 향수병만 자극시키는 차원에서 서술될 뿐 이후 농촌계몽활동에 어떤 계기로도 작용하지 않는다. 한편 '박동혁'의 기독교적 차원의 문화계몽활동에 대한 비판이라든지 '경제운동'으로서의 농촌운동에 대한 내용도 인물의 직접적인 언술을 통해 서술된 사항들이라는 점에서 소설에서도 시나리오에서도 이에 대한 구체적인 형상화나 '장면'으로 서사 속에 자리를 잡지 못하고 있다.

이러한 시나리오에서 삭제된 사항들의 특성은 소설『상록수』에서 중심 서사를 형성하지 못하고 있거나 새로운 갈등을 형성하지도 못하는 것이라는 점을 알 수 있다. 이렇게 보면 사실 소설『상록수』는 시나리오

한국근대소설 미학과 '記者-作家'

의 '단순한 스토리'를 바탕으로 소설적 형상화가 이루어진 형국이다. 『상록수』에서는 서사적 전개과정에서 서사를 확장시킬 수 있는 계기들을 마련하는 동시에 생략하거나 더 이상 다루지 않는다. 오직 두 주인공의 '운동'과 '사랑'에 대한 열정과 헌신의 모습만을 부각시키는 데 모두 집중되는 것이다. 따라서 『상록수』는 최소한의 스토리를 진행시키면서 두 주인공의 '운동'의 활약상과 인상적인 장면을 연출하는 데 묘사가 집중되고 있는 형국이라고 할 수 있다.

그렇다면 이제 소설 『상록수』의 '장면'들은 어떤 의미를 가지며 그 결합으로 주제의 효과를 어떻게 극대화하고 있는지 살펴볼 필요가 생긴다. 그것은 곧 『상록수』의 형식과 내용이 조응하고 있는 지점에 대한 물음이기도 하다. 『상록수』는 박동혁과 채영신이라는 젊은 두 청년의 '계몽운동'과 '사랑'에 대한 이야기이다. 두 인물은 현실에 천착하며 부단히 흔들리고 고민하는 내면의 과정을 보여주는 이른바 '문제적 개인'이라고 할 수 없다. 그들의 내면은 이미 확고부동한 '각오'를 가지고 있으며 그들에게 암울한 현실은 극복의 대상으로 명확하게 주어져 있을 뿐이다. 이는 『상록수』가 현실에 존재하는 영웅적 인물을 '모델'로 취하고 있기 때문이다. 그 모델에 대한 새로운 평가나 해석이 목적이 아니라 그 영웅성을 강화하는 것이 목적인 것이다. 따라서 이미 해결해야할 과제가 주어져 있기 때문에 그것을 해결하는 과정이 서사의 내용을 이룰 뿐이다. 그런데 그 과제가 작품 속에서 드러나는 방법과 구조는 주인공의 '연설'과 '웅변'이라는 직접적인 언술을 통해서이다. 『상록수』에서 주인공들의 연설과 웅변의 방법은 사랑이라는 개인적 욕망의 추구에서부터 사회적 욕망의 차원에까지 닿아있는 계몽의 차원에 해당하는 것이다. 소설 속에서 주인공들이 청중들 앞에서 하는 연설은 청중들의 불합리를 폭로하고 '양심'을 움직이게 한다는 의미에서 '설득의 수사학'이라고 할 수 있다.

'설득의 수사학'은 청중을 감동시킨 연설자에게 유리한 행동으로 내몰려는 언어의 기술로써 일종의 정치적 연설이다.204 다른 사람으로 하여금 행동하도록 하는 말을 할 때, 전언의 중심은 수신자에게로 집중되며, 그 기능은 선동적이다. 선동적 전언은 그것이 옳으냐 그르냐보다 내가 말을 할 수 있는 권리를 지녔는가의 문제이다.205 박동혁과 채영신은 순수한 열정과 헌신적인 모습으로 이 권리를 부여받으며 '집짓기'의 당위성을 역설할 수 있었다. 하지만 박동혁이 한곡리 청년들로부터 그러한 권리를 획득하는 과정은 생략되어 있는데 그것은 작품의 현실성을 작품외부에서 제공받는 것으로 볼 수 있다.206 브나로드운동과 농촌계몽운동이라는 당대의 시대담론은 소설의 첫 장면, 즉 '학생계몽운동 간친회'에서의 박동혁의 '연설 장면' 속에 이미 그 권리를 부여해주고 있는 것이다.

『상록수』의 이와 같은 계몽의 구조와 방법에서 연설의 내용은 앞에서 박동혁의 서사가 담당하는 농촌운동에 대한 것이다. 그것은 문화운동으로서의 농촌운동을 극복하고 경제운동으로서 농촌운동을 펼치며, 고리대금업을 금지하고 농지령의 개혁, 반상철폐와 관혼상제의 비용 절약 등을 실천하는 것이다.207 이러한 계몽의 내용, 즉 연설의 내용은 어떤 서사적

---

204 박우수, 『수사적 인간』, 도서출판 민, 1995, 18면.
205 Olivier Reboul, 『언어와 이데올로기』, 홍재성·권요룡 역, 역사비평사, 1995. 55면.
206 『상록수』의 작품의 리얼리티의 확보는 당대의 농촌계몽운동이라는 사회적 배경과 작품의 인물과 배경이 현실의 모델을 바탕으로 쓰여진 작품이라는 점 또한 중요한 사항이라고 할 수 있다. 『상록수』에 대한 논의 가운데 채영신과 그의 모델인 최용신의 관계에 대한 연구로는 조남현의 「『상록수』 연구」(『인문논총』35, 서울대 인문학연구소, 1996)와 류양선의 「심훈의 『상록수』 모델론」(『한국현대문학연구』13, 2003.06) 참고.

계기를 확보하거나 인물의 반성적 사유를 통해 확보되는 것이라기보다는 이미 주어져 있는 것이며, 그것은 오직 주인공 '박동혁'의 직접적인 언술을 통해 드러나 있다. 따라서 『상록수』에서 주인공의 언술을 통해 확인되는 계몽운동의 내용을 작가의 사상적 차원의 깊이로 직접 평가하는 것은 표면적인 지적에 그치기 십상이다. 중요한 것은 『상록수』가 이러한 메시지를 어떻게 전달하고 있는가 라는 그 방법에 주목해야 한다. 왜냐하면 바로 이러한 메시지를 담고 있는 한 장면을 찾기 위해 고심하고 그것의 결합을 통해 의미를 강화시키는 방법이 『상록수』의 특성이기 때문이다.

비유하자면 영화감독은 일종의 수집가라고 할 수 있다. 영화감독 안드레이 타르코프스키는 "영화감독은 자신이 수집한 수많은 쇼트들 가운데 가장 소중한 부분과 조각들로 구성하여 최종적으로 확정한 하나의 생명체를 스크린에 전시하는 것"[208]이라고 말한바 있다. 여기서 그는 영화감독이 수집하는 것은 영화의 최소 서술 단위인 '샷shot'이라고 하고 있지만, 그것은 '장면'이라고 해석해도 의미는 다르지 않다. 영화감독으로서 심훈은 '수집한' 장면을 간직하고 있었다. 그것은 영화를 제작하기 위한 부분과 조각들이었지만 영화제작에서 보여주기 전에 『상록수』를 쓰는 가운데 적절한 자리를 잡아 끼어들고 있는 경우라고 할 수 있다.

『상록수』는 농촌계몽의 메시지가 담긴 '운동'의 장면과 '연애'의 장면으로 구축된다. 강렬한 장면을 연출하기 위해 소설의 나머지 이야기는 서사적 계기로 작용하지 못하거나 생략된다. 두 주인공의 농촌계몽운동의 활동을 압축적으로 보여줄 수 있는 장면을 구축하게 된다. 그들의 활

---

207 이 내용은 296~298면에 걸쳐 '박동혁'의 연설로 표출되고 있는 것을 정리한 것이다.
208 Andrej Tarkowskij, 『봉인된 시간』, 김창우 옮김, 분도출판사, 1991. 183면.

동은 '집짓기'의 장면과 낙성식의 장면에서 연설의 방법을 동반하면서 그 효과를 극대화하는 방식으로 묘사되는 것이다. 박동혁의 농촌계몽운동의 활약상은 한곡리의 아침 체조 장면, '공동답' 장면, 회관 정초장의 '두레' 장면, 회관 낙성식 장면 등으로 구성되어 있다. 그리고 채영신의 계몽운동 활약상은 좁은 예배당에서 아이들에게 글 가르치는 장면, 한낭청집 회갑연에서 기부금을 걷는 연설 장면, '청석학원'을 혼자 짓는 장면, 낙성식 장면 등으로 구성되어 있다. 이러한 장면들은 계몽의 차원에서 구축된 장면이라고 할 수 있다.

그리고 연애의 장면은 한곡리를 방문하는 영신을 맞이하는 동혁의 부둣가 장면, '해당화 필 때'의 해변 장면, 맹장 수술로 입원한 영신과 간호하는 동혁의 병실 장면 그리고 장례식 장면 등이 그것이다. 이러한 연애의 장면은 낭만적인 분위기를 연출하기 위한 묘사가 중심을 이루고 있다. 대표적인 것이 유명한 '해당화 필 때'의 장면이다.

『상록수』에서 심혈을 기울여 서술하고 있는 장면 가운데 '두레 장면'과 '한낭청집 회갑연' 장면의 경우가 영화제작을 위해 수집한 '장면'을 소설에서 보여주고 있는 것이라고 할 수 있다.

> 한곡리의 안산인 쇠대갈산 마루태기에 음력 七월의 초생달은 명색만 떳다가 구름속으로 잠겼는데, 동리 한복판은 은행나무가선 언덕우에는, 난대없는 화광이 여기 저기서 일어난다.(156면)

위의 인용문은 한곡리 '농우회관 정초장'의 장면을 묘사하는 첫 대목이다. 이후의 대목은 농우회원들의 '지경요 소리'와 각처의 두레가 다 모여

내는 풍물소리가 함께 어우러지는 이른바 '두레' 장면을 묘사하고 있다.

> 그럭저럭 언덕아래는 머슴설날이라는 二月초하루나 추석날저녁버
> 덤도 더 풍성풍성해것다. 각처 두레가 다모여들어, 한데 모엿다 흩어것
> 다하며, 징 꽹과리를 깨어져라고 뚜들겨대는데, 장구잡이도 신명이나
> 서 장구채를 이손저손 바꾸어지며 으쓱으쓱 억개춤을 춘다.
> -중략-
> 그광경을 바라보고 섯던 동혁은
> 「야-오늘밤엔 우리가 산것같구나!!」
> 하고 부르짖으며 징을빼앗어들고 꽝꽝치면서 재비꾼속으로 뛰어들
> 었다. 키장다리 건배도 짓대를 꼰아들고 섯다가 그 황새다리로 껑충껑
> 충 춤을추며 돌아다닌다. 다른회원들도 어느틈에 두레꾼속으로 하나
> 둘씩 섞어들어 갔다.
> 아들이 동리일만 한다고 눈살을 찌프리던 동혁의 아버지 박첨지도 늙
> 은축들과 술이 건화하게 취해가지고 와서는.. -이하 생략-(158~159면)

위의 '두레' 장면의 묘사와 관련하여 심훈이 어느 글에서 이기영의 『고
향』의 '두레'의 장면을 격찬한 바 있음을 주지할 필요가 있다. 그는 "二月
初一日 俗稱 머슴 설날 우리집 마당에서 풍물을 잡히며 두레꾼들이 手舞足
蹈하는 情景을 보고 印象에 깊은 바 있어 斷篇 하나를 써보려다가 李氏의
小說을 읽고 붓을 던져 버렸다"[209]고 말한 바 있다. 이러한 고백에서 알
수 있듯이 심훈이 목격한 '두레의 情景'은 강인한 것이었으며 『상록수』의
장면으로 자연스럽게 제자리를 찾아 끼어들 수 있었던 것이다. 위에서

---

209 심훈, 「무딘 연장과 녹이 슬은 무기-언어와 문장에 관한 偶感」, 『동아일보』, 1934.06.15.

인용한 '두레 장면'은 마을의 모든 농민을 하나로 불러 모아 '두레'를 노는 장면 속에 갈등 해소라는 의미와 그 장소가 한곡리 농우회회관 '정초장'이라는 점을 통해 자립적 경제운동을 위한 '시작'이라는 의미를 획득한다. 다시 말해 '두레 장면'은 아버지 세대와의 갈등이 해소되면서 청년들의 '운동'은 회원들만의 일이 아니라 '대동(大同)'의 힘으로 가능하다는 의미를 담고 있는 것이다.

한편 채영신의 활약상에서 두드러진 대목은 '한낭청집 환갑연 장면'이다. 채영신은 청석동강습소가 열악하고 주재소에 의해 폐쇄를 당할 위기에 처하자 학원을 짓기 위해 기부금 모금에 발벗고 나선다. 하루는 평소이 핑계 저 핑계 대면서 면회를 해주지 않는 한낭청이라는 부잣집에 기부금을 받으러 간다. 다음은 온갖 풍물과 광대놀이가 펼쳐지는 한낭청집 주인영감의 환갑잔치가 묘사되고 난 후 이어지는 장면이다.

> 영신은 마당 한복판으로 썩 나섯다.
> 「우리들이 댁에 뭘얻어 먹으러 온줄 압니까?」
> 그 목소리는 송곳끝 같다.
> 「그 그럼 머 뭘허러 왓노?」
> 「돈을 하두 흔허게 쓰신다길래 여기 순수 적어주신 기부금을 받으러 왔습니다!」
> 영신은 주인을 똑바루 쳐다보며 기부금명부를 싼 책보를 끌른다.
> (중략)
> 손들과 구경꾼들이며 기생, 광대 할것없이 어안이 벙벙해서여선생을 주목한다. 영신은 마당가득 찬 여러사람을 향해서
> 「여러분, 이런 공평지 못한일이 세상에 잇습니까?어느누구는 자기

환갑이라고 이러케 질탕이 노는데 배우는데까지 굶주리는 이 어린이
들은 비바람을 가릴집 한간이 없어서 그나마 길바닥으로 쫓겨낫습니
다. 원숭이 새끼처럼 담이나 나뭇가지에 매달려서 글배는 입내를 내고
요 조 가느다란 손고락의 손톱이 달토록 땅바닥에다 글씨를 씁니다.」

하고 얼굴이 새빨개지며 목구녁에 피를 끌이는듯한 어조로

「여러분 이 아이들은 도대체 누구의 자손입니까? 눈이 눈물이 잇고
가죽속에 붉은피가 도는 사람이면 그 술이 참아목구녁에 넘어갑니까?
기생이나 광대를 불러서 세월 가는줄 모르구 놀아두 이 가슴이 양심이
아프지 안습니까?」

하고 부르짖으며 저의 앙가심을 주먹으로 친다.(152~153면)

이 장면은 영화제작자로서 심훈이 『춘향전』의 영화화를 시도하면서 수
집해둔 영상 장면의 하나였다고 볼 수 있다. 심훈은 1935년에 『춘향전』을
영화화하기 위해 몇 년 전부터 그것을 각색해보려고 근 6, 7종에 이르는
이본들을 검토한 뒤, "일종의 情艶哀史로 취급하지 말고 「金樽美酒 千人
血, 玉盤佳布 萬姓膏」의 一聯詩를 중심사상으로" 각색을 하려고 했었
다.[210] 이러한 점을 고려할 때 위의 장면은 『춘향전』에서 이도령이 신임
군수 축하연에서 "金樽美酒千人血……"를 읊조린 장면이 변형된 것이라
고 볼 수 있다. 잔칫집의 흥청거리는 분위기에 대한 세밀한 묘사와 채영
신의 불합리한 사회에 대한 비판의 연설이 부딪히는 이 장면은 작가의
영화적 상상력이 소설 속에 수용된 것에 해당한다.

---

210 심훈은 《춘향전》을 영화화하기 위해 각색해보려는 강한 집념을 1932년(「1932년의 문단
전망-프로문학에 직언」, 『동아일보』, 1932.1.15~16)과 1935년(「다시금 본질을 구명하
고 영화의 常道에로-단편적인 偶感數題」, 『조선일보』, 1935.07.17)에 보이고 있다.

이상에서 심훈의 저널리스트로서의 체험이 그의 소설 창작에 끼친 영향을 대중성 획득의 차원에서 살펴보았다. 심훈은 영화부 기자로 활동하면서 조선영화계의 암울한 현실을 경험하는 동시에 조선 영화관객의 수준을 바로 볼 수 있었다. 그의 기자로서의 글쓰기는 영화예술에 대한 전문적 이해를 심화시키지만 동시에 조선 영화계에서 그 미학적 성취는 불가능하다는 것을 식민지 민족자본의 한계를 통해 알게 된다. 심훈은 조선의 상황에 맞는 예술의 대중성을 재인식하게 되고, 그것은 그의 소설 창작에도 영향을 끼친다. 저널리스트적 관점에서 보면 심훈은 '사건'의 의미를 보다 많은 사람이 공유할 수 있는 방법을 모색한 작가이다. 저널리즘의 독자 확보를 위한 '영화소설'의 기획과 심훈의 영화예술에 대한 전문성이 만나 『탈춤』을 창작할 수 있었으며, 『상록수』의 경우에도 저널리즘에 알려진 모델을 취하거나 언론사의 '브나로드' 운동을 적극적으로 소설의 세계에 끌어들일 수 있었다. 이 점은 심훈의 '인물기사'의 소설화에서 확인할 수 있다. 심훈이 선택한 '인물모델'은 그 자체로 의미가 완결된 대상이다. 그 모델의 의미는 이미 저널리즘을 통해 세간에 공유되고 있는 것이다. 심훈이 선택한 모델은 그 의미가 불확실하거나 의심의 대상이 될 수 없었다. 그 결과 『상록수』의 채영신의 서사는 신문기사 '최용신'의 의미를 강화하는 방법을 취하는 데 할애된다. 여기에 『상록수』의 계몽적 목적과 대중성의 획득은 '영화적 장면화'의 서술 전략에 힘입어 가능할 수 있었다. 아울러 '영화적 장면화'의 서술 전략은 총독부의 관제 농촌운동이 조선 농촌사회에 자생적으로 진행되던 농촌운동을 잠식하고 해체하는 '현장'을 '보고'하는 효과를 거둘 수 있었다.

다음 장에서 논할 염상섭도 '모델'을 소설화한 작품이 많은데, 염상섭

한국근대소설 미학과 '記者-作家'

은 심훈과 달리 '모델'의 진실성을 의심한다. 염상섭에게 '모델'의 의미는 발견 혹은 확정되지 않으며 그것의 진실성에 다가가고자하는 질문과 의심들이 그의 소설 세계를 구성한다. 따라서 염상섭의 소설세계는 불투명하며 결말 또한 명확하지 않다. 이러한 소설세계를 가능하게 한 원인은 무엇인지 그리고 그러한 방법의 효과는 무엇인지를 당대 저널리즘과의 상관성 속에서 살펴볼 것이다.

4. '정치서사'의 기획과 이중 플롯의 전략: 염상섭

일제 식민지 시기는 '정치부재'의 공간이었다. 이 시기에는 일반적인 식민지배 권력의 통치와 주권권력의 상향적 실현을 봉쇄당한 인민의 저항과 복종만이 존재했다. 1920년 민간지의 창간은 제국의 통치 하에 있는 지식인들에게 '신문정부(政府)'로 인식되었다. 하지만 4면으로 발행되는 신문에도 '정치면'은 존재할 수 없었다. 식민지 민간지의 '사회면'은 피식민인에게 '정치면'의 기능을 대신하는 공간이 된다. 따라서 정치문제를 다룰 수 없는 상황에서 '기자-작가'가 사회면의 기사(현실)를 다룬다는 것은 정치문제를 비(非)정치의 문제로 다루려는 전략의 의미를 가질 수 있다. 그리고 정치열이 높은 식민지 하에서 저널리스트는 객관성과 정치 참여를 동일한 것으로 인식한다. 왜냐하면 그들에게 이 두 가지는 모두 '진실'과 동일시되기 때문이다.[211] '기자-작가'들의 소설 세계는 식민지

---

211 Herbert Passin, "Writer and Journalist in the transition society", ed. by Lucian W. Pye, *Communication and Political Development*, Princeton Uni. Press, 1963.

민간지의 이러한 특수성과 상동관계를 형성하고 있다. 그래서 가난과 사랑이라는 비정치적인 주제를 다루는 이면에는 정치적 문제를 포함하고 있는 것이다.

3·1운동의 좌절과 정치적 욕망의 차단, 그리고 더욱 공고화되어 가는 식민지의 삶 속에서 '기자-작가'는 '피식민인으로 어떻게 살 것인가'의 문제를 탐색한다. 여기에서는 정치부 기자 염상섭과 그의 소설을 대상으로 식민지 지식인의 정치적 욕망을 저널리즘 세계와의 연관성에서 논의해보고자 한다. 염상섭의 소설은 식민권력과 결탁해 있는 귀족과 관료, 자본가 등의 삶을 집요하게 다룬다. 이들의 삶의 부도덕함을 폭로하고 비판하는 작품이 주를 이루고 있다. 1920년대 중반을 지나면서 '피식민지인으로 살기'의 문제가 본격화되는 가운데 식민권력과 결탁한 계급의 삶에 대한 비판이 강화된다. 아울러 '검거 사건'과 같은 정치적 사건을 이야기 전개에 적극적으로 수용한다. 이러한 현재성과 시사성은 식민지 민간지의 '사회면'의 기사의 세계와 거리가 멀지 않은 성격에 해당한다. 이 장에서는 염상섭의 소설 세계와 신문의 '사회면'의 세계가 공유하고 있는 '정치적 성격'을 규명하기 위해, 먼저 염상섭의 정경부 기자로서의 정치적 욕망의 성격을 살펴보고 그의 소설 세계가 현실을 구성하는 서사적 전략을 분석해보고자 한다.

염상섭의 신문사 활동은 1920년 4월 1일 『동아일보』 창간과 더불어 시작된다. 창간호의 7면을 가득 채운 일본 최고의 정객들과의 인터뷰 기사는 염상섭이 작성한 것이다.[212] 정경부 기자로 임용된 염상섭은 이후

---

212 구체적인 기사는 다음과 같다. 일본 헌정회총재(憲政會總裁) 가등고명자(加藤高明子)의 「동화정책은 불가」, 미기행웅(尾崎行雄)의 「민족자결주의에 就하야」, 도전삼

유종열(柳宗悅) 부부를 소개하고 『동아일보』 첫 사업으로 유겸자의 독창회(1920.05.04.)를 개최하는 한편으로, 정경부 기자로서 경무국 출입기자로 활동하면서 「노동운동의 경향과 노동의 眞義」[213]라는 글을 1면에 연재한다. 이 글은 당대의 노동문제를 자아각성의 사상적 측면과 노동조합의 필요성에 대해 논의하고 있는 점으로 보아 정경부 기자로서 혹은 사상가로서의 입장에서 작성한 글이라고 할 수 있다.

『동아일보』에서 세 달 정도 근무한 염상섭은 진학문을 따라 사퇴(6월말)[214]하고 1921년 여름까지 오산학교 교사생활을 한다. 그 후 귀경한 염상섭은 당시 『조선일보』 사장이었던 남궁훈에 의해 편집국장으로 발탁되었으나 기자들이 남궁훈의 아들 남궁벽과 염상섭이 친한 사이로 발탁되었다며 반발하자, 3일 만에 사직했다. 그 후 염상섭은 1922년 9월 최남선과 진학문에 의해 창간되는 주간지 『동명』의 학예부 기자로 입사한다. 『동명』에 근무하면서 번역을 하기도 했고 「E선생」 등의 작품을 쓴다. 1923년 6월에 종간된 『동명』이 1924년 3월에 『시대일보』로 거듭날 때 염상섭은 사회부장으로 입사한다. 이때 염상섭은 현진건, 나도향 등과 함께 근무한다. 이후 『시대일보』는 보천교와의 경영권 다툼을 벌이고 염상섭은

랑(島田三郞)의 「동양의 百耳意가 되라」, 법학박사 부전화(浮田和)의 「東洋聯盟을 主張함」, 조도전대학(早稻田大學) 교수인 안부기웅(安部磯雄)의 「문화적 평등주의」, 복전덕삼(福田德三)의 「政治와 言論은 不可分」, 신임 총독 재등실(齋藤實)의 「同化의 의미를 不可解」 등. 한편 『동아일보』 창간호에 수록된 이 글들을 염상섭이 작성한 것이라는 사실은 염상섭의 「나와 동아일보: 창간 당시 정치부 기자로」(1960.04.01)에 밝혀져 있다.

213 염상섭, 「노동운동의 경향과 노동의 眞義」, 『동아일보』(1920.04.20.~04.26: 총7회).
214 염상섭의 돌연한 사직에 대한 이유는 정확하게 알 수 없지만, 진학문의 사직과 함께 이루어졌다는 점, 이 시기 박영호 대신 김성수가 사장으로 취임하는 과정에 처해 있었다는 점과 연관된 이유를 예상해볼 수 있겠다.

사우회 위원으로 최후까지 분투하다가[215] 1924년 9월에 사직한다. 1926
년 1월에 도일(渡日)했다가 1928년 2월에 귀국한 염상섭은, 결혼 후 1929
년 9월 『조선일보』 학예면 부장으로 입사, 학예면에 '학생문단'을 신
설[216]하기도 했으며, 『광분』과 『삼대』를 연재했다. 1931년 6월 『조선일
보』를 사직하고,[217] 『무화과』, 『모란꽃 필 때』 등을 『매일신보』에 연재하

215　염상섭의 사우회 위원으로서의 활동은 「時代日報問題 社友會와 普敎間의 主張: 교섭
　　　이 파렬되고 말엇는데 칙임은 과연 어대가 잇는지」(『조선일보』, 1924.07.19.)에 수
　　　록된 '最後까지 奮鬪홀터: 사우회 위원 렴상섭씨의 주장'에서 확인할 수 있다. 염상
　　　섭은 보천교와 최남선·진학문 사이에 체결된 5가지 계약 조건을 사우회의 입장에
　　　서 조목조목 비판한 후에, "결국 자긔네는 이처럼 성의를 다하야 문뎨해결에 로력하
　　　엿스되 사우회는 응하지 안이하엿슨즉 문뎨파렬의 책임이 사우회의게 잇다는 구실
　　　을 어더서 사회의 여론을 완화하랴는 수단에 지나지 안이함"으로 "우리의 중장이
　　　일반 사회의 공명을 어든 니상에는 사회에 대한 책임을 하든 의미로도 종후까지
　　　분투하야 완미한 결과를 엇고야 말니라고 자긔하는 자이외다."고 주장했다.
216　'학생문단'은 1929년 10월에 개설되어 그해 12월까지 유지되었다. 염상섭은 「학생
　　　문단」의 本意-투고 제군에게 촉망하는 바」(『조선일보』, 1929.10.10.)에서 '학생문
　　　단'을 개설하는 목적을, 조선 학생제군에게 요구하는 인격적 토대의 요건(건전, 성
　　　실, 솔직, 진순, 협조)을 예술이 구비하고 있다고 하면서 면학과 예술을 아울러 기하
　　　기 위함이라고 한다. 이 글에서 '오늘날 무슨 박사라고 행사하는 사람이 조선문을
　　　기록치 못하고 私信 1장을 써도 유학한 나라의 말을 빌리지 않으면 소회를 펴지
　　　못하는 현실'에 노파심을 피력하고 있다. 그러나 '학생문단'은 몇 개월 가지 않아
　　　폐지하는데, 염상섭은 그 이유를 "그 작품의 양과 질은 어찌 되었든지 간에 이로
　　　말미암아 무용한 허영심을 배발조장(排發助長) 한다거나 혹은 소위 활자마술이나
　　　활자매력으로 인하여 一家然·大家然하여 학교·학과에 등한하여지고 실력양성을
　　　소홀히 하는 경향에 빠"지지 않을까 하는 기우(奇遇) 때문이라고 말한 바 있다. 이에
　　　대한 내용은 염상섭의 「최근 학예란의 경향」(『철필』, 1930.08) 참고.
217　『조선일보』 사직 후 『白鷗』(1932.11.01.~1933.03.31.)를 『조선중앙일보』에 연재하
　　　는데, 이 시기 염상섭이 『조선중앙일보』에 입사를 했는지는 확인이 필요한 사안이
　　　다. 사회부장으로 입사했다는 설이 있기 때문이다. 그리고 1935년 『매일신보』에
　　　입사하기 전에, 1933년 8월 25일에 창간한 『만몽일보』와 염상섭의 관계에 대해서
　　　도 더 살펴야할 내용이 있어 보인다. 그간 『매일신보』 정치부장으로 근무하던 염상
　　　섭이 1936년 3월 진학문의 요청으로 『만선일보』 편집국장으로 입사했다고 알려져
　　　있으나, 김기진의 회고(김기진, 「인물론: 염상섭」, 『신문과 방송』68, 한국언론진흥
　　　재단, 1976.07)에 따르면 김기진이 『매일신보』에 입사한 1935년 4월 즈음에, 염상

는 가운데 1935년에『매일신보』에 입사하고 1936년에는 정치부장에 오른다. 그리고 잘 알려져 있다시피 1936년 3월 만주에서 창간된『만선일보』의 편집국장으로 입사하여 1939년 9월까지 근무한다. 이후 건설회사에 사원으로 일하다가 해방을 맞아 귀국 후 1946년 10월에 창간된『경향신문』의 편집국장, 1947년 2월에 창간된『신민일보』의 주필 겸 편집국장으로 활동했다.

이상에서 정리해본 저널리스트 염상섭의 이력은 소설가 염상섭에게 어떤 영향을 미쳤으며 소설세계에 어떻게 작용했을까? 김윤식은『염상섭 연구』에서, 염상섭의 작품세계를 규정하는 좌표설정의 한 축으로 '신문기자 염상섭'에 주목한 바 있다. 그는 염상섭의 기자활동을 '정치적 감각'의 기원으로 파악하며, "정치적 감각의 생성 소멸 과정과 문학의 관계를 검토하는 일"[218]이 염상섭 문학의 본질에 다가서는 것이라고 보았다. 그는『동아일보』입사 후『폐허이후』(1924.01)시기까지의 염상섭 글쓰기를 '문사/기자, 사상가/문사, 지사/문사'의 미분화 상태의 활동이라고 본다. 그리고 프로문학의 대립과 갈등을 표출하는 시기의 염상섭을 설명하면서 계급사상에 대한 작가의 태도를 '정치적 감각'이라고 한다. "기자와 작가의 가운데 서 있었"음으로 해서 길러진 '그러한 감각'이라는 것이다. 그러나 이러한 설명을 따라가더라도 '정치적 감각'의 구체성을

섭은 만주에서『만몽일보』(1933.08.25. 창간)를 맡아보다가 "속상하는 일"이 많았고, "다른 목적이 있어서 그것을 맡아 하다가 그 일이 안되고 의심만 받게 되고 해서 부득이 손을 떼고서 돌아"(102면)온 상황이었다. 김기진의 이러한 회고에서 왜곡의 가능성을 전제하더라도 염상섭의『만선일보』행은 어느 날 갑자기 이루어진 것은 아닐 수 있음을 고려해볼 수 있겠다.

218　김윤식,『염상섭 연구』, 서울대학교출판부, 1987, 264면.

파악하기는 쉽지 않다. '정치적 감각'의 기원에 해당하는 기자생활과 관련시킬 때 그것은 더 모호한 것이 된다. '감각' 혹은 직관의 차원으로 논의된 까닭이기도 할 것이다. 그럼에도 불구하고 김윤식이 말하는 염상섭의 '정치적 감각'의 범위는 다음과 같이 정리해볼 수 있다. 즉 그것은 노동운동을 통한 민족독립운동의 주장에서 '생활감각으로서의 정치적 감각'의 차원에까지 걸쳐있는 것이며, 이는 '관념'의 수준이 아니라 '기자생활'에서 말미암은 것이다.

염상섭 문학의 '정치성'을 집중적으로 논의한 한 연구자는 "그렇다면 이제 남는 문제는 보다 구체적으로 횡보의 작품에서 이 같은 '정치성'이 묻어나는 실제적 근거를 추적·분석하는 일로 좁혀"[219]질 필요가 있다고 말한 바 있다. 적절한 문제제기임에도 불구하고 식민지시기의 '정치성'에 대한 논의를 위해서는 여러 가지 전제되어야 할 사항들이 존재한다. 일제강점기는 국가가 부재한 시기였다. 그렇다고 무정부의 시기라고도 볼 수 없다. 주권권력과 주권국가는 부재했지만 역사상 어느 국가권력보다도 강력한 조선총독부라는 유사국가권력이 지배하고 있었다. 정치를 "국가권력과 관련해서 권력을 통한 인민을 통치하는 과정과 권력을 장악하기 위해 인적·물적 자원이 동원되는 과정"이라고 볼 때, 식민지 시기는 '정치'는 없었고 '통치'만 있었던 시기라고 할 수 있을 것이다. 이런 관점에서 보면 식민지 시기는 "정치부재의 시기, 일반적인 식민지배 권력의 통치와 주권권력의 상향적 실현을 봉쇄당한 인민의 저항과 복종만이 존재했던 시기"이며, "지배정책과 저항운동"만 존재하고 "'정치'"는 없었던 시기이

---

219 박종성, 「강점기 조선정치의 문학적 이해―염상섭의 『광분』과 관련하여」, 『한국정치연구』7, 서울대 정치학연구소, 1997. 334면.

다.[220] 그러나 어느 시대 어느 곳을 막론하고 인간의 '정치적 욕망'은 존재한다. 식민지 시기에도 "삶의 연장으로서 권력에 대한 욕망, 다양한 이해관계를 권력의 공간에서 제도화시키려는 욕망이 존재했으며 지배권력은 그것을 다시 지배정책 안으로 흡수해갔다"고 볼 수 있다. 예컨대 자치운동과 참정권 운동 등이 있었다는 것은 그것을 가능하게 한 조선사회 내의 정치세력 간의 역학관계가 존재했다고 볼 수 있는 것이다. 식민지시기 피식민인의 권력에 대한 욕망은 식민제국에 동화하느냐 저항하느냐 하는 이분법적 관점으로만 파악할 수 없는 곳에 다양하게 존재한다.

그렇다 하더라도 식민지 시기의 문학 작품들 가운데 사회주의 정치운동을 제외하고 피식민인의 현실정치 권력에 대한 욕망을 형상화한 작품을 찾기는 어렵다. 다만 식민권력과 결탁해 자신의 부와 명예를 획득하며 살아가는 계층의 삶이 집중적으로 다루어진다. 특히 염상섭의 경우 식민권력과 결탁해 있는 귀족과 관료, 자본가 등의 삶을 집요하게 다룬다. 이들의 삶의 부도덕함을 폭로하고 비판하는 작품이 주를 이루고 있다. 1920년대 중반을 지나면서 염상섭에게 '피식민지인으로 살기'의 문제가 본격화되고 있음을 알 수 있다. 3·1운동의 정치적 가능성이 희박해지는 시대 상황에 비례하여 다른 가능성이 보이지 않는 상황에서 그 정치적 욕망은 우회로를 찾아야 했다.

독립운동과 노동운동 그리고 정경부 기자생활을 출발로 한 염상섭은, 근대 작가들 가운데 누구보다 정치적 욕망을 표출하는 데 주저함이 없었다. 신문학 초창기의 상황을 떠올리면서 그에 대한 의견을 피력한 다음

---

220 이태훈, 「권력과 운동만으로 정치사는 서술될 수 있는가?」, 『역사문제연구』16, 2006. 「1장 식민지시기의 정치사라는 것」 내용 참조.

글을 보면 더더욱 그렇다.

> 정치적 욕망을 명예욕으로만 간단히 보는 것은 비근(卑近)한 관찰이
> 다. 정치적 욕망도 한낱 생의 역(力)의 발현이라 할 것이다. 이것의 충
> 족을 얻지 못하여 <u>정치에서 문학으로</u> 전향하는 경우가 많았다고 한들
> 억설(抑說)은 아닐 것이다. 문학 및 일반 예술은 소위 정신문화의 상층
> 구조이니만치 정치 이상으로 생의 역의 발휘라고도 할 수 있다.[221](밑
> 줄 강조-인용자)

인용문에서 알 수 있듯이 염상섭은 정치적 욕망을 한갓 명예욕쯤으로
치부하지 않는다. '생의 역(力)의 발현'이라는 측면에서 정치와 문학은 다
르지 않다는 것이다. 정치적 방면의 진출이 차단된 상황에서 문학으로의
진출이 이루어질 수 있었던 이유가 거기에 있다는 설명을 하고 있다. 이는
신문학 초기의 지식인들이 처한 상황을 합리화하기 위한 것이겠지만 그
합리화 욕망의 이면에는 그 '전향'이 어쩔 수 없었음을 웅변하는 심리가
자리하고 있다. 이러한 의미에서 '식민지 현실(비판) 인식' 차원에서 논의
되던 염상섭의 소설에 대해 하나의 물음을 더 가져볼 필요가 있는 것이다.
염상섭의 소설에서 '정치'의 문제는 어떻게 논의할 수 있을까?

본고에서는 염상섭의 기자활동에 주목하고자 한다. 기자활동을 통해
식민제국의 현실정치에 대한 인식이 강화되는 가운데 그의 장편소설은
신문저널리즘 차원의 스캔들을 작품의 내적 추동력으로 활용하고 있음
을 확인할 수 있다. 그의 장편소설은 스캔들의 운용 전략을 통해 신문저

---

[221] 염상섭, 「문예연두어」, 『매일신보』, 1934.01.03.(이혜령 외, 『염상섭 문장전집』2,
소명출판, 2013)

널리즘이 다루는 현실과 지속적인 관계를 유지해 나갈 수 있었다. 스캔들의 운용으로 현실 정치의 문제까지 환기하고 있다는 점이 식민지 시기 염상섭 장편소설이 갖는 의미에 해당하는 것이다. 이러한 사항이 신문저널리즘과 신문연재소설의 상관성에 대한 논의에 해당한다면, 염상섭의 소설 전개과정에서 보이는 서술상의 변화 가운데 확인되는 '토론'의 양상 또한 작가의 현실인식의 문제를 살펴볼 수 있는 요소에 해당한다. 연애서사를 기본 골격으로 취하는 가운데 현실 문제를 환기하는 방법으로 '토론'의 서술 전략이 사용되고 있는 것이다.

식민지 신문저널리즘의 상황에 대응하는 염상섭 장편소설의 서사 전략은 '토론'의 서술 전략과 '스캔들'의 서사화이다. 이 문제를 본격적으로 논의하기에 앞서 기자체험을 바탕으로 창작된 「검사국대합실」의 분석을 통해 염상섭이 '기자-작가'로서 가지는 현실에 대한 태도 문제를 살펴보고자 한다. 염상섭의 기자체험은 초기 단편소설의 단계에서 장편소설의 단계로 나가는 데 있어 중요한 변화의 계기로 작용하고 있다고 판단되기 때문이다.

4.1. 불가해한 현실의 탐구자로서 '기자-작가'의 글쓰기

염상섭의 초기 문학 활동에서 신문사체험의 소설적 수용 내지는 반응을 확인할 수 있는 작품들이 존재한다. 1920년대 중반의 작품들에 집중되어 있는 것이 특징적인데, 자전적 내용을 담고 있는 「검사국대합실」(1925), 「윤전기」(1925) 그리고 신문기자 인물이 등장하는 『너희들은 무엇을 어덧느냐』(1923), 『진주는 주엇으냐』(1925) 등에서 확인할 수 있다. 이 작품들은 염상섭의 기자활동과 소설쓰기의 영향관계를 반영하고 있는 동시에 특히 언론기관의 기능과 역할에 대한 그의 비판적 인식을 피력하고 있다. 염상섭의 신문저널리즘에 대한 인식과 장편소설의 미학적 특성의 관계를 살펴보기에 앞서, 먼저 그동안 주목받지 못했던 「검사국 대합실」을 중심으로 문인이자 기자인 작중인물의 '현실' 인식 태도를 검토해볼 것이다.[222]

염상섭의 「檢事局待合室」[223]은 실제 발생한 사건을 소설적 소재로 삼고 있다는 점과 아울러 신문기자가 현실을 다루는 태도에 대한 문제를 소설적 주제로 삼고 있다는 점에서 주목할 만하다. 이 작품은 신문기자 '나'가 하루 동안 겪은 체험을 다루고 있다. 어떤 사건과 관련해 경성지방 검사국에 편집발행인을 대신해 호출되어 온 신문기자 '나'가 미모의 한 여성을 목격하고 관찰하면서 생각한 내용을 '검사국'이라는 공간의 분위기를 묘사하는 속에 서술하는 전반부와 그 미모의 여성이 연루된 사건을 다루는 신문기자의 태도에 대한 내용을 '신문사'라는 공간을 배경으로 서술하고 있는 후반부로 이루어져 있다.

이 작품에서 다루어지고 있는 '리경옥 사건'은 당대 세간의 화제였던 이른바 '김도용 사건'을 바탕으로 하고 있다는 점을 확인할 수 있다.[224]

---

222 염상섭의 「檢事局待合室」에 대한 분석은 졸고의 다음 글의 3장을 본 논문의 맥락에 맞게 수정하여 보완한 것임을 밝혀둔다. 졸고, 「1920年代 近代小說의 形成과 '新聞記事'의 小說化 方法」, 『어문연구』40(3), 2012.09.

223 「檢事局待合室」은 1925년 7월 『開闢』에 발표되었다. 이하 작품 인용은 본문의 괄호 속에 면수를 밝히는 것으로 대신한다.

224 현진건은 「조선문단 합평회」(『朝鮮文壇』, 1925.08)에서 「檢事局待合室」에 대해, "作의 재료는 내가 아는데 그 사실을 그대로 썼네그려."라고 하면서 '통일된 단편'이라

소설 작품 내의 '리경옥 사건'의 실제 사건에 해당하는 '김도용 사건'의 개요를 당시의 신문기사의 내용을 바탕으로 정리해보면 다음과 같다.

> 김도용이라는 한 여성이 경성지방 檢事局에 불려와 취조 중인 바, 이
> 종근(李鐘根:37세)과 이정자(李貞子:52세)가 양주군의 산기[山崎]라는 일
> 본인이 아내를 얻으려한다는 점을 알고 김도용을 여학생으로 둔갑시켜
> 소개하고 현금과 기타 물건 값 등 도합 40여원을 받아먹은 후, 김도용이
> 산기와 함께 산기의 집으로 가던 중 단성사 근처에서 동무를 잠깐 만나
> 보고 오겠다며 기다리라 하고 도망친 것이 발각되어 검거된 사건.225

그런데 이와 같이 정리한 사건의 정보를 보도하고 있는 당시 신문사별 기사의 프레이밍(framing)이 차이가 있다는 점이 흥미롭다. '김도용 사건'은 같은 날(1924.06.28) 4개의 일간신문에서 동시에 다루어지고 있는데, 특징적인 것은 『동아일보』와 『조선일보』의 기사의 경우 기사문의 리드(lead)에 해당하는 부분에서 "종로(鐘路) 경찰서 사법계에는 몟칠 전부터 녀학생갓치 보히는 젊고도 어여분 녀자 한 명이 련일 취조를 밧아 보는 사람으로 하여곰 의심을 품게 하엿는데 그 내용을 들으면", "수일 전부터 종로 경찰셔 사법계에는 '지지미' 속옷에 긛도 업는 치마만 매인 꼿가튼 녀학생 한 명을 취됴 중인데 이계 그 자셰한 내용을 들은 즉"이라는 문두

고 평가한 바 있다.

225 4개 신문의 新聞記事 제목은 다음과 같다. 「司法界에 美人-女學生 같으나 실상은 賣淫女이다」, 『東亞日報』(1924.06.28.).; 「결혼하자고 돈만 빼앗은 여자」, 『朝鮮日報』(1924.06.28.).; 「賣春婦가 日人을 詐欺 取財-처녀라고 속이고 결혼하자고 속여」, 『時代日報』(1924.06.28.).; 「賣春婦를 女學生으로 變裝시키고 남치를 받아먹어」, 『매일신보』(1924.06.28)

로 기사를 시작하고 있다는 점이다. 이러한 신문기사의 리드(lead)를 통해 '사건' 자체의 객관적 정보에 대한 보도자 태도를 알 수 있다. 기사정보의 초점이 '사건'과 함께 '여학생같은' 인물에 모아져 있음을 알 수 있다. 검사국에는 어울리지 않는 '꽃 같은 여학생'이 취조를 받는다는 사실이 호기심의 중요한 이유인 것이다. '꽃 같은 여학생'에 대한 정보는 각 신문기사마다 조금씩 차이를 보이는 바, '본래 매춘부로 유명'하다거나, '시내 모 여학교 이년급에 다니는 여학생'인데 이정자의 꼬임에 넘어갔다거나, 이전에 조선인 일본인 중국인 등 동양 각국의 사람을 상대로 사기 취재(取財)를 했었다는 점 등이 그것이다. 이러한 차이에도 불구하고 신문기사의 보도 관점, 즉 언론이 이 사건에 주목하는 이유는 밀매음 '사건'이 아니라 '여학생' 밀매음이라는 점에 있다.

신문기사가 '김도용 사건'을 다루는 이러한 관점은 소설 「검사국대합실」의 경우도 다르지 않다. 실제 사건이 소설에서 '리경옥 사건'으로 형상화되면서 첨가 혹은 변형된 내용을 정리하면, 그 밀매음의 피해자가 일본인이 아니라 시골 출신의 한 청년이라는 것, 그 밀매음 집단의 결혼자금 갈취 수단으로 도박이라는 구체적인 방법으로 소개되고 있다는 점 등이다. 이러한 소설적 변형에도 불구하고 실제 신문기사의 프레이밍과 소설에서 '리경옥 사건'을 바라보는 작중인물의 '태도'는 크게 다르지 않다. 검사국에는 어울리지 않는 '어여쁜 여학생'의 출현 그 자체가 신문의 보도기사감이고 소설의 소재에 해당하는 점에서 그렇다.

주지하다시피 신문 사회면의 신문기사와 근대소설(novel)의 발생은 거리가 멀지 않다.[226] 신문기사와 소설은 소재의 '선택적 표현'이라는 점과 아울러 현실을 반영하는 것이 아니라 현실을 구성하고 편집하고 재현한

한국근대소설 미학과 '記者-作家'

다는 점에서도 상동성을 가지고 있다. '김도용 사건'은 현실의 수많은 사건들 가운데 신문기사로 선택될 수 있는 조건을 갖춘 것이며 동시에 소설적 소재로 다루어질 수 있는 조건을 공유하고 있다는 점에서 흥미로운 것이다. 당시 매음 사건 관련 당국의 단속에 대한 신문보도는 비일비재했음을 알 수 있다.[227] 다른 밀매음 사건에 대한 보도기사와 '김도용 사건'이 모두 '신문기사 차원'에 해당한다면, '김도용 사건기사'는 다른 신문기사와 구별되는 '문학적 차원'에 해당하는 부분을 공유하고 있는 소재일 수 있다는 점에 주목할 필요가 있다. '김도용 사건'이 소설적 대상이 될 수 있는 것은 '여학생풍 밀매음'이라는 점 때문이다. 그렇다면 '김도용 사건'을 다루는 신문기사는 어떻게 소설로 창조되는가? 그리고 소설이 획득한 '소설적 성격'은 무엇인가? 이 질문에 대한 답을 「검사국대합실」을 바탕으로 논의해 볼 수 있다. 그리고 이러한 논의를 통해 1920년대 중반 염상섭 소설세계의 전환의 한 계기를 추론해볼 수도 있을 것이다.

「검사국대합실」의 주인공 '나'가 신문기자이면서 소설가라는 점은 강조될 필요가 있다. 이 작품에서 검사국에 불려온 기자들이 나누는 대화에서 알 수 있듯이[228], 이들은 신문기자이면서 '소설자료'를 구하고 있는

---

226 "신문의 3면 기사와 소설은 쌍둥이다." 가라타니 고진, 김경원 역, 「계급에 대하여-나쓰메 소세키론 I」, 『마르크스 그 가능성의 중심』, 이산, 2003, 153면. ; 프랑크 에브라르, 최정아 역, 『잡사와 문학』, 동문선, 2004. 제1장 '잡사의 정의와 내력' 참고.

227 당시 이른바 '학생풍의 밀매음'이 많았던 것을 확인할 수 있다. 「學生風의 密賣淫-경찰서에 검거되얏다」(『朝鮮日報』, 1924.08.27.)와 「可恐할 密賣淫女-녀학생 행색으로 남자를 끌어 일반 남녀는 주의할 일이라고」(『時代日報』, 1924.09.15.) 등에서 알 수 있다. 참고로 이 기사들을 보면, 당시 매춘부들은 '여학생 행색'을 하기 위해 '검정 모시치마에 비단 적삼을 입고 머리에 찬란한 빗과 핀을 꽂고 손가락에 백금반지 같은 가느스름한 반지를 끼는' 패션과 예배당 다니기 등의 행동을 해야 했다.

228 작품 속에서 檢事局에 호출되어 온 기자들의 대화 중에 "좋은 구경하것다, 소설자료

작가들이기도 하다. 즉, 기자생활을 하면서 동시에 작품 활동을 하는 이른바 '기자-소설가'들이다. 이렇게 볼 때, 「검사국대합실」의 주인공 '나 (X)'의 흥미로운 점은 기자와 소설가의 닮음과 다름, 혹은 그 미분화된 어떤 특징을 보여주고 있다는 점이다.

「검사국대합실」은 3장으로 이루어진 소설이다. 1장에서는 신문기자인 '나'가 어떤 사건과 관련해 경성지방 검사국에 편집발행인을 대신해 호출되어 와서 미모의 한 여성을 목격하고 관찰한 내용을 다루고 있으며, 2장에서는 이 사건으로 호출된 다른 신문기자들의 만남과 검사국에 대한 불만이 서술되어 있다. 그리고 3장에서는 '나'가 신문사로 돌아와 동료 기자들에게 '리경옥 사건' 기사 내용의 실체에 대해 듣게 되지만 '나'는 그것을 인정하지 못한다는 내용을 다루고 있다. 전반부의 경성지방 검사국과 후반부의 신문사라는 공간을 바탕으로 현실의 사건을 다루는 태도에 대한 작가로서의 비판적 언술이 작품의 주제를 이루고 있다.

편집발행인을 대신해 검사국에 불려온 신문기자 '나'는 몇 시간째 검사의 호출을 받지 못하고 기다리고 있다. 검사국대합실에서 검사의 부름을 기다리는 동안 '나'는 검사국에 어울리지 않는 미모의 한 '꽃같은 여성'을 목격한다. 신문기자의 '제6감'이 발동하여 그의 차림새를 관찰하고 소학교 교원이거나 유치원 보모쯤으로 추론해낸다. 그런데 이러한 추론과 계속되는 관찰이 이루어지는 공간은 경성지국 검사국대합실이다. 여성에 대한 관찰과 함께 검사의 호출이 늦어짐에 따른 '나'의 불편한 내면은 검사국이라는 공간에 대한 인식들로 드러나고 있다. 15년 전에 이 공

도 생길거얏다."(7면)라는 표현에서 알 수 있다.

간은 이른바 '윤치호 사건'이 다루어진 곳이었다. '나'는 작년 봄에 이
사건으로 열 몇 해 만엔가 세상 구경을 하게 되었다는 안병근(安明根)이
출옥하여 신문사를 찾아와 사진을 박던 장면을 생각을 한다. '안명근 사
건'을 '윤치호 사건'으로 기억하는 것에 대해서는 더 논의가 필요하겠지
만229, '나'가 검사국대합실에서 이 사건을 떠올리는 이유는 검사국을 둘

---

229 일제는 安重根 의거(1909) 이후 한국강점을 가속화하기 위해 애국계몽단체와 주요
　　인사들의 거동에 대해 감시를 강화하게 된다. 이 중 안중근의 종제인 安明根이 1910
　　년 11월 황해도 일대 애국계몽인사들과 더불어 서간도 무관학교 설립을 목적으로
　　부호들에게 자금모금을 추진하던 중 발각된 사건이 이른바 '安明根 事件' 혹은 '안악
　　사건'이다(재판은 2회로 종결되었는데, 1911년 7월 22일 경성지방재판소에서 선고
　　가 있었다.) 한편 일제는 이 사건과 1911년 1월 만주에 무관학교를 설립하고 독립군
　　기지 창건사업을 추진했다며 新民會의 중앙간부들인 양기탁 등을 체포 투옥했는데
　　이것이 이른바 '양기탁 등 보안법 위반 사건'이다. 그리고 일제는 1910년 말 新民會라
　　는 비밀결사가 일제총독 사내정의(寺內正毅)를 암살하려는 기도를 했다며 사건을 날
　　조하여 신민회 회원 800여명을 검거하고 앞선 '安明根 事件'과 '양기탁 등 보안법
　　위반사건'에 의하여 투옥된 사람들도 함께 재기소하였다. 이것이 일제가 말하는 이른
　　바 '사내총독암살미수사건'이라고 하는 일명 '105인 사건'이다. '105인 사건'은 그
　　자체로도 날조되었지만 서로 다른 사건을 묶어 확대 조작한 사건이었다. 이 세 사건
　　은 모두 '安明根 事件'과 연계되어 일어났다고 할 수 있다. 그런데 소설 「檢事局待合室」
　　에서는 안명근의 출소(1924)를 통해 이 사건을 기억하지만, '안명근 사건'이나 다른
　　사건이 아니라 '윤치호 사건'으로 기억하고 있다. 이것은 이른바 '105인 사건'의 주동
　　자가 尹致昊, 양기탁, 이승훈, 김구 등이었기 때문에 세간에서는 '尹致昊 事件'으로
　　기억하고 있다고 볼 수 있다. 1924년 4월 12일자 『朝鮮日報』의 기사(「廢眼說을 傳하
　　든 安明根氏의 假出獄」)에서 "지금으로부터 십오년 전 경술(庚戌)년에 자긔 사촌 형
　　안중근(安重根) 씨에 뒤를 이어 사내(寺內)총독을 죽이고셔 간도 무관학교(武官學校)
　　를 건설코자 하다가 톄포되얏든 안명근(安明根)씨"라고 쓰고 있는 데서도 '安明根 事
　　件'이 '105인 사건'으로 기억되고 있음을 알 수 있다. '安明根 事件'이 '윤치호 사건'으
　　로 기억되고 있다는 점을 통해 일제가 한국강점을 강화하기 위해 민족운동자들을
　　탄압하고자 사건을 날조하고 확대 조작한 효과의 한 면을 알 수 있다. 安明根과 '安明
　　根 事件'에 대해서는 다음의 글 참고. 이동언, 「安明根의 생애와 독립운동」, 『남북문
　　화예술연구』2, 남북문화예술학회, 2008.6., 尹慶老, 「백범김구전집 제3권 해제: 안악
　　-신민회사건」, 『백범김구전집』3, 대한매일신보사, 1999.
　　　한편 1911년에 15년형 선고를 받은 安明根은 1924년 4월 9일 가출옥했다.(『동아일보』,
　　1924.04.12) 가출옥 후 安明根의 근황들이 신문에 소개되는 바, 출옥 후 신천 고모댁

러싼 정치적 맥락에서라고 할 수 있다. '첫 윤치호를 마지한 후에 몟 윤치호를 마젓노?'라는 언술을 통해, 경성재판소의 정치적 의미를 환기시키고 있다. 그러나 검열 혹은 다른 억압적 기제에 의한 것이긴 하겠지만 이에 대한 더 이상의 서술은 이어지지 않는다. 다만, 안명근 사건에 의해 환기되는 경성지방 검사국에 대한 언술은 한 인간의 인생과 운명을 좌우한 곳, '생살여탈권을 가진 갸륵한 곳'이라는 인식으로 서술되고 있다. 안명근의 옥살이 15년과 설명 없이 부르지도 않고 '나'를 6시간 동안 기다리게 한 점이 대조되는 가운데, '나'는 검사국을 세상의 상식이라고는 통하지 않는 곳이며, '재판소란 서에서 해가 뜨는 나라요, 검사란 가랑이 밑으로 세상을 보는 축들'이라고 비판하고 있다.

검사국대합실에서 목격한 미모의 여성이, 결국 '나'가 검사국에 호출된 이유와 관계되어 있다는 사실이, 신문사로 돌아왔을 때 알려진다. 그 여성은 이른바 '리경옥 사건'의 주인공으로 그 오라비 되는 사람이 이 사건을 보도한 신문사들을 상대로 고소를 했기 때문에 '나'를 포함한 다른 신문사 기자들이 검사국으로 호출되어 갔던 것이다. 신문사로 돌아온 '나'는 동료 기자들로부터 '리경옥 사건'에 대해 전해 듣는다. 기자 D로부터 「로맨쓰」처럼 난 밀매음녀의 이야기'라는 말을 듣지만 '나'는 그 기사를 믿지 못하고 반문한다. 이런 '나'에 대해 C는 '그런 계집일수록 태를 보이는 법'이라며, '여자의 선악에 일러서는 당신쯤은 초학'이라고 '나'를 조소한다.

으로 갔으나 경찰관헌이 환영회를 금지해 열지 못했으며(『東亞日報』, 1924.04.15.), 시력을 잃을 위기에서 과수재배에 전념하며 수양 중(『동아일보』 1924.11.03)이라는 것, 흑룡강에 있는 칠십 노모를 만나기 위해 만주로 떠났다는 소식(『朝鮮日報』, 1925. 06.10) 등 그의 행방에 대한 관심이 꾸준히 이어졌음을 알 수 있다.

「민중의 지도」니 「사회의 목탁」이니 「도덕상방부재」니 하지만 신문긔자 역시 사람이다. 귀신이 아닌 사람인 이상에는 남의 사행에 대하야 밋드리 꼿두리 분명히 알 수 업는 것은 물론이다. 더구나 그 녀자에게 마음을 두엇다가 뜻을 일우지 못하고 제분에 못닉여서 그 녀자에게 욕을 보이랴고 긔자를 속여 그러한 보도를 하게 하얏는지 누가 알 일이냐? 신문이 아모리 권의가 잇다 하드라도 허여간 젊은 계집의 창창한 압길을 막아 주는 것은—더구나 활자의 세력이라면 팟으로 메주를 쑨다해도 고지 들을만한 이지음의 민중을 상대로 하야 그러한 사실이 잇고 업고간에 신문에 한번 나기만 하면 그 시간이 벌서 그 녀자에게 대하야는 운명의 지침(指針)을 밧구어 꼬저주는 날이다. 아모리 신문의 권위, 긔자의 신위가 소중하다드라도 일개인의 운명을 좌우하랴는 것은 무엇보다도 큰 죄악이다 — 이러한 지론을 가진 나로서는 이러한 문뎨를 당할 때마다 량심상 가책을 늣기지 안흘 수 업섯다.(11면. 밑줄 강조-인용자)

인용문에서처럼, '나'는 신문의 사회적 역할과 그 위력을 강조하고 신문기자로서의 '량심'을 내세우면서[230] 검사국대합실에서 자신이 목격하고 관찰한 '신녀자'가 '리경옥 사건'의 주인공일 이유가 없다는 생각을 더욱 강화시키고 있다. 신문 활자의 위력이 일개인의 운명을 좌우할 만큼 민중들 사이에 대단한 역할을 하는바, 취재를 하지도 않고 형사의 말만 받아쓴 기사는 무책임한 것이고 "그 여자를 본 인상(印象)으로서 도저히 그 기사를 믿을 수 없다."는 것이다. 기자 C에게 '리경옥 사건'의 전

---

230 염상섭의 신문사와 신문기자의 공적 역할과 '志士的' 면모에 대한 주장은 이 시기에 발표한 『진주는 주엇스나』(『東亞日報』, 1925.10.17~1926.01.17)에 등장하는 신문기자 신영복의 모습을 통해도 확인할 수 있다.

말231을 전해 듣고 나서도 '나'는 이러한 신문기사의 내용을 믿을 수 없는 것은 마찬가지다.

C는 자긔가 지금 쓰랴는 긔사의 요령만 따서 간단히 들려주고

「그런 일이야 례상사지만은 게다가 뻔뻔스럽게 신문사를 걸어서 고소를 하느니 어쩌느니 하고 돌아단이는 것이 괘심하야서라도 혼을 한 번 내주어야지요」 하고 유쾌한 듯이 깔깔 웃는다.

「하지만 그 이야이 역시 처음에 이야이 하든 형사의 말이겟지요?」하며 그래도 나는 또 한번 다저 보앗다.

「안요. 세 신문에 일제히 난 뒤로 본정서에서 문제가 되여서 주목중인데 또 그런 사실이 발각되엇다고 사법계에서 조화서들 하든데요. 그뿐 아니라 피해자의 성명이 분명한 다음에야 의심날 여디가 업지 안허요」 하며 자고 캐이는 나를 돌이어 어림업는 사람이거나, 그러치 안흐면 족히 소(牛)라도 파라다가 데어밀만한 사람가치 녁이는 모양이엇다.

그러나 「그런 일이야 례상사이지만...」이라는 그 례상사가 나에게는 새삼스럽게 놀라운 일갓고 새 사실을 발각하야 조화서들 한다는 사법계순사의 심리를 리해하기 어려운 것 가티 생각이 되어 잠잣고 마랏다.(12~13면)

---

231 新聞記者 C가 '나'에게 전한 '리경옥 사건'의 전말은 다음과 같다. 〈양주의 젊은 청년 하나가 소 팔아 서울로 왔다. 서울에서 조방꾼이처럼 다니는 친구가 이 청년에게 여관집을 하나 소개해 줬다. 여관집 주인의 여학생이 신랑감을 구하는 중인데, 주인 여학생 남매를 포함해 네 사람은 화투 장난을 했다. 그 청년은 소판 돈의 반을 빚지게 되고 그 친구는 이 도박 빚쟁이 친구를 도망시켰는데, 이 도박 빚쟁이는 친구의 말만 믿고 그 계집을 한 번 더 만나보고 싶어 파고다공원 앞에서 기다리지만, 사람의 그림자는 나타나지 않았다는 것. 이 청년은 수소문을 해봐도 친구를 찾을 수 없었고, 그제야 속은 줄 안 뒤 홧김에 선술집에서 자신의 신세를 연설 토로하다가 순사가 듣고 조사하여 그 계집을 취조할 계획이라는 것이다.〉

위의 장면에서처럼, 사건 사고를 '예상사'로 여기고 경찰서 형사의 말을 받아쓰는 기자 C의 태도를 비판하는 중심에는 '나'의 '良心의 가책'이 놓여있다. 경찰서의 형사, 사법계의 순사, 신문기자 등이 공유하고 있는 예상사에 대한 '심리'와는 다르게, '나'에게는 '예상사'를 예상사로 대할 수 없는 '량심'이 있는 것이다. 사실을 "여간 신중히"(10면) 다루어야 하는 기자와 형사이어야 하는 바, '새 사실을 발각하야 좋아하는 태도'는 한 개인의 명예나 운명 따위에는 관심이 없는 것이다. 여기서 '나'가 '그 예상사를 새삼스럽게 놀라운 일'로 대하는 태도에 대해 강조하고 있음에 주목할 필요가 있다.

이 작품의 주인공 '나'는 신문기자이다. 하지만 소설 속에 등장하는 다른 신문기자들이 신문기사를 '예상사'로 대하거나 소설의 소재를 취하러 검사국에 드나드는 것과 달리 '나'는 신문기자임에도 불구하고 '예상사'(신문기사)를 곧이곧대로 믿지 않는 인물이다. '리영옥 사건'을 바라보는 '나'의 태도는 명확하지 않다. 그것은 '나'라는 주체를 구성하고 있는 또 하나의 모습인 문인(소설가)의 태도가 존재하기 때문이다.

> "요사이에도 길거리에서 죽은깨잇는 트레머리-유록치마 입은 녀학생! 남자를 보면 고개를 금시로 다소곳하고 지나치는 新女子를 보면 나는 얼빠진 사람처럼 한참 바라보고 섯는 버릇이 생기엇다."(13면, 밑줄 강조-인용자)

인용한 대목은 소설의 마지막 문장이다. 이 문장을 통해 예상사를 '예상사로 보지 않으려는 '나'의 태도를 읽을 수 있다. 리경우이라는 여자의 외모와 차림새만을 보았을 뿐인 기자 '나'는 결국 그 여자가 벌인 사건의 진실에는 가닿지 못하고 있는 형국이다. 다른 신문기자들의 태도와 다르게 '나'는 사건의 실체를 받아들이지 못하고 있다. 이렇게 사실에 대해 불안정한 태도를 보이는 이유는 무엇인가? 사실의 실체를 파악하고 판단하는 일에 신중하고자 하는 태도가 신문기자로서의 태도('良心')에서 기인한 것이라고 한다면, 그 태도 속에 사실이라는 실체에는 과연 가닿을 수 있는 것인가 혹은 사실로 밝혀지더라도 인정할 수 있을 것인가라는 회의적 태도가 포함되어 있다. 따라서 사건의 실체와 진실성에 대한 물음은 신문기자로서의 태도를 넘어서는 어떤 고민을 담고 있다. 그 고민의 모습이 신문기자 '나'를 사건의 실체 앞에서 "얼빠진 사람"으로 만들고 있는 것이다. '신문기자-소설가'인 '나'는 현실세계가 객관적으로 인정하는 사실에 대해 유보적이거나 '불가해한 것'으로 바라보는 태도를 보인다. 이 소설의 탐구 대상으로 설정된 '신녀성의 밀매음' 사건은 결국 '불가해한' 것으로 남아 있는 형국이다.

1920년대 중반 이후의 염상섭의 소설세계는, 초기 소설세계의 내면 심리묘사와 고백체의 형식에 대한 탐구가 '생활(風俗)'의 문제를 다루는 데로 변모한다.[232] 이러한 '개성'에서 '생활'로의 변모과정에 서있는 작가의 망설임과 고뇌의 모습을 「검사국대합실」(1925)이 담고 있다고 하겠다. 다시 말해 이 소설은 '신문기사의 세계' 혹은 현실의 세계에서 사실이라는 실체는 무엇이고, 나아가 그 실체의 진실은 무엇인가라는 근본적인 질문을 제기하고 있으며, 그 제기한 질문에 대한 답을 '나'는 내놓지 못하

---

232 김윤식, 『염상섭연구』, 서울대학교출판부, 1987. ; 박상준, 「환멸에서 풍속으로 이르는 길:『萬歲前』을 전후로 한 염상섭 소설의 변모 양상 논고」, 『민족문학사연구』 24, 민족문학사연구소, 2004, 305~330면 참고.

고 그 '不可解함'으로 인해 '얼빠진 상태'에 있다. 이 '얼빠진 상태'는 불확실한 세계를 대하는 작가의 고뇌와 망설임의 모습을 노출한 것으로 읽힌다. 명료한 규명이 불가능한 세계에 대해서 갖는 작가적 절망감이 '나'를 '얼빠진 상태'로 만든 것이다. 결국 「검사국대합실」에서 '기자-소설가'인 '나'가 사건의 실체 혹은 진실에 가닿으려는 시도는 '닫힌 구조'의 신문 보도기사에 대해 보이는 비판처럼 명확하기도 하지만 "얼빠진 사람"의 망설이는 모습을 하고 있기도 하다. 이렇게 제기된 현실에 대한 탐구는, 이후 염상섭 소설의 핵심적 주제로 자리 잡게 되고 이후 점차적으로 확대되는 주제에 해당하는 것[233]이라고 볼 수 있다.

이상에서 「검사국대합실」의 '기자-작가'로서의 현실 탐구에 대한 태도로부터 이끌어낼 수 있는 사항은, '검사국'으로 상징되는 식민지 권력 하에서 언론의 기능은 정치적 담론에 침묵하고 '밀매음' 사건 같은 선정적인 소재를 보도하는 데 급급한 현실, 이에 더 나아가 언론은 개인의 인권을 보호하기는커녕 그것을 이용하여 언론권력의 정당성을 확보하려는 실상 등을 다루고 있음을 알 수 있다. 이 작품은 염상섭이 『동명』과 『시대일보』의 기자 생활을 바탕으로 당시 신문저널리즘이 생산하는 사회담론을 '기자-작가'의 시각으로 소설화하여 비판적으로 다루었다. 신문저널리즘이 정치적 담론에 대해 침묵하는 상황과 언론의 보도태도에

---

233 이런 점에서 염상섭의 작가적 태도 혹은 정치적 감각에 해당하는 이른바 '심파다이저(sympathizer)'의 태도와 '가치중립성의 생활감각'도 세계(현실)를 이데올로기나 어떤 명확한 관점으로 파악할 수 없는 상황에서의 작가의 고민의 결과라고 볼 수 있을 것이다. 이러한 염상섭의 현실인식의 태도의 독특함은 '수수께끼 같은 대상(현실)'의 진실을 파악하기 위해 끊임없이 경로를 탐색하는 과정에서의 의심과 주저(의 방법)에 있다고 할 수 있을 것이다. 염상섭의 '심파다이저'의 태도와 '가치중립성의 생활감각'에 대한 내용은 김윤식(1987)의 위의 책 참고.

대한 비판적 인식은 이후 염상섭이 그의 소설세계에서 펼쳐 보이는 식민지 현실의 소설화 과정에 중요하게 작용하게 된다.

4.2. '토론'의 서술 전략과 현실인식의 확장

1920년대 중반은 이른바 '개성(내면)에서 생활(현실)'로의 전환이라는 소설사적 문제시기에 해당한다. 그간의 염상섭의 초기 소설의 변화에 대한 논의 역시 이러한 '변화'의 이유와 계기를 작품 내·외적 관점에서 규명하려는 노력으로 이루어져왔다. 이른바 초기 3부작의 내면탐구의 세계에서 '현실(풍속)'의 세계에 대한 관심으로 변화했다는 진단을 바탕으로, 그 변화의 원인을 작품과 작품 외적 사항을 통합적으로 고려하여 설명하려고 한 연구234, 작품들의 내적 연관성과 텍스트 내적 계기를 통해 규명한 연구235, 작가적 상황236이나 작품이 놓인 매체-제도적 측면에서 고찰한 연구237 등에서 상당한 성과가 이루어졌다. 특히 작품들 간의 변화를 텍스트 내적 계기를 통해 분석한 연구들은 염상섭의 사상적 고민과 현실인식적 측면을 근대성의 문제로 다루면서 관념으로서의 근대성을 극복해나가는 과정을 해명해냈다. 그러나 이러한 연구에서 논의의 중심은 텍

---

234 김윤식, 『염상섭 연구』, 서울대학교 출판부, 1987.
235 박상준, 「환멸에서 풍속에 이르는 길」, 『민족문학사연구』24, 2004. ; 김경수, 「염상섭 단편소설의 전개과정」, 『서강인문논총』21, 2007.
236 졸고, 「1920년대 근대소설의 형성과 '신문기사'의 소설화 방법」, 『어문연구』155, 2012.
237 이희정·김상모, 「염상섭 초기 소설의 변화 과정 고찰」『한민족문화연구』38, 2011.

스트의 분석 충위가 작가의 사상적 차원이나 현실 인식적 측면에서 이루어져 텍스트의 서술상의 특징에는 소홀했던 한계가 있었다.

염상섭의 초기 소설에 나타나는 중요한 서술상의 특징은 작중 인물들 간에 이루어지는 대화의 '토론'적 양상이다. 염상섭 소설에서 '토론'의 출현과 소멸의 양상을 검토하는 것은 소설 텍스트의 내적 동력을 파악하는 작업인 동시에 미적 특성을 규명하는 사항에 해당하는 것이다. 그리고 이것은 초기 소설세계의 변화를 추동하는 작품 내적 계기를 밝히는 작업이기도 하다.

그간 염상섭 소설에 대한 논의에서 '토론'에 주목한 논의는 부분적으로 있었다. 김종균, 김미지, 나병철 등이다. 김종균은 「미해결」의 서사적 특성을 토론형식의 이야기 방식이라고 언급한 바 있다. 그는 이 작품에 보이는 "토론형식의 이야기성은 소위 소설의 다성성을 확보하여 주었다."[238]고 평가했다. 하지만 김종균의 언급은 '토론형식'에 대하여 서사 구조적 차원이나 서술적 차원에서 더 이상 분석하지 않고 인상적 평가에만 머물고 있으며, 염상섭 소설세계의 전개과정을 염두에 두지 않은 까닭에 '토론의 서사화'가 갖는 의미를 보다 깊이 있게 논의하지 못했다. 김미지는 염상섭 소설에 나타난 '연애'의 의미를 고찰하는 가운데 『너희들은 무엇을 어덧느냐』에 대해 자유연애 논리의 확립과 그 작동을 가능하게 하는 동력으로 '토론'에 주목했다. 그의 논의에 따르면 이 작품에서 '토론'은 서사를 이끌어가는 주된 매체로 기능하면서 연애가 공적인 수준에서 논의되며 관념의 경합을 나타낸다고 파악했다. 즉 연애 행각 자체가 작품

---

238 김종균, 「민족현실 대응의 두 양상-「만세전」과 「두출발」」, 김종균 편, 『염상섭 소설 연구』, 국학자료원, 1999, 389면.

에 구체적으로 형상화되는 양상보다는 토론이라는 매체를 통해 연애와 사랑 그리고 성에 대한 관념이 경합하는 방식으로 드러나고 있다는 것이다. 그리고 '토론'이라는 매체는 인물의 개인적인 독서체험이나 그에 따른 개인적 고뇌를 공론화의 장으로 이끄는 역할을 한다는 것이다. '토론'이라는 장치가 소설 속에 차용되어 자유연애와 성혁명 그리고 자아각성 등과 같은 관념을 수정하고 탐색하는 매체로서 기능한다는 것이다. 이 연구는 '토론'이라는 장치의 서사적 기능을 "'토론'을 통한 관념의 확립"[239]으로 보고 있다. 나병철은 식민지 시대 네이션과 근대적 주체가 형성되는 양상을 논의하는 글[240]에서, 염상섭의 『사랑과 죄』를 사상과 사상, 그 사적 차원과 공적 차원을 가로지르는 연결망으로서 '대화의 크로노토프'에 주목한 바 있다. 그는 진고개의 일본인이 경영하는 '카페'라는 공간에서 벌어지는 탈식민적 대화에 주목하여 거기에서 '네이션들의 경계와 틈새에서의 공간적인 욕망'을 읽어내고 있다. 나병철은 인물들의 '카페'에서의 논쟁적 담론에 대해, 그 논쟁의 내용이 네이션에 대한 것이며 그것이 '대화적'으로 이어질 수밖에 없는 것은 식민지이기 때문이라고 한다. 식민지인의 네이션이란 항상 제국주의에 맞서는 상태에서만 가능하기 때문에 자족적인 코드 대신 균열과 틈새에서 네이션을 생성하며, 바로 이 공간에서 식민지 해방에 대한 복합적인 '대화적 논쟁'이 전개된다는 것이다. 그래서 이 대화적 틈새의 공간은 만세운동에 버금가는 탈식민의 공간이 될 수 있는 것이라는 것이다. 그리고 이 카페에서의 논쟁

---

239 김미지, 「1920~30년대 염상섭 소설에 나타난 '연애'의 의미 연구」, 서울대학교 석사학위논문, 2001.08. 26면.
240 나병철, 「식민지 근대 공간과 탈식민적 크로노토프」, 『현대문학이론연구』47, 현대문학이론학회, 2011, 167~172면 참고.

과 대화는 어떤 결론에 이르지 않으며, 증폭된 대화의 감각은 이후 주인 공들의 연대를 가능하게 한다. 이들의 연대를 가능하게 하는 것 또한 카 페라는 틈새공간과 거기서 이루어지는 '토론' 덕분이라는 것이다.

한편 선민서241는 염상섭의 재도일기의 소설에 나타난 '논쟁의 서사화' 양상과 그 사회적·윤리적 함의를 밝히려고 했다. 식민권력이 자유로운 토론을 억압하고 있었다는 사회적 상황에 대응한 결과 소설에 '논쟁 장 면'을 활발하게 도입할 수 있었다는 전제하에, 재도일기의 작품에서 '논 쟁의 서사화' 양상을 고찰하는 가운데 특히 『사랑과 죄』의 논쟁과 취조 의 담화 경쟁이 환기하는 정치적 함의를 도출했다. 신민서의 논의는 재 도일기라는 특정 시기에 국한된 논의임에도 불구하고 본고가 주목하는 염상섭 소설의 서술상의 특징인 '토론'에 천착하여 사회적 함의는 물론 작품의 미적 특성을 밝히고 있다는 점에서 의미 있는 논의에 해당한다. 본고에서는 재도일기 이전의 염상섭 소설세계의 전개과정에서부터 '토 론'은 연애 서사를 정치 서사로 확장하는 방법으로 도입된 사항이라는 점에 주목하고자 한다.

'토론'은 근대적인 의사소통의 방식이다.242 이때 토론의 내용도 중요하 지만 '토론'이라는 형식 자체가 더 중요하다. 즉, 민주적 형식을 바탕으로 토론에 참여한 사람들은 위계질서와 차별 관념이 아닌, 다양한 의견을 가진 개별자로 대우된다는 사실이 중요한 것이다. 그런데 근대 초기의

---

241 선민서, 「염상섭 재도일기(再渡日期) 소설에 나타난 논쟁의 서사화 양상 연구」, 고려 대 석사학위논문, 2012.08.

242 근대 초기의 '토론'에 참여하는 '공적인 개인'의 특성에 대한 논의는 다음 글을 참고 했다. 박숙자, 「근대적 토론의 역사적 기원과 역할」, 『새국어교육』 제78호, 한국국 어교육연구회, 2007, 182~186면.

'토론' 제도와 관련해 염두에 두어야할 것은 토론에 참여하는 '개인'이 사적인 느낌이나 생각을 가진 개인이 아니라 공론에 대한 의견을 가진 개인이며, 공론화에 참여하는 개인이라는 점이다. 즉 이때의 개인은 공동체의 문제를 논의하는 공론의 주체, 다시 말해 '공론에 참여하는 공적인 개인'으로서만 의미가 있는 것이다. 따라서 근대 초기의 이른바 '토론체, 대화체, 문답체' 등의 서사 양식은 개인의 취향이나 입장을 담은 '사적 개인'들의 견해라고 하기 힘들다. 이는 '논제'에서 호명되는 '나'가 사적 개인이 아니라 '공적 견해'를 가진 '나'라는 사실을 구분하고 있다고 보기 힘들다. 이때 토론의 주체는 '개인'이지만 공동체 문제에 참여하고 있는 집단의 일부로서의 개인이다. 따라서 이러한 공적 견해에 참여하는 공적 개인의 양상을 수용하고 있는 근대 초기의 대화체 양식은 강연회, 토론회, 연설회의 형식을 글쓰기의 차원으로 옮겨놓은 것이라고 할 수 있으며, 이 양식은 "소설의 외장을 한 계몽의 교과서"[243]로서 의미를 지니는 것이다.

근대 초기 '계몽의 교과서'를 위해 구성된 '공적 개인'의 '토론' 양식은 이후 근대 소설의 서사에서 인물들의 위계 관계로 수용되는 바, 이른바 '사제(師弟)관계'가 그것이다. '사제관계'의 서사에서 인물들 간에 이루어지는 '논제'에 대한 '토론'의 양상을 통해 확인할 수 있는 것은 여전히 '연설-감화'의 위계적 관계 속에 이루어지는 '공적 개인'의 목소리들이다. 근대 초기의 '토론체-대화체' 양식과 신소설은 물론 『무정』(1917)에서 확인할 수 있는 것은 바로 '사제'의 위계 관계 위에서 '연설'하는 '공적 개인'의 목소리들이라고 할 수 있다. 이러한 특징은 한국 근대소설의 일

---

243 김동식, 「개화기의 문학 개념에 관하여-의사소통으로서의 문학을 중심으로」, 『국제어문』29, 국제어문학회, 2003, 107면.

반적인 계몽주의적 성격에 해당하는 것이다. 이광수의 소설과 프로소설의 서사가 '논제'를 설정하고 인물들의 '토론'을 진행하고 있지만 그것은 '사제관계'를 바탕으로 계몽의 기획을 위해 '집단의 입장'을 토로하면서 진행되는 '공적 개인의 연설'이라고 할 수 있다.[244] 발화자와 청중 간의 관계에서 볼 때 계몽 지식의 일방적인 전달이라는 점에서 근대적 의미의 '토론'과는 다르다고 할 수 있다.

3·1운동 이후 조선 사회는 '논쟁의 시대'에 해당한다. 1910년대의 '헌병 경찰제'에 비해 보다 '세련된' 통치방법으로 '허가'된 이른바 신문과 잡지의 민간지 '언론장'과 공공영역의 합리적인 의사소통제도로서 개최된 수많은 단체의 '토론회-연설회' 등은 1920년대 전반을 '논쟁의 시대'[245]로 뜨겁게 달구는 물적 토대를 제공하였다. 이러한 '논쟁의 시대'에 대응하는 문학은 이른바 '동인지' 세계가 보여준 근대적 '개인'의 탄생에 관한 내용으로 채워졌다. '자기(自己)', '개성', '독이(獨異)', '내면', '자기 혁명' 등에 대한 주장은 그 관념적 성격의 한계에도 불구하고 근대적 '개인'의 탄생에 따르는 진통의 담론에 값하는 것이다. 주지하다시피 근대 '개인의 탄생'이라는 드라마는 이른바 '내면 고백체'의 서사 형식으로 드러났다.[246]

---

244 '공적 개인의 연설' 또한 타자를 자기화하여 자기 동일성의 논리를 피력한다는 의미에서 근대적인 사유체계로서의 '계몽성'을 주목하지 않는 것은 아니다. 문제는 자기 동일성의 논리에 함몰되어 '계몽주의'로 고착화된 것이다.

245 김현주, 「논쟁의 정치와 〈민족개조론〉의 글쓰기」, 『역사와 현실』57, 한국역사연구회, 2005.09, 111~114면 참고. 김현주는 이 글에서 "정치문화에 주목할 때, 1920년대 전반기를 앞 시기와 구별해주는 가장 큰 특징은 '논쟁의 정치'의 등장이다."고 규정하면서, 이 "논쟁의 정치라는 새로운 환경은 다양한 제도에 의해 조성되었"는 바, 그것은 신문잡지의 사상 고취와 각종 단체가 포함된 청년회 등의 공중의 제도와 결합된 집회-시위 등의 논쟁(강연-연설이라는 제도)의 유행에 의해 조성될 수 있었다고 설명하고 있다.

앞서 설명했듯이 근대 초기의 '토론'에 참가했던 주체가 '사적 개인'이라기보다는 '공적-집단적 개인'의 자격이었다는 점을 고려한다면, 1920년대 초기의 '개인'은 내면의 발견을 통해 개성의 자각을 추구하는 '사적 개인'의 모습에 해당한다. '근대적 개인'의 탄생이 이루어지는 이러한 과정에서 '개인'들이 자아의 '관념'을 수정하거나 조종하는 탐색과정에서 '토론(논쟁)'이 중요한 기능을 한다. 동등한 발화의 자격과 조건을 가지고 '개인 대 개인'으로 자신의 의견을 개진할 수 있다는 점에서 '토론'은 민주적 공론장에 대한 열망이 표출되고 있었다는 점을 방증하는 것이기도 하다. 발화자와 수신자가 동등한 발화의 자격과 조건을 가지고 참여하는 '토론'의 실천이 1920년대 초기의 '논쟁의 시대'를 추동하고 있었다.

3·1운동 후 발생한 수많은 사회단체, 특히 각 청년회를 중심으로 한 토론회와 연설회는 일상적으로 개최되었다. 1920년대 신문의 '모임란'에는 각종 사회단체에서 주최하는 토론회의 주제가 게시되어 공지되었다. 토론회의 의제들은[247] 전통적인 가치와 근대적인 가치의 경합하는 문제를 비롯하여 개인과 집단, 교육, 자유연애 등등 아주 구체적이고 다양하다.

---

246 김윤식, 『염상섭 연구』, 서울대학교출판부, 1987. 제1부 제6장 「초기 3부작의 구성 원리」 참고.

247 1920년대 『동아일보』의 '모임란'에 소개된 토론회의 주제는 다음과 같이 구체적이고 현실적인 사회적 사안에서부터 관념적이고 이론적인 논제까지 다양한 양상을 띠고 있음을 알 수 있다. 〈國民體育 發達에는 早婚禁止가 必要한가 衛生注意가 必要한가〉, 〈자녀교육에는 가정교육이냐 학교교육이냐〉, 〈社會를 유지함에는 도덕이냐 법률이냐〉, 〈現今時代에는 金力이냐 智力이냐〉, 〈事業成功에는 理想的 智識에 在乎아 經驗的 智識에 在乎아〉, 〈人生의 存在는 自己를 위함이냐 他人을 위함이냐〉, 〈人類進化 原則은 生存競爭인가 相互扶助인가〉, 〈人才를 양성함에는 가정교육이냐 학교교육이냐?〉, 〈經濟를 充實히 함에는 物産獎勵이냐? 消費節約이냐?〉, 〈新世代를 맡는 우리는 自我를 改造할것인가?〉, 〈社會의 原動力은 돈이냐 사랑이냐〉, 〈自由戀愛贊否에 對하야〉, 〈今日 우리 家庭에 新女性을 要乎아? 舊女性을 要乎아?〉 등.

이러한 토론회 구경을 가는 것이 학생의 일상이 될 정도였다. 사회적으로 성행한 토론회의 분위기는 저널리즘의 글쓰기 방법에도 반영되었다. 연설체와 대화체의 기사문이 성행했다. 한 예로 다음 「孰是孰非」라는 기사문을 보자. 이 글은 기숙사를 배경으로 학생들의 논쟁 풍경을 기록한 글이다.

日字. 1월 11일.
장소. 松峴기숙사.
인물. P, K, C, S.

1월 11일은 일요일이다. 松峴기숙사의 7호실은 一場 시시비비의 幕으로 들어가게 된다. 이 시비야말로 한참 가관이다. 그러나 누가 可하고 누가 좀한지는 얼는 판단하기 어렵다.

P는 D학교 4년생이다. 그의 처녀적인 심정은 어느덧 문학화가 되엇섯다. 안이 시적이다. 감정적이다. 그는 금시 滋味잇게 보던 동양사를 접어 책상 우에 털석 노흐며 자기거테 누어 春香傳에 취하야 엇절지 모르는 K군에게 이러한 말을 하얏다.

「여보게 K군 비극일세. 비극이야? 영웅의 末路! 천하 영웅 拿破崙 와텔루 一敗에 그만 고국을 이별하고 萬里孤島 센트헤레나의 終身 謫客이 되어 고국을 느끼는 눈물이 대양의 水를 보태던 것이 萬古 비극 중 최대 비극으로만 알앗더니 이제 1세기傑楚覇王이 8년 풍진, 8천의 제자로 마침내 垓下의 原에 눈물 뿌리고 時不利兮雛不逝의 悲歌 1곡으로 烏江에 自刎함이야 말로 꿋꿋한 장부나마 한줌 눈물로써 그를 위로치 안이치 못하겟네...」

P는 눈물이 핑그르- 돌며 長太息 한마대로 영웅을 吊하는 정이 그 極에 달한 듯하다.

K는 종시 영웅의 史와 역사의 味를 모르는 위인이다. P의 말에 무엇이 그리 逆症이 나는지 벌떡 일어나 안즈며

「이 사람. 그게 무슨 소리인가? 그까짓 사람 만히 죽이고 세상을 어즈러히 하든 천하 强賊놈들... 실로 비극은 春香의 獄中當苦가 비극일세!. 마음이 간질간질 하야 볼 수가 업네!」

P는 웃는다. 그리고 K에게 이러한 말을 한다.

「이 사람, 엇지면 局量이 그리 좁으며 엇지면 소견이 그리 짤은가? 비극이야 어느 것이 비극 안이겟나? 도적놈도 죽을 적은 불상하다고. 那翁과 覇王이 天下强賊인고로 더욱 불상치 안이한가?」

K는 입맛만 쩝쩝 다시며 P의 말에 또 반대가 나오려 한다.[248]

위 장면은 나폴레옹의 행적을 어떻게 판단할 것인가를 의제로 P와 K가 논쟁을 하는 장면이다. 나폴레옹의 말로에 대해 P(역사하)는 영웅의 비극이라고 주장하고 K(문학)는 사람을 많이 죽인 천하강도의 말로일 뿐이라고 주장하면서 서로 다른 의견이 부딪치고 있다. 이 논제에 대한 토론은 더 이상 진행되지 않고 이 장면 이후 C(웅변=정치)라는 학생이 등장하여 '공부와 신경쇠약의 관계'라는 논제로 토론한다. 공부를 많이 하면 몸을 망친다고 주장하는 K와 공부는 금일 조선의 학생이 해야 하는 본무(本務)라고 주장하는 C에게 패배한다. 이처럼 이 기사문은 희곡의 시작 장면처럼 시간과 장소, 등장인물이 소개되고 서술자의 도입부 서술이 이어진 다음, 의제에 대한 인물의 의견을 제시하여 독자에게 '누가 옳고 누가 그른지(孰是孰非)' 판단케 함으로써 토론에 참여하도록 유도하는 글이다. 사회적인 이슈와 문제적 상황에 대해 저널리즘은 '대화'와 '토론'의 글쓰기 형식을

248　ㄷㅅ生,「孰是孰非」,『개벽』, 1920.06, 123-124면.

도입하여 독자들의 참여를 이끌어내는 글쓰기 형식을 취하고 있다.

　사회적 사안에 대한 자신의 의견을 논쟁적 글쓰기로 피력한 염상섭은 저널리스트이면서 문필가였다. 주지하다시피 염상섭의 논쟁적 글쓰기는 다채로운 잡문 속에서도 문학비평논쟁에서 두드러진다. 1920년대 초반 비평가의 역할론에 대한 김동인과 논쟁, 1920년대 후반 박영희와 벌인 프로문학의 가치에 대한 논쟁, 1930년대 초반 실제 모델 여부를 둘러싸고 김동인과 벌인 소설 작법 논쟁 등은 사회적으로 흥미를 끄는 다툼이기도 했지만 "그 이면은 대화와 협의의 방법론"[249]적 글쓰기였다. 염상섭이 발화점이 되어 벌인 이 논쟁들은 모두 당대의 문학적 화두와 밀접한 관련이 있었다는 점, 문단 전반에 영향을 끼쳤다는 점에서 의미 있는 대화적 글쓰기라고 할 수 있다. 토론회·연설회가 자극하는 '논쟁의 시대'에 저널리즘은 논쟁적 글쓰기를 도입하며, 염상섭은 자신의 분야에서 논쟁적 글쓰기를 수행할 수 있었던 것이다. 이러한 염상섭의 글쓰기 태도로 말미암아 소설 창작 과정에서 문학적 방법과 비전으로 '토론'을 도입할 수 있었다고 하겠다.

　논의의 편의를 위한 도식이 허용된다면, 1920년대 초기의 소설은 그 이전의 이광수로 대표되는 '공적 개인'의 '연설의 서사'와 뚜렷하게 구별되는 (염상섭으로 대표되는) '사적 개인'의 '내면고백의 서사(고백체)' 양상으로 드러났다고 할 수 있다.[250] 그런데 염상섭의 경우 초기의 이러한 '내면

249　이경돈, 「橫步와 文理-염상섭과 산(散)혼(混)공(共)통(通)의 상상」, 『상허학보』38, 2013, 115면.

250　김윤식은 개화기 산문양식을 분류하고 설명하는 가운데 '연설의 산문화'에 대해 논의한 바 있다. 그는 개화기 독립협회, 대한자강회 등에 의해 행해진 수많은 연설회와 그 연설회의 '토론성'이 산문화라는 질적 변화를 이룩하게 되고 이의 소설적 전용,

고백의 서사'는 『만세전』(1924)을 전후로 이른바 '현실'의 인식을 견지하는 방향으로 변모한다는 것이 일반적인 평가이다. 이러한 변모의 원인에 대한 해명이 염상섭 소설 연구의 한 가지 쟁점을 이루고 있다고 할 수 있다. 그간의 연구는 작가의 현실에 대한 인식적 측면이나 매체경험과 같은 작품 외적 요인으로 규명하려는 방향에서 진행되었다. 이 글에서는 염상섭 소설의 작품내적 특징인 서술적 측면의 변화에 주목하여 초기 소설세계의 변화 과정에 드러나는 '토론'의 서사 전략을 검토하고자 한다. 염상섭의 소설세계는 '내면 고백체'(초기 삼부작)에서 '연설'(『만세전』의 '편지', 「E선생」, 『진주는 주었스나』 등)의 수용단계를 거쳐 '토론'의 서술 전략(『너희들이 엇은 것은 무엇이냐』, 『사랑과 죄』, 「미해결」 등)을 도입하는 특징을 보인다. 결론적으로 말해 염상섭의 소설은 내적 고백의 서사에서 '토론'이라는 공적 담론화의 방법을 통해 '관념으로서의 근대'를 현실 문제에로 천착해갈 수 있었다. 이러한 방법론의 모색은 앞서 말한 당대 저널리즘의 글쓰기 상황과 작가의 논쟁적 글쓰기로 가능할 수 있었다.

염상섭의 장편소설은 연애서사를 기본 골격으로 하고 있다. 하지만 그의 소설에서 남녀인물들의 연애는 '결혼'에 이르는 경우가 드물다. 그들은 사회적 조건이나 개인이 처한 상황에서 연애하기의 어려움만 토로한다. 연애-결혼 가능성의 탐색 과정에서 인물들은 상대의 진실은 물론 자신의 욕망조차 의심해야 하는 상황에서 허덕인다. 이 과정에서 인물들은 사회

즉 "토론성의 내재화에 의한 소설적 특질의 획득이 퍽 근대적 소설의 모습, 가령 〈나〉라는 일인칭관찰자의 관점 도입, 지적 흥미의 차원획득, 단편소설의 구조, 이솝식 우화적 방법 등등 비판적 위장 및 풍자의 수법을 가능케 한 것"이라고 문학사적 견지에서 이를 언급한 바 있다. 김윤식, 『한국근대문학양식논고』, 아시아문화사, 1990, 202면.

한국근대소설 미학과 '記者-作家'

문제와 삶의 문제에 대해 끊임없이 의심하고 '토론'하는 장면을 연출하고 있다. 그러나 근대적 의미의 '토론'이 바로 이루어지는 것은 아니었다.

염상섭의 소설세계는 초기 3부작의 세계(내면=환멸=개성=독이=적나라한 개인)에서 '현실(생활)'을 수용하는 사실주의의 세계로 나아간다고 평가된다. 〈자기반성-자기비판을 통해 자아각성에 이르기〉라는 '개성론'의 과제가 현실의 제관계 속에서 탐색되는 과정에서 '계몽(주의)'적 태도를 발견할 수 있다는 점이다. 대표적으로 「E선생」과 『진주는 주었스나』에 드러나는 인물의 '연설' 장면이 그것이다. 염상섭은 이 작품들의 '연설' 장면을 통해 계몽주의적 방법이 유효기간이 지난 것임을 확인함과 동시에 그 극복의 가능성으로서 '토론'의 장면을 연출할 수 있었다.[251]

계몽(주의)의 허상과 그 실패를 상징적으로 보여준 작품이 학교와 교사를 중심으로 그린 「E선생」[252]이다. E선생은 귀국 후 "株式會社라는 懸板 알에 發行한다는 어떤 雜誌社"에 근무하면서 "잔단 돈 몇 푼을 갉아먹고 싶어서 文化運動이나 主義宣傳이니 하는" 것에 환멸을 느끼고 "咀呪바든 事會! 去勢된 靈魂! 이런 事會에는 참 살고 싶지"[253] 않았다. 그래서 그는

---

251 홍순애는 한국 근대소설과 연설의 연계성에 대해 논의하면서 1920년대 초의 내면-고백체 소설에서는 정치적이고 계몽적인 연설적 언술은 소설의 언어로 고려되고 있지 않다가 1920년대 후반으로 가면서 브나로드 운동을 소개하고 있는 농촌 소설과 카프소설, 노동자 소설에서의 사회주의 사상의 효율적인 전달을 위해 서사 안에 연설적 언술이 배치되기 시작한다고 논의한 바 있다.(홍순애, 「근대소설의 장르분화와 연설의 미디어적 연계성 연구: 1920-30년대를 중심으로」, 『어문연구』37-4, 2009.가을, 374~375면 참고.) 홍순애의 이러한 관점은 소설사의 측면으로 거시적인 관점에서 이루어진 진단이라는 점을 감안하더라도 염상섭 등 한 작가의 작품의 변모 과정에서 확인되는 '토론'의 도입과 같은 사항을 세밀하게 검토하지 않는다면 근대소설과 '연설'에 연계성에 대한 논의는 이른바 '계몽소설'의 논의에 국한될 가능성이 크다는 한계를 가질 수밖에 없을 것이다.

252 염상섭, 「E선생」, 『동명』, 1922.09.17-12.10.(『염상섭전집』9, 민음사, 1987).

"순실한, 사람다운 사람이 모인 단체, 책상머리에 있을 때의 양심이 흐려지지 않는 청년의 '그룹', 세간적으로 아주 영리하여지지 않은 어린 동무"들 속에 지내고 싶어서 "교육계"로 나선 것이었다. 하지만 학교라고 해서 다른 '사회'와 다르지 않다.

「E선생」에서 그려지는 학교는 '순실하고 아름다운 사람이 모인 단체'인 학교가 아니다. 학교에 근무하는 선생들은 문제가 있는 현재의 학교 운영에 순응 혹은 아첨하거나 기회주의적 태도를 취하는 모습으로 형상화되어 있다. 학교는 운동장을 넓히기 위해 민간 부지에 학생들이 들락거리게 만들어 동민들을 괴롭혀 쫓아내려고 한다. 이러한 학교 재단의 행패에 대해 재단과 학생의 환심을 사려고만 하는 선생들과 이에 대항하는 선생들, 그리고 기회주의적으로 중간적 입장을 드러내는 선생들로 나뉘어 있는 현실이다. 이러한 학교 측의 행패에 맞서는 인물인 E선생은 학생들에게 '自律自發이라는 精神'을 강조하는 훈화 연설을 하고, 인간의 자율성을 길러주지 못하는 시험제도를 비판하면서 학생들에게 이에 대한 올바른 관념을 심어주기 위해 '시험'에 대한 문제를 출제하기에 이른다. 하지만 E선생의 이러한 순수한 목적을 학생들은 역이용하여 졸업시험 폐지를 도모한다. 이에 E선생은 학생들에 대해 실망하고 학교를 떠난다. 다른 '사회'와 달리 '순실하고 아름다운 사람이 모인' '학교'라 믿고 투신했던 E선생은 사직을 하고 그가 머물 곳은 더 이상 존재하지 않는다. E선생의 훈화(연설)가 학생들의 실천을 이끌어내지 못하고 결국 학교에서 축출되고,[254] "洞里老人들은 所謂 學校敎育이라는 것을 이를 갈며 咀

---

253 염상섭, 「E선생」, 위의 책, 115면.
254 장수익은 염상섭의 초기 소설과 계몽주의의 관계를 밝히면서, 염상섭이 계몽의 불

呪"²⁵⁵하는 형국에서 알 수 있듯이, 이 작품 속에서 연설은 현실에 패배하는 양상을 보여주고 있다.²⁵⁶

「E선생」에서 'E선생'의 학생들을 상대로 한 계몽의 '연설'은 『진주는 주엇스나』²⁵⁷에서 신문기자 신영복의 편집실 '연설', 결혼식 장면에서의 폭로 연설, 피로연장에서 김효범의 '이도령식 연설' 등으로 이어진다. 신영복 기자는 신문사 간부의 외압으로 기사를 내지 못하는 상황에 처하고 취재한 사실을 왜곡해 보도하라는 편집국장에게 항의하기에 이른다. 편집국장의 명령과 사직서를 제출해서라도 사실을 보도하겠다며 맞서는 언쟁이 있은 후, 편집국장실을 나온 신영복 기자는 편집실 기자들을 향

가능성을 자각하는 계기는 '근대인의 이기심' 때문이라는 점을 「E선생」과 「해바라기」의 분석을 통해 논의한 바 있다. 장수익, 「염상섭 초기 소설과 계몽주의」, 『한국문학과 계몽담론』, 문학사와비평연구회, 새미, 1999.

255 염상섭, 「E선생」, 『염상섭전집』9, 민음사, 1987, 120면.

256 이 작품은 계몽으로서의 '연설'의 실패를 보여주는 동시에 '토론'의 가능성을 보여주고 있다. E선생의 사표를 둘러싸고 직원회의를 개최하는 바, 그 '민주적 절차'와 그 과정에서 '의견'의 대립을 서술하는 다음과 같은 서술이 있다. "漢文先生은 참다못하여 쏘다시 닐어나서 한 번 더 자세히 前言을 反復說明한 뒤에 絶對로 校監에게 一任하자고, 主張하얏다. 이에 對하야는 意見이 세 派로 난 후엿다. 卽 贊成派, 反對派, 中立派이다. 그 中에 反對派에는 쏘다시 3大 分黨이 잇섯다. 萬一 名稱을 부치자면 卽 A先生 擁護會, A先生放逐期成同盟會, 革新俱樂部 등이 이것이엇다. 爲先 所屬委員을 打點하야보면 漢文先生을 中心으로한 贊成派는 圓滿主義 博物先生을 筆頭로 理化學先生, 唱歌先生, 一名 「뱀장어」라는 朝鮮式 尊啣을 가진 美國애송이의 英語先生 등 穩健主義의 保守黨이요, 中立派에는 一人一黨 觀主義者 圖畫先生 한 분. 反對派의 A先生 擁護會에는 업지 못할 A氏의 部下 二名. A先生放逐期成同盟會는 內心으로 乃公이 안이요 總裁가 安在오 하는 校監을 先鋒으로, 算術, 代數의 任先生, 朝鮮語先生들 革新俱樂部에는 洋國물먹은 하이칼라의 英語先生, 和製의 倭말 先生들이다."(132면-밑줄 강조 인용자) 이 대목에서 알 수 있듯이 사안의 의견 대립을 정치제도의 상황에 빗대어 서술하고 있음을 알 수 있다. 하지만 여기서 서술자는 이 상황을 희극적으로 서술하기 위해 이러한 서술을 도입하고 있을 뿐이다.

257 염상섭, 『진주는 주엇스나』, 『동아일보』, 1925.10.17.~06.07(총86회): 이하 작품 인용은 연재횟수로 대신함.

해 '연설'을 통해 '설득의 수사학'을 펼친다.

> "여러분! '파워 이스 오라잇'이라는 경구가 인류역사의 '페-지page'마
> 다 참혹한 피흔적으로써 기록된 결과는 인류로 하여금 오늘날의 이렇
> 듯 한바닥에 빠지게 하였소. 우리라 가질 문화의 정당한 가치를 찾지
> 못하게 하였습니다. (중략).....언론과 및 조고자, 신문과 및 신문긔자의
> 유일하고 존귀한사명은 세상이 버리고 인류가 구박하는 정의라는 사생
> 아를 옹호하고 발유시키기 위하야 의금을 들고 나서는데 잇는 것임니
> 다 권력과 금전이 간통을하는 추악한 긔록이 신문일 수는 업습니다 간
> 부와 간부의 조방군이가 신문긔자의 직무일 수는 업습니다!(62회)

이렇게 시작하는 신영복의 연설은 1)이미 보도된 신문기사의 내용을
바탕으로 귀족과 부호의 타락에 대한 비판과 2)금전과 특권계급의 지위
라는 외압에 의해 언론기관이 제 역할을 하지 못하는 상황에 대한 비판
으로 이어지며, 마지막으로 3)'생명론'에 입각한 '현실타파'의 의미를 피
력하는 내용으로 마무리되고 있다. 이러한 신영복의 연설(문)은 신문연재
의 62회와 63회에 걸쳐 장황하게 서술되어 있다. '우리 생명의 유일한
발로 긔관의 한아인' 신문이 '권력과 금전이 간통을 하는 추악한 긔록'으
로 타락해 제 역할을 수행하지 못하는 상황에 대하여 비판하는 이 연설
에서 주목되는 서술은 다음과 같이 사족처럼 덧붙인 부분이다.

> 사회란 그러한 것인데 혼자 쩌들면 무엇하나! 하고 악(惡)을 악인 줄
> 알면서도 눈을 감아버리는 자는 현사회의 생존권을 스스로 유린하는
> 자올시다. 현실에 동화되는 자는 인류의 영원한 적(敵)이요 우주 생명
> 의 반역자임을 우리는 명심합시다. 이와 같이 말한다고 나를 주의자(主

한국근대소설 미학과 '記者-作家'

義者)라 일컷지 말라! 나는 주의자임으로 이러한 말을 하는 것이 아닌 것을 명언하야 둡니다.(63회: 밑줄 강조-인용자)

신영복이 말하는 '현실타파론'은 '악에 대해 눈을 감는 것', '현실에 동화되지 않는 것'이라는 의미에서, 그것은 현실 개혁의 의미를 말하고 있는 것은 아니다. 그런 의미에서 신영복은 스스로를 '주의자가 아니다'라고 분명히 하고 있다. 마지막에 '주의자'가 아니라고 '명언'하는 이유의 맥락은 여러 측면에서 살펴볼 수 있겠지만, 무엇보다 '신문기자'의 소명을 피력하는 가운데 '명언'하고 있다는 점에 주목할 필요가 있다. 현실의 부정적인 면을 파헤쳐 보도하고 폭로하는 '기자'는 그의 직업에 충실할 뿐이다. 여기에 '현실폭로'로서의 기자의식이 현실개혁자로서의 '주의자'와 자신을 구별 지으려는 자의식으로 작용하고 있음을 알 수 있다. 그러나 이 소설에서 신문기자의 '연설'은 자기반성적인 면도 있다. '정의와 인도에 예민한 감수성을 지닌' 김효범의 비극적인 상황이 신문기자 신영복이 쓴 신문기사로 인해 더욱 강화되었으며, 서사 내적으로는 신영복의 김효범에 대한 '보호'와 변호를 위해 연설이 이루어지고 있기 때문이다. 그럼에도 불구하고 신문기자 신영복의 '연설'은 결과적으로 김효범의 자살시도를 막지도 못하며 자신도 구금되는 신세로 만들고 있을 뿐이다. 이 작품의 결말부에 설정된 결혼식 장면에서, 신영복 기자는 하객들을 상대로 이근형의 중혼죄를 폭로하고 김효범을 타락시킨 조인숙을 비판하는 '연설'을 하지만 그 때문에 회당 밖으로 쫓겨나고 결국 불온사상자로 의심되어 경찰에게 체포될 뿐이다. 그의 '폭로연설'에 현실은 꿈쩍도 하지 않는다. 이러한 일련의 사건과 '연설'에 대해, 서술자는 "아모도 분명한 판단을 할 수가 없었다.”고 서술하고 있음에서도 연설의 한계를 알 수 있다.

　이처럼 「E선생」과 『진주는 주엇스나』는 1920년대 중반 시점에 작가의 개인적인 체험과 사회적 상황에 대한 인식이 반영된 교사와 신문기자라는 인물을 작중에 등장시켜 ‘연설’의 장면을 도입하고 있다. 하지만 교사와 신문기자의 ‘연설’은 이전 작품들이 다루고 있는 “개인의 내부 문제에서 외부 문제로 관심의 초점이 이전하는 과정을 고스란히 보여주고”258 있는 동시에, 작품의 서사 구조적 차원과 서술적 차원에서 그것의 한계에 대한 인식을 보여주고 있다고 할 수 있다. 교사와 신문기자의 ‘계몽의 연설’에 현실은 꿈쩍도 하지 않는 것이다. 더 이상 ‘연설’은 비극적인 인물의 운명을 계몽할 수도 없고 어떤 전망도 제시할 수 없으며, ‘연설’은 현실에 대해 ‘분명한 판단’도 할 수 없고 그 앞에 패배할 수 없는 상황에 처해 있음을 보여주고 있는 것이다.

　「E선생」과 『진주는 주엇스나』에서 등장인물들이 사람들 앞에서 연설과 웅변을 하는 장면은 현실에 대한 패배를 확인하는 과정으로서 의미를 지닌다. 작가 염상섭의 실제 체험이 반영되었다고 할 수 있는 교사와 신문기자는 현실계몽과 부패한 현실에 대한 고발과 폭로의 지위를 획득한 인물들이다. 하지만 이러한 지식인 엘리트의 계몽적 ‘목소리’가 현실을 움직이기에는 역부족임을 이들 작품을 통해 작가는 보여주고 있다. 그런데 냉소적 시선으로 점철된 염상섭의 초기 소설세계를 염두에 둘 때, 이들 작품에서 인물들의 ‘연설’은 다소 예외적이기까지 하다. 이 시기의 작가 염상섭의 어떤 ‘조급함’이 작용하여 작중인물의 ‘연설’로 드러난 것은 아

258　장두영, 「염상섭 소설의 서사 시학과 현실인식의 관련 양상 연구」, 서울대 박사학위 논문, 2010, 85면.

닐까? 이 시기 염상섭은 『동명』-『시대일보』의 기자활동을 하면서 현실의 문제에 직접 개입하는 모습을 보여주고 있다. 특히 『시대일보』의 기자로 일명 '보천교의 『시대일보』인수 논란'[259]이 발생했을 때 기자단 대표로서 성명서[260]를 발표하는 등의 활동을 적극적으로 펼치며, 일본의 조선인 노동자 사건인 '신석현 사건'에 대해서도 장문(長文)의 시평(時評)[261]을 『동명』지에 게재하기도 했다.[262] 이렇게 식민지 현실의 문제에 대해 '기자-작가'로서의 자의식이 강력하게 작용하고 있던 시기에 창작된 『진주는 주엇스나』의 신영복 기자의 '연설'은 작가 목소리의 복화술이라고 볼 수 있다. 하지만 민중의 공기(公器)로서 신문의 언로는 금전과 권력에 의해 더욱 왜곡될 뿐이고 그들의 부도덕한 삶에 대한 비판 역시 현실개혁과는 거리가 멀다. 부정한 현실에 대한 목격이 조급한 '연설'을 촉발시켰으나

---

259 1924년 보천교의 혁신 세력은 보천교에 대한 世人의 오해를 불식시키고 보천교의 '眞諦'를 선전하기 위해 발언 매체를 확보하기 위한 명분으로 경영난에 빠진 『시대일보』 인수에 나선다. 보천교 측은 시대일보사의 최남선 등에게 시대일보의 전신인 '東明社'의 부채를 갚아주고 별도의 1만원을 지불하여 인수하기로 계약을 체결하였는데, 이때 시대일보사 사원들은 社友會를 결성하고 지국장들과 함께 최남선을 공격하고 이성영에게 판권의 무조건 양도를 요구하며 거세게 반발했다. 이때 염상섭은 사우회의 위원으로서 참여했다. 이상의 보천교 『시대일보』 인수 논란에 대해서는 다음 글 참고. 김정인, 「1920년대 전반기 普天敎의 浮沈과 民族運動」, 『한국민족운동사연구』29, 2001. 170~173면.

260 염상섭, 「最後까지 奮鬪흘터-사우회 위원 렴상섭씨의 주장」, 『조선일보』, 1924.07.19.

261 염상섭, 「신석현 사건에 鑑하야-이출노동자에 대한 응급책」, 『동명』, 1922.09.

262 최태원은 『만세전』에 대해 논의하면서, 「묘지」에서 『만세전』으로 완성되는 과정에서 이인화의 식민지 현실인식의 심화가 작품 외적 사건, 즉 '신석현 사건'에 대한 기자 염상섭의 인식이 작용한 결과라는 점을 분석한 바 있다. 최태원은 「묘지」 3회에 등장하는 '노동자 모집원' 삽화가 그것을 집필할 당시의 『동아일보』에서 비중있게 다루던 '신석현 사건'의 충격과 흥분을 배경으로 하고 있다는 점을 밝혔다. 최태원, 「〈묘지〉와 『만세전』의 거리-'묘지'와 '신석현(新潟縣) 사건'을 중심으로」, 『한국학보』, 일지사, 2001, 120~121면 참고.

두터운 현실은 꿈쩍도 않는 것이다.[263]

이러한 현실인식을 소설 담론으로 수용할 때 '연설'은 더 이상 의미가
없다. 염상섭은 '알 수 없는 현실'을 소설 담론으로 수용하는 과정에서
모색하는 방법론은 '토론'이다. 현실에 환멸과 그것에서 벗어나기 위한
방법으로써 '토론'이 도입되고 있다. 남녀인물들은 연애-결혼의 가능성
을 탐색하는 과정에서 사회 문제나 삶의 문제에 대한 고민이 깊어지는
가운데, 그 고민을 서로 '교환'한다. 그 교환의 형태가 '토론'의 서술형식

---

[263] 장두영은 염상섭의 소설세계의 전개과정을 서사 시학적 관점에서 고찰하면서, 「E선생」
과 『진주는 주었스나』에 나타나는 '연설'의 의미에 대해 다음과 같이 평가한 바 있다.
"'연설'은 E선생이 지닌 사상과 신념을 직접적으로 토로하는 방식이라는 점에서 서
술자의 중개를 거치지 않은 채 반성자-인물의 목소리로 표현되는 내적 독백에 가까
운 것이지만, 다른 한편에서는 작중의 특정 수신자에게 구체적인 내용을 전달한다는
점에서 내적 독백으로부터는 밀어진 것이다. 이러한 '연설'은 이후 『너희들은 무엇을
어덧느냐』와 『진주는 주었스나』에서도 인물의 생각을 효과적으로 표현하는 방식으
로 활용되고 있어 일시적인 현상이 아니라 작가의 창작적 수련 과정을 거친 결과로
볼 수 있을 것이다. 결과적으로 내적 독백이 사라졌다는 것은 중개성이 강화된 증거
이며, 번민과 고뇌의 분위기에서는 완전히 탈피하게 됨을 의미한다."(61면) 한편,
"연설을 통한 작가의 개입은 물론 소설적인 완성도를 저해하고 있다. (-중략-) 그러
나 이러한 서사적 결함을 통해서 작가의 창작의도와 인식의 정도를 가늠할 수 있다는
점에서 전체 염상섭 문학의 전개과정을 설명하는 유용한 자료로 활용할 수 있다.
요컨대 정의와 불의의 대결을 형상화하기 위해 사건 위주로 서사를 진행하고 이를
작가의 의도에 맞추어 설명하기 위해 불가피하게 편지와 연설이 동원되었다는 가설
을 세울 수 있다."(85면) 따라서 신영복의 연설은 염상섭 소설의 전개과정에서 보면
"개인의 내부 문제에서 외부 문제로 관심의 초점이 이전하는 과정을 고스란히 보여
주고 있는 셈이다."(85면) 이처럼 장두영은 염상섭의 초기 소설에 보이는 서술차원의
'연설' 도입에 대해 〈자아가 외부 세계와 대면하는 과정〉에서 혹은 〈내적 문제에서
외부 문제로 이전하는 과정〉을 매개하고 있다고 의미부여를 한 바 있다. '연설'이
〈외부 세계의 문제〉에 대한 관심의 표명임에는 틀림없지만, 그리고 서술 이론적 차원
에서 '연설'은 "중개성이 강화된 증거"라고 할 수 있겠지만, 본고에서는 오히려 '연
설'의 언술을 통해 계몽(주의)의 무력함에 대한 인식을 서사 구조적으로 보여주고
있다고 본다. 「E선생」과 『너희들은 무엇을 어덧느냐』에서 '연설'의 주체는 모두 '현
실'에 패배하고 있기 때문이다. 장두영, 앞의 논문, 2010.

한국근대소설 미학과 '記者-作家'

을 취하고 있는 것이다.

『삼대』를 정점으로 하는 염상섭 소설의 '다성성'[264]이라는 서술 특징을 염두에 둔다면,[265] 그것의 기원 혹은 징후를 인물들간에 벌어지는 '토론'의 양상으로 보여주고 있는 작품이 『너희들은 무엇을 어덧느냐』[266]라고 할 수 있다. 이 작품은 엘리트 젊은이들의 연애하기의 어려움을 다룬 작품이다. 작중인물들은 그들의 연애 과정에서 성공이란 무엇인가, 현대사회에서 종교의 의미는 무엇인가? 성적 혁명은 가능한가, 신성한 연애는 가능한가? 등과 같은 조선사회가 직면한 현실적인 문제들에 대해 '토론'하고 있다.[267] 인물들의 대화는 언쟁의 양상을 띠기도 하고,[268] 앞서 말한

---

264 바흐친의 '다성성' 개념은 도스토예프스키의 작품 세계를 통해 이끌어낸 것이다. '다성성'의 개념과 관련해서 흥미로운 것은 도스토예프스키가 신문매체에 대한 가지고 있었던 다음과 같은 언급이다. '다성성' 개념과 신문매체가 맺고 있는 관련성을 유추할 수 있는 대목이다. "그(도스토예프스키-인용자)는 어떤 유기적인 적의(敵意) 및 환경이론과 끊임없이 논쟁하고 있다. 그는 역사에 호소라는 법이 거의 한 번도 없으며, 모든 사회적·정치적 문제를 현대라는 정면에서 해석하고 있는데, 이는 모든 것을 현대성의 관점에서 해석케 하는 저널리스트라는 그의 입장에 의해서만이 해명되지는 않는다. 반대로 우리는 다음과 같이 생각한다: 언론에 대한 도스토예프스키의 집착, 신문에 대한 그의 사랑, 하루라는 단면 속에 나타난 현대사회의 제모순을 생생하게 반영시켜 주는 신문지면(여기서 대단히 다양하고 모순적인 소재가 나란히 그리고 대립적으로 광범위하게 전개된다)에 대한 깊고 섬세한 그의 이해는 앞에서 말한 그의 창안(眼)의 근본적 특징을 통해 설명될 수 있다." M. 바흐친, 김근식 역, 『도스토예프스키 시학』, 정음사, 1988, 46면.

265 우한용, 「염상섭 소설의 담론구조-『삼대』의 담론체계」, 『한국현대소설구조연구』, 삼지원, 1990; 김종욱, 「관념의 예술적 묘사 가능성과 다성성의 원리-염상섭의 『삼대』론」, 『민족문학사연구』5, 1994; 김종구, 「염상섭 『삼대』의 다성성 연구」, 『한국언어문학』59, 2006.

266 염상섭, 『너희들은 무엇을 어덧느냐』, 『동아일보』, 1923.08.27-1924.02.05.(총129회) 이 글에서 인용은 『염상섭전집』1(민음사, 1988)의 면수를 밝히는 것으로 대신함.

267 서영채는 다음과 같이 염상섭 소설의 주인공들의 '끝없는 대화'에 주목한바 있다. "연애를 하는 염상섭의 주인공들은 끝없이 대화를 나눈다. 사회 문제에 대해, 주변의 인물들에 대해, 서로의 내력과 집안 문제에 대해, 그리고 그들이 직면해 있는

현실사안에 대해 의제를 설정하고 자신의 의견을 피력하는 '토론'의 양상을 띠기도 한다. 이러한 연애 과정에서의 '토론'의 장면과 내용들은 염상섭 소설의 연애관계가 감상적이거나 혹은 낭만적인 연애를 제시하는 다른 작가들과 구별되는 지점에 해당한다. 이것은 인물들간의 연애문제가 해결의 양상보다는 지연되는 특징을 보이는 것과도 관련이 되는 것이다.

『너희들은 무엇을 어덧느냐』는 재력가이자 늙고 외발인 남편 김응화의 자금으로 잡지 '탈각'을 운영하는 덕순이 일본으로 떠나게 되어 잡지 관계자들과 지인들을 초청하여 회합을 주최한 장면으로 시작한다. 덕순의 집에 모인 사람들은 경애, 정옥, 희숙, 마리아 등의 여성들과 한규, 명순, 홍진, 중환 등의 남성들이다. 이 회합의 자리에서 인물들간에 이루어지는 대화는 성공, 사랑과 연애, 성적 혁명, 종교 문제 등과 같은 사안들이다. 신여성과 청년 엘리트들의 회합 장면에서 '토론' 되는 내용을 이끌어가는 인물들은 청년 엘리트들이다. 그 가운데 일명 'B여사 사건'[269]에 대해 남성

상황에 대해. 대화의 내용은 무궁무진하다. 대화를 통해 그들은 서로의 사적 정보나 특성을 알게 되고 그럼으로써 서로를 이해하게 되고 마침내는 상호 간의 신뢰를 획득한다."(서영채, 『사랑의 문법』, 민음사, 2004, 205면) 이어서 서영채는 "여기서 중요한 것은 대화의 내용이 아니라 대화를 나누고 있다는 사실이다."라고 하면서 '대화'가 남녀간의 자유교제의 한 방법이라는 점에 주목했다. 그러나 '끝없는 대화'는 자유교제의 방법으로서 뿐만 아니라 그 대화의 내용에도 주목할 필요가 있다. 왜냐하면 그 내용들은 연애의 과정을 통과하면서 근대주체로서의 자기정립을 위한 조건의 탐색 주제를 포함하고 있기 때문이다.

268 김정진은 염상섭 소설의 문체에 나타나는 특이한 대화체를 분석하여 그 대화체들이 〈부정, 억지, 조롱, 비꼼, 농담〉 등의 어조를 띠며 희극적 아이러니의 요소를 공통적으로 담고 있다고 논의한 바 있다. 金正辰, 「염상섭 소설의 대화기법 연구—前期 장편소설의 대화를 중심으로」, 『어문연구』155, 한국어문교육연구회, 2012.

269 "'B女史事件'이란 '白蓮女史'라는 필명으로 유명했던 歌人 伊藤燁子(당시 36세)가 남편인 큐슈의 탄광왕(炭鑛王) 伊藤伝右衛門에게 십년 결혼 생활을 마감하는 절연장을 쓰고는 1921년 10월, 동대(東大) 신인회(新人會) 회원이면서, 브나르도 운동에 관여

인물들이 나누는 대화의 내용을 재구성해보면 다음과 같다.

> 명수: 재래 도덕으로 판단 구속해서는 안 되겠지만 호강 이상을 만족
> 키는 생활이어야 한다. 〈사람은 밥으로만 사는 것이 아니다〉.
> 중환: 그 녀자의 노래를 혹시 신문에서도 보앗지만 정력 수음(情的
> 手淫)을 하는 사람이라할 수밧게 업드군……. 이혼의 동기에
> 찬성할 수 없다.
> 홍진: 일본의 과도기적 성적 혁명의 단계의 사건. 성의 혁명은 필연
> 적으로 오고 말 것. 조선가치 엄격하고 가혹한 사회에서는 반
> 동력으로 맹렬한 성덕 타락(性的 墮落)의 시대가 음습하야 올
> 것이요 또 반동으로 성(性)의 진정한 혁명시대가 오겠지요.
> 중환: 이론적으로 맞지만 지금 조선 형편으로 앉아서는 꿈같은 수작.
> 명수: 그러나 그러한 시대는 오고야 말 것이니 철저하게 나가볼 일.
> 중환: 성덕 혁명이라는 말부터 모르는 젊은 남녀의 귀에 그런 소리
> 를 들려보슈. 아마 사생자(私生子)ㅅ개나 나리다마는...
> 홍진: 남녀간의 교양이 문제. 금방 실현될 것은 아님.(233-234면, 대
> 화내용 재구성)

일본 사회를 떠들썩하게 만든 'B여사 사건'에 대해 덕순은 여성으로서
어떤 굴레에도 불구하고 개인주의적 연애지상주의를 실천한 B여사에 대
해 동조하는 반면, 이에 대해 남성인물들이 나누는 대화는 연애의 문제
가 도덕의 문제에서 나아가 '성혁명'의 문제로 확대된다. 그들은 연애의

하고 있던 연인 宮岐龍介(당시 27세)에게로 가버린 사건을 말한다. 개성 존중을 주창
한 백화파(白樺派)의 성행 속에서 일본 사회의 찬탄과 비난을 함께 받았던" 사건이
다. 정혜영, 「삶의 허위와 사랑의 허위: 염상섭 『너희들은 무엇을 어덧느냐』」, 『韓國
文學論叢』39, 2005, 281면.

문제를 재래의 도덕으로 판단해서는 안 된다고 생각하고 성혁명은 시대적 요구라는 점에서 공통적으로 인식하고 있지만, 조선현실에서의 가능성에 대해서는 각자의 의견이 다르다. 성적 혁명의 필요성에 대한 명수의 급진적인 생각과 홍진의 중도적인 입장 그리고 중환의 현실적 불가능의 입장이 부딪치고 있다. 여기서 중요한 것은 각각의 인물들이 성적 혁명이라는 '논제'에 대해 "자긔의 의견을 이야기하"(234면)고 있다는 점이다. 그들은 자신의 의견을 말하고 상대의 의견을 듣고 그 "의견에 찬성을" 표하기도 한다. 여기서 각각의 의견은 어느 하나의 의견으로 수렴되지 않는다. 이러한 점이 다른 계몽소설에서 인물들간의 사제관계를 바탕으로 이루어지는 '대화'와 결정적으로 다른 것이다. 사제관계의 인물 구조에서 이루어지는 '교화적 대화'가 서사의 갈등을 해결하는 가장 손쉬운 방법[270]이라면, 염상섭 소설의 인물들은 각각 자아각성을 통해 개성의 발견이라는 근대적 주체(개인)를 구성하는 과제를 수행하는 과정에 있으므로 일방적인 '연설의 대화'로 설득되지 않는 내면의 소유자들이다. 그래서 그들의 대화는 "자긔의 의견"을 표출하는 '개인'의 발화이므로 근대적 의미의 '토론' 장면이 될 수 있는 것이다.

염상섭의 초기 소설에서 '토론'은 "사상과 이념의 문제를 다룰 때 흔히

---

[270] 홍혜원은 근대 계몽소설의 대표작가인 이광수의 소설에서 대화의 삽입과 그 역할에 대해 논의하면서, "시간적인 흐름 속에서 어느 한순간 시간이 정지하고 방대한 분량의 대화 장면이 삽입됨으로써 사건의 인지가 공간화된다."고 설명한 바 있다. 그런데 이광수 소설의 '대화'는 "형이상학적이고 진지함에 기반한 대화가 주류를 이루고 있는데, 이는 지적·도덕적 우위에 놓인 한 인물이, 미성숙한 다른 인물을 지도하고 가르치는 것으로, 갈등을 해결하는 가장 손쉬운 방법의 하나라고 할 수 있다. 이와 같이 교화적 의도가 포함된 대화는 시간의 정지에 의한 공간화 양상을 주도하여, 이는 각 사건을 연결하는 시간적 계기에 의해 『사랑』의 서사를 구성한다." 홍혜원, 『이광수 소설의 이야기와 담론』, 이화여자대학교 출판부, 2002, 100면 참고.

한국근대소설 미학과 '記者-作家'

사용되는 수법"271이면서, "관념들이 경합하는 방식"272을 보여주는 서술적 특징에 해당한다. 그런데 염상섭 소설에서 토론은 '관념(사상과 이념)' 그 자체의 문제와 아울러 그것의 현실화 문제를 동시에 고민하는 특징을 보인다.

> 어쩌튼지 련애라는 것은 모든 힘(力)을 나흘 수 잇다고 <u>나는 생각하네만은</u> 이러한 의미로 나는 조선 사람이 련애의 삼매(戀愛三昧)에 취생몽사(醉生夢死)로 세월을 보내라는 말이 아니라 다시 말하면 <u>련애의 그 자체보다는 련애를 할 만한 모든 조건과 조짐이 조선 사람에게 잇섯으면 조켓단 말일세.</u> 그러나 련애라는 것은 감정이 순일(感情純一)하여야 할 것이요 자긔의 생활에 대하야 깁흔 자각과 날카로운 반성력(反省力)이 잇서야 할 수 잇는 것일세……(280면, 밑줄 강조 인용자)

위 인용문은 신문기자이면서 창작도 하는 김중환의 말이다. 작가는 서술자의 인물에 대한 서술태도 혹은 인물의 언술을 통해 간접화된 방식으로 작가적 지향성을 드러내는바, 이 작품에서 김중환의 언술을 통해 작가적 태도를 확인할 수 있다. 김중환의 '연애'에 대한 '내 생각'의 피력에서 중요한 사항은 "련애 그 자체"와 "련애를 할 만한 모든 조건"에 대한 언급

---

271 장두영, 앞의 논문, 69면.

272 김미지, 앞의 논문, 26면. 김미지는 석사학위 논문의 주석29)에서 염상섭의 소설에서 '토론'은 "관념의 확립과정"에 해당하는 특징이라고 설명하고 있다. '토론'이 관념(적인 것)에 대한 논의에 해당하는 것은 사실이지만, '관념의 확립'을 위한 것이라고 보기에는, 염상섭 소설의 서술적 차원에서의 '토론'은 관념과 현실의 관계를 문제 삼고 있기 때문에 더 문제적이다. 관념과 사상에 대한 논리적인 차원의 토론이라기보다는, 토론의 내용이 '현실 조건'에 대한 사항에 집중되어 있기 때문에 '관념의 확립'보다 '관념의 (조선) 현실에의 적용'이라고 보는 것이 더 적절하다고 판단된다.

이다. 관념과 그것의 현실화 문제를 '연애'에 적용하면 위와 같은 언술을 이해할 수 있다. 염상섭은 연애라는 관념 그 자체에 대한 사유를 철저하게 하는 동시에 언제나 그것의 '현실적 조건'에 대한 고민을 보여주고 있는 것이다. 김중환의 이러한 의견은, 관념으로서 연애 그 자체에 대하여 "상대 형상 내의 자기발견의 기쁨!", "연애생활도 예술화한 생활" 등으로 사유하는 동시에 "현대와 같은 사회조직 하", "물질적 조건"[273]을 동시에 인식하는 작가 염상섭의 발언과 궤를 같이하는 것이라고 할 수 있다.

이런 의미에서 『너희들은 무엇을 어덧느냐』의 전반부에 배치된 두 장면은 주목할 만하다. 작품의 시작 부분에 배치된 덕순의 집에서 행해진 남녀 인물들의 회합장면과, 그 장면이 파하고 남성 인물들이 향한 요릿집 술자리 장면이 그것이다. 덕순의 집 회합장면에서 남녀 인물들이 나누는 대화는, 앞서 살펴보았듯이 'B여사 사건'을 중심으로 연애라는 관념 그 자체에 대한 토론이었다. 그 직후 남성 인물들이 향한 요릿집 술자리 장면에서 기생을 끼고 나누는 대화는 연애라는 관념의 현실화 내용에 해당하는 것이라고 하겠다. 덕순의 집 회합장면에서 남성 인물들은 연애 관념을 피력하면서도 신여성 인물들에 대해서는 관찰과 의심의 상태에 머물고 있을 뿐이다. 하지만 이어진 요릿집 장면에서 석태는 기생 홍연이를 쳐다보면서 "마리아와 갓다"(246면)고 생각하며, 김중환은 기생 보려고 요릿집 오기나 여학생 보려고 예배당 다니기가 다르지 않은 심리상태라고 한다. 그런데 남성 인물들은 회합장면에서의 신여성의 자리에, 요릿집에 와서 그 자리에 기생 도홍을 앉혀 놓고 밤을 같이 보낼 사람을 가리는 바둑

---

273 염상섭, 「諸家의 戀愛觀: 감상과 기대」, 『조선문단』, 1925.07.

한국근대소설 미학과 '記者-作家'

두기를 하고 있다. 이러한 장면 배치는 연애라는 관념 그 자체에 대한 인식과 현실화의 문제를 담아내는 효과를 내고 있다. 남성들의 연애에 대한 관념과 여성들의 연애에 대한 관념은 그 자체로 이상적이지만, 현실적으로는 '학비문제'로 현실화되어 있다. 신여성 덕순의 이혼과 유학 문제, 명수의 유학과 도홍과의 연애, 마리아의 석태와 명수를 두고 갈등하는 결혼의 조건문제 등 작중 인물들의 연애문제는, 결국 '현실적인 조건' 즉 학비와 생활비 문제 앞에서 어떤 해결에도 도달하지 못하는 형국이다. 따라서 『너희들은 무엇을 어덧느냐』는 작품의 제목이 암시하듯이 많은 등장인물들의 자유연애 그 자체에 대한 관념적 이해 수준을 '토론'을 통해 제시하고 그것이 현실적 조건 속에 현실화되는 과정에서 야기되는 문제를 제기한 작품이라고 할 수 있다. 결국 자유연애라는 이상적인 관념이 현실화 되는 과정에서 '너희들이 얻은 것'은 진정한 사랑에 도달하기 힘든 '조선적 현실조건'에 대한 확인에 있다는 점이다.

『너희들은 무엇을 어덧느냐』가 연애서사 속에 '토론' 장면의 도입을 통해 '자아 각성', '개성의 발견'과 같은 관념적 개념에 대한 자기조정의 기능[274]을 하는 동시에 그러한 관념의 실천에서 현실적 조건의 탐색을 가능하게 한 것이라면, 『사랑과 죄』에서 '토론'은 연애서사 속에 현실의 문제에 대한 서술 전략이 결합되어 정치서사의 가능성을 보여주고 있다. 『사랑과 죄』[275]는 을축년(1925) 대홍수를 당한 경성의 모습을 배경으로, 남산 조선 신궁으로 통하는 신작로 보수 공사장과 무너진 용산 인도교를

274 김미지, 앞의 논문, 35면.
275 염상섭, 『사랑과 죄』, 『동아일보』, 1927.08.15.~1928.05.04. 여기에서는 『염상섭 전집2-사랑과 죄』(민음사, 1987)를 분석 텍스트로 삼았다.

구경하러 가는 사람들을 작품의 첫 장면에 배치하고, 한 남성인물이 여성 인물의 뒤를 밟는 가운데 경성의 대로를 가로지르기도 하고 골목을 파고 들기도 하는 가운데 그러한 '미행'의 시선을 통해 도시 경성의 공간을 해부하고 있다. 서술자는 앞서가는 순영의 초점으로 매독에 걸린 거지를 만난 사건과 덕진의 초점에서 순영을 미행하면서 그녀의 행동과 목적지를 의심하는 사건 가운데 향후 식민지 도시 경성에서 펼쳐질 인간들의 삶을 예비한다. 계급과 사상에 있어 서로 거리가 먼 간호사 순영과 자작 신분인 이해춘 사이의 연애는 가능할 것인가라는 이야기 과제가 제시되고 그들의 관계를 방해하는 인물이 등장하고 사건이 발생하는 가운데 그 해결은 끝없이 지연되는 양상의 서사를 보인다. 그런데 이러한 연애의 서사를 지연시키는 것은 인물들간에 이루어지는 상호탐색과 자기 정체성 추구를 위한 '논쟁'적 장면의 삽입이다. 끊임없이 상대방과 자신의 심리상황을 의심하는 과정에 대한 서술들이, 사건의 발생과 그 해결로 초점이 모아지는 서사를 계속해서 지연시키게 되는 것이다.

『사랑과 죄』는 이상주의자, 사회주의자, 니힐리스트 등 각기 다른 관점을 지닌 인물들을 등장시켜 사안에 대한 논쟁의 장면을 연출하는 가운데, 각 인물들이 자기성찰과 정체성 탐구를 수행하고 있다. 귀족 신분의 예술가인 이해춘은 예술의 진정성 추구라는 문제에 고민하고 현실을 이념으로 제단하는 것에 반대하지만 어떤 선택의 순간에는 주저하는 인물이다. 사회주의자인 김호연의 삶은 상대적으로 서사 공간에 전면화되지 않으면서 다른 등장인물들의 '교사' 역할을 하고 있다. 내적 갈등에 대한 묘사보다 서사의 사건을 추동하는 역할에서 김호연은 부각되는데, 특히 다른 인물들의 대화 상대 혹은 비판자로서 기능한다. 그리고 니힐리스트

한국근대소설 미학과 '記者-作家'

이자 혼혈아인 류진은 검거 사건을 겪은 후 자신의 삶을 반성하고 '진정한 개인주의'로 거듭나는 인물이다. 이렇게 신분과 사상이 서로 다른 인물들의 언어가 부딪히면서 '토론'의 장면을 거듭한다. 이 과정을 통해각 인물들은 각자의 입장에서 사상과 현실의 거리를 조정하며 자기정체성의 확립을 이루어나간다.

『사랑과 죄』의 이른바 '카페 사상 논쟁'은 많은 연구자들에 의해 주목을 받은 바 있다. 이 장면은 인물들의 사상성을 드러내는 장치이면서 당시의 사상의 기둥이었던 마르크스주의, 민족주의, 아나키즘 등을 정확하게 드러냈다는 점에서 작가의 탁월한 시류적 감각의 소산이며 정확한풍속의 재현에 해당한다.[276] 그런데 '카페 사상 논쟁' 장면은 단순히 인물들의 사상성을 드러내거나 '당대 사회를 분절하고 있는 가치관을 일별하기 위해 설정'[277]된 것으로만 보아서는 곤란하다. 연애 서사와 결합되어있는 정치서사의 욕망을 드러내기 위해 작가의 사상적 입각점을 보다예각화하기 위한 방법으로 설정되어 있다는 점에 주목할 필요가 있다.민족주의와 사회주의의 중간 혹은 결합이라는 작가의 노선은 작중 인물들의 논쟁 장면을 통해 드러난다. 인물들의 토론 장면을 설정하고 구성하는 데에 우회적이고 간접적인 전략을 취하고 있음을 알 수 있다.

마리아의 독창회가 끝나고 술에 취해 들른 카페에서 이해춘과 김호연은 먼저 와 있던 류진과 일본인 적토, 야마노 일행과 토론을 벌인다. 술에취한 이해춘이 적토 일행을 향해 공산주의자(적토)-아나키스트(야마노)-니

---

276 김윤식, 『염상섭 연구』, 서울대학교 출판부, 1987, 372면.
277 선민서는 "당대 사회를 분절하고 있는 가치관을 일별하기 위해" 카페 논쟁 장면이구성되었다고 평가한 바 있다. 신민서, 앞의 논문, 65면.

힐리스트(류진)가 삼각동맹이냐고 냉소한 것에서 시작되었고 이해춘과 적
토는 민족주의와 사회주의에 대해 자기의 입장으로 팽팽하게 맞선다.

「상관이야 업지만-물론 상관이야 업지만……」하며 해춘이는 소리
를 한칭 놉히며 자긔가 할 말을 생각하는 눈치더니
「니힐리슴 쏠세비즘 아나-키즘……이 엇재 한 어머니 자식이란 말
이오?」하며 웃는다.
「자네 술취햇네. 고만두게」
호연이는 해춘이의 말이 얼얼하여진 것을 보고 말을 가로막는다. 그
러나 적토군도 주의가 십분 돌은 형편이라 가만히 잇지는 안는다-
「당신은 지금 리론을 싸지자는 것이요?」하고 적토군은 소리를 마조
좁히며 대응을 한다.
「리론상(理論上)으로도 그러치만 실제 운동으로 보아도 세 분이 제
각각 다른 립장(立場)에 설 것이라는 말이요……」
(중략)
「그러니까 병립(竝立)할 수 업는 것을 알면서 병립을 노력하는 당신
들이 불털저하다는 말이요」
해춘이는 또 말을 쓰낸다.
「무에 불철저란 말이야? 그러케 말하는 당신은 대관절 뭐요?」
「나는 위선 김군과 가치 민족주의와 사회주의의 중산을 타고 나가
는 것이 오늘날의 조선 청년으로는 올흔 길로 들어서는 줄 안다는 말
이요……」
해춘이도 취하기는 하엿스나 지지는 안핫다.
「그야말로 불철저한 말이다…… 하여간 민족주의고 사회주의곤간
리군 같은 사람이 걱정 안 해도 상관업서요! 당신이 그런 것을 론난하
랴거든 위선 예술의 상아탑(象牙塔)에서 쮜어나올 것이요 귀족의 궁뎐

　　　　　　　　　한국근대소설 미학과 '記者-作家'

에서 무산자의 발을 굴으는 전야(戰野)로 용감히 나서야 할 것이다!」

하며 적토는 얼굴이 발개서 소리를 친다. 이 축도 모다 취한 모양이
다.278

위의 사상 논쟁 장면은 작가가 치밀하게 구성한 설정이라는 점에 유념
할 필요가 있다. 우선, 조선 청년과 일본 청년의 대립이라는 설정이다.
그러나 이들의 토론에는 식민과 피식민이라는 민족의 구분이 작용하지
않는다. 그들은 사상의 '리론을 싸지'는 차원에서 논쟁할 뿐이다. 일본인
적토의 주장에는 조선의 현실은 소거되어 있다. 그렇다면 염상섭이 사회
주의 이론의 대변자로 일본인 청년을 등장시킨 이유는 무엇인가? 민족주
의와 사회주의의 중간 혹은 결합이라는 정치적 입장을 받아들이지 못하
는 조선인 사회주의자를 간접적으로 비판하기 위한 의도적인 설정이라
고 볼 수 있다. 그리고 여기에는 사회주의에 대한 염상섭의 동정자로서
의 입장도 포함되어 있다. 사회주의 사상이 갖는 보편성을 '청년'들이면
당연히 가져야 하는 윤리적 차원으로 인식하고 있기 때문에 일본인이라
는 조건보다 '청년'이라는 수평적 인물 설정이 필요했던 것이라고 할 수
있다. 둘째, 사회주의와 민족주의의 관계에 대한 입장을 표명하고 있는
인물이 이해춘이라는 사실이다. 이 사상 논쟁은 김호연-적토의 논쟁이
아니라 이해춘-적토의 논쟁으로 구성하고 있는 것이다. 그리고 김호연
의 의견은 이해춘의 입장에서 대변되고 있을 뿐 이 장면에서 발화되지
않는다. 이해춘은 "나는 위선 김군과 같이 민족주의와 사회주의의 중간
을 타고 나가는 것이 오늘날의 조선 청년으로는 올흔 길"(210면)이라고

278 염상섭, 『염상섭 전집2-사랑과 죄』, 민음사, 1987, 209~210면.

자신의 견해를 말한다. 이렇듯 이해춘에 의해 김호연의 견해는 간접적으로 표출되고 있는 것이다. 셋째 이 논쟁의 장면이 카페라는 공간에서 이루어진다는 점이다. 카페라는 공간은 사적 개인들간에 벌어지는 지속적인 토론을 조직화하여 공론장을 형성하는 살롱과 커피 하우스[279]와 같은 기능을 한다. 그리고 이 공간에서 인물들은 '취한 상태'로 설정되어 있다. 취한 사람들의 논쟁이라는 설정은 사안에 대한 직설적 언술을 가능하는 효과를 낸다. 이처럼 '카페 사상 논쟁' 장면에는 인물의 대립 구도와 공간 설정 등을 통해 사회주의 사상의 이론적 보편성이 갖는 비현실성을 조선의 현실적 맥락에서 수정할 필요가 있음을 간접화하여 드러내기 위해 설정된 작가의 의도가 반영되어 있다고 하겠다.

이 외에도 『사랑과 죄』에는 이해춘과 정마리아의 예술 논쟁, 김호연과 이해춘의 소작상황 연구회 활동에 대한 논쟁과 미국-러시아에 대한 논쟁, 류진과 이해춘의 생명 낭비 논쟁과 예술 논쟁, 이해정과 김호연의 연애와 이혼에 대한 논쟁, 류진과 김호연의 연애와 이혼에 대한 논쟁 등에서 토론의 장면을 도입하고 있다. 뒤에서 다루겠지만, 염상섭은 이러한 다양한 주제에 대한 토론의 장면을 도입함으로써 연애 서사의 전개 과정 속에 작가의 정치서사에 대한 욕망을 효과적으로 담아낼 수 있었다.

이상에서 염상섭의 초기 3부작의 세계(내면=환멸=개성=독이=적나라한 개인)에서 '현실(생활)'을 수용하는 사실주의의 세계로의 이행 과정에서 서술적 차원에서 〈연설〉과 '토론'의 서술 전략을 분석했다. 염상섭은 〈자기반성-자기비판을 통해 자아각성에 이르기〉라는 '개성론'의 과제가 현실

---

279 위르겐 하버마스, 한승환 역, 『공론장의 구조변동』, 나남, 2001, 107면.

한국근대소설 미학과 '記者-作家'

의 제관계 속에서 탐색되는 과정에서 '계몽(주의)'적 태도를 작품 속에서 인물의 '연설'의 형태로 드러내지만, 연설의 실패를 통해 계몽주의적 방법이 유효기간이 지난 것임을 인식하고 그 극복의 가능성으로서 '토론' 이라는 장치를 모색하고 있음을 확인할 수 있었다. 초기소설의 서술 차원에서 확인할 수 있는 (내적)고백-연설-토론으로의 변화과정을 염두에 둘 때, '연설'의 도입에는 어떤 내적 사정이 있을 수 있다. 사안의 논쟁을 소설담론으로 수렴하는 과정에 이데올로기(이념)의 수용이 필연적이라고 할 때,[280] 연설의 언어는 '고발과 폭로'의 욕망이 앞선 까닭이라고 할 수 있다. 현실 폭로와 고발이라는 신문기자의 욕망과 "타인의 비밀과 불행한 사연을 폭로하고 극적으로 재현하려는 욕망을 동시에 구현하고"[281]자 하는 작가로서의 욕망이 만나는 장면에서 염상섭의 소설은 '토론(논쟁)'의 서사화'로 나아갈 수 있었다. 즉 폭로의 욕망과 그것의 '미학화'의 욕망을 결합하고자 할 때 '토론'이라는 서사 전략이 탄생할 수 있었던 것이다. 『너희들은 무엇을 어덧느냐』가 모색의 단계에 놓인 것이라면 『사랑과 죄』는 그 결실에 해당하는 작품이다.[282]

---

280 미하일 바흐찐, 전승희·서경희·박유미 역, 『장편소설과 민중언어』, 창작과비평사, 1988, 150~151면.

281 손유경, 『고통과 동정』, 역사비평사, 2008, 108면.

282 이런 점에서 『사랑과 죄』는 작품 자체가 작가가 독자와 시도하는 토론 의제에 해당하는 작품이기도 하다. 염상섭은 〈작가의 말〉에서 소설의 공리적 사명("자긔와 밋 자긔가 노혀 잇는 현실을 깨닷게 하는 데에 공리뎍 사명(公利的 使命)을 가진 것")을 언급한 후 "시대와 환경을 그리며 지금 조선 사람은 엇던 생각을 가지고 엇더케 사는가"를 다루겠스니, "우리가 행복의 길-사랑의 길-갱생의 길을 쑤러 나가는 대에 의론하얌즉한 말동무"가 되길 바라고 있다. 따라서 『사랑과 죄』는 '공적 의론'을 제안하고 있는 소설이라고 할 수 있다. 염상섭, 「作者의 말」, 『동아일보』, 1927.08.09.

4.3. 이중 플롯의 구성과 '스캔들'의 서사화

염상섭의 기자활동은 그의 소설세계에 '정치 부재'의 상황에 대한 인식을 펼쳐 보인 동력으로 작용한다. 염상섭은 3·1운동의 '시간'을 겪으며 '정치'를 경험하고 귀국 후 『동아일보』의 기자로 입사하지만 식민지 조선의 '정치 부재' 상황이 고착화되는 상황을 겪으면서 '문학'의 길로 들어선다. '정치에서 문학에로의 전향'283, 즉 '정치적 욕망'을 '문학'으로 실천한 것이었다. 이러한 점에서 염상섭의 신문연재 장편소설이 다루는 일관된 내용이 식민권력과 밀착된 인물들과 사회적 명성을 가진 유명인들의 삶에 대한 것이라는 점에 주목할 필요가 있다. 다른 근대작가들보다 염상섭 소설 인물들의 계급적 특징은 명확한 것이다. 귀족, 신흥 상류층(벼락부자), 재조선 일본인, 예술계 종사자들 그리고 유학생 출신으로 조선사회에서 주목하는 상류층과 젊은 엘리트층이 중심인물을 이룬다. 염상섭 소설의 중심인물들 중에서 이른바 '하층민'에 해당하는 경우는 드물다. 그의 장편소설의 주인공들은 사회적 지위와 명예를 중요하게 여기는 인물들과 자신의 삶이 여차하면 '신문기사화' 될 가능성 속에 있는 인물들이다.

염상섭의 장편소설들이 사회적 지위와 명예를 중요시하는 계층의 '스캔들'을 서사화하고 있다는 사실은 신문저널리즘과의 친연성을 짐작케 하는

---

283 "정치적 욕망을 명예욕으로만 간단히 보는 것은 비근(卑近)한 관찰이다. 정치적 욕망도 한낱 생의 역(力)의 발현이라 할 것이다. 이것의 충족을 얻지 못하여 정치에서 문학으로 전향하는 경우가 많았다고 한들 억설(抑說)은 아닐 것이다. 문학 및 일반 예술은 소위 정신문화의 상층구조이니만치 정치 이상으로 생의 역의 발휘라고도 할 수 있다." 염상섭, 「문예연두어」, 『매일신보』, 1934.01.03.(이혜령 외, 『염상섭 문장전집』2, 소명출판, 2013)

것이다. 그간 염상섭의 장편소설이 '스캔들'이라는 사건 형식의 서사화라는 특징을 보여주고 있다는 논의는 부분적으로 있어왔다. 김경수는 『진주는 주엇스나』의 서사 추동력으로 '스캔들'의 작용하고 있음을 분석하여 1920년대 신문의 스캔들 기사와 소설의 상동성을 규명했다.[284] 그리고 이혜령은 근대소설과 섹슈얼리티의 서사학에 대한 논의에서 '스캔들'을 주목한 바 있다.[285] 그는 염상섭의 장편소설이 스캔들 형식의 서사화(성 정치의 서사구조화)를 통해 식민지 지식계층의 정신 도덕적 요소를 강화하고 있음을 밝혔다. 한편 심진경은 염상섭의 소설의 신여성 모델소설을 논의하는 과정에서, 신여성에 관한 스캔들이 소설을 지탱해주는 서사적 동력이며 당대의 세태를 그려내기 위한 염상섭의 방법적 전략이었다는 점을 밝혔다.[286] 이러한 논의들에서 밝힌 염상섭 소설의 '스캔들적인 특징'은 신문 저널리즘과의 친연성을 전제로 한 것이라는 점에서 공통점이 있다. 염상섭 장편소설의 '스캔들'과의 친연성은 작품 외적으로 신문기사, 현실의 모델 등을 소재적 차원으로 수용하고 있다는 점은 물론 작품 내적으로도 '스캔들'의 발생과 사회적 유통을 서서화하고 있음을 통해 확인할 수 있다.

한편 염상섭의 초기 소설 중에는 이른바 모델소설의 범주에 드는 작품이 많다. 이때 '모델'은 실제인물을 대상으로 하거나 신문에 보도된 사건 등이 주요 대상이 된다. 김윤식이 밝힌 바 있지만 「제야」와 「해바라기」 등은 나혜석을 직·간접적으로 모델로 한 작품이다.[287] 그리고 김일엽,

---

284 김경수, 「현대소설의 형성과 스캔들-횡보의 『진주는 주었으나』를 중심으로」, 『국어국문학』143, 2006.09.

285 이혜령, 『한국 근대소설과 섹슈얼리티의 서사학』, 소명출판, 2008, 115~125면 참고.

286 심진경, 「세태로서의 여성-염상섭의 신여성 모델소설을 중심으로」, 『대중문화연구』 82, 2013.

임장화, 김명순 등의 실제모델들이 작품이 연재되는 중에 자신들의 요구를 관철하려고 하는 바람에 작품의 서사구조를 변형시키는 결과를 빚기도 했다[288]는 『너희들은 무엇을 어덧느냐』의 경우도 실제 인물들을 소설의 소재로 삼고 있는 작품이다. 한편 앞 절에서 살핀 「검사국대합실」의 경우처럼 신문보도기사의 사건을 모티프로 삼은 작품도 확인된다. 실제 인물이나 사건을 모델로 하거나 중심 모티프로 차용하는 문제는 작가의 창작방법에 대한 논의를 가능하게 하는 부분이기도 하지만, 작가가 주목하는 대상이 '스캔들'이라는 점은 강조될 필요가 있는 것이다.

스캔들은 사전적 의미로 추문, 의혹 물의, 부정한 사건 등을 가리킨다. 스캔들의 어원은 인도-게르만 어원인 '스칸드(skand): 뛰다 또는 솟다 (spring or leap)'에서 유래한 것이라고 한다. 이러한 어원에서 기원하여 후에 그리스어 'skcandalon', 즉 함정, 장애물, 도덕적 붕괴 등의 의미로 진화했다. 16세기까지 종교계에서만 사용하던 이 용어는 종교에 불신을 가져오는 종교인의 행동 또는 종교적 신앙을 방해하는 것이라는 의미로 사용되었다. 이때의 스캔들은 '비방'을 뜻하는 '슬랜드(slander)'의 어원과 결합되어 '비난받을 만한 행동'이라는 의미로 확대된다. 슬랜드는 비난받을 행동이 거짓이고 스캔들은 비난받을 행동이 사실이라는 점에서 차이가 있지만, 둘 다 비난받을 만한 행동이라는 점에서 유사한다. 이후 스캔들의 의미는 '타인에게 알려져 대중의 진지한 반응을 유발할 정도로 사회규범에서 일탈한 행동이나 사건'이라는 의미로 사용되었다.[289]

287 김윤식, 『염상섭 연구』, 서울대학교 출판부, 1987.
288 장두영, 「염상섭의 모델소설 창작 방법 연구-『너희들은 무엇을 어덧느냐』를 중심으로」, 『한국현대문학연구』34, 2011.
289 허행량, 『스캔들-한국의 엘리트와 미디어』, 나남출판, 2003. 19~21면. '스캔들의

이러한 스캔들은 한 사회의 도덕적 감수성을 드러내는 바로미터에 해당한다.[290] 스캔들은 한 사회의 도덕적 규범을 스캔들의 당사자에게 부과하는 것이다. 당사자는 그 규범에 의해 진단을 받게 된다.[291] 이러한 진단과 처벌의 과정을 통해, 스캔들은 "사회적으로 인정된 가치와 규범을 위협하지만, 스캔들에 대한 논의, 조사, 처벌 같은 일련의 의식(ritual)을 통해서 결과적으로 그 사회의 가치나 규범을 강화하"게 된다는 것이다. 다시 말해 스캔들은 "사회적 집단의식(concience collective)을 강화함으로써 그 사회의 안정을 유지하는 데 기여한다."[292][293]

일반적으로 스캔들은 스캔들 당사자(scandalized person), 폭로자(scandalizer), 공중(scandal public) 등으로 구성된다. 스캔들의 대상이 되는 당사자는 사회에서 용인된 가치나 규범의 위반으로 인해 비난을 받는 사람이나 사회

정의' 참고. '도덕적 일탈'이라는 의미에서 스캔들은 가십(gossip)과 루머(rumor)와 유사한 개념이다. 가십은 대면 커뮤니케이션의 형태를 취하고, 루머는 확인되지 않은 보고(report)라는 특징이 있다. 이들은 언제든지 사실로 드러나 공개적 커뮤니케이션의 형태인 스캔들로 비화될 수 있다.

290 "스캔들이란 특정 개인들의 사적 영역만을 조명하지 않으며, 사적 욕망의 실현을 위한 사회적 매개 지점들을 보여준다. 즉 각 개인이 놓인 사회경제적 지위와 역할, 또 거기서 비롯되는 규범, 마지막으로 사회 전체의 개인에게 부과되는 도덕률, 이데올로기, 법질서 등이 사적 욕망과 접합되는 지점에서 발생하는 사건의 형식이 스캔들이다."(이혜령, 위의 책, 121면)

291 허행량은 이러한 의미에서 "스캔들은 사회적 신뢰의 부도"라고 정의하고 있다. "스캔들이 빈발하는 사회는 역설적으로 그만큼 사회적 신뢰의 부재를 의미하고, 그만큼 불신시대에 살고 있다는 것을 반증하는 좋은 지표라고 할 수 있다." 허행량, 위의 책, 35면.

292 최용주, 「정치 커뮤니케이션 관점에서의 정치 스캔들과 미디어」, 『언론과학연구』1권3호, 2001.12. 이러한 스캔들의 사회적 기능에 대한 논의는 뒤르캠식 사회학 모델에 기반하고 있는 것이다.

293 스캔들은 사회적 '정화 기능'뿐만 아니라 모방과 반억제(disinhibition) 기능을 가질 가능성이 있다. 다시 말해 스캔들의 관객은 그것을 모방 혹은 학습하여 이를 현실에 재현할 수도 있으며, 스캔들에 대한 반복적인 노출에 의해 관객은 자신도 모르게 자신의 윤리 기준을 완화시킬 수도 있다는 것이다. 허행량, 앞의 책, 94-95면.

조직인 경우가 많으며, 스캔들의 폭로자는 대상을 공중에 폭로하는 사람이나 사회조직을 말하는데 근대 이후 매스미디어가 그 역할을 독점하고 있다. '스캔들 공중'은 스캔들을 소비하는 관객 또는 '제3자'인데 스캔들의 '반향 기반(Resonanzbasis)' 역할을 한다.[294] 이렇듯 스캔들은 은닉과 폭로의 드라마를 안전하게 즐기려는 관객의 욕망이 투사된 것이다.[295] 이런 의미에서 신문저널리즘의 스캔들은 '관객으로서 스캔들 공중'을 독자로 상정하고 폭로된 것으로, 독자의 욕망과 폭로기자의 욕망이 결합한 것이다. 그래서 그것은 독자의 욕망을 전유한 매스 미디어의 선정성과 상업성이 결합하여 양산되는 측면도 있다.

염상섭의 장편소설이 주목하는 인물은 '세상에서 누구니 누구니 하는 사람들'[296], 즉 유명인들이다. 사회적 지위와 명예를 중요시하는 계층과 지식인 엘리트 계층의 사람들이 주를 이룬다. 이는 사회부 편집기자로 활동했던 현진건이 하층민의 삶에 보다 천착한 점과 대비되는 점이다. 그리고 서사의 전개에서 도입되는 범죄사건과 그 해결자로서 경찰의 수사와 검거에 대한 서술에 집중하는 모습을 보인다. 염상섭의 장편소설은 식민지 상층계층의 삶을 '스캔들'의 관점에서 다루면서 범죄사건과 그 해결을 결합시키고 있는데, 이러한 특징은 식민지의 사회·경제적 지배구조와 식민통치에 대한 작가의 '정치성'이 반영된 결과이다.

---

294 최용주, 앞의 논문, 211~214면 참고.
295 "여기서 관객으로서 공중은 타인의 삶을 '엿보고 싶은 욕망'을 스캔들에 투사한다. '엿보기'는 엿보이는 사람과 엿보는 사람이 확실히 구분되어야 하며, 엿보는 사람은 '스캔들 밖에' 있다. 엿보는 사람은 그것에 자신이 연루되지 않음을 전제로 안전하게 즐기려고 한다." 운노 히로시, 송태욱 역, 『역사를 비틀어버린 세기의 스캔들』, 북스넷, 2011.
296 염상섭, 『너희들은 무엇을 어덧느냐』(『염상섭 전집』1, 민음사, 1987), 187면.

한국근대소설 미학과 '記者-作家'

먼저 최초로 완성된 신문연재소설이라고 할 수 있는 『너희들은 무엇을 어덧느냐』(『동아일보』, 1923~1924)에서는 '스캔들'의 서사화에 대한 초기 양상을 확인할 수 있다. 이 작품은 일본 유학생 엘리트 계층에 속하는 남녀 인물들을 대거 등장시켜, 식민지 조선에서 '자유연애'의 근대성이 갖는 의미를 다루고 있다. 근대 '번역어'로서의 연애는 새로이 학습된 열정이자 실천의 대상이었다. 그 매개자 역할을 유학생들이 담당했던 것은 자연스러운 것이다. 그리고 연애는 "삼일운동의 덕택"[297]이라는 말이 있을 정도로[298], 높아진 취학열과 학생수의 급증에 힘입어 나타난 하나의 상품이면서, 동시에 하나의 대중적 현상이 되었다.[299] 염상섭의 『너희들은 무엇을 어덧느냐』는 이러한 시대적 상황 속에 탄생한 작품이다. 염상섭은 유학생 젊은 엘리트층들의 '자유연애'라는 주제를 소설화하는데, 그 서사 전략은 작품 외부에서 '스캔들'을 끌어들여 그것에 대해 인물들이 '토론'하고 그것을 자신의 삶으로 실천하는 가운데서 빚어지는 모순들을 다루는 것이다.

이 작품은 미국 출신으로 재력가이자 늙고 외발인 남편 김응화의 자금

---

297 김을한, 『사건과 기자』, 신태양사, 1960, 127면.(권보드래, 『연애의 시대』, 현실과문화사, 2003, 93면 재인용)

298 "「덕순이 형님두 만세 이후로 급작실히 퍽 변한 모양입디다. 게다가 글짜나 쓰는 사람들하구 추축을 하고 잡지니 문학이나 하게 되니까 짠 세상 가튼 생각이 나는게지……그건 고사하고 〈엘런, 케이〉니 〈입센〉이니 〈노라〉니 하는 자유사상(自由思想)의 맛을 보게 되니까 모든 것을 자긔의 처디에만 비교해 보고 흔층 더 마음이 움죽이지 안켓소」/「글세 그러면 무얼해! 마음대로 하는 것도 조켓지만 아무 친척두 업고 도라다볼 사람도 업는 것을 번연히 알면서 덥허노코 뛰어나오면 요새 누구쩌 하는 사람들 모양으로 허영만 날 뿐이지 누가 그런 사람을 데려가랴나!」/한규도 의외에 지각이 난 소리를 한다." 염상섭, 『너희들은 무엇을 어덧느냐』, 『염상섭 전집』1, 민음사, 1987, 190면.)

299 권보드래, 『연애의 시대』, 현실문화연구, 2003, 93면.

으로 잡지 〈탈각〉을 운영하는 덕순이 일본으로 떠나게 되어 잡지 관계자들과 지인들을 초청하여 회합을 주최하는 장면에서 시작한다. 여학교 졸업생이자 잡지를 주관하고 있는 덕순의 송별연에 초청되어 하나 둘 등장하는 인물들은 유학생 출신이거나 유학 중인 젊은 엘리트들이다. '문사니 화가니 신문기자니' 하는 젊은 남녀들이 만나는 장면에서 서로에 대한 시선은 긴장될 수밖에 없다. 염상섭은 이런 젊은 남녀의 상호 탐색 장면을 연출하기 위한 동력으로 '스캔들'을 이용하고 있다. 이때 이 작품의 동력으로 스캔들을 이용한다는 의미는 작품 외부의 실제 사건기사를 작품 내로 끌어들인 작가의 의도를 말하는 것이다. 작가는 실제 일본에서 있었던 '스캔들' 기사인 이른바 'B여사 사건'을 작품 내에 '의제'로 설정하고 인물들에게 자신들의 의견을 '토론'하게 하는 동시에 조선의 현실에서 그것을 '시험'해 보이고 있다. 작품 내에 소개된 'B여사 사건'은 "올봄 이래로 한참 일본사회에서 써들든 녀류 문학자로 얼마쯤 유명하게 된 B라는 여자가 어쩌한 신문 긔자하고 련애관계가 생기어서 아이까지 들게 된 뒤에 남편의 집을 쮜어나"(223면)왔고 "도망을 해 나와서 리혼장을 보낼 때에 자긔가 가졋든 반지까지 전 남편에게 돌려보냇다는 이야기"(201면)로 소개되어 있다.

1921년 실제 일본사회에서 센세이션을 일으킨 'B여사 사건'을[300] 염상섭은 소설에 끌어들여 식민지 조선 젊은 남녀들에게 '토론'시키고 있는 것이다. 유부녀가 연하의 남자와 사랑하여 집을 나가 이혼한 이 사건은 작중의 인물들에게 어떻게 받아들여지는가, 특히 조선 신여성 덕순이 이 문제를 어떻게 자각하고 실천하는가가 이 작품의 출발점이다. 덕순은 이 스캔들

---

300 본고 각주 269) 참고.

에 대해 '탈각'에 'B여사의 고민'이라는 제목의 논문으로 B여사의 신념과 그 고통에 공감을 표하며 결국 자신의 이혼을 실행에 옮기고 사실상 성공한다. 하지만 덕순의 'B여사의 스캔들'에 대한 이해는 '이혼'의 과정이나 '자유연애'의 모습 어느 곳에서도 중심화되지 못하고 있다. 덕순은 '집을 나온 노라'라고 스스로를 말하지만 왜 집을 나와야하는지에 대한 자각을 보여주지 못하고 있으며, 몇몇 남성인물들에 대한 호기심 혹은 연애의 감정을 표하고 있지만 그것이 '이혼'의 이유가 되기에는 역부족이다.

한편 이 작품의 남성인물들의 'B여사 사건'에 대한 반응은 신여성과 대비된다. 'B여사 사건'에 대한 남성인물들의 반응은 '토론'의 형태로 개진되는 바, 이때 그 주제가 '성적 혁명'에 대한 논쟁으로 의미화 된다. 'B여사'의 행동을 '성적 혁명'의 문제로 확대하여 이론적 논의와 실현 가능성 문제에 대한 논의를 펼친다. 그런데 '성적 혁명'이란 토론은 남성인물들 간의 문제일 뿐, 신여성 인물들에게는 해당되지 않는 사안이다. 남성들의 논쟁이 진행되는 과정에서 서술자는 "다소간 흥미잇게 듯는 여자들도 성뎍 혁명이라는 말이 무엇을 의미하는 것인지 어정쩡한 모양"(234면)이라고 서술하고 있다. 이렇게 연애담론에 성적 위계가 자리 잡고 있다. 하지만 남성들의 이론적 논의는 그들의 실제 연애와 표리관계에 있음을 알 수 있다. 앞에서 분석했듯이 작품 초반부 송별회와 그 후 요릿집 장면의 대비가 그렇다. 덕순의 송별회 장면에서는 'B여사 사건'이라는 스캔들에 대한 남성들의 이론적 토론이 있지만, 송별회 이후 남성들이 찾은 요릿집에는 신여성 대신 기생이 자리한다. 송별회 자리의 신여성이 요릿집의 기생으로 바뀐 것이다. 남성들은 기생을 상대로 내기 키스를 하는 등 연애를 '실습'하는 양상을 보인다. 남성 중심적인 자유연애론의 당위론과 현실의 격차를 확인할 수 있다. 이는 신문기자 중환이 신여성에 대하여 취하는 이중적인 태도에서도 확인된다. '붓대를 들 지경이면 여자를 해방하라고 열렬한 자유사상을 고취'(213면)하기도 하지만 '지금 세상에는 여학교 졸업증서 한 장으로 사내를 사고 팔려 가고' 한다고 비판하고 있다. '붓대'와 '세상 현실'의 격차는 멀기만 하다는 주제를 염상섭은 이 소설을 통해 기획했던 것이다.

『너희들은 무엇을 어덧느냐』에는 일본의 'B여사 사건'뿐만 아니라 외래 스캔들이 '연애 토론'의 '의제설정'을 위해 도입되는데, 경애와 한규의 연애 장면에 삽입한 오스카 와일드의 소설 장면, 명수와 마리아의 연애 관계를 위해 도입한 '약혼한 처녀가 애인을 버리고 폐병장인 다른 남성에게로 간 소설이야기' 등이 그것이다. 이들은 '스캔들'의 범주에 해당하는 것이라 할 수 있다. 실제사건이건 '소설'이건 조선의 젊은 엘리트들에게 자유연애 문제와 성적 자각이라는 문제를 위해 도입된 스캔들이다. 외래의 스캔들을 소설 주제의 환기를 위해 도입한 이 작품이, 식민지 조선의 현실에서 스캔들을 생산하게 되는 이후의 작품에 선행하는 것은 자연스러운 것일 수 있겠다.

『진주는 주엇스나』(1925~1926)는 엄밀한 의미에서 『너희들은 무엇을 어덧느냐』(1923~1924)의 바로 뒤에 이어지는 장편이다. 이 작품은 식민지 조선의 스캔들을 소설화하고 있다. 스캔들이 생산되는 메커니즘을 반영하고 있으며 작품 자체를 하나의 '스캔들'에 육박시키고 있는 것이다. 1925년에 연재된 이 작품의 배경은 동시대이다. 경성제대 예과에 재학 중인 '어린' 김효범과 그의 매형이자 변호사인 '어른' 진형식이, 관계도 애매한 조인숙이라는 한 여성을 둘러싸고 벌어진 사건이 중심내용이다. 조인숙이라는

한국근대소설 미학과 '記者-作家'

여성은 진형식 전처(前妻)의 시조카 딸이다. 진형식은 조인숙을 집에 두면서 학비를 대고 성적 대상으로 대하고 있다. 김효범에게 조인숙은 첫사랑이다. 돈으로 조인숙을 농락하는 매형 진형식이 사업의 어려움으로 그녀를 인천의 벼락부자(미두대왕) 이근영에게 돈 이만 원에 팔려고 하는 사실을 안 김효범은 의협심에 이들과 맞선다. 누이의 후배이자 인천에서 교사생활을 하고 있는 문자와 진변호사의 일을 봐주는 지주사의 도움을 받는다. 변장과 연극을 통해 밀매장면에 훼방을 놓는다. 자신의 목적을 달성하지 못한 진형식은 학비지원을 끊겠다는 협박도 통하지 않자 효범을 내쫓고 사라진 조인숙을 찾기 위해 경찰에 수색원을 제출한다. 이러한 일련의 과정이 신문기자 신영복의 취재에 의해 폭로된다. 하지만 신문사 주식을 사는 조건으로 사장을 매수하는 바람에 신문기사의 내용은 효범과 문자의 상황이 왜곡되어 보도된다. 효범은 문자와 함께 폐병치료차 요양을 떠났다가 이근영과 조인숙의 결혼식에 나타난다. 결혼식장에서 신문기자 신영복에 의해 이근영의 중혼죄가 폭로되고, 피로연에서는 김효범이 신사와 지식계급에 대한 비판을 축사의 형태로 연설한다. 이후 김효범은 유서를 남기고 문자와 동반자살을 기도하지만 형사에게 구조된다. 이러한 사실이 이튿날 신문에 보도되었다는 내용으로 소설은 끝난다.

이 작품은 저널리즘의 스캔들과 상호텍스트적인 관계를 형성하고 있다. 김경수에 의해 상세하게 논의된 바 있듯[301], 이 작품은 '스캔들 기사'를 작품 내적으로 배치하여 작품의 추동력으로 삼고 있으며 작품 외적으로도 당대의 신문저널리즘의 스캔들 기사와 상호 작용하고 있다. 이 작

---

301 김경수, 앞의 논문 참조.

품은 신문저널리즘의 스캔들 폭로 기사를 방불케 한다. 스캔들의 폭로자 역할을 하는 신문기자가 등장하기 때문이기도 하고 기사의 형태로 보도 되어 '대중'의 입에 오르내리기도 하며, 당사자들의 명예와 지위에 타격 을 주고 있기 때문이다. 그런데 『너희들은 무엇을 어덧느냐』와 달리 이 작품은 스캔들에 육박하는 소설이라는 점에서 보더라도, 신문저널리즘 의 스캔들 기사의 한계에 대한 작가의 인식을 노출하고 있다는 점을 확 인해야 할 필요가 있다.

> 그 이튼날신문은 거의전면이 리근영이의 결혼식의 풍파광경과 효범
> 이의 정사미수사건으로 채엿스나 아모도 분명한판단을 할수가업섯다
> 또인천서에 붓들인신영복이와 지첨룡이는 그날밤으로나왓다고보도되
> 엿다.(끗)

신문에 보도된 기사의 내용에 대해 "아무도 분명한 판단을 할 수가 없었다."고 서술자가 쓴 이 문장에서 염상섭의 신문저널리즘에 대한 인 식의 한 대목을 엿볼 수 있다. 신문기사만 놓고 볼 때, 작중에서 신문기자 신영복이 취재한 내용은 외압에 의해 진실이 가려지거나 왜곡되어 보도 된 바 있다. 기사의 왜곡된 사항에 대한 저항은 신영복의 편집실 연설장 면에서 웅변으로 밝혀질 뿐 기사의 내용을 정정하지는 못한다. 다시 말 해 진실은 밝혀져야 하는데 신문기사는 역부족이다. 그래서 작중에 인물 의 직접 언술인 '연설'을 도입하게 된 것이다. "서울에서 발행하는 조선 문 신문"의 "사회면 한 복판에 〈여류 음악가를 중심으로 한 오각 연애 갈등〉이라고 크게 제목을 붙이고 그 옆에는 〈인천 **학교 여교원의 추태 —변호사 진 모는 조양의 수색 신청〉"이라고 난 기사가 말하는 것은 사실

　　　　한국근대소설 미학과 '記者-作家'

의 폭로이다. 하지만 스캔들의 폭로 대상자로 이름을 올린 사람들 가운데 지위와 명예에 타격을 받는 사람은 진변호사도 이근영도 아니고 김효범과 문자이다. 다시 말해 작중의 신문기사에 폭로된 스캔들은 그 목적을 달성하지 못하고 있는 것이다. 이에 스캔들의 비판 대상자를 바로 잡고 효범을 변호하기 위해 신문기자 신영복이 결혼식장에 침입하여 일장웅변을 하게 되고, 김효범은 스캔들의 희생자 문자를 변호하기 위해 결혼식 피로연에 나타나 연설을 하게 되는 것이다. 이러한 연설과 웅변의 장면은 신문저널리즘의 스캔들 폭로 기사의 한계를 인식한 작가 염상섭의 의도적인 설정이다. 스캔들의 대상자와 폭로자는 은폐와 폭로의 드라마를 연출한다. 은폐하고자 하는 힘이 더 강하고, 언론기관은 그 아래 종속되어 있는 상황을 이 작품은 보여주고 있는 것이다.

1926년 이 작품을 마지막으로 염상섭은 도일(渡日)한다. 도일의 욕망은 『만세전』에서도 표현된 바 있지만, 신문기자로서 『시대일보』 사태를 통해 언론기관이 자본에 굴복하는 상황을 경험한 바 있는 염상섭을 고려한다면 이 작품을 통해 보도와 비판의 제기능을 수행할 수 없는 식민지 언론상황에 대한 환멸을 표출하고 있으며 이것이 도일을 재촉했다고 추측해볼 수도 있겠다. 염상섭의 스캔들에 대한 인식이 도일한 후『동아일보』 지상에 연재한 장편소설 『사랑과 죄』(1927~28)에서 변화하고 있음을 확인할 수 있는데, 이것은 이후의 장편소설의 기본적인 골격에 해당한다는 점에서 주목되는 작품이다.

『사랑과 죄』[302]는 지순영의 결혼에 관련된 일련의 사건을 다룬 전반부

302　염상섭, 『사랑과 죄』, 『동아일보』, 1927.08.15.－1926.01.17. 이하 작품 인용은 『염상섭 전집』2(민음사, 1987)의 면수를 밝히는 것으로 대신함.

와 '검거 사건'을 중심으로 진행되는 후반부로 나뉜다. 귀족의 자제이자 화가인 이해춘, 사회주의자이자 변호사인 김호연, 대부호의 자제이면서 일본인 어머니를 둔 류진, 세부란스 간호부로 근무하고 있는 지순영, 류진의 아내 이해정 등을 한 축으로 한 젊은 엘리트층과 흥산주식회사 사장 류택수와 동생 순영과 류택수의 결혼을 주선하는 오빠 지덕진, 딸을 이용하여 한몫 보려는 해줏집, 성적 욕망의 화신으로 살인을 서슴치 않는 정마리아 등이 중심인물이다. 이 인물들이 지순영의 결혼 관련 사건과 '검거 사건'에 서로 복잡하게 얽혀 드는 가운데 소설은 전개된다.

이 작품에서 스캔들은 '섹스 스캔들'과 '정치 스캔들'이 결합하는 특징을 보인다. 이는 염상섭의 다른 장편소설의 기본 구조를 이루는 연애서사와 정치서사의 이중 플롯에 대응하는 것이다.

> 그날 저녁에 배달된 시내의 각 신문에는 목침덩이만한 활자로
> (가) 「평양에 모중대사건 돌발-경성관련락 대활동-시내○○자작이
> 중심인물-동 자작 뎌택을암야포위수색-모 변호사와 세부란쓰 병원 간
> 호부 다수 검거-검거의범위는 점점 확대-사회주의자와 일본 무정부부
> 의자의 거두도 톄포……」 이러한 뎨목을 따로따로 늘어노하서 전 비면
> 을 태워 노핫스나 무슨 일인지 아모도 알 수 업섯다. 중심인물이라고
> 한 해춘이 자신도 신문에서나 알아볼가 하는 기대를 가젓스나 역시 실
> 망하엿다.
> 그러나 세상에서 이러케 써들고 경찰의 활동이 더욱이 긴장하야 가
> 는 것을 보니 새삼스럽게 무서운 증이 아니 날 수 업섯다. 이 신문은
> 물론 압수를 당하얏스나 그래도 경성시중에는 벌서 배달이 되엇든지
> 초저녁즘 되드니 각 방면에서 위문뎐화가 끈힐 새가 업시 오고 일가친
> 척들이 꾸역꾸역 모여들기 시작하여 해춘이 집에는 초상이 나서나 찬

한국근대소설 미학과 '記者-作家'

치가 벌어진 듯이 안팟이 별안간 써들석하야젓다.(289면)

"위선 눈에 씌는 것은 자기 사진과 어대서 어덧는지 순영이의 사진이다. 순영이의 사진은 수갑 채인 것은 보이지 안흐나 아마 평양역에 나릴 제 박엿든 것인 모양이다.

(가) 신문에는 모 중대사건 일부 해금(一部解禁)이라 하고 그 동안 서울에서 각 사상단톄와 주요 인물을 수십 명이나 두어 번에 난호아서 평양까지 취됴하야 본 결과 범인은 대개 〈옴스크〉방면의 XX계통에 속한 인물로 조선 어디에 잠입하는 당시로 각 디방에 수해가 격심한 긔회를 타서 인심을 소동시키랴는 목뎍으로 그과 가티 한 모양임으로 류치장이 메이도록 조선 내에서 검거하얏든 혐의자들은 삼분지 이 이상이나 하나 둘씩 작금 량일간에 빙석하고 주요 인물 칠팔 명만 남기엇는데 사건은 이로써 위선 일단락을 지으리라고 보도되엇다.

해춘이는 검거된 사람의 삼분지 이 이상이 노혀 나오고도 아즉 칠팔 인이나 남아 잇다는 말에 놀랏다. 해춘이 생각으로는 자긔 축만 잡힌 줄 알앗드니 이십여 명이 고초를 당하고 잇섯드라는 것은 참 의외이엇다. 그러나 금명간 석방이 된다 하엿스니 오늘도 노혀 나올 사람이 잇는 모양인즉 그 중에나 호연이가 씨엇스면 하는 심츅을 마지 안햇다.

해준이의 눈은 그 다음 긔사로 옴겨갓다.

(나) 「사건 이면(事件裏面)에 숨은 이팔가인과 단팔랑-예술뎍 귀공자의 삼각련애-석방된 후 간 곳 업는 의문의 미인…」

〈예술적 귀공자〉라는 것은 어쩌한 것인지 뎨목부터 시골신문답지마는 해춘이는 이 뎨목만 보고도 적지안히 가슴이 서늘하얏다.

긔사 내용은 사실 놀랠 만큼 정곡을 쭐헛다. 경성의 유수한 실업가 〈모씨〉가 평양호텔에 본진을 치고 자긔의 애인인 순영이의 석방운동을 하얏다는 것으로부터 그 경쟁자요 또 이 사건의 련루자인 모 청년 귀족이 대진(對陣)을 치고 시내 모 려관 안에 안저서 활약한다는 말, 순영이가 그 로살업가(老實業家)의 차입한 것은 거절하고 청년 귀족의 차입한 밥은 달게 먹엇더라는 말, 마리아가 그 〈예술뎍 귀공자〉의 뒤를 쏘차왓드란 말, 순영이가 노혀 나오는 길로 어쩐 청년에게 쓸려가 누디에는 간 곳이 업서젓다는 말짜지 일일이 그럴듯하고 재미잇게 쓴 뒤에 실업가 〈모씨〉를 호텔로 방문한즉 그의 비서(秘書)가 대리로 면회를 하얏는데 그러한 일은 전연히 모르고 순영이가 노혀 나왓다면 모르면 몰라도 그 관계자인 〈모 자작〉에게로 갓스리라고 하나 모자작이 투숙한 려관의 하녀의 말을 들으면 단발랑 정마리아만 가티 잇다고 하는데 의문의 미인은 물론 서울로 올라간 형적도 업다고 보도하고 그 중에도 문뎨의 미인을 사이에 너코 사돈끼리 싸우는 것이 라든지 쏘한 쌍방이 모다 유명한 상류계급 인물이니만큼 일반은 큰 흥미로 사건의 락착을 관망하고 잇다고 씨엇다.

해춘이는 다- 넑은 뒤에 망연자실한 듯이 안젓다가

「이러기에 극비밀히 하자는 노릇이엇지만 참 맹랑하군!」하며 탄식을 하얏다.

「대관절 이 긔사의 〈다네〉-(재료)가 어대서 굴러 나왓나요? 물론 경찰측에서 어더낸 것도 만켓지만 내 상각 가타서는 류씨 편에서 일부러 리자작을 중상하고 자긔네의 발을 쌔랴고 재료를 뎨공한 것이나 아닌가 십습니다. (339~340면, 밑줄 강조-인용자)

위 인용문에서 (가)와 (가')는 '평양 사건'에 대한 신문기사의 보도 내용이고, (나)는 해당 사건의 '이면 기사'의 내용이다. (가)는 사회주의자 김호연과 일본인 무정부주의자 적토, 니힐리스트인 류진, 최진국 등이 검거된 '평양 사건'으로 경성의 조선신문에 발표된 것이다. 선정적인 신문기

한국근대소설 미학과 '記者-作家'

사에도 불구하고 실상 그 구체적인 내용을 알기 어렵다. 검거된 인물들과의 관련 속에 있는 당사자 이해춘조차 이 신문기사의 내용을 다 알지 못하며 그래서 '공포'를 느끼고 있다. (가)는 해당 사건에 대한 검열과 보도 금지라는 상황이 해제된 뒤 평양의 지방지에 보도된 '검거 사건'의 내용이다. (나)는 '사건의 이면' 기사에 해당하는 것으로 (가)와 (가)의 '검거 사건'에 비해 보다 구체적으로 보도되고 있다. 신문기사 (나)는 그 동안 이해춘-순영-류택수 사이에서 발생한 사건들의 정확하게 보도한 스캔들 기사이다. 한 미인을 놓고 두 남자가 사돈지간이라는 사실을 강조하면서 대중들의 호기심을 자극하고 있다. 기사의 당사자이면서 독자인 이해춘은 기사가 '정곡을 찔렀다'고 반응한다. 여기서 작가의 (가)와 (나)의 신문기사 병치 전략의 의도를 생각해볼 수 있다. 두 기사는 분량과 그 보도 내용에서도 현격한 차이를 보이고 있다. (가)는 이른바 '검거 사건'의 보도기사의 전형적인 형태로, 식민지 조선의 반제국 저항운동을 형상화 할 수 없는 상황에서 '운동'은 없고 '검거'만 기록될 수밖에 없었던 상황을 반영한 것이다.

식민지시기 일련의 조선공산당 '검거사건'에 대한 신문저널리즘의 보도는 비가시성의 영역에 존재하는 사회주의자들[303]을 가시성의 세계로 '환기'하는 역할을 수행한 것이다. 하지만 그것은 검거, 체포, 수감의 기호로 가시화됨으로써 지배권력의 현실 관리와 규율의 메커니즘을 수행하는 것이기도 하다. 식민지 조선에서의 '정치'는 '검거'라는 형식으로만

---

303 이혜령, 「감옥 혹은 부재의 시간들-식민지 조선에서 사회주의자를 재현한다는 것,
     그 가능성의 조건」, 『대동문화연구』64, 2008. 이혜령은 이 글에서 식민지 시기 사회
     주의자의 존재적 표상 조건으로 '비가시성'을 논한 바 있다.

존재할 수 있었다. 『사랑과 죄』에서 신문저널리즘이 '평양사건'을 통해 환기하는 것은 '검거 사건'의 "공포"와 "유명한 상류계급의 인물"들의 스캔들의 "흥미"이다. '평양사건' 이후, 즉 최진국의 인삼 사건 이후 이야기는 가택수색, 검거, 압송, 면회 등으로 진행된다. 그리고 일제 순사에 의해 행해지는 '취조'를 통해 '운동'은 '범죄'가 된다. 평양 사건 이전까지의 흥미로운 섹스 스캔들의 국면과 검거 사건의 국면을 함께 파악하지 않을 수 없는 상황이 되는 것이다.

이와 아울러 작품의 결말부는 정마리아의 해줏집 살해사건을 범죄소설의 문법으로 다룬다. 경찰의 조사 결과 형식으로 아주 세세하게 서술하는 〈죄〉章에 이어 평양 사건의 재판의 장면을 다룬 〈평양공판〉을 작품의 마지막 장으로 설정하고 있다. 정마리아의 '살인죄'와 평양 사건의 '운동'이 나란히 경찰과 재판소에 의해 '범죄'로 규정되는 순간 작품이 끝나고 있는 것이다. 부르주아 계층의 범죄 스캔들은 범죄 보도와 그에 대한 기록물들에 공권력의 행사와 해결방식까지 첨부함으로써 '사건 발생-공권력의 재빠른 해결'이라는 공식을 투사한다. 이로써 독자들에게 자신의 삶이 안전하다는 것과 객관화된 스릴을 느끼게 한다.[304] 이렇게 볼 때 식민권력에 자본가로 순응하며 사는 류택수 같은 인물은 스캔들 속에서도 검거사건 속에서도 피해가 가장 적다. 사회적 지위와 명예에 결정적인 타격을 받지도 않는다. 신문저널리즘의 스캔들은 그들의 삶을 전락시키지 않고 '검거 사건'을 통해 현실은 더욱 공고하게 된다. 『사랑과 죄』는 식민권력에 순응하여 살아가는 자본가와 기득권 세력의 스캔들을 다루는 동시에 '정치

---

304 김용언, 『범죄소설-그 기원과 매혹』, 강, 2012, 46면 참고.

적 사건'을 '검거'의 형식으로 다루면서 식민권력이 피식민지인의 삶을 관리하고 규율하는 방법과 그 철저함을 보여주고 있다.

식민지시기 1920년대 후반의 신간회 운동과 광주학생운동은 정치 운동의 한 정점을 이룬다. 염상섭의 식민지 정치적 상황에 대한 인식은 그의 장편소설에서 식민권력과 결탁한 귀족 혹은 자본가의 부도덕한 삶을 '섹스 스캔들'의 형식으로 폭로하는 것에 머물러 있었다. 이후 염상섭의 식민권력의 정치에 대한 잠재적이고 우회적이던 비판은 1920년대 후반 신간회와 학생운동으로 촉발된 정치운동을 소설 속에 맥락화시키는 방향으로 나아간다.

『광분』[305]은 염상섭 장편소설의 기본 이중 플롯인 연애서사와 정치서사의 결합 구조를 반영하고 있다는 점에서 다른 장편소설과 다르지 않지만, 그 결합을 매개하는 방법으로 사회주의 운동과 아울러 '민족'의 문제를 추가함으로써 정치상황을 환기시키는 데 성공하고 있다. '섹스 스캔들'과 '검거 사건'의 결합은 학생운동을 촉발시킨 성 문제에서 기인한다는 인식을 펼쳐 보임으로써 성 문제를 민족의 문제로 확대하고 있다.

대자본가이자 부호인 민명천, 그의 딸로 동경 유학생 출신의 음악가인 민경옥, 민명천의 후처이자 경옥의 계모인 숙정, 적성단이라는 공연단체의 단장인 주정방, 자본가를 이용해 이득을 보려는 변원량, 제국대학생으로 민명천의 집에 기거하는 이진태 등 다양한 인물이 등장한다. 이 작품에 등장하는 인물들은 박람회의 협찬위원을 할 만큼 식민권력에 결탁해 있는 자본가 민병천의 '집'으로 모여든다. 작품의 주된 공간과 인물의

---

305 염상섭, 『광분』, 『조선일보』, 1929.10.03.~1930.08.02. 이하 작품의 인용은 『광분』
     (프레스21, 1996)의 면수를 밝히는 것으로 대신함.

관계가 민병천의 '집'과 가계에 모아져 있다는 점이 『삼대』를 예비하고 있기도 하다. 이는 소설의 서사 진행의 산만함을 하나로 통합시키는 역할을 할 수 있는 것이다. 그리고 민병천의 '집 안(양관)'과 '집 밖'의 상황을 대비하는 구조를 통해 부르주아의 부도덕한 가정상과 정치적 상황의 관계를 결합시키고 있다.

이 작품이 섹스 스캔들을 통해 정치적 상황을 환기시키는 소설적 전략은 성의 문제를 '민족'의 문제와 결합시키는 데서 확인할 수 있다.

(1) 그 기사의 이름은 물론 가명을 썼다. 촌구정부(村口貞夫)라는 일본의 유명한 음악가와 문옥자(文玉子)라는 조선의 선진 여류 성악가, 이 두 사람 사이의 예술적 감격이 맺어준 붉은 사랑은 동시에 내선[日鮮] 융화의 좋은 모범이라고 격찬한 뒤에 그 촌구란 자가 문옥자의 뒤를 따라 서울에 들어와서 숨어있다는 것을 천속한 흥미를 끌려는 노골적 문자를 늘어놓아서 찧고 까분 것이었다. 촌구라는 것은 내용 아는 사람이면 '중촌'이란 것을 거꾸로 놓아서 중(中)자의 한 획만 뺀 것이요, 문옥자라는 것은 민(閔)자에서 문(門)을 빼버리니 문(文)이 도고 경옥이의 옥 자만 떼다가 변명을 시킨 것임을 알 것이다. 정방이는 이 이름만 보고도 인제는 더 의심할 나위가 없었다.(349면)

(2) 유월 중순경이었다. 박람회를 앞에 두고 전 조선의 경계가 차츰차츰 엄중하여가는 판에 어느 날 저녁때 이 반도의 남편 한 귀퉁이에서 조그만 불똥이 반짝하고 튀었었다. 성욕의 불길을 깊이 감춘 조그만 청춘의 혀끝이 옴지락할 때 뉘라 능히 이 강산에 폭풍우가 올 것을 짐작하였으랴! (중략)

불을 잡으려고 소방대는 출동하였다. 물을 막으려고 방축을 쌓기에

한국근대소설 미학과 '記者-作家'

애를 썼다. 성을 무느려고 곡괭이질을 하였다. 신문기자의 붓끝에는 검
열을 하였다. 혓바닥은 가차압을 당하여 두 입술에 붉은 쪽지를 붙였
다. 그러나 바람결에 날리는 불똥은 끌 수가 없었다. 늠름히 스미는 물
줄기는 막아낼 장비가 없었다.(204~205면)

(1)은 검거 사건 이후 민경옥이 일본으로 건너가 사교계를 드나들면서
영화배우가 되기 위해 일본인 피아니스트 남성과 불미스러운 관계를 맺
게 된 내용이 조선의 일본어 신문(경성일보)에 기사화 된 것이다. 기사의
내용과 서술 방식은 "내선[日鮮] 융화의 좋은 모범"으로 소개되지만, 실상
은 "천속한 흥미" 즉 조선인 여성에 대한 일본인의 성적 환상을 자극하는
기사에 불과하다. 그럼에도 불구하고 이 기사를 읽은 주정방과 소식을
들은 민병천 등은 충격을 받는다. 그 대상이 바로 일본남성이기 때문이
다. (2)는 광주학생운동의 발발 이유를 일본 남학생의 조선 여학생에 대
한 '성욕의 불길'로 서술하고 있는 대목이다. 이 서술은 보도 금지된 언론
상황에서 소설적 언술로 사건을 '보도'하고 있다. 그런데 사건의 진상을
'보도'하는 서술에 상당한 비유가 동원되고 있다. 광주학생사건의 발생과
진행에 대한 보고('신문기자의 붓끝')는 검열을 통과할 수 없는 상황이라는
서술자의 언급은, 해당 사건에 대한 '신문기사식 보도'의 역할을 대신해
서 서술자가 소설 내적으로 수행하겠다는 의미이다. 그런데 해당 사건에
대한 서술은 '염상섭식 서술법'에서 상당히 이질적인 것이다. 검열의 억
압이 작용한 이유도 있겠지만, 광주학생운동의 본질을 식민과 피식민의
구조와 '성욕'을 연결시켜 파악함으로써 '스캔들'의 차원을 확장하는 효
과를 낳는다. 즉 (1)의 섹스 스캔들 기사와 (2)이 '저항운동' 기사에 가가

식민과 피식민의 구조를 반영하여 '민족'의 문제를 투사하고 있다. 그 결과 이전 작품에서 특별한 계층의 섹스 스캔들에 국한되었던 것이 『광분』에 이르러 현실의 정치적 상황이 작용하여 민족적 차원의 스캔들로 확대될 수 있었다.

이상에서 1920년대 염상섭의 소설세계의 변모와 미적 특성을 '기자-작가'의 활동을 통해 살펴보았다. 염상섭은 3·1운동 전후의 정치적 변화 가능성 속에서 신문사 정치부 기자로서의 글쓰기를 통해 반제국과 반봉건의 저항담론을 펼쳤다. 이후 염상섭은 식민지 해방의 조건들에 대한 성찰과 모색의 문제를 다루는 '정치서사'적 성격을 담은 소설 세계를 창조한다. 식민지 신문저널리즘의 상황에 대응하는 염상섭 장편소설의 서사 전략은 '토론'의 서술 전략과 '스캔들'의 서사화이다. 1920년대 '논쟁의 시대'는 저널리즘 글쓰기의 상황에 반영되고, 개조의 담론 확대와 계몽주의적 '연설-웅변'의 글쓰기의 한계를 동시에 경험한 '기자-작가' 염상섭은 소설의 작중 인물들의 '토론'의 서술 전략을 도입한다. 염상섭에게 서술 전략으로써 '토론'은, 근대적 주체의 자기조정 과정을 서사 공간 내에서 펼쳐 보이는 동시에 식민지 조선의 현실 문제를 포괄적으로 다루기 위한 방법에 해당하는 것이었다.

그리고 식민제국의 현실정치에 대한 인식이 강화되는 가운데 '피식민인으로서 살기'의 문제는, 저널리즘 차원의 '스캔들'을 작품의 내적 추동력으로 활용함으로써 식민지 해방의 조건에 대한 윤리적 성찰을 다룬다. 1920년대 중반 이후 그의 장편소설은 스캔들의 운용 전략을 통해 신문저널리즘이 다루는 현실과 지속적으로 상호작용하는 효과를 획득할 수 있었다. 스캔들과 소설은 공통의 조상으로부터 나왔지만, 이후 '소설의 역사는 스캔들의 얼룩으로부터 그 자신을 분리하고자 하는 일련의 시도와 관련이 있다.'[306] 그러나 식민지 조선의 작가 염상섭은 '스캔들'과 소설의 세계를 결합시킴으로써 피식민지인의 삶과 해방의 조건을 탐색하고 있다. 그것은 식민지 지배계층의 삶을 폭로하기 위한 '섹스 스캔들'의 차원과 이후 '검거 사건'과 같은 '정치 스캔들'을 결합시킴으로써 작가의 정치적 비전을 담아낼 수 있었다. 다시 말해, 식민권력과 결탁한 귀족 혹은 자본가의 부도덕한 삶을 섹스 스캔들의 형식으로 폭로하는 단계를 극복하기 위한 방향에 신간회와 광주학생운동으로 촉발된 정치운동을 결합시킨다. 이러한 이중적 플롯의 구성 결과, 염상섭의 장편소설은 섹스 스캔들의 운용을 통해 식민권력과 결탁한 기득권 계층의 삶을 폭로하는 동시에 '검거 사건'과 결합시킴으로써 식민지 조선의 정치적 비전에 대한 모색을 담아낼 수 있었다.

5. 결론

본고는 한국 근대소설이 저널리즘과 상호작용하면서 획득한 미학적 특성을 규명하고자 했다. 근대소설을 저널리즘과의 상관성 속에서 고찰한다는 것은 저널리즘이 다루는 세계에 대응하여 근대소설이 획득한 미적 특성과 그 의미를 밝히는 작업에 해당된다. 본고는 그간의 매체-제도적 관점으로 이루어진 문학연구방법을 극복하고 근대소설이 지닌 독특한 미적

---

306 William A. Cohen, *Sexscandal: The Private of Victorian Fiction*, Duke Uni. Pre., 1996, p.18.

특성을 규명하기 위해 근대작가들의 신문사 기자체험에 주목했다. 한국 근대작가들은 대부분 '기자-작가'로 활동하면서 근대소설사에 중요한 미학적 성과를 낳았다. '기자-작가'는 언론장과 문학장을 각각 경험하면서 저널리즘의 논리를 체험하는 동시에 자신의 문학적 비전을 실천하는 자리에 있었다. 따라서 식민지 시기 민간지 발간 이후 보다 역동적으로 상호작용한 저널리즘과 문학의 상관성을, 본고에서는 '기자-작가'의 글쓰기 상황에 초점을 맞추어 그들의 소설이 획득한 미적 특성에 대해 밝히고자 했다.

1920~30년대 저널리즘 상황과 소설의 상관성을 살피기 위해 본고에서는 사실성, 대중성, 정치성의 3가지 범주를 설정했다. 이 세 가지 범주는 이 시기 저널리즘과 소설이 공통적으로 추구한 가치에 해당한다. 언론의 글쓰기와 소설 쓰기는 식민지 조선의 현실을 '사실적'으로 담기 위해 각각의 논리와 방법을 모색했으며, 저널리즘의 '독자' 확보를 위한 노력은 소설의 예술성과 대중성 획득이라는 이중 과제를 부여했다. 그리고 피식민지 지식인으로서 기자와 작가는 정치적 글쓰기를 수행하지 않을 수 없었다. 따라서 본고에서는 사실성, 대중성, 정치성의 범주를 바탕으로 저널리즘의 논리와 작가의 문학적 비전 사이에 갈등한 '기자-작가'와 그들의 작품이 획득한 미적 특성을 고찰하고자 했다.

근대 작가들은 대부분 언론계에서 '기자-작가'로 활동했다. 그들은 저널리즘 환경 속에서 자신의 예술세계를 구축해낸 존재들이다. 강조해 말하면 '기자-작가'의 존재는 한국 근대작가의 본질론에 해당하는 사항이라고 할 수 있다. 따라서 본고에서는 작가의 저널리즘 체험과 창작의 상관성을 보다 적극적으로 규명할 수 있는 대상으로 '기자-작가'와 그들의 작품을 선정했다. 그리고 저널리즘의 환경과 논리인 사실성, 대중성, 정치성에 맞서 서사 전략을 구사함으로써 미학적 차원의 성과를 획득하고 있다고 판단되는 작품을 선정하였다. 이에 대표적인 '기자-작가'로 현진건, 심훈, 염상섭과 그들의 소설을 논의 대상으로 좁혀 논의하고자 했다.

먼저 2장에서는 저널리즘의 객관적 보도와 사실주의 지향에 대응하여, 소설이 '사실'을 다루는 방법에 대해 고민한 현진건의 소설세계를 살폈다. 사회부 편집기자로 활동했으며 근대 단편소설의 완성자라고 평가받는 현진건은, 신문학 초기 소설형성의 과정에서 '기교'와 '현실'의 결합이라는 문제에 대해 고심한 작가이다. 초기에는 신문기사의 세계와 소설의 관계를 철저하게 구분하여 각각의 자율성을 구축하려고 했지만, 사회부 편집활동 경력과 비례해 그의 소설의 세계는 '뉴스'의 세계와 일정한 관계를 형성하는 양상을 보인다. 현진건의 1920년대 후반 소설은 '가난'과 '성(性)'이라는 주제가 중심을 이루고 있다. 신문저널리즘의 '사회면-편집인'으로 활동한 현진건에게 이러한 소설적 주제는 현실 '뉴스'의 조건과 큰 차이가 없는 것이었다. 그러나 현실을 보도하는 신문기사가 사건을 의미화하는 방식과 다르게, 현진건의 소설은 뉴스 혹은 '극적 광경(劇的 光景)'을 포착하여 소설화하는 과정에서 서사 전개의 방법적 측면과 서사적 장치의 배치를 활용하여 미적 구조를 만들어낸다. 이러한 미적 구조는 '목격-논평자'라는 서술자를 설정함으로써 더욱 강화된다. 이러한 특징은 저널리즘의 글쓰기에서 강조되는 정보의 객관적 보도와 논평이 결합된 구조에 익숙한 현진건의 기자 체험에서 기인하는 것이라고 볼 수 있다.

존재하는 정보를 잘라내고 붙이고 다듬어 새롭게 재구성하는 작업인 '편집'의 방법은 『적도』의 탄생 과정과 서사 구성에서 발휘된다. 이 작품은 이미 쓴 작품을 편집하여 '다시쓰기'한 작품이다. 그 과정에서 '신문 스크랩북'과 신문기사의 배치와 활용을 통해 서사를 재구성한다. 이러한 특징은 현진건의 '사회면-편집자' 체험이 작용한 결과라고 할 수 있다. 결론적으로 한 작가의 저널리즘 체험과 소설 창작의 관련성 속에서 볼 때, 현진건의 소설세계는 저널리즘의 영역에서 유통되는 정보 전달방식 과 구별되는 예술성 획득을 위해 서사 전략적 방법을 모색함으로써 미적 특성을 창출할 수 있었다.

3장에서는 1920년대 후반 이후 저널리즘과 문학의 영역이 직면한 '독자 확보'의 문제와 소설의 '대중성' 획득의 과제를 살펴보기 위해 심훈의 작품 세계에 고찰했다. 심훈의 영화감독과 신문사 영화부 기자 활동은 반(反)제 국의 저항의식과 반(反)자본주의 의식을 고양시키는 계기로 작용했다. 영화 제작에 필요한 자본을 식민지 조선은 가지고 있지 못하다는 사실로부터 '독립'된 (민족) 자본의 필요성을 역설하는 과정에서, 심훈의 소설세계는 도 시문화에 대한 비판과 '반(反)자본주의적 낭만주의의 세계관'을 보여준다.

한편 그의 영화체험은 조선인 관객에게 '위안과 오락'으로서의 영화제 작의 필요성을 인식하게 했다. 그 결과 신문사의 기획과 그의 대중지향 적 예술관이 만나 '영화소설' 『탈춤』을 창작할 수 있었다. 그리고 심훈의 신문사 체험은 '인물기사'를 소설화하는 계기가 되었다. 이른바 '모델소 설'에 해당하는 『상록수』는 심훈의 대중지향적 예술관을 확인할 수 있는 작품이다. 저널리즘에 보도되어 독자들에게 알려져 있는 '최용신의 삶'을 '모델'로 하여 『상록수』의 채영신의 이야기를 만들었다. 언론에 보도된 최용신의 삶은 그 자체로 완결된 '의미'이다. 심훈은 모델의 삶을 의심하 거나 재해석하지 않는다. 『상록수』에서 '모델'은 보다 많은 사람에게 알

한국근대소설 미학과 '記者-作家'

리고자 선택된 것이다. 따라서 모델의 삶과 의미를 강화하기 위한 서사 전략이 구사될 수밖에 없었고 '영화적 장면'의 도입을 통해서 대중성을 획득할 수 있었다. 그리고 박동혁의 이야기를 통해 총독부의 관제(官制) 농촌운동의 허구성을 비판하는 과정에서 식민지 농촌의 '현장'을 보다 충실하게 보고하는 효과를 획득하고 있다. 결론적으로 심훈은 저널리즘 의 계몽운동과 독자 확보를 위한 글쓰기 요구에 대응하면서 소설의 대중 미학적 성과를 성취한 작가라는 점을 확인할 수 있었다.

4장에서는 식민지 민간신문의 특수성과 지식인의 글쓰기가 정치적 성 격을 띠지 않을 수 없었던 상황에 대한 소설의 대응 전략을 살펴보고자 했다. 식민지 조선의 민간신문과 문학에 종사하는 지식인은 단순한 직인 (職人)이 아니라 지사(志士)로 인식되었다. 정치적 방면으로의 진출이 차 단된 상황에서 신문사는 지식인의 존립 조건이었다. 그들에게 언론계는 '신문정부(新聞政府)'로 인식될 만큼 정치적 공간이었다. 따라서 '기자-작 가'의 소설은 식민지 정치적 상황과 해방의 조건들에 대한 탐색의 성격 을 띠지 않을 수 없다. 이러한 관점에서 1920년대 염상섭 소설의 '정치성' 을 살펴보았다. 염상섭은 3·1운동 전후의 정치적 변화 가능성 속에서 신문사 정치부 기자로서의 글쓰기를 통해 반제국과 반봉건의 저항담론 을 펼쳤다. 이후 염상섭은 식민지 해방의 조건들에 대한 성찰과 모색의 문제를 다루는 '정치서사'적 성격을 담은 소설 세계를 창조한다.

식민지 조선의 저널리즘 상황에 대응하는 염상섭 장편소설의 서사 전 략은 '토론'의 도입과 '스캔들'의 서사화에서 확인된다. '논쟁의 시대'라 고 할 수 있는 1920년대는 '개조(改造)' 담론 확대와 '연설'의 글쓰기가 지배한 시기이다. '기자-작가' 염상섭은 '토론'의 서술 전략을 도입하여,

허구의 세계에 현실의 저널리즘이 생산하는 '논쟁의 사안'을 끌어들일 수 있었다. 그리고 인물들의 토론은 개인들의 수평적 의견교환의 구조를 띠고 이야기의 결말은 지연된다. 지연되는 서사 속에서 토론은 식민지 조선의 현실과 정치적 상황을 환기시키는 효과를 획득한다. 그리고 염상섭은 식민제국의 현실정치에 대한 인식이 강화되는 가운데 저널리즘의 '스캔들'을 소설의 내적 추동력으로 활용함으로써 해방의 조건에 대한 윤리적 성찰을 다룬다. 1920년대 중반 이후 그의 장편소설은 스캔들의 운용 전략을 통해 신문이 다루는 현실과 지속적으로 상호작용하는 효과를 획득하고 있다. 염상섭은 저널리즘의 '섹스 스캔들'과 소설의 세계를 결합시킴으로써 식민지 지배계층의 삶을 폭로하고, 이후 '검거 사건'과 같은 '정치 스캔들'을 결합시킴으로써 정치적 비전을 담아낸다. 즉, 신간회(1927)와 광주학생운동(1929)으로 촉발된 정치운동을 결합시킨다. 결국 염상섭의 장편소설은 '섹스 스캔들'의 운용을 통해 식민권력과 결탁한 기득권 계층의 삶을 폭로하는 동시에 '검거 사건'과 결합시킴으로써 식민지 조선의 정치적 비전에 대한 모색을 담아낼 수 있었다.

이상의 논의를 통해 한국 근대소설의 미적 특성과 그 성과들이 저널리즘과의 상호작용 속에서 획득한 것임을 알 수 있었다. 1920~30년대 소설의 전개과정에서 '사실성'과 예술성의 추구, 식민지 '정치적 상황'에 대한 서사적 대응 전략, 예술의 '대중미학'적 가능성에 대한 탐색 등은 근대작가들이 '기자-작가'로서 저널리즘의 논리와 길항하면서 획득한 미적 성과들이라고 할 수 있겠다. 본고에서는 대표적인 '기자-작가'를 선택하여 논의하는 데 머물렀지만 더 많은 작가와 작품을 고찰한다면 한국 근대소설의 미학적 특성은 더욱 풍성해질 것이라고 기대한다.

제2부

한국근대소설과
저널리즘

신문의 시대와 신소설
─신소설에 나타난 '신문/기사'의 양상과 그 의미

1. 서론

　근대 초기는 '신문의 시대'[1]였다. 주지하다시피 1883년 『한성순보』의 창간을 시작으로 1896년 국문신문 『독립신문』, 1898년 최초의 일간지 『매일신문』, 여성을 대변하는 『제국신문』의 창간 등 1910년까지 다양한 단체와 지역을 배경으로 민간지가 창간되었다. 근대 신문은 근대를 열어젖힌 '증기기관'의 기능을 수행하며 조선의 근대 초기 개화계몽운동을 추동했던 것이다.

　그간 근대 초기 문학의 형성과 신문의 상관성에 대한 논의는 다양한 차원에서 상당한 성과를 이루었다. 문학과 일간신문의 결합은 증기기관의 발명이 갖는 혁명적 효과와 같이 문학적 생산의 모든 성격을 바꾸어

1　　본고의 제목이기도 한 '신문의 시대'라는 표현은 신소설에 등장하는 '편지'의 의미를 근대 우편제도의 성립과 근대 글쓰기의 변모과정 속에서 고찰한 송민호의 논문제목을 차용한 것임을 밝혀둔다. 송민호, 「우편의 시대와 신소설」, 『겨레어문학』45, 겨레어문학회, 2010, 참고.

놓았다2는 하우저의 언급처럼, 근대 신문은 문학의 생산과 소비의 행태는 물론 문학 장르의 성격에도 영향을 미쳤다. 근대 초기 신문저널리즘의 국문운동과 민족주의 담론의 생산은 근대소설의 형성에 결정적인 기여를 했으며,3 신문저널리즘이라는 공론장의 성립으로 공적 담론의 소설화 가능성이 형성될 수 있었다.4 그리고 '서사적 논설'과 '논설적 서사'5 등 신문매체의 글쓰기와 근대소설의 서사 양식의 관련성도 구체적으로 규명된 바 있다. 특히 근대 신문저널리즘과 소설은 각각 '사실'과 '허구'로 제도적으로 분화되는 과정을 통해 '내면'이 형성되어 근대소설 성립의 중요한 역할을 담당하는 것이다.6 이렇듯 근대 신문저널리즘에서 형성되기 시작한 다양한 담론적 실천이 근대 소설양식이 제도적으로 형성되는 기반이 되었다. 다시 말해 근대소설의 제도적 기원에 대한 탐색과 근대성의 해명의 과제는 '신문'을 경유하지 않을 수 없다. 이러한 연구 성과들은 신문매체가 근대 문학의 형성과 변화 과정을 구조적으로 매개하는 능동적 주체라는 관점을 바탕으로 수행된 것이다.

그런데 그간의 근대초기 '신문의 시대'와 근대소설의 형성에 대한 매체-제도-서사 양식적 차원에서의 상관성에 대한 상당한 연구 성과에도 불구하고 정작 문학작품 자체에서 재현하고 있는 '신문'에 대한 논의는

---

2   A. 하우저, 백낙청 외 역, 『문학과 예술의 사회사』(현대편), 창작과비평사, 1985, 14면.
3   권영민, 『서사양식과 담론의 근대성』, 서울대학교출판부, 1999.
4   양진오, 『한국소설의 형성』, 국학자료원, 1998 ; 김동식, 「한국의 근대적 문학 개념 형성과정 연구」, 서울대학교 박사학위논문, 1999.
5   개화기 근대소설의 성립을 신문의 논설과 '서사'의 관계를 바탕으로 '서사적 논설'→ '논설적 서사'→'신소설'의 발전구도를 규명하거나 신문 논설의 '서사' 수용 양상과 의미를 분석한 다음 연구들이 존재한다. 김영민, 『한국근대소설사』, 솔, 1997; 정선태, 『개화기 신문 논설의 서사 수용 양상』, 소명출판, 1999.
6   권보드래, 『한국 근대소설의 기원』, 소명, 2000.

거의 찾아보기 어렵다. 근대 초기 서사 양식에서 '신문기사'의 재현 양상을 살피는 것은 근대 소설의 형성 과정에 대한 논의에서 반드시 검토되어야 할 사항이다. 근대 초기 서사 양식들에서 신문매체는 어떻게 재현되고 있는지, 당대 담론적 차원에서의 신문매체 인식과는 어떤 관계가 있는 것인지 등에 대한 구체적인 논의가 필요하다. 신문(기사)은 서사 전개에서 중요한 서사적 기능을 담당하고 있으며 신소설 작가의 신문매체 인식을 통해 근대 글쓰기 주체의 미분화되어 있는 '기자/작가'라는 사항에 대한 논의를 포함하고 있기 때문이다.

이러한 문제의식을 바탕으로 본고는 근대 초기 대표적인 서사 양식인 '신소설'7에 등장하는 신문과 신문기사의 양상들을 분석하여 그 의미를 살펴보고자 한다. 근대 초기 '신문의 시대'는 신소설의 서사 공간 곳곳에 '신문'의 등장을 추동했다. 신소설에서 신문은 서술자가 작중의 어떤 상황을 설명하거나 묘사하는 수사적 차원에서도 나타나며, 특히 작중 인물들은 '신문'을 보(읽)는 일이 일상이고, 작중 인물들의 사건이 신문에 보도되기도 하며, 어떤 인물은 신문에 자기 기사를 내기도 한다. 이처럼 신소설에서 신문기사는 수사적 차원에서는 물론 서사 기능적 차원에서 중요한 의미를 띠고 있다. 따라서 신소설에서 신문매체가 등장하는 다양한 장면을 톺아 분석하여 그 의미를 살펴보고자 한다.

---

7 본고의 연구대상 작품은 서사양식으로서의 '신소설'이다. 근대계몽기의 (역사)전기, 우화 혹은 풍자(토론체) 등 다양한 서사양식들 가운데 하나인 '신소설'을 염두에 둔 것이다. 서사양식으로서 '신소설'은 『혈의 누』(1907)에서 1920년대까지 창작되었지만 본고에서는 이인직, 이해조, 최찬식, 김교제 등 이른바 '신소설 작가'에 의해 1910년대까지 창작된 '신소설'을 대상으로 한다. 신문 및 신문기사의 표상을 확인할 수 있는 본고의 논의 대상 작품은 〈부록1. '신문/기사'가 나타나는 신소설 작품 목록〉 참고.

이를 위해 먼저 2장에서는 신소설에 나타나는 '신문기사'의 다양한 양상을 1)작중인물 혹은 서술자가 신문기사를 '인용'하고 있는 경우, 2)작중인물 혹은 사건이 신문기사화된 경우, 3)작중인물이 신문을 이용하는 경우 등으로 나누어 분석할 것이다. 각각의 양상을 분석하는 과정에 신문기사의 서사적 기능과 의미에 대해서도 고찰할 것이다. 이를 바탕으로 3장에서는 신소설에 나타난 신문매체에 대한 인식의 특성과 그 한계에 대해 논의하고자 한다. 특히 신소설에서는 '나타나지 않는' 신문기자, 신문기사에 대한 '의심' 등의 사항이 갖는 의미를 살펴보고자 한다. 이러한 논의를 통해 근대소설의 정립과정에서 신문(기사)가 어떠한 영향과 의미를 갖는지에 대해 새로운 논의를 촉발시킬 수 있기를 기대한다.

2. '신소설'에 나타나는 신문기사의 양상

2.1. '신문을 보닛가': 신문기사의 인용

신문은 온갖 정보들을 담고 있다. 신소설의 주인공들 역시 신문으로부터 정보를 습득한다. 신문에 게재된 논설과 잡보, 광고 등에 등의 기사가 작중인물의 생활과 인식에 어떠한 작용을 하는지에 대해 '신문을 보니까'의 측면에서 살펴보면 다음과 같다.

　① "벽에걸인 신문츅을닉려 뒤젹々々ᄒ야보더니 긔초시간긔진혼것
　을 샹고ᄒ고셔

「그려면 령감쎅셔 오날오실지 리일오실지모로오니 지금곳쩌나셔 부산으로ᄂᆞᆯ려가 영졉ᄒᆞ여야 ᄒᆞ겟습니다」"(이해조, 『우즁행인』, 1913, p.203)

② "졍애를불너ᄂᆞᆫ울슈도업셔 다만울도ᄒᆞᆫ마음을 이긔지못ᄒᆞᆯ ᄲᅦᆫ인ᄃᆡ ᄒᆞ로ᄂᆞᆫ <u>신문잡보에 ᄲᅢ고다공원 긔방이라ᄒᆞ고 요사이ᄂᆞᆫ 소동ᄲᅢ고다공원을밤낫여러노와 일반의관람을 허ᄒᆞ다더라</u> ᄒᆞ엿ᄂᆞᆫ고로 그신문을 보고싱각ᄒᆞ기를 「올타그려면 졍애를그곳으로맛나보리라」 ᄒᆞ고"(최찬식, 『안의셩』, 1914, p.54)

③ "「(前略)이럿케아ᄉᆡᆨ온 일셩을 락을모르고 지니다가죽ᄂᆞᆫ단 말인가 참 팔ᄶᆞ도긔박도ᄒᆞ다 싱각을ᄒᆞ면 간이녹아 <u>신문이ᄂᆞ 보고 이져바리긧다</u>」ᄒᆞ고 간호부를불러 신문ᄒᆞᆫ장을 가져오리셔 잠심ᄒᆞ야보ᄂᆞᆫᄃᆡ"(최찬식, 『추월색』, 1912, p.54)

④ 도영이는 <u>심심한데 신문이나 볼 양으로</u> 신문 분진을 불렀다.
「오늘부터 우리 집에 신문 보내주오. 대금은 월종에 보내주리다」
「네, 그리 하십시오. 그러면 오늘치부터 드립니다」"(최찬식, 『능라도』, 1919)

①에서 작중인물 박중군은 부산으로 출발하기 위해 신문의 '기차시간' 정보를 확인하고, ②에서 박춘식은 시댁에 있는 동생 정애를 만나보기 위해 수단을 강구하던 중에 신문에 난 '파고다공원 개방' 정보를 확인한 후 정애에게 거기서 만나자는 편지를 한다. ①과 ②는 신문을 통해 정보를 습득하고 활용하는 작중인물들을 보여주고 있다. ①에서처럼 작중인물은 신문지를 철하여 벽에 걸어두고 생활정보를 확인하고 있다. 한편 ③과 ④에서는 또 다른 목적으로 신문을 읽는다. ③에서 작중인물 정임이는 김영창에 대한 생각을 잊기 위해 신문을 읽고, ④에서 도영이는 '심심해서' 신문구독을 한다. 어떤 고민을 떨치기 위해 혹은 심심해서 신문

보(읽)기를 하는 행위는 일상에까지 제도화된 신문읽기의 일상성의 차원을 반영하고 있다고 말할 수도 있을 것이다. 그러나 '신소설'에서 일상의 제도화된 신문읽기의 차원을 보여주는 것이라고 말하기에는 무리가 있다. 인용한 ①~④에서 작중인물의 신문읽기의 목적('정보취득'과 '심심해서')에 사용된 수식어는 작중인물들의 소식 혹은 사건을 확인하기 위한 장치로 기능하는 경우에 해당하기 때문이다. 특히 '심심해서' 읽는 ④의 경우 작중인물의 자기의 행위 결과(정탐 변형사-진범 찾기)를 확인하는 수단으로 신문(보도)을 본다는 점이 특징적이다.

신문매체의 지면은 편집에 의해 구획되어 있다. '신소설'의 작중인물은 신문지면에서 '논설'을 읽기도 하고 '잡보 기사'를 읽기도 한다. 작중인물이 읽은 기사는 소설 텍스트에 다양하게 '인용'되어 작가가 목적하는 바에 기여한다.

⑤ 그신문의 긔재한데목은 한국뒤긔혁(韓國大改革)이라ᄒ얏ᄂᆡ 태황뎨폐하 전위ᄒ시든일이라/ 옥슌이가 그신문을 다본후에옥남이와 옥슌이가 다시의론이 부산ᄒ다(이인직, 『은세계』, 1908, p.125)

⑥ "리씨부인은 그 버션이 오ᄂᆞᆫ데로 잠간펴만보고 그뒤로 도로쏘고 써셔 두엇던것이라 것보를글으고 속에싼죠희를 펴두가 버션은 간다보아라ᄒ고 그죠희만들고 잠심ᄒ야보니 그죠희ᄂᆞᆫ 곳 뎨국신문 뎨이쳔오빅ᄉ십륙호라 론셜문데에 녀ᄌᆞ의-긔가를홀일이라 이호활ᄌᆞ로 디셔특셔 ᄒᆞᆫ것을보고 마음에 괴이젹게녁여 그러케ᄌᆞ셰히 보ᄂᆞᆫ것이러라 그 론셜에 ᄒᆞ엿스되"(이해조, 『홍도화』, 1908, p.30)

⑦ "요사이 놀마다 신문을보니 녀ᄌᆞ도 지식이업스면 쓰지못ᄒ겟다고 몃곳에녀학교를 셜립ᄒ얏다니 뤼일부터ᄂᆞᆫ 집에 꼭 드러잇셔 셜워

ㅎ지말고 학교에나 단니며 공부ㄴㅎ여보아라 공부뒤바라지ㄴ 니가힘
것보아쥬마"(이해조, 『모란병』, 1911, p.62)

"몃번식쥭고십지나ᄂ 신문의 론셜을간ᄾ히 보던지다른사룸 리약이
를드르면고명ᄒ신ᄉ가되ᄌ면셔양공긔를 마시지못ᄒ고ᄂ 안이되고위
디ᄒ ᄉ업을 셩취ᄒ ᄌ면 가명의ᄉ졍을 돌아볼 겨를이업다ᄒᄂ말에 얼
마쯤 마음을 진뎡ᄒ고"(이해조, 『모란병』, 1911, p.85)

⑤는 『은세계』에서 미국에서 유학하고 있는 옥남 옥순 남매가 고국의
소식을 기다리던 중 읽게 되는 신문기사이다. 동학농민전쟁(1894)에서 융
희 원년의 대개혁(1907)까지의 시간을 다루고 있는 『은세계』에서 작중인
물들이 미국에서 접한 '한국대개혁'이라고 게재된 기사는 다른 신소설들
과 다르게 그 '제목'만 소개되고 이후 서술은 이 기사를 읽은 옥남의 '개
혁의 늦음'에 대한 웅변에만 초점이 맞춰져있다. 『은세계』에서 이 기사
는 인물들의 귀국을 재촉하는 기능을 하며 주인공들은 어렵지 않게 고국
에 돌아온다. 하지만 『은세계』의 결말에서 행한 옥남의 강원도 의병들을
향한 일장연설과 만세는 아무런 설득을 이끌어내지 못하고 오히려 남매
가 잡혀가는 원인이 된다. 이러한 결말은 작중인물들이 '융희 대개혁'의
내용을 외국에서 '신문기사'의 형태로만 읽은 탓에 국내의 구체적인 상
황을 인지하지 못한 한계를 보여주고 있는 것이라고 하겠다.

⑥은 이씨 부인이 누명을 쓰고 식음을 전폐하고 죽으려하다가 새옷이
나 입고 죽자 하다가 옷을 싸고 있던 신문지의 '논설'을 보는 장면이다.
많이 알려져 있다시피 위의 대목 이후 서술된 '논설'은 『제국신문』 제
2516호(1907.10.10.)에 게재된 정옥분(탐히생)의 논설 「풍속개량론」의 첫
번째 글인 '녀ᄌ의 기가를 허홀 일'을 거의 그대로 직접 인용한 것이다.

그리고 해당 '논설'의 인용 이후 작중인물 이씨 부인은 이 '논설'에 대해
'사리와 논리'에 맞게 '잘 지은 글'이라 평가도 하고 '나 같은 사람이 또
있다'며 공감하기도 한다. 그리고 이씨 부인은 모친이 신문을 통해 간접
적으로 자신을 교육하기 위해 신문지로 옷을 싼 것이라고 여긴다. 그러
니까 ⑥에서 신문논설은 위기에 처한 작중인물을 구출하고 각성시키는
기능을 하고 있음을 확인할 수 있다. ⑦은 『모란병』에서 인용한 것이다.
황지사의 아내이자 수복의 어머니 장씨 부인이 신문에서 읽는 것도 '논
설'이다. '논설'은 장씨 부인을 각성시키고 그 결과 금선을 학교에 보내는
실천을 행한다. 이를 통해 '신문(논설)→장씨 부인→금선으로 이어지는
신문의 교육계몽 성격을 확인할 수 있다.

한편 작중 인물들은 신문의 '잡보'란에 수록된 기사를 인용하거나 언
급하는 경우도 있다.

⑧-(1) "졍모 「아니야 니ㅈ의 학문을 말ㅎ는것이 아니야 요시
녀학도는 죠힝이 불미ㅎ단말이야 일젼에 어느신문을 보닛가 무슨녀학
교라던지 학도의 힝위가 부졍ㅎ고로 학도여덜과 ㅅ무 원 ㅎ는를 출교
ㅎ엿다는말도 잇고 또 야주ㅈ 뉘집에셔는 녀학도며느리를 엇어왓더니
솜 일되던날 싀아비압헤셔 권연을먹더라던걸 아모리 문화가 발달되는
셰상이기로 그런것이야 엇지 문화라고 홀수가잇느 그신부는 나히 어
리잇가 아즉 그런폐단은 업깃지만은 근묵지흑으로 차차 물이들는지
알수업지」 (최찬식, 『금강문』, 1914, p.17)

⑧-(2) "「셰상에 괴악ㅎ일도 보앗습니다 근일 각신문에 ㅈ식이 아비
를쳣느니 계집이 셔방을 죽엿느니 ㅎ는잡보가 업는날이 별로 업습듸
다만은 이런변괴를 니눈으로 보기는 쳐음이올시다 녀학교에 다니며

수신비혼 신부라 참 다르던걸이요.」"(최찬식, 『금강문』, 1914, p.49)

같은 작품(『금강문』)에서 ⑧-(1)은 교원 신분인 정진의 모친의 발언이
며, ⑧-(2)는 외삼촌 전먹통이 매수한 방물장수가 정진 모친에게 접근하
여 경원의 흠절을 늘어놓으면서 하는 발언이다. 교원 부인과 방물장수는
각각 '신문'을 읽는 인물이다. 이들은 각각 며느릿감에 대한 의구심을
말하고 있는 대목에서 '신문기사'를 인용하고 있다. 그것은 신문의 '잡보'
란에 보도된 풍속문란 여학생들에 대한 기사들이다. 신문은 '한 사회의
도덕적 감수성을 드러내는 바로미터'이자 '사회적 신뢰의 부도'라 할 수
있다.[8] 신문잡보의 각종 사건 사고에 대한 기사들은 풍속교화의 목적에
서 선택(프레임)된 것이다. 신문은 조사, 처벌 같은 일련의 의식(ritual)을
통해서 결과적으로 그 사회의 가치나 규범을 강화한다.[9] ⑧에서 작중인
물들이 인용하고 있는 기사들은 학교(문명) 교육을 받은 여성들의 일탈을
비판하고 경계하기 위해 게재된 것들이다.

⑨ (부인) 이이 네ㅗ무슨일이잇셔々 이밤중에항구에 ㄴ갓더냐
밋친사룸이아니어던 동으로ㄱ로다 서으로가다 남으로북으로 외딘
판을 혜미드라ㅎ니 무엇ㅎ러ㄴ갓더냐/너갓튼쏠두엇다ㄱ 망신ㅎ기쉽

---

8 이 표현은 신문의 스캔들 기사의 성격에 대해 이혜령과 허행량이 각각 쓴 것이다.
   '스캔들 기사'에 국한해 설명한 것인데, 본고에서는 '신문(잡보)'에 확대 적용하여 사
   용할 수 있다고 판단하였음을 밝혀둔다. 이혜령, 『한국 근대소설과 섹슈얼리티의 서
   사학』, 소명출판, 2008, 121면과 허행량, 『스캔들-한국의 엘리트와 미디어』, 나남
   출판, 2003, 35면 참고.
9 "신문은 사회적 집단의식(conscience collective)을 강화함으로써 그 사회의 안정을
   유지하는 데 기여한다." 허행량, 앞의 책, 35면.

짓다 신문거리무되겟다그러흐쑤지룸을눈이쌔지도록듯고잇스노 옥년
이눈 혼번졍혼마음이잇눈고로 서름이며할것도업고 내일밤되기무기다
린다(이인직, 『혈의누』, p.50)

⑩ 오날날 이지경을 당호니 이실직고 호얏다가는 리참셔와 허부령
과 시비가되야 자귀본쇠이 탄로되야 신문지 신셰를지면 세사롬이 다
망호눈날이라 남편의 명예나 온견호게 두눈것이 제일상칙이라호고 잇
다던지 업다던지 쎄겻다던지 녹앗다던지 당쵸에 입을열지 아니호고
쥬옥갓흔 눈물이 옷깃을 젹실뿐이라.(이상협, 『재봉춘』, pp.55-56)

⑨는 『혈의 누』에서 옥련이 자살할 마음으로 대판(大阪) 시내를 헤매다
가 귀가하자 정상부인이 옥련을 두고 하는 말에서 인용한 것이다. 여기
서 '신문거리'라는 표현은 '망신'과 같은 의미이다. ⑩에서는 허부인이 시
모의 오해를 알면서도 사실을 말했다가는 '신문지 신세'를 질 것을 두려
워하고 있다. 마찬가지로 '신문지 신세'라는 표현은 '망하는 것'과 같은
의미이다. ⑨와 ⑩에서 알 수 있듯이 작중인물들은 '신문지 신세' 혹은
'신문거리'가 되는 일을 두려워한다. 신문거리가 되는 것은 자기의 체면
과 평판에 치명적인 누를 끼치는 것이기 때문이다. 이러한 신문매체의
사회 규율적 기능에 대한 인식은 앞서 살핀 신소설의 잡보기사 인용과
상동성을 이루고 있는 것이라 하겠다.

이상에서 살펴보았듯이 신소설에서 작중인물들은 '신문에서 읽은' 것
을 '인용'하여 발언하는 경우가 많다. 그 가운데 '논설'의 '인용'은 '논설'
의 공공성 혹은 공적 기능을 이용하여 서술자 발언의 공공성을 강화하려
는 작가의 의도가 반영된 것이며, '잡보'의 경우 또한 사회의 가치나 규범
의 강화를 위한 목적으로 '인용'되고 있다. 따라서 신소설에 나타나는

신문(기사)에 대한 인식은 신문의 계몽과 교육적 역할에 대한 작가의 태도를 보여주는 것과 다르지 않음을 알 수 있다.

2.2. '신문에 낫는데': 작중 인물-사건의 기사화

신소설에는 작중인물 혹은 사건과 관련된 사항이 신문기사로 나타나는 경우가 빈번하다. 작중 인물과 관련된 기사가 게재되는 경우를 '신문에 낫더라'의 측면에서 살펴보면 다음과 같다.

① "그씨옥년이가 고등소학교에서 졸업우등성으로 <u>옥년의일홈와 옥년의사젹이 화셩돈신문에낫는듸</u> 그신문을보고 이상히깃버ㅎ는 사룸ㅎㄴ히잇는듸 엇지그럿케 깃부던지 부지즁눈물이쏘다진다"(이인직, 『혈의누』, 1906, p.69)

② "리졍슉 졸업방이 각신문에도 게재가 되엿든지 하로 식젼에 신문이 경셩오부ㅈ늬에 눈발갓치 분젼되니 우등성 리졍슉슘ㅈ에 눈쌀이 번쎡 쎄이기는 시문밧 셔춤셔의쑥하 셔병신이라"(김교제, 『목단화』, 1911, p.55)

③ "쟝안각샤회에 나라사랑ㅎ는 뜻이잇다는 사람이라고는 하나도 집에 드러잇지안이ㅎ고 마챠를탄다 인력거를탄다 젼차에도오르고 것기도ㅎ야 남듸문골통이 쌕〻ㅎ게 나아가더니 션풍도골갓흔 당당명ㅅ 한량반을 마자들어오는듸 거리거리에 관광쟈가깃거 하레치안이ㅎ는 스룸이업고 <u>각쳐신문마다 환영ㅎ는축샤를 듸셔특셔ㅎ엿더라</u>"(이해조, 『빈상셜』, 1907, p.128)

①은 『혈의누』에서 옥련이 미국에서 학교를 졸업한 소식이 외국 신문에 게재된 것, ②는 『목단화』에서 이정숙이 학교를 졸업하자 그 소식이 신문에 게재된 것, ③은 『빈상설』에서 유배를 당했던 유명인사가 귀경한다는 소식과 축사가 게재된 것이다. ①과 ②는 모두 작중 여주인공의 학교 졸업소식이 신문에 게재된 것이다. 그러나 이 게재 소식이 작품의 전개과정에서는 각기 다른 기능을 한다. ①에서 '신문기사'는 이별한 작중 인물들의 '만남'을 매개하는 역할을 한다면, ②에서 그것은 여주인공이 곧바로 위기에 처하는 계기로 작용한다. 그러나 ②의 신문기사('여학생 졸업')가 이후 여주인공의 교원 생활과 학교교육의 강조를 통해 작품의 중요한 내용을 이룬다는 점에서, ①과 ②는 여성-학교교육의 중요성과 교육계몽을 강조하던 근대계몽담론의 구조를 담고 있다는 공통점이 있다. 한편 ③에서는 남성 인물(유명인사 이승지)의 소식(정보)을 게재하고 있다. 이것은 서사 전개와 관련하여 별다른 기능과 의미를 담보하고 있지는 않지만 '축사'의 주체를 '신문(기사)'로 하여 그 정당성과 공공성을 획득하는 효과를 얻어내고 있다.

④ "연희를즁지ᄒ고 다음날을기다리ᄂ듸 <u>그소문이엇지낫든지 각신문에 졍이의졍렬을 극히찬숑ᄒ야 세계안목에 광포ᄒ얏더라 그신문잡보본사룸은 졍이의졍렬을안이칭찬ᄒᄂ 사룸이업슬ᄲᆞᆫ더러</u>"(최찬식, 『안의성』, 1914, p.156)

⑤ "각신문에「불힝위힝」이라 졔목ᄒ고 졍임의사실의 수미를 계진<u>ᄒ야 극히찬양ᄒ얏스미 동경잇ᄂ 조션유학ᄉᆼ이 그사실을 모를사룸이 업더라</u>"(최찬식, 『추월색』, 1912, p.68)

④와 ⑤는 작중인물과 관련된 내용을 신문에 게재하여 '광포(廣布)'했다는 점을 알 수 있다. ④는 시어머니(상현의 모친)가 정애의 누명도 벗길 겸 여러 친척과 고우를 청하여 경연(잔치)을 열자고 제안하나, 정애는 오빠를 찾고 '가정이 원만한 후에 연회를 개설하자'고 한 점을 신문에 게재하여 '정애의 정열을 칭찬'하였다는 것이다. ⑤는 작중 여주인공 정임이 고난과 위기를 겪고 끝내 부모가 약속한 애인(남편)을 만나고야 만다는 '사실의 수미'를 신문에 게재하여 "정임의 결기를 무한히층찬"하였다는 것이다. ④와 ⑤는 신문을 통해 '광포'할 만한 내용들에 해당한다는 공통점이 있다. 신문은 사회의 모범이 될 만한 작중 여성인물과 사건을 선택하여 '광포'함으로써 당대의 사회가 요구하는 이데올로기(여성의 절개, 가족주의 등)를 강화하는 역할을 수행하고 있음을 알 수 있다.

한편 신소설에서 작중인물에 대한 소식이나 사건의 신문 게재는 서사 전개에 중요한 기능을 담당하고 있다.

⑥ 그후잇흘만에 <u>화성돈 어는신문에</u>

조션학싱결사미수(朝鮮學生決死未遂)재작일 오후칠시에 조션학싱최옥남 년십삼(年十三)녀학싱최옥순 년십구(年十九)학비(學費)가 쩌러짐을고민(苦悶)히녀겨셔텰도에써러져셔 죽으려다가슌슨(킬라베루)씨의 구훈바가 되얏다 그 학싱이 언덕우에셔 수작홀째에 슌슨가 그동졍을 수샹ᄒ게녀겨서 가만이언덕밋헤가셔 드르나 말을아라듯지못ᄒᆫ고로 먼져동졍을살피던차에 그 학싱이긔차지나가는거슬보고 텰도에써러졋는지라 슌슨가 급히쏘차가보니 원리그언덕은불과반길씀되고 텰로는 쌍션이라 언덕밋션로(線路)는북힝(北行)차의션로오 그다음션로는남힝(南行)차의션로인듸 그 학싱이 남힝차지나가는거슬보고 그차가언덕밋

션로로가눈쥴만올고 쩌러졋다가 순수의게 구호바이되얏다더라 (이인
직,『은세계』, 1908, p.109)

⑦ 신문호장을 가져오릭셔 잠심호야보눈듸 졔숨면잡보난에(김영
창년 십구)이라호눈 수룸이 엇던녀학싱과 무슨감졍이 잇던지 지작일
하오 십일시경에 상야공원 불인지가에셔 칼로지르다가 하곡구경찰셔
로 잡혀갓눈듸 그수룸은 본듸조션 수룸으로 영국문과딕학에셔 졸업호
자이라 더라」게지 호얏눈지라 이잡보를 보다가 하도이상호야 호번다
시보고 쏘호번더 훌터보아도 갈듸업시 자긔의 사실인듸 힝픠호던 놈
의셩명이다르믹 더욱 이상호야 혼자말로「아이고 이상도호다 이말이
뎡녕닉말인듸 그놈이 강가아니오 김영창이란 말은원말이며 영국문과
딕학 졸업이란 말은원말인고문 아마 신문에 잘못계지호얏ㄴ보다 닉가
영창이 싱각을 이져바리자고 신문을 보더니」호고 신문을쌍에 던지다
가 다시집어들고「김영창……김영창……문과딕학졸업」호며 무슨싱각을
시로하눈찌에(최찬식,『추월색』, 1912, p.54)

⑧ '살인범 쳐형'

'평양 의성 명촌 십팔번지에 거주하는 남정린(南廷麟)(二十)은 그 서
제(庶弟) 정룡(廷龍)(十八)이와 항상 화목치 못하게 지내는 중, 그 서제
의 유의 유식함을 미워하던 터이더니, 지나간 구일에는 정린이가 정룡
을 유인하여 대동강에서 배를 타고 종일 놀다가 그날 하오 팔시경쯤
되어 정룡이를 능라도 수풀 속으로 끌고 가서 총살을 하였는데 마침
중교(中橋) 형사에게 체포되어 사실을 자백한 고로 정린이는 살인죄로
작일 평양지방 재판소에서 사형에 처하여 일간 집행한다더라.'하였는
지라"(최찬식,『능라도』, 1919)

⑨ 판수가 공판을열고 모든변호수와 각 신문긔즈 열셕호압헤셔 공
판을호눈듸 형법뎌젼 법에의지호야 젼먹통은 증역십년으로 안동노파
눈 일긔년검고로 션고된지라 그잇튼날 각신문에 경원의 이미호 긔수

한국근대소설 미학과 '記者-作家'

가 쇼상ᄒ게 낫더라/ (중략) 리정진의 모친은 (중략) ᄒ로아참에ᄂ 신
문을보ᄂ디 데ᄉᆞ면 잡보란니에 두렷두렷ᄒᆞᆫ 이호짜로 박현어은이라 제
목ᄒ고 경원의 외ᄉᆞᆷ촌이 그지산을 탐욕ᄒᆞ든말 것짓 방물장ᄉᆞ를 보내
여 파혼시기든 사실이며 경원이가 다른곳으로 싀집보늬랴ᄂ 눈치를알
고 승야도쥬ᄒᆞᆫ일과 음모가 발각되야 지판쇼에셔 젼먹통 공판ᄒᆞ엿다ᄂ
말이 쇼상ᄒ게 게지되야ᄂᆞᆫ지라 그신문을보ᄆᆡ 경원의 이미ᄒᆞᆷ은 물론이
요 ᄌᆞ긔가 지각이 널지못ᄒᆞ야 경솔이 쳐ᄉᆞ혼ᄶᆡ돍으로 남의쭐의게 젹
악을ᄒ고 ᄌᆞ긔아달의게ᄭᆞ지 못홀노룻을ᄒᆞᆫ것이 지극히 후회되ᄂᆞᆫ지라
즉시 화긔동 아오를 ᄎᆞ쳐보고 무슈히 ᄉᆞ과ᄒ고 도라와 경원의 종젹을
아모ᄶᅩ록 알고ᄌᆞᄒᆞᄂ 엇지알슈 잇스리오 스스로 뉘웃치고 스스로 붓
그러운 싱각이 잠시도 아니날ᄶᅵ가업셔 오고가ᄂ 셰월을 괴롭게 지늬
더라(최찬식,『금강문』, 1914, p.97)

위에 인용한 ⑥은『은세계』에서 옥남 옥순 남매가 유학비가 끊기고
생활이 어려워져 철도동반자살을 시도했던 사건이 화성돈 어느 신문에
게재된 내용이다. '조선학생결사미수'라는 제목의 기사는 두 가지 측면에
서 흥미로운 점이 있다. 이 자살미수사건의 신문기사화는 조선인 남매에
게 미국인 자선가라는 구원자를 만날 수 있는 기회를 제공하고 있다는
점에서 인물의 '만남'과 '구원'의 역할을 한다. 그런데 기사의 내용은 조
선인 남매의 자살 동기에 내용보다는 미수의 원인에 대한 것이 주를 이
루고 있다. 이 신문기사는 옥남과 옥순이 철로에 떨어지고 기차가 지나
갔다는 서술 뒤에 바로 배치된 것이다. 그 후 그들은 어떻게 되었을까라
는 궁금함에 대한 답을 신문기사를 통해 밝히기 위한 것이다. 쌍선의 철
로 가운데 기차가 지나지 않는 철로에 떠어들어서 살았다는 것. 신문기

사는 조선인 남매가 극적으로 살아난 이유가 그들의 '무지' 혹은 '행운' 때문이라는 점을 강조하고 있다. 이러한 기사내용은 주인공의 고난-위기-구출의 과정에서 '구출'의 방법에 대한 작가의 의도가 반영된 것이겠지만, 의도와 다르게 신문기사의 내용은 주인공들의 '무지' 혹은 '행운'에 대한 강조가 되고 말았다.

⑦은 『추월색』에서 정임이 상야공원에서 위기를 모면한 뒤 병원에서 신문잡보에 게재된 자신 관련 기사를 읽는 대목이다. ⑧은 『능라도』의 초반부에 도영의 오빠 홍춘식이 자기가 저지른 살인사건이 게재된 신문을 동생에게 보여준 것이다. ⑦과 ⑧의 신문기사는 작중 인물과 관련된 사건이 기사화 되면서 살인미수자 혹은 살인자가 잘못 보도되었다는 공통점을 가지고 있다. 신문기사를 통해 ⑦은 헤어진 작중인물들이 서로 만나는 계기를 제공하고 ⑧은 홍춘식이 죄가 없는 엉뚱한 사람이 죄인이 되어 사형에 처함에 자현(自現)하는 계기를 제공을 하는 기능을 한다.

⑨는 공판의 신문기사화에 해당하는 것으로, 작중인물 이정진의 모친은 "신문에 경원의 애매한 기사를 보고 후회 막급하여 경원의 측은한 생각"을 한다. 그러니까 신문의 보도는 사건의 전말을 전달하고 있으며 그것을 읽은 모친은 자신의 오해에 대한 후회와 반성의 계기로 삼는다. ⑨에서 확인할 수 있는 또 하나의 중요한 사항은 신문기자의 존재를 확인할 수 있다는 점이다. ⑨에 따르면 사건을 보도하는 취재기사의 작성자인 신문기자는 '공판장 판사 앞에 변호사와 나란히 열석'하고 있는 존재이기 때문에 그 공판 내용을 '기사화'할 수 있다. 이러한 공판장 내에 위치한 신문기자는 공판(법률)과 사회 사이를 매개하고 있는 존재임을 알 수 있다. 판사와 변호사, 신문기자를 통해 사회현실의 사건들이 법치의 이름으로

조율될 수 있음을 말해주는 것이다. 그리고 작중인물과 관련된 사건은 신문에 "쇼샹ᄒ게 게지"된다. '사건보도기사문'은 작중의 사건들을 요약적으로 제시하거나 사건의 전말을 정리하여 게재함으로써 작중인물의 삶에도 영향을 끼칠 뿐만 아니라, 소설을 읽는 독자의 '소설읽기'에도 사건의 전말에 대한 정보제공과 작품의 요약적 이해라는 기능을 담당한다.

한편 작중인물의 정보와 사건에 대해 신문기사 형식으로 서술한 작품들 가운데 가장 특이한 작품은 『螢月』(1915)이다.

⑩ "그런디 신문지ᄀᆺ치소문쌜니듯고 죠사졍밀히ᄒᄂᆞᆫ 것은 업습듸다 그잇흔날 아춤에 신문이왓ᄂᆞᆫ디 <u>부록 졔륙면에 단편소셜만ᄒ 잡보가 쟝황ᄒ게낫ᄂᆞᆫ듸 그사실이 훌륭ᄒ 신문거립듸다 졔목은 「혼인일에 살인」이라ᄒ고</u> 즈미잇ᄂᆞᆫ말을긔진ᄒ얏스니 그 잡보에 왈

「조션사룸오디영 吳大泳(二一)은 본월이십일 하오십이시경에 조션녀학ᄉᆡᆼ 리난영 李蘭英(一九)을 살ᄒᆡ코ᄌᆞᄒ다가미슈ᄒ고......(86)//(중략// (…)」하아얏ᄂᆞᆫ디 그 사실이엇지 쟝황ᄒ지 그놀은 그신문에광고슈입금 슈뵉원엇치슌히를보앗겟습듸다

그러나 나ᄂᆞᆫ사년동안의 쟝거리셰월을 항상운무즁에싸여잇ᄂᆞᆫ듯 의아ᄒ고궁금ᄒᆫ마음이 흉즁에가득ᄒ야 가히히혹ᄒᆯ 도리가업더니 <u>그신문긔사를보고셔야 비로소젼후사실이며 여러사룸의의향을 소샹분명히 알앗습니다</u> 그러ᄒ사실을알고보니 난영은나의은인이오 나ᄂᆞᆫ난영의은인이라고ᄒᆯ만ᄒ지안습닛가 그런즉 그두사룸이 그러ᄒ은혜를무엇으로 셔로갑ᄒ야죠ᄒᆯ는지오 그 은혜룰 셔로갑게된이야기ᄂᆞᆫ 차ᄉᆞ마ᄒᆯ것이오"(『형월』, 1915, pp.86-96)[10]

10 이 작품은 저자명이 밝혀져 있지 않지만, 현재로서는 최찬식의 작품일 가능성이 크다. 1933년에 초판 간행하고 1939년에 증보 간행한 『조선소설사』에서 김태준은

『螢月』은 1910년대 한 남성의 고학담을 바탕으로 그의 성공서사를 그린 작품이다. 이 작품은 신소설 가운데 드물게 일인칭 소설이다. ⑩은 중략을 취했지만 단행본의 86면에서 96면에 걸쳐 길게 서술된 '신문기사'의 내용의 일부분이다. 일인칭 주인공 '나'는 4년 동안의 난영의 이야기를 알 수 없기 때문에 서술할 수 없다. 따라서 일인칭 서술 상황의 모순을 해결하기 위해 대상인물의 행적과 사건정보를 신문기사의 형식을 빌려 서술하는 방법을 취하고 있다. 그런데 대상인물인 난영을 만난 이후의 상황임에도 불구하고 서술자 '나'는 여타 다른 신소설들에서처럼 그간의 사연을 대상인물의 입을 통해 '말하게' 하거나 또 다른 방법인 편지를 통해 '이야기'를 전달하는 것이 아니라 '신문기사' 형식을 도입하고 있는 것이다.

여기서 흥미로운 점은 서술자도 말하고 있듯이 신문기사가 '단편소설만한 잡보기사'라는 점이다. 이를 통해 '잡보기사문'이라는 글쓰기가 '소설'에 육박해 있는 상황을 추론해볼 수 있다. 송민호가 한 연구에서 논의한 바 있듯이 1912년 『매일신보』는 쇄신안을 통해 신문 사회면 기사를 소설적 묘사(소설양식)에 상당(육박)하는 글쓰기로 바꾼다. 이로써 신문 사회면 기사에 '소설적 실감'이 일반화 되는 상황이 도래하게 된 것이다.[11] 이러한 상황을 ⑩에서 "단편소설만한 잡보"라는 표현을 통해 확인할 수

최찬식의 작품을 열거하면서 『형월』(박문서관, 1915)을 언급하고 있으며(김태준, 박희병 교주, 『증보조선소설사』, 한길사, 1990, 231면), 최찬식이 주로 박문서관에서 신소설을 출판하고 있었다는 점(최찬식, 「나는 어쩌케 成功하얏나」, 『매일신보』, 1936.05.14.)을 고려할 때 그러하다. 이 작품은 번안의 가능성을 배제할 수 없으나 1인칭 서술자의 등장이라는 점에서 '소설사적 문제작'이라고 평가할 수 있는 중요한 작품이다. 이상의 내용은 다음 이지훈, 「1910년대 모험서사의 번역과 일인칭 서술자의 탄생」, 『구부학보』20, 구보학회, 2018, 261-265면 참고.

11 송민호, 『언어 문명의 변동』, RHK, 2016, 253-282면.

있는 것이다. 『螢月』에서 '신문기사'라는 서술방식의 도입은 일인칭 소설의 서술 한계를 극복하기 위한 서술방법에 해당하기도 하지만 이미 '소설적 실감'에 육박해 있는 신문잡보기사를 신소설이 차용하지 않을 수 없는 아이러니한 상황을 반영하고 있는 것이라고 하겠다.[12]

2.3. '신문에 광고 놓기': 사람 찾기

신소설의 신문매체에 대한 인식의 한 양상을 확인할 수 있는 특징적인 한 사항은 작중인물이 신문매체를 능동적으로 이용 혹은 활용하고 있다는 점이다. 그 대표적인 신문 게재 기사는 다름 아닌 사람을 찾는 광고이다.

① "광고/ 지나간열ᄉ흔날 황셕신문잡보에 한국녀학싱 김옥년이가 아무학교졸업우들셩이라는 긔ᄉ가 잇기로 그유ᄒᄂ(호텔)를 알고ᄌᄒ야 이에광고ᄒ오니 누구시던지 옥년의유ᄒᄂ(호텔)을 이고빅인의게 알려쥬시면 상당호금으로(十留)십유(미국돈십원)을 앙뎡홀ᄉ/ 한국평안도평양인김관일 고빅"(이인직, 『혈의누』, 1906, p.79)

② "상현은 손경부를맛ᄂ 긔근에 ᄌ긔일로쥬션ᄒ야쥰 혜퇴을치ᄒ혼후 ᄌ긔쳡남박츈식의 소식을 각경찰셔로탐지ᄒ여 달ᄂ고부탁을 근졀이ᄒ고 일변각신문ᄉ에 광고를위탁ᄒ니 그잇흔날 신문숩면에 디ᄌ특셔호광고에ᄒ엿스되

---

12 참고로 이러한 1910년대의 신문(기사)와 소설 쓰기의 상황(상업성, 선정성)은 1920년대 중반이후 소설(문단)이 저널리즘이 생산하는 다양한 '독물(讀物)'들과 경쟁 관계 속에 놓이게 되었을 때의 상황을 예비한 전사(前史)로 볼 수 있다는 점에서 저널리즘과 근대소설의 상관성의 역사적으로 고찰할 때 고려해야할 사항임을 덧붙여 둔다.

「누구시던지 경셩부마포에 거쥬ᄒ던박츈식(二八)의잇ᄂ곳을 아시ᄂ이가계시거든 경셩북부청풍계 김상현의 집으로통지ᄒ여쥬시면 후ᄉᄒᄋ리다

박츈식의미부김상현 누의박경이고빅」

이라 ᄒ얏더라"(최찬식, 『안의성』, 1914, p.156)

③ "그러나피ᄎ간에 ᄎ자나가난것만 능ᄉ가 안이니 <u>위션각신문에다 광고를노아봅시다</u>

(빅) 광고를 무엇이라고 노아오

(리) 내가어두어 무죄혼져를 구츅ᄒ얏더니 임의나에오히홈을 ᄭ다랏스니 어셔집으로 드러오라고 이호(二號)데목으로 계직ᄒ얏스면 그이가 <u>신문이독쟈(新聞愛讀者)로 유명혼터인즉 뎡령그광고를 곳보면 시각을멈으르지안이ᄒ고 드러올듯ᄒ오</u>

(빅) 에그 참그싱각 잘ᄒ셧쇼 그러면 어셔오날붓터 광고를 ᄒ시지오

(리) 오날은 토욜일인디 벌셔오후넉점이나 되얏슨잇가 신문편집이 다 되얏슬터이니 될슈업고 리일은 일요일이닛가 신문ᄉ에셔 휴가를홀터이오 아모리 급히도 ᄌ연모레가셔야 광고를노으면 화요일가셔야 모다보게 되겟쇼"(이해조, 『우중행인』, 1913, p.97)

①은 『혈의누』에서 아버지 김관일이 딸 옥련의 졸업기사 소식을 신문을 통해 확인하고 학교를 찾아갔으나 만나지 못하자 신문에 인용문과 같이 '광고'를 게재한 것이다. 김관일의 자신의 딸 찾는 신문광고 놓기는 결과적으로 부녀지간의 상봉을 가능하게 하는 소설적 장치라고 할 수 있다.[13] ②에서 오해를 받고 자취를 감춘 처남 박춘식을 찾기 위해 상현

---

13 이 광고가 게재된 신문을 호텔 보이가 들고 와서 옥련에게 보이며 해당 기사를 손가락으로 가리키는 것으로 묘사되어 있다. 아버지와 딸의 만남에는 '광고'가 결정적인

이 경찰서에 부탁을 함과 아울러 신문사에 광고를 위탁하고 있다. 그러나 이 작품에서 '광고'는 결과적으로 인물들의 '만남'을 성사시키지 못하고 그들의 '만남'은 김상현 피습사건에 대한 경찰서 혐의자 조사과정에서 이루어진다. ③은 리참령이 자신의 동생에 대한 오해로 쫓아낸 동생을 찾기 위해 신문사에 광고를 놓고 있는 장면에 대한 서술이다. 형의 동생 찾기 광고가 게재된 신문은 유신조합간부들에게 읽히고 결과적으로 동생의 거처에 대한 정보를 제공해주는 장치가 된다.

이처럼 ①~③의 사람 찾기 '광고'는 작중인물들이 딸, 동생, 처남 등 가족을 찾기 위해 자발적으로 신문매체를 이용한 경우라고 할 수 있다. 이는 신소설에서 빈번하게 발생하는 '우연(한 만남)'과 관련하여 새로운 논의 가능성을 제기할 수 있을 것이다.[14] 즉 작중인물들의 '상봉'의 실현 가능성에 대한 믿음이 근대적 신문매체에 '광고 놓기'의 수행으로 드러난 것이라는 점에서 신소설의 '우연(한 만남)'은 그 만남의 '필연'을 강화하려는 작가의 욕망이 반영된 것이라고 하겠다. 물론 이것은 신소설의 회귀적 서사구조를 바탕으로 한 가족주의에 대한 강조[15]와도 닿아 있는 사항이다.

역할을 하는 동시에 보이의 도움도 확인된다는 점을 덧붙여둔다.

14   참고로 박상준은 신소설의 '우연' 연구에서 신문기사를 통한 인물들의 만남을 별개의 서사가 연결되는 '인과적 적극적 우연'이라고 설명한바 있다. 박상준, 『형성기 한국 근대소설 텍스트의 시학-우연의 문제를 중심으로』, 소명, 2015, 55~100면 참고.

15   김석봉, 『신소설의 대중성 연구』, 역락, 2005, 147-175면 고.

3. 신소설에 나타난 신문매체 인식과 그 한계

신소설에 나타나는 신문기사의 양상과 그 서사적 의미에 대한 이해를 바탕으로 근대적 신문매체에 대한 인식의 특징을 더 살펴볼 필요가 있다. 근대 초기 공론장의 변화를 제도적 차원에서 추동한 신문의 역할을 고려할 때 신소설에서 확인할 수 있는 신문매체 인식은 몇 가지 특징을 보인다.

앞장에서 살핀 신소설들에 나타나는 '신문 및 신문기사'의 양상을 통해 알 수 있는 것은 작중인물들이 신문매체가 가지고 있는 '공공성'과 '정론성'에 대해 어떤 확고한 믿음을 가지고 있다는 점이다. 그것은 작중인물들이 신문에서 본 내용을 '引用'하고 작중인물과 관련된 사항을 신문에 '게재'하기도 하며 심지어 신문매체를 적극적으로 이용하여 사람을 찾기도 한다. 신소설에서 확인할 수 있는 이러한 내용은 신문매체에 대한 당대인들의 인식과도 크게 다르지 않은 것이다. 『독립신문』과 『대한매일신보』의 '논설'들을 분석한 연구에 따르면 신문(언론)에 대한 인식은 국민의 지식을 열어주고 문명으로 이끄는 사회교육의 큰 기관으로 그 역할이 중요하며, 구체적으로는 환경감시 및 정보제공, 논평, 공론조성의 기능, 교육계몽이 기능이 강조되었다.16 『대한매일신보』의 '독자 기서'를 분석한 연구에서도 당시 독자들은 신문에 대해 1)춘추필법으로 공정하게 권선징악을 계도하는 '엄한 스승'의 역할, 2)다양한 분야의 지식을 제

---

16 채백, 「독립신문의 언론사상」, 『언론과 정보』2, 부산대학교 언론정보연구소, 1996 ; 김영희·윤상길·최운호, 「〈독립신문〉 논설의 언론 관련 개념 분석: 독립신문 논설 코퍼스 활용 사례연구」, 한국언론학회, 『韓國言論學報』55(5), 2011; 김영희·윤상길·최운호, 「〈대한매일신보〉 국문 논설의 언론 관련 개념 분석」, 『韓國言論學報』55(2), 한국언론학회, 2011, 참고.

한국근대소설 미학과 '記者-作家'

공하는 문명진보 수단으로서의 역할, 3)자유독립의 감발심(感發心)을 격동케 하고 새로운 자각을 유발시키는 역할, 4)'사회의 이목'으로서 사회환경 감시자 역할 등으로 인식하고 있었다.[17] 당대 언론 담당층과 독자들의 신문매체에 대한 인식이 서로 다르지 않으며, 이는 신소설에서도 확인되는 특징임을 알 수 있다.

이러한 근대초기 일반적 신문매체 인식의 공통점을 염두에 두더라도 신소설의 경우 몇 가지 특징적인 면을 확인할 수 있다. 우선 신소설의 작중인물 가운데 신문(기사)을 읽는 독자로 여성이 설정된 경우가 많다는 점이다. 앞장에서 살펴보았듯이 중상층계급의 부인과 학교 교육을 받은 그 자녀들이 신문을 읽는 장면이 존재하는 한편으로, 하층계급이 신문매체를 언급하는 경우도 등장한다.

① "에그 마마님게 이 매를 엇지 맛나 그리지 안이 해도 삼시로 째려 쥬기로만 셩사를 삼으시ᄂᆞᆫ데 우리 부모ᄂᆞᆫ 눈도 업고 귀도 업지 <u>사랑양반네 신문지 보시ᄂᆞᆫ 소리를 드르닛가</u> 지금 셰상에ᄂᆞᆫ 노비를 억뎨로 못부린다ᄂᆞᆫ듸 나를 웨 안이차자가고 그듸로 두어셔 이 고생을 ᄒᆞ게 ᄒᆞ누"(백학산인, 『만인산』, 〈대한민보〉, 1909.07.13)

② "만일혼ᄌᆞ 나셧슬말이면 몃거름안나아가셔 발길에툭툭치이ᄂᆞᆫ 홀아비에게 붓들여서 <u>ᄂᆡ외국신문에 뒤써들엇슬터인듸</u> 괴괴ᄒᆞ고 아모 말업슬씌에ᄂᆞᆫ 가히알일이 안임닛갸"(이해조, 『빈상설』, 1907, p.108)

③ "(칠) 셔방님 깁히 통쵹ᄒᆞ십시오 <u>일젼에도 신문을 보닛가</u> 경무ᄉᆞ 김씨가 ᄉᆞ갈긋흔ᄆᆞ음으로 류학ᄉᆡᆼ 아모ᄉᆞᄉᆞ롤 근포ᄒᆞ야 참혹히 죽엿다

17   김영희, 「〈대한매일신보〉 독자의 신문인식과 신문접촉 양상」, 『2004년 한국언론학회 대한매일신보 창간 100주년 기념 학술회의』, 2004, 참고.

ㅎ읍ᄂᆞ디"(이해조, 『구의산』(하), 1912, p.51)

①~③은 하층계급의 인물들이 하는 발언의 예들이다. ①은 계집아이 차금(12-3세)의 발언으로, 신문을 직접 읽을 능력은 없지만 '들은' 내용을 바탕으로 하고 있다. 이 대목은 앞서 살핀 신문의 '논설'이 작중인물에게 매개되는 상황을 통해, 작가의 신문(논설)매체의 계몽적 역할을 수행하고 있음을 보여주는 것에 해당한다. ②는 신문매체의 속성에 대한 이해를 바탕으로 한 여종의 발언이다. 평양집의 흉계로 위기에 처한 이씨부인에 대해 평양집이 여종인 금분이는 이씨부인의 가출은 '신문기삿감'이라고 하면서 그 불가능성을 설명하고 있는 것이다. ③은 여성은 아니지만 똑똑한 하인 칠성이가 주인의 귀국 추진에 대해 국내의 상황에 대한 정보(유학생 처벌)를 알려주면서 '신문'의 정보를 인용하고 있는 대목이다.

이처럼 신소설에는 여성인물과 하층계급의 신문매체 언급의 경우가 빈번하게 나타난다. 그리고 "그 부인의 학문도 신문훈장은 무란히 보는 터이라"(『추월색』, p.21)에서처럼 여성의 신문읽기 능력은 그 사람의 지식의 정도를 나타내는 것으로도 인식된다. 신소설에서 여성을 포함한 하층계급의 신문 읽기와 '인용'의 양상은 넓은 의미에서 '근대 신문'-'독자'라는 위계구조가 작동하고 있음을 반영한 결과라고 볼 수 있다. 앞서 언급했듯이 근대 초기 '신문'은 '문명 혹은 지식'의 다른 이름이었다. 따라서 신문을 읽는다는 행위에는 문명인 혹은 지식인이 된다는 의미가 담겨 있다. 신문은 독자를 계몽하고 교육하는 근대 '학교'의 역할과 다르지 않은 것이다. 이렇게 볼 때 신소설에서 신문 읽는 여성인물의 설정은 '신문-독자'의 가르치고 배우는 '師-弟' 관계의 구조를 젠더적 차원에서 재

한국근대소설 미학과 '記者-作家'

구조화한 것에 해당한다고 할 수 있다.

지금까지 논의한 내용들이 신소설에 '나타난' 신문매체에 대한 것들이라면 다음에 논의할 내용은 신소설에 '나타나지 않은' 신문매체와 관련된 사항들에 대한 것이다. 그 하나는 '인물'로서 신문기자가 등장하지 않는다는 점이다. 앞장에서 인용한 『금강문』(1914)에서 당대의 신문기자의 존재방식의 한 국면, 즉 공판장에 존재하고 있었음을 확인한바 있다. 그러나 기사작성을 위해 사건 취재와 보도를 하는 이른바 '신문기자'가 신소설의 등장인물로 형상화되어 있는 작품은 확인하기 어렵다.[18]

근대 초기 신문의 필진과 신소설의 작가는 모두 '기자'임을 자처했다. 이해조가 『화의 혈』의 후기에서 쓴 "기자왈 소설이라 하는 것은 매양 빙공착영(憑空捉影)"이라 썼을 때, '기자'는 신소설 작가의 '또 다른' 자의식에 해당하는 것이다. 흔히 이 구절은 신소설의 '허구성'에 대한 인식을 보여주는 증거로 인용되지만 '기자왈'에 주목하게 되면 '빙공착영'이 창작원리로서의 '허구성'이라기보다는 '기록' 행위의 측면을 강조하기 위한 것이라고 보는 것이 적절하다. 왜냐하면 『화의 혈』의 '기자'(이해조)는 소설은 당대의 '실지사적'을 인정에 맞도록 편집하여 풍속교정과 사회경성이라는 목적을 성취할 수 있다고 말하고 있기 때문이다.[19] 이러한 의미에서 신소설의 작가는 당대의 '사실'을 창작의 근거로 삼고 있다는 점에서 '기자'의 태도와 다르지 않다고 볼 수 있을 것이다. 근대적인 저널리즘 제도가 형성되던 시기에 현실적으로 직업인으로서의 신문기자의 존재가

18　근대소설에 등장하는 최초의 기자는 『무정』(1917)의 신우선이라고 할 수 있을 것이다. 한국 근대소설에 '기자 주인공'의 존재양상에 대한 논의는 이 책의 제2부 3장 「한국 근대소설에 나타난 '기자'의 존재양상과 그 의미」를 참고하기 바란다.

19　김종욱, 「『소학령』의 정치적 읽기」, 『우리말글』68, 우리말글학회, 2016, 282~284면 참고.

불분명하다는 점을 고려하더라도, 신소설에 '신문기자'가 등장할 수 없는 이유는 이로써 이해될 수 있지 않을까. 즉 신소설 작가의 주체를 구성하는 요소들 가운데 '기자'로서의 자의식이 작동하고 있으므로 작중 인물로 기자를 등장시켜야할 필요성을 인식하지 못한 때문이라고 생각해볼 수 있겠다.

신소설에서 신문매체와 관련하여 '나타나지 않는' 또 다른 사항이 있다. 앞서 설명했듯이 근대 초기 계몽의 시대를 표상하는 '신문'에 대한 당대인들의 인식에는 강력한 어떤 믿음이 존재한다. 신문은 스승이며 선각자이므로 '거짓'을 말하지 않는다는 것. 그런데 이 믿음을 추동하는 힘이 신문의 공공성과 정론성 때문이라는 것은 이해할 수 있지만, 그 믿음에 대한 '의심'은 거의 확인할 수 없다. 다시 말해 신문매체에 대한 '의심'은 존재하지 않는다. 신문기사가 '조작'된 것일 수 있다는 신문매체에 대한 '의심'은 불가능했는가? 『대한매일신보』의 경우 다른 신문들과 다르게 언론의 사회적 역할뿐만 아니라 오보나 편파적인 과정, 왜곡보도의 문제, 사실 확인의 중요성 등에 대해 인식하고 있었다.[20] 그러나 이른바 '가짜 뉴스'에 대한 인식까지는 아닌 것으로 보인다.

이러한 점은 신소설에서도 마찬가지다. 신소설에서 신문(기사)에 대한 '의심'이나 왜곡보도 등의 사항을 다루고 있는 경우를 확인하기는 쉽지 않다.[21] 이 사실은 근대소설의 형성과정에서 중요한 사항에 해당한다.

---

20 김영희·윤상길·최운호, 「〈대한매일신보〉 국문 논설의 언론 관련 개념 분석」, 『韓國言論學報』55(2), 한국언론학회, 2011, 86-87면.

21 이와 관련하여 신소설에서 신문의 여론왜곡 문제를 논의해볼 가능성을 내포한 작품으로 『만인산』(1909)이 있다. 『만인산』의 '여론 왜곡' 혹은 '가짜 뉴스'의 인식 가능성에 대한 논의는 이 책의 제2부 2장의 「근대초기 '가짜뉴스'에 대한 인식 가능성과

한국근대소설 미학과 '記者-作家'

'현실'을 다룬다는 점에서 넓은 의미에서 신문기사와 소설은 다르지 않지만 이 문제는 한국 근대소설의 미적 자율성의 구축과정을 논의하는데 빠질 수 없는 것이기 때문이다. 이 문학사적 과제는 1920년 민간지 창간 이후 이른바 '문인기자'들의 등장과 그들의 이른바 '신문학' 정초 과정에서 본격적으로 논의된 사항이라 할 것이다. 예컨대 현진건은 '현실'을 수용과 변용의 방법을 통해 미학적 구조의 창조라는 방법으로 신문(매체)기사에 대응한 소설세계를 구축22하였으며, 염상섭은 (신문기사를 포함해) '현실' 그 자체가 가진 불가해성을 끊임없이 질문하는 인식의 소설세계를 보여주었다.23 아울러 김동인은 신문기사(공적 담론)에 대한 극단적인 '배제'의 방법으로 소설 자체의 미학을 추구24하였다. 이처럼 근대소설의 성립과정에서 신문매체에 대한 인식은 중요한 사항에 해당하는 것이었다.

4. 결론

본고에서는 근대초기 신소설에 나타난 신문과 신문기사의 양상을 분석하여 그 의미를 고찰했다. 신소설에서 '신문기사'는 작중인물 혹은 서술자가 신문기사를 '인용'하고 있는 경우, 작중의 인물과 사건과 관련된

그 의미」를 참고하기 바란다.

22   이에 대한 논의는 다음 글 참고. 박정희, 「한국근대소설과 '기자-작가': 현진건을 중심으로」, 『민족문학사연구』49, 민족문학사연구회, 2012.

23   이에 대해서는 다음 글 참고. 박정희, 「1920년대 근대소설의 형성과 '신문기사'의 소설화 방법」, 『어문연구』40(3), 한국어문교육연구회, 2012.

24   유승환, 「김동인 문학의 리얼리티 재고」, 『한국현대문학연구』22, 2007.

사항이 신문기사화 되어 나타난 경우, 그리고 작중인물이 신문을 적극적으로 이용하는 경우 등등 다양한 양상으로 나타난다. 신문의 '논설'과 '잡보'를 읽거나 인용하는 경우가 빈번하게 등장하는 것은 신문의 공론성과 교육적 기능에 대한 작가의 계몽적 의도 때문이다. 그리고 작중 인물과 사건이 '신문기사화'된 경우도 다수 확인되는데, 이 경우 신문기사는 사건의 전말에 대한 정보제공, 작중인물이 처한 위기의 국면을 벗어나거나 구조되는 기능을 하는 특징이 있다. 아울러 신문에 사람 찾는 광고를 놓는 등 적극적으로 신문매체를 이용하는 인물도 등장한다.

신소설에 나타나는 신문기사의 양상과 그 서사적 기능의 의미를 분석하는 가운데 『螢月』(1912)과 같은 예외적인 작품의 존재도 확인하였다. 최초의 근대 1인칭 소설이라고 할 수 있을 이 작품은 그 서술적 상황의 한계를 극복하는 방법으로 '단편소설만한 잡보기사' 형식을 도입하였다. 또한 이 작품은 1912년 이후 신소설과 신문잡보 기사의 상호 글쓰기 상황의 징후에 해당한다. 다시 말해 '소설적 실감'에 육박해 있는 신문잡보 기사의 글쓰기와 맞선 '신소설'의 1910년대 상황을 말해주는 작품일 수 있다는 점을 확인했다.

근대 초기 신문은 개화계몽운동의 중요한 매체였다. 신문은 '학교'이고 '스승'이고 '선각자'로 인식되었다. 이러한 신문-독자의 '師-弟 구조'는 신소설에서도 상동성을 이루고 있는데, 특히 신소설에서 신문을 읽고 보는 독자로 여성이 설정된 경우가 많다는 점이 특징적이다. 신문을 읽는 행위를 문명-지식인의 범주로 구획하는 동시에 거기에 작중 여성인물과 하층계급을 포섭하고 있는 것이다. 신소설에서 신문-독자의 위계는 신문-여성독자로 재구조화되어 계몽과 사회적 규율로 작동하고 있다.

본고에서는 신소설에 '나타나지 않은' 신문매체 관련 사항에도 주목했다. 신문과 관련하여 신소설에서 신문기자가 '인물'로 등장하는 작품을 찾기는 어렵다. 근대초기 신문사의 필자와 신소설의 작가는 미분화된 '문필가'라는 점에서 '기자'의 자의식과 '소설가'의 자의식은 구분하기 어려운 점이 있다. 따라서 신소설을 쓰는 자신을 '기자'라고 칭할 수 있었던 것이다. 그 결과 신소설 작품에 신문기자를 등장시킬 필요성은 낮았던 것이다. 한편 신소설에는 '신문기사'가 왜곡되거나 조작되었을 가능성에 대해서 '의심'하는 경우가 부재한다. 이른바 '가짜뉴스'의 가능성을 의심하는 서술 혹은 작품을 찾아보기 어렵다. 이 사항은 '현실'을 다루는 기사(기자)와 소설(작가)의 차이와 근대 글쓰기의 문제 등에 대한 중요한 질문을 포함한 것이라 하겠다.

근대소설의 미적 자율성 확립과정에 대한 중요한 논의사항을 담고 있는 이러한 문제와 관련하여 본고는 당대 번역-번안 작품들에 대한 검토를 포함하지 않은 한계를 가지고 있다. 예컨대 언론왜곡 혹은 '신문(기사)에 대한 의심'이라는 문제는 번안작품『雪中梅』(1908)에서 부분적으로 확인할 수 있다. 이 작품은 비방하기 좋아하는 기자를 시켜 여주인공에 대한 허위기사 보도하려는 음모 꾸미기 등을 통해 신문과 정치권력의 유착 문제를 부분적으로 다루고 있다. 이러한 사항을 염두에 둘 때 신소설과 번역-번안 작품의 신문매체 인식의 공통점과 차이점에 대한 후속 연구가 반드시 필요하다. 이러한 후속연구가 이루어진다면 한국근대소설 성립과정과 '신문기사'의 구체적인 역학관계가 보다 다양한 양상으로 설명될 수 있을 것이라 기대한다.

근대초기 '가짜뉴스'에 대한 인식 가능성과 그 의미
—『萬人傘』(1909)

1. 서론

1920년대 초 이른바 '신문학(新文學)' 창안을 담당했던 문인들은 신문과 잡지를 비롯한 저널리즘 분야의 '기자'이면서 작품 활동을 했다. 대표적인 작가로 현진건을 들 수 있다. 그는 『시대일보』를 거쳐 『동아일보』에서 오랫동안 저널리스트로서 활동하면서 창작활동을 했다. 현진건의 소설쓰기는 그의 저널리스트로서의 글쓰기 감각과 무관한 것일 수 없었다. 그의 단편소설의 '기교미학'은 저널리즘의 글쓰기를 대타적으로 인식하는 가운데 이루어낸 성과이다. 신문(기사)과 소설은 모두 '현실'을 특정 프레임으로 다룬다는 의미에서 공통된다고 할 때, 소설은 신문기사와 어떻게 다른가 하는 점에 대한 고민이 현진건 소설세계를 이해하는 데 중요한 사항이 아닐 수 없다. 그는 '현실'에서 '극적 광경'을 포착하여 '미적 구조화'를 통해 형상화한 것이 소설이라고 생각했다. 이때 현실에 존재하는 것들 가운데 '극적 광경'을 갖춘 것을 포착할 수 있는 '제6감'은 기자와 작가에게 모두 요구되는 감각이다. 다시 말해 '극적 광경'은 '현실'에서 신문기삿감과 소설이 될 수 있는 공통된 조건이다. 현진건의 초기 단편들은 이 조건에 대한 고민의 결과이며, 그 고민은 '미적 구조화'라는 사항으로 정립되었다.[1] 현진건의 경우를 소개했지만, 20년 초반 이른바 '신문학' 창안자들은 대부분 기자활동을 했으며 기자의식과 문인의식의 길항의 과정 속에 근대소설을 정립시켰다. 염상섭, 나도향, 김기진, 이익상, 심훈, 채만식 등이 대표적인 작가들이며 그들은 신문 저널리즘의 글쓰기와 문학예술의 영향 관계에 대해 고민하며 작품을 창작했다. 기자생활을 하지 않은 김동인 또한 저널리즘으로 대표되는 '공적 담론'에 대한 극단적인 배제의 방법으로 소설자체의 미학[2]을 추구했다.

본 연구는 작가의 신문(기사)매체에 대한 인식이 근대소설의 정립과정에서 어떤 상관성을 가지고 있다는 가설에서 진행되었다. 1920년대 민간지 창간 이후 두드러지는 이러한 상관성의 전사(前史)를 고찰하기 위해, 본고에서는 근대 초기의 '신소설'을 대상으로 살펴보고자 한다. 신소설과 신소설의 작가는 근대 신문(기사)매체에 대해 어떠한 인식과 태도를 취하고 있는지, 그러한 인식과 태도는 근대소설의 정립에 어떠한 관계성을 지니는지를 규명하고자 한다.

근대소설의 정립과정을 설명하는 데 있어 신문(매체)과의 상관성을 규명하려는 연구는 그간 근대 제도적인 차원에서의 접근을 비롯해 매체적 차원에서의 연구 등으로 상당한 성과를 가지고 있다. 본고는 선행 작업

---

1   저널리스트로서의 자의식과 문인으로서의 자의식의 길항 속에 한국 근대소설의 정립과정에 대한 내용은 이 책의 제1부에서 다루었다.

2   유승환, 「김동인 문학의 리얼리티 재고: 비평과 1930년대 초반까지의 단편 소설을 중심으로」, 『한국현대문학연구』22, 한국현대문학회, 2007.

을 통해 근대초기 '신소설'에 나타나는 신문(기사)매체에 대한 인식의 양상과 그 서사적 기능에 따른 의미를 고찰한 바 있다.[3] 해당 논의를 통해 '신소설'에는 기자가 등장하지 않는다는 점, 신문기사가 왜곡되거나 '가짜'일 수 있다는 인식이 부재함을 확인했다. 이러한 신소설의 특징과 본고의 문제의식을 연결해보면, 근대소설의 정립에는 신문(기사)매체에 대한 작가의 어떤 대타의식과 태도가 작동하고 있다는 가설을 세워볼 수 있다. 그 가운데 '신문'은 사실을 보도하며 거짓을 말하지 않는다는 믿음에 대한 '의심'이 근대문학의 자율성 확보과정에 중요한 한 사항으로 작동했다. 앞서 설명했듯이 1920년대 염상섭, 현진건, 김동인 등은 신문기사의 '사실'에 대해 '의심'하는 태도로 자신의 소설세계를 정립해나갔다. 이러한 '의심'의 태도는 그 이전의 작품과 작가들에서는 확인하기 힘든 것일까? 본고는 이러한 질문에서 신소설의 여러 작품을 검토한 결과 그 단초에 해당하는 작품을 확인할 수 있었다.

본고에서는 '가짜뉴스'에 대한 최초의 인식을 보여주는 신소설 『만인산』을 중심으로 근대소설의 형성과 신문(기사)매체의 상관성에 대한 새로운 논의의 가능성을 제시해보고자 한다. 『만인산』은 신문의 '사실' 보도라는 믿음에 그것이 가짜일 수 있다는 의심, 그리고 그것이 환상일 수 있다는 인식의 단초를 보여주는 작품이다. 당시의 언론계에는 언론의 오보, 편파적 왜곡 보도에 대한 인식이 존재했다. 그러나 신문기사가 조작될 수 있고 '가짜'일 수 있다는 인식까지 보여주고 있는 것은 문학의 영역 그것도 '신소설'에서만 확인할 수 있는 사항이다.

---

3   이 책의 제2부 1장 「신문의 시대와 신소설」을 참고하기 바란다.

본고는 이러한 문제의식에서 『만인산』의 '가짜뉴스' 가능성에 대한 인식과 그 한계에 대해 논의하고자 한다. 이를 위해 먼저 2장에서 신소설 『만인산』의 풍자성과 창작자 등과 관련된 쟁점사항들을 검토할 것이다. 한편 『만인산』은 창작 신소설 가운데 확인되는 최초의 작품일 뿐 선행하는 영향관계의 번안 작품이 존재한다. 언론조작과 관련된 문제를 포함하고 있는 구연학의 번안소설 『설중매』가 그것이다. 3장에서는 『설중매』의 번안과 『만인산』의 창작이 서로 멀지 않은 관계에 있음을 고찰하기 위해 『설중매』를 대상으로 고찰할 것이다. 이상의 논의를 바탕으로 마지막 4장에서는 신소설 『만인산』을 분석하여 '가짜뉴스' 인식의 가능성과 그 한계에 대해 논의하고자 한다. 본고의 논의는 1920년 초반 근대소설의 형성과정에서 본격적으로 논의되는 저널리즘과의 상관성에 대한 그 전사(前史)를 확인할 수 있을 것이라 기대한다.

2. 신소설 『만인산』에 대한 논의를 위한 전제들

『만인산』의 근대 신문(기사)매체에 대한 인식을 살펴보기에 앞서 우선적으로 검토되어야 사항이 있다. 그것은 게재지인 『대한민보』의 성격과 관련된 풍자성에 대한 논의와 『만인산』의 창작자에 대한 사항 등이다.

『대한민보』는 대한협회의 기관지로 1909년 6월 2일에 창간호를 내고 한일합방 직후인 1910년 8월 31일까지 발행되었다. 대한협회는 보호조약 이후 일본이 자신의 불법적 내정간섭을 정당화하기 위해 내세운 보호국화 정당화 전략에 대응하기 위해 1907년 11월에 결성한 정치 단체이다.

신문계의 대다수의 인물들을 포괄하고 있던 단체인 '대한자강회'의 주도 세력인 윤효정 중심의 '헌정연구회'가 대한협회로 거듭나게 된 것인데, 대한협회는 오세창 등의 천도교 인사들과 정운복 등의 일부 서북학회 회원들을 영입하면서 하나의 당파 성격을 띤 정치세력으로 자리 잡았다. 대한협회의 주도세력은 독립협회의 배경을 지니고 있거나 실무관료로서 정부기구에서 활동한 경력을 가지고 있었다. 그들은 입헌군주제에 입각한 정당정치론을 주장하였다. 그러나 '대한협회'계열의 '계몽', '교육', '사업'을 강조한 이른바 '문명국가론'의 주장은 결과적으로 일본의 '보호'가 문명지도 차원에서 긍정적 입장을 취한 것이었다.[4]

'대한협회' 계열의 정치세력의 '문명국가론'은 신문과 잡지에서의 적극적인 집필활동으로 나타났다. 그들은 기관지에 해당하는 『만세보』(오세창 사장, 이인직)-『데국신문』(정운복 주필, 이해조, 이인직)-『대한민보』(오세창 사장) 등을 통해 집필 및 편집활동을 했다.[5] 특히 『대한민보』는 대한협회의 기관지 『대한협회월보』(1908.04~1909.03)를 대중신문으로 전환시킨 것이다. 이를 위해 『대한민보』는 문예적 성격이 강한 기사들을 1면에 배치하고 사설과 관보 등을 2면에 배치하는 등 다른 신문들과 다른 지면 구성과 아울러 삽화, 광고 등의 도상학적 실천을 경주한 매체였다.[6]

---

4 박찬승, 『한국근대 정치사상사 연구』, 역사비평사, 1992, 47~69면; 심보선, 「1905~1910년 소설의 담론적 구성과 그 성격에 대한 사회학적 연구」, 서울대학교 석사학위논문, 1997, 63~69면 참고.

5 심보선, 앞의 논문, 69면.

6 『대한민보』의 편집 및 구성 체제의 '상업성' 추구와 근대 저널리즘적 특성에 대한 내용은 다음 글 참고. 신지영, 「『대한민보』 연재소설의 담론적 특성과 수사학적 배치」, 연세대 석사학위논문, 2003; 황호덕, 「한문맥(漢文脈)의 이미저리, 『大韓民報』(1909~1910) 漫評의 알레고리 읽기-1909년 연재분을 중심으로」, 『大東文化研究』77, 성균관대학교 대동문화연구원, 2012.; 아울러 『대한민보』의 '소설란'은 『만세보』(오세

한국근대소설 미학과 '記者-作家'

『대한민보』는 다른 신문매체들이 그러했듯이 신문의 사실의 보도와 계몽적 역할을 강조했다. 동시에 『대한민보』는 근대 저널리즘의 중요한 또 다른 성격인 다양한 정보와 재미(오락)의 상업성을 추구하는 영리기관의 특징을 보여준다.[7] 따라서 대중신문으로의 전환을 꾀한 『대한민보』는 '계몽'과 '재미'를 동시에 추구하는 전략을 취할 수밖에 없었다.

▲이리오너라—

▲녜

▲오늘부터 各 新聞紙가 오거든 다— 止字달고 謝絶하여라 所謂 帝國新聞은 담배장사나 人力車軍이나 시큰둥혼 女子나 볼 것이지 나는 諺文 볼 줄도 모르고 所謂 皇城新聞은 남의 말드러니 아모 자미도 업다고 ᄒ고 所謂 每日申報논 버릇업시 宰相 辱 잘ᄒ고 거짓말 쑤럿이니 다 그만두고 大韓新聞과 京城日報만 보겠다.

▲京城報논 日字報가 아니온잇가

▲허—新聞을 밧기만 ᄒ면 보논 貌樣이지 쏙 보아야 맛인가

▲그러면 쏘 各 新聞에서 評判이 잇습니다

▲허—辱ᄒ다 시르면 말지오— 쏘 이곗다 或시 大韓民報가 오거든 當初에 拒絶ᄒ여라 所聞을 드르니 그 新聞은 시훤이 辱도 아니ᄒ고 五六月 파리가 콧잔등이에 안진 것갓치 근지러워 못 견딘다더라

▲각—ᄒ논 兩班 기침에 磚洞 屛門 人力車軍이 퍽셕/ 選者曰 可謂新聞禁來[8]

창 사장, 이인직) 발간 경험을 다양하게 계승하고 있다는 점에 대해서는 김재영 다음 논문 참고. 김재영, 「근대계몽기 '소설' 인식의 한 양상-『대한민보』의 경우」, 『국어국문학』143, 국어국문학회, 2006.

7 『대한민보』의 근대저널리즘적 성격에 대해서는 신지영, 위의 논문, 15~21면 참고.
8 「諷林(29): 咳唾生風」, 『대한민보』30호, 1909.07.16.

인용한 글은『대한민보』의 독자문예란 '諷林'에 선정 게재된 글이다. 한 양반의 시각에서 각 신문에 대한 평이 이루어지고 있는데,『대한민보』의 경우 '시원히 욕도 아니 하므로' 구독을 거절한다고 되어 있다. 이때 '욕'은 고발과 비판을 의미한다. 여기서 '시원한 욕'은 '읽을 만한 신문'의 필요조건에 해당하는 것이다. 한편 양반의 비평 발언에서 중요한 것은 '자미'에 대한 언급이다. 여기서 언급하는 '자미'는 '욕'과 같은 층위에서 논의되어야 할 사항이다. 이때 '욕'과 '자미'를 동시에 충족시킬 수 있는 양식이 '풍자'라 할 것이다. 이런 맥락에서『대한민보』1면에 '漫評'의 양식을 기획 배치한 의도도 이해할 수 있다. 오세창과 이도영이 시도한 '만평'(시사만화)은 '알레고리적 장치들을 통해 당대의 역사를 소환하는 일종의 정치적 풍자'[9] 역할을 수행하기 위한 것에 해당한다.

『대한민보』의 다양한 기사에 반영되어 있는 풍자적 태도는 소설란에 연재된 '白鶴山人'이 창작한 '신소설'『萬人傘』에도 이어져 있는 것이라고 볼 수 있다.『만인산』연재에 이어 '풍자소설'「병인간친회록」와 '골계소설'「절영신화」가 연재되기도 했다. 따라서『대한민보』의 풍자성은 '신소설'『萬人傘』에 대한 논의에서 하나의 쟁점이기도 한 작자의 문제에 대한 시사점을 주는 것이기도 하다. 다시 말해『대한민보』의 풍자 지향은『만인산』의 작가로 표기된 '白鶴山人'이 이해조인지 아닌지 하는 논쟁적 사항의 결론에 다다를 수 있는 사항을 포함하고 있다.

그간『만인산』의 작가에 대한 논의는 다양하게 제기되었다. 이 작품을

---

9   황호덕, 앞의 논문, 464면. 이러한『대한민보』의 풍자정신은 특히 '인물풍자'에서 두드러진다. 실명 비판을 포함한 인물풍자의 대상은 대한제국 말기의 친일관료군 및 정치가 군상이 주를 이루고 있다. 해당 만평의 목록은 황호덕, 같은 논문, 494~499면 참고.

처음으로 언급한 최원식은 이해조의 작품이라고 추정했지만 구체적인 근거는 제시하지 못했다.[10] 그리고 한원영은 『顯微鏡』에는 '한희년', 『萬人傘』에는 '한주사', 『花世界』에는 '한부흥', 『祥麟瑞鳳』에는 '한민보'와 같이 한씨(韓氏)를 주인공으로 설정하고 있는 점과 소설의 휴게 시 '本日 小說은 同記者가 未操觚ㅎ얏기 休揭홈'이라는 표현, 유사한 서술방법, 철자, 어휘 사용 등을 들어 『大韓民報』 소속 소설기자의 존재 가능성을 제기했다.[11, 12] 이후 『만인산』의 작가가 이해조일 가능성에 대한 다양한 논거가 제시되었다. 같은 신문 『대한민보』에 『만인산』이 연재되기 직전 '신안자(神眼子)'라는 필명을 쓴 『현미경』, 그리고 이듬해 3월 다시 '수문생(隨聞生)'이라는 필명으로 쓴 『박정화』의 작가가 이해조라는 점[13], 그리고 이해조 작품의 일반적인 특징인 "봉건세력의 몰락을 확정하는 공안소설적 결말과 거기서 드러나는 점진적 개량주의의 입장"이 『만인산』에도 반영되어 있다는 점[14] 등이 그 근거로 제시되었다. 이러한 그간의 조심스

---

10   최원식, 『한국 근대소설사론』, 창작사, 1986, 31~34면.

11   한원영, 『한국신문 한세기(개화기편)』, 푸른사상사, 2002, 235~236면.

12   김재영도 다양한 필명을 사용한 이유가 동일한 작가의 글이 너무 반복된다는 인상을 피하기 위한 선택일 수 있다는 점에서 『大韓民報』의 소설들이 한 둘의 작가에 의해 쓰여졌을 가능성이 있다는 의견을 제시한바 있다(김재영, 앞의 논문, 443면).

13   한기형은 '추정'이라고 할 뿐 이를 근거로 이해조의 작품이라고 단정할 수는 없다고 한다. 아들 이른바 '신소설' 이외에 성격이 완전히 다른 「병인간친회록」, 「절영신화」, 「금수재판」 등의 작자를 알 수 없는 토론체소설이 같은 신문에 연재되고 있었다는 점에서 두 작품을 근거로 『만인산』을 이해조의 작품으로 단정할 수 없다고 했다. 한기형, 「신소설과 풍자의 문제-『萬人傘』을 중심으로」, 『한국근대소설의 시각』, 소명출판, 1999, 205면. 한편 필명이 비슷하다고 하여 『현미경』을 이해조의 작품으로 단정하기는 어렵다는 견해도 있다(김재영, 앞의 논문, 442면).

14   김재용 외, 『한국근대민족문학사』, 한길사, 1993. 한편 이 저서에서 『萬人傘』은 "당대사회의 봉건 관료들의 학정과 부패상을 매관매직 행위를 중심으로 풍자적으로 형상하여 반봉건사상을 고취한 뛰어난 작품"(102면)이라고 평가하고 있다.

런 '추정'에 배정상은 그의 박사학위 논문에서 『만인산』의 신문의 편집 체제와 담론의 전략, 서사의 진행 방식, 이념적 특성, '동양서원 소설 총 서'로 다른 작품의 단행본 출판과 동일한 출판사에서 간행된 점 등 더 다양한 근거를 제시하여 이해조의 작품으로 '확정'했다.[15]

본고는 배정상의 주장의 근거에 다음 몇 가지 사항을 더하고자 한다. 송민호가 그의 박사논문에서 규명한바 있듯이 이해조의 작품 가운데 『고 목화』, 『빈상설』, 『원앙도』, 『만월대』, 『모란병』, 『화의혈』, 『월하가인』, 『우중행인』 등의 많은 작품들은 『금고기관』에 속한 한문단편들을 서사 적으로 차용하여 창작한 것이다.[16] 송민호는 『대한민보』의 작품들에 대해 서는 다루지 않았지만, 최근 『금고기관』의 차용이라는 관점에서 『현미경』 이 『금고기관』의 「회사원한복고주」를 번안한 작품이라는 사실이 밝혀 졌다.[17] 이런 점을 고려할 때 『금고기관』의 서사적 차용에 익숙했던 이해 조라는 점에서 '백학산인'이 이해조일 가능성은 한층 높아진다. 다시 말 해 『만인산』은 『금고기관』의 한문단편에서 차용했을 가능성은 낮지만 『대한민보』에 필명을 바꾸어 가며 작품을 연재한 이해조라는 점에서 「현미경」(神眼子)→(『만인산』, 백학산인)→『박정화』(隨聞生)가 같은 작가일 가능성은 높다. 그리고 그간 언급되지 않았지만 이해조의 출생지이자 '신야의숙(莘野義塾)'에서 간사원(幹事員)과 의숙감(義塾監)으로 근무(1906)

---

15 배정상, 「이해조 문학 연구: 근대 출판 인쇄 매체와의 관련 양상을 중심으로」, 연세 대 박사학위논문, 2012, 109~137면 참고.

16 송민호, 「동농 이해조 문학 연구–전대 소설 전통의 계승과 신소설 창작의 사상적 배경을 중심으로」, 서울대 박사학위논문, 2012. 3장 1절과 2절의 내용 참고.

17 차용, 「대한민보 연재소설 『현미경』 연구」, 『한국현대문학연구』 53, 한국현대문학 회, 2017.

한 곳이 포천군이며 인접한 연천군에 '白鶴山'이 있다는 점을 확인한다면 '白鶴山人'은 이해조일 가능성이 더 높아진다.

이상의 근거들과 아울러 이해조가 『만인산』의 작가라는 점은 본고에서 다루고자 하는 정치권력과 신문언론의 유착관계에서 비롯된 '가짜뉴스'에 대한 문제의식과도 관련이 있다. 다음 장에서 고찰하겠지만 『만인산』의 신문매체인식과 관련하여 구연학의 번안소설 『설중매』가 영향관계에 있다. 『설중매』의 '교열자'가 이해조였다는 점에 주목하면, 신소설 『만인산』의 근대 언론매체의 '여론조작' 문제를 다룰 수 있었던 가능성을 이해할 수 있는 것이다. 아울러 이해조의 다른 신소설에 나타나는 신문(기사)매체에 대한 인식을 보여주는 특징인 하층계층의 신문기사 인용[18] 등이 『만인산』의 경우에도 계집아이 차금과 해주집의 발언에 그대로 나타나고 있다. 이러한 근거를 바탕으로 이해조의 신소설 『만인산』이 내장하고 있는 '가짜뉴스'에 대한 인식의 가능성과 한계에 대해 고찰하고자 한다.

3. 번안소설의 신문―기사에 대한 인식과 『雪中梅』(1908)

근대초기 신소설에서 신문기사는 작중 인물들이 사설이나 잡보기사를 읽고 자기주장의 근거로 삼거나 정보와 지식을 취하는 경우, 작중 인물

---

18 이해조의 신소설에는 신문기사를 인용하는 작중인물들 가운데 하층계층의 신문기사 인용이 자주 등장한다는 점이 특징적이다. 『빈상설』(1907)의 여종 금분, 『구의산(하)』(1912)의 남성 하인 칠성 등이 그들이다. 이에 대해서는 박정희, 앞의 논문(2019), 309면 참고.

및 사건에 대한 것이 신문에 기사화되어 보도되는 경우 등으로 나타난다. 이때 신문기사는 작중인물의 삶의 방향과 사회 규범을 제시하는 계몽과 교육적 기능을 담당하며, 서사적 차원에서 사건을 요약적으로 제시하거나 인물들의 만남을 매개하고 또는 인물의 위기 극복과 구원의 기능을 수행하기도 한다.[19]

이러한 신소설에 나타나는 신문(기사)의 기능과 의미는 번역 및 번안소설의 경우와 비교하더라도 큰 차이는 발견되지 않는다. 신소설에 비해 번안소설에서의 신문(기사)에 대한 언급이 특징적인 점은 인물들의 신문 읽기가 근대적 일상의 삶 속에서 자연스럽게 이루어지고 있다는 점이다. 예컨대 『비행선』(1912)에서 집을 방문한 손님을 응대하는 장면에서 "가피도 듸졉ᄒ고 여숑연도 듸졉ᄒ고 신문이라 잡지라 볼만흔셔젹을 주셤주셤 니여"주며 주인을 기다리게 하거나, 『두견성』(1913)에서 기차를 탄 인물이 "샹등실에" "안져셔 신문을 보"는 장면 등이 등장한다.[20] 신소설에서도 인물들이 기차 시간표를 확인하기 위해 혹은 '심심해서', '고민을 떨치기' 위해 신문을 읽는 서술이 등장하지만, 그것은 사건의 전개에 중요한 정보를 획득하는 장치로 기능하고 있다는 점에서 일상의 차원까지 제도화된 신문읽기의 일상성을 보여주는 것이라고 말하기에는 번안소설과 비교할 때 상대적으로 어렵다고 할 것이다.[21]

근대 초기 신소설과 번안소설을 함께 살펴보더라도 작중에 나타나 있

---

19   이 책의 제2부 1장 「신문의 시대와 신소설」 참고.
20   근대 초기 기차와 독서의 관계에서, 객차 등급제가 신문읽기 등의 차내 독서 등급제로 구조화되어 있었다는 언급에 대해서는 나가미네 시게토시, 『독서국민의 탄생』, 다시마 데쓰오·송태욱 역, 푸른역사, 2005, 125~129면 참고.
21   이 책의 제2부 1장 「신문의 시대와 신소설」 참고.

한국근대소설 미학과 '記者-作家'

는 신문(기사)은 사실의 보도와 계몽의 역할 수행이라는 점에서는 큰 차이가 나지 않는다. 신문매체에 대한 이러한 인식의 기저에는 '신문은 진실만을 보도한다'는 믿음이 작동하고 있는 것이다. 다시 말해 '신문=학교', '기자=스승'이라는 인식이 지배적인 가운데 신문기사가 '허위'일 수 있다는 인식은 부재하거나 확인하기 어렵다. 그런데 '신문이 가짜사실을 보도할 수 있다'는 인식의 단초 혹은 그 가능성을 보여주고 있는 작품이 존재하는 데 번안소설 『설중매』가 그것이다.

스에히로 텟초(末広鉄腸)의 『설중매』(1886)를 번안한 구연학의 『설중매』는 1908년 5월 회동서관에서 '저술자' 구연학, '교열자' 이해조로 간행되었다. 구연학의 『설중매』는 원작의 줄거리만 따오고 무대와 등장인물은 자기 나라에 알맞게 대치하고 사건을 비롯한 내용의 일부마저도 가감윤색의 과정을 거친, 즉 "'번역소설'과는 전연 별개의 양식에 속하는"22 번안소설이다. 원작의 표지에 '정치소설'이라고 표기한 것을 번안작 『설중매』에서도 그대로 '정치소설'이라고 명칭을 붙이고 간행했다. 그러나 번안작 『설중매』는 의회제도가 존재하지 않는 통감부시대라는 시대상황과 번안자의 역량으로 '연애소설'의 성격이 강화되었다. 다시 말해 번안작은 남성 주인공의 "정치에 대한 꿈이 좌절되면서" 여성주인공의 "결혼의 꿈이 이루진다는 점에서 연애소설"23로 성공한 작품에 해당한다. 이러한 평가는 "정치소설 결여형태로서의 신소설"24의 성격을 설명하는 맥락과 같이하는 것이라고 볼 수 있다.

22 전광용, 「『설중매』考」, 『전광용문학전집4: 신소설연구』, 태학사, 2001, 405면.

23 菅光晴, 「『雪中梅』의 飜案樣相」, 서울대 석사학위논문, 1999, 12면.

24 김윤식, 「'정치소설'의 결여형태로서의 신소설: 이인직의 경우」, 『한국학보』9(2), 일지사, 1983, 56~81면.

그러나 번안의 과정에서 이루어진 성격은 '정치소설' 미달 혹은 결여, '연애소설'적이라는 평가보다 오히려 조선의 '정치소설'적 특징을 더 포함한 텍스트로 바라볼 여지가 있다. 이에 대해 노연숙은 남녀 주인공들의 결혼을 단순한 결합으로 볼 것이 아니라 독립협회의 활동을 차용하고 있다는 점에서 보다 더 적극적인 '정치서사' 텍스트로 읽을 필요가 있다고 문제제기하면서, 독립협회 활동을 바탕으로 신문, 연설, 토론 등 '정치적 공론장'의 인물·단체·매체를 분석하여 근대계몽기 '정치서사' 담론의 특징을 규명한바 있다.[25] 그의 논의는 정치적 공론장의 형성과 언론의 관계에서, 특히 신문매체의 근대성에 대한 논의와 관련하여 중요한 시사점을 제공한다.

번안소설 『설중매』에 등장하는 신문기사의 서사적 기능과 신문매체에 대한 인식은 당대 다른 신소설의 경우와 다르지 않다. 먼저 등장인물은 신문기사의 인용을 통해 자신의 의견을 피력한다. 작중에 남덕중과 이태순의 대화 속에, 이태순은 '연희장 개량'이라는 '사설'을 읽고 그것을 매개로 연희장 개량의 필요성을 주장한다. 그 과정에 '유지 신사와 신문기자 제씨가 모두 찬성하는 뜻을 표하고 있다'는 신문기사를 인용하여 '연희장 개량'의 정당성을 강화하고 있다.[26] 이러한 신문 사설의 인용은 '사설'의 공공성 혹은 공적 기능을 이용하여 서술자의 발언을 강화하려는 작가의 의도가 반영된 것이다. 아울러 등장인물의 사건이 신문에 보도되는 경우도 확인된다. 하상천의 지인이 하상천에게 이태순과 문전철의 구속 사건을 신문보도기사를 인용하여 알려주거나, 이태순이 계곡에

25　노연숙, 『동아시아 정치서사 연구』, 지식산업사, 2015, 337~265면 참고.
26　구연학, 『설중매』, 회동서관, 1908, 48~49면.

서 목욕 중에 어떤 두 소년의 대화를 엿듣는 장면에서 소년이 '여인'의 부정에 대한 정보를 '신문기사'를 인용하여 말하고 그 '사실'을 모르는 사람이 없다고 이야기한다. 이렇게 작중에서 '신문기사'는 인물과 관련된 사건을 보도하는데, 그것은 사실보도이기도 하지만 인물들 사이에 오해의 기제를 마련하기 위한 장치이자 전략에 해당하는 것이다.

이상의 내용이 다른 신소설에서도 확인할 수 있는 점이라면,『설중매』의 흥미로운 점은 다른 데 있다.『설중매』에서는 신소설에서 확인하기 어려운 신문매체에 대한 다른 인식을 보여준다. 하상천은 시세형편을 보는 재주를 가진 권모술수에 능한 사람이다. 그는 매선과 결혼하기 위하여 여러 가지 꾀를 부린다. 그 가운데 매선을 속이기 위해서 유언장을 위조하고 태순을 속이기 위해서 '신문'을 이용한다. 특히 그는 사람 비방하기 좋아하는 신문기자를 매수해 매선의 음란행위에 대한 '신문기사'를 작성하여 태순이 매선을 오해하게 만든다.[27] 이 계획은 거의 성공한다. 송교관과 임주사가 매선의 음란한 행실에 대한 '신문보도기사'를 태순에게 제공하고 그 결과 태순의 의심은 확고해지며 불쾌한 감정에 휩싸이기 때문이다.[28]

하상천과 같이 신문기자를 매수해 '가짜뉴스'를 생산하고 그것을 자신의 이득을 위해 이용하는 경우는 다른 신소설에서 거의 확인하기 어렵

---

27 하상천과 송교관이 꾸미는 음모의 실행 방법에 대해서는 구체적으로 서술하지 않고 두 사람은 '약시약시'라는 말로 처리하여 그 전모를 감추고 있다. 원작의 경우에도 '여차여차하면'이라는 식으로 서술된 부분이 있기는 하지만 비용문제, 다른 데 탐지되지 않도록 주의할 내용 등에 대해 구체적으로 서술되어 있다. 이 부분에 대한 원작과 번안의 차이는 노연숙, 앞의 책, 353~354면의 인용문을 참고. 노연숙은 원작에서 3가지 음모를 꾸미는 과정이 구체적으로 제시되어 있지만 번안에서 3가지가 모두 '약시약시'로 처리되었음을 지적했다. 그러나 '허위기사'를 통한 비방 음모에 대한 서술부분은 원작과 번안에서 큰 차이를 보이지 않는다.
28 구연학, 앞의 책, 68~69면.

다. 이 시기『설중매』를 포함해 다른 신소설에서 신문(기사)매체에 대한 인식은 신문이 가지고 있는 공공성과 정론성에 대한 어떤 확고한 믿음을 기반으로 하고 있다. 근대 계몽과 교육의 기관으로 인식되는 신문에 게재된 기사가 '가짜'일 수 있다는 인식을 갖는 것은 어려운 것이었다. 따라서 변안소설『설중매』는 신문보도기사에 오류가 존재할 수 있다는 점, 더욱이 신문기자 매수를 통해 '가짜뉴스'가 생산될 수 있다는 점을 보여주고 있다는 측면에서 중요한 작품이 아닐 수 없다.

여기에『설중매』의 '가짜뉴스'와 관련해 한 가지 더 흥미로운 점이 있다. 하상천은 독립회관 정치연설회장의 변사로 참여하기로 되어 있었을 만큼 '독립협회' 회원으로 정치공간에 존재하는 인물이다. 정치인 하상천과 신문기자는 '친분관계'에 있다. 따라서 하상천의 신문기자 매수를 통한 '가짜뉴스' 생산은 당시 정치와 언론의 유착 관계를 적나라하게 보여주는 대목으로 볼 수 있다. 그는 공적인 정치활동의 영역이 아닌 사적인 차원의 욕망을 실현하기 위해 '신문'을 이용하고 있다. 이것은 정치와 언론의 생리를 잘 이해하고 있는 인물이기에 가능한 것이다.

한편 앞서도 말했지만『설중매』에서 '가짜뉴스'는 태선의 매선에 대한 오해의 원인으로 제공되고 그 목적은 성공한다. 그런데 '가짜뉴스' 생산에 참여하지 않은 인물임에도 불구하고 그것이 '가짜'임을 알고 있는 인물이 존재한다. 태선이 묵고 있는 객줏집에서 사역하는 16, 7세의 금년이가 그다. 금년은 매선을 이러저런 일로 직접 지켜보았다. 그런 금년은 태순의 매선에 대한 오해를 바로잡아 주는 과정에 '신문기사'의 내용이 '해괴한 말'[29]이라고 정확하게 알려준다. 여기서 금년의 매선에 대한 정보는 직접 경험에 의한 것이라는 점에서 (서술의 모순이 존재하지만)[30] 신문기사보다 더

설득력을 가진다. 결과적으로 태순은 금년의 이 말을 듣고 그간의 일들을 반추하면서 부정한 무리의 농락에 빠졌음을 깨닫기 때문이다.

이처럼 구연학의 번안소설 『설중매』는 근대초기 정치와 언론의 유착 관계를 바탕으로 사적인 이익을 위해 신문을 이용될 수 있음을 보여주는 작품임이다. 『설중매』의 번안과정에서 (이해조가 교열자이다) 습득한 '신문의 사실보도'의 '위조' 가능성에 대한 이해조의 인식은 이후 신소설 『만인산』의 창작으로 이어질 수 있었던 것이다.

4. '가짜뉴스'에 대한 인식 가능성과 그 한계: 『萬人傘』(1909)

본고가 지금까지 확인한 결과, 신문언론의 '여론조작' 가능성 문제를 문학에서 최초로 다루고 있는 신소설은 『萬人傘』[31]이다. 『만인산』은 근대계몽기 풍자정신을 확인할 수 있는 거의 유일한 '신소설' 작품이라는 평가[32]가 있듯이, 이 작품은 구한말(갑오개혁 이후) 봉건지배층의 부패상에

---

29 구연학, 앞의 책, 71면.

30 매선을 험담하는 신문기사가 '권참사와 어느 양반'에 의해 게재된 것이라는 점을, 금년이 어떻게 알 수 있었는지는 작중에서 서술되어 있지 않다.

31 白鶴山人, 『萬人傘』, 『大韓民報』, 1909.07.13.~08.18(총31회). 이 작품은 1912년 동양서원에서 단행본으로 간행되었으며, 작품의 말미에 첨가된 내용이 있다.

32 한기형의 논의에 기대면 근대초기는 시대의 격렬한 갈등이 문학에 영향을 끼친 결과 '풍자문학의 시대'에 해당한다. 그런데 서사문학의 경우 『금수회의록』, 「거부오해」, 「소경과 안즘방이 문답」 등의 토론체 양식의 풍자 소품들이 주를 이루는 가운데, 이 시기 주류를 이루는 '신소설' 양식에서는 그것을 찾기 어렵다. 그 가운데 '신소설' 『萬人傘』이 놓여있는 것이다. 『만인산』의 풍자문학적 성격에 대해서는 다음 논문 참고. 한기형, 앞의 논문; 허만욱, 「개화기 신소설 『萬人傘』에 나타난 諷刺意識 考」, 『국어국문학』15, 동아대학교 국어국문학과, 1996.

대한 신랄한 고발과 풍자문학의 가능성을 담지한 작품이다. 『만인산』의 이러한 특징은 근대 초기 정치와 언론의 유착을 바탕으로 '언론의 조작 가능성'에 대한 인식과 그 한계를 보여주는 데까지 닿아 있다는 점에서 주목을 요한다.

『만인산』의 주인공인 부패관료 한주사는 매관매직을 위해 여론을 조작한다. 그의 '여론조작'은 전통적인 '만인산' 제도와 근대적인 '신문'을 통해 동시에 이루어지고 있다. 먼저 한주사는 매관매직과 축재(蓄財)를 위해 여론을 조작하는 방법으로 전통적인 '만인산'을 이용한다. 작품에서 서술자가 설명하듯이 "만인산이라 ᄒᆞᄂᆞᆫ 것은 만 사람이 일복ᄒᆞ야 그 한 사람을 머리에 이고셔 ᄒᆞᄂᆞᆫ 뜻으로 빗나고 갑진 비단으로 일산을 만드러 애민션졍의 공덕을 삭이고 그 아래 만사람의 셩명을 렬록ᄒᆞᄂᆞᆫ 것"[33]이다. 이 대목에서 알 수 있듯이, 만인산은 선정비 등과 아울러 수령의 애민선 정(愛民善政)의 공덕을 기리기 위한 것으로, 이는 백성들이 수령에게 헌정하는 전통적인 방식의 '여론' 표명에 해당하는 것이다.

19세기 말의 수령의 선정에 대한 현창의식(顯彰儀式)의 하나인 만인산의 한 사례를 연구한 구완회에 따르면, 구한말 만인산 헌정은 종래의 선정비(善政碑)나 생사당(生祠堂)에 비하여 군중을 통한 헌정의식을 갖는다는 점에서 다른 의미를 내포하는 것이다. 만인산의 헌정의식에는 농민, 부녀자 등의 대규모 군중이 춤이나 노래 같은 여러 민중적 제의에서 빌려온 듯한 형식을 통하여 참여하였다고 한다. 이는 부세행정에 참여하면서 발언권을 키워온 농민항쟁기의 향회(鄕會)나 민회(民會) 등을 통하여

---

33   白鶴山人, 『萬人傘』(23회), 『大韓民報』, 1909.08.07.

한국근대소설 미학과 '記者-作家'

두각을 드러낸 향촌사회 기층 세력의 성장 때문에 가능한 것이었다. 따라서 19세기 말 만인산의 헌정 유행은 조선왕조의 인치주의적인 지배구조가 여전히 지속되고 있음을 보여주는 예인 동시에 군중을 통한 의정의식(다중에 의한 시위성의 헌정 절차)의 성격을 갖는다는 점에서, 이는 농민항쟁기를 거치면서 성장해온 민중사회의 저력 즉 수령의 선정에 대한 찬양의 의미와 수령의 선정에 대한 기대를 통해 드러낸 암묵적인 민중의 경고 혹은 저항의 기능을 동시에 수행한 것이다.[34]

그런데 『만인산』의 한주사는 전통적인 '여론' 기능을 수행하던 만인산의 기능을 왜곡하여 자신의 매관매직에 이용한다. 한주사는 "죠향장 오셔긔 등을 사면 내여노아 위협으로 백셩의 돈을 쌔아셔 쓰기실타는셩명을 강제로 렬록"하여 만인산을 만든다. 자발성이 아닌 강제성으로 제작된 '만인산'은, 그러나 그 효과를 발휘하여 한주사의 매관매직을 가능하게 한다.

한편 한주사가 구사하는 두 번째 여론조작은 근대적 매체인 신문을 통해 이루어진다. 근대 신문의 위력은 대단하다. 당대는 "쥬본만 된다흐면 하향부객과 각쳐객쥬가 십만냥 이십만양 어음을 가지고 한성부에 다갱이터진놈 덤비듯흐"는 현실에 "내외국 신문에 날마다 비평을흐고 각샤회 연셜에 날마다 공박"을 하며 "경무쳥에셔 향객죠샤를 엄절히 흐고 어음 왕래의 뎡탐을 비밀히 흐"는 상황이다. 신문—연설—경무청의 '단속(쳐벌)'으로 이어지는 근대 여론형성의 제도적 체계를 확인할 수 있다. 『만인산』에도 '신문 비평'의 기능이 작동하고 있는 것이다.

---

34 千완외, 「守令에 대한 顯彰儀式의 전개와 19세기 말의 '萬人傘'」, 『복현사림』21, 경북사학회, 1987. 참고.

그런데 한주사는 신문의 기능을 이용할 줄 아는 인물이다. 한주사와 해주집은 신문-연설-경무청의 단속을 피해 지방 군수(밀양)로 자리를 옮긴다. 그 목적은 지역민의 "돈을 어지간ㅎ게 쌜아먹"는 것이다. 지역민의 원망과 저항이 없을 수 없는데, 한주사는 거기서도 관찰사에게 공송을 하고 잡류 몇 놈을 세워 목비를 세우는 등 다양한 수법을 구사하는 가운데 "신문에도 포장을 하야" "십삼도 슈령 중 쳥백리로 쳣손가락을 곱을 사람은 밀양 균슈라고 경성 각샤회"에 알린다. 그리고 민주사가 신문에 난 한주사의 기사를 보이며 다른 이들에게 칭찬한다. 여기서 구사하는 한주사의 여론조작은 앞서 살핀 전통적인 방법인 '만인산'과 다르지 않다. 그는 근대적인 '신문'을 통한 여론조작, 즉 가짜뉴스를 통한 포장(褒獎)으로 자신의 이익을 꾀하고 있는 것이다. 이러한 신문의 여론조작 가능성에 대해 서술자는 다음과 같이 서술하고 있다.

> 자긔생 각에도 안이되엿던지 심복지인을 련해 노아 관찰사에게도 공송을 ㅎ고 각신문에도 포장을 하야 두소(杜김)의 행정이 금셰에 다시 온 듯 십삼도 슈령 중 쳥백리로 쳣손가락을 곱을 사람은 밀양 군슈라고 경성 각샤회가 듸쩌드나 <u>실디로죠샤ㅎ고 보면 밀양셜립 이후로</u> 쳐엄당ㅎ 불치니 이로 밀우어 볼진대 <u>지금 셰상에 원이나 관찰사들의 쟈쟈ㅎ 송셩과 한업논 셩예를 실디를 안이보고논</u> 모다 밀양군슈 일반의 안인지 십분 밋지 못홀너라.[35] (밑줄 강조-인용자)

인용문에서 알 수 있듯이, '공송'과 '신문'은 경성 각 사회가 뒤떠드는

---

35 白鶴山人, 『萬人傘』(15), 『大韓民報』, 1909.07.29.

효과 즉 여론을 형성한다. 하지만 서술자는 '실지로 조사하고 보면', '실지를 보면' "믿지 못할" 것이라고 하고 있다. 이를 통해 신문은 사실을 보도한다는 '믿음'이 '실지'와 어긋날 수 있다는 점을 인식하고 있음을 확인할 수 있다.

한편 한주사를 이용해 자신의 욕망을 채우고자 하는 첩인 해주집은 더 민첩하게 시대 상황을 간파하고 움직인다. 밀양의 백성들 피를 빨아먹을 대로 빨아먹은 해주집은 남편을 버리고 서울로 도망쳐 자취를 감춘다. 이러한 사실을 늦게 알게 된 한주사는 배신감에 해주집의 행방을 찾고 스스로 나타난 해주집과 만난다. 다음은 서로 틀어진 상황에서 해주집과 한주사의 한판 싸움 장면이다.

> (해)이놈아 의쥬 문광의 일홈을 모록ᄒ야 졍부 탄핵상소ᄒ 일은 긔 군망상의 죄가 안이며 그 상소 결과로 민판셔가 내부대신ᄒ 뒤에 헷통 부젼ᄒ야 디방국장쩨여먹은것은 내가 법률은 몰은다마는 징역ᄒ 만ᄒ 죄가 안이더냐 또 디방국장으로 네가 잇셔셔 쥬본 쩨마다 돈을 밧고 원을 식여 민판셔와 반타작을ᄒ고 지금 밀양 군슈로는 백셩의 피를 젹게 글것나냐 그 일이 모도다 내입에셔 나면 너 경칠거리가 안이더냐
>
> (한)이년 밀양 백셩이 만인산까지 씀여 가지고 내부에 원류를 ᄒ얏는대 네 년이아모리 쩌들면 누가 고지드를 터이냐
>
> (해)뎌런 얼바람마진 위인 보아 만인산만 태산갓치 밋논군면 만인산 이라는 것이 백셩의 마압에셔 그 원사랑ᄒ는 생각이 졀로 나셔 닷호아 출연을 ᄒ여 맨들러야 말이지 죠향장 오셔긔 등을 사면 내여노아 위협으로 백셩의 돈을 쩨아셔 쓰기실타는셩명을 강졔로 력록ᄒ 그것이 만인사이야 원인사(怨人傘)이지
>
> (한)춘츄필법(春秋筆法)을 가진 각 신문에도 나의 션치ᄒ 행정을 칭

도호얏고 일도성찰(一道省察)호는 관찰사도 나의 션치훈 행졍을 포장
호얏눈대 네 아모리 되지 안케 쩌들기로 무슨 일이 잇슬 줄 아눈구나
　　한참 이 모양으로 쥬거니 밧거니 악다구니를 홀 째에 엇더훈 생긔
가 보라매갓흔 의관지인 하나이 가던 길을 멈츄고 우드커니 셔셔 듯
다가[36]

　　이 대목은 『만인산』의 풍자성을 다각도로 확인할 수 있다는 점에서
중요하다. 양반-첩이라는 신분위계의 전복이 해주집의 리드미컬한 욕설
의 효과로 극대화되고 있음을 확인할 수 있다. 하지만 더 중요한 사항은
해주집의 폭로와 협박에 대한 한주사의 대응이다. 이 대목에서 한주사는
'만인산'과 '신문'을 통해 남겨놓은 증거들로 해주집에 대응하고 있다.
그런데 언쟁의 과정을 보면 한주사의 '만인산' 증거에 대한 해주집의 맞
대응은 존재하지만 '신문' 증거에 대해서는 그것이 존재하지 않은 채 마
무리되고 다른 이야기가 이어지고 있다.[37]
　　이 언쟁에서 해주집의 발언을 작가의 목소리라고 할 수 있다면 주목할
것은 전통적인 방법인 '만인산' 증거에 대한 반박은 아주 신랄한 차원에서
이루어지고 있지만 근대적인 증거인 '신문'에 대해서는 같은 반응을 보이

36　　白鶴山人, 『萬人傘』(23~24회), 『大韓民報』, 1909.08.07.~08.
37　　『만인산』에서 한주사의 비리에 대한 폭로와 풍자는 해주집과의 언쟁의 과정에서
　　　이루어지고 있지만 서사에서 더 구체적인 내용은 서사화 되어 있지 않다. 작품의
　　　후반부에 이른바 '재판소'의 '심문과정'이 그 구체성을 서술하는 기능을 담당하고
　　　있는데 이는 이해조 소설의 '공안적 해결'이라는 특징에 해당하는 것이다. 『만인산』
　　　의 흥미로운 것은 '심문'의 과정 전에 '재판소 소환장'을 받아든 순간에 한주사가
　　　스스로 자신의 죄를 '고백'의 형태로 나열하고 있다는 점이다. 서술자는 작중 인물이
　　　스스로 자신의 죄를 '고백'하는 방법으로 서술하도록 하여 서사화하지 못한 사건들
　　　을 구체화시키고 있다.

지 않고 있다. '신문' 증거에 대한 해주집의 반박은 삭제되어 있는 것이다. 왜곡된 '가짜 여론'이라는 점에서 '만인산'과 '가짜기사'는 같은 것이기 때문에 반복이 필요하지 않았다고 볼 수도 있다. 하지만 매관매직 행위가 판을 치는 사회에 대해 신문(여론·경무청)이 '비평'의 역할을 수행한다는 인식을 보여준 서술자가 '가짜뉴스'에 대해 더 이상의 고발이나 비판을 보여주지 않는다는 점은 이 작품(작가)이 가진 한계라고 볼 수도 있겠다.

이와 관련하여 다음 사항을 고려하지 않을 수 없다. '신문'을 염두에 둘 때 『만인산』이 출간된 시기에 주목할 필요가 있다. 주지하다시피 '광무신문지법(1907)' 제정과 1908년 4월의 개정 등을 통해 언론 통제는 강화된다. 검열을 통해 '외교나 군사상 비밀에 저촉되거나 안녕 질서를 방해'하고, '치안을 방해하여 또는 풍속을 괴란'하는 신문에 대해 신문발행 정지 혹은 금지를 감행한다. 아울러 1909년 2월에 제정되는 '출판법'으로 인해 언론통제는 절정에 다다른다.[38] 이러한 상황에서 연재된 『만인산』(1909.07~08)이라는 점을 고려한다면, 해주집의 '만인산'에 대한 비판에 비해 '신문'에 대한 비판이 더 이상 가해질 수 없었음을 이해할 만하다고 하겠다. 이때 신문에 대한 비판 내용이 다른 것이 아니라 정치권력의 언론 조작과 왜곡 가능성에 대한 것이라고 한다면, 그것은 권력이 통치의 수단으로 관리하는 데 있어 중요한 수단인 언론(신문) 그 자체에 대한 전면적인 부정이며, 더 나아가 안녕 질서를 방해하고 치안 방해에 해당하는 불순한 도전으로 받아들여졌을 것이다. 따라서 『만인산』에서 '신문'의 비평

---

38 정근식, 「식민지적 검열의 역사적 기원 : 1904~1910년」, 『사회와 역사』64, 한국사회사학회, 2003; 송민호, 「대한제국시대 출판법의 제정과 출판검열의 법-문자적 기원」, 『한국현대문학연구』43, 한국현대문학회, 2014.

기능만 남고 '가짜뉴스'에 대한 고발은 삭제되었을 가능성이 높다. 물론 검열로 삭제되었을 가능성과 함께 작가의 자기검열이 작동했을 가능성도 있겠다.[39]

5. 결론을 대신하여

주지하다시피 근대소설은 저널리즘과 소설이 각각 '사실'과 '허구'라는 제도적 영역을 구축하는 과정으로 분화되어가는 가운데 '내면'의 형성을 통해 정립되었다. 서론에서 제기했듯이 본고는 저널리즘의 글쓰기와 근대소설의 형성과정의 문제에 대해 고찰하기 위해 신문매체에 대한 문인들의 인식에 주목하고자 했다. 신소설 전반에 대한 선행 작업의 후속 연구로 본고에서는 신문의 사실 보도라는 믿음에 대한 '의심'의 태도가 발견되는 신소설 『만인산』에 주목하였다. 이 '의심'의 가능성은 근대소설의 정립과정에서 '사실'과 '픽션'의 경계를 구축하는 중요한 사항에 해당하는 것이기 때문이다. 염상섭, 김동인, 현진건 등은 신문보도기사를 대타적으로 인식하고 그들의 소설세계를 구축했다. 그 이전의 소설에서는 이러한 인식의 가능성이 존재하지 않았는지, 불가능했다면 그 이유는 무엇이었는지 하는 문제의식을 바탕으로 이 논문은 작성된 것이다. 『만

---

39 이와 관련하여 이해조의 작품활동과 언론관의 상관성을 더 구체적으로 규명하는 작업이 보완될 필요가 있다. 특히 신문매체에 대한 신뢰성과 의심이라는 양가적인 인식에 대한 내용은 『제국신문』 기자 활동과 그의 언론관에 대한 보다 구체적인 고찰이 필요하다. 아울러 근대 초기 신문매체 인식의 작가별 차이를 살피는 작업도 중요한 사항이다. 특히 이해조와 이인직의 언론 및 신문매체에 대한 인식과 그들의 신소설 차이를 비교하는 후속 연구가 필요하다.

인산』을 통해 그 가능성을 확인하고자 했다.

『만인산』은 신소설 가운데 드물게 풍자문학에 해당한다. 본고에서는 게재지의 성격과 그간 쟁점사항이었던 작가 문제에 대한 논의, 그리고 번안소설 『설중매』의 영향관계 등을 논의하여 『만인산』의 여론조작 혹은 '가짜뉴스'에 대한 인식 가능성을 근거를 마련하였다. 원작 『설중매』의 번안과정에서 습득한 '가짜뉴스'에 대한 인식은 그 교열자였던 이해조에 의해 창작된 신소설 『만인산』에서 가능할 수 있었던 것이다. 『만인산』은 부패관료에 대한 고발과 풍자의 내용을 다루면서 그 과정에 신문기사가 조작된 것일 수 있음을 독자에게 확인시켜주고 있는 것이다.

『만인산』에서 확인할 수 있는 '가짜뉴스'에 대한 인식의 가능성이 저널리즘에 맞서 소설세계를 구축하고자 했던 1920년대 작가들의 문제의식을 선취하고 있다고 보기에는 무리가 있다. 그럼에도 불구하고 '현실'의 '사실'을 다루는 신문기사에 대한 의심이 같은 '현실'을 다루는 문학(소설)영역에서 시도되었다는 점은 중요하다. 신문기사는 '오보'를 '정정보도'해 '사실'을 바로잡을 수 있지만, 소설은 '사실오보의 정정'이 아니라 '진실'을 다룬다. '진실'은 사실의 '의심'이라는 기저에 의해 촉발되는 것이다. 이런 점에서 다른 신소설에서 확인하기 어려운 신문매체에 대한 인식의 또 다른 가능성을 『만인산』이 보여주고 있는 것이다. 결론적으로 『만인산』은 '신문의 시대'의 산물에 부응하는 동시에 근대소설의 형성과정과 신문과의 상관성에서 논의될 수 있는 '신문기사(현실)'에 대한 의심의 단초를 최초로 보여준 작품이라는 점에서 그 의미가 있다.

한국 근대소설에 나타난 '記者'의
존재양상과 그 의미
―'記者 주인공 소설'을 중심으로

1. 서론

한국 근대소설의 기원에 자리한 이인직, 이해조, 신채호, 박은식 등은 신문과 잡지를 경영하거나 거기에 소속되어 소설을 쓴 작가들이다. 그리고 1912년 이후 『매일신보』의 '번역·번안의 시대'를 이끈 조중환, 이상협, 심천풍, 민태원 등 이른바 '소설기자'들 역시 '기자'였으며, 이광수 역시 이들의 연장선상에서 출발한 '언론인-작가'[1]라고 할 것이다. 한편 1920년대 근대문학의 세례를 받고 등장한 작가들 역시 민간지와 잡지의 기자로 활동한 이른바 '기자-작가'들이다. 염상섭, 나도향, 현진건, 홍명희, 이익

---

[1] 조남현은 한국현대 '작가본질론'을 설명하면서, "기자활동의 이력을 가지고서 문제적인 작품을 남긴 것으로 평가되는 작가들"로 이인직, 이해조, 신채호, 이광수 등을 '언론인 작가', 1920~30년대의 염상섭, 최서해, 현진건, 심훈, 이태준, 채만식, 한설야 등을 '기자소설가'를 꼽은 바 있다. 조남현, 『소설신론』, 서울대학교출판부, 2005. 336~344면 참고.

상, 박영희, 김기진, 최서해 등이 그들이다. 이렇게 보면 1910년대와 1920년대 언론매체의 '기자 교체'가 곧 한국 근대소설사에서의 '작가 교체'라고까지 할 만하다. 따라서 근대작가들의 기자활동과 그들의 작품 활동의 관계를 살피는 문제는 한국 근대작가의 본질적인 성격을 규명할 수 있는 하나의 시사점에 해당하는 사항이라고 할 수 있을 것이다.

근대작가들은 대부분 이른바 '기자-작가'로서 창작활동(글쓰기)을 수행했다. '문인으로서의 자의식'과 '기자로서의 자의식'이 한 주체의 내면을 구성하고 있었다고 할 수 있겠다.[2] 다시 말해 근대작가들의 기자활동은 한 작가의 생계수단이라는 사회경제적 의미를 넘어 문인으로서의 정체성을 형성하는 데 중요한 한 근원으로 작용한 것이라고 할 수 있다. 무엇보다 식민치하에서 작가와 기자는 모두 '글쓰기'를 통해 자기 자신을 사회적인 주체로 표상하려고 한 지식인에 해당한다. 따라서 작가들의 기자 체험은 문인으로서의 자기 정체성의 근원으로 작용하고 있는 사항이라 할 것이다.

이 글은 근대 작가와 기자의 친연성('기자-작가')을 바탕으로 한국 근대소설 연구의 새로운 논의 방향을 제기하기 위해 시도하는 시론적(試論的) 작업에 해당한다. '기자-작가'라는 연구 대상은 근대 작가의 본질에 대한 논의, '글쓰기'의 분화적 측면에서 고찰가능한 문학 장르 혹은 양식론적 과제, 그리고 근대소설의 미학적 특징에 대한 새로운 논의 가능성 등의 연구주제를 이끌어낼 수 있을 것이다. 이러한 시도는 그간의 문학 외적

---

2 '기자-작가'로서의 두 자의식이 길항하는 성격을 명확하게 보여준 대표적인 작가가 현진건이다. 현진건의 기자로서의 자의식과 문인으로서의 자의식을 바탕으로 그의 작품 세계에 대한 논의는 이 책의 제1부 2장 참고.

접근 방법을 극복하고 근대소설의 미적 성격을 새롭게 규명할 수 있는 방향을 제시하기 위한 모색에 해당하는 것이다.

이러한 시도를 위한 우선 작업으로 이 글에서는 근대소설에서 기자가 주인공으로 등장하는 작품에 주목할 것이다.[3] 1920년 민간지 창간 이후 본격적으로 소설의 주인공으로 기자가 등장한다. 식민지 언론사의 부침과 성격 변화를 고려하는 동시에 소설의 기자 주인공의 특징적인 면모의 변화가 드러날 수 있도록 20년대 작품군과 30년대 이후 작품군으로 나누어 고찰할 것이다. 섣부른 유형화를 시도하기보다 개별 작품에서 확인되는 '기자'의 표상과 특징을 규명하기 위해 해당 작품을 꼼꼼하게 분석하고자 한다. 이를 통해 근대 저널리스트로서 기자의 존재방식을 확인할 수 있겠지만, 결론적으로 근대소설에 등장하는 '기자 주인공'은 언론인이면서 문인인, 즉 '기자-작가'의 이중적 성격을 가지고 있음을 확인하고자 한다. 더불어 식민지 조선의 민간지는 제국에 의해 허가되고 관리되는 저널리즘이었음을 고려할 때, '기자-작가'적인 특징은 저널리즘의 자장 안에 속해 있으면서 그 속에서 벗어나려고 하는 근대작가의 고투로써 그들의 소설 창작의 의미를 파악할 수 있기를 기대한다.

---

3 본고에서 '기자가 주인공으로 등장하는 소설'이라고 할 때, 그 범위는 작중 주인공의 직업이 '기자'로 되어 있는 경우로 한정한다. 본문에서 고찰하게 되겠지만 기자임에도 불구하고 '기자로서의 자의식'이 존재하지 않는 주인공도 본고의 검토대상 작품에 포함시키기 위해서이다. 1920~30년대 근대소설 가운데 주인공의 직업이 신문사 혹은 잡지사의 '기자'인 작품 목록은 이 책의 〈부록2: 1920~30년대 '기자' 주인공 소설 작품 목록〉 참고.

2. 신문기자의 초상: '志士-記者'와 '搜査-記者'

한국 근대소설에 '기자'의 모습을 비교적 선명하게 갖추고 등장하는 최초의 인물은 『무정』[4]의 '신우선'이다. 『무정』에서 신우선은 작중 인물로서의 그 중요한 역할에도 불구하고 다른 인물들에 비해 주목을 받지 못했다. 『무정』은 이형식-김선형-박영채의 삼각관계가 중심을 이루고 있지만, 신우선-이형식-박영채의 삼각관계 역시 서사를 추동하는 중요한 한 축에 해당한다. 신우선-박영채의 로맨스와 그에 따른 신우선의 내면 갈등이 적지 않게 서술되고 있음에도 불구하고 작중의 신우선은 스스로 '우정과 협기' 있는 자로 자임하면서 '조선의 흉악한 조혼제도의 희생자 가운데 하나'라는 말로 쉽게 자신의 사랑을 단념하는 인물로 그려진다. 김동인이 「춘원연구」에서 『무정』의 '기괴한 점'으로 신우선과 영채가 결혼하지 않은 점을 꼽은 바 있듯이[5] 『무정』에서 신우선의 존재는 박영채를 사이에 두고 이형식과의 복잡한 삼각관계를 기획했음에도 불구하고 결과적으로 인물들의 갈등이나 대립을 적극적으로 진행시키지 못하고 말았다.

『무정』에서 신우선은 첫 장면에서부터 등장하여 마지막 장면에까지, 여덟 번 남짓 중요한 장면에 등장한다. 첫 장면에서 이형식이 김장로 집에 가정교사를 하러 가는 길에 처음 만나는 인물이 신우선이다. 신우선은 "남의 폐간을 꿰뚫어볼 듯한 눈"을 가진 사람으로, 이형식의 현재 상

4 　이광수, 『무정』, 『매일신보』, 1917.01.01.-06.14. 이 글에서는 『무정·꿈』(문학사상사, 1992)을 분석 텍스트로 하고 이하 본문의 작품 인용의 출처는 본문에 인용면수를 병기하는 것으로 대신함.

5 　김동인, 「춘원연구」, 『김동인전집』16, 조선일보사, 1987, 62면 참고.

황에 대해 "그것 모르겠나, 적어도 신문기자가."라고 말한다. 두 번째 등장은 김현수의 계교에 넘어간 영채를 구출하는 대목에서이다. 영채가 위기에 처한 상황에 등장한 신우선은 "빨리 종로 경찰서에 가서 이 형사에게 귓속하여 후원을 청하고, 김현수의 계교를 깨뜨리려 하였다. /월향을 아주 김현수의 손에서 뽑아 내지 못한다 하더라도, 그 사실을 신문에 발표하여 실컷 분풀이나 하고, 혹 될 수 있으면 김현수에게 맥주값이나 빼앗으리라 하였다."(125면) 그리고 형사를 대동하여 청량사 김현수의 집에 당도하고 위기에 처한 영채를 구출한다. 한편 신우선은 기생 계월향(박영채)과의 로맨스 속에서 영채가 이형식을 찾아달라는 부탁을 했고, 서울바닥에서 영채와 이형식을 서로 만나게 한 인물이다. 신우선이 서울 바닥에서 이형식을 찾아낼 수 있었던 것도, 위기의 순간에 영채를 구출할 수 있었던 것도 그가 '서울의 똑똑한 집 자손으로 부귀한 집 자제들과 친분이 있는데다가, "당시 서슬이 푸른 대신문의 기자"(122면)였기 때문에 가능했다. 따라서 신우선이 신문기자라는 사항은 『무정』의 서사 전개에 중요한 역할을 부여하는 기제로 작용한다.

동시에 신우선은 '당나라풍의 호협한 청년의 기풍'을 소유하고 '인생을 장난으로 알려 하는' 성격을 가지고 있다. 『무정』에서 신우선에 대한 서술은 신문기자의 역할을 수행하는 데 할애되기보다는 박영채와 이형식 사이에서 갈등하는 유부남의 모습, 그리고 '어떠한 경우에도 골계를 잃지 않는' 모습에 초점이 맞춰져 그려진다. 김현수의 사건을 신문에 발표하는 것이 '분풀이' 혹은 '맥주값 얻어내기'라는 서술에서도 확인되듯이, 『무정』에서 신우선에 대한 서술은 신문기자의 자의식이나 그 사회적 역할에 대한 것보다 그의 '호협풍의 성격'에 초점이 모아져있다. 신문기자임에도 불구하고 신우선의 모습에서 기자의식을 구체적으로 확인하기 힘들다. 그것은 작가가 언급한 바 있듯이6, 실제 인물인 『매일신보』의 기자인 심천풍을 '모델'로 했기 때문이라고 생각해볼 수 있다. 다시 말해 작가는 심천풍이라는 실제 인물을 소설에서 '각색'함에 있어 '신문기자'의 측면보다 그의 개인적인 성격, 즉 "그 사람의 澗達한 性格에 典味"와 초점이 맞춰져 있었기 때문이다. 그럼에도 불구하고 근대소설에 등장하는 최초의 신문기자인 『무정』의 신우선을 통해, 서사의 전개 과정에서 신문기자는 사건의 폭로와 해결이라는 기능을 담당한다는 점, 그리고 기자는 '붓대를 둘러서 조금이라도 사회에 공헌'하는 저술가의 영역을 실천해야한다는 점7 등을 확인할 수 있다.

　『무정』의 신우선을 통해 근대소설에 등장하는 신문기자의 중요한 특징 두 가지를 확인할 수 있다. 하나가 신문기자의 지식인으로서의 사회적 역할론에 대한 것이라면, 다른 하나는 기자라는 인물의 서사적 차원의 기능에 대한 것이다. 근대소설에서 기자주인공은 대 사회적인 차원에

6　작가의 회고로 인해 알려져 있다시피, 『무정』의 신우선은 『매일신보』 기자 심천풍(심우섭)이 모델이다. 이광수는 "그 속(『무정』-인용자)에 나오는 新聞記者 신우선은 當時 M新聞記者로 잇든 沈天風君을 脚色하여 노은 것이"었는데, "그 사람의 澗達한 性格에 典味를 가젓기 때문에"(이광수, 「내 소설과 모델: 『革命家의 안해』와 某家庭」, 『삼천리』6, 1930.05, 64면, 밑줄 강조-인용자) 모델로 삼았다고 했다.

7　『무정』의 마지막 부분에서, 삼랑진 자선음악회의 성공이 신문기자 선우선을 감격케 하여 "나도 오늘 이때, 이 땅 사람이 되겠네. 힘껏, 정성껏 붓대를 둘러서 조금이라도 사회에 공헌함이 있으려 하네."라는 반성과 깨우침을 이끌어낸다. 그리고 작품의 마지막 대목에서 인물의 근황을 소개하면서 선우선에 대해 "그로부터 일절 화류계에 발을 끊고 예의전심, 일변 수양을 힘쓰면 일변 저술에 노력하여 문명(文名)이 전토에 떨쳤으며 더욱이 근일 발행한 「조선의 장래」는 발행한 이 주일이 못하여 사판(四版)에 달하였으며 그의 사상은 더욱 깊고 넓게 되며 붓은 날로 날카롭게 되어 간다.(362면, 밑줄 강조-인용자)"고 덧붙여놓고 있다. 이를 통해 신우선의 '활달한 성격'은 '신문기자'로서의 인식을 갖춘 자로 교정되고 있음을 알 수 있다.

서 언론의 보도와 사회비판의 역할에 대한 문제를 다루는 작품에 등장하는 동시에 그 서사적 기능의 차원에서는 사건의 이면을 탐사하고 폭로하는 행위를 수행하는 데 호출된다. 특히 후자와 관련해서 기자는 범죄-수사(搜査)의 서사에서 수사의 역할을 수행할 주체로 등장할 가능성을 가지고 있는 것이다.[8]

근대소설 가운데 신문기자가 주인공으로 등장하여 '수사-서사'의 가능성의 단초를 보인 작품은 김동성의 「그를 미든 싸닭」[9]이라고 할 수 있다. 이 작품은 『동아일보』 창간에 주력한 신문기자 김동성이 본격적인 번역소설을 연재하기에 앞서 창작한 단편소설이다. 이 작품은 일본의 큰 신문사 통신원이면서 지방 신문에 근무하는 박태식이라는 젊은 신문기자가, 은행장의 아들이 탄 타이타닉 침몰 사건의 생존자 명단에 포함되지 않은 전보를 받고 이를 확인하기 위해 한 장뿐인 은행장 아들의 사진을 신문사에 보냈다가 도둑 맡게 되며 이를 끝까지 추적하여 찾아낸다는 내용이다. 도둑맞은 사진을 찾아내는 과정에서 기자의 추적과 현상금 내걸기, 도둑과의 격투 장면 등을 배치하는 등 추리기법과 활극적 요소를 사용하고

---

8   기자의 수사-폭로의 속성은 근대소설사의 전개에서 탐정 서사물 혹은 추리 서사물로 수렴되어 특화되었을 가능성이 크다. 기자의 '탐보적 주체'로서의 가능성은 형사, 탐정 등의 인물로 변주되어 추리, 범죄, 탐정소설 등 근대(대중)소설로 수렴되었을 것이라고 유추해볼 수 있다. 본고에서 검토하는 '기자 주인공' 소설에서는 이러한 특징이 상대적으로 덜 확인되는 사항이다. 최근에 이용희는 기자의 이러한 속성을 계보학적 탐색을 통해 '탐보적 주체'의 형성과정과 1920-30년대 단편 탐정소설의 특징을 밝힌 바 있는데, 기자의 탐보적 속성이 탐정소설 혹은 추리, 범죄 소설 분야로 수렴되었을 가능성을 확인할 수 있는 연구라고 할 수 있다. 이용희, 「1920-30년대 단편 탐정소설과 탐보적 주체 형성과정 연구」, 성균관대학교 석사학위논문, 2009 참고.

9   김동성, 「그를 미든 싸닭」, 『동아일보』, 1920.05.28.-06.01.

있다. 그리고 지방 신문사를 배경으로 타이타닉 호의 침몰(1912) 사건을 소설의 주요 모티프로 사용하고 있다는 점을 통해 뉴스의 근대적 유통에 대한 사항을 엿볼 수 있다. 흥미 위주의 사건의 설정과 빈틈이 많은 구성을 취하고 있는 습작수준임에도 불구하고, 이 작품은 '약속은 반드시 지키는' 신문기자의 '사나이스러움'과 그 영웅성을 부각시키고 있다. 즉 도둑맞은 사진 찾기의 과정을 통해 '약속을 지키는' 신문기자의 영웅성만 부각시키고 있는 것이다. 사건에 대한 추적을 통해 문제를 해결하고야 마는 이야기를 통해 신문기자의 '신뢰'라는 덕목을 강조하고 있는 소설이다.

언론인-지식인으로서의 자의식이나 사회적인 문제에 대한 고발과 폭로 보도의 역할을 수행하는 기자가 소설에 중심인물로 등장하는 것은 1920년대 민간지의 창간 이후 근대문학의 세례를 받은 문인들이 기자로 입사하여 활동한 이후의 작품들에서이다.

3. '文士-記者'의 자의식과 '職人'으로서 기자 생활

3.1. '文士-記者'와 언론보도의 한계에 대한 인식

1920년대 새롭게 등장한 작가들의 기자활동은 신문 혹은 잡지사의 부침(浮沈)에 따라 변화했다. 그들은 대부분 내근기자로 활동하면서 신문과 잡지를 편집하고, 전보통신문을 번역하거나 소설을 연재하는 등의 업무를 수행했다. 언론탄압에 저항하고 언론자유와 언론의 바람직한 역할에 대한 역설(力說)은 '기자' 주인공의 소설에서 형상화되는 중요한 한 사항이다. 1920년대 초반의 언론사의 부패에 대한 직접적인 비판을 가하고 있는 작품으로 현진건의『지새는 안개』와 염상섭의『진주는 주엇스나』를 들 수 있다. 이들 작품에서 "민중의 지도", "사회의 木鐸", "無冠帝王" 등으로 인식되는 언론의 사명과 역할이 강조될수록 현실은 그러하지 않다는 점이 부각된다.

현진건의『지새는 안개』[10]는 애정 문제로 갈등하는 김창섭이라는 인물이 현실 문제를 비판적으로 인식하며 사회주체로 거듭나는 과정을 다룬 작품이다. 애정문제의 갈등을 넘어 조선의 현실을 체험하고 그 과정에서 조선의 부정적인 면을 인식하게 되는 계기를 위해 주인공의 신문사 체험이 설정되어 있다. 남녀의 애정 문제를 중심으로 다루는 가운데 삽입된 신문사(의 구성원)에 대한 비판은 아주 구체적이고 신랄하다. 숙부가 창섭에게 신문사 입사를 제안했을 때 창섭에게 신문기자는 다음과 같이 인식되고 있었다.

> 新聞記者! 昌燮이가 속은근히 希望하든 職業이엇다. 붓 한 자루를 휘둘러 能히 社會를 審判하야 죄 잇는 놈을 버히고 애매한 이를 두호하며 世界의 大勢를 推測하야 能히 宣戰도 하고 能히 講和도 하는 無冠帝王이란 尊號를 가진 新聞記者! 젊은이의 가슴을 뛰게하는 職業이엇다. 더

---

10 『지새는 안개』는 '前篇'에 해당하는 내용이『개벽』에 1923년 2월부터 10월에 걸쳐 연재되었으며 후편에 해당하는 내용을 포함해 완성된 단행본을 1925년에 박문서관에서 간행했다. 한편『지새는 안개』는「효무」(『조선일보』, 1921.05.01-30)라는 작품을 개작하여 완성한 작품이라는 사실이 최근에 안서현에 의해 밝혀진 바 있다. 안서현,「현진건『지새는 안개』의 개작 과정 고찰 : 새 자료『조선일보』연재「曉霧」판본과 기존 판본의 비교를 중심으로」,『한국현대문학연구』33, 한국현대문학연구회, 2011.

구나 昌燮으로 말하면 東京 留學을 반둥건둥하고 서울에 잇는 동안 文
學書類를 耽讀하얏섯다. 볼수록 그의 文學에 對한 趣味는 깁허 갓섯다.
딸하서 그는 詩人으로나 文士로 몸을 세워보랴고 하얏다. <u>文士와 記者
가 그 性質에 잇서 아주 다른 것이건만 昌燮의 생각에는 大同小異한 듯
십혓다.</u> 文士는 고만두드래도 훌륭한 記者나 되엇스면 그 뿐이란 생각
도 그에게 업지 안핫다. 漫漫長夜에 단코를 구는 우리 겨레를 깨움에도
新聞의 힘이라야 되리라. 荒蕪한 廢墟에 새로운 집을 세움에도 新聞의
힘이라야 되리라 하얏다. 그럼으로 거긔 붓을 드는 이들은 모두 人格이
高潔도 하려니와 義憤에 피가 끌는 志士들 이어니 한다. 自己가 그들과
가티 잇게 되면 그들의 하나이 되면 이에 더한 榮華- 어대 잇스랴!11
(밑줄 강조-인용자)

창섭의 가슴을 뛰게 했던 신문과 신문기자에 대한 생각은 신문사에
들어간 후 얼마 지나지 않아 환멸의 대상이 되고 만다. 시대에 뒤쳐진
낡아빠진 글을 쓰는 논설위원, 전문 지식이 없이 일본신문 번역으로 기
사 쓰는 사회부장, 상식도 없고 지적인 노력도 하지 않으면서 특권의식
만 누리는 젊은 기자들과 썩은 내 나는 신문사의 분위기에 창섭은 구역
질이 난다. 이러한 창섭의 신문사 체험과 그 비판의 내용은 그 자체로
독립된 서술에 머물러 있다. 다시 말해 작가적 언설로 서술되어 있을 뿐
작중인물의 신문기자로서의 자의식이나 적극적인 대응은 이후의 서사에
서 보이지 않는다. 그럼에도 불구하고 『지새는 안개』에서 신문사 체험에
대한 서술 대목은 주인공이 조선의 부정적인 현실을 인식하는 계기로
기능하며, 또한 이 대목을 통해 당대 사회가 요구하는 바람직한 신문기

---

11   현진건, 『지새는 안개』, 『개벽』38, 1923.08, 139면.

자의 모습과 그렇지 못한 실태 사이의 거리를 확인할 수 있다.

위의 인용 대목에서 한 가지 흥미로운 것은 기자를 지망하는 창섭의 '문사와 기자'에 대한 인식에 관한 것이다. 창섭은 '문사와 기자를 대동소이한 것'으로 여겼으므로 자신의 꿈을 문사에서 기자로 대체한다. 이를 가능하게 하는 것은 기자가 곧 지사(志士)라는 창섭의 인식 때문이다. 1920년대 이광수를 중심으로 한 '문사 담론'에서 '문사(文士)'는 당대 문인들의 예술지상주의적 경향에 대한 비판과 아울러 문학의 사회적 역할을 강조하는 데 초점이 맞춰져 있었고, 이는 당대의 작가들에게 사회적으로 요구되는 사항이 증대되고 있음을 보여주는 것이다.[12] 문인에게 문사의 자질을 요구하듯이 기자는 지사로 받아들여지고 있었으므로, 문사와 기자는 쉽게 대체가 가능할 수 있었다. 그런데 작가서술자는 창섭의 이러한 인식과 분명히 구분하여 "문사와 기자가 그 성질에 있어 아주 다른 것"이라고 서술하고 있다. 문사=(지사)=기자라는 인식은 작중 인물과 작가서술자 각각의 인식에 있어 차이가 발생하고 있는 것이다. 작가서술자의 문사와 기자의 구별짓기 인식이 작용한 까닭에 주인공 창섭이 신문사와 신문기자에 대해 비판하는 대목에서 세분화되어 있는 신문의 지면(논설, 사회, 번역 등)을 채우는 글쓰기에서 요구되는 전문성을 강조할 수 있었던 것이다.[13]

---

12   강용훈, 「"작가(作家)" 관련 개념의 변용 양상과 "작가론(作家論)"의 형성 과정: 1910년대~1930년대 중반 식민지 조선의 경우를 중심으로」, 『한국문예비평연구』 40, 한국현대문예비평연구회, 2013, 220면 참고.

13   문인과 기자의 차이에 대한 구별짓기 의식은 저널리즘의 기사를 소설화하는 과정에 나타나는 작가들 사이의 글쓰기의 인식의 차이에서도 확인할 수 있다. 이에 대해서는 현진건과 염상섭의 경우를 대비해 논의한 다음 논문을 참고. 박정희, 「1920년대 근대소설의 형성과 '신문기사'의 소설화 방법」, 『어문연구』155, 한국어문교육연구회, 2012.

한편 염상섭의 『진주는 주엇스나』[14]는 경성제대 예과에 재학 중인 '어린' 김효범과 그의 매형이자 변호사인 '어른' 진형식이, 관계도 애매한 조인숙이라는 한 여성을 둘러싸고 벌인 애정사건이 중심내용이다. 이 작품에 등장하는 신문기자 신영복은 신문사 간부의 외압으로 기사를 내지 못하는 상황에 처하고 취재한 사실을 왜곡해 보도하라는 편집국장에게 항의하기에 이른다. 편집국장의 명령과 사직서를 제출해서라도 사실을 보도하겠다며 맞서는 언쟁이 있은 후, 편집국장실을 나온 신영복 기자는 편집실 기자들을 향해 '연설'을 통해 '설득의 수사학'을 펼친다. 신영복의 연설(문)은 62회와 63회에 걸쳐 장황하게 서술된다. 그 내용은 1)이미 보도된 신문기사의 내용을 바탕으로 귀족과 부호의 타락에 대한 비판과 2)금전과 특권계급의 지위라는 외압에 의해 언론기관이 제 역할을 하지 못하는 상황에 대한 비판으로 이어지며, 마지막으로 3)'생명론'에 입각한 '현실타파'의 의미를 피력하는 내용으로 마무리된다. '우리 생명의 유일한 발로 긔관의 한아인' 신문이 '권력과 금전이 간통을 하는 추악한 긔록'으로 타락해 제 역할을 수행하지 못하는 상황에 대해 비판하는 이 연설에서 주목되는 서술은 다음과 같이 사족처럼 덧붙인 부분이다.

사회란 그러한 것인데 혼자 써들면 무엇하나! 하고 악(惡)을 악인 줄 알면서도 눈을 감아버리는 자는 현사회의 생존권을 스스로 유린하는 자올시다. 현실에 동화되는 자는 인류의 영원한 적(敵)이요 우주 생명의 반역자임을 우리는 명심합시다. 이와 같이 말한다고 나를 주의자(主義者)라 일컷지 말라! 나는 주의자임으로 이러한 말을 하는 것이 아닌

14   염상섭, 『진주는 주엇스나』, 『동아일보』, 1925.10.17.~1926.01.17.

<u>것을 명언하야 둡니다.</u>[15](밑줄 강조-인용자)

신영복이 말하는 '현실타파론'은 '악에 대해 눈을 감는 것', '현실에 동화되지 않는 것'이라는 의미에서, 그것은 '현실 개혁'(혁명)을 말하는 것이 아니다. 그런 의미에서 신영복은 스스로를 '주의자가 아니다'라고 분명히 하고 있다. 마지막에 '주의자'가 아니라고 '명언'하는 이유의 맥락은 여러 측면에서 살펴볼 수 있겠지만, 무엇보다 '신문기자'의 소명을 피력하는 가운데 '명언'하고 있다는 점에 주목할 필요가 있다. 현실의 부정적인 면을 파헤쳐 보도하고 폭로하는 '기자'는 그의 직업에 충실할 뿐이다. 여기에는 '현실폭로'의 기자의식이 현실개혁자로서의 '주의자'와 자기 자신을 구별짓게 하는 자의식으로 작용하고 있다고 볼 수 있다.

이 작품에서 신문기자는 '김효범 같은 조선청년을 보호해야 한다'는 사명감으로 그를 방해하거나 타락하게 하는 장애물들을 처리하기 위해 호출되어, 왜곡되어 있는 언로(言路)를 돌파하기 위해 연설-폭로의 방법을 시도하지만 결국 실패(체포)하고 만다. 이는 현실개혁을 위한 '주의자'와 스스로를 구별하려 한 신문기자의 한계를 반증하고 있는 것은 아닐까? 현실의 악을 폭로하는 기사는 사회의 도덕률을 조율할 뿐 '개혁' 담론이 아니기 때문이다.[16] 1920년대 중반부터 사회주의자들이 신문기자로 대거 유입되면서 기자들의 정치활동이 본격적으로 이루어진다. 이전의

---

15 염상섭, 『진주는 주엇스나』(63회), 『동아일보』, 1925.12.20.
16 폭로기사의 대표적인 형태인 '스캔들'의 경우를 생각해보면, 일반적으로 스캔들 기사는 한 사회의 도덕적 감수성을 드러내는 마로미터인 동시에 기사의 당사자는 사회적 규범에 의해 진단을 받게 된다. 따라서 스캔들 기사는 '사회적 집단의식'을 강화함으로써 그 사회의 안정을 유지하는 데 기여한다. 허행랑, 『스캔들─한국의 엘리트와 미디어』, 나남출판, 2003, 35면, 94~95면 참고.

기자들의 정치활동이 개인적인 차원에서 이루어진 것이라면, 1924년 이후의 사회주의적 기자들의 정치활동은 매우 조직적인 것이었다.[17] 이러한 상황이 강화되어 가던 1920년대 중반의 상황에서 염상섭은 작중의 신문기자 신영복에게 '나는 주의자가 아니다'라고 말하게 하고 있다. 주의자에 대한 경계의 심리가 반영되었다고 볼 수도 있는 이 '명언'은, 신문기자의 사명을 자본가와 권력에 대한 비판을 통해 '개혁'의 차원으로 나아가지 못하고 폭로 보도의 차원에만 충실하게 하는 요인으로 작용하고 있다고 볼 수 있겠다.

한 개인의 삶을 이루는 공적 부분과 사적 부분을 명확하게 구분하기는 힘들다. 이 시기 저널리즘이 다루는 보도 기사의 대상에서도 그 구분은 선명하지 않았다. 그리고 여기에 저널리즘의 '과장'적 보도 속성이 더해진 신문기사는 해당 개인의 삶에 큰 영향력을 끼친다. 아무리 사명감으로 무장한 신문사 혹은 신문기자의 경우라 하더라도 근대 저널리즘은 이러한 위험성을 내재하고 있는 것이다. 따라서 언론의 '사회적 公器'로서의 역할을 강조하면서도 저널리즘의 보도 태도 혹은 사실보도의 한계 등에 대한 인식을 바탕으로 이를 비판하기 위한 소설적 대응을 보여준 작품들도 존재한다. 먼저 살펴볼 작품은 김동인의 「딸의 業을 이르려-어떤 부인기자의 수기」[18]이다. 이 작품은 모 잡지사 탐방기자인 박경애가 서술자로 등장해, 몇 년 전 사회를 떠들썩하게 했던 간통 사건으로 시댁에서 쫓겨났던 최봉선이라는 여인의 집을 취재차 방문했다가 그 여인이 동창생 최화

---

17   박용규, 「일제하 민간지 기자 집단의 사회적 특성의 변화과정에 관한 연구」, 서울대학교 박사논문, 1994, 186면 참고.
18   김동인, 「딸의 업을 이르려-어떤 부인기자의 수기」, 『조선문단』20, 1927.04.

선이었음을 알게 된다. 당시 신문지상에 보도된 내용이 모두 '신문기사 특유의 과장'임을 알게 된다. '귀족 집안의 추문', '미인의 말로', '세 겹 대문 안의 비밀' 등의 제목으로 '소설화'하여 연재된 신문기사를 보고, 탐방기자 '나'는 강한 불만을 갖는다. '나'는 봉선에게 그의 억울함을 잡지를 통해 풀자고 제안하지만 봉선은 '한 달만 지나면 세상이 다 잊어버릴 일' 이라며 '침묵'하고자 한다. 그녀로부터 속사정을 다 들은 '나'는 시어머니와 남편의 계략에 의해 봉선이 이런 누명을 썼다는 사실을 알게 된다. 봉선과 헤어진 후 잡지사 일로 바빠서 그녀의 일을 잊고 지내다가 반년 후 봉선의 아버지로부터 그녀의 부고 소식을 듣고 아버지는 그녀의 유언이자 '과업'을 이어 중이 되어 떠나는 것으로 소설은 끝난다.

이 작품에서 주목되는 것은 서술자이자 탐방기자인 '나'의 신문에 대한 불만과 비판의식이다. 봉선이라는 한 여성이 언론의 '과장' 보도 때문에 억울한 일을 당한 것이라는 점을 알게 된 '나'는 그 억울한 '비밀'을 폭로하고자 하는 '기자'의 욕망을 가지고 있다. 하지만 아이러니하게도 '나'의 이러한 욕망은 저널리즘 기자의 그것에서 벗어나지 못하는 것이기도 하다. 진실은 오직 봉선의 사연을 직접 듣고 그 들은 내용을 서술하는 곳에만 존재할 수 있다는 점을 소설은 보여주고 있다. 이 작품은 작가의 언론의 '과장'적 보도에 대한 불만을 '기자'라는 화자 서술자를 내세워 개인적 삶의 '진실'을 담아내는 방법에 대한 소설적·대응을 보여주고 있는 것이다.[19]

한편 언론의 악의적이고 '과장'적인 보도의 결과는 그 '활자의 위력'에 의해 취재원의 삶을 송두리째 파괴할 수도 있다. 그 보도의 목적이 아무

---

[19] 김동인의 (신문)언론에 대한 불만은 '琴童'이라는 필명으로 발표한 「媚媚孤獨 現民間 新聞-한 文藝家가 본 民間新聞의 罪惡」(『개벽』, 1935.03)에서도 확인할 수 있다.

리 악을 고발하고 폭로하는 데 있다고 하더라도 예상치 못한 결과를 가져올 수 있는 것이다. 앞서 살핀 『진주는 주엇스나』에서 신영복 기자는 철저한 취재조사를 하여 '사실'을 폭로하려고 했다.

> 그러나 한 기자의 엉덩춤이 지금 이 두 여자에게 이렇게도 고통을 하게 하고 걸려들은 사람이나 걸려들지 않은 사람의 운명에 방향까지 바꿔놓을 줄이야 어찌 꿈엔들 생각이나 했으랴!"[20]

위 대목을 통해 알 수 있듯이, 작가·서술자는 신문기자의 투철한 고발정신에 입각한 기사임에도 불구하고 그 기사는 한 '사람의 운명의 방향'까지 바꾸어놓을 수 있을 만큼 강력한 위력과 그 여파의 위험성을 내재하고 있는 것임을 서술하고 있다. 작중에서 이후 신영복 기자의 활약상은 김효범을 '보호'하는 데 초점이 모아져있지만, 이 과정은 자신의 기사로 인해 피해를 입은 여성의 삶을 '보호'하는 것과 궤를 같이 하는 것이 되는 것이다.[21]

---

20 염상섭, 『진주는 주엇스나』(58회), 『동아일보』, 1925.12.10.
21 한편 염상섭의 「검사국대합실」에서도 언론의 파급력이 개인의 삶에 끼치는 영향에 대한 우려의 목소리를 확인할 수 있다. "신문이 아모리 권위가 잇다 하드라도 허여간 젊은 계집의 창창한 압길을 막아 주는 것은-더구나 <u>활자의 세력이라면 팟으로 메주를 쑨다해도 고지 들을 만한 이 지음의 민중을 상대로 하야 그러한 사실이 잇고 업고 간에 신문에 한 번 나기만 하면 그 시간이 벌서 그 여자에 대하여는 운명의 지침(指針)을 밧구어 꼬저주는 날이다. 아무리 신문의 권위, 긔자의 신위가 소중하드라도 일개인의 운명을 좌우하려는 것은 무엇보다도 큰 죄악이다.</u>"(밑줄 강조-인용자), 염상섭, 「검사국대합실」, 『개벽』61, 1925.07, 11면.

3.2. '월급'의 노예: '저기압' 아래 우울과 자극제로서 '사건'

식민지 근대에서 '작가가 된다'는 것은 '작가로 살아간다'는 경제적 문제를 포함한 사항이다. 노동이 경제적 대가로 환산되는 시스템 속에서 작가의 노동 또한 예외일 수 없다. 1920년대 중후반 작가들은 문단의 가장 심각한 문제를 문단의 독자획득과 문인의 생활고라고 진단하고 있는데[22] 이 두 가지 사항은 결국 작가의 작품 활동에서의 경제적 여건 문제를 언급하고 있다는 점에서 궤를 같이 하는 것이다. 이에 작가의 원고료 지급과 인상 문제에 대한 주장이 뒤따르는 것은 자연스러운 것이다. 그만큼 '작가로서 살아가기'의 문제는 절박한 것이었다. 전업 작가의 생활을 유지할 수 없었기 때문에 작가는 직업을 가져야 했고 문필가로서 자연스럽게 신문사나 잡지사의 기자로 채용되었다. 물론 이것은 저널리즘 측에서의 요구와 맞아 떨어진 측면이기도 하다.

이 시기 기자 주인공 소설들에서 기자는 기자라는 자의식이 전혀 존재하지 않는 인물이 등장하는 작품이 많은데,[23] 이 경우는 기자들의 경제적 생활고를 서사화하는 데 초점이 맞춰져 있다는 점이 특징이다. 이 작품들의 주인공 '기자'는 언론기관인 '신문사'에 근무한다는 자의식을 가지

---

22 대표적인 자료로 『조선문단』이 1927년 벽두에 20여 명의 기성작가를 상대로 실시한 앙케이트(「문단침체의 원인과 그 대책」, 『조선문단』, 1927.01) 조사 결과와 『중외일보』가 1928년에 실시한 설문조사 「문단제가의 견해」(1928.06.25.~07.13: 총19회) 결과 등을 종합해보면, '문단침체의 원인'은 (1)대중의 무이해, (2)문인 생활의 빈곤과 원고료 문제, (3)검열과 사상의 부자유 등이라고 답하고 있다.

23 한편 이 시기 기자의 자의식이 부재하는 '기자' 주인공 소설들은 생활(가난) 문제를 주로 다루고 있는데 반해, 현진건의 「타락자」(『개벽』19~22, 1922.01~04)는 기생과의 연애 문제에 초점을 맞추고 있다는 점에서 특징적이다.

고 있지 않으며 대부분 '월급'에 종속되어 생활고에 시달리고 있는 모습이다. 사회에서는 신문사에 근무하는 기자를 우러러 보고, 자신 또한 취업전선에서 힘겹게 기자라는 직업을 획득하고 그 순간에 "이제는 생활 걱정의 짐은 좀 벗으려니"[24] 하고 기대도 해보지만 현실은 그렇지 않다.

신문사의 경제적 사정의 부침(浮沈)에 좌우될 수밖에 없는 직원 기자의 '월급'은 식민지 언론 상황에서 언제나 부족하거나 지급이 유예될 뿐이다. 식구들의 '입'은 오로지 '월급'에 달려있는바, 월급을 받지 못한 기자는 집으로 퇴근할 수 없다. 월세가 밀려 쫓겨날 판에 처하고[25], 잡지계에서 '수완 있는 기자'라는 평판을 듣지만 월급이 나오지 않아 집세를 내지 못하는 것은 물론, 아픈 자식을 위해 약 한 첩 살 돈이 없어 지인들에게 구걸을 다녀야 하며 약값을 위해 '내용도 없는 원고'를 쓰고[26], 신문사의 월급이 막혀 월세는 물론 쌀값, 반찬값도 갚지 못하는 상황에 처해 있는 소시민 가정[27]의 가장(家長)인 '기자'들은 예외 없이 생활고의 우울에 빠져 술을 찾는다. 그들에게서는 기자로서의 자의식은 찾아보기 힘들며 오로지 '월급'에 종속된 '職人'의 모습만 확인할 수 있을 뿐이다. 이들 작품은 문필가 지식인계급의 노동과 경제적 대가의 합리성이 존재하기 힘든 식민지 언론사의 상황을 반영하고 있는 것이다.

한편 기자 주인공들이 인식하는 식민지 정치·경제적 현실은 '低氣壓'의 상황이며, 이들의 내면은 '우울'과 무기력으로 점철되어 있다. 조명희의

---

24   조명희, 「저기압」, 『조선지광』, 1926.11. 여기에서는 『최서해·조명희·이북명·송영 (한국소설문학대개)』(동아출판사, 1995)에 수록된 「저기압」을 대상으로 함.

25   조명희, 「저기압」, 『조선지광』61, 1926.11.

26   최서해, 「無名草」, 『신민』52, 1929.08.

27   이익상, 「그믐날」, 『별건곤』3, 1927.01.

「저기압」은 5장으로 구성된 짧은 소설이다. "생활난, 직업난으로 수년을 시달려 왔다. 이 공포 속에서도 값있는 생활-무위한 생활로부터 흘러나오는 권태는 질질 흐른다. 공황의 한계를 넘으면 권태, 또 한 재를 넘으면 권태."(228면)라는 문장들로 시작하는 이 작품의 첫 장은, 신문기자이지만 지식인으로서 "의당히 하여야만 할 일"을 할 용기도 힘도 없는 상황에 처해있는 '나'의 '폭백의 언어'로 채우고 있다. 지식인 계급이 처한 공포스러운 권태의 생활은 신문사 편집실에 대한 묘사를 통해 극대화 된다. 편집실 직원들의 모습을 다음과 같이 묘사한다.

> 이 땅의 지식계급-외지에 가서 공부깨나 하고 돌아왔다는 소위 총준 자제들 나갈 길은 없다. 의당히 하여야만 할 일은 할 용기도 없고, 힘도 없다. 그것도 자유롭게 사지 하나 움직이기가 어려운 일이다. 그런 가운데 뱃속에서는 쪼로록 소리가 난다. 대가리를 동이고 이런 곳으로 데밀어 들어온다. 그러나 또한 신문사라는 것도 자기네들 살림살이나 마찬가지로 엉성하다. 봉급이란 것도 잘 안 나온다. 생활난은 여전하다. 사지나 마음이나 다 한 가지로 축 늘어진다. 눈만 멀뚱멀뚱하는 산 진열품들이 죽- 늘어앉았다.(230~231면)

신문사 편집실의 권태는 이 땅의 지식계급의 총집합소의 권태이기 때문에 더 문제이다. 지식계급에 속한 기자들은 "수채에 내어던진 썩은 콩나무 대가리 같은 것들"이며, 영세하기 짝이 없는 신문사 안에는 '권태'만 흐르고 있을 뿐이다. 이 작품의 분위기를 짓누르고 있는 '권태'는 당시 지식인들의 사회진출 혹은 사회적 삶의 지평이 차단된 상황과 그 내면을 압축하고 있는 표현이다. 이러한 '권태' 속에 '흥분제'를 찾고 있는 심리가 존재한다. 넉 달치 집세를 내지 않아 내쫓기게 된 상황에 집주인 노파와 아내가 싸우고, 어머니의 걱정소리, 새끼의 울음소리가 온 집안에 아우성인 상황에 '나'는 집을 빠져나오며 이 상황을 한판 '연극'이라 간주한다. 이 연극을 두고 "이것도 권태를 조화시키는 한 홍분제인가?"라고 여기는 것이다. 하지만 반복되는 일상의 생활난 속에 이러한 연극은 '홍분제'의 역할로서는 역부족이다. 여기에 욕설과 불만 그리고 폭력의 언어를 직접 노출하는 서술을 택한 것도 지식계급이 처한 '저기압'의 상황을 증폭시키기 위해서라고 할 수 있다. 하지만 자연의 섭리에서 저기압은 반드시 비를 동반하겠지만 '저기압의 현실'에서 '비'는 요원한 것이다. 「저기압」은 신문기자 주인공의 현실인식을 상징적으로 처리하는 가운데, 지식계급의 현실적 한계 상황과 암울한 내면을 형상화하는 데 멈추고 있는 작품이다.

이러한 지식계급의 암울한 내면과 생활난의 권태로운 신경에 '자극'을 가하여 계급의식의 환기와 실천을 신문기자를 주인공으로 하여 보여주는 작품이 박영희 「사건!」이다. H신문사 기자들인 P, Y, R은 마감을 하고 오후 4시가 되면 술집으로 향하는 일상을 반복하고 있다. 개인이나 사회, 민족 혹은 계급적으로 파멸 당하여 가는 현실 앞에 반항하는 대신 술을 마시는 것이다. 그러던 어느 날 술집에 물건을 팔러 온 젊은 여자 방물장사의 기구한 사연을 듣고, 신문기자들은 이 여인의 유린 당한 기구한 사연이 조선 모든 남녀 계급이 처한 것과 다르지 않다고 깨닫고 모든 "부르주아를 박멸하여야 한다"고 외친다. 상해에서 사회운동을 하다가 귀국해 신문기자를 하는 P는 "뼈(骨)를 주러 단이는 개 모양으로" "퇴폐와 악독이 압박과 착취가 심하여 가는 사회 안에서 생기는 일을 넘우도 객관덕으로 주스려 단이기"에 바빴던 것과 "사회와 민중을 떠나 다만 표면에 나타나는 기사의 재료뿐을 엇드러 단이기에 모든 것을 다 밧치게 된 것을 스스로 한탄"[28]하며 신문기자로서의 자신을 부끄러워한다. 그 이후 다른 방에서 술 취한 자들로부터 지갑을 훔쳤다며 폭행을 당하는 여자의 부르짖음이 들리고 신문기자들은 폭행한 남자에게 달려들어 주먹을 날린다. 이튿날 P는 신문 사회란에 "〈쁘르즈와 사회가 생기게 한 공장주의 잔인 횡폭과 어린 양 가튼 녀직공의 참담한 생활 이면〉이라는 뜻의 기사와 〈타락한 녀직공의 생활과 즘승 가튼 쁘르즈와 청년들의 악희〉라는 의미의 기사를 어제 저녁 녀행상인(女行商人)의 로맨스와 아울러 내"지만 "그날 신문은 세상에 나오지 못하고 곳 압수 되고 말엇다." 그럼에도 불구하고 "P에게는 어제 밤에 생긴 한 사건이 그의 피로 하엿든 신경을 자극하여 주엇다."[29]

'저기압'의 현실에 처한 지식계급의 우울한 내면을 다루었던 「저기압」이 '흥분제'로서 '비'에 대한 갈망을 상징적으로 처리하였다면, 「사건!」은 '피로한 신경'의 자극제로 구체적인 '사건'을 다루고 있다. 이 작품에서 '사건'은 방물장사 여인의 유린당한 기구한 사연을 듣게 된 것과 그녀를 폭행하는 양복쟁이에게 주먹을 날린 일, 활자화되지 못했지만 신문사회면에 그 내용을 '계급적 프레임'으로 기사화한 것 등의 일련의 일들이라고 할 수 있다. 이 '사건'을 통해 신문기자들은 사회 조직과의 타협으로 절망과 타락에 빠져 있던 자신의 지난 삶을 한 '사건'을 통해 부끄러움을 느끼고 반성하는 가운데 새로운 투쟁을 각오한다. 따라서 이 작품은 기

---

28 박영희, 「사건!」, 『개벽』65, 1926.01, 15면.
29 위의 작품, 23면.

자 주인공들에게 계급의식을 환기하고 그 '계급-프레임'으로 기사쓰기를 주문하고 있다.

기자를 주인공으로 설정하고 지식인 계급의식의 각성과 삶의 방향 조정 문제를 다루기 위해 '사건'을 설정한 또 다른 작품으로 이기영의 「김군과 나와 그의 아내」[30]가 있다. 이 작품은 T잡지사에 근무하는 기자 '나'가 어느 날 사무실로 걸려온 전화 한 통을 받는 데서 시작한다. 전화를 건 인물은 오랫동안 해외에 도망가 있었던 '백광 김군'으로, 그는 "십여 년 전부터 운동자로 나선 뒤로는 그는 해외가 아니면 감옥이 아니면 다시 망명 생활"을 하는 인물이다. 그런 김군에게서 만나자고 전화가 온 것이다. '나'는 김군을 만나 김군의 아내의 삶에 대해 이야기를 듣고 "반죽과 같은 이론"을 "말로나 글자로만 떠드는" 자신의 삶을 반성하게 되며, 김군이 부여한 편지 전달의 임무를 실천하게 된다는 이야기를 다루고 있다. 이 작품에서 잡지사 기자인 '나'에게 걸려온 김군의 전화와 그를 만난 일은 지식계급의 권태로운 생활에 '자극제'로 기능하고 있다. 기자인 '나'의 "기계적"이고 "잔잔한 생활에 별안간 돌멩이를 던진 것처럼 파동"을 일으키는 '사건'이, 김군의 전화이고 그를 만난 일이다. 그를 만나 그와 그의 아내의 삶에 대해 듣고, 망명 생활로 제대로 된 부부생활이 불가능할 것이라고 생각했던 '나'는 김군 부부의 삶과 자기 부부의 삶의 대비를 통해 자기비판에 이르게 된다. 현실과 타협하고 살아가는 권태로운 지식계급의 삶에 김군의 전화는 '사건'으로서 '자극제' 역할을 하고 있는 것이다.[31]

---

30 이기영, 「김군과 나와 그의 아내」, 『조선일보』, 1933.01.02.~02.15.

31 이와 유사한 유형의 서사구조와 '기계적' 신문기자 생활에 대한 자기비판을 보여주는 작품으로 한인택의 「굽으러진 평행선」(『신동아』33, 1934.08)을 들 수 있다.

4. 언론 상황에 대한 '기자-작가'의 대응

4.1 언론사의 상업화에 맞서는 방법

1930년을 넘어서면서 신간회의 해체와 만주침공(1931)의 발생이라는 시대적인 상황과 더욱 가속화되는 도시화의 분위기 속에서 신문은 상업화-기업화의 성격이 강화되고,[32] 또한 식민권력의 언론통제 속에서 기자는 더 이상 이전의 지사적 태도(자존심)를 유지하기 힘든 상황에 처한다. 이러한 변화는 또한 신문 '기자'의 직업화 혹은 전문화 과정[33]을 수반하게 된다. 이석훈의 「職業苦-어느 신문기자의 일기」[34]는 K일보의 지부인 어느 지방신문기자 '나'의 삶을 통해 신문기자의 '사명'의 문제를 다루고 있다. 기계적으로 도청과 관청을 드나들며 억지로 '뉴스'를 모아야 하는 신문기자 '나'는 도청관리들의 양잠사업의 선전과 홍보 기사 쓰기를 요구받는다. 그들은 '이것이 당신네가 해야할 사명'이라고 신문기자에게 요

---

32 박용규는 식민지 시기 민간지의 경영 상태에 대해, 1920년대까지는 좋지 않았으나 1933년 이후 급격히 호전되었다고 하면서 그 이유를 언론의 기업화를 들었다. 그는 이러한 맥락에서 신문기자들 또한 '지사'에서 '직업인'으로 변화했으며, 신문의 정론성이 약화되고 상업적인 성격이 강화되었다고 설명한 바 있다. 박용규, 「일제 하 민간지 기자집단의 사회적 특성의 변화과정에 관한 연구」, 서울대학교 박사학위논문, 1994, 99면. 한만수, 「만주침공 이후의 검열과 민간신문 문예면의 증면, 1929~1936」, 『대동문화연구』37, 성균관대학교 대동문화연구원, 2009.

33 이종숙은 한국 근대 기자의 전문화 과정을 '기자에서 기자직(職)'으로의 변화라고 설명하면서, 이는 1)지사적 논객에서 직업 언론인으로, 2)신문 제작인에서 신문산업의 노동자로, 3)정치적인 것에서 사회적인 것으로의 특징을 보인다고 고찰한바 있다. 이종숙, 「한국신문의 전문화-한국 저널리즘의 근대성에 대한 비판적 고찰」, 고려대 박사학위논문, 2004, 130면 참고.

34 이석훈, 「職業苦-어느 신문기자의 일기」, 『매일신보』, 1932.05.08.~12.

구한다. "츩쑤리 케머근 수만흔 농민들-양잠호수가 줄어들 걱정을 하고 잇는 행복스런 D技師의 얼골, 아름다운 使命을 걸머진 신문긔자".(05.12) 조선민중, 관청 그리고 그 사이에 놓인 신문기자. 이러한 배치의 관계 속에서 신문기자가 쓰는 기사는 식민정부의 사업에 대한 선전과 홍보이고 떼거지로 전락하는 주민의 삶에 대해서는 눈감아야 하는 상황이 괴롭고 우울하다. '나'는 관청이 요구하는 '기자의 사명'에 기자로서의 자존심을 맞세운다. 이는 나의 기자수첩에 기록되어 있던 K고을 살해사건을 기사화하려는 시도로 드러난다. 하지만 기사화는 실패하는데, 살인사건의 범죄자가 '특수한 사람'이기 때문이다. 실패 이후 '나'는 "다시 잡답한 거리로 가자. 거기는 자동차가 달리고 개와 사람들이 교류하고 여학생의 하얀 스타킹과 노루 발굽 같은 새까만 구두 위축이 뛰논다. 나는 거기다 우울의 쓰레기를 뱉으며 거리가 끝막는 데까지 걸어가리라고 생각하면서 발걸음을 옮"(5.12)기는 것으로 작품은 끝을 맺는다.

　이 작품은 작가 이석훈의 자전적인 내용이 반영된 결과이겠지만, 경성일보 지방 기자를 주인공으로 삼고 있다는 점이 주목된다. 식민권력의 기관지적 성격을 띠고 있는 신문의 한계이기도 하겠지만 '기자수첩'에만 기록될 뿐 그것이 기사화되지 못하는 상황과 신문지면을 채우는 기사의 내용(선전과 홍보)을 통해 식민권력이 언론을 어떻게 관리하는지 그리고 그러한 상황에 처한 신문기자의 자의식을 구체적으로 알 수 있다. 식민지 권력과 주민의 괴리가 더욱 공고화되어 가던 1930년 전후의 조선에서 신문기자의 '자존심'은 더 이상 유지하기 힘들게 된다. 마지막 대목에서 '나'는 우울에서 벗어나기 위해 도시의 거리로 발걸음을 옮긴다. 이 장면은 1930년을 지나면서 식민지 언론의 기업화와 상업화와 함께 도시의 모더니티(에로와 그로)에 대한 취재에로의 변화를 예견하고 있다는 점에서 의미가 있다. 감당하기 힘든 우울을 피하는 방법으로 '거리의 모더니티'로 발걸음을 옮기는 것이다.[35]

이러한 상황 속에 처한 기자가 기자의 사명감(자존심)을 어떻게 지킬 것인가의 문제를 다루고 있는 작품들이 이태준의 「결혼의 악마성」[36], 「불도 나지 안엇소 도적도 나지 안엇소, 아무일도 없소」[37], 「순정」[38] 등이다. 「결혼」에서 한 젊은 여성은 명예(재상가), 돈(재산가), 잰틀맨(미국 박사) 등의 자격을 갖춘 결혼상대 남자들을 모두 뿌리치고 가난한 문학청년으로 '월급이 나오지 않는 신문사'에 다니는 남자와 결혼한다. '진실하게 살려는 노력'의 소유자가 그 선택의 조건이었지만, 결혼 후 여자는 돈욕심에 눈을 뜨게 되고 남편에게 '월급 안 나오는 신문사'를 나오라고 재촉하고 남편 역시 먹고 살기 위해 지조를 버리고 '원고료를 주는 신문사' 문턱을 부리나케 드나들기 시작한다. 결국 남편은 친구의 소개로 관청 자리 하나를 소개 받고 취직할지 말지 망설인다. 그러던 어느 날 아내는 예배당에서 찬송가 부르는 서양사람과 조선사람의 비교를 통해 멸시받는 민족을 새삼 발견하고 '결혼'으로 인해 자신의 초심(진실히 살려는 번민과 노력)이

---

35 도시의 모더니티로 발걸음을 옮긴 이후의 '나'의 행보를 살펴볼 수 있는 작품으로 『백장미 부인』(『조광』, 1940.01~06)을 들 수 있다. 오사카신문 강원지국 기자를 주인공으로 등장시킨 이 작품에서, 기자는 북부 강원도 이민촌을 탐방하지만 '본사의 명령'에 따른 것일 뿐 「직업고」에서 '나'가 목격했던 화전민은 더 이상 목격되지 않는다. 강원도 이민촌이라는 공간은 백장화라는 미인을 만나 연애하는 장소로 그려질 뿐이다.

36 이태준, 「결혼의 악마성」, 『혜성』, 1931.04~06.

37 이태준, 「불도 나지 안엇소 도적도 나지 안엇소, 아무일도 없소」, 『동광』23, 1931.07.

38 이태준, 「순정」, 『사해공론』1(7), 1935.11.

변한 것을 깨닫고는 남편이 관청 자리 취직을 갈등하게 만든 자신을 반
성한다. 이러한 이야기는 "이 S가 그해 겨울이 되어 어떤 남자를 사랑하
는 것이 드러났다."는 식으로 보고의 서술방법을 취하고 있는데, 이는
작중 인물과의 거리를 지키려는 작가적 태도에서 말미암은 것이다. 따라
서 여성 S의 결혼 이야기에 초점이 맞춰지고 남편 T의 고민이나 갈등은
부각되기 힘들다. '월급이 나오지 않는 신문사'를 다닌다는 것 자체가
문학청년의 자존심에 해당한다. 기업화와 상업화 되어가는 신문사의 시
대적 환경 변화 속에 '월급을 줄 수 없는 신문사'는 그만큼 영세하기 때문
이겠지만, 그런 곳에 다닌다는 것 자체만으로도 신문기자의 자존심(역할
과 책무)을 지킨 결과로 여겨질 수 있기 때문이다. 이러한 문학청년의 생
활에의 타협에서 붕괴되는 자존심 지키기가 남편 스스로에 의한 것이
아니라 아내의 자기반성을 통해서 이루어지는 이야기 구성을 취하고 있
다는 점이 특징적이다.

문학청년 남자의 이러한 자존심은 「순정」에서, 신문기자의 '순정 지키
기'를 신문사 이야기와 결혼 이야기의 두 측면에서 결합시켜 그리고 있
다. 신문기자인 현은 신문사 박취제역과 조선신문이 광고주의 영향 하에
들어가는 것을 두고 언쟁하는 가운데, 민중 지도 기관으로서의 신문 역
할이 붕괴되어서는 안 되다고 주장한다. 박취체역에게 현의 이런 주장은
"책상놀림의 말"일 뿐 신문도 상업이라는 현실을 인정하지 않을 수 없다
고 한다. 전반부의 이러한 언쟁 장면 뒤에 이어지는 후반부의 이야기는
현의 결혼상대인 경옥이라는 여자가 남자를 돈으로 들었다 났다 하는
행동에 결별장으로 복수한다는 내용이다. 전반부의 광고주에 의해 포섭
되는 신문사의 상황과 후반부의 결혼상대 여자의 물질적 욕망에 대한

복수를 결합시킴으로서, 이 작품은 신문기자의 '순정'을 변호하고 지켜내려는 안간힘을 보여주고 있는 것이다. 이 작품도 역시 「순정」에서처럼 신문기자의 자존심을 지키는 방식이 여성에 대해 이루어지고 있다.

광고주에 포섭되어 가는 신문사처럼 더 이상 민중의 지도 기관으로서의 역할을 할 수 없게 된 상황을, 취재물의 변화 속에서 고민하는 기자의 고민을 다룬 작품이 「불도 나지 안엇소 도적도 나지 안엇소, 아무일도 없소」이다. 이 작품은, '재만 동포문제'니 '신간회 해소문제'니 하는 것보다 '침실박람회' 기사가 더 잘 팔리는 잡지계의 상황 속에서, 한 잡지사의 편집회의에서 차호 기획 주제가 '신춘 애로백경'으로 결정되는 장면으로 시작하고 있다. 입사한 지 2주차인 K는 잡지사 기자가 된 것을 "단순히 직업 하나를 구한 것으로" 여기지 않을 만큼 '붓=칼의 글쓰기'를 각오했었다. 하지만 K 또한 월급의 노예인 기자들과 같이 저마다 자극적인 특종을 찾으려는 직업적 야심에 굴복하고 만다. '신춘애로백경'의 기사를 위해 윤락가 취재를 나간 K는 윤락가의 뒷골목에서 한 여인의 기구하고 '참혹한 세상'을 목격하고 그들을 위해 "나의 붓은 칼이 되자"고 다짐한다. 이 작품은 자본의 논리(객관보도)에 포섭되어 버린 언론계의 상황 속에서 지사적 태도를 지켜내려는 기자의 모습을 보여준다. 특히 편집국장이 K에게 전하는 '취재 대상에 대해 문학청년식 인도감은 금물'이라는 주의사항은 주목할 필요가 있다. 사실의 객관적 보도에 대한 강조는 언론의 기업 관료화와 상업화에 따른 이윤 추구를 합리화하려는 방향으로부터 생겨난 것이다. 그리고 이것은 신문조직에서의 노동의 분업화와 전문화가 강화된 결과이다. 편집국장이 K에게 주문하는 이른바 기자의 '직업적 냉정'의 태도도 이러한 언론 상황을 반영한 것이라고 볼 수 있다.

당대 취재기자들 가운데 취재원의 사정이나 이야기 앞에서 동정을 느끼지 않기는 힘들다고 고심담을 이야기하는 기자[39]와 특히 '사회부 기자의 직업적 냉정'을 갖기가 얼마나 어려운가를, 혹은 대상(사건)에 맞선 자의 태도로 그것이 적절한 것인가를 반문하는 기자도 있었다. 「불도 나지 안엇소...」와 관련해서 작가 이태준이 사회부 기자 체험을 바탕으로 쓴 평문 하나가 주목된다. 이태준은 『중외일보』에서 3개월가량 '사회부' 기자로 활동한바 있는데, 그때의 '메모'를 소개한 글에서 사회부 기자의 '직업적 냉정 문제'에 대한 고민을 술회하고 있다.[40] 아마도 광주학생운동 와중에 있었던 경험으로 보이는데, 종로경찰서 안마당에 잡혀온 학생들을 경찰부로 압송하는 장면을 목격한 이태준이 그 학생들의 경찰에 대한 반항과 저항에 온정(안타까움과 망설임)을 느끼고 있을 때 종로서 담당 기자 임군이 나타나 "몇 명 갔어?"하고 묻지만 이태준은 대답을 못한다. 그 기자는 이태준에게 "냉정해야 하네, 못 본 체 해야 돼."라고 충고했다. 이 에피소드 속에는 기자 임군의 '냉정'과 이태준의 '온정'이 대비되어 있는데 여기서 '온정'은 이태준의 문인으로서의 태도에 해당하는 것이다. '직업적 냉정'의 태도를 요구하는 신문기자와 온정의 태도를 가진 문인의 자의식은 결합하기 힘들다. 30년대를 넘어서면서 문인과 기자의 글쓰기 영역은 이렇게 갈등하는 가운데 분화되고 전문화되어 갔다. '고통과 동정'은 '현실'에 대한 근대작가의 감정이자[41] 지사적 기자의 감정이기도 했지만 전문화된 직업인 기자에게 '온정'은 금물인 감정이었다.

---

39 柳志永, 「記者사리 다섯 苦痛」, 『별건곤』3, 1927.01. * 이 글은 〈各新聞·社會部記者의 苦心談: 날마다 새로 나는 소식은 엇더케 모흐나〉라는 기획에 수록되어 있다.
40 이태준, 「두 強盜의 面影과 職業的 冷情問題」, 『철필』4, 1931.02.
41 손유경, 『고통과 동정』, 역사비평사, 2008.

4.2. 기자직 청산과 작가로서의 '창작욕' 회복

1930년대 후반, 일제 말기의 상황에서 언론계는 민간지 강제 폐간이 상징하듯이, 글쓰기를 지속하는 것 자체가 힘든 상황에 처한다. 이러한 시기에 창작된 소설 속에 등장하는 기자 주인공은 자신의 문인으로서의 '창작욕'을 자극하기 위해 기자생활을 비판하거나 청산하는 모습을 보인다. 문인으로서의 창작욕과 직업으로서의 기자생활은 '操觚界'에 종사한다는 그 친연성에도 불구하고, 작가에게 기자생활은 '자기 예술욕'을 방해하는 것으로 인식되었다. 이무영의 「제일과 제일장」[42]은 소설가로 활동하다가 신문사에 취직한 후 5년 동안의 기자 생활을 청산하고 흙냄새를 맡기 위해 농촌으로 귀향을 결심하게 된 사연을 다루고 있다. 주인공 수택의 귀향은 소설가로서의 '창작욕'을 가로막은 '기계'적인 기자생활에 대한 청산에서 이루어진다. "취직"이 "그의 작가 생활의 마지막이었다. 수택에게 작가생활과 기자생활은 양립하기 힘든 것이었다. 기자라는 직업이 '문학 수업'의 기회를 제공한다거나 폭로기사를 써 '민중의 시준'이 된다는 의협심조차 가지기 힘든 상황이다. 여기서 "그는 완전히 기계"(18면)라는 표현은 직업생활의 반복성과 기사문 쓰기 차원의 동일성을 아우르는 의미를 담고 있다. 작중의 수택이 기자생활을 하면서 1년을 별러서 쓰려고 했지만 끝내 소설이 못되고 만 이유도 잡다한 사무에 얽매여 허덕이는 직장생활 때문이다. 그래서 수택이 쓰려고 했던 작품이 '소설 못 쓰는 소설가'라는 제목이 될 수밖에 없었다. 그것은 "신문기자로서의 성

---

42   이무영, 「제일과 제일장」, 『인문평론』1, 1939.10. 이 글에서는 김주연 편저, 『이무영』(지학사, 1985)에 수록된 작품을 대상으로 하여 인용면수를 밝힘.

공이 문학적으로 그를 파멸시키는 것"(19면)이라는 사실을 알아챘기 때문이다. 결국 수택은 '흙내'를 선택한다. 귀농 후 수택의 "창작욕도 척척 늘어갔"(31면)는데, 그것은 다름 아닌 '흙내'(농사)에서 "이해를 초월한 애정"(32면)을 맛본 까닭이다. 다시 말해 농작물에 대한 "무서운 정열"은 "자기 작품을 사랑하던 그 정열"과 다르지 않은 것임을 깨달은 것이다. 수택에게 농사일은 서툴고 쉽지 않은 것이지만, 그것은 소설의 제목이 암시하듯 모든 것을 처음부터 배워나가고자 하는 자세에 해당하는 것이며[43], 따라서 농사일은 '문학도'로서의 초심을 회복하는 일에 해당하는 것이다.

이무영의 「제일과 제일장」이 신문기자 생활을 자발적으로 청산하고 소설가의 '창작욕'을 회복하는 적극적인 자기고투를 보여주었다면, 이태준의 「토끼 이야기」는 소설가의 신문기자 생활의 청산이 민간지 강제 폐간으로 이루어지며 생계를 위해 토끼를 키우는 이야기를 다루고 있다. 작중 인물 '현'의 '신문사 십 년' 생활은 눈만 뜨면 출근해서 통신을 번역하고 1년에 한 편씩 신문소설을 쓰는 것이었다. 신문소설을 포함해 '현'이 기자로서 쓰는 글은 물질적 경제적 생활을 가능하게 하는 것일 뿐, "단편 하나라도 자기 예술욕을 채울 수 있는 창작"[44]과 거리가 먼 것이었다. 자신의 '예술욕'을 위해 신문기자를 그만둘 "비장한 결심이" "굳어질 무렵"에 민간 신문이 모두 폐간되어 결과적으로 그렇게 되었다. 이 작품의 주인공 역시 문인에게 기자생활은 '창작욕'과 병립하기 힘든 것이라는 점을 보여주고 있다.

---

43   김주연, 「진실과 소설」, 김주연 편저, 앞의 책, 247면.
44   이태준, 「토끼이야기」, 『문장』3(2), 1941.02, 454면.

서양의 작가들의 가운데 초기 저널리스트로서의 체험을 가지고 있던 작가들이 저널리즘을 떠나 문학(인)의 길로 향해 간 이유는 저널리즘의 검열(censorship)과 권태(boredom) 그리고 무엇보다 관습적인 저널리즘은 매우 제한적인 측면에서 독자의 마음과 감정을 불러일으켜야 하는 감각이었기 때문이었다고 한다. 즉 저널리즘의 검열과 틀에 박힌 글쓰기 속에서 보다 자유로운 글쓰기의 영역인 문학으로의 이동이 이루어졌다는 것이다.[45] 미국의 작가들과 마찬가지로 식민지 조선의 작가들에게도 저널리즘 체험은 넓은 의미에서 자유를 구속한다고 인식되었다. 식민지 조선에서 '기자-작가'는 문인의 자의식(창작욕)과 생계를 위한 기자생활의 구속이 동시적으로 작용한 까닭에, 기자생활의 '기계'적 삶에서 벗어나고자 하는 문인으로서의 예술욕이 더 강렬하게 표현되고 있다. 자발적으로 사직서를 제출하든 폐간으로 어쩔 수 없이 기자직을 잃든, 일제말기 문인은 기자생활의 청산을 통해 자신의 삶의 방향을 '문학' 속으로 향하고 있었다.

일제말기의 소설에 등장하는 신문기자는 더 이상 기자로서의 공명심이나 의협심을 보이지 않는다. 조용만의 「여정」에는 인천에서 대련으로 가는 선상에서 성매매를 위해 이국 북지로 팔려가는 '반도 낭자군'을 보고도 그 실체를 알지 못하는 신문기자가 주인공으로 등장한다. 은행원 친구에게 "신문기자란 사람이 저런 것을 보면 육감으로 척척 알아내야지. 자넨 뭔가."[46]라는 핀잔을 듣는 신문기자. '반도 낭자군'을 목격한 신

---

45 Shelley Fisher Fishkin, *From fact to fiction : journalism & imaginative writing in America*, Johns Hopkins University Press, 1985. pp.7~8.

46 조용만, 「여정」, 『문장』3(2), 1941.02. 391면.

문기자는 그것에서 "고개를 돌려 흥미없다는 듯이 먼 바다를 바라"보는 태도를 취한다. 이 외면의 태도에 민족적 모순이나 계급 모순에 대한 인식은 존재하지 않는다. 그저 한 어린 여성을 지켜보며 불안해하고 '까닭 모를 우울'의 감정에 휩싸이는 주인공 '나'의 내면만 서정적으로 담아내는 데 공을 들일 뿐이다. 현실을 외면할수록 신문기자는 자신의 알 수 없는 내면의 불안으로 침잠하고 있다. '기자'로서의 자의식은 증발되고, 소설적 상황에서 하나의 텅 빈 '기호'로 남아있는 것이다.[47][48]

5. 결론을 대신하여: 근대소설과 '기자-작가'

이상에서 1920~30년대 근대소설에서 기자가 주인공으로 등장하는 작품을 검토했다. 근대소설에 등장하는 기자 주인공은 식민지 언론 상황의 부침에 따라 다양한 모습을 보여주고 있다. 민간지 창간 이후 소설의 경우 기자

---

47   조용만은 「여정」 이외에도 「初終記」(『문장』2(7), 1940.07)와 「북경의 기억」(『문장』 3-1, 1941.01)에서 신문기자를 주인공으로 등장시키고 있는데, 이 인물들은 일제 말기 식민지 현실에 대한 탐색은 의도적으로 외면하는 모습을 보인다. 특히 「초종기」의 경우 '서울 신문사'에 다니는 '나'는 고향에서 장인의 상을 치르는 과정에서 청년 회원들이 '당당한 대 신문사 선배'이며 '고명한 선생님'인 '나'에게 월례회의 강연을 요청하지만 '나'는 거절하며 바(bar)에서 술집 여성과 술을 마시는 모습만 보인다.

48   한편 20년대 신문기자가 주인공인 소설에서 '민중의 지도', '사회목탁'으로서의 역할에 충실하지 못한 내용을 비판하기 위해 언론사가 작중 공간으로 설정된 것과 달리 1930년대 중반 이후 소설에서 언론사가 중심배경이 되는 작품에서 그것은 경영진의 자본과 명예에 대한 욕망을 다루기 위해 설정되고 있다. 한설야의 『靑春記』(『동아일보』, 1937.07.20~11.29)와 「世路」(『춘추』3, 1941.04), 엄흥섭의 『행복』(『매일신보』, 1938. 10.31~12.31), 김남천의 「T日報社」(『인문평론』1(2), 1939.11), 박영희 「명암」(『문장』 2(1), 1940.01) 등에 그려진 '언론사'는 그 경영진들의 사회적 명예와 자본권력을 획득하기 위한 수단의 장으로 전락해 있음을 알 수 있다.

주인공은 언론의 사회적 역할과 보도 태도를 비판하는 가운데 기자의 사회적 책무를 강조한다. 기자는 志士의 자의식을 가지고 사회적 악을 폭로하고 비판하는 '지식인'으로서의 글쓰기를 수행한다. 그러나 이러한 기자의 지사적 태도는 식민지 언론 상황과 '월급'에 종속되어 생활고와 무기력함에 처해있는 모습이다. 기자 주인공의 소명의식과 생활고의 딜레마, 그 속에 무기력함이 깊어질수록 기자의 지사적 태도는 확인하기 어렵다.

식민지 언론 상황에서 기자와 작가의 친연성은 글쓰기를 통해 자신을 사회적 주체로 정립시키려고 한다는 점에서 뚜렷하게 확인할 수 있다. 본고에서 검토한 한국 근대소설의 기자 주인공은 거의 대부분 '기자-작가'의 양상을 보이고 있다. 여러 가지 이유가 있겠지만 이것은 신문학의 세례를 받은 거의 대부분의 근대문인들이 직업으로서 기자직을 가지고 작품 활동을 했기 때문일 것이다. 작중 주인공이 기자로서 '사건'을 목격하고 현실의 이면을 탐색하거나 그것을 계기로 자기비판에 이르는 과정에는 문인으로서의 자의식이 작동하고 있음을 확인할 수 있다. 또한 저널리즘의 논리와 자장 속에서 문인은 자신의 문학적 비전의 실현을 욕망하고 있다. 따라서 '기자-작가'가 주인공인 소설은 기자로서 접하는 '현실'과 문인으로서 그것에 대한 반응을 담은 구조를 취하게 된다. 그것은 식민지 정치적 현실과 상업화되어 가는 언론의 상황이 악화되어 갈수록 기자로서의 무력감이 커지는 동시에 그 무력감을 견디게 하거나 극복하게 하는 기저에 문인으로서의 '창작욕'이 반작용한 결과이다. 따라서 근대소설의 '기자 주인공'들은 '문인'과 '기자'라는 한 주체의 두 가지 측면을 담고 있는 대상이라고 할 것이다.

그간 한국근대문학의 개념적·제도적 기원과 그 작동상태에 대한 연구는 상당한 성과를 이루고 있다. 이른바 근대문학의 탄생과 발전에 연계된 다양한 사회제도와 환경에 해당하는 근대문화제도에 대한 연구는 등단제도, 검열, 독자와 독서시장, 매체-문화론적 접근 등의 다양한 측면에서 진행되었다. 본고에서 살핀 '기자-작가'의 존재와 그 의미는 그간의 문학 외적 접근 방법을 극복하고 근대소설의 미적 성격을 새롭게 규명할 수 있는 방향을 제시해주는 연구대상이라고 생각한다. '기자-작가'에 대한 연구는 근대 작가의 본질에 대한 논의는 물론 '글쓰기'의 분화적 측면에서 고찰 가능한 소설 장르론적 과제, 그리고 근대소설의 미학적 성과에 대한 새로운 논의를 가능하게 할 것이다.

1920~30년대 '릴레이 소설'의 존재방식과
그 의미에 대한 연구

1. 서론

이 연구는 1920~30년대 신문과 잡지에 여러 명의 필자가 참여하여 공동으로 창작한 이른바 '릴레이 소설(relay novel)'들의 존재를 조사-발굴하여 그 존재의 전모를 확인하고 저널리즘의 기획 문예물이라는 관점에서 창작방법론상의 특징과 의미를 고찰하고자 한다. 그간 이 시기 '릴레이 소설'[1]들에 대한 논의는 문단의 가십거리 정도로 이야기되다가 특정

---

1   이 용어에 대한 정리가 필요하다. 해당 시기 매체에 작품들을 연재하면서 사용한 레테르는 '連作小說'이 일반적이다. 그런데 '연작소설'이란 용어는 한 작가가 하나의 주제를 염두에 두고 쓴 작품들을 일컫는 경우에 일반적으로 사용하며 이때는 '聯作'이라는 의미가 더 적합하다. 정미란은 '연작소설'이라는 용어 정립을 위해 '連作'을 '이어쓰기'의 의미로 '聯作'을 독립성을 바탕으로 한 통합의 의미로 구분하고, "여러 명의 작가가 일정분량을 담당하여 이어쓰기를 통해 하나의 작품을 완성한다는 뜻"과 당대의 용어라는 점에서 '連作소설'을 사용하는 것이 적절하다고 논의한 바 있다.(정미란, 「1920~30년대 아동잡지의 연작소설(連作小說) 연구」, 『아동청소년문학연구』15, 2014.12, 179~180면 참고) 그러나 본고에서는 한 작가의 '연작(聯作)소설'과 구분되고, 여러 작가가 '이어쓰기'한 작품이라는 특징이 더 잘 드러날 수 있으

작품에 국한해서이긴 하지만 최근에 와서 연구되기 시작했다. 이 작품들은 이른바 본격문학이나 순수문학적인 관점에서 보면 '문학성'과 '미학적 완성도'에 크게 미달한다는 특징으로 인해 그간 근대문학 연구에서 그다지 주목받지 못한 대상들이다. 문학연구의 방향이 '문학텍스트 중심주의적 시각'을 극복하기 위해 '문화적 현상으로서의 문학연구'의 방향으로 진행되면서, 문학작품의 생산과 수용을 매개하는 그 사회적 환경에 해당하는 매체나 제도 등에 대한 연구가 상당한 성과를 낳고 있다. 이러한 연구는 등단제도, 검열, 독자와 독서시장(출판), 매체연구, 문화론적 주제 등의 구체적 성과를 내고 있음에도 불구하고 '릴레이 소설'에 대한 연구는 거의 찾아보기 힘든 형편이다.

'릴레이 소설'의 존재에 주목한 최초의 연구는 『한국근대신문연재소설연구』(이회문화사, 1996)를 출간한 한원영에 의해서라고 할 수 있다.[2] 그는 이 저서의 제3장에서 1920~30년대 '連作小說'에 대해 부분적으로 언급하면서, 신문연재 '연작소설' 3편[3]의 梗槪를 소개하고, 결론적으로 '연작소설'의 존재에 대해 다음과 같은 평가를 내리고 있다.

> 연작소설은 우리의 문학사상 1920년대의 특산물로 잡지 『學生』에 소위 三崔 連作小說이 연재됐고, 每日申報에 한 편과 東亞日報에 두 편과 新家庭에 두 편이 연재되었을 뿐 다시는 연작소설을 찾아볼 수 없

며, 당대에도 '창작 릴레이'라는 용어를 사용했다는 점(일본 문단에서 'リレー小説'이라는 용어를 사용하고 있다는 의견은 한 심사위원이 조언해준 것임), 그리고 현대 인터넷 환경에서 창작되는 이어쓰기 소설을 지칭하는 용어로 사용되고 있다는 점 등을 고려하여 '릴레이 소설'이라는 용어를 잠정적으로 사용하고자 한다.

2   한원영, 『한국근대신문연재소설연구』, 이회문화사, 1996.
3   한원영이 언급한 신문연재 연작소설은 「홍한녹수」, 「여류음악가」, 『황원행』이다.

다. 이러한 집필방법이 가져다주는 연작소설에서 특별한 효과나 흥미나 문학적 의의를 찾아볼 수 없기에 10년도 다하지 못한 단명으로 끝을 낸 것이 아닌가 한다. 이것은 우리의 모든 문학사조나 文學方法論이 日本을 통하여 들어왔기에 당시 일본에서 유행하던 것이 일시 받아들여져 시도됐던 것이라 보아진다.4

위의 한원영의 '연작소설'에 대한 언급과 평가는 근대소설사에 파편적으로 존재하는 '연작소설'을 (부분적이긴 하지만) 최초로 한 자리에 모아 논의하였다는 점에서 의미가 있다. 그러나 연구대상을 '신문연재소설'에 국한한 탓이기에 그러했겠지만, 잡지에 존재하는 '연작소설'을 다루지 않았다는 점, 신문연재소설의 경우에도 그 대상이 극히 부분적으로만 언급되어 있다는 점에서 한계를 가지고 있다. 그리고 무엇보다 '연작소설'이 10년 정도의 짧은 수명에 그친 이유를 문학성 부재와 일본을 통하여 받아들인 탓이라고 간략하게 평가하고 있는데, 1920~30년대 '릴레이 소설'의 존재와 그 의미를 보다 적극적으로 평가하지 못한 한계가 있다.

이후에 이루어진 연구 가운데 곽근의 「일제 강점기 장편 연작소설 『황원행』 연구」5와 이효인의 「연작소설 『황원행』의 집필 배경과 서사 특징 연구」6가 있다. 먼저 곽근의 논문은 『황원행』이라는 특정 작품에 대한 논의임에도 불구하고 일제 강점기 연작소설의 실체를 비교적 폭넓게 소개하고 있는 최초의 논문에 해당한다는 점에서 의미가 크다. 그는 7편7의

4　한원영, 위의 책, 147면.
5　곽근, 「일제 강점기 장편 연작소설 『황원행』 연구」, 『국제어문』29, 국제어문학회, 2003.
6　이효인, 「연작소설 『황원행』의 집필 배경과 서사 특징 연구」, 『한민족문화연구』38, 한민족문화연구회, 2011.10.

연작소설의 목록을 소개하는 동시에 연작소설의 연구의 필요성을 제기하고 있다. 이 논문은『황원행』의 '인물' 분석을 통해 식민지의 시대적 모순에 대한 인식을 읽어내고 있다. 하지만 이 소설의 문제점으로 세세한 부분에서 인물의 성격과 사건의 일관성에서 어긋나는 점을 지적하면서 이는 독자에게 혼란스러움을 야기하는 원인이라고 평가했다. 곽근의 이러한 평가는 '릴레이 소설'의 제작방식을 적극적으로 고려하면서도 그 특징을 부정적으로 평가해버리는 한계를 보이고 있다고 하겠다. 이러한 논의에 대해『황원행』의 '집필 배경'과 그 서사적 특성에 대한 연구를 수행한 이효인은 '연작소설'로서의 특징을 보다 적극적으로 평가했다. 그는 서사적 불균질성이 존재함에도 불구하고 시대 비판적 성격과 통속적 소재를 잘 결합하여 대중소설로서 손색이 없다는 평가를 이끌어내고 있다. 그러나 곽근과 이효인의 논의는 거의 최초로 근대문학사에 존재하는 '릴레이 소설'을 연구의 대상으로 끌어들였다는 의의에도 불구하고 특정 작품에 국한하여 논의한 탓에 '릴레이 소설'의 전반적인 특징과 근대문학사에서 차지하는 위상과 그 의의에 대해서는 답하지 못한 한계가 있다.[8]

지금까지 확인되는 34편[9]의 작품을 통해 '릴레이 소설'의 몇 가지 특징

---

7 곽근이 소개한 7편은 「홍한녹수」, 문단3최 연작소설 「무제」, 「여류음악가」,『황원행』, 「연애의 청산」, 「젊은 어머니」,『破鏡』 등이다.

8 이 밖에도 아동문학 분야에서 1920~30년대 아동잡지 수록 연작소설을 연구한 정미란의 논문(「1920~30년대 아동잡지의 연작소설(連作小說) 연구」,『아동청소년문학연구』15, 2014.12)을 들 수 있다. 정미란은『어린이』,『신소년』,『별나라』등에 연재된 5편(「5인 동무」, 「불탄村」, 「새나라로」, 「老先生」, 「動脈」)의 연재소설을 소개하고 그 기획배경과 서사적 특성에 대해 논의한 바 있다. 본고의 논의 대상에서 아동문학계의 작품 역시 중요한 사항임에 틀림없지만, 이에 대한 논의는 정미란의 연구를 적극적으로 참조하였으며 본고에서는 우선적으로 '릴레이 소설'에 대한 전반적인 논의에 초점을 두고자 한다.

을 알 수 있다. 우선 한국 근대소설사에서 '릴레이 소설'은 특정한 시기에 유행한 텍스트라는 점이다. 신문사와 잡지사의 기획 문예물이라고 할 수 있는 이 텍스트들은 1926년에서 1936년까지 약 10년간에 걸쳐 집중적으로 창작되었으며 그 후로는 확인되지 않는다. 이러한 이유로 한때의 '유행소설' 정도로 간주해 주목하지 않았을 것이다. 주지하다시피 1920년대 후반부터 1930년대 중반까지 약 10년간의 문단은 '이념 혹은 운동으로서의 문학'이 지배했다면, 저널리즘의 독자들은 자신들만의 '다른' 문학을 소비하고 있었다. 이 시기 시도된 '영화소설', '탐정소설', '실화소설', '유머소설' 등의 다양한 독물(讀物)로서의 소설들이 존재한다. '릴레이 소설'의 경우도 이러한 범주에 드는 작품들이다. 이 시기 저널리즘은 물론 문단 내에서도 '자기들만의 문학'이 아니라 '대중획득'의 문제를 이론적인 차원에서나 문학 시장적 차원에서 민감하게 반응하고 있었다.10 따라서 '문단바깥'에 존재하는 이들 작품을 확인하고 적극적으로 평가하는 일은 1920년대 중반 이후의 소설사의 재구성을 위해 필요한 작업에 해당한다고 하겠다. '릴레이 소설'은 특정한 시기('20년대의 특산물'11)에 유행하고 사라진 존재이지만 그 발생과 소멸의 이유를 묻는 일은 해당 텍스트의 소설사적 위상을 검토하는 일인 동시에 근대문학사를 재구성하는 작

---

9   이 책의 〈부록3: 1920~30년대 '릴레이 소설' 작품 목록〉 참고.

10   1920년대 후반은 '대중'이라는 타자를 발견하는 시기이다. 이 시기는 대중문화를 형성하는 사회·경제적인 인프라의 구축이 이루어지는 가운데, 특히 1926년은 영화(『아리랑』 개봉)와 레코드(『사의 찬미』)의 흥행, 그리고 『개벽』의 폐간과 대중적 성격이 짙은 잡지 『별건곤』의 발간, 라디오 방송의 시작 등과 같은 대중매체 환경이 구축되었다. 대중매체 환경의 변화에 따라 '문단'은 문단침체 담론을 쏟아내며 대중획득의 문제를 고민했다. 이러한 사정을 염두에 둘 때 저널리즘의 독자획득 방안으로 '릴레이 소설'과 같은 기획 문예물을 고안한 것이라고 할 수 있다.

11   한원영, 앞의 책, 147면.

업에 해당하는 일이 될 것이다.

한편 '릴레이 소설'은 작품의 완성도 혹은 '문학성'의 기준에 미달한다는 특징으로 인해 근대소설 연구의 대상으로 주목받지 못했다고 생각된다. 하지만 명성 있는 작가들을 한 자리에 동원하여 독자들의 관심을 끌려는 저널리즘의 상업적 목적과 거기에 참여한 집필자의 집필태도 및 다른 작가에 의해 이어질 내용에 대한 독자들의 '호기심' 등이 결합하여 탄생한 이 텍스트를, 이른바 한 작가가 창작한 소설 혹은 '연작(聯作)소설'을 평가하는 기준을 똑같이 적용하여 살피는 것은 생산적인 논의를 하기 어렵게 만드는 것일 수 있다. 따라서 '릴레이 소설'에서 확인되는 서사적 인과성의 미비 등과 같은 미적 특징은 '또 다른 관점'에서 논의할 필요성이 있다.

이에 본고에서는 한국 근대문학사의 특정한 시기에 시도되었던 릴레이 소설의 존재와 그 의미를 확인하기 위해 먼저 작품을 발굴 수집하여 그 전모를 소개하고 아울러 릴레이 소설의 특징을 저널리즘의 기획 문예물이라는 관점에서 규명해보고자 한다. 이를 위해 각 작품들에 대한 저널리즘의 기획의도를 분석할 것이다. 릴레이 소설을 저널리즘 기획 문예물의 관점에서 살핀다는 것은 작품을 한 작가의 고유한 예술적 창조물로 간주하는 관점을 지양하는 태도이다. 릴레이 소설의 텍스트 분석을 통해 서사적 특징 및 미적 특징을 도출하여 저널리즘 기획 문예물로서의 성격을 규명하는 방법이 있을 수 있겠지만, 앞서 언급했듯이 '다른' 대상이기에 그에 맞는 '또 다른 관점'이 요청되는바 본고는 '또 다른 관점'을 모색하기 위한 방법론 도출을 염두에 두고 기획의도 분석을 우선적으로 시도하고자 한다. 저널리즘의 기획의도를 분석하고 그에 따른 독자확보 전략을 구체적으로 도출하고자 하는 본고의 작업은 저널리즘의 기획의도-참여집필자–독자라는 관계 속에서 탄생한 릴레이 소설의 존재방식을 설명할 수 있으며 그 결과 해당 작품의 창작방법과 서사적 특징을 설명할 수 있는 시각을 제공할 수 있을 것이라고 생각한다.[12] 아울러 이러한 논의를 통해 릴레이 소설의 소설사적 위상과 그 의미에 대한 논의가 이루어질 수 있을 것이다.

2. '조선 최초'의 릴레이 소설「홍한녹수」

최초의 '릴레이 소설'은 1926년 11월『매일신보』'일요부록'에 연재된「紅恨綠愁」이다. '조선 최초'의 기획 문예물인 만큼, 먼저 이 작품의 기획의도와 독자확보를 위한 전략을 구체적으로 살펴본 뒤 이후 작품들의 상황을 정리해볼 것이다.

◇ 흥미 있는 ◇ 連作小說 ◇ 일요 부록에 ◇
본보 일요부록에 첫 시험으로 연작소설(連作小說)을 시작하여 보기로 하였습니다. 이것은 근일 동경 대판 등지의 각 주간신문(週刊新聞) 혹은 월간 잡지에 많이 유행하여 독자의 환영을 크게 받는 것이니 몇몇 작가를 미리 작정하여 가지고 소설의 내용을 서로 의론하지 아니 하고 한 사람이 한 회식 연속하여 짓는 것입니다. 그러므로 첫 번에 쓴 분의 다음에 제이회집필자(第二回執筆者)가 자기 마음대로 계속하여 쓰고 그

---

12   릴레이 소설의 창작원리 혹은 서사적 특성에 대한 논의는 '영화소설', '유머소설', '실화소설' 등과 아울러 '저널리즘 기획 문예물의 대중미학적 가능성'을 다룰 필자의 다른 글에서 진행할 예정임을 밝혀둔다.

다음에 삼회 집필자가 또 <u>마음대로 계속하여 쓰는 것</u>이니까 <u>독자도 같</u>
<u>이 다음에 계속 될 내용을 상상하였다가 집필자의 계속된 것과 비교하</u>
<u>여 볼 수 있는 재미있는 계획</u>입니다. 우선 이번 연작 소설의 집필자는
<u>조선문단에 명성이 높은 육칠인에게 청탁</u>하여 14일부 일요부록(日曜附
錄)부터 시작하여 매주 일요부록에 게재하겠습니다. <u>조선 최초의 이 계</u>
<u>획</u>에 대하여 대단한 찬동과 흥미로써 대하여 주시오. 그리고 소설에 대
한 삽화(揷畵)는 더욱 흥미있게 하기 위하여 조선에 이름 높은 남녀배
우(男女俳優)들의 실연(實演)한 사진을 넣기로 하였습니다.

第一回 執筆者 崔鶴松(以下 回數를 따라 執筆者 氏名을 발표하겠습니
다.)13(밑줄 진하게 강조-인용자)

일찍 본지에 예고한 바와 같이 매일신보의 첫 시험으로 문단의 몇몇
작가에게 청탁해 연작소설을 시작합니다. 물론 <u>집필자 여러분이 이 소</u>
<u>설의 내용을 의논한 것이 아니니까</u> 오늘 최학송(崔鶴松) 씨 다음에 쓰
실 최승일(崔承一) 씨는 어떻게 계속하여 쓰는지 <u>우리도 모르고 독자</u>
<u>도 모르고 또 이번 쓰신 최학송 씨도 모를 것</u>입니다. 이와 같이 각자
<u>집필자 마음대로</u> 이 소설을 계속하여 받아쓰는 곳에 이 연작소설의 취
미가 있는 것입니다. 그러므로 독자 여러분도 이 소설이 어떻게 계속
<u>될는지 상상해보시고 비교하여 보십시오</u>.14(밑줄 진하게 강조-인용자)

위의 '예고'기사를 통해 알 수 있는 「홍한녹수」의 기획의도와 그 특성
은 다음과 같이 정리해볼 수 있다. 1)일본 잡지에서 유행하는 글쓰기이며
조선 최초의 계획이라는 점, 2)여러 명의 작가가 의논하지 않고 한 회씩

13　「흥미잇는, 연재소설, 일요부록에」, 『매일신보』, 1926.11.12. 3면 예고
14　「連載小說 '紅恨綠愁'」, 『매일신보』, 1926.11.04. 일요부록 3면.

이어 쓰는 소설이라는 것, 3)조선의 명성 높은 작가가 집필자로 참여하다는 점, 4)삽화 대신 조선의 명배우 실연사진을 삽입한다는 것, 5)'일요부록'에 연재한다는 점, 6)독자의 상상력을 자극한다는 점 등이 그것이다.

『매일신보』의 독자확보라는 기획목적에 걸맞게 그 전략은 새로운 시도를 강조하는 데 모아져있다. 1)의 '조선 최초'라는 점, 3)의 '명성 높은 작가'의 참여, 4)의 '명배우 실연사진' 사용 등은 새로운 기획 문예물의 마케팅 전략에 해당한다고 할 수 있으며 2), 5), 6)은 마케팅 전략인 동시에 릴레이 소설 집필자들의 글쓰기 '조건' 및 소설의 특성을 확인할 수 있는 내용을 포함하고 있다. 각 항목과 관련된 내용은 보다 구체적으로 살펴볼 필요가 있다.

우선 3)과 관련하여 1회에 〈執筆者芳名〉에 6회분의 각 집필자 명단을 소개하고 각 회차 끝에 〈次回執筆者〉의 약력을 상세하게 소개하는 동시에 작가 사진을 커다랗게 게재하는 등 적극적인 '명성 마케팅' 전략을 쓰고 있음을 확인할 수 있다. 그리고 4)는 일반적인 신문연재소설의 '삽화' 대신에 '조선 명배우의 실연사진'을 삽입하고 있음을 확인할 수 있다.

그림1. 〈이익상, 「운명의 작란」 부분, 연작소설 『紅恨綠愁』 4회분, 『매일신보』, 1926.12.12.〉

한국근대소설 미학과 '記者-作家'

그림2. 〈고한승, 「人肉의 市로」(연작소설 「紅恨綠愁」제6회분), 『매일신보』, 1926.12.19.〉

〈그림1〉은 「紅恨綠愁」에서 이익상이 창작한 4회분 「운명의 작란」의 일부이다. 소설의 제일 끝 부분에 "운경-李月華"라고 실연사진의 배역과 배우의 이름을 밝히고 있다. 책을 팔아 공부를 위해 상경한 운경이라는 처녀가 '도회의 마수'에 걸려 아이를 배고 새롭게 사귄 청년 앞에서 갈등하는 이야기를 다루고 있는 「홍한녹수」에서, 제4회 「운명의 작난」은 '운경'이 아비가 누구인지도 모르는 아이를 임신한 사실을 확인하는 동시에 비로소 사랑하는 남자 '한손'을 만난 상황을 병치시키면서 '운경'의 상황이 '기구한 운명'임을 묘사하고 있다. 소제목이기도 한 한 여성의 '운명의 작란'을 거미줄에 걸려든 여성으로 연출(여배우·이월화)한 실연사진(〈그림1〉)으로 삽입하고 있다. 신문연재소설에서 '삽화' 대신 배우의 스틸사진을 사용한 것은 1926년 『동아일보』에 연재된 심훈의 영화소설 『탈춤』에서 먼저 시도된 것이다. 영화소설 『탈춤』의 '실연사진' 삽입이 영화적 이야기 전개와 배우의 이미지를 활용하여 관객을 소설 독자로 유입하기 위한 목적이었다면, 「홍한녹수」의 경우 〈그림3〉처럼 "흥미잇는 연작소설"을 더욱 "흥미잇게 하기 위하여" 삽입한 것인 동시에 서사 전개의 역할보다는 해당하는 소설의 장면을 보다 상징적으로 연출하고 있음을 확인할 수 있다.

고한승에 의해 창작된 제6회분 「人肉의 市로」에서는 새장 속에 갇힌 여배우의 모습을 연출한 사진(〈그림2〉)을 삽입하고 있다. 거미줄과 새장 등의 장치와 배우를 활용하여 찍은 실연사진은 영화소설의 '실연사진'보다 더 연재소설의 '삽화'의 기능에 충실하다. 영화소설『탈춤』의 경우 '실연사진'은 영화의 이야기 전개에 부합하려는 소설 창작의 의도 하에서 기획된 것이었으므로 실제 스크린에 영사되는 '스틸 사진'의 의미에 해당하는 것이라면, 릴레이 소설 「홍안녹수」의 '실연사진'은 연재소설에서 삽화의 주요 역할인 장면의 압축적이고 상징적인 제시라는 기능에 충실한 것이라고 할 수 있다. 이처럼 릴레이 소설의 실연사진은 해당 연재분의 압축적이고 상징적인 장면을 당대 명배우의 명성을 활용하여 연출한 것이라는 점에서 독자들의 관심을 이끌어내려고 한 전략에 해당한다.

한편 2)에서 강조하고 있는 것은 '집필의 자유'와 관련된 것인데, 그것은 참여한 작가가 무엇을 어떻게 쓸 것인지 미리 '의논하지 않는다'는 점과 집필자(작가)가 "자기 마음대로 계속하여" 쓴다는 두 가지 측면에서의 '자유'이다. 한 작가가 이러한 기획에 참여한다고 할 때 '집필의 자유'가 중요한 계기로 작용한 듯하다. 이러한 기획에 참여한 작가들의 참여 동기를 살펴보더라도 이 점은 중요한 사항임을 확인할 수 있다. 『황원행』의 집필자로 참여한 김기진은 "자기가 책임 맡은 회수 안에서 자연스럽게 또 리얼하게 맘대로 처리하며 스토리의 발전도 맘대로 처리한다는 자유"[15]에 대해 말한 바 있으며, 『파경』의 집필자로 참여한 엄흥섭은 "잡지편집자의 간청에 못 이겨 한낱 경박한 저널리즘에 이용당한" 것이 아

---

15 김기진, 「나의 회고록」, 『김팔봉문학전집-II.회고와 기록』, 문학과지성사, 1989, 210면.

니라 "제 자유대로 쓰기"라는 특징에도 불구하고 여섯 작가의 "인생관, 세계관, 예술관들이 어느 정도까지 비교적 원만하게 융합되어 작품으로서 통일을 잃지는 않았다"[16]고 자작(自作)을 평가한 바 있다. 이처럼 릴레이 소설의 집필자로 참여한 작가에게 '자유'는 매력적인 참여 동기로 작용했을 것이라고 추측된다.

'집필의 자유'는 릴레이 소설 집필자에게 참여의 동기로 작용하는 것이겠지만 「홍한녹수」의 경우는 당대 『매일신보』의 대중화 전략과 관련하여 더 논의가 필요한 사항이다. 「홍한녹수」의 집필자로 참여한 최서해, 최승일, 김명순, 이익상, 이경손, 고한승 등의 면면을 볼 때, 기획자와의 인적 관계에 의한 것일 가능성은 차치하더라도 최서해의 참여 사실을 설명하기 위해서는 '집필의 자유'와 관련하여 다른 맥락이 존재한다는 점을 고려할 필요가 있다. 1920년대 후반 『매일신보』는 1924년 부임한 소에지마 사장의 조선의 민족적인 것에 대한 관심과 조선자치론 허용 주장에 맞추어 조선 작가의 문학들을 유입하고자 하는 동시에 1926년 6·10만세 운동 등의 조선독립운동의 분위기에 맞서 조선민 회유정책의 일환으로 대중포섭을 위한 대중화 전략을 취하지 않을 수 없었다.[17] 『매일신보』는 『동아일보』와 『조선일보』와 같은 민간지들과 경쟁하는 가운데 조선 작가들을 포섭하기 위해 기성문인은 물론 신진문인들에게 지면을 할애하는 동시에 신문의 연재소설을 강화하기 위해 연애소설과 탐정소설은 물론 '영화소설'과 '릴레이 소설' 같은 다양한 기획물을 시도했다. 조선작가 포섭이라

---

16 엄흥섭, 「序」, 『破鏡』, 중앙인쇄관, 1939.
17 이희정, 「1920년대 식민지 동화정책과 『매일신보』 문학연구(2)-후반기 연재소설의 전개과정을 중심으로」, 현대소설학회, 『현대소설연구』48, 2011, 285~319면.

는 과제로서의 이 '기획물들'은 조선민 회유책인 동시에 대중화 전략의 일환으로 볼 수 있다. 릴레이 소설의 기획 또한 이러한 맥락에서 탄생한 것이다. 따라서 1)여러 명의 작가가 참여하는 작업이라는 점, 2)작가에게 '마음대로' 쓸 수 있는 자유가 주어졌다는 점, 3)새로운 시도라는 호기심 등의 이유가 『매일신보』의 릴레이 소설 기획에 집필자로 참여하는 데 있어 작가 개인의 부담을 덜게 해주었을 것이다. 이러한 상황적 맥락을 고려할 때 '조선 최초의 릴레이 소설'은 『매일신보』의 대중화 및 조선민 회유 전략 그리고 참여 집필자들의 욕망이 서로 만나 탄생할 수 있었다고 할 것이다.

아울러 5)는 릴레이 소설 집필자에게 글쓰기 조건으로 작용하는 중요한 사항이다. '일요신문' 게재라는 조건은 이어 쓰는 다음 작가에게 주어진 물리적인 시간이다. 이 '마감시간' 조건은 집필자에게 '구속'으로 작용하는 것이라 할 것이다. 물리적 시간이라는 '구속'은 일간신문일 경우 「여류음악가」의 경우처럼 일일 단위부터 잡지의 월간 단위로 주어져있다. 미리 예상할 수 없는 전회차까지의 소설을 기다려 읽어야 하고 주어진 시간 안에 작가의 순발력을 발휘해야하는 조건적 글쓰기를 수행해야하는 것이다. 이런 점에서 릴레이 소설의 창작방법은 앞서 2)에서 살핀 '집필의 자유'와는 모순되는 점이 있다. 전회차 집필자들의 소설이 발표되기를 기다려 읽어야하고 읽은 후에는 일관성을 잃지 않는 글쓰기를 주어진 시간 내에 수행해야하는 것이다. 이어쓰기에 주어진 이러한 '구속'은 집필자에게 '집필의 자유'와 아울러 살펴야할 사항일 것이다. 이러한 특징이 릴레이 소설의 한계로 작용했을 가능성에 대해서는 다음 장에서 논할 것이다.

한국근대소설 미학과 '記者-作家'

6)과 관련해서, 릴레이 소설은 독자의 상상력과 '호기심'을 다른 연재 소설보다 더 자극할 수 있는 기획물임을 알 수 있다. 집필자의 입장에서도 다음 회차에 대한 독자의 '호기심'을 자극해야하는 신문연재소설의 창작방법을 염두에 두지 않을 수 없지만, 독자의 경우 다음 회차에 대한 호기심은 작품의 내용적 차원은 물론 '다른 작가'라는 조건이 더해져 배가되는 것이다. 이런 점에서 저널리즘의 독자확보를 위해 독자의 상상력과 호기심을 다양한 측면에서 자극할 수 있는 릴레이 소설이 탄생할 수 있었던 것이다.

이상에서 최초의 릴레이 소설 「홍한녹수」의 기획의도와 텍스트의 특징을 통해 『매일신보』라는 매체의 특수한 맥락을 고려하는 동시에 일반적인 의미에서 저널리즘의 독자확보를 위한 대중화전략의 차원에서 살펴보았다. 근대문학사에 첫 얼굴을 내민 릴레이 소설 「홍한녹수」 이후, 다른 민간지 신문과 잡지 등에서는 더 참신한 기획을 시도하여 릴레이 소설의 형식을 변주시키는데 이에 대해서는 다음 장에서 살펴보겠다.

3. 저널리즘의 기획의도와 독자확보 전략

『매일신보』의 「홍한녹수」 연재 이후 『동아일보』와 『조선일보』 등의 신문에서 릴레이 소설을 기획하게 되는데 『동아일보』가 보다 적극적이었다. 동아일보사는 『동아일보』는 물론 자매지인 『신동아』와 『신가정』 등의 잡지에 각각 릴레이 소설을 기획 연재하였다.

『동아일보』는 1929년 5월 릴레이 소설 「여류음악가」 연재를 알리는

'예고'기사를 다음과 같이 게재한다.

◇ 小說豫告◇

連作短篇 「女流音樂家」
明日부터 揭載
　한 녀자 음악가의 생활의 한 모가 <u>조선문단의 중진제씨의 고은 필
치와 치밀한 관찰미테</u> 여실하게 독자 제씨의 안전에 나타날 것은 매우
흥미잇는 일입니다. <u>내용이 어쩌케 전개될는지 회를 딸아 기다립시다.</u>

執筆諸氏
崔曙海, 金八峯, 方春海, 梁白華, 崔獨鵑, 李殷相, 玄憑虛, 朱耀翰, 李星
海[18](밑줄 강조-인용자)

　「여류음악가」의 '예고'와 작품을 통해 알 수 있는 것은 다음과 같다.
첫째 1929년 5월 24일부터 6월 1일까지 매일 연재되었다는 점, 둘째 「홍
한녹수」에서는 '연작소설'이라고 표현했던 것을 '연작단편'이라고 양식의
특성을 밝히고 있다는 점, 셋째 '예고'의 내용이 '홍한녹수'에 비해 소략하
다는 점 등이다. 우선 매일 연재된 작품이라는 점이 의문을 자아낸다. 이
는 앞에서 작가의 '집필의 자유 혹은 구속'이라는 관점에서 논의한 바 있
지만, 물리적으로 일일단위의 릴레이 소설 집필은 불가능에 가까운 것이
다. 따라서 신문사에서 먼저 기획하고 집필자의 원고를 모두 수합한 뒤에
분재-연재했을 가능성이 높다고 생각된다. 둘째 '단편연작'이라는 양식

18　「소설예고」, 『동아일보』, 1929.05.23.

명기는 이 작품 직후 같은 지면에 연재되는 '장편연작' 『황원행』을 염두에 둘 때, 릴레이의 형식을 단편과 장편으로 각각 시도한 것이라고 볼 수 있다. 단편의 성공적인 호응에 힘입어 장편이 시도된 것이라고 판단된다. 두 작품의 참여집필 작가가 4명이나 중복된다는 점에서도 그렇다. 셋째, 예고의 내용이 「홍한녹수」와 비교하면 소략하다는 점도 특징적이다. 연작소설의 개념을 설명하지도 않고 있는데 이러한 점을 통해 당대 독자들은 이미 「홍한녹수」 등을 통해 릴레이 소설의 개념에 대해 익숙해있다는 점을 추측할 수 있다. 아울러 「여류음악가」의 집필자들은 「홍한녹수」에 비해 '조선문단의 중진제씨'라는 점에서 그 '명성 마케팅'의 힘은 더 세다. 9명의 집필자들의 면면은 당대 최고의 작가들이라 할 수 있는데, 이러한 참여집필자들의 인적 구성을 가능하게 한 것은 편집자와 작가들의 인적 관계가 크게 작용한 것이라고 생각된다. 그리고 「홍한녹수」는 삽화 대신 실연사진을 삽입했지만 「여류음악가」를 비롯해 이후 다른 릴레이 소설은 모두 삽화가[畵伯]의 삽화를 수록하고 있는데, 이 점은 일반적인 개인 창작의 연재소설 형식과 다르지 않은 것이다.

이 작품에 이어 『동아일보』는 곧바로 '장편연작' 『황원행』을 연재한다. 집필작가로는 염상섭, 이익상, 최상덕, 김기진, 현진건 등 5명과, 각각의 연재물에 5명의 삽화가가 참여했다. 1929년 5월 31일 '소설예고' 기사는 집필5작가와 삽화5화백의 "명성"을 지면의 상당분량을 할애하여 구체적으로 소개하고 있다. 우선 이 작품은 집필자들 각각 25회라는 비교적 긴 분량을 썼는데, 이러한 긴 분량의 할당이 집필자의 개성을 드러내는 서술을 하는 데 중요한 조건(가능성)이 될 수 있음을 추측해볼 수 있다. 당대 독자 원호어적[19]의 독후감과 연구자 이효인[20]의 평가에서 말해주듯이 작품은 여러 가지 면에서 '성공'한 작품이라 할 만하지만, 특히 독자의 입장에서 참여 작가 개개인의 특성을 비교 예측하여 맛볼 수 있는 텍스트라는 점에서 매력적이다. 아울러 잡지 『신가정』에 연재한 장편연작 『파경』의 경우도 집필자에게 잡지 1회분의 분량을 짧지 않게 할당하고 있는데 이 작품 역시 여러 가지 측면에서 비판적 평가를 받긴 했지만 박영희[21] 등에 의해 의미 있는 작품이라는 평가를 받은 바 있다. 릴레이 소설들 가운데 비교적 성공적인 평가를 받는 두 작품 『황원행』과 『파경』의 경우에서 확인할 수 있는 한 특징은 참여집필자 각 개인에게 할당된 글쓰기 분량이 충분히 길다는 점이다. 따라서 '분량'이라는 글쓰기 조건은 참여집필 작가들에게는 자신의 '개성'적 글쓰기를 충분히 드러내기 위해서 그리고 독자들에게는 그 참여 작가들의 각각의 개성을 비교하며 읽을 수 있기 위해서 고려해야할 것임을 확인할 수 있다.

둘째 『황원행』 역시 릴레이 소설의 일반적인 독자확보의 전략 속에 기획되었다. '소설예고'에서 "千紫萬紅의 消夏的 讀物"이라는 광고문구와 아울러 "연작 소설 『황원행』의 흥미는 무엇보다 창작계의 권위요 중진인 작가들이 그 붓을 경쟁하게 된다는 점이다."[22]을 점을 강조하는 가운데 집필자들의 문학세계 혹은 문단적 평판을 아주 장황하게 소개하고 있다는 점에서, '명성 마케팅' 전략을 확인할 수 있다. 이 전략은 장편 릴레이 소설 『황원행』이 집필자들의 집필 경쟁을 유도하고 그에 대한 독자들의

---

19   元湖漁笛, 「『荒原行』의 讀後感-「애라」의 길과 男, 女性의 生活哲學」, 『동아일보』, 1929.11.07.~11.10(총4회)

20   이효인, 앞의 글, 참고.

21   박영희, 「學生과 讀書: 連作小說 『破鏡』을 읽고」, 『조선일보』, 1939.07.24.

22   「소설예고-연작장편 『황원행』」, 『동아일보』, 1929.05.31.

호기심을 자극하기 위한 것이다. 결론적으로 『황원행』은 사건 진행과 그 처리에 대한 독자의 '호기심'을 자극하기 위해 추리서사의 형식을 적극적으로 활용하는 동시에, 참여집필 작가들 각자의 '개성'이 서사-서술적 차원에서 각각 뚜렷하게 구분됨으로써 독자가 각 작가의 개성을 비교하고 또 예측하는 읽기를 하는 데 성공한 작품이라고 하겠다.[23]

릴레이 소설은 신문연재의 형식으로 꾸준히 시도되는 가운데 잡지에서도 적극적으로 기획되었다. 최초의 릴레이 소설 「홍한녹수」가 연재된 후, 잡지 『어린이』는 1927년 3월부터 '연작소설' 「5일 동무」를 연재했다. 마해송 등 8명 이상(9회 이하 미완)의 작가들이 월간으로 간행되는 잡지에 집필자로 참여했으나 미완에 그쳤다. 1929년 4월부터 잡지 『학생』은 최서해, 최승일, 최독견이 참여한 '문단3崔 연작소설' 「無題」(3회분 미완)를 연재했으며, 1929년에는 이태준이 '학생소설 창작 리레이'를 기획하고 전국 20개 학교를 대상으로 각 학교의 학생들 4명이 한 팀을 이루어 '리레이'식으로 4회에 걸쳐 연재하였다. 최종 19편의 '리레이 학생소설'이 연재되는 동안 학생독자들의 반응이 뜨거웠다. 이 기획은 마치 각 학교 대표선수들이 참여하여 벌이는 繼走처럼 각 학교의 학생들이 집필자로 참여하여 '이어 쓰기'를 하였다. 아울러 독자들에게 최고작을 선정하는

---

23 이와 관련하여 참고할 만한 당대 한 독자의 평가가 있다. 원호어적은 『황원행』의 독후감에서 신문연재소설 혹은 연작소설을 '流行作品'이라고 하면서 문예적 가치나 사회적 기능면에서 우수한 '文藝作品'에 미달한다는 관점을 인정했다. 그에 의하면 신문연재소설은 저급한 흥미위주의 소설이며 도시독자의 末梢神經을 만족시키는 '유행작품'이다. 그러나 "連作은 「小說製造株式會社」라는 非難"이 있음에도 불구하고, 그는 연작 『황원행』의 경우 유행작품과 문예작품의 내용과 형식을 합치 조화시키고 있으며 조선문예발달상에서 "大衆文藝의 啓蒙의 標本物"에 해당한다고 평가한 바 있다. 元湖漁笛, 앞의 글, 참고.

투표 응모 행사를 진행하는 등의 기획을 통해 학생독자들의 관심을 이끌어내는 데 성공했다. 이태준은 19편의 학생들의 소설에 대해 빠짐없이 '논평'을 해주는 '성의'를 보이기도 했다. 그리고 1930년대 아동잡지『신소년』은 '연작소설'「불탄 村」과 '연작소년소설'「새나라로」, '자유연작장편소설'『동맥』을 연재하지만 미완에 그쳤다. 이처럼 학생과 아동(소년)을 대상 독자로 하는 잡지들의 경우 릴레이 소설 기획물이 다수 발견되는데, 이를 통해 릴레이 소설 쓰기가 독자 확보의 전략과 동시에 '교육'에 적극 활용될 수 있는 가능성을 가지고 있음을 확인할 수 있다. 그러나 기성작가의 집필 참여의 경우는 물론『동맥』의 경우처럼 학생독자가 집필자로 참여하는 경우에도 거의 대부분의 작품은 미완에 그치고 말았다. 이는 당대 학생 잡지의 영세한 경영 사정과 학생독자 혹은 집필자의 한계에 기인하는 사항이 아닐까 한다.[24]

이상의 학생독자 혹은 소년독자를 대상으로 한 독자확보 전략 기획과 동시에 여성잡지『신가정』(1933.01~05)에 연재된 '연작소설'『젊은 어머니』의 경우는 집필자를 모두 여류작가로 구성하여 여성–부인 독자를 확보하기 위한 기획의도를 보여주고 있다. 박화성, 송계월, 최정희, 강경애, 김자혜 등 당대의 여류작가 5인이 집필자로 참여하고 있다는 점은 부인 혹은 여성 독자를 주요 대상으로 하는 잡지의 성격에 부합하는 기획인 동시에 당대의 '여류작가'에 대한 문단의 흥미도 고려한 기획이라고 할 수 있다. 아울러 영화잡지『영화시대』에 연재된 '연작영화소설'「승방에

---

[24] 신문사에서도 학생독자를 위한 '소년소설'란에 '릴레이 소설'을 기획연재했다.『조선일보』의 '소년연작소설'「少年旗手」(1930)와『동아일보』의「마지막 웃음」(1931)이 그것에 해당한다.「소년기수」는 미완에 그쳤으며,「마지막 웃음」의 경우 한 독자로부터 표절로 밝혀지는 수모를 겪기도 했다.

지는 꽃」(1931, 미완)의 경우 다른 릴레이 소설의 기획과 다르지 않지만 '영화소설'이라는 장르를 '릴레이 소설'의 집필방법으로 기획하고 있다는 점에서 주목할 만한 대상에 해당한다. 이처럼 저널리즘의 독자확보를 위한 전략은 아동(소년), 학생, 여성–부인, 영화팬 등으로 독자를 세분화하는 동시에 그에 맞는 집필기획 전략을 시도하고 있음을 확인할 수 있다.

한편 『신동아』에서 기획한 '독자공동제작소설' 『연애의 청산』의 경우는 다른 릴레이 소설과는 또 다른 기획 문예물의 가능성을 시도했다. 기성작가(현진건)가 첫 회분을 맡아 집필하고 이어지는 2회부터 '독자'가 '이어쓰는' 형식을 취하고 있다. 더 흥미로운 것은 첫 회분에 세팅된 인물과 이야기는 2회부터 각각 다른 '독자 집필자'에 의해 두 갈래 이야기로 진행된다. 잡지의 지면 편집은 상단과 하단에 이야기A와 이야기B를 나란히 배치하여 독자가 각각의 이야기 자체는 물론 두 이야기의 차이를 의식하면서 독서할 수 있어 '흥미'를 배가시키는 구성을 취하고 있다. 이러한 형식은 이어쓰기를 통해 '다선형적 서사'의 가능성을 시도한 것이라고 할 수 있는데, 이는 비선형적이고 다선형적이며 인터액티브(interactive)한 인터넷 환경의 글쓰기의 특징을 선취한 것이라는 점과 비전문작가의 창작글쓰기라는 차원을 보여주고 있다는 점에서 '문학사의 보물'이라 할 만하다.

한편 『신가정』 1936년 4월부터 9월까지 연재된 『파경』의 경우 이색적인 기획력을 보여준다. 연재소설을 기획하면서 쓴 '예고' 내용을 보면 다음과 같다.

「부질없은 작난-」하고 연작소설의 예고를 보고 어떤 독자는 이렇게 나물할 분이 계실 줄도 압니다. 그러나 편집자 또한 그런 생각을 못해 본 것이 아닙니다. 그런데 이번 연작을 승낙하여 주신 <u>朴花城, 嚴興燮, 姜敬愛, 趙碧岩, 韓仁澤, 李無影 六氏는 작가적 주의로나 사상적 경향으로나 공통된 점을 많이 가지고 있으므로 독자는 이 작품에 대하여 독자는 이 작품에 대하야 기대를 가지셔도 좋으리라 믿습니다.

삽화는 鄭玄雄씨가 맡아주시기로 하였으니 이 또한 금상첨화라 아니 할 수 없습니다. 그리고 이번에 새로운 계획을 하나 세웠나니 그것은 <u>곧 매회 작자의 이름을 발표치 않고 최종회에 가서 독자에게 작가를 찾도록 하자는 것입니다.</u> 이 또한 상서롭지 못한 작난이라고 책할 분이 계실지 모르오나 이상 <u>여섯 분 작가를 개개로 연구하는 의미로만</u> 본대도 그리 무모한 것은 아니리라 생각합니다. 물론 현상(懸賞) 정해자에게는 박사가 있겠습니다.(자서한 것은 추후 발표하겠습니다.)[25](밑줄 강조-인용자)

위 '예고'의 내용을 통해 『파경』의 기획이 그간의 다른 릴레이 소설과 구분되는 특징으로 두 가지 사항을 확인할 수 있다. 그 하나는 참여집필자들의 '작가적 주의나 사상적 경향'이 공통점을 가지고 있다는 점이며, 다른 하나는 참여작가명부만 제시하고 매회 집필작가의 이름을 밝히지 않는다는 점이다. 먼저 후자의 경우와 관련해서는 해당 작가를 맞춰보는 퀴즈형식의 독서를 제안하고 있다는 점에서 독자확보를 위한 상업적 전략이라고 할 수 있지만 이 전략은 독자의 적극적이고 능동적 소설읽기를 가능하게 한다는 점에서 의미 있는 전략이라고 할 만하다.[26] 흥미로운

---

25 「'連作小說'에 대하야」, 『신가정』, 1936.04, 192면.
26 참고로 연재가 끝나고도 현상응모의 결과(퀴즈의 답)를 발표하지 못하고 휴간하게 되어 『신가정』은 3년 후 이 작품을 단행본으로 간행하여 해당 작가를 밝히게 된다. 『파경』(중앙인쇄관, 1939) 참고.

점은 전자와 관련된 사항인데, 릴레이 소설의 기획과 그 한계를 논의할 수 있는 실마리에 해당한다고 여겨지므로 다음 장에서 다루어 보겠다.

4. '릴레이 소설'의 소멸 이유와 의미

『파경』의 기획자는 그간의 릴레이 소설에 대한 비판을 의식하면서 '참여집필작가들이 동일한 (주의와 사상) 경향'을 가지고 있다는 점을 보다 적극적으로 내세우고 있다. 이 사항은 당대 팽배한 릴레이 소설에 대한 부정적인 인식, 즉 '부질없는 장난'으로 여겨지는 가장 중요한 원인에 대해 나름대로의 대안을 제시하고 있다는 점에서 의미가 있다. 당대 평단의 릴레이 소설에 대한 평가는 독자의 흥미에만 영합하고 문예작품으로서는 미달하기 때문에 '소설제조주식회사'[27]라거나 '잡지 경영자의 희작적 정책에 응락한 기형적인 산문'[28], '청탁에 못이겨 마지못해 응한 결과물', '부질없는 장난' 등과 같이 부정적인 비판이 대부분이다. 그러한 부정적 비판의 근거는 '작품의 통일성'이 떨어진다는 점에 모아져 있다. 이러한 '통일성 결여'의 근본적인 이유로 당대 비평가와 독자는 다음과 같은 언급들을 하고 있다.

> 1) 금번 동지 팔봉의 근본적 과오를 범한 것은 소위 연작소설이라는
> 작품에 있다느니 보다도 저들 의식 부동한 작가들과 합류하여 공동제

---

27   워호어적, 앞의 글, 『동아일보』, 1929.11.07.
28   윤기정, 「文壇時言-최근 문예 단상」, 『조선지광』, 1929.08(서경석 편, 『윤기정 전집』, 역락, 2004, 484면).

작에 집필한 데 있는 것이다.29(밑줄 강조-인용자)

　2) 나는 連作을 함에는 主義主張이 同一한 者끼리 協議하야 創作의
붓을 들어야 될 것이라고 느꼈다.30(밑줄 강조-인용자)

　3) 소위 과거의 연작 소설이란 연작하는 여러 작가에 의한 일정한
공동적 계획이 없고, 다만 일정한 작가의 구상에 의하여 시작된 것을
그 뒤에 쓰는 작가들은 무리로라도 전편의 스토오리를 파괴함이 없이
계승해 가야 하는 것이다. 따라서 완성된 연작소설은 일종의 부자연한
스토오리로 위태롭게 이어져 있는 장편 소설이 되게 마련이다. 하나의
공동 제작은 그와 반대다. 우선 공동 제작하는 여러 작가에 의하여 테
마와 자료 수집 등에 관한 공통된 일정한 조직적 계획이 서야 한다.31
(밑줄 강조-인용자)

　4) 합작소설에 대한 문학적 평가라는 것은 어느 때나 높게 말할 수
없는 것이었다. 그것은 개성과 문학에 대한 태도가 상이함으로써 생기
는 결정적 인생관에 等閑하게 되는 것이다. 그러므로 흔히는 사건의 전
개만이 주로 되어 독자의 호기심과 그 흥미에만 영합되도록 만드는 것
이다. 이러한 까닭에 連作 소설은 문학적 한계선 外에 두는 것이다.
　그런데『파경』은 역시 연작소설의 경지를 벗어나지 못한 것은 물론
이나 全然히 문제를 흥미에만 두었다고 단언하기는 어렵다. 첫째로 6
인의 집필자가-(박화성, 엄흥섭, 한인택, 이무영, 강경애, 조벽암)-거지
반 동일한 경향을 가진 작가라는 데서 흥미를 일으킨다. 이 동일한 경
향을 가진 6인의 작가는 무엇을 표현하려고 노력하였는가 하는 것이
이 책을 읽게 하는 점이다.32(밑줄 강조-인용자)

29　윤기정, 앞의 글(서경석 편, 앞의 책, 486~487면).
30　元湖漁笛, 앞의 글,『동아일보』, 1929.11.09.
31　백철,「신춘문예평」,『신동아』17, 1933.03, 148~149면.

　　　　　　　한국근대소설 미학과 '記者-作家'

5) 나는 원래 연작소설이란 그다지 반가워하지 않는다. 왜 그러냐 하면 동일한 이즘(主義) 밑에서 상의(相議)한 후에 공동제작(共同製作) 의 형식으로 쓴다면 모르거니와 각양각색(各樣各色)의 다섯 사람이 내용전개에 대한 통일된 입안(立案)도 없었던 것이 아닌가?

거기에서 화성은 같은 주의와 엄정한 객관적이 아닌 자신만이 가진 생각-구상(構想)에 어그러졌다고 혹평을 낸다는 것은 재고(再考)할 여지가 있는 줄 안다.

말하자면 한 개 미지(未知)의 인물(人物)이나 사건(事件)을 분석한다면 작자의 주의주장과 수법에 따라서 그 결과가 달라질 것은 필연적 사실이 아닐까 한다.[33](밑줄 강조-인용자)

위 인용문 1)~4)는 릴레이 소설을 읽고 쓴 비평가 혹은 독자의 언급들이며, 5)는 집필에 참여한 한 작가의 글의 일부분이다. 1)은 윤기정의 연작소설에 대한 비판 글의 일부분인데, 그는 여기서 「여류음악가」와 『황원행』에 참여한 최서해와 김기진에 대해 주로 비판하고 있다. 윤기정은 연작소설이 문제가 아니라 '주의가 다른 의식 부동한' 작가들과 함께 한 것이 문제라고 비판한다. 이 때문에 작품은 '성공'할 수 없다는 것이다. 윤기정은 릴레이 소설의 성공 조건으로 집필자들의 '사상의 통일성'이 전제되어야 함을 주장하고 있는 것이다. 2)는 원호어적이라는 독자가 『황원행』을 읽고 쓴 독후감의 일부이다. 한 독자로서 연작소설을 읽으면서 "作者가 바뀔 때마다 「이 人物을 어떻게 만들랴 하는가」라는 監視와 같은 의미의 好奇心을 일으켰"지만, 소설의 '이철호'라는 인물은 '최독견이 집

32 박영희, 「학생과 독서-연작소설 『파경』을 읽고」, 『소선일보』, 1939.07.24.
33 최정희, 「一九三三年度 女流文壇 總評」, 『신가정』, 1933.12, 46면

필할 때 이미 철호를 그 행위와 언어로 보아 「민족적 테러리스트」로 설정'했음에도 불구하고 김기진 분에 와서 '우리 생활과 어떠한 聯絡도 가지지 못하는' '아나키스트 혹은 맑스주의자'로 만들어버리는데, 이는 "結局 作品의 內容 不統一을 나타"내게 되었다고 아쉬움을 표현하고 있다. 원호어적은 이러한 문제가 발생한 이유로 "主義主張이 同一한 者끼리 協議"가 없었기 때문이라는 의견을 제시하고 있다. 3)은 백철이 「젊은 어머니」를 예들어 '연작소설'의 근본적인 한계를 제시한 뒤 바람직한 '공동제작'의 방법을 제시하고 있는 글의 일부분이다. 백철이 이 글에서 말하고 있는 '공동제작'은 영화 시나리오를 대상으로 한 것이긴 하지만, 릴레이 소설 창작방법에도 그대로 해당하는 사항이다. 그에 따르면 '공동적 계획 없음' 즉 집필자들의 사전협의의 부재가 '부자연하고 위태로운' 소설을 초래하므로, 릴레이 소설은 참여집필가들의 '공통된 일정한 조직적 계획'하에 집필해야 한다. 백철의 논의에서는 참여작가들의 '동일한 주의'에 대한 강조보다는 '사전협의'의 중요성을 강조하고 있음을 확인할 수 있다. 4)는 박영희가 『파경』을 읽고 쓴 글의 일부이다. 박영희는 연작소설의 문학적 한계성을 전제하고 있으나 『파경』이 그나마 '문학적 한계선 內'에 들 수 있었던 이유로 6인 집필자의 '동일한 경향'을 꼽고 있다. 그러나 그가 말하는 참여집필들의 '동일한 경향'은 독서의 흥미의 요건으로 설명되고 있어 그것이 '작품의 통일성'의 요건이라고까지 언급한 것은 아니라고 할 수 있다.

1~4)가 독자들의 반응이라면, 5)는 「젊은 어머니」의 집필자로 참여했던 최정희의 글의 일부분인데 이 글은 참여 집필작가의 의견이라는 점에서 의미가 있다. 최정희는 함께 참여한 박화성이 자신이 집필한 부분에

대해 탐정소설적으로 '못된 장난적 사건 진행'이라고 비판한 것[34]에 대한 반박의 차원에서 행해진 것이다. 함께 참여한 집필자들간의 언쟁 속에 최정희는 "동일한 이즘(주의) 밑에서 상의 한 후에" 작성된 것이 아니라는 점을 들어 박화성의 혹평에 재고를 요구하고 있다.

이상에서 살핀 독자 및 참여집필자들은 릴레이 소설의 한계를 지적하는 가운데 하나 같이 참여 작가들이 '동일한 주의'를 가져야하며 '동일한 입안(立案)' 혹은 '사전협의'가 필요함을 강조하고 있다. 그렇게 하지 못해 릴레이 소설은 독자의 호기심과 흥미만 좇는 '부자연한 스토리 전개'를 보이게 된다는 것이다. 릴레이 소설에 대한 이러한 평가 혹은 대안 제시는 얼마간 적절한 지적이라고 생각할 수 있을 것이다. 다수의 집필자가 참여하는 '릴레이 소설'에서 작품의 통일성을 유지하는 일은 쉽지 않은 것임을 쉽게 예상할 수 있기 때문이다. 그런데 작품의 통일성을 이끌어내는 데에 과연 참여 작가들의 '공통된 주의와 사상'이 이것을 담보할 수 있을까? 다시 말해 개별 작가들의 주의와 사상이 서로 비슷하다는 것이 무엇을 의미하는지에 대한 논의는 차치하더라도 그러한 '공통점'이 작품의 '통일성'까지 보장할 수 있는 것인가라는 문제는 여전히 남는 것이다.

이 사항과 관련하여 다음과 같은 사실을 지적할 수 있다. 작품의 통일성을 담보하기 위한 조건으로 상정된 참여 작가들의 '사상적 경향의 동일성' 못지않게, 그 비판의 근거에는 참여 작가들의 '사전협의 부재'에 대한 내용이 놓여있다는 점이다. 34편의 릴레이 소설은 예외 없이 참여

---

34 「젊은 어머니」의 1회 집필자로 참여한 박화성은 2회 이후의 다른 집필자들의 이어쓰기에 대해 자신이 작성한 1회분의 의도를 제대로 간파하여 '이어쓰지' 못했다고 비판하면서, 특히 3회 최정희 집필 부분에 대해 '못된 장난적' 사건 취급이라고 비판했다.(素影, 「連作小說『젊은 어머니』에 대한 촌평」, 『신가정』, 1933.08, 142~146면).

집필자들의 '사전협의'가 없이 연재되었다. 독자는 물론 참여 작가들 역시 이 점을 릴레이 소설 연재의 문제점으로 지적하고 있다. 서사의 일관된 통일성을 담보하기 위해 가장 기본적인 조치조차 취하지 않은 것이다. 16번의 릴레이 소설을 기획 연재한 신문 및 잡지 저널리즘은 참여 작가들을 한 자리에 모아 '사전협의'를 하지 않았다. 예고기사 등에서는 오히려 이 점을 부각시키고 있는 형국이다. 그렇다면 저널리즘은 참여 작가들이 '사전협의'를 하지 않았다는 점을 릴레이 소설의 가장 중요한 특징임을 강조한 것이라고 추측해볼 수 있다. 저널리즘이 이러한 기획의 도를 끝까지 유지한 이유는 무엇일까? '릴레이 소설'이 한 작가가 창작한 '소설'과 다를 바 없는 것이 되는 것을 바라지 않은 것일까, 아니면 릴레이 소설을 집필하는 각 작가의 '자유'와 '개성'을 담보하는 동시에 독자의 호기심을 배가시키는 데 있어 포기할 수 없는 조건라고 생각한 것일까? 그렇지만 바로 이 조건이 문학사에서의 자기소멸을 초래한 결정적인 이유가 된 것인지도 모를 일이다.

5. 결론을 대신하여

지금까지 한국 근대문학사에서 본격적으로 논의된 바 없는 '릴레이 소설'이라는 이채로운 대상에 대해 살펴보았다. 릴레이 소설은 저널리즘의 기획에 의해 여러 명의 참여집필자가 사전협의 없이 각자 순서대로 마치 繼走를 하듯 '이어 쓰기'한 소설이다. 1920~30년대에 집중적으로 기획되어 현재까지 34편 가량의 작품이 생산되었음을 확인할 수 있다.

한국근대소설 미학과 '記者-作家'

릴레이 소설의 존재방식과 그 특징에 대한 고찰은 여러 가지 측면에서 가능할 수 있겠지만, 일반적인 '소설'과 다르게 릴레이 소설은 저널리즘의 기획의도-참여집필자-독자라는 관계 속에서 탄생한 것인 만큼 저널리즘의 기획의도 속에 그 형식과 미적 특성을 파악할 수 있는 실마리를 담고 있다고 판단했다. 따라서 본고에서는 저널리즘의 기획의도와 거기에 참여한 집필 작가의 태도 그리고 독자-비평가들의 반응 등을 분석하여 릴레이 소설의 존재방식과 그 의미에 대해 고찰했다.

릴레이 소설을 기획한 저널리즘 기획의도를 통해 확인할 수 있는 사항은 우선, 독자들의 호기심을 자극하는 다양한 전략을 통해 독자확보에 주력하였다는 점이다. 독자확보 전략의 차원은 첫째, 참여 집필자들을 어떻게 구성하느냐가 중요한 사항이었다. 명성 있는 작가들을 참여시켜 이른바 '명성 마케팅' 전략을 내세우는 경우가 많으며 아동·학생·여성·영화팬 등으로 독자를 세분화하여 독자 맞춤형으로 참여 작가들을 구성하기도 했다. 아울러 집필자로 일반 독자들을 참여시키는 기획도 했다. 둘째, 텍스트 형식적 측면에서 취한 다양한 전략이다. 삽화 대신 유명배우의 스틸사진을 사용하기도 하고 다선형의 서사 전개를 위해 지면(紙面)을 분할하는 편집을 하기도 했다. 셋째, 참여 집필 작가의 명단만 공개하고 해당 연재분 집필 작가의 이름을 맞추는 등의 독자 이벤트를 실시하기도 했다.

아울러 릴레이 소설은 '집필의 자유'라는 사항이 저널리즘-독자-참여 작가의 관계 속에서 공유되는 조건이었다. '집필의 자유'는 참여 작가들에게 부담을 덜어주는 작용을 했으며 저널리즘은 이를 적극 홍보하여 독자들에게 자유로운 상상력을 자극하는 독서를 자극했다. 그러나 '집필의 자유'는 참여 작가들의 글쓰기 상황에서는 '구속'으로 작용하였을 가능성이 있다. 개인의 창작물이 아니라, 앞의 작가가 쓴 이야기를 정해진 기간 내에 정해진 분량으로 이어 써야 하는 상황은 '자유의 구속'에 해당하는 것이라 할 것이다. 이러한 '집필의 자유와 구속'이라는 특성을 가진 글쓰기로서 릴레이 소설은, 그러나 독자들에게는 호기심을 자극하는 기제가 될 수 있었을 것이다. 개인이 창작한 연재소설을 읽을 때와는 '또 다른 흥미', 즉 이어질 이야기가 다른 작가에 의해 작성된다는 점에서 갖게 되는 호기심이 더해지는 것이다. 이때 독자는 '다른 작가'의 입장에 자신을 투사하게 된다고 할 수 있다. 즉 이어질 이야기를 독자는 수동적으로 상상하는 것이 아니라 독자 스스로가 상상하는 것과 다른 '독자-작가'인 '다른 작가'가 어떻게 이어갈까를 상상하며 읽게 되므로 보다 적극적인 독서를 하게 되는 것이다. 따라서 이 과정에서 독자는 스스로 '다른 작가'의 역할을 동시에 수행하게 되는 적극적인 독서를 할 수 있는 것이다. 그러나 당대 비평가는 물론 독자는 참여 작가들의 '공통된 사상', 사전협의의 부재 등으로 소설의 일관된 통일성을 유지하지 못함을 비판했다. 결국 저널리즘의 독자확보를 위한 다양한 전략에도 불구하고 릴레이 소설은 근대문학사에서 사라졌다. 한국 '근대소설'은 릴레이 소설의 이러한 특성을 '배제'한 것이다.

릴레이 소설의 실패 혹은 소멸이라는 사안은, 자연스럽게 문학사에 존재하는 '릴레이 소설'이라는 '또 하나의 타자'를 통해 무엇을 사유할 수 있을까라는 질문을 던지게 한다. 다시 말해 '릴레이 소설'의 창작 및 소멸의 과정과 관련해 근대 문학작품의 생산자(아니 '창조자')인 '작가'라는 개념과 '작품'에 대한 재인식의 가능성을 문제제기해볼 수도 있겠다. 낭만

한국근대소설 미학과 '記者-作家'

주의적 관점 이래 근대의 '작가'라는 개념이 성립되는 과정을 문학사의 '또 다른 타자'인 '릴레이 소설'의 소멸과 그 평가에 나타난 문학인식을 통해 논의해볼 수 있겠다. '작가'라는 개념에 대한 계보학적 탐색과 이론적 논의는 '작가의 탄생'에서 '작가의 죽음'에 이르기까지 이루어지고 있지만,[35] 이러한 논의의 전제에는 여전히 그리고 철저하게 '개인작가의 창조물로서 소설'이라는 인식이 공고한 듯하다. 근대문학사에 존재했던 '릴레이 소설'은 이러한 근대 '작가'와 '작품'이라는 개념 혹은 이데올로기가 어떻게 형성되고 유지될 수 있었는지를 질문하게 하는 의미 있는 대상인 동시에 '근대적 문학'의 해체 가능성을 담보한 대상이 아닐까? 이 질문에 대한 답은 '릴레이 소설'을 연구하는 데 있어 남겨진 중요한 과제이다.

---

35   송은영, 「저자Author의 역사」, 한국문학연구학회, 『현대문학의 연구』19, 2002. 참고.

아지프로 텍스트, 벽신문과 벽소설

1. 서론

본고는 그간 한국 근대 문학사에서 주목한바 없는 '벽소설'의 존재를 조명하고 그 텍스트의 성격을 규명하여 문학사적 의미를 부여해보고자 한다. 그간 카프의 예술대중화와 볼셰비키 대중화의 이론적 논쟁에 대한 수많은 연구에도 불구하고 그 구체적인 실천인 작품에 대한 논의는 미흡했다. 소설의 경우 김기진의 대중소설론에 대한 비판으로 제시된 볼셰비키 대중화의 논의와 그 실천으로 창작된 작품에 주목할 필요가 있는데, 그 가운데 대표적인 것이 '벽소설'이다.

'벽소설'에 대한 연구는 조남현의 언급이 거의 최초에 해당한다. 조남현은 한국 현대소설의 유형을 검토하는 연구에서 1930년대 소설의 한 유형으로 '벽소설'의 존재를 언급한 바 있다. 그는 당대 논의를 바탕으로 "벽소설은 독자와 독특한 방식으로 관계를 맺는 점에서 소설양식의 異形態로 볼 수밖에 없다. 그리고 어떠한 소설유형보다도 기능적이며 소비적인 성격이 강한 것"[1]이라고 평가한바 있다. 그러나 그는 '벽소설'의 소설

유형론적 성격을 검토하는 데 머물렀을 뿐 그 구체적인 작품에 대한 논의는 시도하지 않았다. 이후 송영, 이동규, 송계월 등 개별 작가의 작품세계를 논하는 연구들에서 부분적으로 '벽소설'에 대한 소개가 이루어졌다.[2] 그러나 이들의 논의는 개별 작가의 작가론적 연구를 수행하는 과정에서 부분적으로 '벽소설'의 존재를 소개하고 분석을 시도한 경우들이다. 이들 논의에서 소개하고 검토한 작품은 5편 정도이다. 본고의 조사 결과 1930년대 초반 다양한 잡지들에 발표된 '벽소설'은 20여 편이 존재한다. 따라서 작가론적 차원을 넘어 '벽소설'은 문학사에 한 유형으로 바라볼 필요가 있다.

계급문학의 대중화론에 대한 연구는 이론(논쟁) 중심의 논의에서 최근의 '매체론적' 관점으로의 선회를 보여주고 있다. 차승기는 프롤레타리아의 대중화 문제를 문학운동의 '외부성'에 대한 감각의 산물이라고 논의한 바 있다. 그는 프롤레타리아 문학의 독자, 작가, 제도적 차원에 도래한 '위기'에 대한 산물로서 바라보며, 김기진의 대중화론과 소장파의 볼셰비키 대중화론에서의 '대중화'는 각각 '문학'으로 귀착하거나 문학을 넘어선 예술대중화론을 주장하면서도 '프롤레타리아트'에 국한된 대상으로 한정시키고 말았다고 평가했다. 차승기의 논의에서 볼셰비키대중화론의 "'문학(예술)'의 외부에 대한 감각"에 대한 주목은 중요한 지적이 아닐 수

---

1   조남현, 『한국 현대소설 유형론 연구』(개정판), 집문당, 2004, 170면.
2   김명석, 「이동규 소설 연구」, 『우리文學硏究』 23, 우리문학회, 2008.; 박영기, 「일제강점기 아동문예지 『별나라』 연구: 송영과 임화를 중심으로」, 『문학교육학』 33, 한국문학교육학회, 2010.; 강혜숙, 「통찰과 비판의 시선: 이동규론」, 『돈암어문학』 24, 돈암어문학회, 2011; 진선영, 「송계월 소설 연구」, 『현대소설연구』 54, 한국현대소설학회, 2013.; 손증상, 「송영과 아동문학, 정동으로서의 아동극-『별나라』를 중심으로」, 『어문론총』 78, 한국문학언어학회, 2018.

없다. 그에 따르면 볼셰비키대중화는 "기존의 문학 개념, 문학 (재)생산제도, 출판·언론 매체, 검열 등을 넘어서 노동자·농민 대중에게 접근하고자 하는 지향성"[3]을 가지는 것이다. 이러한 '지향성'에 대한 논의는 그간 '이론'적 차원에서 그 의의와 한계를 살피던 연구를 극복하며 계급문학의 대중화론에 대한 새로운 관점 제시와 그 성과를 보여주고 있다. 대표적으로 최병구의 계급문학에 대한 '근대 미디어' 전략들에 대한 연구[4]이다. 이 연구는 '사회주의 대중화 전략'으로 미디어(잡지) 운동에 주목했다는 점에서 의미가 있다. 미디어의 편집과 다양한 예술 분야의 융합적 모색 등을 바탕으로 '사회주의 문화정치'의 성격을 규명해내고 있기 때문이다. 그럼에도 불구하고 이들 논의는 여전히 '이론'적 차원 혹은 잡지운동 차원의 논의에 머물고 있을 뿐 대중화의 구체적인 실천으로 시도되었던 '작품'들에 대한 논의는 보여주지 못했다.

이른바 카프의 '매체운동으로서의 대중화 전략'의 관점으로 구체적인 실천에 해당하는 작품에 대한 논의는 조영복에 의해 이루어졌다. 조영복은 카프의 대중화론을 매체운동론적 관점에서 재조명하는 한편으로 볼셰비키대중화의 대표적인 이론가이자 시인인 권환의 이른바 '진짜 시(뼈다귀 시)'가 보여주는 매체 및 텍스트의 혼종성을 분석하여 그 아지프로적 효과에 대해 논의했다.[5] 이 연구는 계급문학의 대중화론에 대한 '매체운

---

3   차승기, 「프롤레타리아 문학과 대중화 또는 문학운동과 외부성의 문제」, 『한국학연구』 37, 인하대학교 한국학연구소, 2015, 208면.

4   최병구, 「1920년대 사회주의 대중화 전략과 『조선문예』」, 『반교어문연구』37, 반교 어문학회, 2014.

5   조영복, 『넘다 보다 듣다 읽다: 1930년대 문학의 경계넘기와 개방성의 시학』, 서울 대학교출판문화원, 2013, 238-276면.

동'적 시각을 제시하여 구체적인 시 작품의 매체 미학적 성격을 규명하였다는 점에서 선구적인 성과에 해당한다.

그간의 연구 성과들을 바탕으로, 본고는 카프의 볼셰비키대중화론의 실천에 해당하는 '벽소설'에 대해 고찰하고자 한다. 본고의 '벽소설'에 대한 연구는 한국 근대 계급(노동)문학의 새로운 논의의 가능성을 도출하는 것이 궁극적인 목표이다. 이 궁극적인 목표를 염두에 두고 그 우선 작업으로 이 글에서는 1930년대 초반 집중적으로 발표되었던 '벽소설' 작품을 발굴 및 정리하고 그 특징을 규명하고자 한다. 이 과정에 먼저 2장에서는 그간 논의된 바 없는 '벽신문'의 존재에 대해 살펴볼 것이다. '벽소설'은 '벽신문 운동' 경험의 연장이기 때문이다. '벽소설'과 '벽신문'은 '벽' 매체와 결합한 텍스트 경험이라는 점을 공유한다. 따라서 '벽소설'의 성격을 살피는 데 있어 '벽신문'에 대한 논의가 우선 필요하다. 3장에서는 조선 프로작가들의 프롤레타리아 예술의 '새로운 양식'에 대한 고민의 결과로 '벽소설'이 도입 및 전유되는 양상을 당대 조선문단의 내외적 상황과 관련하여 검토할 것이다. 그리고 이를 바탕으로 4장에서 조선 프로문학의 '벽소설'이 내포한 특징을 주요작품을 대상으로 분석하여 도출할 것이다. 본고의 '벽소설'에 대한 연구는 그간 조직론 혹은 문예이론중심의 계급문학연구를 '매체운동 전략'의 관점에서 논구할 수 있는 한 가능성을 제시할 수 있을 것이라 기대한다. 아울러 일본, 한국, 중국의 벽소설 비교 연구를 촉발시킬 수 있을 것이다.

2. '壁'이라는 미디어: 벽신문과 '벽소설'

벽소설의 실체와 그 특징에 접근하기 위해서는 '벽신문'이라는 미디어에 대한 검토가 우선 필요하다. '벽신문'에 대한 검토는 발간 시기가 '벽소설' 창작시기보다 우선한다는 점에서 뿐만 아니라 계급운동에서 '벽'이라는 미디어를 매체론적 차원에서 활용하고 있다는 점에서 우선 규명해야할 사항이다. 이 장에서는 벽소설 제작 직전까지 활발했던 벽신문 간행에 대해서 살펴보도록 하겠다.

> 우리는 보통 <u>벽신문이라고 하여 노동조합이나 농민조합이나 혹은 일터에서 중대한 사건이 생기거나 주의할 만한 뉴스, 리포트 등이 들어오면 곧 그것을 등사판이나 혹은 연필로서 신문형식으로 꾸미어 연돌(煙突) 몸에 공장벽 혹은 조합의 안에다 붙여두고 동지들의 주의를 환기시키고 있는 일이 있다.</u>
> 즉 이러한 <u>벽신문의 형식을 빌려서</u> 이에다 다시 예술적 표현을 가미하여 소설적 형식과 내용으로서 프롤레타리아예술의 근본적 임무인 아지 프로적 효과를 획득하고 다시 대중에게 예술적 교화의 침투력을 더한층 효과적으로 나타나게 하려고 함이 곧 벽소설의 형식을 통한 활동의 근본적 목표인 것이다.[6](밑줄 강조, 인용자)

위에 인용한 글에서 현인(玄人) 이갑기는 벽소설이 "벽신문의 형식"을 취한 것이라고 말하고 있다. 그렇다면 '벽신문'이란 무엇인가? 한국 근대 언론사에서 '벽신문'의 존재와 그에 대한 연구는 거의 전무한 실정이다.

---

6   玄人, 「문예시평-두 가지 이야기」, 『비판』, 1932.03, 96면.

구체적인 텍스트가 존재하지 않는다는 점이 그 이유가 되었다고 생각할 수는 있지만, 당대의 신문보도 기사 등을 통해 '벽신문'의 존재는 비교적 뚜렷하게 확인할 수 있다. 조선 최초의 벽신문은 1926년 정월에 경성청년회에서 제작하여 회관에 게시되었다.

> "언론과 출판의 자유가 없는 조선에 있어서 신문이나 잡지를 만들려면 어려운 검열과 압수로 영속할 수 없는 경우에 있어 무산계급으로서 대단한 금액을 지출하여 가지고 민중의 의견을 대표할 잡지나 신문을 경영할 수 없으므로 어찌하면 <u>경제가 허락하고 검열을 받지 않는 경편출판</u>을 할 수 있을까를 이태 연구 중이더니, 금번 시내 재동 84번지에 있는 경성청년회 교양부에서는 현재 <u>로서아에서 하는 간편한 벽신문과 산(生)신문</u>을 매 10일에 일차씩 하기로 하고 1월 20일부터 편집인 일동은 편집에 분망 중이던 바 3일에 완성하여 회관에 내걸었다더라."[7](밑줄 강조-인용자)

위의 인용한 기사와 '벽신문'은 "공장이라든지 합숙소, 집회소, 회관같이 여럿이 모여드는 곳의 벽 같은 데 그 공장안에 일어난 일이든지 그들의 필요한 문제에 관한 것 같은 것을 써서 붙여 여럿이 보게 하는 신문이다."[8]는 잡지의 설명기사를 염두에 둘 때, 벽신문은 1920년대 중반 이후 노동조합 혹은 청년단체에서 검열과 비용 등의 굴레를 벗어날 수 있는 기관지 및 회보의 발간을 위해 러시아의 '벽신문'을 참고하여[9] 제작한

7　기사, 「경성청년회의 벽신문, 간편한 방법으로 벽신문을 만들어 걸었다」, 『조선일보』, 1926.02.02.

8　「소년사전-'벽신문'」, 『신소년』, 1934.02. 19-20면.

9　인용문에서 '벽신문'과 함께 '산(生)신문'을 언급하고 있다. 러시아 혁명 이후 연극이

것임을 확인할 수 있다. 그리고 '벽신문'은 〈그림 1〉와 〈그림 2〉처럼 당대의 사진기사 보도를 통해서 그 형태와 열람 방법을 확인할 수 있다.

〈그림1〉 사진 「노동 로서아 공장 안의 벽신문」　　〈그림2〉 사진 「벽신문의 효시」(『조선일보』,
(『조선일보』, 1927.11.7. 석간3면)　　　　　　1926.2.10. 조간2면)

1926년 정월 경성청년회의 벽신문 간행을 시작으로 당대 4개 신문에 보도된 전국 각지의 사회운동단체(청년단체)가 제작한 '벽신문' 관련 기사들을 정리해보면 다음과 같다.

새로운 연방을 건설하기 위한 정치적 선동과 교육의 도구가 되었는데 그때 신문 낭독에 연극적 성격을 가미한 작품인 '산신문(Zhivaya Gazeta)'을 제작하였다. '산신문'은 문맹인 관객을 대상으로 그날의 정치 사회적 사건을 알려주고 관객을 교육하기 위한 내용을 포함한 것이라고 한다. 참고로 러시아의 '산신문'은 이후 미국의 '뉴스보이 Newsboy'와 '리빙 뉴스페이퍼 Living Newspaper' 제작에 영향을 끼쳤다. 이상의 내용에 대해서는 다음 논문 참고. 장영지, 「"리빙 뉴스페이퍼(Living Newspaper)"의 사회 반영 전략과 그 효과 연구: 「파워(Power)」와 「국민의 삼분의 일(One third of a nation)」을 중심으로」, 서울대학교 대학원 석사논문, 2013. 관련하여 당대의 '산신문劇'에 대해 유치진은 「'산신문'극-그 발생과 特作에 대하여」(『동아일보』, 1931.12.17.-19)에서 구체적으로 다룬바 있다.

　　　　　　　　　한국근대소설 미학과 '記者-作家'

단체	벽신문명	창간시기	발행주기
경성청년회	벽신문	1926.2	旬刊 발행
개성자유회	『烽火』	1926.4	매월 15일 발행
마산노동회	『첫소리』	1926.5	旬刊 발행
통영청년동맹	『炬火』	1926.5	
인천청년연맹	『첫거름』	1926.5	매주 토요일마다 발행
해주신흥소년회	『어린이 벽신문』	1926.6	
진주청년회	『뭇소리』	1926.7	
경주청년회	『活路』	1926.7	매월 1일/15일 발행
충주청년회	『雷聲』	1926.8	週刊
김천청년연맹	『그럿타』	1927.2	
경남고성청년회	『先驅』	1927.3	매월 15일/30일 발행
전북이리청년회	『이리주보』	1927.6	
청주청년회	『湖聲』	1927.7	週刊
충남공주청년회	『彗星』	1927.7	
하동청년동맹	『청년하동』	1928.3	
김해청년회	『晴雷』	1929.7	

〈표1〉의 내용을 보도하고 있는 신문기사의 내용을 바탕으로 '벽신문'의 창간 목적, 제작 방법, 발행주기, 종람방식과 독자들의 호응 등에 대한 내용을 정리해보면 다음과 같다.

노동조합과 단체의 활동은 기관지 및 신문 및 회보 등의 인쇄매체 발간이 중요한 수단이자 방안이었지만, 그 현실적인 제작비용 문제를 해결하기 위해 "경제가 허락하고 검열을 피할 경편출판"[10]의 방법으로 '벽신문'이라는 매체를 강구했다. 이것이 경제적인 측면에서의 이유라면, 각종 단체들의 벽신문 창간 목적은 '정책과 이론을 일치케 하는 동시에 회원의 교양 향상 및 촉진'[11]을 위한 것이었다. '회원들의 교양 촉진'은 '제반 학설 及 과학의 소개와 기타 모든 방면으로 취미를 얻게'[12] 하는 것이고, '회원들 간의 의견 교환' 등의 구체적인 목적도 포함되어 있었다.

벽신문의 제작 방법은 '일간지보다 큰 사이즈' 혹은 백로지 전지에 手書하거나[13] '신문지형 6호로 規模的 組撤法을 취하'[14]고 '순국문으로 평이하게 하여 노동자는 누구나 다 보도 이해하도록'[15] 작성하여 '會의 벽상'에 걸 수 있게 만들었다. 발간주기는 旬間, 월 2회, 週間 발행이 일반적이었다. 아울러 벽신문은 각 단체의 회원은 물론 지역민 일반의 관람을 장려했으며, 특히 '일반 노동자에게 선전하기 위하여 會旗를 선두로 광고판을 매고 악기를 울리며 시가를 일주'[16]하는 등의 홍보도 적극적으로 펼쳤다. 그 결과 독자들의 "호평이 良籍하며 매우 인기를"[17] 끌었으며, 노동청

---

10 「경성청년회의 벽신문, 간편한 방법으로 벽신문을 만들어 걸었다」(『조선일보』, 1926.02.02.)

11 『그러타』(『중외일보』, 1927.02.11.), 『이리주보』(『중외일보』, 1927.06.24.), 『혜성』(『동아일보』, 1927.07.29.) 등의 벽신문 창간기사 참조.

12 「고성」 창간기사 참고.(『중외일보』, 1927.07.15.)

13 허정도, 「김형윤의 '마산야화'(125): 벽신문」, 『허정도와 함께 하는 도시이야기』, 2016.11. 21.(http://www.u-story.kr/853, 검색일 2018.01.19.) 이 기사는 마산청년회의 벽신문 「첫소리」 제작에 대한 내용을 참고할 수 있다. 참고로 근대 언론사와 '벽신문'에 대해서 역사학자 장신 선생님께서 자문과 조언을 해주셨다. 이 자리를 빌려 감사의 마음을 표한다.

14 '청주청년회 벽신문' 창간기사 참조.(『매일신보』, 1927.07.20.)

15 「첫소리」(『조선일보』, 1926.05.15.) 창간기사 참조.

16 마산노동회의 「첫소리」(2호) 발간 기사 참조.(「벽신문 '첫소리' 2호가 나왔다」, 『시대일보』, 1926.06.05.).

17 진주청년회 「뭇소리」 창간 기사 참조.(「창간호: 검열관계로 29일에 창간호 발행」,

한국근대소설 미학과 '記者-作家'

년뿐 아니라 "다수한 지방인사들"까지 "회관으로 모여 欣欣然 縱覽을"[18] 하기도 할 만큼 독자들이 "踵을 접하여 운집하는 성황"을 보이고 '호를 거듭할수록 독자가 늘어'갔다.[19]

이러한 노동자 및 지역민들의 벽신문에 대한 '호응'은 역설적으로 당국의 '검열' 강화로 나타났으며 그 결과 벽신문은 제때 간행되지 못하는 경우가 빈번해졌다. '불온하다'는 이유로 압수되거나 편집인이 검거되고 폐간되는 벽신문도 생겨났다. 신문기사를 통해 확인할 수 있는 전국의 각종 단체들의 벽신문 운동은 1926년부터 1928년까지 3년간 활발하게 이루어졌으며 그 이후에는 거의 자취를 감춘 것으로 보인다.[20]

한편 '벽신문'은 당시 문학작품에도 반영되어 있음을 확인할 수 있으며[21], 대중잡지『삼천리』는 1931년 1월부터 1933년 10월까지 2년여 동안 '벽신문'이라는 코너를 마련하기도 했다. 그리고 그것은 "벌써부터 조합 사무소와 공장직장 휴게실 등에 적용되어 多大한 효과를 보고 있"[22]는

『조선일보』, 1926.07.23.)

18 「벽신문 裡里週報 창간호 出來」, 『중외일보』, 1927.06.24.

19 「벽신문 '첫소리' 제5호 출현」, 『시대일보』, 1926.07.05.

20 참고로 1940년대에는 식민통치의 방법으로 '벽신문'은 활용되었다. '奉公日의 의식을 철저'하게 하거나(『매일신보』, 1941.06.27), '저축장려'(『매일신보』, 1941.06.13.), '징병제 인식철저 국문보급'(『매일신보』, 1942.06.18.), '親切운동'(『매일신보』, 1942.08.09.) 등을 위해 '벽신문'을 '이용'하거나 '배포'했다는 등의 기사를 확인할 수 있다.

21 김동환의 희곡 「불복귀」(『조선문단』, 192603)는 프롤레타리아 이념을 추구하는 단체의 회원이 부르주아를 이용하여 사회운동 자금을 울궈내고 타도하기 위해 여성회원을 그와 정략 결혼시키지만 그 여성 회원은 회(會)로 다시 '불복귀'하고 자존을 찾아 떠나버린다는 내용을 다루고 있는데, 작중에서 단체(회)의 활동에 대해 "평양이고 대구고 중요한 곳곳마다 '벽신문'을 내고 또 돌아다니며 강연도 하여야겠는데"라고 소개하는 대목이 나온다. 이와 관련한 내용은 유승환 선생님께서 자문과 조언을 해주셨으며, 이 자리를 빌려 감사의 마음을 전한다.

22 이서찬, 「벽소설에 대하야(1)」, 『조선일보』, 1933.06.13.

매체였다. 이처럼 '벽신문'은 사회운동에서는 물론 문화적 차원에서도 널리 융성했음을 알 수 있다.

이상에서 검토한 내용을 종합해보면, 당대의 '벽신문'은 벽이라는 미디어와의 결합을 통해 각 단체의 교육과 선전의 목적을 달성하기 위한 방책으로 강구된 매체운동의 한 수단이었다. 그리고 이것은 소통 매체 출간의 경제적 문제를 해결하는 동시에 검열 속에 현실적으로 수행 가능한 (비)합법적 투쟁에 최적화된 매체였다. '벽'이라는 미디어의 결합으로 '벽신문'을 창안하여 제작 유통하는 가운데, 이러한 경험은 소설이라는 문학양식에 대한 새로운 가능성으로써 '벽소설' 제작을 자연스럽게 추동했을 것이다.

3. 일본 프로문학의 '벽소설' 논의와 조선 프로문학의 그 전유

1930년을 전후하여 조선프로예맹은 국내로 복귀한 무산자사의 소장들에 의해 이른바 '제2차 방향전환'을 감행한다. 그것은 계급문학운동의 볼셰비키화를 통한 정치적 진출을 꾀하기 위한 것이었다. 그들은 당재건을 위한 노동자들의 조직화와 예술운동의 볼셰비키화론을 실천하기 위한 조선프로예맹의 조직개편을 계획한다. 1930년 4월 26일에 조직 개편 계획안에 따르면 서기국과 기술부의 설치가 두드러진 특징이다. 그 가운데 기술부의 설치는 전문 예술인들의 적극적인 참여에 의한 예술운동의 조직적 실천의 도모를 위한 것이다. 결과적으로 조직 확대 재편 계획은 경성 본부측의 반대와 일경의 금지로 실현되지 못했다.[23]

김두용과 권한으로 대표되는 볼셰비키 대중화론의 핵심적인 사항은

한국근대소설 미학과 '記者-作家'

당 재건을 위한 선전 선동이라는 예술운동의 실천이다. 이러한 '예술조 직론'과 '운동실천론'에서 프롤레타리아 문학(예술)은 기존 문학(예술)의 경계를 넘어서는 것일 수밖에 없다. 다시 말해 "'문학'('예술')의 경계를 넘어서는 실천은 식미지/제국의 언설-법-미디어의 표상체계 바깥을 지향하는 활동""[24]으로 나타났다. 이때 선전선동을 위한 예술대중화는 매체운동적 대중화 전략을 적극적으로 모색하게 되는 것이다. 이 과정에 '벽소설'이 중요한 한 방법으로 시도된 것이다.

그런데 '벽소설'이라는 새로운 용어의 사용과 그 형식에 대한 이해는 일본 프로예맹의 '벽소설'을 참고한 것이었다.

　-. 예술진영의 조직의 대중화
　-. 작품제작에 있어서 항상 대중의 지식적 수준에 비추어 대중적 작품을 제작할 것.
　　예술의 대중화를 위한 이 두 개의 예술적 활동 중에서 최근 저널리즘의 구석구석에서 얼굴을 내고 있는 벽소설이라는 것은 그 후자의 활동을 위한 중요한 수단으로 되어있는 것이니 <u>벽소설이란 프롤레타리아예술의 대중화를 위한 프롤레타리아의 진절(眞截) 명쾌한 새로운 형식으로서 나프(전일본무산자예술단체협의회)가 작년 2월에 『戰旗』에서 처음으로 창출한 것이다.</u> (중략) 벽소설은 일본에 최초로 창울된 것으로 『전기』 2월호가 나온 뒤 한 2, 3개월 후에 벌써 조선 저널리즘의 이 구석 저 구석에서 벽소설이란 이름이 나오게 되었으나 대개는 그

23　조선프로예맹의 재편과 예술운동의 볼셰비키화에 대한 내용은 권영민의 다음 책 참조. 권영민, 『한국계급문학운동 연구』, 서울대학교출판문화원, 2014, 253-261면.
24　차승기, 「프롤레타리아 문학과 대중화 또는 문학운동과 외부성의 문제, 『한국학연구』 37, 인하대학교 한국학연구소, 2015, 208면.

명칭에 대한 선입주관적 규정으로서 단순히 짧은 소설형식을 벽소설
이라고 하는 듯이 오해하여 완전한 벽소설의 내용과 형식을 가지지 못
하였던 것이다.[25](밑줄 강조-인용자)

위의 인용문에서 현인 이갑기는, '벽소설'은 일본의 나프가 1931년 2월
『戰旗』를 통해 게재한 바 있으며 최근 조선의 저널리즘에서도 얼굴을
내밀고 있다고 말하고 있다. 조선의 '벽소설'을 검토하기에 앞서 일본
나프의 '벽소설' 창안에 대한 내용을 먼저 검토해보자.

『전기』는 1932년 2월호에 호리타 쇼이치(堀田昇一)의 「건국제를 때려
부수자(建国祭を叩きつぶせ)와 구보카와 이네코(窪川いね子)의 「식당의 밥
(食堂のめし)」이라는 2편의 '벽소설'을 게재했다. 이것이 일본에서 '벽소
설'의 효시이다. 해당 호의 '편집노트'에는 "이달 호부터 '벽소설'을 실었
다. '벽소설'은 전적으로 새로운 시도이므로, 특히 諸君의 엄밀한 비판을
구한다."[26]고 짧게 언급되어 있다. 이후 『전기』에는 매월 두세 편의 '벽소
설'을 게재하고 있으며, 『나프』, 『프롤레타리아 문학』, 『문학신문』 등의
프롤레타리아 문학운동 관련 잡지는 물론 『중앙공론』 등에도 게재되고
일간지 등에서 작품에 대한 문예시평이 활발하게 진행된다.

일본 프로 작가진영에서의 '벽소설' 창안과 그 제작운동의 활성화에는
일본의 『전기』와 대표적인 벽소설 제작자 고바야시 다키치(小林多喜
二:1903~1933)의 역할이 놓여있다. 고바야시 다키지는 「벽소설과 『짧은』
단편소설, 프롤레타리아 문학의 새로운 노력」(壁小說と『短い』短篇小說, プ

---

25 玄人, 「문예시평- 두 가지의 이야기」, 『비판』, 1932.03, 95~96면.
26 「編集ノート」, 『戰旗』, 1931.02, 180면.

ロレタリア文學の新しい努力, 1932)이라는 짧은 글을 비롯하여 4편의 '문예
시평'을 통해 자신의 벽소설 양식에 대한 의견을 피력한 바 있다고 한다.
다키지의 벽소설에 대한 비평들을 정리한 와타나매 하루오(渡邊晴夫)는,

> (벽소설의-인용자) 그 명칭의 유래는 집회장의 벽 등에 붙여 읽게
> 한다는 것에 있었다. 길이는 '2~3쪽'의 짧은 것, 내용은 대중의 요구에
> 응하는 구체적인 것이어야 하고 이 두 가지가 다키지가 밝힌 벽소설의
> 조건이었다.27

라고 요약해 설명한 바 있다. 명칭, 분량과 내용에 대한 다키지의 간략
한 언급은 이후 일본의 '벽소설' 운동과 그 특징을 설명하는 중요한 조건
이 되었다. 그러나 '벽소설' 창안과 그 양식의 채택에 있어 재래의 양식
등과 관련한 더 구체적인 맥락에 대해서는 현재로서는 확인하기 어렵다.
다만 나프의 "전혀 새로운 시도"라는 언급을 실마리로 '벽소설'의 창안
배경과 그 맥락을 이끌어낼 수 있을 듯하다.

> 우리 문학은 혁명적 프롤레타리아트 이데올로기를 광범한 노동자
> 농민에게 침투시키는 것을 목적으로 하고 있다. 마찬가지로 그 형식도
> 노동자농민대중이 가장 폭넓게 받아들일 수 있는 것이어야만 한다. 그
> 렇다면 어떠한 형식이 그들에게 가장 잘 받아들여질까?

---

27 인용문은 小林多喜二, 「壁小說と'短い'短篇小說-プロレタリア文學の新しい努力」
(1931.04. 20.)의 내용을 정리한 渡邊晴夫의 다음 논문에서 인용. 渡邊晴夫, 「小林多
喜二と壁小說」, 『民主文學』0 448, 2003, 50면. 아울러 다키지의 해당 '벽소설'론에
대한 내용을 정리한 다음 글도 참고. 島村 輝, 「「壁小說」の方法: 小林多喜二「救援ニ
ュース No.18 附錄」と「テガミ」」, 『國文學解釈と鑑賞』59(4), 1994(島村 輝, 『臨界
の近代日本文学』, 世織書房, 1999, 341면).

그것은 그들 자신의 생활에 따라 방향지워진 특성—즉 그들의 생활이 요구하는 이해의 직접성·정확성·단순성 등—적합해야만 한다. 따라서 우리가 새로운 예술형식을 추구하는 경우, 무엇보다도 먼저 명심해야 할 목표는 내용의 정확한 파악에 의한 형식의 단순화와 명랑성이다. 그것이 형식문제에 임하는 우리의 기본적 시각이다. 그러므로 프롤레타리아작가는 이러한 특징을 구비한 형식을 창조하고자 할 때, 이러한 기본적 시각을 이탈한 어떤 임의의 형식도 적용해서는 안된다.

먼저 대중들의 실생활 속으로 파고 들어가 거기에서 우리 자신이 바라는 형식의 현실적 근거를 포착해야 한다.

이 경우 우리에게 가장 흥미로운 현상은 최근 『戰旗』에서 지극히 특색있는 발전을 보여주고 있는 「노농통신」이 새로운 프롤레타리아적 형식을 창조하는 데 중요한 관건을 제공해 주고 있다는 점이다. 「노농통신」은 투쟁하고 있는 프롤레타리아트가 공장·농촌 그 밖의 모든 투쟁현장에서 광범한 동지들에게 보고하기 위해 『전기』 앞으로 보내는 것이다. 그것은 문학적으로 서술되어 있지는 않지만 새로운 문학형식의 맹아를 의미하고 있다. 이미 그러한 통신들 중에는 보고문학으로까지 발전된 형태를 찾아볼 수 있다. 「노농통신」 및 그것을 기초로 해서 발전하고 있는 보고문학은 직접 대중 속에서 생겨난 것이다. 어떻게 그들 자신의 투쟁경험을 널리 전파할 것인가 하는 절실한 요구는 필연적으로 이처럼 단순화와 명랑성을 구체화시켜가고 있다. 우리는 이러한 사실을 간과해서는 안된다. 우리 예술형식의 기초적 요소는 여기에서 제시되고 있다. 작가동맹 제2회 대회가 동맹원들에게 보고문학의 필요성을 강조했던 까닭도 역시 여기에 있다.28(밑줄 강조-인용자)

---

28 일본프롤레타리아작가동맹 중앙위원회, 「예술대중화에 관한 결의」, 『전기』, 1930.07. 임규찬 편역, 『일본 프로문학과 한국문학』, 연구사, 177-178면.)

한국근대소설 미학과 '記者-作家'

인용한 자료는 일본프롤레타리아작가동맹 중앙위원회가 1930년 7월에 『전기』에 게재한 「예술대중화에 관한 결의」(1930.6)의 일부분이다. 작가동맹의 '새로운 프롤레타리아 형식의 창조'에 대한 논의와 그 촉구를 확인할 수 있다. 여기에서 주목해야할 부문은 "내용의 정확한 파악에 의한 형식의 단순화와 명랑성"이다. 그러니까 1931년 2월 '벽소설'을 창안하기 전까지 나프는 "새로운 예술형식"으로 '형식의 단순화와 명랑성'에 대해 고민하고 있었다. 이 시점까지 그들이 '새로운 문학형식의 맹아'의 가능성으로 주목하고 있는 것은 『전기』에 수록되어 있는 '노농통신'문이었던 것이다. 「노농통신」의 문학적 가능성으로써 형식의 '단순화와 명랑성'은 "어떻게 자신들의 투쟁경험을 널리 전파할 것인가 하는 절실한 요구"의 결과라는 것이다. 노농통신의 단순성와 명랑성과 그 보고문학적 가능성에 대해 사유하고 있던 작가동맹의 구체적인 양식 창안이 1931년 2월 『전기』에 '벽소설'을 내놓을 수 있었던 것이다.

그런데 일본 문단에서의 '벽소설'의 창안은 또 다른 사항을 염두에 두어야 하는 사항이기도 하다. 이른바 '짧은 소설'의 문학사적 맥락이 존재한다. 일본의 다이쇼(大正) 말기에 이른바 '콩트' 혹은 '掌篇小說(손바닥소설)'의 유행이 그것이다. 대표적인 작가로 가와바타 야스나리(川端康成)를 꼽을 수 있다. 가와바타는 '장편소설'에 대한 평론과 실제 창작에서도 두드러진 활동을 보였다. 그는 '장편소설'이 프랑스의 콩트에로부터 기원하였을 가능성을 인정하면서도 지극히 짧고 단순미를 가진 일본 전통문학과의 연속성 및 일본의 국민성을 강조하여 일본 '장편소설'의 특수성을 강조한 바 있다.[29] 그런데 이러한 '장편소설'과 일본 프로 작가동맹의 '벽소설' 창안이 문학사적 맥락에서 논의된 경우는 확인하기 어렵다. 다시 말해 일본 프로 작가동맹의 '벽소설' 창안과 관련하여 당대 유행하던 '掌篇小說'에 대한 언급은 거의 부재한다. 다만 '벽소설'의 대표적인 일본 프로작가인 고바야시 다키지가 그의 '벽소설론'을 피력하는 가운데 "뛰어난 외국의 단편소설가의 작품-특히 콩트 등을 배울 필요가 있다"[30]는 언급이 있으며, 이후 벽소설이 활발하게 창작되는 과정에 '문예시평'을 통해 비평가들 가운데 "부르주아문학의 소위 콩트와는 전적으로 구분되어야 할 것"[31]이라는 언급 정도가 있을 뿐이다.

관련하여 앞서 인용한 일본 프로 작가동맹의 「예술대중화에 관한 결의」의 마지막 부분에서, 프로문학의 새로운 형식 모색에 있어 "과거의 형식"에 대한 내용이 언급되어 있기도 하다. "과거의 예술형식을 우리 것으로 섭취할 경우에는 우리의 기본적 시각에 따라서 우리의 형식이 특징으로 하고 있는 명랑성과 단순화를 위해 취사선택해야 한다."[32]는 입장에서 재래적 문학양식의 섭취에 대한 논의가 가능하다고 할 때, 당시 유행하고 있던 '掌篇小說'은 예술대중화론에서 검토의 대상이 아닐 수 없었을 것이다.[33] 그런데 '掌篇소설의 프로문학에의 전유'와 관련하여 보다 깊은

---

29 송민호, 「'소설'의 임계: '掌篇小說'이라는 관념과 양식적 규정이라는 문제」, 『인문논총』 75(1), 서울대 인문학연구원, 2018, 310-315면 참조.

30 渡邊晴夫, 앞의 글, 150면 재인용.

31 에구치 간(江口渙), 「新しい文學形式」, 『時事新報』, 1931.07.27-28. 위의 글, 53면 재인용.

32 일본프롤레타리아작가동맹 중앙위원회, 「예술대중화에 관한 결의」, 『전기』, 1930.07. 임규찬 편역, 앞의 책, 178면.

33 일본 프로작가동맹에서 새로운 양식의 조건으로 들고 있는 '단순화'는 '벽' 매체와의 결합을 견인했을 가능성이 크다고 생각된다. '벽' 매체의 '신속성'과 '간결성'에 대한 매체학자 파울슈티히의 논의가 참고할 만하다. 그는 벽보(Plakat) 미디어에 대해 설명하면서, 벽보는 벽 매체와의 결합 속에서만 그 기능을 발휘할 수 있는바, 이 공생적 매체인 벽보의 핵심적 특징은 "행인들의 사고에 일정 정도 '타격'을 가"하는 것으로 "그들의 결정과 행동에 다소간 근본적인 숙고를 배제하는 가운데 신속하게

한국근대소설 미학과 '記者-作家'

논의는 조선 프로작가들에게서 발견된다는 점이 흥미롭다.

1929년『조선일보』에 3월 한 달 동안 좌우 문단의 17명의 작가가 참여한 '掌篇小說' 기획물이 연재된 바 있다. 송민호는 이 '장편소설' 기획물에 참여한 작가들 가운데 프로문학 진영의 작가들이 대거 포함되어 있다는 점에 주목하여, 조선 프롤레타리아 문학이 '掌篇小說'이라는 양식의 전유를 통해 '프롤레타리아 예술의 새로운 양식'의 한 가능성을 모색하고 있음을 밝히는 연구[34]를 내놓았다. 그는 이 연구에서 박영희[35], 김홍희[36], 한설야[37]의 '콩트론'들을 고찰하여, 그들은 '장편소설'이 기교를 중시하는 부르주아 예술(퇴폐문학)임에도 불구하고 프롤레타리아 예술대중화를 위하여 철저히 이용할 필요가 있음을 피력하고 있음을 확인하고 있다. 그 결과 '掌篇小說'은 "식민지 조선에서 문예의 정치화로 치닫고 있던 카프의 소설 창작이 노정한 한계적 지점에서 대중성 확보를 위한 일종의 양식적 탈출구"[38]였다는 결론을 도출한다. 송민호의 연구는 '벽소설' 창안 직전까지의 프롤레타리아 진영에서 '새로운 형식'의 모색에 대한 논의라는 점에서 의의가 있다. 그럼에도 불구하고 콩트 및 '장편소설'에 국한된 검토에 머무는 바람에 직후 프롤레타리아 진영에서 활발하게 창작된 '벽소설'에 대한 논의를 설명하지 못한 채 이후 '연작소설' 기획물 등의 창작으로 이어질

영향을 미쳐야 하는 것"이라고 했다. 또한 선전의 목표 달성에 필요한 '신속성'은 '간결'한 호소여야 한다. 이 '간결성'은 예술적 조형력을 요구하며 그것은 강력한 선전적 추진력으로 작용한다고 설명했다. 베르너 파울슈티히, 황대연 역, 앞의 책, 381-382면.

34 송민호, 앞의 논문 참고.
35 박영희, 「문예시평」(총5회), 『조선일보』, 1929.03.21-26.
36 김홍희, 「掌篇小說小論」(총4회), 『조선일보』, 1929.04.19-23.
37 한설야, 「문예시평-주로 '콘트'에 대하여」, 『조선지광』, 1929.06.
38 송민호, 앞의 논문, 323면.

수 있었다는 전망을 제시하는 데 멈춘 아쉬움이 있다.

본고의 검토에 따르면 일본 프로예맹의 '벽소설'의 창안에서 '장편소설' 등과 관련된 양식 및 형식에 대한 논의는 거의 존재하지 않는다.[39] 그러니까 일본의 '벽소설'은 '장편소설'에 대한 논의는 적극적으로 반영된 것이라고 보기는 어렵다.[40] 오히려 조선 프로작가들의 경우 일본의 『전기』를 매개로 '벽소설'을 수용하는 과정에 앞서 '콩트'와 '장편소설' 등의 부르주아 재래양식을 비판적으로 전유하는 동시에 나아가 그 새로운 양식적 특징을 강조하는 방식으로 진행되었다고 볼 수 있다.

> 벽신문의 형식을 빌어서 이에다 다시 예술적 표현을 가미하여 소설적 형식과 내용으로서 프롤레타리아예술의 근본적 임무인 아지 프로적 효과를 획득하고 다시 대중에게 예술적 교화의 침투력을 더한층 효과적으로 나타내게 하려고 함이 곧 벽소설의 형식을 통한 활동의 근본적 목표인 것이다.
>
> 그러므로 이것은 소위 장편소설(掌篇小說: 콩트)과는 우연(偶然)한 구별을 가져야할 것이니 벽소설은 그것이 저널리즘 내지 어떠한 출판수단을 통하지 아니하고 벽신문과 같이 공장과 농민에게 이를 읽게 하

---

39 오히려 '벽소설' 등장 이전 시기 당대 '掌篇小說'론의 핵심적인 내용을 피력하면서 작품창작을 보인 가와바타 야스나리(川端康成)의 경우 프로문학 진영의 벽소설 창안 후 그 작품에 대해 '소재에서도 형식에서도 '벽소설' 다운 것이 부족하고 살아있는 말이 너무 적으며 문학적 사물(死物)'이라고 평가한 것이 있다. 川端康成, 「文藝時評」, 『時事新報』, 1931.07.30. 渡邊晴夫, 앞의 논문, 153면 재인용.

40 그럼에도 불구하고 일본의 '벽소설'에 대한 논의에서 '掌篇小說論'과의 연관성은 더 고찰되어야 할 것이다. 한 예로 가와바타가 '掌篇小說論'에서 강조한 '누구나 쉽게 접근하고 창작에 나설 수 있는 양식'이라는 점은 프로문학가들의 대중화론에서 '대중 자신에 의한 창작'이라는 문제와 직결되는 사항일 수 있다. 가와바타의 '장편소설론'에 대해서는 송민호, 앞의 논문, 310-315면 참조.

여 그들을 아지 프로함으로써 그가 가진 계급적 임무는 전적으로 수행되었다고 할 수 있는 특수한 역할을 가진 문학형식인 것이다. (중략) 벽소설의 제작을 잘못 취급한다면 그것은 벽소설도 콩트도 아닌 그 중간적 혼혈아를 다시 창출하게 되는 것이니 이때까지 내려온 조선의 벽소설이라고 하는 것은 이러한 부류에 속하는 것이 많았다.[41](밑줄 강조 -인용자)

인용문은 조선 프로예맹의 볼셰비키 대중화론에서 '벽소설'에 대한 최초의 논의에 해당하는 이갑기의 「문예시평」의 일부분이다. 이갑기의 이 글은 조선 프롤레타리아 예술대중화론에서 '벽소설' 논의에 대한 다양한 맥락을 압축적으로 포함하고 있다는 점에서 중요한 글이다. 그는 조선 프로작가의 '벽소설' 제작의 맥락을 이미 '운동방법'으로 정착된 '벽신문'[42]과 일본 『전기』의 '벽소설' 도입 등에 대해 언급하고 있다. 무엇보다 당대의 '掌篇小說' 및 콩트 등과의 관계 속에 그 배경과 목적을 언급하고 있음이 확인된다. 이것은 앞서 살펴보았지만 박영희, 김용희, 한설야 등의 '掌篇小說'의 전유에 대한 논의와 이어지면서 구체적으로 '벽소설'로 구분하여 논의하고 있음을 보여주는 것에 해당한다. 한편 이갑기는 이 과정에 최정희, 송계월 등의 작품[43]에 "벽소설도 콩트도 아닌 그 중간적

---

41 玄人, 「문예시평- 두 가지의 이야기」, 『비판』, 1932.03. 96면.
42 '벽소설'에 대한 논의와 관련하여 "저널리즘 내지 어떠한 출판수단을 통하지 아니"한 방법이라는 점은 '벽신문' 운동과 아울러 '비합법적 운동'의 차원에서 검토되어야 할 사항이다. 이에 대해서는 다음 장에서 작품논의를 하는 과정에 부분적으로 다룰 것이다.
43 이갑기는 "최정희 씨의 「명일의 식대」와 송계월 씨의(題는 잊었다) 작품"을 언급하고 있는데, 이 두 작가의 작품이 발표된 잡지는 『시대공론』2호이다. 그러나 이갑기가 '제목을 잊었다'고 하는 송계월의 작품은 해당잡지에 수록되지 못했다. 관련하여 『시대공론』2호 '목차'에는 특집 〈여인소설〉에 최정희 「명일의 식대」, 송계월 「S언

혼혈아"라고 비판하고[44] 송영, 이동규의 '벽소설' 작품들[45]을 그 성과라고 평가한다. 아울러 그는 벽소설이 "바쁜 노동자 농민이 가지는 5분 이내의 틈"에 전체를 음미할 수 있어야 한다는, 즉 벽소설의 제작과 그 효과에 대한 중요한 정보도 언급하고 있다. 이상에서 검토한 조선프로문학의 볼셰비키대중화의 한 방안으로 제작된 '벽소설'에 대한 논의를 바탕으로, 다음 장에서는 그 구체적인 작품에 대해 살펴볼 것이다.

늬에게」, 李敬媛 「O.K」 3편을 '벽소설'로 소개하고 있으나, 송계월과 이경원의 작품은 "부득이한 사정으로 실리자 못(한 동지의 원고)"(100면)했다고 기록되어 있다. 한 가지 흥미로운 것은 송계월의 「S언늬에게」는 한 달 전에 『신여성』(1931.12)에 '문예특집-직업여성주제의 여인단편집' '여직공편'에 수록된 송계월의 「공장소식」과의 상관성을 지닌 것으로 보인다. 「공장소식」은 'S언니'에게 쓴 한 여성노동자 김옥분의 편지 형식으로 취하고 있는데, 'S언니'라는 인물의 동일성, 작품 분량 등이 벽소설에 가깝다는 점 등으로 이갑기는 게재되지 않은 송계월의 벽소설을 읽었다고 오인했을 수 있는 것이다. 참고로 송계월은 길이가 짧은 소설 「가두연락의 첫날」(『삼천리』, 1932.03)과 '벽소설' 「신창바닷가」(『신여성』, 1932.11)를 창작했다.

44 당시 벽소설에 대한 이러한 평가는 다음과 같은 글에서도 확인된다. "지금까지 각종 출판물에 나타난 벽소설의 대부분은 최소 단편소설적이었으며 또는 장편소설의 일부분에 지나지 못했다. 그것은 '벽에 붙이며 읽힌다'라는 특수한 필요의 효과를 나타내일 만한 것이 아니었다." 李西贊, 「벽소설에 대하야」(1), 『조선일보』, 1933.06.13.

45 이갑기는 『별나라』에 실린 송영의 작품과 『아등』에 실린 이동규의 '벽소설' 작품에 대해 "벽소설 다운 맛이" 있다고 평가하고 있는데, 여기서 그가 말하는 송영의 '벽소설'은 「을밀대」(『별나라』, 1931.08)와 「고국이 그리운 무리」(『별나라』, 1931.12)이고 이동규의 '벽소설'은 「벙어리」(『아등』, 1931.11)인 것으로 보인다. 아울러 이갑기는 "금번 『집단』誌上에서 카프작가의 조직적 작품이 나타나게 되었으니 그 성과가 우리들의 주목을 끄는 바이다."라고 글을 맺고 있는데, 『집단』(1932.02)에 발표된 '벽소설'은 송영의 「야학선생」과 이동규의 「게시판과 벽소설」이 아닌가 한다. 그런데 해당호에 게재되어 있는 두 작품에는 '벽소설'이라는 표기가 없다. 그럼에도 불구하고 분량과 내용 면에서 '벽소설'에 부합하는 작품으로 간주할 수 있는바 이갑기의 인식이 이를 반증하는 것이라고 하겠다.

4. 볼셰비키 아지프로 텍스트 '벽소설'의 존재방식과 그 특징

지금까지 우리 문학사에서 확인할 수 있는 최초의 벽소설은 송영의 「을밀대」이다. '벽소설'이라는 표기를 하고 발표되었다는 점에서 그렇다.[46] 「을밀대」는 아동잡지 『별나라』 1931년 '7-8월 합호'에 발표되었는데, 목차와 본문에 '소년벽소설'이라는 표기를 달고 게재되었다. 최초의 벽소설에 대한 논의와 관련하여 해당 호의 '목차'의 사항을 주목해 살펴볼 필요가 있다.

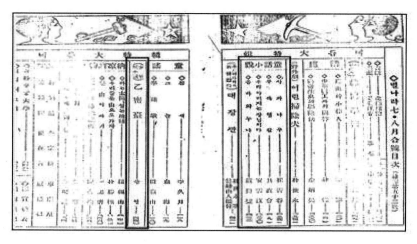

〈그림3〉 『별나라』 1932년 〈七·八月 合號〉 '목차' 페이지

---

46 짧은 분량과 내용에 있어 '벽소설'에 가까운 작품으로 송영의 「실업한 아버지들」(『별나라』, 1931.06, 59-60면)이 있다. 그리고 그 이전에 존재하는 다수의 '소년소설'들도 그 분량 면에서는 '벽소설'과 구분하기 어렵다. 그럼에도 불구하고 송영의 「을밀대」는 '벽소설'이라는 표기를 부여함으로써 의식적으로 '새로운 형식'을 강조하고 있다는 점에서 최초의 '벽소설'로 간주해야 한다고 본다.

〈그림 3〉에서 보듯이, '목차'에는 '동화소설'에 4편의 작품명과 작가명이 하나의 박스 안에 소개되어 있고, 송영의 「을밀대」는 다른 하나의 박스에 "(少年壁小說)「乙密臺」"라고 소개되어 있다. '동화소설'란의 4편 가운데, 崔靑谷의 「사과나무」는 '동화', 九直會의 「무쪽영감」과 安雲波의 「우리 아버지는 장님이다」는 '소년소설'로 본문에 표기되어 있으며, 엄흥섭의 「옵바와 누나」는 '연재소설'로 제4회분이 게재되어 있다. 이러한 사정을 고려할 때 「을밀대」의 '벽소설'이라는 표기는 그 '소년소설'과 명확하게 구분되는 어떤 새로운 양식이라는 점을 강조하기 위한 것임을 알 수 있다. 사실 '소년소설'뿐만 아니라 '동화' 등 그 짧은 분량의 닮음으로만 보면 '벽소설'과 구분하기 힘든 글쓰기가 여전히 존재하고 있었다. 하지만 '목차'에서 뚜렷하게 구분하고 있는 「을밀대」의 '벽소설'이라는 표지는 그것이 다른 양식과 구분되는 새로운 양식이라는 점을 의식적으로 강조하고 있는 것이다.[47]

앞서 '벽소설'에 대한 당대 논의들에서 확인할 수 있었듯이 '벽소설'은 아지프로 목적으로 창작한 작품으로 그 성격은 '벽'이라는 매체성에서 기인하는 조건들을 포함한 텍스트이다. 「을밀대」를 필두로 1931년과 32년에 걸쳐 '벽소설'이라는 표기를 달고 발표된 다수의 작품들이 존재한다. 지금까지 필자가 확인한 벽소설은 20여 편이다.[48] 본고에서는 그 가

---

[47] 당시 '벽소설'과 '掌編소설' 혹은 '小說'이 혼용되어 사용되고 있다는 점도 지적해둔다. 4개월 후에 같은 『별나라』에 발표된 송영의 「고국이 그리운 무리」(1932.10)의 경우 '목차'에서는 '掌篇小說'이라 표기하고 본문에서는 '벽소설'이라고 표기하고 있기도 하다. 그 외에도 목차에는 '벽소설'이라고 표기하고 본문에서는 '소설'이라고 표기한 경우(昇應順, 「비오는 밤」, 『신소년』, 1932.08) 혹은 그 반대의 경우(梁佳彬, 「딸기」, 『신소년』, 1933.08)도 확인된다.

[48] 이 책의 부록4 〈1930년대 '벽소설' 작품 목록〉 참조.

운데 최초의 벽소설이자 벽소설의 성격을 가장 잘 담고 있는 작품에 해당하는 「을밀대」를 중심으로 살펴보고자 한다. 이에 앞서 '벽소설'을 다수 발표한 바 있는 이동규의 「게시판과 벽소설」[49]을 살펴볼 것이다. 이 작품은 당대 '벽소설'의 문예운동 맥락을 가장 잘 반영하고 있는 작품에 해당하기 때문이다. 뒤에서 설명하겠지만 「게시판과 벽소설」이 '벽소설'의 볼셰비키 대중화론의 매체운동 차원, 즉 '벽소설' 운동이 어떻게 가능한지를 다루고 있다면, 「을밀대」는 그 '벽소설'의 실제는 어떠한지, 즉 그것이 갖추어야하는 내용과 매체 미학적 특성을 담고 있다.

이동규의 「게시판과 벽소설」은 공장의 식당 한편 벽에 설치된 '게시판'을 둘러싸고 벌어진 이야기를 다루고 있다. 짧은 이야기를 소개하면 다음과 같다. 공장 사무실 측에서 설치한 '게시판'에는 근면, 성실 등의 수양강화 메시지가 게재되고 감독이 일주일에 한 번 나와 그것에 대해 '설교'한다. 하지만 노동자들은 사무실 측에서 게시한 것들을 곧이곧대로 '읽지도 보지도' 않는다. 노동자들은 '이전같이 어리석지' 않은데, 그들은 서너 달 전에 임금감하 반대와 대우개선 요구 파업을 통해 그 성과로 식당 설치까지 얻어낸 까닭이다. 그 식당에 사측에서 '게시판'을 설치한 것이다. 이에 대해 노동자들은 '게시판'을 "우리들에게 유용한 것으로 만들"고자 한다. 사무실에서 붙인 종이 위해 노동자들은 돌아가며 '별 것'을 다 붙였다. "신문기사(특히 쟁의기사)를 써다 붙이고" "잡지에 나는 벽소설을 벗겨다" 붙여

---

49 이동규의 「게시판과 벽소설」은 『집단』2(1932.02)에 발표된 작품이다. 해당 호의 '문예/창작'란에 과 송영의 「야학선생」과 함께 2편의 '소설'이 수록되어 있다. 목차와 본문에도 '벽소설'이라는 표기고 본문에 "우리들의 소설"이라고 되어있다. 2편은 각각 3면, 2면으로 제작된 짧은 분량의 소설이다. 따라서 내용과 분량에 있어 2편은 모두 '벽소설'이라고 간주해도 무방하다.

점심 먹고 그것을 읽는 것이 한 일과요 재미가 된 것이다. 그러던 어느 날 오후 감독이 게시판의 게시물을 읽어주는 도중에 그것이 "모 씨가 지은 벽소설 「직공위원회」"임을 알고 골이 잔뜩나서 게시판을 떼어낸다. 게시판이 철폐되었지만 "벽소설의 필요를 깊이 느꼈고 그것을 읽는 것이 한 버릇이 된" 노동자들은 "식당 출입문 벽에다 그전과 다름없이 잡지에 소설이 나는 대로 정성껏 벗겨다 붙이고 날마다 열심히 읽어갔다."

이상의 내용을 통해 아지프로 텍스트 '벽소설'에 대한 논의가 가능하다. 먼저 '게시판'과 '벽'이라는 매체가 가진 함의에 대한 것이다. 서구의 '벽보'의 역사에서 '벽'은 통치와 저항의 매체였다는 점을 참고할 때[50], 작중의 '게시판'은 사측과 노동자들이 벌인 투쟁의 상징에 해당한다고 할 수 있다. 그런데 사측이 설치한 '게시판'이 공식적이고 합법적인 것이라면 '식당 출입문 벽'은 그렇지 않다. 결과적으로 '게시판'을 노동자의 것으로 쟁취하려는 시도는 실패한 것이라 볼 수 있다. 그러나 노동자들은 '별 것'이 게시될 수 없음을 알고도 시도한 것이므로 결국 사측의 철거를 이끌어낸 것은 성과이기도 하다. 이런 의미에서 '게시판'은 사측의 규율에 대한 노동자들의 저항을 담아내기 위한 소설적 장치에 해당하는 것이다. 아울러 '게시판'에 대비되는 '식당 출입문 벽'은 볼셰비키 문예운동의 수단인 '벽소설'의 위치를 말해주는 것이다. 다시 말해 '벽'은 볼셰비키 문예운동의 비합법적이고 지하운동적인 실천과 관련된 것이다.

작중에서 "잡지에 나는 벽소설"을 "벗겨다 붙이고" 읽었다는 내용을 확인할 수 있다. 이 사항은 '벽소설'의 창작과 그 유통에 대한 중요한

---

50 베르너 파울슈티히, 황대연 역, 『근대 초기 매체의 역사: 매체로 본 지배와 반란의 사회 문화사』, 지식의 풍경, 2007, 293면.

한국근대소설 미학과 '記者-作家'

논의 사항을 말해주고 있는 것이다. 앞서 말한 '게시판'의 합법성과 '벽'의 비합법성의 문제와 관련해 조선 프롤레타리아 대중화 논의를 검토해보면, 볼셰비키 대중화론에서 '벽'은 예술운동의 어떤 '임계점'에 해당하는 것이라 할 수 있다. 이른바 "극도로 재미없는 정세"에 대한 프로 작가들의 태도는 "현재의 잡지와 신문은 가능한 범위 안에서 최대한도로 이용할 필요가 있다"[51]는 '합법추수'의 입장(김기진)과 "검열이 현재이상으로 가혹"[52]해지더라도 "탄압의 격류를 遡航[53]하기 위해 '우리들'의 기관지 발간과 조합을 통한 배포 등을 통한 '비합법적' 운동이 되어야 한다는 입장으로 갈렸다.[54] 후자의 볼셰비키 예술대중화론의 '비합법적' 운동에서 '벽'은 가장 적합한 미디어가 될 수 있었던 것이다. 그런데 '극도로 재미없는' 검열과 탄압의 식민지 현실에서 아래에서 "잡지"에 발표된 '벽소설'은 검열까지 통과한 '합법적인' 텍스트이다. 같은 작품을 '잡지'로는 읽어도 되지만 '벽'에 붙이고 읽으면 안 되는 모순, 식민당국의 집회(많은 사람이 모이는 것)에 대한 감시를 고려하더라도, 이 모순을 어떻게 이해할 것인가? 이 문제는 현재 우리가 대면하는 '벽소설'이 '합법적'으로 간행

---

51 김기진, 「예술의 대중화에 대하여」, 『조선일보』, 1930.01.01-11(임규찬·한기형 편, 『문예운동의 볼셰비키화』, 태학사, 1989, 50면).

52 임화, 「탁류에 항하여」, 『조선지광』, 1929.00.(임규찬·한기형 편, 『제1차 방향전환론과 대중화론』, 태학사, 1989, 604면).

53 權允煥, 「무산예술운동의 瞥顧와 장래의 전개책」, 『중외일보』, 1930.01.10-31.(임규찬·한기형 편, 『문예운동의 볼셰비키화』 태학사, 1989, 62면).

54 한기형은 조선 계급문학 내의 김기진과 임화의 이러한 대립을 일본의 합법 및 비합법적 전술 구사를 가능하게 한 (출판)시장 조건과 조선의 식민당국의 검열 등 양자의 차이 등에서 빚어진 것이라고 설명한 바 있다. 조선의 좌익문예운동가들에게 합법과 비합법 양자간의 선택은 "심각한 실존의 문제"(256면)에 해당하는 것이었다. 한기형, 『식민지 문역: 검열/이중출판시장/식민자의 문장』, 성균관대학교 출판부, 2019, 252-258면 참조.

된 텍스트라는 점에서 난제가 아닐 수 없다. 비합법적으로 창작 유통된 작품의 존재는 확인할 수 없기에, 결국 합법적으로 간행된 '벽소설' 텍스트를 논하는 데 있어 '검열'은 중요한 사항이 아닐 수 없다. '벽소설'은 검열을 통과해 '잡지' 게재되어 노동자의 손에 가닿아야 하고 결국엔 '벽'에 붙여져 노동자들이 함께 읽을 수 있어야 한다. 다시 말해 '벽소설'의 생산과 유통에는 '잡지 게재'와 '벽' 게재의 이중검열이 존재하는 것이다.

그리고 볼셰비키 예술대중화론의 '대중'은 막연한 대상이 아니라 '혁명적 프롤레타리아'로 한정된 '노동자·농민'이다. 또한 '예술대중화'의 주체는 "제작하는 임무와 같이 '持入'하는 임무도 동시에 수행"[55]해야 한다는 점에서 이른바 '예술가'가 아니라 "예술운동가"이다. 따라서 '예술운동가'로서 '벽소설'의 제작자가 (비)합법적 간행물에 자신의 작품을 게재하는 행위는 작품이 '벽'에 붙여져 노동자들이 '함께' 읽는 상황까지 포함한 실천에 해당하는 것이다. 그런데 잡지에서 해당 작품을 "벗겨다 붙이"는 주체는 논리적으로는 노동자 누구나가 될 수 있겠지만 볼셰비키 대중화에서 그 역할은 조합 조직이 담당하는 것이라고 봐야 한다. 볼셰비키 대중화에서 가장 중요한 사안 가운데 하나는 조직(화)과 기관지의 확보 문제였다. 일본의 경우 그것은 노농통신운동에 의해 활발하게 전개하여 1930년 11월 소비에트연방 하르코프시에서 개최된 국제혁명작가동맹 제2회 대회에서 성공적인 사례[56]로 보고되기도 하였으나 조선에서 통신운동은 그 필요성에 대한 인식과 논의에도 불구하고[57] 기관지 확보의 문제

---

55   권환, 「조선 예술운동의 당면한 구체적 과정」, 『중외일보』, 1930.9.02.-16(임규찬·한기형 편, 『문예운동의 볼셰비키화』, 태학사, 1989, 204-209면).

56   임규찬 편, 『일본 프로문학과 한국문학』, 연구사, 1987, 189-190면 참조.

57   권환, 「하리코프대회 성과에서 조선프로예술가가 얻은 교훈」, 『동아일보』, 1931.05.14.

와 더불어 일제의 탄압 속에 그 실천은 부진했다. 이후 조선에서의 '비합법적 투쟁'은 야학 등을 활용하거나 지하화되어 갔다.[58]

이상에서 「게시판과 벽소설」을 통해 '벽소설'이 '벽'이라는 미디어를 고려한 제작과 조직적 유통이라는 특성을 가진 텍스트라는 점을 확인했다. 이어서 살펴보고자 하는 것은 이동규의 「게시판과 벽소설」에서 언급하고 있는 "벽소설 「직공위원회」"에 해당하는, 즉 실제 벽소설의 구체적인 형식과 내용에 대한 것이다.[59] 여기에서는 앞서 소개한 최초의 벽소설 「을밀대」를 중심대상으로 삼아 논의하고자 한다. 다음 〈그림4〉는 『별나라』에 게재된 형태 그대로이다.

-17.(임규찬·한기형 편, 『문예운동의 볼셰비키화』, 태학사, 1989, 271~270면).

58 이와 관련하여 '벽소설' 작품 가운데 운동의 차원에서 그것의 활용에 대해 다루고 있는 작품이 확인된다는 점도 흥미롭다. 이동규의 「게시판과 벽소설」뿐만 아니라 송영의 벽소설 「야학선생」(『집단』, 1932.02) 등이 그것이다. 「야학선생」의 경우 야학 프로그램으로 '산신문' 등의 활용에 대한 내용을 다루고 있다. 이런 작품들은 다른 작품들과 달리 독자를 '운동의 전위자'들로 상정하고 있는 경우에 해당한다. '야학선생'을 독자로 상정하고 그들에게 산신문, '벽소설' 등을 활용한 교육방법을 소개하고 실천하라는 메시지를 '벽소설'로 전달하고 있는 것이다.

59 이동규의 「게시판과 벽소설」은 그가 먼저 발표한 벽소설 「벙어리」(『아등』, 1931.12)와 상호텍스트성을 이루는 작품이라는 점도 흥미롭다. 「벙어리」는 "××위원회 사건!" 후 검거되어 형무소에 갇혀 있는 동지들에 대해 검거되지 않고 남은 '나'의 죄책감을 다룬 '벽소설'이다. 따라서 「게시판과 벽소설」에서 언급한 "벽소설 「직공위원회」"는 벽소설 「벙어리」라고 볼 수 있다.

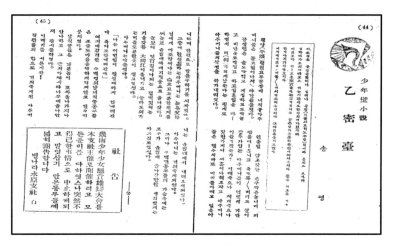

〈그림4〉 송영의 벽소설 「을밀대」(『별나라』, 1931.8)

〈그림4〉에서 확인할 수 있듯이 「을밀대」는 잡지의 2쪽에 걸쳐 게재되어 있다. 이러한 분량과 편집은 일본의 경우도 거의 대부분 같으며 한국의 '벽소설' 또한 같다.[60] 이러한 '짧은 분량'과 편집은 '벽소설'이 잡지에 수록되어 있지만 수록된 다른 글들 혹은 소설들처럼 읽히는 것만 염두에 둔 것이 아니라는 점을 알 수 있다. 다시 말하지만 이 작품은 '벽'에 붙여

60　다음은 일본에서 최초 발표된 벽소설인 堀田昇一의 「建国祭を叩きつぶせ」와 窪川いね子의 「食堂のめし」(『전기』, 1931.02)이다. 『전기』 수록 벽소설의 경우 2면 분량과 삽화가 함께 수록되어 있다는 점이 특징적이다. 『전기』 수록 '벽소설'의 경우 이러한 구성 편집은 유지되는 편이나 『중앙공론』(1931.08) 등에서는 삽화는 없이 게재되어 있다. 한국의 '벽소설' 작품은 삽화가 함께 수록된 경우는 한 편도 확인되지 않는다.

두고 읽는 소설이다. 해당 부분을 오려내서 바로 붙일 수도 있고 누군가가 다른 종이에 옮겨 써서 붙일 수도 있을 것이다.

송영의 「을밀대」는 최초의 벽소설이기도 하지만 그 양식의 새로움을 알리기 위해 작품의 서두에 박스 처리해서 "이 소설을 공장문밖이나 일터나 공청(시골서 모여 노는 방) 벽에다 붙이고 보아라. 일하다가도 쳐다보고 쉬는 시간에도 한 번 쳐다보아라."라고 말해놓았다. 이 박스 속의 작가 발언은 '벽소설'을 이해하는 데 아주 중요한 정보가 아닐 수 없다. 이 대목을 통해 '벽소설'은 그것이 부착될 '벽'(장소)을 콘텍스트로 포함한 텍스트라는 점을 알 수 있다. 이때 '벽'은 추상적인 것이 아니라 '공장문밖', '일터', '공청'과 같이 구체적인 장소성을 가진다. 그 콘텍스트에는 그 '벽' 앞에 선 '독자'까지도 포함된다. 여기에 "일하다가도" "쉬는 시간에도" 쳐다보라고 하고 있다. 이것은 무산계급의 노동시간을 콘텍스트의 한 요소로 포함하는 벽소설 텍스트의 특성을 말해준다고 할 것이다. 이러한 내용을 통해 '벽소설'은 '벽'이라는 장소성과 짧은 시간성이라는 조건 속에서 읽혀지는 것임을 알 수 있다.

「을밀대」는 평양 평원고무공장의 여직공들의 파업을 배경으로 그 과정에서 '한선희'라는 한 여직공의 '을밀대 고공농성' 사건을 다루고 있다. 그런데 인물과 사건에 대한 정보는 극도로 압축되어 제시되어 있다. 이러한 특징이 짧은 길이 때문이라고 한정해서는 '벽소설'의 중요한 한 성격을 이해하지 못할 수도 있다. '짧은 길이'의 조건은 또 다른 콘텍스트를 포함하면서 보완되고 극복되기 때문이다. 이때 또 다른 콘텍스트는 작가의 발언으로 박스처리해서 밝힌 "좋은 사실(事實)을 아는 것이 있거든 글은 잘되든 못되든 간에 써서 붙이라"고 했을 때 그 "사실"과 관련된 것이다.

주지하다시피 「을밀대」는 1931년 5월에 발생한 '평양 평원고무공장 파업'과 파업 주동자의 한 명이었던 여직공 강주용의 이른바 '을밀대 고공농성' 사건을 다룬 것이다. 1931년 5월 16일부터 시작된 평양 선교리 평원고무공장 파업은 회사측의 일방적인 임금인하 통고에 대한 노동자의 반발로 촉발되었다. 이 파업은 '을밀대의 체공녀' 사건으로 언론의 관심을 받는데, 파업과정에서 경찰 투입으로 인해 공장에서 쫓겨난 주동자 여직공 강주용이 5월 28일 밤 대동강변 을밀대 지붕에 올라 산보객을 대상으로 9시간 넘게 연설을 한 사건이다.[61]

벽소설 「을밀대」는 '체공녀 사건'의 여직공 인물인 '강주룡'을 '한지희'로 바꿔놓았을 뿐 다른 내용은 언론의 보도기사와 다르지 않다. 아니 이렇게 말하는 것은 잘못이다. 「을밀대」의 '한주희'가 '강주룡'이라는 사실은 현실 언론의 보도 정보로 이미 알고 있는 것이라고 해야 정확하다. 그러니까 「을밀대」는 '소설'이지만 작품 내적 정보들은 작품 외적 현실의 정보들을 콘텍스트로 포함하고 있는 것이다. 때문에 「을밀대」는 '체공녀 강주룡 사건'의 '소설화'라는 관점에서 보기보다는 차라리 '벽소설'이라는 문학양식을 통해 실제 사건을 '보도'하는 것이라고 보는 쪽이 더 적절해 보인다.[62] 이러한 '벽소설'의 특징은 일본프로문학의 당대 '벽소

---

61   無號亭人, 「乙密臺上의 滯空女, 女流鬪士 姜周龍 會見記」, 『동광』, 1931.07. 해당 글에는 을밀대에 오른 강주룡의 사진이 수록되어 있다. 참고로 체공녀 강주룡은 경찰에 체포되고 동료 노동자들의 이어지는 검거로 파업은 세가 꺾여 7월초에 동지들의 복귀로 종결되었다. 강주룡은 신경쇠약으로 보석출옥 후 1932년 8월 13일 사망했다고 한다. 한편 이 파업은 단식농성에 해당하는 '아사동맹'의 결성, 주동자인 여직공 강주용의 이른바 '고공농성' 등 노동자 파업투쟁 방법에 있어서 그 역사적 기원을 선취하고 있는 것이라 평가할 만하다.

62   '벽소설'의 이러한 성격은 송영의 '벽소설' 「야학선생」에서도 두드러진다. 「야학선생」 (『집단』, 1932.2)에서는 1931년 11월 발생한 평북 용천의 소작쟁의인 '용천불이서선

설' 논의에서 내용적으로 "당면한 구체적 문제의 소설적 해설"[63]이라는 사항을 다루어야 한다는 조건과도 공유하는 부분에 해당한다. 아울러 안함광이 말한 "시사적 사실에 대한 대중의 충격을 행동의 힘으로 조직"[64]하는 '시사문학'의 범주에 드는 것이라고 할 수 있다.[65] 이러한 점에서 「을밀대」는 '벽소설'이 무엇을 어떻게 다루어야 하는지에 대한 모범을 보여주는 작품에 해당하는 작품이다.

벽소설은 현실의 "좋은 사실"을 콘텍스트로 포함하는 동시에 상호관계성 속에 놓여있다고 할 때, 송영이 벽소설이라는 양식으로 「을밀대」를 창작할 수밖에 없었던 또 하나의 이유도 생각해볼 수 있다. 실제 평원고무공장 파업은 2개월 만에 종료되었다. 정확한 창작시기를 알 수 없지만 「을밀대」는 발표 시기를 고려할 때 강주용의 체포 후 급격하게 약화되던 파업상황 속에 쓰여졌을 가능성이 크다. 이런 상황이 작가 송영에게 어떤 '조급함'으로 작용하지 않았을까? 파업에 대한 적극적인 지지와 응원 그리고 무엇보다 "동무들의 가슴 속에" "감격"을 주고 "모두가 을밀대

종장소작쟁의(龍川不二西鮮農場小作爭議)' 소식을 작중에 포함시켜 다루고 있다.

63 渡邊晴夫, 앞의 논문, 152면. 벽소설의 요건으로 '당면한 구체적인 문제의 소설적 해설'이라는 조건은 고바야시 다키지가 말한 '대중이 직접적으로 요구하는 것에 대답할 수 있는 구체적인 내용'에 대해 미야모토 겐지(宮本顯治)가 당대 벽소설에 대한 문예시평에서 사용한 표현이다. 미야모토는 벽소설의 조건을 이(본래의 조건)에 한정하지 않고 인간의 살아가는 자세를 상징적으로 그려내어 감동을 주는 작품도 좋은 벽소설이라고 했다.

64 안함광, 「시사문학의 옹호와 타도 나이브 리얼리즘」, 『형상』, 1934.03, 60면.

65 벽소설의 시사문학 혹은 보고문학적 특징에 대해서는 또 다른 측면의 고찰을 요한다. 이는 벽소설에만 국한되는 것이 아니라, 일본 『전기』의 「노농통신」을 고려할 때 '통신문학'적 성격과 관련된 사항이다. 따라서 조선 프롤레타리아 문예운동에서 『비판』 등의 잡지에서 수행된 '통신문예'적 성격의 글쓰기를 아울러 고찰하여 '벽소설'의 '시사-보고문학적' 성격을 규명할 필요가 있다. 이에 대해서는 추후 연구에서 다룰 계획이다.

올라갈 만한 생각"을 고양하고자 하는 작가의 메시지가 그 증거이다. 그러니까 '사실'의 보고와 그 의미화를 위해 '벽소설' 「을밀대」는 제작된 것이다. 이것이 벽소설이라는 양식을 채택한 이유이면서 동시에 벽소설이 '당면한 현실의 소설적 해설'이라는 성격을 띠게 된 이유일 것이다.

한편 벽소설이 '벽'에 붙고 '읽는다'는 점을 고려할 때, '벽'의 장소성은 개인의 묵독을 넘어 다수의 독자가 '함께 읽는다'는 행위를 포함하고 있는 것이다. 당시 노동자의 높은 문맹률과 '함께 읽는다'는 행위를 고려할 때 '벽소설'은 '낭독'의 가능성을 담고 있는 텍스트이다. 「을밀대」는 누군가의 낭독으로 다수의 청자가 '함께' 읽는 상황을 염두에 두고 있는 텍스트라 할만하다. 쉬운 어휘로 작성된 문장과 문장에 내재된 리듬(호흡)의 존재를 통해 낭독에 적합한 텍스트임을 확인할 수 있다. 예컨대 "왼 종일 양초 같은 손가락을 놀리며 피땀을 다—흘리고 죽도록 죽도록 벌어도 살아갈 수가 없는 아주머니들이 어떻게 가만히들 있겠는가?"라는 문장에 배분되어 있는 규칙적인 호흡과 "죽도록 죽도록 벌어도"에서의 반복 등은 '벽소설'의 낭독 텍스트로서의 성격을 반영한 것에 해당한다. 결론적으로 '벽소설'은 '벽'이라는 미디어의 장소성과 시간성의 제약 속에 시사—보고적 성격과 낭독의 구술성이 결합되어 아지프로의 방법이자 그 효과의 극대화를 실천한 텍스트임을 할 수 있다.

5. 결론을 대신하여
: '벽소설', 계급문학의 또 다른 가능성을 위하여

본고에서는 계급문학의 볼셰비키대중화론의 실천 방법으로 모색된 '벽소설'의 창작 배경과 작품의 성격에 대해 고찰했다. '벽소설'은 '벽' 매체의 특성을 공유한 당시 활발하게 제작 및 열람되고 있었던 '벽신문'의 미디어적 경험 속에 자연스럽게 도입될 수 있었으며, 무엇보다 조선 계급문학 진영은 일본 프로예맹의 '벽소설' 형식을 참조하는 동시에 조선 문단에 존재하는 부르주아 양식인 '掌篇小說(콩트)' 등과의 구별짓기를 통해 '벽소설' 운동을 실천할 수 있었다. 이러한 예술대중화론의 전략으로 제작된 '벽소설'은 '벽'이라는 미디어의 장소성과 시간성 그리고 낭독이라는 구술성을 바탕으로 짧은 분량 안에 시사-보고적 내용을 다루는, 아지프로 텍스트에 부합하는 '새로운 양식'임을 확인했다.

이 글은 「을밀대」를 중심으로 '벽소설'의 아지프로 텍스트로서의 특징을 규명하는 데 머물렀다. 본고에서 확인한 '벽소설'들과 더 다양한 작품들에 대한 발굴을 바탕으로 '벽소설' 텍스트 전반에 대한 분석과 그 성격을 밝히는 후속 작업이 필요하다. 그런데 이 후속 과제에서 '벽소설'이라는 양식 혹은 표지의 여부로 작품을 한정하는 것은 '벽소설'에 대한 논의를 더 의미있게 진전시키기 어렵다고 판단된다. 그리고 본고에서 확인했듯이 작품 제작에 비해 볼셰비키 대중화의 창작방법론에서 '벽소설' 양식자체에 대한 이론적 차원에서의 논의는 활발하지 않았다. 따라서 '벽소설' 운동은 오히려 실제 독자들의 창작 운동 가능성 속에 고찰할 필요가 있다. '벽소설'은 녹자 참여 글쓰기 운동을 족발하였다. 대표적으로

『비판』, 『여인』, 『신소년』으로 대표되는 잡지 매체의 독자참여 글쓰기 운동이 그것에 해당한다. 이른바 '소설(문학)'의 범주에서 포착하지 못했던 수기, 르포, 보고문 등의 '통신문학' 텍스트로서의 논의 가능성이 존재한다. 따라서 이러한 후속 과제를 통해 '벽소설' 연구는 한정된 작품에 대한 논의에 머무르지 않고 근대 노동문학 범주를 훨씬 더 다양하고 풍부하게 확장시킬 수 있어야 할 것이다.

아울러 주지하다시피 프롤레타리아 예술운동은 국제적 연대를 바탕으로 진행되었다. 본고의 주제인 '벽소설' 운동의 경우도 마찬가지다. 일본 프로예맹이 창안한 '벽소설'은 조선과 중국의 예술운동에 상당한 영향을 끼쳤다. 이 글에서는 살피지 않았지만 중국의 '墙头小说'(벽소설) 운동 또한 활발했다. 따라서 추후 연구 과제로 한중일 3국의 '벽소설' 논의와 각국의 작품에 대한 비교를 통해 프롤레타리아 예술운동의 각국의 특수성을 도출할 수 있을 것이다. 이 글에서 미루어둔 조선 프롤레타리아의 '벽소설' 작품에 대한 전반적인 분석은 향후 일본의 '벽소설'과 중국의 '장두소설(墙头小说)'을 상호 비교할 때 그 특수성이 명확해질 수 있을 것이라 기대한다.

한국근대소설 미학과 '記者-作家'

참고문헌

1) 1차 자료 : 신문 잡지

『매일신보』, 『동아일보』, 『조선일보』, 『시대일보』, 『중외일보』, 『조선중앙일보』
『개벽』, 『신생활』, 『조선지광』, 『조선문단』, 『동명』, 『별건곤』, 『동광』,
『문예공론』, 『철필』, 『신동아』, 『삼천리』, 『조광』, 『사해공론』, 『제일선』,
『현대평론』, 『혜성』 등

2) 단행본

가라타니 고진, 김경원 역, 『마르크스 그 가능성의 중심』, 이산, 2003.
간 사토코, 노혜경 역, 『미디어의 시대: 근대적 문학제도의 성립과 독서의 변천』, 소
　　　　명, 2012.
권보드래, 『한국 근대소설의 기원』, 소명, 2000.
　　　　, 『연애의 시대』, 현실과문화사, 2003.
권영민, 『서사양식과 담론의 근대성』, 서울대학교출판부, 1999.
김경수, 『염상섭과 현대소설의 형성』, 일조각, 2008.
김동성, 『新聞學』, 조선도서주식회사, 1924.
김동식, 「한국의 근대적 문학 개념 형성과정 연구」, 서울대학교 박사학위논문,
　　　　1999.
김석봉, 『신소설의 대중성 연구』, 역락, 2005
김영민, 『한국근대소설사』, 솔, 1997.
　　　　, 『문학제도 및 민족어의 형성과 한국 근대문학(1890~1945): 제도, 언어, 양
　　　　식의 지형도 연구』, 소명, 2012.

김용언, 『범죄소설: 그 기원과 매혹』, 강, 2012.

김윤식, 『염상섭연구』, 서울대학교출판부, 1986.

＿＿＿, 『한국근대문학양식논고』, 아시아문화사, 1990.

김을한, 『新聞夜話: 三十年代의 記者手帖』, 일조각, 1971.

김재용 외, 『한국근대민족문학사』, 한길사, 1993.

김지영, 『연애라는 표상: 한국근대소설의 형성과 사랑』, 소명, 2007.

나가미네 시게토시, 『독서국민의 탄생』, 다시마 데쓰오·송태욱 역, 푸른역사, 2005.

노연숙, 『동아시아 정치서사 연구』, 지식산업사, 2015.

마셜 맥루언, 김성기, 이한우 역, 『미디어의 이해: 인간의 확장』, 민음사, 2006.

마쓰오카 세이코, 박광순 역, 『知의 편집공학』, 넥서스, 2000.

마에다 아이, 유은경, 이원희 역, 『일본 근대 독자의 성립』, 이룸, 2003.

문연주, 『일본 편집자의 탄생 : 직업 형성의 역사와 구조』, 커뮤니케이션북스, 2010.

미첼 스티븐슨, 이광재·이인희 역, 『뉴스의 역사』(3판), 커뮤니케이션북스, 2010.

미하일 바흐찐, 전승희·서경희·박유미 역, 『장편소설과 민중언어』, 창작과비평사, 1988.

＿＿＿＿＿＿, 김근식 역, 『도스토예프스키 시학』, 정음사, 1988.

바네사 R. 슈와르츠, 노명우·박성일 역, 『구경꾼의 탄생: 세기말의 파리, 시각문화의 폭발』, 마티, 2006.

박상준, 『형성기 한국 근대소설 텍스트의 시학-우연의 문제를 중심으로』, 소명, 2015.

박우수, 『수사적 인간』, 도서출판 민, 1995.

박헌호 외, 『작가의 탄생과 근대문학의 재생산 제도』, 소명, 2008.

베르너 파울슈티히, 황대연 역, 『근대 초기 매체의 역사: 매체로 본 지배와 반란의 사회 문화사』, 지식의 풍경, 2007.

서영채, 『사랑의 문법』, 민음사, 2004.

손유경, 『고통과 동정』, 역사비평사, 2008.

송민호, 『언어 문명의 변동』, 2016, RHK.

안드레이 타르코프스키, 김창우 옮김, 『봉인된 시간』, 분도출판사, 1991.

안종묵, 『언론 이데올로기 들여다보기』, 한국외국어대학교 출판부, 2005.

안토니 이스트호프, 임상훈 역, 『문학에서 문화연구로』, 현대미학사, 1996.

양진오, 『한국소설의 형성』, 국학자료원, 1998.

올리비에 르불, 홍재성·권요룡 역, 『언어와 이데올로기』, 역사비평사, 1995.

운노 히로시, 송태욱 역, 『역사를 비틀어버린 세기의 스캔들』, 북스넷, 2011.

위르겐 하버마스, 한승완 역, 『공론장의 구조변동: 부르주아 사회의 한 범주에 관한 연구』, 나남, 2001.

유재천, 『한국언론과 이데올로기』, 문학과지성사, 1990.

유현목, 『한국영화발달사』, 한진출판사, 1980.

이보영, 『亂世의 文學: 廉想涉論』, 예지각, 1991.

_____, 『염상섭문학론: 문제점을 중심으로』, 금문서적, 2003.

이언 와트, 전철민 역, 『소설의 발생』, 열린책들, 1988.

이정옥, 『1930년대 한국 대중소설의 이해』, 국학자료원, 2000.

이주형, 『한국근대소설연구』, 창작과비평사, 1995.

이토 세이(伊藤 整), 고재석 역, 『근대 일본인의 발상형식』, 소화, 1996.

이혜령, 『한국 근대소설과 섹슈얼리티의 서사학』, 소명, 2008.

이희정, 『한국 근대소설의 형성과 〈매일신보〉』, 소명출판, 2008.

임규찬 편, 『일본 프로문학과 한국문학』, 연구사, 1987.

임규찬한기형 편, 『제1차 방향전환론과 대중화론』, 태학사, 1989.

_____, 『문예운동의 볼셰비키화』, 태학사, 1989.

임철규, 『왜 유토피아인가?』, 민음사, 1994.

전은경, 『근대계몽기 문학과 독자의 발견』, 역락, 2009.

_____, 『미디어의 출현과 근대소설 독자』, 소명, 2017.

정선태, 『개화기 신문 논설의 서사 수용 양상』, 소명출판, 1999.

정진석, 『한국 언론사연구』, 일조각, 1983.

조남현, 『상록수』, 서울대학교출판부, 1996.

_____, 『소설신론』, 서울대학교출판부, 2004.

조선일보사 사료연구실, 『조선일보 사람들』, 랜덤하우스중앙, 2004.

조연현, 『한국신문학고』, 을유문화사, 1977.

조영복, 『문인기자 김기림과 1930년대 '활자-도서관'의 꿈』, 살림, 2007.

_____, 『넘다 보다 듣다 읽다: 1930년대 문학의 경계넘기와 개방성의 시학』, 서울
　　　대학교출판문화원, 2013.

차혜영, 『한국근대 문학제도와 소설양식의 형성』, 역락, 2004.

찰스 E. 메이, 최상규 역, 『단편소설의 이론』, 예림기획, 1997.

천정환, 『근대의 책읽기: 독자의 탄생과 한국 근대문학』, 푸른역사, 2004.

清水 幾太郎, 이효성 역, 『流言蜚語의 社會學』, 청람문화사, 1977.

최서영, 『한국의 저널리즘: 120년의 역사와 사상』, 커뮤니케이션북스, 2002.

최원식, 『한국 근대소설사론』, 창작사, 1986.

크리스틴 톰슨·데이비드 보드웰, 주진숙·이용관·변재란 외 역, 『세계영화사-영화
　　　의 발명에서 무성영화 시대까지』, 시각과 언어, 2000.

프랑크 에브라르, 최정아 역, 『잡사와 문학』, 동문선, 2004.

韓國新聞硏究所 編, 『言論秘話 50篇: 元老記者들의 直筆手記』, 韓國新聞硏究所, 1978.

한국언론인연합회 편, 『한국언론사 100년』, 한국언론인연합회, 2006.

한기형, 『식민지 문역: 검열/이중출판시장/식민자의 문장』, 성균관대학교 출판부,
　　　2019.

한기형 외, 『근대어·근대매체·근대문학: 근대 매체와 근대 언어질서의 상관성』,
　　　성균관대학교 출판부, 2006.

한기형·이혜령 편, 『염상섭 문장전집』1-2, 소명출판사, 2013.

한원영, 『한국근대신문연재소설연구』, 이회문화사, 1996.

_____, 『한국신문 한 세기(개화기편)』, 푸른사상사, 2002.

_____, 『韓國 新聞 한 世紀: 近代篇』, 푸른사상, 2004.

허행량, 『스캔들-한국의 엘리트와 미디어』, 나남출판, 2003.

홍정선 편, 『김팔봉문학전집』1, 문학과지성사, 1988.

홍혜원, 『이광수 소설의 이야기와 담론』, 이화여자대학교 출판부, 2002.

A. 하우저, 황지우 역, 『예술사의 철학』, 돌베개, 1983.

_____, 백낙청 외 역, 『문학과 예술의 사회사』(현대편), 창작과비평사, 1985.

S. 리몬-케넌, 최상규 역, 『소설의 시학』, 문학과지성사, 1996.

David T.Z. Mindich, *Just the facts: how "objectivity" came to define American
　　　journalism*, New York University Press, 1998.

Doug Underwood, *Journalism and the novel: truth and fiction 1700-2000*, Cambridge University Press, 2008.

Kate Campbell ed., *Journalism, literature, and modernity : from Hazlitt to Modernism*, Edinburgh University Press, 2000.

Lennard J. Davis, *Factual fictions: the origins of the English novel*, University of Pennsylvania Press, 1997.

Matthew Rubery, *The novelty of newspapers : Victorian fiction after the invention of the news*, Oxford University Press, 2009.

Phyllis Frus, *The Politics and poetics of journalistic narrative : the timely and the timeless*, Cambridge University Press, 1994.

Shelley Fisher Fishkin, *From fact to fiction: journalism & imaginative writing in America*, Johns Hopkins University Press, 1985.

William A. Cohen, *Sexscandal: The Private of Victorian Fiction*, Duke Uni. Pre., 1996.

3) 연구논문

Michael D. Shin, 「'문화정치' 시기의 문화정책, 1919~1925년」, 김농노 편, 『일제 식민지 시기의 통치체제 형성』, 혜안, 2006.

강민성, 「한국 근대 신문소설 삽화 연구」, 이화여자대학교 석사학위논문, 2002.

강용훈, 「"작가(作家)" 관련 개념의 변용 양상과 "작가론(作家論)"의 형성 과정: 1910년대~1930년대 중반 식민지 조선의 경우를 중심으로」, 『한국문예비평연구』 40, 한국현대문예비평학회, 2013.

강혜숙, 「통찰과 비판의 시선: 이동규론」, 『돈암어문학』 24, 돈암어문학회, 2011.

고명철, 「문학의 제도적 생산」, 『문학과 경계』 21, 2006.여름.

곽 근, 「일제강점기 장편 연작소설 『황원행』 연구」, 『국제어문』 29, 국제어문학회, 2003.

菅光晴, 「『雪中梅』의 飜案樣相」, 서울대학교 석사학위논문, 1999.

구완회, 「守令에 대한 顯彰儀式의 전개와 19세기 말의 '萬人傘': 旌善郡守 吳宖默의 경우」, 『북현사림』 21, 경북사학회, 1998.

권보드래, 「한국 근대의 '소설' 범주 형성에 관한 연구」, 서울대학교 박사학위논문, 2000.

_____, 「1910년대의 새로운 주체와 문화:『매일신보』가 만든,『매일신보』에 나타난 대중」, 『민족문학사연구』, 민족문학사학회, 2008.

권영민, 「염상섭의 비평활동-리얼리스트의 신념과 민족의식」, 『염상섭전집』12, 민음사, 1987.

김경수, 「현대소설의 형성과 스캔들-횡보의『진주는 주었으나』를 중심으로」, 『국어국문학』143, 2006.09.

_____, 「염상섭 단편소설의 전개과정」, 『서강인문논총』21, 2007.

김동식, 「한국의 근대적 문학 개념 형성과정 연구」, 서울대학교 박사학위논문, 1999.

_____, 「개화기의 문학 개념에 관하여-의사소통으로서의 문학을 중심으로」, 『국제어문』29, 국제어문학회, 2003.

_____, 「'조선의 얼굴'에 이르는 길-현진건 중단편 소설을 중심으로」, 김동식 편, 『운수좋은 날』, 문학과 지성사, 2008.

김려실, 「영화소설연구」, 연세대학교 석사학위논문, 2002.

김명석, 「이동규 소설 연구」, 『우리文學硏究』 23, 우리문학회, 2008.

김미지, 「1920~30년대 염상섭 소설에 나타난 '연애'의 의미 연구」, 서울대학교 석사학위논문, 2001.08.

김민환, 「일제하 좌파 잡지의 사회주의 논설 내용 분석」, 『한국언론학보』49(11), 한국언론학회, 2005.02.

김병길, 「한국 근대 신문연재소설란의 형성 과정 연구: 1910~20년대 소설예고 담론 분석을 중심으로」, 『새국어교육』82, 한국국어교육학회, 2009.

김석봉, 「식민지 시기『조선일보』신춘문예의 제도화 양상 연구」, 『한국현대문학연구』16, 한국현대문학회, 2004.

_____, 「식민지 시기『동아일보』문인 재생산 구조에 관한 연구」, 『민족문학사연구』32, 민족문학사학회, 2006.

김연숙, 「저널리즘과 여성작가의 탄생: 1920~30년대 여기자집단을 중심으로」, 『여성문학연구』14, 한국여성문학학회, 2005.

김영민, 「1910년대 신문의 역할과 근대소설의 정착 과정:『매일신보』를 중심으로」,

『현대문학의 연구』25, 한국문학연구학회, 2005.

_____, 「근대적 문학제도의 탄생과 근대문학 지형도의 변화(1): 잡보 및 소설란의 정착 과정, 『사이間SAI』5, 국제한국문학문화학회, 2008.

_____, 「『매일신보』 소재 장형 서사물의 전개 구도: 1920년대 이후를 중심으로」, 『현대문학의 연구』45, 한국문학연구학회, 2011.

김영희, 「일제 지배시기 한국인의 신문접촉 경향」, 『한국언론학보』46(1), 한국언론학회, 2001.겨울.

_____, 「〈대한매일신보〉 독자의 신문인식과 신문접촉 양상」, 『2004년 한국언론학회 대한매일신보 창간 100주년 기념 학술회의』, 2004.

김영희·윤상길·최운호, 「〈대한매일신보〉 국문 논설의 언론 관련 개념 분석」, 『韓國 言論學報』55(2), 2011.

_____, 「〈독립신문〉 논설의 언론 관련 개념 분석: 독립신문 논설 코퍼스 활용 사례연구」, 『韓國 言論學報』55(5), 한국언론학회, 2011.

김용재, 「현진건 단편소설의 전개-목격저적 서술자의 변모 양상을 중심으로」, 『한국언어문학』29, 1991.

김원희, 「현진건 소설의 극적 소격과 타자성의 지향」, 『현대문학이론과 비평』42, 한국문학이론과 비평학회, 2009.03.

김윤식, 「'정치소설'의 결여형태로서의 신소설: 이인직의 경우」, 『한국학보』9(2), 일지사, 1983.

_____, 「문화계몽주의의 유형과 그 성격-『상록수』의 문제점」(1993), 경원대학교 편, 『언어와 문학』, 역락, 2001.

김인식, 「최용신의 농촌운동론-농촌계몽론자에서 브나로드운동가로」, 『숭실사학』 31, 2013.

김재영, 「근대계몽기 '소설' 인식의 한 양상-『대한민보』의 경우」, 『국어국문학』 143, 국어국문학회, 2006.

김정인, 「1920년대 전반기 普天敎의 浮沈과 民族運動」, 『한국민족운동사연구』29, 2001.

김정진, 「염상섭 소설의 대화기법 연구-前期 장편소설의 대화를 중심으로」, 『어문연구』155, 한국어문교육연구회, 2012.

김종구, 「염상섭『삼대』의 다성성 연구」, 『한국언어문학』59, 2006.

김종균, 「민족현실 대응의 두 양상-「만세전」과 「두 출발」, 김종균 편, 『염상섭 소설 연구』, 국학자료원, 1999.

김종욱, 「『상록수』의 '통속성'과 영화적 구성 원리」, 『외국문학』, 1993.봄.

_____, 「관념의 예술적 묘사 가능성과 다성성의 원리-염상섭의『삼대』론」, 『민족 문학사연구』5, 1994.

_____, 「『소학령』의 정치적 읽기」, 『우리말글』68, 우리말글학회, 2016.

김주연, 「진실과 소설」, 김주연 편저, 『이무영』, 지학사, 1985.

김지혜, 「모리악의 전반기 저널리즘에 나타난 정치적 입장: 저널리스트와 소설가 사이의 사상적 모순」, 『불어불문학연구』38, 한국불어불문학회, 1999.

김진량, 「근대 잡지『별건곤』의 "취미 담론"과 글쓰기의 특성」, 『어문학』88, 한국어 문학회, 2005.

김현주, 「3.1운동 이후 부르주아 계몽주의 세력의 수사학: '사회', '여론', '민중'을 중심으로」, 『대동문화연구』52, 성균관대학교 대동문화연구원, 2005.

_____, 「논쟁의 정치와 〈민족개조론〉의 글쓰기」, 『역사와 현실』57, 한국역사연구 회, 2005.09.

나병철, 「식민지 근대 공간과 탈식민적 크로노토프」, 『현대문학이론연구』47, 현대 문학이론학회, 2011.

남상권, 「현진건 장편소설『적도』의 등장인물과 모델들」, 『어문학』108, 한국어문 학회, 2010.6.

류양선, 「좌우익 한계 넘은 독자의 농민문학-심훈의 삶과『상록수』의 의미망」, 『상 록수·휴화산』, 동아출판사, 1995.

_____, 「심훈의『상록수』모델론」, 『한국현대문학연구』13, 2003.06.

문한별, 「근대전환기 언론 매체에 수용된 서사체 비교 연구: 학회지와 신문의 비교 고찰을 중심으로」, 『한국근대문학연구』20, 한국근대문학회, 2009.

박상준, 「환멸에서 풍속으로 이르는 길:『萬歲前』을 전후로 한 염상섭 소설의 변모 양상 논고」, 『민족문학사연구』, 민족문학사연구소, 2004.

박숙자, 「괴기에서 넌센스까지: 1920년대 취미독물에 나타난 여성인물의 재현 양상 -『별건곤』을 중심으로」, 『여성문학연구』14, 한국여성문학학회, 2005.

_____, 「근대적 토론의 역사적 기원과 역할」, 『새국어교육』78, 한국국어교육연구회, 2007.

박용규, 「일제하 민간지 기자 집단의 사회적 특성의 변화과정에 관한 연구-직업의식과 직업적 특성의 변화를 중심으로」, 서울대학교 박사학위논문, 1994.

_____, 「식민지 시기 문인기자들의 글쓰기와 검열」, 『한국문학연구』29, 동국대학교 한국문학연구소, 2005.

_____, 「1920년대 중반(1924~1927)의 신문과 민족운동: 민족주의 좌파의 활동을 중심으로」, 『언론과학연구』9(4), 한국지역언론학회, 2009.12.

박정희, 「심훈 소설 연구」, 서울대학교 석사학위논문, 2003.08.

_____, 「영화감독 심훈의 소설 〈상록수〉 연구」, 『현대문학연구』21, 2007.04.

_____, 「1920년대 근대소설의 형성과 '신문기사'의 소설화 방법」, 『어문연구』155, 한국어문교육연구회, 2012.

_____, 「한국근대소설과 '기자-작가': 현진건을 중심으로」, 『민족문학사연구』49, 민족문학사연구, 2012.

박종성, 「강점기 조선정치의 문학적 이해-염상섭의 『광분』과 관련하여」, 『한국정치연구』7, 서울대 정치학연구소, 1997.

박진영, 「일제(一齋) 조중환(趙重桓)과 번안소설의 시대」, 『민족문학사연구』26, 민족문학연구소, 2004.

박헌호, 「'문화정치'기 신문의 위상과 反-검열의 내적논리: 1920년대 민간지를 중심으로」, 『대동문화연구』50. 성균관대학교 대동문화연구원, 2005.

_____, 「동인지에서 신춘문예로: 등단제도의 권력적 변환」, 『대동문화연구』53, 성균관대학교 대동문화연구원, 2006.

_____, 「식민지 조선에서 작가가 된다는 것: 근대 미디어와 지식인, 문학의 관계를 중심으로」, 『상허학보』, 상허학회, 2006.

박현수, 「과거시제와 3인칭대명사의 등장과 그 의미」, 『민족문학사연구』20, 2002.

_____, 「두 개의 '나'와 소설적 관습의 주조-현진건의 초기 소설연구」, 『상허학보』9, 2002

배정상, 「이해조 문학 연구: 근대 출판 인쇄 매체와의 관련 양상을 중심으로』, 연세대학교 박사학위논문, 2012.

배지완, 「저널리즘과 문학: 그 기원과 라틴아메리카」, 『스페인어문학』13(1), 한국서
어서문학회, 1988.

서은경, 「'사실' 소설의 등장과 근대소설로의 이행 과정: 1910년대 유학생 소설을
중심으로」, 『한국문학이론과 비평』47, 한국문학이론과비평학회, 2010.

선민서, 「염상섭 재도일기(再渡日期) 소설에 나타난 논쟁의 서사화 양상 연구」, 고
려대학교 석사학위논문, 2012.08.

성민규, 「소설미디어의 문화정치: '저널리즘의 미학화'에 놓인 '과잉' 커뮤니케이션」,
『커뮤니케이션 이론』8(1), 한국언론학회, 2012.04.

송민호, 「1910년대 초기 『매일신보』의 미디어적 변모와 '소설적 실감'의 형성」, 『한
국문학연구』37, 동국대학교 한국문화연구소, 2009.12.

_____, 「우편의 시대와 신소설」, 『겨레어문학』45, 겨레어문학회, 2010.

_____, 「동농 이해조 문학 연구-전대 소설 전통의 계승과 신소설 창작의 사상적
배경을 중심으로」, 서울대학교 박사학위논문, 2012.

_____, 「대한제국시대 출판법의 제정과 출판검열의 법-문자적 기원」, 『한국현대문
학연구』43, 한국현대문학회, 2014.08, 5~40면.

_____, 「'소설'의 임계: '掌篇小說'이라는 관념과 양식적 규정이라는 문제」, 『인문
논총』75(1), 서울대 인문학연구원, 2018.

송백헌, 「심훈의 『상록수』-희생양 이미지」, 『심상』, 1981.07.

송은영, 「저자Author의 역사」, 한국문학연구학회, 『현대문학의 연구』19, 2002.

_____, 「1910년대 잡지에 나타난 장르분화와 언어의식: 허구/역사의 분리와 근대
소설의 재현 관념을 중심으로」, 『석당논집』48, 동아대학교부설 石堂傳統文
化研究院, 2010.

신지영, 「『대한민보』 연재소설의 담론적 특성과 수사학적 배치」, 연세대학교 석사
학위논문, 2003.

심보선, 「1905~1910년 소설의 담론적 구성과 그 성격에 대한 사회학적 연구」, 서
울대학교 석사학위논문, 1997.

심진경, 「세태로서의 여성-염상섭의 신여성 모델소설을 중심으로」, 『대중문화연구』
82, 2013.

안금영, 「소설과 저널리즘: 사실적 단편소설, 리포트, 인터뷰를 중심으로」, 『스페인

어문학』6(1), 한국서어서문학회, 1994.

안서현, 「현진건『지새는 안개』의 개작 과정 고찰 : 새 자료『조선일보』연재「曉霧」 판본과 기존 판본의 비교를 중심으로」,『한국현대문학연구』33, 한국현대문 학연구회, 2011.

양문규, 「1900년대 신문·잡지 미디어와 근대 소설의 탄생」,『현대문학의 연구』, 한국문학연구학회, 2004.

여선정, 「무성영화시대 식민조시 서울의 영화관람성 연구」, 중앙대학교 석사학위논 문, 1999.06.

오선영, 「대중소설의 유행과 장르 분화:『별건곤』게재소설을 중심으로」,『문창어 문논집』46, 문창어문학회, 2009.

오현주, 「심훈의 리얼리즘 문학 연구-『직녀성』과『상록수』를 중심으로」, 한국문학 연구회 편,『1930년대 문학연구』, 평민사, 1993.

우한용, 「염상섭 소설의 담론구조-『삼대』의 담론체계」,『한국현대소설구조연구』, 삼지원, 1990.

유석환, 「문학시장의 형성과 인쇄매체의 역할(2): 1925년 전후의 문학사의 국면」, 『대동문화연구』78, 성균관대학교 대동문화연구원, 2012.

유선영, 「식민지 신문 '사회면'의 감정정치」,『한국언론정보학보』67, 한국언론정보 학회, 2014.

유승환, 「김동인 문학의 리얼리티 재고: 비평과 1930년대 초반까지의 단편 소설을 중심으로」,『한국현대문학연구』22, 한국현대문학회, 2007.

윤경로, 「백범김구전집 제3권 해제: 안악-신민회사건」,『백범김구전집』3, 대한매일 신보사, 1999.

이경돈, 「기록서사와 근대소설: 리얼리티의 전통에 대하여」,『상허학보』9, 상허학 보, 2002.

_____, 「1920년대 단형서사의 존재양상과 근대소설의 형성과정 연구」, 성균관대 학교 박사논문, 2004.02.

_____, 「'취미'라는 사적 취향과 문화주체 '대중'」,『대동문화연구』57, 2007.

_____, 「橫步와 文理-염상섭과 산(散)혼(混)공(共)통(通)의 상상」,『상허학보』38, 2013.

이동언, 「安明根의 생애와 독립운동」, 『남북문화예술연구』2, 남북문화예술학회, 2008.6.

이미혜, 「19세기 프랑스 문학 독자」, 『프랑스어문교육』18, 한국프랑스어문교육학회, 2004.11.

이민주, 「일제시기 조선어 민간신문의 검열에 대한 연구」, 서울대학교 박사학위논문, 2010.08.

이민주 · 양승목, 「일제시기 언론연구의 위상과 동향」, 『한국언론학보』50(6), 한국언론학회, 2006.12.

이보희, 「1920~30년대 단편 탐정소설과 탐보적 주체 형성 과정 연구」, 성균관대학교 석사학위논문, 2009.

이봉지, 「18세기 프랑스 편집자 소설의 구조와 소설 미학」, 한국프랑스어문교육회, 『프랑스어문교육』20, 2005.11.

이용희, 「1920-30년대 단편 탐정소설과 탐보적 주체 형성과정 연구」, 성균관대학교 석사학위논문, 2009

이재진 · 이민주, 「1920년대 일제 '문화정치' 시기의 법치적 언론통제의 폭압적 성격에 대한 재조명」, 『한국언론학보』50(1), 한국언론학회, 2006.02.

이종숙, 「한국신문의 전문화-한국 저널리즘의 근대성에 대한 비판적 고찰」, 고려대학교 박사학위논문, 2004.

이주라, 「1910~1920년대 대중문학론의 전개와 대중소설의 형성」, 고려대학교 박사학위논문, 2011.02.

이지훈, 「1910년대 모험서사의 번역과 일인칭 서술자의 탄생」, 『구보학보』20, 구보학회, 2018.

이충환, 「저널리즘의 '사실성' 개념 형성과 의미-리얼리즘과 자연주의 문예사조의 영향」, 한양대학교 박사학위논문, 2007.08.

이태훈, 「권력과 운동만으로 정치사는 서술될 수 있는가?」, 『역사문제연구』16, 2006.

이혜령, 「1920년대 『동아일보』학예면의 형성과정과 문학의 위치」, 『대동문화연구』52, 성균관대학교 대동문화연구원, 2005.

_____, 「감옥 혹은 부재의 시간들-식민지 조선에서 사회주의자를 재현한다는 것,

그 가능성의 조건」, 『대동문화연구』64, 2008.

_____, 「『동아일보』와 외국문학, 해외문학파와 미디어, 『한국문학연구』34, 동국대학교 한국문학연구소, 2008.

이효인, 「연작소설『황원행』의 집필 배경과 서사 특징 연구」, 『한민족문화연구』38, 한민족문화연구회, 2011.10.

이희정, 「1920년대 식민지 동화정책과『매일신보』문학연구(1): 전반기 연재소설의 전개과정을 중심으로」, 『어문학』112, 한국어문학회, 2011.

_____, 「1920년대 식민지 동화정책과『매일신보』문학연구(2): 후반기 연재소설의 전개과정을 중심으로, 『현대설연구』48, 한국현대소설학회, 2011.

이희정·김상모, 「염상섭 초기 소설의 변화 과정 고찰-매체와의 상관성을 중심으로」, 『한민족문화연구』38, 2011.

임종권, 「프랑스 현대 저널리즘의 기원」, 숭실대학교 박사학위논문, 2007.06.

_____, 「영미 저널리즘과 비교해 본 프랑스 현대 저널리즘」, 『현상과 인식』103, 한국인문사회과학원, 2007.겨울.

_____, 「현대 프랑스 저널리즘의 기원과 특징: 제3공화국의 저널리스트와 지식인 (1880-1914)」, 『프랑스사 연구』19, 한국프랑스사학회, 2008.

임주탁, 「1920년대 초반 소설의 근대적 특성:『동아일보』연재소설을 중심으로」, 『한국문학논총』42, 한국문학회, 2006.04.

임형택, 「1919년 동아시아, 3·1운동과 5·4운동」, 『대동문화연구』66, 성균관대교 대동문화연구원, 2009.

임 화, 「통속소설론」, 『문학의 논리』, 학예사, 1940.

장두영, 「염상섭 소설의 서사 시학과 현실인식의 관련 양상 연구」, 서울대학교 박사학위논문, 2010.

_____, 「염상섭의 모델소설 창작 방법 연구-『너희들은 무엇을 어덧느냐』를 중심으로」, 『한국현대문학연구』34, 2011.

장수익, 「1920년대 초기 소설의 시점 연구」, 서울대학교 박사학위논문, 1998.

_____, 「염상섭 초기 소설과 계몽주의」, 『한국문학과 계몽담론』, 문학사와비평연구회, 새미, 1999.

_____, 「이기심과 교환 관계 그리고 이념-염상섭 중기 소설 연구1」, 『한국언어문

학』64, 2008.

장 신, 「1930년대 언론의 상업화와 조선·동아일보의 선택」, 『역사비평』70, 역사 문제연구소, 2005.02.

장영지, 「"리빙 뉴스페이퍼(Living Newspaper)"의 사회 반영 전략과 그 효과 연구: 「파워(Power)」와 「국민의 삼분의 일(One third of a nation)」을 중심으로」, 서울대학교 석사학위논문, 2013.

장정희, 「빅토리아 시대 저널리즘과 여성작가의 정체성: 해리엇 마티노의 『디어브 룩』」, 『근대영미소설』15(1), 한국근대영미소설학회, 2008.05.

전광용, 「『상록수』考」, 임형택·최원식 편, 『한국근대문학사론』, 한길사, 1982.

전우형, 「1920~1930년대 영화소설 연구-영화소설에 나타난 영상-미디어 미학의 소설적 발현 양상」, 서울대학교 박사학위논문, 2006.

전은경, 「근대 계몽기의 신문 매체와 '독자' 개념의 근대성: 번역어 '독자'의 성립 과정과 의사소통의 장」, 『현대문학이론연구』46, 현대문학이론학회, 2011.

정근식, 「식민지적 검열의 역사적 기원 : 1904~1910년」, 『사회와 역사』64, 한국사 회사학회, 2003.

정미란, 「1920~30년대 아동잡지의 연작소설(連作小說) 연구」, 『아동청소년문학연 구』15, 한국아동청소년문학학회, 2014.12.

정주아, 「현진건 문학에 나타난 '기교'의 문제-1920년대 자연주의 사조와 가계(家 系)의 영향을 중심으로」, 『현대소설연구』38, 2008.

정혜영, 「삶의 허위와 사랑의 허위: 염상섭 『너희들은 무엇을 어덧느냐』」, 『한국문 학논총』39, 2005.04.

조남현, 「한국현대소설사-1930년대 전기 중·장편 소설의 두 흐름」, 『소설과 사상』, 1998.가을.

조연현, 「문학(文學)과 저널리즘고(考)-한국에 있어서의 문학과 저널리즘과의 관계」, 『한국신문학고』, 을유문화사, 1982(1977).

조영복, 「1930년대 신문 학예면과 문인기자 집단」, 『한국현대문학연구』12, 한국현 대문학회, 2002.

_____, 「1930년대 기계주의적 세계관과 신문문예시학: 김기림을 중심으로」, 『한국 시학연구』20, 한국시학회, 2007.

진선영, 「송계월 소설 연구」, 『현대소설연구』54, 한국현대소설학회, 2013.

차승기, 「프롤레타리아 문학과 대중화 또는 문학운동과 외부성의 문제」, 『한국학연구』37, 인하대학교 한국학연구소, 2015.

차 용, 「대한민보 연재소설 『현미경』 연구」, 『한국현대문학연구』53, 한국현대문학회, 2017.

차혜영, 「1920년대 한국소설의 형성과정 연구 : 근대형성의 내적논리와 단편소설의 양식화과정을 중심으로」, 한양대학교 박사학위논문, 2001.

채 백, 「1920년대 초반의 신문불매운동 연구」, 『한국언론정보학보』22, 한국언론정보학회, 2003.가을.

_____, 「일제 강점기의 신문불매운동 연구: 1920년대 중반을 중심으로」, 『한국언론정보학』28, 한국언론정보학회, 2005.봄.

최병구, 「1920년대 사회주의 대중화 전략과 『조선문예』」, 『반교어문연구』 37, 반교어문학회, 2014.

최미진·임주탁, 「한국 근대소설과 연애담론: 1920년대 『동아일보』 연재소설을 중심으로」, 『한국문학논총』44, 한국문학회, 2006.12.

최수일, 「1920년대 문학과 『개벽』의 위상」, 성균관대학교 박사학위논문, 2002.

최용주, 「정치 커뮤니케이션 관점에서의 정치 스캔들과 미디어」, 『언론과학연구』 1(3), 2001.12.

최원식, 「심훈 연구 서설」, 김학성·최원식 외, 『한국근대문학사의 쟁점』, 창작과비평사, 1990.

최태원, 「〈묘지〉와 『만세전』의 거리-'묘지'와 '신석현(新潟懸) 사건'을 중심으로」, 『한국학보』, 일지사, 2001.

하명해, 「1920년대 독일의 장르적 확장에 따른 문학장 이동 : 신문문예란을 중심으로」, 『외국문학연구』23, 2006.

_____, 「독일 포이통 Feuilleton의 장르미학적 연구」, 『외국문학연구』39, 2010.

한기형, 「신소설과 풍자의 문제-『萬人傘』을 중심으로」, 『한국근대소설의 시각』, 소명출판, 1999.

_____, 「식민지 검열체제의 역사적 성격: 문화정치기 검열체제와 식민지 미디어」, 『대동문화연구』51, 성균관대학교 대동문화연구원, 2005.

_____, 「근대문학과 근대문화제도, 그 상관성에 대한 시론적 탐색」, 『상허학보』19, 상허학회, 2007.02.

_____, 「매체의 언어분할과 근대문학: 근대소설의 기원에 대한 매체론적 접근」, 『대동문화연구』59, 성균관대학교 대동문화연구원, 2007.

한만수, 「만주침공 이후의 검열과 민간신문 문예면의 증면, 1929~1936」, 『한국문학연구』37, 동국대학교 한국문학연구소, 2009.

_____, 「문학이 자본을 만났을 때, 한국 문인들은?」, 『한국문학연구』43, 동국대학교 한국문학연구소, 2012.

허만욱, 「개화기 신소설 『萬人傘』에 나타난 諷刺意識考」, 『국어국문학』15, 동아대학교 국어국문학과, 1996.

허 수, 「1920~30년대 식민지 지식인의 '대중' 인식」, 『역사와 현실』77, 한국역사연구회, 2010.

홍순애, 「근대소설의 장르분화와 연설의 미디어적 연계성 연구: 1920-30년대를 중심으로」, 『어문연구』37(4), 2009. 가을.

황호덕, 「漢文脈의 이미저리, 『大韓民報』(1909~1910) 漫評의 알레고리 읽기-1909년 연재분을 중심으로」, 『大東文化研究』77, 성균관대학교 대동문화연구원, 2012.

島村 輝, 「「壁小說」の方法-小林多喜二「救援ニュース No.18 附錄」と「テガミ」」(近代文學と「語り」), 『國文學解釈と鑑賞』59(4), 1994: 『臨界の近代日本文学』, 世織書房, 1999.

渡邊晴夫, 「小林多喜二と壁小說」, 『民主文學』448, 2003.

부록

1. 〈'신문/기사'가 나타나는 신소설 작품 목록〉

작가명	작품명	발표매체(출판사)	발표시기
이인직	혈의누	『만세보』/광학서포	1906.07.22.-10.10/1907
이해조	빈상설	『제국신문)/광학서포	1907.10.05.-1908.02.12./ 1908.07.05.
초우당주인 (육정수)	송뢰금	박문서관	1908
이인직	은세계	동문사	1908
이해조	홍도화(상)	유일서관	1908.
백학산인	만인산	『대한민보』	1909.07.13.-08.18
백치생	절영신화	『대한민보』〉	1909.10.14.-11.23
이해조	자유종	광학서포	1910

김교제 (아속생)	목단화(상)	광학서포	1911
이해조	모란병	박문서관	1911
이해조	구의산	신구서림	1912
이상협	재봉춘	동양서원	1912
이종정	화중화	광동서국	1912
김교제	현미경	동양서원	1912
김용준	황금탑	보급서관	1912
최찬식	추월색	회동서관	1912
김용준	금국화	보급서관	1913
남궁준	금의정생	유일서관	1913
이해조	우중행인	『매일신보』	1913.02.25.-05.11
이상협	눈물(상)/하	『매일신보』	1913.07.16.-1914.01.21
최찬식 (해동초인)	안의성	박문서관	1914
최찬식 (동초생)	금강문	동미서시	1914
노익형	형월	박문서관	1915
안국선	공진회	안국선자택	1915
최찬식	능라도	유일서관	1919

2. ⟨1920~30년대 '기자' 주인공 소설 작품 목록⟩

작가	작품명	발표매체	발표 시기
이광수	『무정』	『매일신보』	1917.01.01.~06.14.
김동성	「그를 미든 짜닭」	『동아일보』	1920.05.28.~06.01.
현진건	「타락자」	『개벽』19-22	1922.01~04.
현진건	「지새는 안개」(前篇)	『개벽』32-40	1923.02~10.
박영희	「二重病者」	『개벽』53	1924.11.
염상섭	「檢事局待合室」	『개벽』61	1925.07.
염상섭	「윤전기」	『조선문단』12	1925.10.
염상섭	『眞珠는 주엇스나』	『동아일보』	1925.10.17.~1926.01.17.
최서해	「설날밤」	『신민』2(1)	1926.01.
박영희	「事件!」	『개벽』65	1926.01.
이광수	『천안기』(미완)	『동아일보』	1927.01.05.~03.06.
송 영	「煽動者」	『개벽』67	1926.03.
조명희	「低氣壓」	『조선지광』61	1926.11.
이익상	「그믐날」	『별건곤』3	1927.01.
최서해	「序幕」	『동아일보』	1927.01.11.~15.
김동인	「딸의 業을 니으려고」	『조선문단』20	1927.03.
최서해	「無名草」	『신민』52	1929.08.
최서해	「같은 길을 밟는 사람들」	『신소설』1	1929.09.
이태준	「결혼의 악마성」	『혜성』1(2)~1(4)	1931.04~06.
이태준	「불도 나지 안엇소, 도적도 나지 안엇소,	『동광』23	1931.07.

	아무일도 없소」		
이석훈	「職業苦-어떤 新聞記者의 日記」	『매일신보』	1932.05.08.~05.12.
이기영	「김군과 나와 그의 아내」	『조선일보』	1933.01.02.~02.15.
한인택	「굽으러진 평행선」	『신동아』33	1934.08.
이태준	「순정」	『사해공론』1(7)	1935.11.
이기영	「十年後」	『삼천리』8(6)	1936.06.
한설야	『청춘기』	『동아일보』	1937.07.20.~11.29.
엄흥섭	『幸福』	『매일신보』	1938.10.31.~12.31.
이무영	「第一課 第一章」	『인문평론』1	1939.10.
김남천	「T日報社」	『인문평론』1(2)	1939.11.
박영희	「明暗」	『문장』2(1)	1940.01.
이석훈	『白薔薇婦人』	『조광』6(1)~6(6)	1940.01~06.
조용만	「初終記」	『문장』2(7)	1940.07.
조용만	「北京의 記憶」	『문장』3(1)	1941.01.
이태준	「토끼이야기」	『문장』3(2)	1941.02.
김영수	「崔基城氏」	『문장』3(2)	1941.02.
조용만	「旅程」	『문장』3(2)	1941.02.
한설야	「世路」	『춘추』3	1941.04.

한국근대소설 미학과 '記者-作家'

3. 〈1920~30년대 '릴레이 소설' 작품 목록〉

	제목	참여 작가	발표 매체	발표 시기
01	'連作小說' 「紅恨綠愁」	최학송, 최승일, 김명순, 이익상, 이경손, 고한승	『매일신보』	1926.11.14.~12.19. (총6회)
02	연작소설 「5人동무」	마해송, 고한승, ?, 진장섭, 손진태, 정인섭, 최진순, 정병기	『어린이』	1927.03~1928.09. (총8회)
03	'文壇三崔 連作小說'「無題」	최서해, 최승일, 최독견	『학생』	1929.04~06.
04	'連作短篇' 「女流音樂家」	최서해, 김팔봉, 방춘해, 이은상, 최독견, 양백화, 주요한, 현진건, 이익상	『동아일보』	1929.05.24.~06.01. (총9회)
05	'連作長篇' 『荒原行』	최독견, 김기진, 염상섭, 현진건, 이익상	『동아일보』	1929.06.08.~10.21. (총131회)
06	'學生小說 創作 리레이'(19편)	전국 20개 학교 80명 학생	『학생』	1929.10~1930.02.
07	연작소설 「불탄 村」	태영선, 이동규, 성경린	『신소년』	1930.05.~1930.08. (미확인)
08	'連作少年小說' 「少年旗手」	延星欽, 崔青谷, 李定鎬, 丁洪教, 方定煥	『조선일보』	1930.10.10.~12.04. (미완)
09	'少年連作小說' 「마지막웃음」	金龍俊, 崔鍾漢, 古懷	『동아일보』	1931.02.04.~02.18. (총10회)
10	연작영화소설 「僧房에 지는 꽃」	朴英, 朴芽枝, 朴淚月	『영화시대』	1931.05~07.(미완)
11	연작소년소설 「새나라로」	?, 강영환	『신소년』	1931.09.(미확인)
12	'讀者共同製作小 說'「戀愛의 淸算」	玄鎭健 A: 黃河淸, 北南, 逸湖, 金大鳳	『신동아』	1931.11~1932.03. (총5회씩 2편)

		B: 李赤松, 虛濱生, 聖三湖, 金鳳湖		
13	연작소설 「老先生」	?, ?, 박일, 엄흥섭	『별나라』	~1932.08~(미확인)
14	'連作小說' 『젊은 어머니』	박화성, 송계월, 최정희, 강경애, 김자혜	『신가정』	1933.01~05.(총5회)
15	자유연작장편소설 『動脈』	이동규	『신소년』	1934.02(미확인)
16	'連作小說'『破鏡』	박화성, 엄흥섭, 한인택, 이무영, 강경애, 조벽암	『신가정』	1936.04~09.(총6회)

한국근대소설 미학과 '記者-作家'

4. 〈1930년대 '벽소설' 목록〉

	작가명	작품명	발표매체	발표시기
01	송영	을밀대	『별나라』	1931.08
02	이동규	벙어리	『아등』	1931.11
03	송영	고국이 그리운 무리	『별나라』	1931.12
04	이동규	그들의 형	『신소년』	1932.01
05	최정희	명일의 식대	『시대공론』	1932.01
06	송계월	S언늬에게	『시대공론』	1932.01
07	李敬媛	O·K	『시대공론』	1932.01
08	이동규	게시판과 벽소설	『집단』2	1932.02
09	송영	야학선생	『집단』2	1932.02
10	민병휘	그 여자의 가는 길	『여인』1	1932.06
11	李東珪	주먹따귀	『신소년』	1932.08
12	昇應順	비오는 밤	『신소년』	1932.08
13	白波	우리집 형편	『소년세계』	1932.09
14	桂月	新昌바닷가	『신여성』	1932.11
15	微笑	밀회	『신여성』	1932.11
16	(姜)鷺鄕	첫눈 나리는 저녁	『신여성』	1932.11
17	이동규	子正後	『신여성』	1932.11
18	백철	그날 저녁	『신여성』	1932.11
19	안평원	머리를 어루만저도	『신소년』	1932.12
20	이동규	반(班)	『신소년』	1932.12
21	洪 九	콩나물죽과 이밥	『신소년』	1932.12

22	成慶麟	惡夢	『신소년』	1932.12
23	김우철	兒童 스포-츠	『신소년』	1932.12
24	강노향	도조밧치는 날	『신소년』	1933.02
25	북원초인	눈 오는 밤	『신소년』	1933.03
26	이동규	어린이날	『신소년』	1933.05
27	김우철	경마복권	『전선』	1933.05
28	梁佳彬	딸기	『신소년』	1933.08

한국근대소설 미학과 '記者-作家'

박정희(朴旺熙)

경상남도 밀양에서 출생했다. 울산대학교 국어국문학과와 서울대학교 대학원을 졸업했다. 2012년 『문학사상』 평론 부분 신인상으로 등단했다. 현재 울산대학교 국어국문학부에서 근무하고 있다. 한국근대문학사에서 배제되거나 소홀하게 다루어진 연구주제들에 관심을 가지고 있다. 『송영소설선집』과 『심훈전집』(전9권)을 간행했다.

한국근대소설 미학과 '記者-作家'

초판1쇄 인쇄 2022년 7월 13일
초판1쇄 발행 2022년 7월 28일

지은이　　박정희
펴낸이　　이대현
편집　　　이태곤 권분옥 문선희 임애정 강윤경
디자인　　안혜진 최선주 이경진
마케팅　　박태훈 안현진

펴낸곳　　도서출판 역락
출판등록　1999년 4월 19일 제303-2002-000014호
주소　　　서울시 서초구 동광로 46길 6-6 문창빌딩 2층(우06589)
전화　　　02-3409-2060
팩스　　　02-3409-2059
홈페이지　www.youkrackbooks.com
이메일　　youkrack@hanmail.net

ISBN　979-11-6742-362-7 93810